dtv
premium

PAULIINA SUSI

DIE KOLLISION

Thriller

Aus dem Finnischen
von Tanja Küddelsmann

dtv

Von Pauliina Susi
ist bei dtv außerdem erschienen:
Das Fenster (26144)

Die Arbeit der Übersetzerin am vorliegenden Text wurde
durch den Deutschen Übersetzerfonds gefördert.

MIX
Papier aus verantwortungsvollen Quellen
FSC® C083411
FSC
www.fsc.org

Deutsche Erstausgabe 2019
dtv Verlagsgesellschaft mbH & Co. KG, München

Titel der finnischen Originalausgabe:
›Seireeni‹ (Tammi, Helsinki 2017)

Umschlaggestaltung: ZERO Werbeagentur GmbH unter Verwendung
eines Fotos von Getty Images und Fine Pic
Satz: Greiner & Reichel, Köln
Gesetzt aus der Minion 11/14,8·
Druck und Bindung: CPI books GmbH, Leck
Gedruckt auf säurefreiem, chlorfrei gebleichtem Papier
Printed in Germany · ISBN 978-3-423-26223-1

1.

Stell dir ein extrem luxuriöses Kreuzfahrtschiff vor.

Das reicht noch nicht. Doppelt so viel Luxus.

Und jetzt die zerstörerischste Bombe, die du dir denken kannst.

Stell dir den Sprengstoff vor, die Zündschnur, den Funken. Stell dir vor, was sie anrichtet.

Stell dir noch etwas vor: die Hand, die den Funken auslöst. Die den Knopf drückt oder den Abzug. Die die Maus bewegt. *Ka-wumm!*

Schau auf die Hand. Es ist deine.

Ach, du willst gar nicht mehr spielen? Warum glaubst du denn, das hier sei ein Spiel?

2.

»Was für ein außergewöhnlicher Anhänger. Ist er wertvoll?«

Die Stimme der Frau ist rau und aufdringlich. Sie taxiert das Schmuckstück, es glitzert im ersten blassen Streifen Morgenlicht, das in die Fischerhütte dringt. Die Mutter hat den Anhänger an der Kette hervorgezogen. Sie hebt ihn an die Lippen und küsst ihn, so wie jeden Morgen nach dem Aufwachen und jeden Abend vor dem Schlafengehen.

»Ja«, sagt sie.

Die Frau betrachtet den Anhänger skeptisch, und Amira kann sich vorstellen, warum. Er hat die Form einer Sonnenblume, groß und prachtvoll und reich verziert. Die Diamanten, die als Tautropfen die Blüte schmücken, sind so groß, dass sie nur aus Glas sein können. Eben doch Modeschmuck.

»Meine Söhne haben ihn mir geschenkt«, sagt die Mutter und verbirgt das Schmuckstück wieder unter ihrer Kleidung, direkt auf der Haut, nahe dem Herzen. Sie macht eine ruckartige Bewegung mit dem Kopf, sie will nicht, dass die fremde Frau weiter nachfragt.

In der Hütte wird es heller, als die Frau anfängt, auf ihrem Handy Fotos von ihrem Sohn zu präsentieren. Ihrem einzigen, wie alle erfahren.

»Ein wunderbarer Sohn. Er ist Arzt. Orthopäde. So ein Rückenarzt. Er und die Schwiegertochter wollen, dass ich zu ihnen komme, koste es, was es wolle, sagen sie. Sie haben mir das Geld geschickt. Die ganze Summe, sie können es sich leisten – habe ich schon gesagt, dass mein Sohn Arzt ist?«

Amira lutscht ein Bonbon, das die gesprächige fremde Frau für sie aus den Tiefen ihrer Tasche gefischt hat. Der vertraute, übersüße Honiggeschmack breitet sich auf der Zunge aus und beruhigt sie mehr, als sie es sich hätte vorstellen können. Die vielen langen Stunden in der Enge und Ahnungslosigkeit dieser furchtbaren stinkenden Fischerhütte, in die man sie gestern gesperrt hat, zusammen mit wildfremden Menschen. Und beschweren durfte man sich auch nicht. Die Mutter befahl ihr, leise zu sein, und der Vater wollte ihr auch nicht zuhören. *Du bist elf, Amira, ein großes Mädchen. Versuch einfach durchzuhalten.* Auf einmal schmeckt das süße Bonbon ekelhaft. Die Frau tönt immer lauter, lobt ihren Sohn in den Himmel und kümmert sich nicht um die gereizten Kommentare, die aus den Ecken der Hütte kommen. Sie schweigt erst, als es an der Tür rappelt.

Der Haken wird geöffnet. Die Tür wird aufgezogen. Zusammen mit dem Morgenlicht dringt die Stimme herein, die bei Amira jedes Mal eine Gänsehaut hervorruft.

»Los, ihr Kakerlaken. Es ist Zeit.«

Ein großer Mann tritt ihr mit seinem harten Schuh hinten auf die Sandale und reißt ihr die Haut an der Ferse auf, ein fremder Ellbogen knallt ihr gegen die Schläfe. Amira jault auf, aber niemand kümmert sich darum, nicht einmal die Mutter. Deren Hand umklammert ihr Handgelenk so fest wie noch nie, bestimmt bekommt sie noch blaue Flecken, Tränen steigen ihr in die Augen, aber die Mutter zerrt sie weiter, immer weiter. »Bewegung, ihr Kakerlaken«, ruft Schlangenauge, ein Rohrstock zischt hinter ihnen durch die Luft. Schlägt er etwa zu, wenn man nicht gehorcht?

»*Jalla jalla*, Beeilung, Beeilung, bald geht die Sonne auf, und der Wellengang setzt ein.«

Sie laufen im Pulk, zwischen den Sanddünen verläuft ein schmaler Weg, Füße hämmern auf den Boden, Sand wirbelt auf, dringt in die Lungen. Zwanzig Menschen, vierzig Beine, zählt Amira. Zu viele Beine, zu viel Eile, alles zu viel, schafft man es überhaupt zu atmen, jetzt, wo endlich Sauerstoff da ist? Es war für alle eine Qual, zu warten, leise zu sein und sich nicht bewegen zu können. Kein Wunder, dass jetzt ständig jemand stolpert – und plötzlich stürzt direkt neben ihr jemand auf die Knie und fällt vornüber. Die Honigbonbonfrau! Ist sie über eine Wurzel gefallen, über einen leeren Ölkanister oder über ihre eigenen Füße? Die Mutter schleift sie weiter, doch Amira sieht es noch: Der Rohrstock knallt der Frau auf den krummen Rücken, hebt sich wieder und schlägt noch einmal zu. Ihr Gesicht verzerrt sich zu einem Schmerzensschrei, der sich im Staub verliert.

Amira schluchzt auf. Hat außer ihr noch jemand bemerkt, was passiert ist? Sie dreht den Kopf, doch die Mutter zieht sie weiter, Füße donnern auf den Boden, zu viele Füße … Und dann öffnen sich die Dünen zu beiden Seiten, und alle bleiben stehen.

Sie stehen und verschnaufen und bestaunen es wie ein Wunder. Morgendlich grau, leicht gekräuselt.

Riesig. Das Meer ist riesig, denkt Amira.

Jemand weint laut, eine Frau in einem grünen Hijab mit einem Säugling im Arm. Ein graubärtiger Mann, der älteste der Gruppe, fällt auf die Knie. Er kreuzt die Arme, streckt sie zum Himmel und dankt dem Gott der Christen.

»Noch können wir niemandem danken«, murmelt die Mutter. So leise, dass es niemand außer Amira hört. Zum Glück! Auch wenn es der falsche Gott ist, dafür hätten sie die Mutter zum Markt geschleift und zu Tode gesteinigt. Oder ihr den Kopf abgeschlagen und ihn als Warnung auf einen Pfahl gesteckt.

Die Hand ihrer Mutter quetscht Amiras Hand so stark, dass es wehtut. Drei Männer kommen über den Strand gestapft. Drei Männer mit Gewehren. Schlangenauges Leute, begreift Amira. Einer postiert sich direkt neben ihnen. Viel zu nah an ihrer

Mutter, denkt sie. Ihre Mutter ist blass, sie hat sogar noch mehr Angst vor den Männern als sie.

Schlangenauge schwingt seinen Stock und befiehlt den Männern der Gruppe, sich an die Arbeit zu machen. Hinter einem Gebüsch ist etwas unter einer grauen Plane und Zweigen versteckt. Der Vater geht mit den anderen Männern mit, und zusammen ziehen sie die Plane herunter.

Amira hört, wie die Mutter scharf einatmet.

Ein altes hölzernes Fischerboot voller Schrammen und Riefen, die Farbe verblasst. Hinten der Motor, ein großer Motor. In der Mitte eine kleine Kajüte, in die man hineingehen kann.

Da sollen wir alle draufpassen, denkt Amira. Wir sind zwanzig. Einundzwanzig, wenn man das Baby mitzählt. Sie zählt nach, sie kommt auf neunzehn und das Baby.

Jetzt fangen auch die Männer der Gruppe an zu protestieren. Ihr Gemurmel erhebt sich wie dunkler Rauch.

»Das ist nicht euer Ernst«, sagt einer. »Das Boot ist nicht hochseetüchtig.«

»Es ist Selbstmord, wenn wir alle uns da zusammenquetschen«, ruft ein anderer.

Und dann erhebt Amiras Vater die Stimme.

»Wir haben den vollen Preis bezahlt. Wir fordern ein vernünftiges Boot.«

»Ruhe!«, brüllt Schlangenauge. »Glaubt ihr etwa, ihr habt eine Wahl? Also haltet den Mund und zieht das Boot zum Wasser.«

»Verbrecher! Betrüger!«

Es ist der Mann, der am Strand gebetet hat. Seine Stimme zittert, der Bart bebt und seine Augen glänzen, aber seine Haltung ist kerzengerade, und er zeigt mit dem Finger auf Schlangenauge.

»Ihr habt uns unser Geld genommen, alles, und dann jagt ihr uns zum Sterben aufs Meer. Ihr behandelt uns wie Tiere. Wenn die Strafe Gottes auf euch niederfährt, wird sie furchtbar sein.«

Neben sich hört Amira ein metallisches Klicken. Ihre Mutter fährt zusammen und zieht Amira blitzschnell an ihre Brust. Sie vergräbt ihr Gesicht im Stoff und sieht nicht, was geschieht.

Der Knall ist ohrenbetäubend. Jemand schreit auf.

Als sie wieder hören kann, gibt es nur noch zwei Geräusche: das Meeresrauschen und das Jammern des Babys. Und das Herz ihrer Mutter, es schlägt du-dum-du-dum-du-dum-du-dum. Ihre Brust hebt und senkt sich, hebt und senkt sich, und ihre Arme lassen Amira nicht los, sie presst sie so fest an sich, dass die Sonnenblume ihr durch das Kleid hindurch ein Muster in die Stirn drückt.

MONTAG
BARCELONA

3.

Der Mann hat eine Waffe.

Seine Hand liegt entspannt auf dem Gürtel der Uniform, aber unter seinen Fingern glänzt etwas Dunkles, Metallisches. Sein Blick geht langsam hin und her, streift über die Menschenmasse in der großen Halle, stockt bei ihr.

Ein aufmerksamer, prüfender Blick. Leia wendet sich schleunigst ab. Eigentlich müsste sie sich sicher fühlen, bei all den bewaffneten Sicherheitsleuten. Doch sie tut es nicht.

Ripsa hat sich auf der Bank bequem zurückgelehnt, die Beine übereinandergeschlagen, auf ihren Knien liegt eines der Formulare, die ihnen beim Betreten des Terminals in die Hand gedrückt wurden. Sie übersetzt für ihre Schwester: »Bitte wählen Sie *yes or no*, kreuzen Sie die relev…, äh, zutreffende Antwort an, wenn Sie in den letzten drei Tagen mindestens eines der folgenden Symptome an sich beobachtet haben: Schnupfen, Husten, Halsschmerzen. Durchfall – igitt – oder Erbrechen, oder wenn Sie Kontakt zu jemandem hatten, der an Influenza Typ A oder H1N1 erkrankt ist.«

Ripsa hat einen strengen Blick aufgesetzt.

»Und – hattest du?«

»Bitte?«

»Na, Kontakt.« Ripsa zeigt mit dem Zeigefinger auf sie. »Also? Was soll ich ankreuzen?«

»Hatte ich nicht.«

»Hast du denn auch dein Allergiemittel genommen? Nicht dass du anfängst zu schniefen, sobald wir an Bord gehen.«

»Hier blühen doch ganz andere Gräser als zu Hause«, sagt Leia. »Außerdem – auf See …«

Erst als sie die Grimasse sieht, wird ihr klar, dass ihre Schwester sie veräppelt. Und sie hat es mal wieder nicht rechtzeitig gemerkt.

Sie rollt die Augen und öffnet ihre Wasserflasche, nimmt einen Schluck, lässt die inzwischen lauwarme Flüssigkeit in ihrem Mund kreisen, bevor sie sie hinunterschluckt. Ein kurzes Nickerchen in der Kabine, beschließt sie.

Leias Rücken klebt feucht an der Lehne, die Leistung der Klimaanlage reicht bei Weitem nicht aus, denn die südliche Sonne brennt auf die zwei Stockwerke hohe Glaswand. Das Thermometer im Flughafenbus hat 36 Grad angezeigt. Das Licht ist so hart und nackt, dass es in den Augen wehtut. Die Sonnenbrille steckt leider im Koffer, und den musste sie schon am Eingang abgeben, wo er von Gepäckträgern weitertransportiert wurde.

Die Wartehalle ist voll mit Hunderten von Reisenden: Pärchen, Familien, Gruppen von Freunden. Eine vielsprachige Kakophonie schwillt abwechselnd an und ebbt wieder ab und trägt nicht dazu bei, das unangenehme Gefühl zu dämpfen, das Leia schon den ganzen Tag zu schaffen macht. Ein Unwohlsein, das irgendwie an Reiseübelkeit erinnert.

Die Wanduhr steht auf halb drei. In Finnland wäre es schon halb fünf, rechnet Leia.

Kein Wunder, dass die Nerven blank liegen: Sie ist müde. Der Tag ist jetzt schon verdammt lang.

Der Wecker hat um halb vier geklingelt, was beim besten Willen noch nicht als Morgen bezeichnet werden kann. Um sechs Uhr mussten sie schon am Flughafen sein, obwohl der Flug erst um 8:15 Uhr ging. Dann hieß es, alle möglichen und unmöglichen Durchleuchtungsgeräte über sich ergehen zu lassen, diverse Kleidungsstücke aus- und wieder anzuziehen, während der Nächste einem schon in den Nacken hechelte, sowie die unnötig detaillierte Leibesvisitation und die aufdringlichen Fragen des Sicherheitspersonals auszuhalten. Haben Sie Flüssigkeiten im Handgepäck? Akkus, Batterien, Elektronik? Bitte packen Sie die Geräte aus. Sprengstoff, andere Waffen, Drogen? Rezeptpflichtige Medikamente, andere Medikamente, Kosmetik? Genaue Angaben, bitte.

Und bei der Zwischenlandung in Frankfurt das Ganze überraschenderweise noch einmal, mit deutscher Gründlichkeit. *Excuse me, madam,* was ist das für eine medizinische Salbe in der 12-Milliliter-Dose in Ihrem Handgepäck? Ein Ausschlag? Haben Sie das Rezept zur Hand? Leider sehen wir uns gezwungen, die Dose zu vernichten, damit sie keine Gefahr für andere Reisende darstellt. Und hatten Sie in den letzten zwölf Monaten Kontakt zu kriminellen Organisationen, national oder international, zu Terrorgruppen oder zu Schurkenstaaten?

Mehr als einmal wurden aus der Schlange beim Security-Check Reisende herausgewinkt. Einzelpersonen, aber auch ganze Familien. Leia konnte nicht umhin, zu bemerken, dass offenbar alle aus dem Nahen Osten oder Nordafrika stammten. Bärtige Männer, Frauen mit Kopftüchern, die Kinder mit den gleichen Frozen- oder Mickey-Maus-Rucksäcken wie ihre blonden und blauäugigen Altersgenossen. Das mit anzusehen machte sie wütend und traurig. Ebenso wie der Zustand der ganzen Welt. Sehr schnell waren Angst und Misstrauen zur neuen Normalität geworden, ethnische und religiöse Zugehörigkeit waren jetzt Anlass, andere zu diskriminieren.

Doch auch ihre Pässe wurden erneut genauestens unter die Lupe genommen, und zwar mehrmals. Leia konnte sich nicht daran erinnern, wann ihr Passbild jemals so genau inspiziert, ja, regelrecht durchleuchtet worden war. Die Finnair-Maschine, mit der sie angereist waren, hatte sie an Terminal 2E abgesetzt, und der Lufthansa-Flug nach Barcelona sollte an Terminal 1A starten. Zwar war fürs Umsteigen reichlich Zeit vorhanden gewesen, doch hier versickerte sie nun. »*Rest in peace*, europäische Reisefreiheit«, schnaubte Ripsa hinter ihr und scharrte mit den Füßen wie ein Rennpferd an der Startlinie.

Aber als sie ihre Papiere zurückbekamen, lächelte die Passkontrolleurin, wünschte ihnen eine gute Weiterreise und entschuldigte sich für die Verzögerungen aufgrund der Ausnahmesituation.

»Hat sie Ausnahmesituation gesagt?«, wollte Leia von Ripsa wissen, als sie in einem unterirdischen Verbindungsgang, der mit seinen Metallwänden an ein Raumschiff erinnerte, zu ihrer nächsten Etappe galoppierten. »Wie schrecklich, was denn für eine Ausnahmesituation?«

»Wir wollen jetzt nicht spekulieren«, sagte Ripsa knapp. »Wir haben es eilig!«

In letzter Minute erreichten sie das Gate und schafften gerade noch rechtzeitig den Flug nach Barcelona.

Im Hafenterminal war es mit der Eile auf einmal vorbei. Es wurde zum Boarding aufgerufen, das man dann ohne Angabe von Gründen sofort wieder abgebrochen hat. »Vielleicht gibt es hier auch irgendeinen Ausnahmezustand«, fing Ripsa an, ließ sich aber nicht weiter darüber aus, als sie Leias Gesicht sah.

Leia zieht ihren Fuß zurück, um den vorbeirennenden Kindern nicht aus Versehen ein Bein zu stellen. Ein etwa vierjähriger spanischer Junge und ein rund zwei Jahre älteres Mädchen, wohl seine Schwester, laufen kichernd hintereinander her, die Schwester versucht, den Kleinen mit ausgestreckten Armen zu fangen, droht damit, ihn zu kitzeln. Sie schlängeln sich zwischen den vollbesetzten Bänken und den Cafétischen hindurch und genießen kichernd jeden einzelnen Moment. Auf ihrem Weg zaubern sie ein Leuchten in viele Erwachsenengesichter, egal welcher Nationalität.

»Leiden Sie an Fußpilz? Oder Schuppen? Ernsthaft jetzt?«

Ripsa kann sich immer noch über die Gesundheitsfragen amüsieren. »Haben Sie in den letzten drei Tagen Ebola-Patienten gepflegt? Das kann doch nicht funktionieren. Wer ist denn so dumm, kurz vor dem Boarding zuzugeben: Also gut, meine Nase läuft ein bisschen. Dann bleibe ich eben an Land, was soll's.«

»Vermutlich will die Reederei sich nur gegen Entschädigungszahlungen absichern, falls auf einmal viele Leute an Bord krank werden«, sagt Leia. Sie hat genug von dem Thema. »Fünftausend Passagiere, überleg doch mal. Wenn da einer am Buffet ordentlich in den Lachssalat niest, kommt da richtig Leben rein. Du müsstest das doch wissen.«

Ripsa faltet das Blatt und steckt es in ihre Handtasche.

»Ich wollte mich doch nur unterhalten.«

Leia verzieht den Mund. Vielleicht sind sie ja beide müde. Sie legt die Arme um Ripsas Schultern und drückt sie an sich.

»Danke.«

»Wofür denn?«

»Na, dass du mich gefragt hast, ob ich mitkomme.«

Ein paar Sekunden, und sie spürt, wie Ripsa sich entspannt. Übung macht den Meister, denkt Leia. Das gilt auch, wenn man seine kleine Schwester beschwichtigen will.

»Man wird ja schließlich nur einmal fünfunddreißig«, sagt Ripsa. »Schön, dass wir beide mal wieder was zusammen machen – verreisen, ist doch ewig her.«

»Genau.«

»Ich dachte, das ist genau das, was du jetzt gut gebrauchen kannst. Ein bisschen Luxus im Leben.«

Leia tut ihr Bestes, doch sie fürchtet, ihr Lächeln wirkt etwas angestrengt. Wenn Ripsa sie nicht gebeten oder vielmehr bekniet hätte, mit ihr auf eine Luxuskreuzfahrt im Mittelmeer zu kommen – eine Woche all-inclusive auf der *Mediterranean Siren*, mitten im Juli, zweifellos die teuerste Saison –, wäre ihr nie im Leben eingefallen, so eine Reise zu unternehmen. Wenigstens nicht von ihrem eigenen Geld. Nicht mal, wenn sie das Geld gehabt hätte.

Allein dieses Wort: Luxus. Dazu kann man sich einfach nicht normal verhalten. Da schwingt immer Übertreibung mit, eine ans Obszöne grenzende Peinlichkeit. Schon bei dem Gedanken daran ertönt im Kopf automatisch die Titelmelodie von *Love Boat*, der Fernsehserie aus den achtziger Jahren, die sie und Ripsa vor Ewigkeiten in der x-ten Wiederholung kichernd durchgenudelt haben. *Laaf-booot, ti-di-tidi-di-di-dii-di-dii* … Und gleich danach kommt ihr die nächste Assoziation in den Sinn, der Animationsfilm *Wall-E*, den sie zusammen mit Viivi unzählige Male gesehen hat, mit seinem schrecklichen Raumschiff, auf das die Menschheit vom verdreckten Planteten Erde geflohen ist. Das Vorbild für das Raumschiff waren bestimmt Kreuzfahrtschiffe in der Karibik, auf denen sich amerikanische Touristen in dicke, hirnlose, babyhafte, bewegungsunfähige Würste verwandeln, die nur noch bespaßt werden wollen.

Aber als sie sich in der Wartehalle umsieht, erscheinen ihr die anderen Reisenden eigentlich ganz normal und durchschnittlich, sowohl in ihrem Aussehen als auch in ihrem Verhalten. Städtetouristen der Mittelschicht. Wahrscheinlich ist das Wort Luxus inflationär geworden. Richtig reiche Menschen machen vermutlich ihre eigenen Luxus-Luxus-Kreuzfahrten, von denen sich der Otto Normalverbraucher keine Vorstellungen macht.

»Waren deine Kollegen neidisch, als sie gehört haben, was du im Urlaub machst?«, fragt Ripsa neugierig.

»Ich hab nichts davon erzählt.«

»Was? Warum?«

»Brauchte ich nicht. Sie haben es auch so gemerkt. An deinen Postings auf meiner Facebook-Seite.«

Ihre Kollegen von der Versicherung hatten sie im Pausenraum gelöchert, als sie Ripsas überkandidelte Posts gelesen hatten. Und die Kommentare auf Facebook sind natürlich auch nicht ausgeblieben. »Juhu, mit Schwesterchen auf große Fahrt!« und »Unser Ziel: ein Mann in jedem Hafen!!!?« – verlinkt auf einen Ausschnitt aus dem Film *Blondinen bevorzugt*. Die Szene, in der Marilyn Monroe und Jane Russell sich über das Männerangebot auf dem Ozeandampfer auslassen, hatte jede Menge Likes und Kommentare nach sich gezogen. Auch die waren meist ziemlich daneben.

Ripsa lacht.

»Also gut. Welche willst du sein? Weißt du noch, dass wir uns früher immer entscheiden mussten?«

»Darum geht es hier also?«, sagt Leia. Natürlich Marilyn, denkt sie und wirft einen Blick auf Ripsas Haare, denen ihre Schwester am Abend vorher einen frischen Rotton verpasst hat.

Die Sache war ihr extrem unangenehm gewesen. Sie drehte und wand sich, bis ihr Kaffee kalt war, aber schließlich musste sie es vor ihren Kollegen zugeben. Sofort begann ein allgemeines Seufzen, wie neidisch man auf sie sei. Und dann bis zum Ende der Kaffeepause wilde Spekulationen darüber, wie sicher oder unsicher Kreuzfahrten heute seien, da in Europa, dem Nahen Osten oder Nordafrika doch quasi jede Woche irgendwo Terroranschläge verübt würden.

»Diese Versicherungstypen«, schnaubt Ripsa. »Allesamt paranoid. Ich will dir mal was sagen. Ich bin mir gar nicht sicher, ob es längerfristig gesund für dich ist, da zu arbeiten. Unter deinesgleichen.«

Deinesgleichen? Ziemlich gemein. Der Job als Sachbearbeiterin bei der Versicherung Safety-First war zufällig die einzige Stelle, die man Leia nach ihrer schon bedrückend langen Arbeitslosigkeit angeboten hatte. Ihre ausgedehnte, aber doch recht episodenhafte Karriere in verschiedenen wissenschaftlichen Projekten im sozialen Bereich wurde auch dort nicht als Vorzug angesehen, und ihr Doktortitel in Soziologie rief in der Personalabteilung vor allem Skepsis hervor. Auch auf der Gehaltsabrechnung macht er sich nicht bemerkbar. Also konnte sie doch nur dankbar sein, dass Ripsa mit ihr zusammen verreisen wollte und auch noch alles bezahlte. Das war ein Angebot, das sie nicht ablehnen konnte. Ripsa hätte ja auch mit ihrem Mann Sakke verreisen können – merkwürdig eigentlich, dass sie es nicht getan hat.

Wie auch immer, Leia will ihrer Schwester jetzt nicht das Leben schwer machen, indem sie ihr die vielfältigen ethischen und moralischen Probleme von Kreuzfahrten schildert, von den ökologischen ganz zu schweigen; Gründe, aus denen sie ihre Reisepläne vor ihren Kollegen und ihren Facebook-Kontakten und eigentlich allen Menschen, die sie kennen oder zu kennen glauben, geheim halten wollte. Aber als sie anfängt, Ripsa von ihren *Love-Boat-* und *Wall-E-*Assoziationen zu erzählen, ist ihr auch das zu viel.

»Es ist nicht verboten, es sich gutgehen zu lassen.«

»Natürlich nicht«, sagt Leia. Und ahnt, dass sie tatsächlich genauso denkt.

»Außerdem haben wir doch beschlossen, dass wir nicht die ganze Woche am Pool braten und Sangria schlürfen wollen«, fährt Ripsa fort. »Stattdessen machen wir Ausflüge und erkunden kulturell bedeutsame Orte.«

»Wie zum Beispiel Pompeji«, bringt Leia in Erinnerung.

»Genauso machen wir es. Her mit der Kultur! Die letzten zehn Jahre haben Sakke und ich die Urlaube immer um die Kinder herum geplant. Wir haben Santeri und Silja in alle möglichen Themenparks und Wasserwelten geschleppt, wir kennen quasi alle verdammten Familienhotels von innen, inklusive Würstchen und Kartoffelpüree. Ich will dir was sagen: Es ist zur Abwechslung echt angenehm, mal ohne die ganze Bagage zu verreisen.«

Leia nickt.

»Und auch das Schiff selbst ist ja in kultureller Hinsicht interessant«, setzt sie hinzu. Sie muss es immer noch vor sich selbst rechtfertigen, vor Ripsa braucht sie es ja nicht. »Es wurde in Finnland gebaut. Auf der Werft in Turku.«

»*Made in Finland*, ja. Ob es da eine Sauna gibt?«

»Bestimmt. Und Mumins.«

Die langersehnte Durchsage kommt. Das Boarding wird fortgesetzt. Die Reisenden werden aufgefordert, ihre Pässe und Reisedokumente bereitzuhalten und sich an Ausgang 2 einzufinden.

Leia und Ripsa stehen auf und greifen nach ihrem Handgepäck.

»Schnell, schnell, damit wir nachher nicht in der Schlange feststecken«, mahnt Ripsa, als sie sich den Weg durch die drängelnde Menschenmenge bahnen.

Doch Leia reagiert nicht. Sie starrt einfach geradeaus vor sich hin.

Das unangenehm vertraute Gefühl ist wieder da, das sie in Menschenansammlungen oft überkommt. Die Gewissheit, dass ihr jemand folgt. Oder ihr wenigstens feindselig hinterherschaut. Jemand, der verstummt, wenn er sie sieht, oder wahlweise seiner Begleitung gegenüber eine spitze Bemerkung fallen lässt, die natürlich in Wahrheit für ihre Ohren bestimmt ist.

Es ist noch nicht einmal drei Jahre her, als sie, nichts Böses ahnend, ein Hilfsangebot für Männer aufbauen wollte, die Dienste von Prostituierten nutzen. Dafür wurde sie in der Öffentlichkeit so nachhaltig diffamiert, dass sie den ganzen Winter über und sogar noch bis in den Sommer hinein nur mit einer tief ins Gesicht gezogenen Mütze einkaufen gehen konnte. Hassbotschaften und anderer Müll prasselten aus allen erdenklichen Kanälen auf sie ein. Im Wartebereich eines Krankenhauses wurde sie bespuckt. Das Schlimmste aber war, dass ein Unbekannter ihr aus dem Bus bis in ihre Wohnung folgte, sie dort zu Boden stieß, ihr K.-o.-Tropfen einflößte und gewalttätig wurde. Wenn ihr da nicht ein anderer Unbekannter geholfen hätte, hätte sie sterben können.

Es dauerte, bis sie darüber hinwegkam. So ganz hat sie sich davon wohl immer noch nicht erholt.

Seitdem ist alles noch schlimmer geworden.

Diesen Sommer brauchte es nur einen einzigen Zeitungsartikel, eine lumpige halbe Seite Text in der *Helsingin Sanomat* mit einem winzigen Zitat von ihr. Nur fünf Zeilen, sie war eine von mehreren Befragten. In dem sachlichen und unaufgeregten Artikel ging es um Hilfsangebote, die die verschiedensten Ehrenamtlichen vom Arzt bis zur Lehrerin in Finnland für papierlose Einwanderer organisieren. Also Einwanderer, deren Asylantrag abgelehnt wurde, die sich aber weigern, aus Finnland auszureisen und dorthin zurückzukehren, wo sie möglicherweise in Lebensgefahr sind.

Man hatte sie um eine Stellungnahme dazu gebeten, welche besonderen Probleme und Bedürfnisse papierlose Frauen im Vergleich zu Männern haben. Ihr war nicht recht klar, warum ausgerechnet sie dazu befragt wurde, da sie doch mit der Thematik gar nicht befasst war. Entweder lag es an ihrer früheren wissenschaftlichen Arbeit, die sich mit Fragen zum gesellschaftlichen Geschlechtergefüge und der daraus resultierenden Ungleichheit beschäftigt hatte, oder daran, dass der Journalist sie schon einmal interviewt hatte, in Zusammenhang mit dem Aufsehen um das ProMen-Projekt. Jedenfalls war sie bereit, am Telefon eine kurze Stellungnahme zu der Problematik abzugeben, aus ihrer Sicht eine sehr moderate, wenn nicht sogar allzu zurückhaltende. Sie erläuterte, dass Frauen, die sich bereits in einer verletzbaren Position befänden, die schon Krieg oder Gewalt durch Männer erfahren und mit Traumata verschiedenen Grades zu kämpfen hätten, ohne Rechte, Sprachkenntnisse und ohne Dach über dem Kopf Gefahr liefen, Menschenhändlern zum Opfer zu fallen, vor allem, wenn sie sich ohne ihre Familie in Finnland aufhielten. Ebenfalls eine Gefahr stelle sexuelle Gewalt dar. Am Ende des Gesprächs zollte sie natürlich den freiwilligen Helfern ihren Respekt für deren wertvolle, wenn auch kontrovers diskutierte Aktivitäten.

Sie drückte sich so neutral wie möglich aus. Im Artikel war noch nicht einmal ein Foto von ihr zu sehen. Aber wer immer es wollte, fand Mittel und Wege, alte Bilder aus dem Internet zu fischen und seine eigene Sicht der Dinge zum Besten zu geben, zuerst bei der *Helsingin Sanomat* als Kommentar direkt unter dem Artikel, der als Fake News bezeichnet wurde, und später auch auf anderen Seiten. Diese sogenannten »Einwanderungskritiker« – was für ein Euphemismus. Für Leia erfanden sie wesentlich schlimmere Bezeichnungen und scheuten auch nicht davor zurück, sie einzusetzen. »Rotgrünfotzige Toleranzlerschlampe« war noch einer der moderateren Ausdrücke.

Es gab auch Morddrohungen, drei an der Zahl. Sie hat Anzeige erstattet, wie man es ihr empfohlen hatte, aber vermutlich würde das nie zu etwas führen.

Leia schaut sich rasch um. Sie ist sich sicher, dass sie auch hier von irgendjemandem erkannt wird, weit weg von zu Hause.

4.

Das alte Spiel aus ihrer Kindheit:

Das Schiff ist beladen mit A wie Alkohol. Das Schiff ist beladen mit B wie Bowle. Bailamos. Betablockern.

Mit Cocktails. Cosmopolitans. Campari. Casanovas. Coverbands. Charmeuren.

Mit Drinks. Mit DJs. Mit Dekolletés.

Das Schiff ist beladen mit E wie Euros. Mit Exotik. Erotik. Ekstase? Mit Egoisten.

Und mit Fanfaren. Mit Fantastik. Mit Fassaden, mit falschen Fuffzigern … Mit fucking Feiglingen.

Mit Galagarderobe. Mit Gourmetmahlzeiten. Mit Grog, Gin, Grappa. Mit Gigolos und Ganoven. Mit Gebabbel. Mit Genitalien. Mit grotesken, gigantischen –

Mit Globen.

Mit Geriatern, ha!

Mit Habichten und Hühnervögeln. Und: mit Hedonisten. Mit happigem, heftigem Halligalli. Mit Hangover.

Das Schiff ist beladen mit Individualität. Mit Jetset und Jovialität.

Mit klassenbewussten, keimfreien, konsumgeilen Karrieristen. Mit Kurtisanen und knollennasigen Kindsköpfen. Mit Körbchengröße K.

Das Schiff ist beladen mit Lackaffen und Luxus. Mit Lachnummern und Larifari. Mit Latin Lovern. Mit Liebe.

Mit Liebe, Leia!

Leia, hallo! Das Schiff ist beladen!

5.

»Leia Laine? Leia – wie in *Star Wars*?«

»Genau.«

Der Diensthabende ist ganz aus dem Häuschen.

»Eine Prinzessin bei uns an Bord, welche Ehre! Herzlich willkommen, Hoheit.«

Leia lächelt gequält. Das muss doch nicht jedes Mal sein. Was haben ihre filmverrückten Eltern bloß angerichtet.

Man prüft ihre Reisedokumente und macht Fotos von ihnen. Sie bekommen ihre persönlichen Bordkarten ausgehändigt, Plastikkarten, die in Größe und Form an eine Kreditkarte erinnern. Sie erfahren, dass die Karte auf der Reise als Kabinenschlüssel, aber auch als Bezahlkarte dient. Bargeld oder Kreditkarten benutzt man auf dem Schiff nicht, stattdessen werden alle Leistungen, die nicht im Reisepreis enthalten sind, auf diese Karte gebucht und am Ende der Woche abgerechnet.

Auf dem Weg zum Sicherheitscheck sieht Ripsa Leia scharf an und hebt mahnend den Zeigefinger.

»Denk dran, keine Nieserei!«

»Du kannst mich mal«, sagt Leia. Sofort fängt es an, in ihrer Nase zu kribbeln. Das Handgepäck wird ein weiteres Mal unter dem alles enthüllenden Röntgenblick hindurchgeschoben. Der Körper muss noch einmal durch einen Metalldetektor gehen. Und wenn dann die Sirenen heulen und das Licht schamrot blinkt und man schon zum dritten Mal an diesem Tag den Gürtel ablegen und dem todernsten Sicherheitsmann die Metallzusammensetzung seiner BH-Bügel erläutern muss, dann kommt man sich wahrhaftig vor wie gefangen in einem ewigen Sicherheitskontrollen-Dejà-vu.

»Aber ist das nicht toll: Wenn wir nachher an Bord sind, wissen wir genau, dass diese Gorillas hier nichts Verbotenes durchlassen«, versucht Ripsa ihre Schwester aufzumuntern. »Zum Beispiel etwas Tickendes mit dem Anfangsbuchstaben B. Hier kannst sogar du dich total sicher fühlen.«

»Du hast gut reden«, brummelt Leia und legt ihren Gürtel wieder an. »Du musstest ja nur deine Sonnenbrille absetzen. Mir hätten sie am liebsten noch das Amalgam aus den Zähnen gebrochen.«

Hinter ihnen heult der Metalldetektor wie verrückt. Vor dem Gerät steht ein großer, dünner Mann mit Bart und ausgestreckten Armen. Der Sicherheitsmann bewegt einen verdächtig schnarrenden Handscanner an dessen Körper entlang.

Neben ihnen ist jetzt der andere Sicherheitsmann mit der Waffe aufgetaucht, die Hand wie vorhin am Gürtel.

Leia presst die Lippen aufeinander. Ripsa geht schon voran, aber Leia kann nicht anders, sie muss einfach stehen bleiben und zusehen. Unter dem Durchleuchtungsgerät läuft gerade das Handgepäck des Mannes hindurch. Anschließend wird die schwarze Ledertasche äußerst vorsichtig auf den Tisch gelegt. Der Reißverschluss wird geöffnet, und zwei Sicherheitsleute mit Pistolen beugen sich darüber, um sie zu durchsuchen. Der Mann beobachtet das Geschehen mit düsterem Blick. Das Gesicht, oder zumindest das, was man vor lauter Bart erkennen kann, ist auffallend blass. Schweiß steht ihm auf der Stirn. Als er Leias Blick bemerkt, fährt sie erschrocken zusammen und wendet sich ab.

Sie beeilt sich, Ripsa einzuholen, und versucht dabei, das Bild abzuschütteln, das sich in ihrem Kopf festgesetzt hat und dort sofort in seine Einzelteile zerlegt wird: schwarzes T-Shirt, blaue Jeans, dunkler, unordentlicher Bart. Größe mindestens eins neunzig, Alter vierzig oder etwas mehr. Die persönlichen Kennzeichen des Mannes, falls man sie später danach fragt.

Falls er denn an Bord gelassen wird. Und falls etwas passiert. War sein Blick nicht irgendwie … manisch?

Leias Herzklopfen ist fast schmerzhaft. Jetzt hör auf, ermahnt sie sich selbst. Beruhige dich, sofort. Du machst dich noch der ethnischen und religiösen Diskriminierung schuldig, du bist keinen Deut besser als die Sicherheitsleute hier oder an den Flughäfen.

Im Tunnel herrscht großes Gedränge. Willenlos wie eine Viehherde auf dem Weg ins Schlachthaus werden sie zwischen Metallgeländern vorangetrieben. Allmählich mischt sich der Rhythmus eines Liedes unter das Fußgetrappel, mit jedem Schritt wird es lauter. *Volare, oo-o, cantare, oo-o-o-o.* Die Melodie des alten, nur zu bekannten italienischen Schlagers. Echte Fahrstuhlmusik, denkt Leia und weiß nicht, wie sie darauf reagieren soll.

Es ist unmöglich zu sagen, wann genau sie festen Boden verlassen und hoch über dem Wasser den Rumpf der *Mediterranean Siren* betreten haben – aber hier stehen sie nun, inmitten der lärmenden, drängelnden und durcheinanderplappernden Menge von Reisenden jeglicher Nationalität auf dem vierten Deck im Empfangsfoyer des Schiffes.

Und hier stockt die Bewegung.

»Huch«, sagt Ripsa. »Und das soll ein finnisches Schiff sein?«

Leia antwortet nicht. Sie kriegt kein Wort heraus.

Plastik. Kreischbuntes, glänzendes Plastik in allen Farben des Regenbogens an den Wänden, an der Decke und auf dem Fußboden, so weit das Auge reicht, überall schamlos aufdringliche Plastikflächen, als hätte ein Pop-Art-Künstler der sechziger Jahre einen Comic in 3D nachbilden wollen. Plastik, das noch nicht einmal so tun will, als sei es etwas anderes. Plastik an Kronleuchtern, Wanddekoren und Säulen. Plastik an der mit Spots beleuchteten geschwungenen Treppe und auf dem Podest, von dem immer noch die italienische Melodie ertönt, die sich das gesamteuropäische Musikerbe schon vor Jahrzehnten einverleibt hat. Die Sängerin, eine reife Frau in einem zu engen silbernen Kleid, hebt die Arme, und das Silber glitzert wie Fischschuppen. Hinter ihr, auf einem weiß glänzenden Flügel, steht ein Keyboard, auf dem ein Mann sie begleitet.

Der Anblick ruft zuerst Verwunderung in Leia hervor und gleich darauf ein Gefühl von Wut, unverhältnismäßig starke Wut, vor allem, weil sie völlig unvermittelt kommt, doch im nächsten Moment – beängstigend auch das – erscheint ihr die Instrumentenkonstellation im Verhältnis zum Umfeld passend. Eigentlich die einzig mögliche Lösung. Auf der kleinen Tanzfläche drehen einige Paare mittleren Alters erste tastende Runden, Italiener oder Spanier, und hinter den Tanzpaaren sausen die Panoramafahrstühle auf und ab. Leia hebt den Blick. Die Decke ist so weit oben, dass sie kaum zu sehen ist. Das Schiff hat vierzehn oder sogar fünfzehn Decks.

Der erste Eindruck von dieser speziellen Sirene ist: unruhig, durcheinander, aufdringlich. Wenn nicht sogar – ihr kommt das Wort »vulgär« in den Sinn, auch wenn ihr plötzlich nicht mehr einfallen will, was es genau bedeutet. Ihr ist kalt. Ob das von der Müdigkeit kommt, vom eisigen Strom der Klimaanlage oder von der Reizüberflutung?

Ripsa bahnt ihnen den Weg durch die Menge der Passagiere, die in lautstarker Unbekümmertheit umherwogt. Sie bewegt sich zielgerichtet voran wie ein beharrlicher kleiner Schlepper, sie hatte schon immer einen guten Orientierungssinn, anders als Leia. Ripsa hätte sich beim Orientierungslauf in der Mittelstufe nie in dem winzigen Wäldchen verlaufen. Und erst recht nicht in der dritten Klasse beim Langlaufwettbewerb. Die Strecke war immerhin alle zehn Meter mit Stöcken im Schnee markiert. Außerdem müssten die Skier sich auf der Loipe doch immer in die richtige Richtung bewegen, sodass man geradezu automatisch ins Ziel kommt. Wie hatte sie sich damals so verirren können? Das fragten sich auch die Sportlehrerin, die Männer vom Rettungsdienst und einige freiwillige Helfer, als man schließlich fünf Stunden später – es war schon dunkel – ihre Skier entdeckte, die zwölf Kilometer entfernt in Vantaa an der Wand eines Supermarktes lehnten. Leia, durchgefroren, hungrig und restlos verärgert und genervt von dem Wettkampf, suchte sich gerade an der Brötchentheke etwas zu essen aus. Zum Glück hatte sie in der Tasche ihrer Skijacke ein paar Mark gefunden.

Damals hatte es noch die Finnmark gegeben, und keine Handys. Sie war zu schüchtern gewesen, die Frau im Laden zu fragen, ob sie ihre Eltern anrufen könne. Doch noch mehr stand ihr ihr eigener Stolz im Weg. Sie hatte sich nicht eingestehen können, dass sie sich verirrt hatte – und zwar gründlich.

Korridore, Foyers, Treppenhäuser. Ein Fahrstuhl, noch ein Foyer, weitere Korridore. Das Schiff ist ein einziges Labyrinth. Unbeirrt folgt Leia den Schritten, die vor ihr her stöckeln und dem Pferdeschwanz, der mit der Präzision eines Metronoms im Takt dazu hin und her schwingt. Wenn sie jetzt ihre Schwester verliert, dann wird sie für immer auf den Schiffskorridoren umherirren, ohne jemals den Weg zur Kabine oder nach draußen zu finden, und schließlich zum Schiffsgespenst werden.

Im Gehen erzählt Ripsa pausenlos von irgendeiner Begebenheit aus der Geschichte der Seefahrt, die ihr in einem Reisebuch untergekommen ist. Dabei geht es irgendwie um britische Offiziere und Indien, um Steuerbord und Backbord und den Stand der Sonne, doch Leia schnappt nur einzelne Wörter und Satzfetzen auf.

Irgendwann haben sie den Kabinenkorridor auf Deck acht erreicht, der pfeilgerade Gang erstreckt sich weiter, als das Auge reicht.

Ripsa bleibt so plötzlich stehen, dass Leia beinahe mit ihr zusammenstößt.

»Posh«, sagt Ripsa und sieht sie erwartungsvoll an.

»Posh?«, fragt Leia. In ihrem Kopf summt es.

»Port out, starboard home«, sagt Ripsa. Dann merkt sie, dass Leia höchstens die Hälfte ihrer Erläuterungen verstanden hat, und rollt die Augen.

Ripsa zeigt auf die Nummer an der Tür. 8228.

»Unsere Kabine. Mach auf. Ich muss mal pinkeln.«

Seit sie an Bord gekommen sind, hält Leia ihre Bordkarte fest umklammert wie ein magisches Amulett. Sie steckt sie in den Schlitz und drückt die Türklinke herunter.

Zwei Koffer, Leias grauer und Ripsas weinroter, stehen schon hinter der Tür und versperren ihnen den Weg. Ripsa schlängelt sich daran vorbei und lässt Leia den Rest erledigen.

»Mach mal Licht an, hier ist es dunkel«, ruft Ripsa. Leia drückt den Schalter. Nichts passiert. Da bemerkt sie neben der Kabinentür an der Wand einen Plastikschlitz und schiebt die Bordkarte hinein. Simsalabim, das Licht geht an.

»Danke«, sagt Ripsa aus dem Bad.

»Ich hab zu danken«, sagt Leia. Endlich fühlt sie sich sicher.

Hier ist er. Der von Ripsa und, wir wollen es nicht verhehlen, auch von ihr selbst ein wenig erwartete Luxus. Und das bedeutet: Platz. Auch die günstigste Kabine auf der *Mediterranean Siren* ist kein schwitziges Kämmerchen mit Stockbetten, sondern ein ordentliches Hotelzimmer.

Puh. Sie kann sich leider nur zu gut an die fatale Schiffsreise nach Stockholm erinnern, die sie vor Jahren für sich und Viivi in der billigsten Kabinenkategorie unter dem Autodeck gebucht hatte. Die Fahrgeschäfte im Vergnügungspark Gröna Lund hat sie längst vergessen, aber ganz deutlich erinnert sie sich noch an den Seegang, der die ganze Rückreise über anhielt. Dazu die neunjährige Viivi, die trotz ihrer heftigen Seekrankheit immer wieder zurück auf das obere Bett kletterte, und wie sie gezwungen war, sämtliche Flächen – vertikale und horizontale – der fünf Quadratmeter kleinen Folterkammer von Viivis Ausscheidungen zu säubern, und dabei selbst die ganze Zeit ihren Würgereiz unterdrücken musste.

Seit dieser Nacht hat Leia dankend auf Schiffsreisen jeder Art verzichtet. Sie beteiligte sich nicht einmal an Betriebsausflügen, wenn diese eine Schifffahrt beinhalteten, und als einmal an der Uni ein Gender-Studies-Seminar nach einem Brand im Schulungszentrum auf ein Schiff verlegt wurde, sagte sie ihre Teilnahme kurzfristig ab, mit der Begründung, sie sei plötzlich krank geworden. Und ganz sicher würde sie in ihrem Leben nie mehr schwedische Wurstpfanne essen.

Weiter hinten in der Kabine befindet sich eine Kofferablage. Leia rollt die Koffer dorthin und parkt sie Seite an Seite. Das Zimmer ist so groß, dass ein ordentliches Doppelbett und ein Schreibtisch hineinpassen. Auf dem Tisch, vor dem Telefon und den einladend gefalteten Badehandtüchern erwarten sie eine Flasche Champagner mit zwei Gläsern und eine bunte Obstschale: Äpfel, Trauben, eine Mango. Der Kleiderschrank ist breiter als zu Hause. Wie es aussieht, nimmt man beim Blick in den Ganzkörperspiegel automatisch zwei Kilo ab. An der anderen Wand steht eine Minibar, die nicht mal so mini ist. Der Fernseher ist über dem Schreibtisch an der Wand befestigt und kann so gedreht werden, dass man den Bildschirm sowohl vom Bett als auch von den Sesseln aus im Blick hat.

Über dem Kopfende des Bettes, dort, wo in den teureren Kabinen das Fenster ist, hängt ein gerahmter Kunstdruck. Er zeigt eine auf der Seite liegende Frau, mit verschwommenen Aquarellpinselstrichen skizziert. Vielleicht die namensgebende Sirene oder eine andere Meerjungfrau?

In der Mitte der bronzefarbenen Tagesdecke prangt eine Schleife, die jemand – vermutlich die Reinigungskraft – kunstvoll aus einem roten Stoffstreifen gefaltet hat. Als solle man das Bett öffnen wie ein Geschenk. Leia schiebt die Schleife zur Seite und lässt sich der Länge nach aufs Bett fallen. Sie schließt die Augen. Nur eine Viertelstunde, denkt sie.

Sie ist sicher, dass sie schon kurz eingenickt ist, als Ripsas Stimme sie aufschreckt.

»Ziemlich cooles Bad, allerdings sind Shampoo und Duschgel fest an der Wand montiert – hey, wolltest du etwa schon schlafen?«

In der Atmosphäre der Kabine ist es zu einem kleinen, aber deutlichen Luftdruckabfall gekommen. Mit größter Anstrengung hebt Leia den Kopf von der Tagesdecke. Ich bin so müde, jammert sie, allerdings nur insgeheim.

Ripsa hat in der Kabine außer ihrer erschöpften Schwester noch etwas anderes entdeckt.

»Yay, Schampus!«

Das Bett bebt, als Ripsa sich mit der Flasche in der Hand hinsetzt. Stolz wie ein Winzer seine eigene Ernte, präsentiert sie Leia das Etikett.

»Dom Pérignon, Jahrgang 2006. Echter Champagner, man höre und staune. Los, aufstehen, du Faulpelz, jetzt wird gefeiert! Wir haben schließlich Urlaub!«

»Ich muss erst mal was essen«, murmelt Leia.

»Wie bitte?«, schnaubt Ripsa. »Seit wann bist du denn so langweilig?«

»Ich war schon immer so langweilig«, brummelt Leia. Die Kabine fühlt sich auf einmal eng an. »Ich bin müde, und ich hab Hunger. So ein Flugzeugbrötchen hält nicht ewig vor.«

Ripsa steht auf.

»Dann iss was. Hier ist eine ganze Schale mit Obst.«

Leia quält sich demonstrativ in eine sitzende Position – und kann nicht mehr ausweichen, als etwas auf sie zufliegt, sie an der Stirn trifft und dann auf die Bettdecke plumpst.

Ein Apfel. Erschüttert betrachtet sie zuerst das Wurfgeschoss, dann ihre Schwester.

»Du hast mich mit einem Apfel beworfen.«

»Du hättest ihn doch fangen können«, quäkt Ripsa. »Beschwer dich nicht, iss lieber.«

Im nächsten Moment werfen sie sich schon drohende Blicke zu, bereit, die andere an den Haaren zu ziehen und aufgebracht herumzuschreien, so wie früher auf der Rückbank des alten Skoda, wenn die Fahrt zur Oma nach Mäntyharju wieder mal länger dauerte, als der Stapel Mickey-Maus-Hefte und die New-Kids-On-The-Block-Kassette im gemeinsamen Walkman für Unterhaltung sorgten.

Doch da klopft es an der Tür.

6.

Einmal klopfen genügt. Die Tür öffnet sich. Peetrus Kross lässt den Ankömmling herein, tritt auf den Korridor und wirft einen Blick in beide Richtungen.

Er schließt die Tür und verriegelt sie.

»Nur zur Sicherheit.«

Eine gegenseitige Vorstellung ist nicht nötig. Man weiß voneinander, weiß, weshalb man sich trifft.

Peetrus Kross ist ein höchstens mittelgroßer Mann, nicht besonders muskulös oder breitschultrig, eher mit dem Wort drahtig zu beschreiben. In fünfundfünfzig Lebensjahren ist sein Haaransatz um ein gutes Stück nach hinten gewandert, die Augenbrauen haben ihre Farbe verloren, die Falten um seine Augen sind tiefer geworden. Er trägt eine saubere, gerade geschnittene Hose, die von einem teuren, aber abgewetzten Gürtel gehalten wird. Die beiden oberen Knöpfe an seinem langärmligen grauen Hemd sind offen. Seine Kleidung ist genauso neutral, farblos und unauffällig, wie der Mann selbst auf den ersten Blick erscheint.

Auch über die Kabine ist nicht viel zu sagen. In dem fensterlosen kleinen Raum haben nur ein einfacher Schreibtisch samt Stuhl Platz, dazu einige Schränke und ein schmales Bett.

Ungemacht.

»Über das hier haben wir gesprochen«, sagt Kross.

Er nimmt etwas aus seiner Hosentasche. Schwarzer Kunststoff, etwas Metall. Rund fünf Zentimeter lang und halb so breit. Ein schlichter kleiner Gegenstand, täuschend simpel.

Bei richtigem Einsatz extrem effizient, das wissen sie beide. Zur richtigen Zeit am richtigen Ort platziert.

Kross' Gegenüber steckt den Gegenstand in die Tasche. Hebt den Blick, streckt die Hand aus.

»Wollen wir die Welt retten, Kross?«

Zum ersten Mal schaut er seinem Gegenüber in die Augen. Der Händedruck ist kräftig und der Blick fest. Die Augen sind von einem erstaunlichen Blau.

7.

»*Good afternoon, madam*«, sagt jemand an der Tür. »Sie gestatten?«

Ein Mann kommt in die Kabine marschiert, seine lilafarbene Uniform erinnert an die Piccolos in den Luxushotels alter Hollywoodfilme. Er trägt sogar ein passendes Schiffchen auf dem Kopf und weiße Handschuhe. Er ist mindestens einen Kopf kleiner als Leia und Ripsa. Das breite Lächeln wirkt bei dem schmalgesichtigen kleinen Mann fast etwas übertrieben, wenn nicht gar schmerzhaft. Die dunkle Hautfarbe kontrastiert mit der Reihe gerader weißer Zähne, die wie poliert aussehen.

»*Madam. Madam.*« Er verbeugt sich fast schon feierlich vor ihnen. »Ich bin Raoul, Ihr persönlicher Kabinensteward. Ich darf Sie auf der *Mediterranean Siren* herzlich willkommen heißen. Ich hoffe, Sie werden die Kreuzfahrt auf unserem Schiff genießen.«

»Danke«, sagt Ripsa. Sie ist sofort Herrin der Lage. Zum Glück. Leia ist zu verblüfft, um zu antworten.

Raoul reicht Ripsa einen Stapel DIN-A4-Blätter, die die Damen sich bitte ansehen möchten. Er selbst behält eine Mappe in der Hand, die er nun öffnet. Mit routinierten, fast tänzerischen Bewegungen beginnt er, ihnen den Inhalt darzulegen, ein bisschen erinnert es an die Sicherheitsbelehrungen von Flugzeug-Stewardessen vor dem Take-off.

»Ich empfehle Ihnen, sich sorgfältig mit dem Wochen- und Tagesprogramm an Bord vertraut zu machen. Dort finden Sie die vielfältigen Aktivitäten mit den zugehörigen Uhrzeiten, unser breites Angebot an Landausflügen, die sie von den verschiedenen Häfen aus unternehmen können, und alles andere Aktuelle. Weitere Informationen bekommen Sie an der Information auf Deck eins. Oder von mir. Ich helfe, wo immer es geht.«

»Okay«, sagt Ripsa. »Danke.«

»Ich empfehle Ihnen wärmstens, sich die Bord-App der *Mediterranean Siren* auf ihr Smartphone herunterzuladen. Damit können Sie jederzeit miteinander oder auch mit anderen Passagieren Kontakt aufnehmen. Die App enthält darüber hinaus nützliche Informationen über unser Schiff und unsere Reiseroute, außerdem Stadtpläne und Erläuterungen zu allen angelaufenen Häfen und Ausflugszielen. Mit der App können Sie auch Plätze für Landausflüge buchen, ohne dass Sie sich an der Bordinformation melden müssen.«

»Das klingt gut«, sagt Ripsa. »Das mache ich sofort. Ist die App kostenlos?«

»Vollkommen kostenlos, Madam. Lediglich zusätzliche Dienste werden extra abgerechnet. Diese zahlen Sie dann am Ende Ihrer Reise. Und jetzt möchte ich Sie noch auf einige sehr wichtige Dinge aufmerksam machen. Lebenswichtige Dinge. Bitte versprechen Sie Onkel Raoul, dass Sie brav sind und genau auf das hören, was ich sage.«

Ripsa amüsiert sich ziemlich über Raouls feierliche und gleichzeitig familiäre Ansprache, was Leia absolut nicht angebracht erscheint.

»Was sollen wir denn versprechen?«

»Die Bordkarten. Die müssen Sie immer mitnehmen, wenn Sie die Kabine verlassen.«

»Das versprechen wir. Und was noch?«

»Der Drill. Heute um Punkt sechs.«

»Alles klar«, sagt Ripsa.

»Und noch wichtiger: Ich habe die Freude, Ihnen mitzuteilen, dass Ihr Abendessen heute um neunzehn Uhr auf Deck sieben im Restaurant Bellissima serviert wird.«

Jetzt lächelt Ripsa genauso breit wie Raoul.

»Wie lautet der Dresscode für heute? Gibt es nicht immer einen für das Abendessen?«

»Sie haben recht, Madam. *Casual*, Madam.« Raoul zwinkert Ripsa zu. »Am Samstag, wenn wir aus Palma de Mallorca auslaufen, gibt es ein Galadinner. Dann lautet der Dresscode Abendkleid.«

»Ooh«, lächelt Ripsa. »Herrlich. Ich kann es kaum erwarten.«

Raoul zwinkert ihr ein zweites Mal zu. Und dann, nach einer halben Sekunde Bedenkzeit, zwinkert er auch Leia zu. Wie zur Sicherheit, nach einem besonderen, schwer durchschaubaren Protokoll.

»Miss Laine und Mrs. Laine-Forssa. Sie … gehören zur selben Familie?«

»Ja.«

»Mutter und Tochter?«

»Schwestern«, sagt Leia.

Raouls Lächeln wird noch breiter.

»Das dachte ich mir.«

Leia und Ripsa tauschen einen Blick aus. Darüber werden sie gleich noch reden, vermutet Leia.

»Und Sie sind aus … Finnland?«

»Finnland. Helsinki. Genau.«

»Dieses Schiff kommt auch von dort. *Made in Finland, you know?*«

»Ja, das wissen wir.«

Es folgt ein Moment der Stille. Leia hat den Eindruck, dass eine von ihnen nun etwas Positives über das Schiff oder Finnland oder irgendetwas anderes sagen müsste. Aber ihr fällt beim besten Willen nichts ein. Außerdem gehört das Abspulen von Floskeln doch zu den Pflichten der Dienerschaft – ups, des Personals, korrigiert sie sich selbst rasch. Aus welchem Reptiliengehirn in ihrem übermüdeten Kopf hat sich dieses Wort denn hervorgestohlen?

Raoul fährt mit seiner Vorstellung fort. Er macht sie mit den Annehmlichkeiten der Kabine vertraut, vom Fernseher mit seinen Bezahlsendern bis hin zum Fön in der Schreibtischschublade, und erinnert daran, dass die bordeigene Wäscherei ihnen rund um die Uhr zur Verfügung steht. Er beschreibt den 24-Stunden-Kabinenservice mit seinen verschiedenen Angeboten so anschaulich, dass ihnen das Wasser im Mund zusammenläuft. Er zeigt ihnen detailliert den eindrucksvollen Inhalt der Minibar, einschließlich jeder einzelnen Whisky-, Likör-, Bier- und Weinflasche und jedem einzelnen Schokoriegel und jeder Tüte Erdnüsse, ohne dass sein Lächeln auch nur ein einziges Mal nachlässt.

»Soll ich Ihnen den Champagner öffnen?«, fragt er und deutet mit dem Kopf auf die Flasche, die Ripsa auf dem Barschrank abgestellt hat.

»Ja, bitte«, sagt Ripsa schnell und wirft Leia einen Blick zu. Die verzieht keine Miene.

Raoul lässt den Champagnerkorken knallen und schenkt ihnen ein. Bevor er sich zurückzieht, erinnert er noch daran, dass er rund um die Uhr für sie erreichbar ist, über die App oder über das interne Telefon.

»Einfach die Eins wählen, und ich bin da, vierundzwanzig Stunden am Tag, Madam.« Er macht eine leichte Verbeugung, zunächst in Ripsas, dann in Leias Richtung. »Madam.«

Als sie wieder allein sind, starrt Leia Ripsa mit offenem Mund an.

»Wir haben einen Kabinensteward.«

»Einen persönlichen Kabinensteward«, ergänzt Ripsa mit einem zuckerigen Grinsen auf den Lippen und reicht Leia ein Champagnerglas.

Leia schüttelt den Kopf.

»Vierundzwanzig Stunden am Tag. Wann schläft der denn?«

»Pass auf, dass du dich in dieser einen Woche nicht an das süße Leben gewöhnst. Sonst musst du dir zu Hause auch einen Raoul einstellen.« Ripsa lässt ihr Glas gegen Leias klirren und nimmt einen Schluck Champagner. »Wie herrlich das blubbert! Probier mal.«

Leia will aber noch nicht das Thema wechseln.

»Aus welcher Ecke der Welt haben sie ihn wohl geholt, damit er sich um uns kümmert?«

»Von den Philippinen. Er hatte eine philippinische Flagge auf seinem Namensschild, hast du das nicht gesehen?«, sagt Ripsa. Und grinst wieder. »Überleg mal, er dachte, wir sind Mutter und Tochter. So viel älter siehst du ja nun nicht aus, finde ich.«

»Warum glaubst du, dass er mich für die Mutter gehalten hat?«

Ripsa wirft einen Blick in den Spiegel und zieht den Bauch ein. »Sicherlich sind wir nicht die Einzigen, um die er sich hier kümmert«, sagt sie. Dann nimmt sie den Papierstapel zur Hand, den Raoul ihnen dagelassen hat, und setzt sich damit aufs Bett.

Von ihren frisch gefärbten Haaren geht ein scharfer chemischer Geruch aus. Sie trinkt den Champagner, als sei er eine bittere Medizin. Leia tut es leid. Was sie gesagt hat, war gedankenlos. Ihre Schwester hat schon ewig Komplexe wegen der paar lumpigen Kilos, die sie zu viel auf den Rippen hat. Und wer ist sie, Ripsa dafür zu kritisieren, dass sie sich für eine Woche der Lebensfreude und dem Genuss hingeben will? Soll sie doch für eine Woche den Maharadscha spielen, der bedient und angebetet wird, sie nimmt damit doch niemandem etwas weg.

»Ob er uns für ein lesbisches Paar gehalten hat?«, versucht sie den Gesprächsfaden wiederaufzunehmen. »Die Philippinen sind ein altmodisches Land. Vielleicht war er deshalb so verunsichert.«

Ripsa knistert mit ihren Papieren und schlürft weiter demonstrativ ihren Champagner.

»Und was ist dieser Drill, von dem ihr gesprochen habt? Es klang so, als würdest du dich auch damit auskennen.«

Immer noch keine Antwort.

»Willst du, dass ich dir den Nacken massiere?«

Ripsa stellt ihr leeres Glas auf den Tisch und setzt sich dann mit dem Rücken zu Leia. Sie sagt immer noch nichts.

Leias Lippen verziehen sich zu einem schiefen Lächeln, sie stellt ihr volles Champagneglas ebenfalls auf den Tisch. Wenn sie ihre Daumen erst einmal in Ripsas Nacken versenkt hat und diese ihre ersten Wonneseufzer von sich gibt, hat sie die Situation wieder im Griff.

»Du hast mit einem Apfel nach mir geworfen.«

»Stimmt, ja, aber du hättest dein Gesicht sehen sollen.«

»Das war nicht lustig.«

Leias Fingerspitzen treffen auf ein paar stramme Verspannungsknubbel und fangen an, sie zu kneten. Ripsa stöhnt.

»Das hätte ins Auge gehen können«, fährt Leia fort.

»Nicht doch.«

Sie drückt wieder zu, und Ripsa jault auf.

»Du hast recht«, sagt Ripsa. »Es tut mir leid. Das war dumm von mir.«

»Stimmt. Entschuldigung angenommen.«

»Sind das nicht furchtbare Verspannungen?«

»In der Tat.«

»Die letzten Wochen waren der reinste Horror. Wir haben bei der Arbeit ein neues Programm zur Beschleunigung der Peptidhydrolyse getestet, natürlich mitten in der Ferienzeit. Das halbe Labor im Sommerurlaub. Die Arbeit stockte immer wieder, weil wir mehrmals am Tag jemanden anrufen und um Hilfe bitten mussten, wahnsinnig stressig … Und zu Hause das totale Chaos, weil Sakke sich abends was vorgenommen hatte, obwohl Silja vom Geräteturnen aus bei einer Tagesfreizeit war und Santeri Magen-Darm hatte. Der dritte Norovirus dieses Jahr – igitt.«

»Mhm«, macht Leia. Die schlechte Laune ist verflogen, ihre Schwester redet wieder wie ein Wasserfall. »Ihr habt einfach einen ganz schön hektischen Alltag.«

»Und bei dir?«, fragt Ripsa. »Was macht Viivi so?«

»Stell dir vor, bei was ich sie neulich im Internet erwischt hab!«

»Pornos?«

»Schlimmer. Sie hat nach einer Wohnung gesucht.«

Ripsa prustet los.

»Ach, ich zähle schon die Jahre. Die Tage. An dem Tag, an dem Santeri und Silja endlich achtzehn sind, werde ich sagen: Da ist die Tür. Dann ist es vorbei mit der Vollpension und dem ganzen Service. Nichts mehr mit Kochen und Putzen und Fahrdiensten zum Fußball, zum Hockey, zum Geräteturnen, zum Eiskunstlauf und was weiß ich. Mama fängt jetzt an, Bücher zu lesen und Filme zu gucken und ihr eigenes Leben zu leben, ihr könnt dann zu Weihnachten mal vorbeischauen – adieu.«

Leia sagt nichts, aber sie bearbeitet Ripsas Nacken so grob, dass die den Hinweis nicht missverstehen kann.

»Ist ja schon gut«, sagt Ripsa. Sie bemüht sich sichtlich, die Sache ernst zu nehmen. »Aber das gehört sich doch so. Ist doch ein gutes Zeichen, wenn sie sich unabhängig machen will.«

»Vermutlich«, sagt Leia.

Nein, Ripsa wird das niemals verstehen können.

Natürlich hat sie gewusst, dass dieser Tag irgendwann kommen würde. Aber dass er so früh kommt …

Nach den Abiklausuren hat sich Viivi nicht viel zu Hause blicken lassen. Klar, eine Neunzehnjährige hat ihre Gründe, ihre Freunde, ihren Sommerjob. Dann noch Tanzstunden, Joggen, Fitnessstudio. Zusätzlich verbringt ihre Tochter seit dem Frühjahr unendlich viel Zeit in der Bibliothek, wo sie für die Aufnahmeprüfung an der Uni lernt. Natürlich kann Leia sich nicht darüber beschweren. Das erste Oberstufenjahr war bei Viivi so lala gewesen, aber danach hat sie sich dermaßen ins Zeug gelegt, dass Leia schon anfing, sich Sorgen zu machen, wie sie das alles schafft. Es ist ja nicht umsonst Gesprächsthema, dass junge Mädchen sich zu viel Stress in der Schule machen und immer perfekt sein wollen.

Im Abizeugnis fünfmal die Bestnote, unter anderem in Mathe, Physik und Chemie – in diesem Fall ist der Apfel sehr weit vom Stamm gefallen und dann noch ein Stückchen weiter gerollt. In Psychologie hatte Viivi zu ihrer eigenen Bestürzung nur die zweitbeste Note. Sie möchte sie im Herbst noch einmal nachbessern, hat sich aber auch gefragt, ob sich das überhaupt lohnt. Aufgrund ihrer Abiturpunktzahl hat sie bereits einen Studienplatz an der Technischen Hochschule der Aalto-Universität sicher.

Viivi schert sich kein bisschen um Leias Ratschläge, sie hat nur genervte Blicke für sie übrig. Und die bekommt sie in letzter Zeit ziemlich oft, denn Viivi ist der Meinung, dass ihre Mutter nicht mehr das Recht hat, ihrem Kind Ratschläge zu erteilen, schließlich ist das Kind volljährig. Aber hör mal, hat Leia ihr schon oft sagen wollen (und sie hat es ihr sogar gesagt): Es gehört zu den Aufgaben einer Mutter, ihren Kindern Ratschläge zu erteilen, und zwar bis an ihr Lebensende. Die hartnäckigsten tun es sogar noch darüber hinaus.

Nein, Ripsa kann das nicht verstehen. Der Altersunterschied zwischen ihnen ist nicht der Rede wert, aber sie leben in völlig unterschiedlichen Welten. Ripsa hat zu Hause einen Mann und zwei Grundschulkinder, und ihre Tage sind von morgens bis abends mit Aktivitäten vollgestopft. Sie verfolgt nicht nur ihre eigenen Hobbys und die ihrer Kinder, sondern ist Mitglied im Schulelternrat und macht bei den Fußballmüttern mit, wo sie jede Woche irgendwo mit anpackt und auf Festen Kuchen verkauft, und dann ist sie auch noch in der Bewohnervertretung ihres Stadtteils aktiv, zuletzt als Vorstandsmitglied und Kassenwartin.

Verglichen mit dem vollgepackten Alltag ihrer Schwester ist Leias Leben ziemlich, na ja, farblos.

Sie hat Viivi. Zumindest hin und wieder.

Und natürlich hat sie auch ihren Job.

Sicherlich muss man in diesen schwierigen Zeiten dankbar sein, dass man überhaupt Arbeit hat, auch wenn sie nicht der eigenen Qualifikation entspricht. Die Universitäten haben anscheinend alle unproduktiven Steuergeldfresser gestrichen, und andere sozialwissenschaftliche Forschungs- und Entwicklungsinstitute, Verbände und Organisationen hat man zusammengelegt oder gleich ganz dichtgemacht. Solche Jobs gibt es einfach nicht mehr, hat sie der Sachbearbeiter beim Arbeitsamt belehrt. Ihre Qualifikationen sind schlicht und einfach wertlos geworden.

Aha. Die Welt ist also fertig, überall herrscht Gleichberechtigung, dann lasst uns doch alle Altenpfleger werden, hat sie gesagt, und der Sachbearbeiter hat sie angeschaut, als sei sie nicht ganz richtig im Kopf. So langsam müsste ihr klarwerden, dass die meisten Menschen es einfach nicht begreifen, wenn sie mal witzig sein will. Ja, Altenpfleger werden gebraucht, stellte der Sachbearbeiter fest, aber auch dafür ist sie hoffnungslos überqualifiziert und fehl am Platz.

Und vermutlich mangelt es ihr auch an der richtigen Einstellung.

Aber irgendjemand muss das Brot ja herbeischaffen, und die Milch und das Hackfleisch, und Tofu und Biogemüse für die bewusst lebende Tochter, solange sie noch zu Hause wohnt. Doch, sie kann dankbar sein. Und sie versucht es ja auch. Ihr Job als Sachbearbeiterin bei der Versicherung ist sogar unbefristet, darum würden viele sie in diesen Zeiten beneiden. Auch wenn sie wüssten, wie niedrig ihr Gehalt ist.

Zur Arbeit, nach Hause, zur Arbeit, nach Hause. Daraus besteht ihr Alltag. Abends und am Wochenende hängt sie vor dem

Fernseher oder versucht zu lesen. Genau die Aktivitäten, von denen Ripsa angeblich träumt. Um sie herum so lange Stille, bis sie sie selbst durchbricht. Ihr vorherrschender Zustand: Warten. Wann kommt Viivi nach Hause und von wo? Erzählt sie was von ihrem Tag oder sagt sie, sie sei zu müde und gehe gleich ins Bett? Und dann scheint unter der geschlossenen Zimmertür hindurch das Licht noch bis Mitternacht, oft auch länger, wenn sie mit ihren Freunden chattet. Falls man das heute überhaupt noch chatten nennt. Skypen. Snappen. WhatsAppen … Woher soll sie es denn wissen, wenn niemand sie darüber aufklärt?

»Autsch.«

Anscheinend ist ihr Massagegriff etwas zu ruppig geraten. Ripsa windet sich unter ihren Händen heraus. »Danke, das reicht fürs Erste.«

»Ich kann ja später weitermachen.«

»Das sagst du bloß so«, sagt Ripsa. »Ach nein, weißt du was, Leia? Lass uns zusammen eine schöne Zeit verbringen. Lass uns nicht mehr schmollen.«

Ein Lächeln stiehlt sich auf Leias Gesicht. »Nein, wir wollen nicht mehr schmollen.«

Ripsa nimmt Leias Champagnerglas vom Tisch und drückt es ihrer Schwester in die Hand.

»Trink aus, ich ziehe mich währenddessen um, und dann können wir das Schiff erkunden. Ach, ich weiß, ich ziehe mein Papageienkleid an! Das hab ich mir extra für diese Reise gekauft.«

»Vielleicht zuerst ein kleines Nickerchen?«, schlägt Leia zaghaft vor. »Eine Viertelstunde? Fünf Minuten?«

Ripsas Blick ist genauso streng wie ihre Antwort: »Runter mit dem Schampus, und dann nichts wie los. Das Schiff legt gleich ab, das will ich miterleben.«

8.

Als er die Kabine betritt und sich räuspert, schreit die Frau auf und fährt herum. Sie presst die Hand auf die Lippen, aber durch ihre Finger dringt ein Kichern.

Zugegeben, er ist sehr leise hereingekommen. Trotzdem kommt ihm die Reaktion der Frau übertrieben vor, zumal sie sicherlich aus gutem Grund hier ist. Er scannt den Raum, das ist ihm zur Gewohnheit geworden, und er scannt auch die Frau – die Haare schwarz, kurz, das Röckchen weinrot, extrem kurz, die Schuhe leider mit einem praktischen niedrigen Absatz. Sie hat ihr Kichern unter Kontrolle bekommen und steht jetzt kerzengerade da. Eine zierliche kleine Frau, fast noch ein Mädchen. Eigentlich müsste man sie nach Hause schicken, damit sie noch ein bisschen wachsen kann.

»Herzlich willkommen. Entschuldigen Sie. Bitte entschuldigen Sie. Willkommen. Ich bin ihre persönliche Kabinenstewardess Maimai. Vierundzwanzig Stunden am Tag zu Ihren Diensten.«

»Aha«, sagt Timo Ratanen. »Okay.«

Maimai schaut sich in der Kabine um, sie wirkt angespannt.

»Ihr Koffer, Sir, er ist noch nicht da.«

»Es gibt keinen Koffer.«

»Ich rufe bei den Trägern an und frage nach.«

»Ich habe keinen Koffer dabei.«

Er klopft auf seine Schultertasche. Maimai starrt sie mit großen Augen und offenem Mund an.

»Gar keinen … Koffer?«

»Nein.«

Timo gestikuliert zur Tür. Aber die Frau versteht nicht, was er ihr damit sagen will.

»Ihre Bordkarte, Sir, darf ich?«

Timo zeigt ihr die Karte, mit der er hereingekommen ist. Maimai nimmt sie, trippelt damit zur Tür und steckt sie in das kleine Plastikgehäuse. Ihre eigene Karte nimmt sie heraus und steckt sie in die Tasche.

»Strom da, Strom weg«, erklärt sie und schaltet demonstrativ das Licht abwechselnd ein und aus. »Sehr wichtige Karte, immer dabeihaben!«

»Hab ich verstanden«, sagt Timo knapp. Maimai kommt zu ihm zurückgetrippelt und drückt ihm verschiedene Zettel in die Hand.

»Informationen zu Ihrem Abendessen, Sir. Das Tagesprogramm, Sir. Das Ausflugsprogramm, Sir.«

»Okay. Ich komme schon zurecht. Und nun, Maimai, also –«

»Ein Glas Champagner? Oder ein Bad in Ihrem privaten Whirlpool? Soll ich Ihnen die Bettdecke zurückschlagen, Sir?«

Sie richtet ihre Mandelaugen auf ihn und lächelt, hübsch wie eine Puppe.

»Danke, aber nein danke. Alles gut. Und nun – hopphopp!«

Hopphopp? Nicht gerade höflich, aber die Bedeutung scheint klar zu sein. Maimai trippelt aus der Tür und zieht sie leise hinter sich zu.

Was war das denn für ein Käfer, denkt Timo. Schöne Beine. Aber ihre Arbeitskleidung erinnert eher an eine Cheerleaderin. Oder die weiblichen Mitglieder einer amerikanischen Marchingband. Männliche Passagiere mit einer schmutzigeren Fantasie könnten sich noch andere passende Tätigkeiten vorstellen. Und sie tun es auch.

Er legt die Papiere auf den Couchtisch, nimmt die Tasche von der Schulter und stellt sie vorsichtig daneben ab. Dann geht er in das zweite Zimmer. Oha. Was für ein Bett! Rund. Mit einem Durchmesser von drei bis dreieinhalb Metern, da würden kreuz und quer an die zehn Maimais draufpassen.

Auf der goldfarbenen Tagesdecke liegt ein Berg aus Kissen, daneben steht ein Tablett mit einer Flasche Champagner und Gläsern. Und einer Rose. Er nimmt sie in die Hand und schnuppert. Sie ist echt.

Zwei Sektgläser. Natürlich ist aus seinen Passagierdaten ersichtlich, dass die Kabine nur für eine Person reserviert ist. Die individuelle Kabinenstewardess hat in der Kabinenkategorie Eden-Lux++ also noch Zusatzaufgaben …

Er tritt ans Fenster. Das Schiff liegt immer noch am Kai, aber auf dieser Seite schaut man nicht auf das heruntergekommene Terminalgebäude, sondern es öffnet sich der Ausblick auf die offene See. Türkises Glitzern. Sieht toll aus.

Er greift nach den dicken Samtvorhängen, die rot sind wie Maimais Kleid, puffrot, und zieht sie zu. Dann geht er zurück in den Wohnraum.

Er setzt sich aufs Sofa, öffnet mit dem Schlüsselcode seine Tasche und breitet sein Reisearsenal vor sich auf dem Tisch aus. Das Telefon findet die Satelliten und aktualisiert sich selbst und die übrigen Geräte im Nu. *Roger.* Die Verbindung klappt, alles funktioniert problemlos. *Roger.* Er packt die Ausrüstung wieder zurück in die Tasche und verschließt sie sorgfältig mit dem Code.

Auf dem Couchtisch liegt die Fernbedienung für den Fernseher. Er nimmt sie in die Hand und schaltet den bordeigenen Infokanal ein. *Welcome on board, Mr. Ratane.*

Wie weit kann man der Technik auf einem Schiff trauen, wo noch nicht mal sein Name richtig geschrieben wird? Er zappt sich durch die Sender, bis er bei einem Werbespot für die Bord-App hängenbleibt. Runterladen und immer auf dem aktuellsten Stand sein! Die tolle und völlig kostenlose App hilft Ihnen, sich mit alten und neuen Freunden auf der *Siren* zu verbinden, die ganze Reise über, 24/7!

»Und sie hilft vor allem uns, alle deine Bewegungen zu überwachen, 24/7. Vergesst es.«

Er schaltet den Fernseher aus und reibt sich die Schläfen. Dann greift er nach den Papieren auf dem Tisch. *Passenger Info*, das sollte man sich wohl mal anschauen.

Bereits nach den ersten paar Sätzen flucht er. Auf dem Schiff kann man nicht mit Bargeld zahlen. Was sich während der Woche auf der Bordkarte summiert, wird am Ende der Reise abgerechnet.

»Sehr wichtige Karte«, ja, verdammt nochmal, das ist sie. Man muss sie jedes Mal vorzeigen, wenn man im Restaurant isst oder in einem Geschäft etwas kauft, wenn man sich an der Infotheke zu einem Ausflug anmeldet, wenn man das Schiff verlässt oder betritt, wenn man sich auf Anfrage ausweisen muss. Sie speichert jede noch so kleine Bewegung, sobald er seine Suite verlässt. Er wirft einen Blick auf das Plastikgehäuse an der Tür. Wunschdenken. Sicherlich wird es auch jedes Mal aufgezeichnet, wenn er die Karte dort hineinsteckt oder herauszieht.

Er denkt an die Sicherheitskontrollen vor dem Boarding. Zu dem Zeitpunkt hätte er noch umkehren können. Theoretisch.

»Die ihr eintretet, lasst alle Hoffnung fahren.«

In der Oberstufe hat er mehr als einmal Dantes *Göttliche Komödie* verschlungen. Vor allem den ersten Teil in der Hölle. Irgendwas hat ihn damals an den neun Folterkammern fasziniert.

Doch diese hier hätte sich Herr Dante niemals träumen lassen. Der zehnte Kreis der Hölle. Der sadistischste von allen.

Wie für mich gemacht.

9.

307 Meter lang, 38,5 Meter breit, zwanzig Geschosse beziehungsweise Decks, davon sechzehn für die Passagiere. Leia ist beeindruckt von den Informationen, die Ripsa aus der Bord-App zitiert.

Es geht ein leichter Wind. Um fünf Uhr nachmittags hat die schlimmste Hitze nachgelassen. Sie lehnen auf Deck vierzehn an der Reling und verfolgen, wie die *Mediterranean Siren* sich langsam und gravitätisch von der Kaimauer löst. Ripsa fotografiert das Manöver mit ihrem Handy und gibt von Neuem erstaunliche Fakten zum Besten. Diese riesige Stahlwanne, 135.000 Tonnen schwer – unmöglich, sich das überhaupt vorzustellen! – wird sie und ihre liebenswerte Schwester sowie fünftausend weitere Passagiere in der kommenden Woche durch drei Länder und vier Häfen schippern und sie am Sonntag wieder sicher in Barcelona abliefern.

Sicher? Am besten denkt sie nicht mehr an den bärtigen Mann an der Sicherheitskontrolle, wie er mit ausgebreiteten Armen dastand, Schweißperlen auf der Stirn – und ob er mitsamt seiner schwarzen Tasche an Bord gelangt ist oder nicht. Es ist ja schon wundersam genug, dass das Wasser solch eine Masse an Stahl und Menschen überhaupt tragen kann. Und Opernmusik noch dazu. Aus den Lautsprechern tönt jetzt eine gewaltige Arie: *Addio fiorito asil*, schmettert der Tenor.

Ripsa hört mit schiefgelegtem Kopf zu.

»Puccini. *Madame Butterfly*, die Abschiedsarie. Sie wird jedes Mal gespielt, wenn die *Mediterranean Siren* ablegt.«

»Stand das auch in der App?«

»Nein, das habe ich schon vorher nachgelesen.«

Natürlich. Wie kann man nur so viel Elan haben, denkt Leia. Sogar im Urlaub.

Eigentlich müsste sie sich freuen. Ihre Schwester hat die Hausaufgaben für sie beide gemacht. Ohne Ripsas Aufklärung wäre sie immer noch der Meinung, der Name *Siren* deute auf ein Horn oder eine Alarmsirene hin und nicht auf die hinterhältige mythologische Nymphe, die mit ihrem Gesang dafür sorgt, dass Seeleute vom Kurs abkommen und ertrinken.

Ein furchtbarer Name für ein Schiff. Aber das sagt sie Ripsa lieber nicht.

»Geht die Oper nicht tragisch aus?«

»Das tun sie doch alle«, gibt Ripsa zurück. »Warte mal, ich checke das kurz in der App. Ja. Der amerikanische Marineoffizier Pinkerton verlässt die wunderschöne Japanerin und segelt davon.«

»Aber das Schiff geht nicht unter?«

»Davon steht hier nichts.«

»Schrecklich. Das lässt mir jetzt keine Ruhe.«

»Ich denke, wenn es so wäre, würden sie das Stück hier nicht spielen.«

Während der verlogene Offizier noch seine Arie zu Ende bringt, knipsen sie gemeinsam einige Selfies. Und als die *Mediterranean Siren* sich so von Barcelona auf ihre erste Nachtetappe Richtung Marseille verabschiedet hat, setzen sich auch die Schwestern in Bewegung.

Sie wandeln vom Heck des Schiffes Richtung Bug und entdecken dabei zahllose Sonnenliegen, Schwimmbecken und Whirlpools, Wasserrutschen für Kinder und Erwachsene und einen Surfsimulator, aus dem Wasser hervorschießt. Ein Junge im Teenageralter, der mit einer Hand seine flatternde Badehose festhält und einen Schwall spanischer Flüche ausstößt, schafft es gerade so, sich auf dem Surfbrett aufrecht zu halten. Seine Kumpels am Beckenrand biegen sich vor Lachen und nehmen alles mit ihren Handys auf, vermutlich um es später zu einem peinlichen Video zusammenzuschneiden.

»Ist ja nicht so unser Ding«, sagt Ripsa.

»Nein«, gibt Leia erleichtert zurück. »Aber vielleicht wäre das ja was für Sakke?«

»Sakke ist nicht hier … Pass auf!«

Ripsa packt Leia am Arm und reißt sie nach hinten. Leia schreit auf. Vor ihnen ist eine kleine Gestalt mit Kapuze und Maske aufgetaucht, die mit einer Waffe auf sie zielt …

… und sofort weiterrennt. Sie drehen sich um und schauen ihr nach. Es ist ein Junge mit einer Wasserpistole, vielleicht fünf Jahre alt, begreift Leia schließlich. Er spritzt jetzt einen Jungen in seinem Alter nass, der einen Ninja-Turtles-Anzug trägt.

»Was schreist du denn so?«, fragt Ripsa. »Du hast mich echt erschreckt.«

Leia murmelt etwas Unbestimmtes. Es ist ihr peinlich.

Für Kinder gibt es an Bord unzählige Spielplätze und für die Erwachsenen Basketball- und Volleyballfelder; es gibt eine Kletterwand und eine Seilrutsche, auf der gerade ein erstaunlich schrill kreischender grauhaariger Herr durch die Luft saust. Es gibt sogar ein Putting Green und einen Golfsimulator, für alle, die sich einen Urlaub ohne Golf nicht vorstellen können.

Als sie von Deck ins Gedränge der Innenräume gehen, merkt Leia, wie sich ihre Muskeln wieder einmal unwillkürlich anspannen. Sie kann es nicht lassen, die Entgegenkommenden genau zu beobachten, obwohl sie weiß, dass man ihr die Nervosität ansieht. Diese beiden älteren Frauen – schauen die sie nicht merkwürdig an? Sprechen sie etwa Finnisch? Warum lächelt der junge Vater mit dem Kinderbuggy ihr zu? Und warum, warum nur, haben heutzutage so viele Männer einen Bart? Würde sie den Mann erkennen, der an der Sicherheitskontrolle aufgehalten wurde, wenn er ihr entgegenkommt? Den möglichen … Terroristen?

»Warum zuckst du ständig zusammen, das macht mich ganz nervös«, sagt Ripsa. »Dieser Typ mit dem Bart, von dem du gesprochen hast, ist bestimmt ein ganz normaler Tourist wie du und ich.«

Es macht sie fertig, dass ihre Schwester sie so vollständig durchschaut.

Ripsa lotst sie in einen Laden voller glitzernder Markenuhren und Goldschmuck.

»Danke, wir schauen nur«, sagt Ripsa zu der Verkäuferin, die sofort auf sie zukommt. Die Frau nickt höflich: »Bitte sehr.«

Während Ripsa an einem Ständer mit überbordender Uhrenauswahl dreht, lässt Leia ihren Atem zur Ruhe kommen.

»Hast du dich beruhigt?«, fragt Ripsa. »Gut. Dann lass uns weitergehen.«

Auf ihrem Weg über das Schiff entdecken sie weitere glitzernde Geschäfte, Spa-Bereiche und ein Fitnesscenter. Vielleicht versteckt sich dort ja die finnische Sauna? Es gibt einen Formel-1-Simulator, ein 4-D-Kino und einen Escape-Room. Es gibt einen Theatersaal, in dem die Hälfte der fünftausend Passagiere Platz findet und in dem zweimal pro Abend eine Broadway-Show aufgeführt wird. Und es gibt Restaurants für alle, denen das Abendgedeck nicht ausreicht: von der Pizzeria bis zum japanischen Restaurant, von der Gourmetküche bis zum amerikanischen Vintage-Diner. Bars und Cafés mit den fantasievollsten Themenwelten, von Alice im Wunderland bis zur bayerischen Bierstube. In einem als Garage aufgemachten Bereich klampft eine Eighties-Rockband vor sich hin, doch so früh am Abend haben sich nur wenige Zuhörer eingefunden, und auch die machen einen eher apathischen Eindruck. Da ist im Nachtclub schon mehr los: Auf der Tanzfläche hüpft ein Haufen kleiner Mädchen umher, herausgeputzt mit flatternden Tüllkleidchen und Plastikdiademen. Sie kreischen durcheinander und machen sich einen Spaß daraus, sich und die genervt aussehende Betreuerin anzurempeln.

»Bloß weg hier«, schnauft Ripsa.

Sie passieren weitere Bespaßungsbereiche mit funkelnden Lichtern und der allgegenwärtigen Kunststoffverkleidung, mit menschlichem Gewusel und musikalischer Kakophonie. Die Sängerin im Empfangsbereich des Schiffes hat sich inzwischen ein neues Outfit und einen anderen Stil zugelegt. In einem eng anliegenden Kleid mit Leopardenmuster singt sie nun Whitney Houstons Hit *I Will Always Love You* in einer Version für Tanzwütige, mit unterlegten Beats.

»Bloß weg hier«, drängt jetzt Leia.

Die Bord-App hat recht mit ihren Werbesprüchen, die Ripsa im Gehen wieder einmal um sich verstreut wie Goldstaub. Die *Mediterranean Siren* ist mehr als ein Schiff, sie ist eine schwimmende Stadt. Wenn man nicht gerade durchs Fenster aufs Meer schaut, könnte man glatt vergessen, dass man auf einem Schiff ist. Die *Siren* schaukelt nicht. Sie vibriert nicht einmal. Trotzdem machen die Müdigkeit, der Champagner auf nüchternen Magen, die grellbunten Farben und der Lärm um sie herum Leia benommen und lethargisch.

»Wie auf dem Jahrmarkt«, bemerkt Ripsa.

»Der klassische Ikea-Kopfschmerz«, sagt Leia. »Zu viele Farben, zu viele Sachen, zu viele Menschen, zu viel los.«

Ripsa knipst auf dem Weg immer wieder Bilder, ohne überhaupt noch stehen zu bleiben. Leia schlurft folgsam hinterher, denn sie ist sich bewusst, dass sie den Weg zurück zur Kabine 8228 allein niemals finden würde. Andererseits – in diesem benommenen Halbwachzustand erschreckt sie sich jedenfalls nicht mehr vor jedem plötzlichen Geräusch oder jedem womöglich gefährlichen Mitmenschen. Und sie ist auch zu müde, um sich aktiv ein schlechtes Gewissen zu machen, dass sie überhaupt hier ist.

Schließlich stoßen sie hinter den Spielautomaten und der mobilen Bibliothek auf eine kleine Kapelle mit einer lebensgroßen Marienfigur in einem hellblauen Umhang. Auf ihren gütigen Lippen liegt ein rosiges Lächeln.

Die Statue ist aus Kunststoff und von innen elektrisch beleuchtet. Leia betrachtet sie entgeistert.

»Die denken wohl, wir sind alle katholisch.«

Ripsa biegt sich vor Lachen.

»Guck mal, ihre Augen bewegen sich!«

Zum Glück sind sie allein in der Kapelle, denn im nächsten Moment halten sie sich beide in einem hysterischen Lachanfall die Bäuche.

Die gesamte Ausstattung ist dermaßen Plastik, dass es mehr als schamlos ist. Und das ist schon wieder amüsant, denn es ist ehrlich; es nötigt unfreiwillig Respekt ab. Das ist ihr Resümee, als sie sich zum Aperitif in einer Bar namens Mermaid Dream niedergelassen haben. Auch diesen Raum beherrscht eine Frauenfigur aus Kunststoff, eine barbusige Meerjungfrau, deren Fischschwanz in den Bartresen übergeht.

Keine Sauna. Keine Mumins. Kein Weihnachtsmann. Nicht mal Tom of Finland. Sie haben keinen einzigen Hinweis auf den finnischen Ursprung des Schiffes ausmachen können. Diese *Siren* bietet ihren Passagieren definitiv keine nordisch zurückgenommene, geschweige denn von Alvar Aalto beeinflusste Formensprache.

Sie müssen wohl akzeptieren, dass es sich im Grunde um einen Spielplatz für Erwachsene handelt. Die kitschige und übertriebene Ausstattung soll die Urlauber offenbar dazu anregen, sich gehen zu lassen und das Leben zu genießen. Vielleicht sind sie als steife Nordländerinnen ja die einzigen Spaßbremsen, die dem nichts abgewinnen können. Alle anderen können mit der facettenreichen und ironischen Dimension dieser Stilrichtung bestimmt etwas anfangen. Oder wer weiß – vielleicht wird die Woche in diesem Plastikinterieur ihren Begriff von gutem Geschmack für immer verändern?

Nein, beschließen die Schwestern, diese Vorstellung ist einfach zu schrecklich. Sobald sie nach Hause kommen, müssen sie als Gegenmaßnahme eine Kur in einer abgelegenen Hütte in der finnischen Wildnis machen, mit Licht von einem Kienspan und Möbeln aus knotigem Kiefernholz.

Darauf stoßen sie an, Leia mit ihrem Weißwein und Ripsa mit einem Cosmopolitan. Ripsa lacht laut.

»Cin cin!«

Leia betrachtet ihre Schwester, wie sie auf dem Barhocker thront und ihr stylisches Getränk schlürft, in dem Papageienkleid, das sie extra für diese Reise gekauft hat, bunt und lebhaft. Anders als Leia zeigt sie keinerlei Anzeichen von Müdigkeit.

Ripsa fühlt sich bereits wie zu Hause. So wie überall.

Was für ein Fluch, dass sich Schwestern immer miteinander vergleichen lassen müssen, denkt Leia. Und wenn es sonst keiner tut, dann machen sie es eben selbst.

Als Kinder maßen sie mit dem Lineal nach, dass auch beide ein auf den Millimeter genau gleich großes Stück Eis bekamen. Am Ende durfte eine von beiden die Innenseite der Packung ablecken, und die andere musste zusehen. Beim nächsten Mal war es dann umgekehrt.

Später, als es um Freunde, Männer, Liebe ging, war immer eine der anderen voraus. Wie lange sind Ripsa und Sakke jetzt zusammen? Über zehn Jahre? Leias Männergeschichten dagegen … Nun ja. Ihre letzte Eroberung, ein großer Irrtum namens Jari Virtanen, der sich schon beim ersten Handschlag als falsch und gewalttätig ankündigte, hat ihr Vertrauen in Männer womöglich für immer zerstört.

Man muss eben einfach dankbar für das sein, was man hat. Sich zufriedengeben.

»Huhu?« Ripsa legt den Kopf schief und sucht Leias Blick. »Du warst ja richtig weit weg.«

Leia öffnet ihre Handtasche.

»Ob wir hier Netz haben?«

Ripsa verzieht das Gesicht, wie immer, wenn sie Leias Handy sieht, ein langweiliges altes Tastentelefon von Nokia. Soll sie ruhig. Leia wird sich nicht davon trennen, nicht solange es halbwegs funktioniert. Dafür wird sie sich so lange wie möglich von Geräten fernhalten, die das Wort »Smart« im Namen tragen.

Sie hat Signal. Ein Balken muss genügen. Doch obwohl es am anderen Ende klingelt, nimmt Viivi nicht ab.

Sie steckt das Telefon wieder ein.

»Sag bloß, du vermisst sie schon«, sagt Ripsa. »Oder glaubst du etwa, sie kommt nicht mal eine Woche ohne dich aus?«

»Ich wollte ihr nur sagen, dass wir gut angekommen sind. Willst du gar nicht bei Sakke und den Kindern anrufen?«

»Die kommen wunderbar allein zurecht«, schnaubt Ripsa.

Na dann, denkt Leia. Sie nimmt einen Schluck von ihrem Weißwein und betrachtet die anderen Reisenden, die ihren Weg in die Mermaid-Bar gefunden haben. Die Gäste scheinen überwiegend aus Mittel- und Südeuropa zu kommen, so wie der Großteil der Passagiere.

»Ist das nicht komisch, dass man Finnen in einer Menschenmenge sofort erkennt?«, sagt sie. »Selbst, wenn sie gar nichts sagen?«

»Das liegt an der Körperhaltung. An unserer nationalen Lebenseinstellung. Wir hängen einfach alle schlaff in der Gegend herum.«

Immerhin haben sie jetzt ein ungefährliches, neutrales Gesprächsthema gefunden: die Mitreisenden. Bisher ist die meistgesprochene Sprache Spanisch, an zweiter Stelle scheint Italienisch zu stehen. Auch etwas Französisch ist zu hören, dazu hier und da Deutsch und britisches Englisch. Amerikanisches Englisch hört man kaum. Auch einige Japaner und Koreaner sind ihnen über den Weg gelaufen, dazu der eine oder andere Chinese. Merkwürdigerweise hat noch keine von ihnen ein Wort Russisch oder Schwedisch gehört. Oder Finnisch. Unter fünftausend Reisenden müssten doch noch mehr Finnen sein als nur sie beide.

Ihre staunenden Blicke bleiben am Barmann hängen, der gerade einen Cocktail mixt. Laut Namensschild heißt er Andri und kommt aus Indonesien. Fasziniert sehen sie zu, wie er die Flaschen durch die Luft wirbelt, bevor er einen ordentlichen Schluck daraus in den Cocktailshaker kippt. Als er ihre Blicke bemerkt, zwinkert er ihnen zu und fängt an, den Shaker rhythmisch wie ein Musikinstrument auf und ab zu bewegen.

»Selber zwinker, zwinker«, sagt Ripsa. »Wie viele Leute mit dunkler Haut sind dir eigentlich schon über den Weg gelaufen?«

»Pst.« Leia deutet vielsagend mit den Augen Richtung Andri.

»Ich meine bei den Passagieren«, sagt Ripsa. »Außerdem versteht er kein Finnisch. Gibt es noch andere außer den beiden schwarzen Amerikanern?«

Leia denkt nach. Auch sie hat gerade mal ein schwarzes Paar vor Augen, das in der Empfangslounge die Seekarte an der Wand studiert hat. Alle anderen mit auch nur etwas dunklerer Hautfarbe gehören zur Mannschaft.

Und sie ist schließlich dafür sensibilisiert. Viivis Vater ist Jamaikaner. Als Mutter hat sie im Laufe der Jahre schmerzhaft erfahren müssen, mit welcher Einstellung viele Unbekannte auf ihr Kind reagieren. Die meisten wahrscheinlich unbewusst, ohne Böses im Sinn zu haben. Sie jedoch registriert jede übertrieben freundliche und daher entlarvende Veränderung der Stimmfarbe, wenn Viivi angesprochen wird. In ihren Ohren klingt jede scheinbar gut gemeinte Bemerkung, die ohne Viivis Anwesenheit nicht gemacht worden wäre, schrill. Sie weiß genau, wie die Leute reagieren, wenn sie mit ihrer Tochter unterwegs ist, ihr fällt jede noch so kleine Änderung der Pupillengröße auf.

Sie selbst kann immerhin versuchen, mit der Masse zu verschmelzen, und neuerdings gelingt ihr das auch oft. Viivi wird das nie schaffen. Nicht in Finnland, wenn sich die aktuelle Entwicklung fortsetzt.

Oder sogar schlimmer wird.

»Ich weiß nicht. Ist nicht gerade toll, dass die dunkelhäutigen Menschen hier Angestellte und keine Passagiere sind«, sagt Leia.

»Das macht die Globalisierung«, stellt Ripsa fest. »Die kommen aus Ländern, in denen Arbeitskräfte billig sind. Bestimmt verdienen die Leute hier nicht viel. Lagert eure Firma nicht auch bestimmte Sachen nach Asien aus?«

»Der Netzsupport sitzt in Indien«, überlegt Leia. »Und die Lohnbuchhaltung auch. Mit denen muss man auf Englisch kommunizieren.«

»Bei uns sind wiederum alle, na, nennen wir es beim Namen, eventuell gefährlichen Labortätigkeiten so weit wie möglich ausgelagert.«

»Mann, wir Europäer lassen es uns gut gehen, schlürfen hier unsere schicken Drinks und lassen uns vom Rest der Welt bedienen.«

»Tja, so ist es nun mal.«

Huch, denkt Leia. Ihre Schwester hat ja plötzlich so gleichgültig geklungen. So hochmütig. Oder vielleicht war sie nur – abgelenkt?

Es scheint, als hätten sich Ripsas Wangen mit einem Hauch von Rot überzogen. Warum fummelt sie so komisch an ihrem Glas herum? Sie blickt an Leia vorbei, und auf ihren Lippen liegt ein winziges Lächeln. Leia beobachtet ihre Schwester, um herauszufinden, was los ist, dann erst dreht sie sich um.

Neben ihr an der Bar sitzt ein Mann im reiferen Alter mit

einem Whisky in der Hand, seinem Bauch nach zu urteilen hat er in seinem Leben die kleinen und auch großen Freuden nicht ausgeschlagen. Seine Begleiterin ist halb so alt, schlank, langbeinig und trägt ein eng anliegendes rotes Seidenkleid. Sie tippt mit ihren rot lackierten Fingernägeln eifrig auf ihrem Telefon herum. Ihr schwarz glänzender Pagenkopf scheint direkt aus *Pulp Fiction* entsprungen.

Der Nächste in der Reihe ist ganz offenbar ein italienischer Charmeur – ob Ripsa etwa mit ihm heiße Blicke austauscht? Daneben sitzt seine Freundin, aber Herausforderungen hat Ripsa noch nie gescheut. Hinter den beiden, ebenfalls an der Bar, sitzt ein einsamer, schon ergrauter Herr, ein Spanier vielleicht. Er schenkt Leia ein schmieriges Lächeln, ob er auch Ripsa gerade so angelächelt hat? Ein Rentner! Oder flirtet sie mit den nächsten beiden, zwei Deutsche oder Holländer, beide in farblich abgestimmten Poloshirts? Falls ja, beißt sie auf Granit. Garantiert ein schwules Paar. Und dann sitzt da noch ein Mann am anderen Ende der Bar, hoch offiziell im schwarzen Anzug. Das Gesicht ist nicht zu sehen, denn er beugt sich gerade über den Tresen, um mit dem Barmann zu sprechen.

Da hat Ripsa ja eine Menge Auswahl! Daher kam also das altbekannte mulmige Gefühl, wie ein Phantomschmerz im Rücken. Doch diesmal war nicht sie das Ziel der Blicke, sondern Ripsa. Ripsa mit ihren glühenden Wangen, ihrem leichten Kleid und ihren schwingenden Beinen.

»Was ist?«, fragt Ripsa unschuldig.

Leia dreht sich zu ihrer Schwester um und sucht nach den richtigen Worten. Was auch immer deine Pläne sind, ein kleiner Flirt oder eine Urlaubsromanze, ich werde das ganz sicher nicht unterstützen. Das hat Sakke nicht verdient. Doch da ertönt ein markerschütterndes Geheul.

Die Sirene. Die Alarmsirene. Leia lässt sich vom Barhocker fallen und presst sich die Hände auf die Ohren. Ripsa sitzt mit aufgerissenen Augen da, auch sie hält sich die Ohren zu. Ein Notfall, funkt das Gehirn, ein Brand. Ein Zusammenstoß. Ein Eisberg. Eine Bombe. Die haben den Mann mit dem Bart an Bord gelassen. Ein Terroranschlag – Hilfe! Wie kommen wir hier raus, wo ist der nächste Ausgang …

… und warum sitzen die anderen Mermaid-Gäste weiter so ruhig auf ihren Plätzen, auf den Gesichtern höchstens eine vage Gereiztheit und ein schmerzverzerrter Ausdruck wegen des Höllenlärms? Einige halten sich immerhin die Ohren zu. Auch der Barmann schaut einfach ins Leere. Als würde er auf etwas warten.

Das Sirenengeheul endet.

»Verdammt«, sagt Ripsa. »Ich hab's vergessen.«

»Was?«, stammelt Leia. »Was war das?«

»Setz dich hin, die Leute gucken schon. Ich weiß, was das war. Wir haben geschwänzt.«

»Ge…, geschwänzt?«

Es ist nicht leicht, zurück auf den Barhocker zu klettern, wenn die Beine sich wie Spaghetti anfühlen.

Sie haben einen Kardinalfehler begangen, erfährt Leia. Sie haben hier ihre Drinks geschlürft, obwohl sie eigentlich an einem ganz anderen Ort hätten sein sollen, und zwar in Schwimmwesten. Sie haben die Seenotrettungsübung verpasst, an der alle Passagiere an ihrem ersten Reisetag teilnehmen müssen.

»Der Sechs-Uhr-Drill«, sagt Ripsa. »Es ist schon halb sieben, der Alarm war das Zeichen dafür, dass es zu Ende ist. Onkel Raoul wird sehr, sehr böse mit uns sein.«

»Oh nein! Wie unangenehm.«

»Ach, die haben bestimmt nicht gemerkt, dass zwei gefehlt haben. Mit uns sind in Barcelona ja etliche hundert Leute an Bord gekommen.«

»Wir können doch morgen mitmachen. Wenn die Übung jeden Tag stattfindet«, schlägt Leia vor.

»Warum denn? Wenn wir nun schon so einfach schwänzen konnten?«

»Hör mal. Das ist sicher eine notwendige Übung, sonst würden sie die ja nicht veranstalten. Denk an die *Costa Concordia*, da sind dreiunddreißig Leute ertrunken. Das war im Mittelmeer, fast genau auf unserer Route. Denk an das koreanische Schiff mit den Schülern.«

»Hilfe«, sagt Ripsa. »Du kommst schon wieder in Fahrt.«

»Denk an die *Estonia*, denk an die *Titanic* –«

Plötzlich ertönt ein dumpfes Geräusch. Alle Lichter in der Bar gehen aus.

10.

Eine Kampf- oder Fluchtreaktion entsteht, wenn eine plötzliche Stresssituation das sympathische Nervensystem aktiviert und eine akute Alarmreaktion auslöst. Der Körper steigert die Adrenalinproduktion, die Schmerzschwelle steigt an. Herz- und Atemfrequenz erhöhen sich, das Blut fließt in die Muskeln, und sie spannen sich an, bereit zur Aktivität. Die Körperhaare stellen sich auf. Die Pupillen erweitern sich, das Sichtfeld wird größer.

Zusammengefasst: Man fühlt sich alles andere als wohl.

Tut mir schon auch leid. Doch das ist einer dieser Momente, in denen der Zweck die Mittel heiligt.

11.

Das Nachbild bleibt einen Moment lang im Gehirn haften, bevor es verschwindet.

Das Stimmengewirr hört mit einem Schlag auf. Die Easy-Listening-Jazzmusik bemerkt man erst, als sie verstummt ist. Die Kühlgeräte in der Mermaid-Bar brummen nicht mehr.

In der völligen Dunkelheit hört man Ripsa gespenstisch laut nach Luft schnappen.

Aus Leias Poren dringt kalter Schweiß. Die Stille kommt ihr, falls das möglich ist, noch erschreckender vor als das Sirenengeheul von vorhin.

Und dann geht das Licht wieder an. Die Kühlgeräte nehmen ihre Arbeit wieder auf. Die überdimensionierte Klimaanlage bläst ihnen Gänsehaut auf die nackten Arme. Die Musik setzt dort ein, wo sie vor ein paar Sekunden stehen geblieben ist.

Alle blinzeln in die plötzliche Helligkeit. Eine Italienerin, die an einem kleinen Tisch saß, war aufgesprungen und lässt sich nun zurück auf den Stuhl fallen. Ein Mann fasst sich mit der Hand an die Brust. Eine gereizt wirkende Dame feuchtet ihre Serviette in ihrem Wasserglas an und reibt damit auf ihrem Rock herum.

Überall hört man aufgeregtes Lachen und Mutmaßungen in verschiedenen europäischen Sprachen. Man rätselt über die Gründe für den Stromausfall und seine Auswirkungen. Einige Frauen tasten nach ihrer Handtasche, und manche Männer greifen sich unwillkürlich an die Brusttasche.

»Leia«, sagt Ripsa leise. »Schau mal hinter dich.«

Leia dreht den Kopf. Der Mann neben ihr am Tresen hat seinen Drink stehen lassen und widmet sich jetzt mit voller Aufmerksamkeit seiner Begleiterin. Seine eine Hand verschwindet unter dem Pagenkopf der Frau in ihrem Nacken, die andere bewegt sich gerade an ihrem Oberschenkel entlang auf ihre rotseiden verhüllte Hinterbacke zu, seine Finger krümmen sich und pressen sich tief ins Fleisch, sodass sie bis zum letzten Knöchel darin verschwinden.

Rasch dreht Leia sich zurück. Als hätte man sie beim Pornoschauen erwischt.

Ripsa grinst. »Manche ergreifen die Gelegenheit beim Schopf.«

Leia allerdings könnte nicht weniger Spaß haben. Sie legt ihre Handfläche auf das kalte Metall des Tresens und versucht vergeblich zu ergründen, ob er vibriert, ob die Maschinen tief unten im Schiff immer noch laufen. Oder sollte man es so machen wie die Indianer in alten Western, wenn sie herausfinden wollten, ob der Zug kommt: einfach das Ohr ans Metall legen und horchen?

Sie wendet sich an den Barmann: »Entschuldigen Sie, können Sie mir sagen, was das eben war?«

Andri breitet die Arme aus. Ein vorübergehender Stromausfall. Ganz normal. Keine Gefahr. Alles normal.

Das ist garantiert nicht normal, denkt Leia.

»Ein Stromausfall ist nie einfach nur ein Stromausfall, das ist immer ein Zeichen für etwas anderes«, zischt sie Ripsa zu.

»Immer musst du alles in Zweifel ziehen.«

Ripsa hat keine Lust mehr, sich mit der Sache zu beschäftigen, und sie will auch Leia auf andere Gedanken bringen. »Dann lass uns mal. Wir gehen kurz in die Kabine und ziehen uns um, in einer halben Stunde gibt es Abendessen.«

Leia betrachtet Ripsas Kleid.

»Heute ist doch der *Casual*-Tag«, sagt sie. »Da ist es doch egal, was wir anhaben.«

Ripsa rollt die Augen. »Also mir ist es ganz bestimmt nicht ›egal‹. Ich hab den ganzen Koffer voll mit tollen neuen Sachen, und ich hab vor, sie hier alle zu tragen.«

»Alles bloß Protzkonsum«, bemerkt Leia säuerlich. Ripsa sieht aus, als wolle sie ihr eine runterhauen.

Und dann kommt der Schlag auch. Ein lautes Klatschen, gefolgt von einem Ächzen, einem Fluch – aber nicht von Leia, sondern von dem Mann hinter ihnen.

»*Merde!*«

Ein Raunen geht durch die Bar. Überall drehen sich Leute um, sie wollen sehen, wie das anscheinend doch zu hart angefasste Hinterteil, von roter Seide umhüllt, zwischen den Tischen Richtung Ausgang schaukelt. Die Absätze scheinen Funken aus dem Teppichboden zu schlagen, der Pagenkopf glänzt wie Öl auf dem Wasser.

Die Aufmerksamkeit richtet sich nun auf den Franzosen, der sich mit übertriebener Geste die Wange reibt. Er sucht den Blickkontakt zu Leia und Ripsa, aber als er merkt, dass er bei ihnen keine Resonanz findet, wendet er sich an das größere Publikum.

»*Femmes*«, beschwert er sich und spricht auf Englisch weiter: »Sie nehmen uns unser Geld, unsere Gesundheit, am Ende sogar das Leben. Dann tanzen sie auf unseren Gräbern.«

Er greift nach seinem Whiskyglas und kippt sich den Rest in die Kehle, dann stützt er sich an der Bar ab, stemmt sich umständlich hoch und geht mit steifen Schritten zur Tür. Die Mermaid-Bar ist voller feixender Gesichter. Jemand klatscht sogar.

»Was für ein Trampel«, sagt Ripsa. Leia ist ausnahmsweise derselben Meinung.

Der Barmann hüstelt, wie zum Zeichen, dass die Vorstellung nun vorbei ist. Nach dem beunruhigenden Stromausfall auch noch Zeuge eines französischen Leidenschaftsdramas zu werden, hat offenbar alle wie gelähmt zurückgelassen, doch jetzt machen sich neben Leia und Ripsa auch die anderen Gäste auf. Das Abendessen ruft.

Sie sind schon an der Tür, als der Barmann sie einholt.

»*Ladies!* Meine Damen! Bitte warten Sie …«

Leia fragt sich, ob sie etwa ihre wertvolle Bordkarte hat fallen lassen, doch Andri hat ihnen etwas anderes mitzuteilen.

»Sorry, entschuldigen Sie. Es tut mir leid, dieses … Drama ist mir dazwischengekommen. Der Herr an der Bar möchte Sie zu einem Drink einladen.«

Der Herr an der Bar, etwa der Trampel von vorhin? Nein, der Mann im Anzug am anderen Ende des Fischschwanz-Tresens. Er sieht neugierig zu ihnen herüber und lehnt betont cool am Tresen wie ein Möchte-gern-James-Bond.

Allerdings hat dieser Bond einen Bart. Und er ist groß und dünn, und …

Ripsa hat schon ihre Hand erhoben und will ihm komplizenhaft zuwinken. Aber Leia greift nach ihrem Arm und zieht ihn herunter. »Nicht!«

»Was denn, was denn? Der sieht doch nett aus –«

»Wir gehen. Sofort!«

Leia lächelt dem Barmann entschuldigend, aber entschieden zu, den Mann mit dem Bart würdigt sie keines weiteren Blickes. Und dann zerrt sie ihre Schwester trotz aller Einwände aus der Bar auf den Korridor.

12.

Leia Laine. Ein Name wie das leichte Spiel des Wassers auf einem See. Einem Weiher. Eine finnische Idylle.

Wellen sind dagegen etwas ganz anderes.

Brandungswellen. Sturmwellen.

Flutwellen. Monsterwellen.

Heckwellen.

Hitzewellen. Hitzewallungen. Musst du jetzt lachen? Das solltest du besser nicht tun.

Mikrowellen. Radiowellen. Kurzwelle, Langwelle.

Druckwelle.

13.

Der Mann in Livree an der Tür des Restaurants Bellissima mustert sie mit einer Miene, die Ripsa später, nach zwei Gläsern Wein, als unwiderstehlich wichtigtuerisch bezeichnen würde. Er bedeutet ihnen, ihm zu folgen und schlängelt sich zwischen den weiß gedeckten Tischen hindurch, erhaben wie eine Luxusyacht in einem Jet-Set-Yachtclub.

Der Speisesaal ist zweistöckig, das obere Stockwerk ist als umlaufende Galerie gestaltet. Decke und Wände sind mit goldfarbenen Blumenornamenten dekoriert. Von der Decke hängen Kronleuchter, einer prächtiger als der andere, glänzend und verspielt. Ob ihre Kristalltropfen aus Plastik sind oder nicht, ist egal, beschließt Leia. Sie freut sich darüber, dass sie sich ein Beispiel an Ripsa genommen und ein Kleid und hohe Schuhe angezogen hat. In die kleine schwarze Abendtasche passt das Nötigste: Kamm, Lippenstift und Taschenspiegel, die Bordkarte und, nicht ganz ohne Mühe hineingequetscht, ihr Telefon.

Der Tisch, an dem sie die Woche über jeden Tag ihr Abendessen einnehmen werden, befindet sich im hinteren Teil des Speisesaals. Durch die deckenhohen Fenster öffnet sich der Blick auf das Meer wie auf ein lebendiges Gemälde. Das Wasser glitzert in der Abendsonne, als sei es mit Diamanten gespickt. Der Tisch ist für acht Personen gedeckt und noch ganz frei, sie entscheiden sich für zwei gegenüberliegende Plätze am Ende der Tafel. Leia setzt sich mit dem Blick zum Restaurant, Ripsa – mit dem Privileg des Geburtstagskindes – Richtung Fenster.

»Was für ein Ausblick«, seufzt Ripsa.

Der Empfangskellner rückt ihnen die Stühle zurecht, greift nach Ripsas Serviette – Sie gestatten, Madam – und lässt sie geöffnet auf ihren Schoß gleiten. Leia beeilt sich, ihre Serviette selbst auseinanderzufalten und flugs auf die Oberschenkel zu legen. Der Oberkellner überreicht ihnen die Speisekarten feierlich wie eine Preisurkunde, fragt nach Aperitifwünschen – vielleicht ein Gläschen Prosecco? – und wünscht ihnen einen schönen Abend und eine angenehme Reisewoche. Ihr persönlicher Kellner werde sofort bei ihnen sein, um ihre Bestellung aufzunehmen.

Ihr persönlicher Kellner. Ripsas Mundwinkel zuckt schon wieder. Als Leia ihrer Schwester einen warnenden Blick zuwirft, vertieft diese sich rasch in die Speisekarte und presst sich die Hand auf den Mund, als würde sie intensiv die Antipasti-Auswahl studieren.

Als der Oberkellner gegangen ist und Ripsa genug in ihre Faust gekichert hat, können sie sich auf das Wesentliche konzentrieren, und zwar darauf, die anderen Gäste zu beobachten und ihre Auslegung des Dresscodes *Casual* zu studieren. Die Frauen haben sich durch die Bank feminin und sorgfältig zurechtgemacht, eher over- als underdressed. Die Männer gehen sehr frei mit dem Dresscode um. Für manche bedeutet *Casual* Shorts und T-Shirt, ein anderer ist im dunklen Anzug, aber ohne Krawatte aufgetaucht. Die Schwestern versuchen wieder, die Nationalitäten der Mitreisenden zu erraten, ein Spaß, der sie vermutlich die ganze Reise über begleiten wird. Und sie stellen Mutmaßungen darüber an, wie und woher wohl die Tischgenossen sind, mit denen sie die ganze kommende Woche ihr Abendessen einnehmen werden.

»Ziemlich anstrengender Gedanke«, entfährt es Leia ein bisschen zu laut. »Der ganze Small Talk.«

Ripsa lacht.

»Meine liebe Finnin, du musst an deiner Körper- und Geisteshaltung arbeiten! Außerdem: Wer weiß, ob sich nicht gleich der Mann deines Lebens hier neben dich setzt? Denk mal drüber nach. Vielleicht gehörst du ja zu denjenigen, die erst in die Ferne schweifen müssen. Wenn du ein gutes Gefühl hast, greif sofort zu!«

»Ripsa«, sagt Leia warnend. »Du kriegst gleich nichts mehr zu trinken.«

Es ist beruhigend, nach dem Schock in der Mermaid-Bar über ganz normale Themen zu plaudern. Trotzdem muss Leia wieder an den Mann mit dem Bart im schwarzen Anzug denken. Sie ist sich ganz sicher, dass es sich bei dem Typen an der Bar, der sie zu einem Drink einladen wollte, um den Mann handelt, der bei der Sicherheitskontrolle im Hafen von Barcelona mit seiner Tasche den Alarm ausgelöst hat. Aber als sie mit Ripsa über ihre Befürchtung sprechen will, nimmt die sie nicht ernst.

»Darf ich dich darauf aufmerksam machen, dass deine Beobachtungsgabe nicht die beste ist. Erstens: Du hast mir erzählt, der Typ in Barcelona hätte einen dichten schwarzen Bart gehabt. Lang und strubbelig. Dieser hier war aus meiner Sicht aber gepflegt und ordentlich. Und nicht mal schwarz. Zweitens: Wenn der Mann, den du im Hafen gesehen hast, ein gefährlicher islamistischer Terrorist gewesen wäre, dann hätten die ihn doch schon längst hinter Schloss und Riegel gebracht. Der wäre gar nicht erst an Bord gekommen.«

Leia versucht, sich auf ihre Speisekarte zu konzentrieren. Natürlich gibt es eine Menge Untersuchungen darüber, dass Sinneseindrücke niemals neutral oder vollkommen wasserdicht sind. Sie werden beeinflusst von Informationen und früheren Erfahrungen, von Einstellungen und Werten, und das Gedächtnis verzerrt auch noch den letzten Rest. Wie man sich an etwas erinnert, sagt oft mehr über die eigene Einstellung aus als über das tatsächlich Geschehene.

Leia will gar nicht erst darüber nachdenken, was ihre Erinnerungen über sie aussagen.

Nanu: Im Saal tut sich etwas.

Der große runde Tisch neben ihnen ist noch leer, aber an den übernächsten setzt sich jetzt, wie sollte es auch anders sein, der Franzose aus der Mermaid-Bar samt seiner Dame. Sie hat einen kräftig roten Lippenstift aufgelegt, der sich von ihrem Gesicht abhebt wie eine blutige Wunde. Das Lächeln, das sie ihrem Begleiter schenkt, ist so liebevoll und wohlmeinend wie das eines Vampirs, der kurz davor ist, seinem Abendessen die Zähne in die Halsschlagader zu stoßen.

»Rate mal, wer da ist«, sagt Leia. Ripsa dreht sich um.

»Wow«, sagt sie. »Du hast ja hier den interessanteren Ausblick. Sag sofort Bescheid, wenn Sex oder Gewalt ins Spiel kommt.«

»Ob das zu dem internationalen Unterhaltungsprogramm gehört, das sie uns hier anpreisen?«, sagt Leia. »Auf Broadway-Niveau?«

»Musst du auch an *Pulp Fiction* denken? Hihi, ich auch … Oder an den *Indiana Jones*, wo Cate Blanchett auch so eine Frisur hat. Das ist garantiert eine Perücke!«

Sie bekommen ihren Prosecco und geben ihre Bestellung auf, bei ihrem persönlichen Kellner Juan, Herkunftsland Peru; sein Lächeln ist ebenso unwiderstehlich sonnig wie das von Kabinensteward Raoul. *Antipasti, primi, secondi …* Unter jeder Überschrift finden sich die herrlichsten Gerichte, es ist fast unmöglich, sich zu entscheiden. Und dann auch noch dolci. *Mamma mia*, schaffen sie etwa auch noch ein Dessert? Tiramisu, Panna cotta oder Käse und Obst?

»Wenn das so weitergeht, nehme ich innerhalb dieser einen Woche zehn Kilo zu«, sagt Ripsa entsetzt.

»Du kannst ja auf das Dessert verzichten«, schlägt Leia mit gespielter Unschuld vor.

Ripsas Antwort kommt wie der Blitz:

»Du spinnst wohl!«

Sie lacht dabei, zum Glück.

»Entschuldigen Sie«, sagt Juan. »Welche Sprache sprechen Sie?«

»Finnisch. Wir sind aus Finnland«, entgegnet Ripsa.

»Dieses Schiff kommt auch aus Finnland!«, freut sich Juan. »Entschuldigen Sie meine Neugier, aber sind Sie Schwestern? Sie sehen sich so ähnlich.«

Juan kann nicht verstehen, warum sie so herzlich darüber lachen.

Sie haben schon angestoßen, und ihre Gläser sind fast leer, als der Rest der Tischgesellschaft eintrifft. Ans andere Ende setzt sich eine spanische Mutter mit ihrem etwa zehnjährigen Sohn. Der Junge spielt während des gesamten Abendessens auf seinem Mobiltelefon, er hebt noch nicht einmal den Kopf, wenn er sich Essen in den Mund schiebt oder wenn er – offenbar einsilbig – auf die Gesprächsversuche seiner Mutter eingeht. Die vier Plätze in der Mitte des Tisches werden von einer französischen Familie eingenommen, Vater, Mutter und zwei Kinder, ein etwa vierjähriges Mädchen und ein ungefähr siebenjähriger Junge. Für das Mädchen werden ein Malbuch und Buntstifte ausgepackt, während der Junge erstaunlich geduldig ohne jegliche Ablenkung auf seinem Platz sitzt. Ripsa, die sich unter anderem mit der internationalen Kreuzfahrtetikette vertraut gemacht hat, versucht, mit den Eltern eine lockere Unterhaltung zu beginnen, muss jedoch feststellen, dass deren Englischkenntnisse nicht weiter reichen als für eine kurze Begrüßung. Ripsas Versuch, ihre Kenntnisse aus dem Volkshochschulkurs »Französisch für Fortgeschrittene« hervorzukramen und etwas Passendes zu sagen, etwas Feinsinniges und doch Unverfängliches, wird mit eisigem Schweigen quittiert.

Ripsas Lächeln erstirbt.

»Mach dir nichts draus«, sagt Leia. »Das sind eben auch bloß Piesepampel.«

Sie merkt, dass sie unnötig laut gesprochen hat, wahrscheinlich wegen der Geräuschkulisse und wegen der Prosecco-Bläschen, die ihr zu Kopf gestiegen sind. Aber was soll's. Finnisch gehört vermutlich nicht zum Sprachenrepertoire ihrer Tischnachbarn.

»Können die nicht in ihrem eigenen komischen Land bleiben, anstatt uns hier auf die Nerven zu gehen?«, sagt Ripsa und kann schon fast wieder lächeln. Leia erwidert mit gespielter Strenge:

»Wir wollen doch keine ethnischen Vorurteile haben, nicht wahr?«

»Stimmt«, brummelt Ripsa. »Läuft bei den anderen irgendwas Interessantes?«

»Leider nicht. Es wird weder gehauen noch gegrapscht. Die Frau mit der Perücke macht Fotos mit ihrem Handy. Ich glaube, sie hat uns vorhin auch mal erwischt. Huch! Dreh dich mal um, das wird dich bestimmt aufmuntern.«

Die Atmosphäre im Saal ist plötzlich aufgeladen, denn jetzt kommen sechs Männer in weißen Uniformen mit Epauletten hereinmarschiert. Sie sehen gut aus, halten sich sehr gerade und sind sich extrem bewusst, dass alle Augen im Saal ihnen folgen. Sie gehen zu dem großen runden Tisch, der bis eben noch leer war.

»Toll«, flüstert Ripsa. »Welcher ist wohl der Kapitän?«

»Bestimmt der Ältere da. Der hat auch das meiste Zeug an den Schultern.«

»He, die prosten uns zu! Leia, los, nimm dein Glas!«

Die Schiffsoffiziere grüßen mit erhobenen Gläsern in die Runde der Reisenden. Leia greift sich ihr Sektglas, in dem nur noch ein Rest übrig ist, aber sie schafft es nicht rechtzeitig, den Gruß zu erwidern. Als sie das Glas an den Mund führt, ist die Sache schon gelaufen und die Offiziere haben sich gesetzt. Ripsa dagegen ist es gelungen, Blickkontakt zu dem jüngsten Offizier herzustellen, der seine schwarzen Locken mit Öl gerade so bändigen kann. Sie lächelt so glückselig, dass es fast schamlos erscheint, zumal auch Minderjährige anwesend sind.

»Dafür hat sich die Reise doch schon gelohnt.«

Leia kann nicht anders, als zu lachen. Aber zum Glück ist ihre Schwester ganz offenbar nicht die Einzige, die wegen der Offiziere kaum an sich halten kann. Uniformen haben eben etwas Faszinierendes an sich, sowohl die Männer als auch die Frauen starren unverfroren und machen Fotos, auch die Kamera der Pagenkopf-Trägerin klickt ununterbrochen. Sie debattiert leise, aber, der Gestik nach zu urteilen, energisch mit ihrem Begleiter. Schließlich erhebt sich der Franzose schnaufend und geht mit leichter Schlagseite zu dem runden Tisch, beugt sich zum Kapitän hinunter und haucht ihm zweifellos ein kräftiges Whiskyaroma ins Gesicht. Offenbar stellt er eine Frage. Die Antwort wird von einem höflichen, bedauernden Lächeln begleitet und fällt offenbar kurz und ablehnend aus. Als Monsieur Merde schulterzuckend zum Tisch zurückkehrt, bereitet ihm seine Dame einen Empfang, der noch eisiger ist als alles zuvor.

»Die wollten bestimmt an den Kapitänstisch eingeladen werden«, kichert Ripsa, die sich von Leia das Geschehen in Echtzeit hat schildern lassen. »Oder auf die Kommandobrücke.«

Das Abendessen dehnt sich schließlich über eineinhalb Stunden. Die Gänge werden einzeln und ohne unnötige Eile serviert. Leia würde die Qualität des Essens als anständige mediterrane Hausmannskost bezeichnen, also genau das, was ihnen auf der Speisekarte in Aussicht gestellt wurde: Salate, Suppen, Pasta, Risotto. Was Essen und Atmosphäre allerdings auf das nächsthöhere Niveau hebt, ist der Wein, den ihnen ihr persönlicher Kellner Juan eifrig nachschenkt.

Auch beim Essen kommt Ripsa aus dem Schwelgen gar nicht heraus. Jeden Gang lobpreist sie überschwänglich wie ein Restaurantkritiker ein gastronomisches Meisterwerk. Jedes in Öl gebratene Stück Aubergine, jedes Löffelchen Soße, jedes auf der Pasta balancierende Basilikumblättchen lobt sie mit glockenhellen Ausrufen der Begeisterung in den Himmel. Je öfter sich ihr

Weinglas leert und wieder füllt, desto schmelzender wird ihre Stimme. Leia blickt sich verstohlen zu den anderen Tischen um, aber niemand schaut verärgert zurück. Die Einzige, die hier jemanden argwöhnisch ins Visier nimmt, ist sie selbst. Die französischen Eltern an ihrem Tisch konzentrieren sich schon seit mehreren Gängen darauf, sich gegenseitig zu hassen.

Die Brücke des Grolls, die sich über den Tisch spannt, ist so massiv, dass man sie fast sehen kann. Man könnte glatt mit einem Lastwagen darüberfahren, fasst Ripsa die Situation in Worte, als sie sich ihre Beobachtungen schildern, natürlich in neutralem Ton, diskreter finnischer Wortwahl und ohne verräterische Fremdwörter.

In den Gerichten, die ihnen wunderbar schmecken, stochern die Tischnachbarn nur misstrauisch mit der Gabel herum, das Gesicht in übertriebenem Ekel verzogen. Sie verlangen vom Kellner weitere Auskünfte und sind nicht zufrieden mit dem, was sie hören. Der Mann betrachtet das Risotto mit Lamm, das vor ihm auf dem Tisch steht, mit aufgerissenen Augen, dann beugt er sich vor, bis seine Nasenspitze fast im Essen versinkt, und schnuppert. Demonstrativ schiebt er den Teller beiseite. Die Frau murmelt etwas und tauscht ihre Hähnchenpasta gegen das Gericht ihres Mannes. Dann fängt sie an, sich das Risotto in den Mund zu stopfen, und isst es schließlich bis auf das letzte Reiskorn auf, ohne ein einziges Mal zu zeigen, ob es ihr schmeckt. Der Mann wiederum pickt wie ein verwöhntes Kleinkind ein-, zweimal mit der Gabel in seinem Pastagericht herum. Dann schiebt er auch diesen Teller beiseite.

»Vielleicht haben unsere Tischnachbarn ja grundsätzlich etwas gegen die italienische Küche einzuwenden«, überlegt Leia.

»Nein, hier geht es bestimmt um was ganz anderes«, vermutet Ripsa.

Die Kinder der Familie scheinen sich kaum etwas aus dem Streit der Eltern zu machen. Das kleine Mädchen löffelt nahezu lautlos die Hälfte der Nudeln in sich hinein, die ziemlich schlicht daherkommen: ein Teller voll einfacher Spaghetti mit Ketchup, die die Mutter mit Messer und Gabel kleingeschnitten hat. Dann vertieft das Mädchen sich in sein Malbuch. Der Junge wiederum starrt abwesend auf seinen Teller, isst still und resigniert seine Pommes frites und spült sie mit Cola hinunter.

»Die Kinder tun mir leid«, sagt Leia. »Vor allem der Junge. Das Mädchen versteht es bestimmt noch nicht.«

»Schrecklich«, sagt Ripsa leise. »Sie sind offensichtlich daran gewöhnt, dass es in der Familie so zugeht. Vielleicht haben sie sich gewünscht, dass Mama und Papa auf dieser Kreuzfahrt … dass Mama und Papa, jetzt wo –«

Bums.

Das kleine Mädchen hebt verwirrt den Kopf. Es ist mitten im Ausmalen eingeschlafen und mit der Stirn auf den Tisch gekracht.

Das französische Paar sammelt äußerst geschäftig das Malbuch, die Stifte, ihre Kinder und ihre verloren gegangene Höflichkeit ein, bedankt sich bei den Tischnachbarn für die Gesellschaft, wünscht eine gute Nacht und trollt sich. Die spanische Mutter am anderen Tischende scheint darüber genauso erleichtert zu sein wie Leia und Ripsa.

Ihr Sohn bekommt von all dem nichts mit, er spielt immer noch.

Das leidenschaftliche französische Paar zwei Tische weiter hat offenbar einen eisigen Waffenstillstand geschlossen. Der Mann hält die Hand der Frau und streichelt sie mit seinen Fingerspitzen, während er ihr eifrig etwas ins Ohr flüstert. Ihre blutroten Lippen stehen einen Spalt offen, doch ihr Blick wandert von einem Kronleuchter zum anderen.

Die Weißuniformierten vom Nebentisch rüsten sich zum Aufbruch. Leia kann nicht umhin, ihre Weingläser zu überprüfen. Der Kapitän hat seinen Wein nicht angerührt. Sie ist erleichtert:

Das Schiff wird allein mittels Mineralwasser gesteuert. Auch die anderen haben sich beim Wein sehr zurückgehalten, nur ein einziges Glas wurde bis zur Neige geleert. Es ist das des dunkeläugigen Offiziers mit den geölten Haaren, mit dem Ripsa Blickkontakt hatte.

Da springt Ripsa plötzlich auf.

»*Hello, nice to meet you, we are from Finland.*«

Leia will nach Ripsas Hand greifen. Zu spät. Alle Offiziere drehen sich wie ein Mann zu Ripsa um, die fröhlich zu ihnen hinüberstöckelt. Als Ripsa wie wild Richtung Leia gestikuliert, ruhen alle Blicke auf ihr.

»Komm rüber, Leia. *Come! My sister.*«

Im Speisesaal ist es plötzlich unnatürlich still. Als Leia aufsteht, fällt fast ihr Stuhl um. Ihre Absätze drohen abzuknicken, als sie ihr Kleid glattstreicht und sich zähneknirschend in Bewegung setzt.

Wenn jemand jetzt behauptete, das Schiff würde nicht schwanken, dann würde sie schnippisch antworten: Du lügst.

Mucksmäuschenstill verfolgt ein ganzer zweistöckiger Saal voller Dinnergäste, wie der dunkelhaarige Offizier zuerst Ripsa und dann Leia die Hand küsst.

»Aus Finnland?«, lächelt er. »Dieses Schiff ist auch aus Finnland.«

»Genau!«

Ripsa strahlt heller als die Abendsonne, die gerade hinter den Fenstern im Meer versinkt, als wäre die Herkunft des Schiffes ihr ganz persönliches Verdienst. Leia würde sich am liebsten durch die Fensterscheibe ins Wasser werfen und klammheimlich ertrinken. Mit ihrer Aufdringlichkeit verletzen sie sicherlich die internationale Kreuzfahrtetikette in jeder nur denkbaren Weise.

Die anderen Offiziere werden schon unruhig. Vielleicht fürchten sie, gleich von einem ganzen Haufen uniformverrückter Frauen eingekesselt zu werden.

»Sie sind also Schwestern?«, fragt der dunkelhaarige Offizier trotz allem. Leia kann nicht umhin, sich zu wundern, dass sie bereits zum dritten Mal innerhalb kürzester Zeit Wort für Wort dasselbe Gespräch führen. Als Ripsa bejaht, lächelt er und legt die Hand an die Mütze.

»Ich wünsche Ihnen beiden eine außerordentlich gute Reise auf unserer *Mediterranean Siren*. Sie ist eine Schönheit, das muss man sagen. Wer weiß, vielleicht sehen wir uns schon bald wieder.«

Die Offiziere machen auf dem Absatz kehrt und verlassen den Saal, alle in der gleichen geraden Haltung, begleitet von einem Chor aus mehr oder weniger gedämpften weiblichen Seufzern.

Als sie an den Tisch zu ihrem Tiramisu zurückkehren, presst Ripsa sich die Handflächen an die Brust.

»Oh, hast du das gehört? ›Sie ist eine Schönheit.‹«

»Das kann sich doch auch auf das Schiff bezogen haben«, kontert Leia schnippisch. Sie ist wütend und entsetzt über Ripsas unhaltbares Benehmen und sieht nicht ein, ihr das kleinste bisschen Dank dafür zu zollen. »Dich hat er damit jedenfalls nicht gemeint.«

Ripsa reißt die Augen auf.

»Dummkopf! Er hat dich gemeint.«

Leia spürt Hitze von ihrem Hals zu ihrem Gesicht aufsteigen.

»Unbedingt. Als du wie Bambi mit Untertassenaugen und zitternder Schnauze da rübergetaumelt bist, hab ich schon gesehen, wie bei dem Italiano der Jagdinstinkt erwacht ist. Ich konnte das förmlich riechen.«

»Hör auf.«

Leia würde am liebsten unter dem Tisch versinken. Ripsa betrachtet sie mit schief gelegtem Kopf.

»Stift.«

»Was?«

»Hast du einen in der Tasche? Und wenn es ein Augenbrauenstift ist. Oder ein Lippenstift.«

»Einen Lippenstift hab ich. Wieso?«

»Gib her.«

Zu verwirrt, um sich zu widersetzen, fummelt Leia den Lippenstift aus ihrer Tasche und gibt ihn ihrer Schwester. Ripsa dreht ihn auf und nimmt ihre Serviette in die Hand. Erst da begreift Leia, was sie vorhat.

»Das machst du nicht!«

Sie versucht, nach dem Lippenstift zu greifen, doch Ripsa lehnt sich zurück und macht hinter der Tischkante weiter.

»Hör auf! Hör auf damit, du bist ja verrückt.«

»Beruhige dich. Psst, das soll doch niemand mitkriegen.«

»Du gibst dem nicht meine Telefonnummer!«

»Natürlich nicht.«

Triumphierend gibt Ripsa ihr den arg lädierten Lippenstift zurück. Leia lässt ihn in ihre Tasche fallen; sie ist davon überzeugt, dass die Hälfte des Saals ihre zwielichtigen Aktivitäten genau verfolgt. Ripsa legt die Serviette auf den Tisch und schiebt sie zu Leia hinüber.

Nur ein paar merkwürdige Striche, das ist alles. Leia sieht Ripsa ungläubig an und ist sicher, dass ihre Schwester jetzt endgültig verrückt geworden ist. »Was soll das denn sein?«

»Die Schulterklappen von deinem Galan. Ich musste das sofort notieren, solange ich es noch weiß. Bei Gelegenheit googelst du seinen Dienstgrad. Und *danach* entscheidest du, ob du ihm deine Nummer gibst.«

Ripsa schaut sich um, sie scheint ihre Geheimniskrämerei sichtlich zu genießen. »Steck sie weg. Bevor jemand was mitkriegt.«

»Hallo, das ist eine Stoffserviette«, sagt Leia. »Die gehört dem Restaurant. Ich kann sie nicht mitnehmen.«

»Schnell jetzt. Da kommt Juan. Hopphopp, pack sie ein, und dann nichts wie weg!«

Im Nachhinein ist es schwer zu glauben, dass sie es tatsächlich tut. Sie faltet die Serviette auf ihrem Schoß zusammen und stopft sie unbemerkt in ihre Tasche.

Als sie aufstehen, ist Leia sich sicher, dass ihre Wangen tiefrot leuchten. Fest umklammert sie ihre Tasche. Niemand hat etwas gesehen.

Hinter dem runden Tisch sitzt die Frau mit dem Pagenkopf und schaut sie direkt an. Ihre Augen verengen sich zu Schlitzen.

Die unermüdliche Ripsa will den Abend noch im Bordtheater fortsetzen – es ist doch erst zehn, wir sind schließlich nicht zum Schlafen hier! Das ist alles im Preis inbegriffen! –, und Leia bringt es nicht übers Herz, Nein zu sagen.

Das gehaltvolle Abendessen samt Wein und Tiramisu tut allerdings das Seine, und die hohen, weichen Sitze des Theatersaals lassen Leia in einen sanften Schlummer gleiten, noch bevor der italienische Tenor, der sich auf der Bühne aufgebaut hat, mit seiner ersten Nummer beginnt: *O sole mio.* Die Windmaschine lässt seine Haare theatralisch dazu flattern.

Eine Dreiviertelstunde später wacht Leia von einem Knall auf. Eine Konfettimaschine am vorderen Bühnenrand bläst eine eindrucksvolle Menge goldfarbener Plastikschnipsel unter die Decke. Sie füllen den Luftraum über dem Publikum und rieseln sachte auf die Köpfe und Schultern der Zuschauer herab.

Der Schlussapplaus ist enthusiastisch und von Bravorufen begleitet.

Ripsa schweigt demonstrativ, während sie sich das Konfetti aus den Haaren und von den Schultern streicht und aufsteht. Auch den Weg zur Kabine legt sie schweigend zurück. Erst als sie nach dem Abschminken und Zähneputzen aus dem Bad kommt und Leia wecken muss, die voll angezogen und mit dem Gesicht nach unten im Tiefschlaf auf dem Bett liegt – ja, erst da begreift Ripsa, wie müde ihre Schwester ist. Und dass die durchschlafene Theatervorstellung kein stiller Protest gegen das bordeigene Unterhaltungsprogramm im Allgemeinen oder den italienischen Tenor im Besonderen war und auch nicht daher rührte, dass ihr die Reisebegleitung nicht zusagt.

»Ach, du Arme! Jetzt aber schnell ins Bad und dann ab in die Heia«, verfügt Ripsa schon fast zärtlich. »Morgen ist ein neuer Tag.«

»Morgen trinken wir aber nicht so viel«, sagt Leia, als sie vom Bett krabbelt. Es fühlt sich an, als würde das Schiff schaukeln, aber sie weiß es besser: Dieses Schiff schaukelt nicht.

»Jaja. Morgen sind wir gleich ganz früh munter und kulturbeflissen. Marsch zum Zähneputzen, ich ziehe schon mal die Tagesdecke ab. Sieh an, wir haben eine gemeinsame Bettdecke, das wird ja eine tolle Nacht. Ich seh es schon vor mir.«

Leia hat dazu keine Meinung mehr. Im Bad konzentriert sie sich darauf, mit der Zahnbürste den Mund zu treffen und nicht mit Schaum zwischen den Zähnen im Stehen an der Wand einzuschlafen. Als sie es schließlich geschafft hat, mit allen vier Gliedmaßen, die die Schwerkraft heute besonders stark anzieht, neben Ripsa unter der Decke zu liegen, gibt sie noch murmelnd das Versprechen ab, morgen viel munterer und positiver und insgesamt eine viel bessere Reisebegleitung und Schwester zu sein.

Bevor ihr Bewusstsein sich vollständig ausblendet, meint sie noch, unter sich eine leichte Vibration zu spüren, und sie erinnert sich daran, dass sie auf einem Schiff sind, ihr fällt der Stromausfall wieder ein, Viivi, die nicht auf ihren Anruf reagiert hat, und die verengten Augen der Pagenkopf-Trägerin. Aber die Müdigkeit ist wie ein Beruhigungsmittel, mit dem sie ihre Gedanken liebevoll und gelassen betrachten und wieder loslassen kann. Sie dreht sich auf die Seite und wickelt sich fester in die

Decke ein, meint, noch einmal Ripsas Stimme zu hören, die unzufrieden, wenn nicht gar verärgert klingt, aber das kann auch Einbildung sein. Ihr Körper ist schon vollkommen entspannt, das Daunenkissen hat genau die richtige Festigkeit, das Bett umfängt sie, und sie schläft ein.

14.

»Wir werden hier sterben. Das Meer verschluckt uns und gibt uns nicht wieder frei. Das Meer wird unser Grab, und keiner wird es je erfahren.«

Die Mutter glaubt, Amira schliefe, aber sie schläft nicht, sie kann einfach nicht schlafen. Das Fischerbötchen knarrt und knackt, wenn es gegen die Wellen donnert, es hebt und senkt sich, wieder und wieder. Der Abend und die Nacht, die sie in dem Schuppen eingesperrt waren, sind nichts gegen diesen Tag. Den ganzen Tag seit heute Morgen nichts als Wellen, hoch und runter, runter und hoch.

»Maul halten«, stößt Schlangenauge hervor. »Ihr wolltet doch mitfahren, ihr elenden Würmer, ihr Verlierer, ihr Deserteure, ihr Idioten, soll ich euch einen echten Grund zum Jammern geben …« Aber der Rohrstock saust nicht mehr durch die Luft, auch Schlangenauge ist ganz grün im Gesicht, er schleppt sich zur Bordwand und …

Alle müssen sich übergeben, sie klammern sich an der Reling fest und speien zuerst zusammengekrümmt ins aufgewühlte Wasser, dann auf allen vieren kriechend auf das Deck, manche im Liegen, und niemand hat die Kraft, das Erbrochene aufzuwischen. Sie trinken trotzdem Wasser, denn Wasser muss man trinken, erbrechen sich wieder, bis sie nichts mehr zu erbrechen haben, und dann versinkt die Sonne hinter dem Horizont, und das Meer beruhigt sich.

Der Wind lässt nach, und über sie senkt sich der Gestank, die Ausdünstungen des nicht aufgewischten Erbrochenen. Um sie herum Dunkelheit, das elende, knarrende Fischerboot mitten im Nichts. Der Motor knattert und stinkt, und von allen Seiten ertönen müde Klagelaute.

»Wir hätten nicht gehen sollen.«

Die Mutter weint, Amira hat die Augen geschlossen, aber sie hört es, und sie hört auch, was der Vater antwortet: »Sara, wir mussten.«

»Wir werden hier sterben. Jemand anders übernimmt dein Geschäft, andere Leute ziehen in unser schönes Haus, zertrampeln meine Blumen und reißen sie aus –«

»Diese Männer fragen nicht zweimal nach. Man hätte uns getötet. Und … Du weißt, was sie mit den Mädchen machen. Amira ist erst elf.«

»Sei still. Sag nichts mehr. Ich hasse dich.«

»Nein, du hasst mich nicht. Sie sind es, die du hasst«, sagt der Vater mit einer Stimme, die schwach und heiser geworden ist. »Weine nicht, Sara. Du weckst noch Amira auf. Morgen denkst du darüber schon anders. Morgen ist es nicht mehr weit. Und sie sagen, an den Seegang gewöhnt man sich.«

»Die hasse ich auch. Das sind Bestien.«

»Sara, nicht.«

»Sie haben den alten Mann getötet, haben ihn da im Sand den Vögeln zum Fraß vorgeworfen. Sie werden uns auch umbringen. Amir, ich habe Angst!«

»Psst, du weckst Amira noch auf. Lehn dich an meine Schulter, versuch zu schlafen. Wir werden das hier überleben, Sara. Wir müssen nur darauf vertrauen, dass sie das tun, was sie versprochen haben. Wir haben ihnen ja Geld –«

»Ich traue mich nicht einzuschlafen. Die töten uns alle im Schlaf und werfen uns über Bord.«

»Wenn sie uns hätten umbringen wollen, hätten sie das noch an Land getan. Oder sie hätten uns in dem Schuppen verrotten lassen.«

»Diese Frau, die so neugierig war, die von ihrem Sohn erzählt hat, der Arzt ist – wo ist sie? Was haben die mit ihr gemacht?«

»Sara, Liebes. Weck Amira nicht auf …«

Aber Amira schläft nicht. Sie presst die Augenlider so fest zusammen, dass dahinter der Sternenhimmel flimmert. Ihre Mutter darf nie erfahren, wie die Frau, die ihr das Honigbonbon gegeben hat, gestolpert und gestürzt und dann verschwunden ist. Sie muss ihre Mutter beschützen.

Als *die* die Mädchenschule geschlossen haben, hatte ihre Mutter niemanden mehr, den sie in Englisch und Französisch unterrichten konnte. *Die* legten fest, dass die Mutter dem Vater auch nicht im Laden helfen durfte, den er aufgemacht hatte, als *die* ihn nicht mehr an der Universität haben wollten, denn dort durfte nur noch gelehrt werden, was *denen* recht war. Die Mutter durfte noch nicht einmal ohne den Vater auf die Straße. Als *die* eines Nachts kamen und Jan und Aran mitnahmen, ihre drei und vier Jahre älteren Brüder, war sie das Einzige, was ihrer Mutter blieb. Und ihr geliebter kleiner Garten, in dem die Rosen in diesem Jahr so schön blühten wie noch nie, denn ihre Mutter begoss die Erde mit ihren Tränen.

Die Mutter spricht nicht mehr über die Brüder, sie kann es nicht, aber sie sind ihr nah, in jedem Augenblick. So wie ihr Zuhause und das Leben, das sie verloren haben. Alles.

Amira schluchzt lautlos. Sie weiß es genau. Sie wird ihre Brüder nie wiedersehen.

DIENSTAG
MARSEILLE

15.

Ihr erster Landausflug steht nicht unter dem besten Stern.

Ins Zentrum von Marseille fahren sie noch bequem mit dem Bus der Reederei, der nonstop zwischen Hafen und City hin- und herfährt, solange das Schiff dort am Kai liegt. Als sie aus dem klimatisierten Bus steigen, stellen sie aber fest, dass in diesen Breiten die Sonne um zehn Uhr morgens schon heiß und grell vom Himmel brennt.

Und dass Ripsa ihre Sonnencreme und Leia ihre Sonnenbrille an Bord vergessen hat.

Das Licht ist so hell, dass die Augen tränen. Der Sonnenhut hilft da auch nicht viel, denn das Licht wird von den hellen Pflastersteinen reflektiert. Als Leia sich mit schmerzhaft zusammengekniffenen Augen umschaut, bemerkt sie direkt am Wasser ein nagelneues Museumsgebäude. »Mare Nostrum« steht auf einem großen Werbebanner. Wie wäre es gleich zu Anfang mit etwas Bildung bei einem Museumsbesuch?

»*Air conditioned*«, liest Ripsa auf einem zweiten, noch größeren Banner direkt daneben. »Ja, bitte!«

Die Erleichterung, ja Ausgelassenheit, die sie überkommt, als sie sich aus der sengenden Hitze in die klimatisierten Räumlichkeiten des Museums retten, bekommt bereits im ersten Ausstellungssaal einen Dämpfer.

Mittelalterliche kirchliche Wandteppiche zeigen, wie mit wehenden Fahnen und gezückten Schwertern die Erlösung in den Orient getragen wurde. Auf der anderen Seite des Saals dröhnen tausend Jahre jüngere Videoausschnitte, in denen Islamisten mit schwarzen Kapuzen auf dem Kopf Kruzifixe verbrennen, mit Waffen herumfuchteln und hetzerische Reden führen.

Vor der Karte einer Kleinstadt bleibt Leia stehen.

»Schau mal. Hier sind die Wohngebiete von Christen, Muslimen und Juden bis auf die Straße genau eingetragen. Ich dachte zuerst, das hier ist uralt, dass die das eben vor Hunderten von Jahren so gemacht haben, dass sie die Angehörigen der unterschiedlichen Religionen in Ghettos eingeteilt haben. Aber dann hab ich gesehen, huch, da steht ja eine Jahreszahl – das ist vom letzten Jahr! Total schrecklich.«

»Stimmt«, sagt Ripsa knapp.

Als Leia sich zu ihrer Schwester umdreht, kann die ein Gähnen nicht verbergen.

Leia schluckt ihre Kritik hinunter. Letzte Nacht war sie diejenige, die geschlafen hat. Angeblich hat sie Ripsa immer wieder die gemeinsame Decke geklaut. Und geschnarcht haben soll sie auch, wie ein Schweinchen. Das hatte Ripsa ihr vorgeworfen, während sie sich am Morgen gereizt die dunklen Augenringe überschminkte.

»Entschuldige bitte noch mal, dass ich dich wach gehalten habe«, sagt Leia.

»Für die nächste Nacht fragen wir Raoul nach getrennten Decken.«

»Und heute trinken wir auch nicht so viel wie gestern.«

»Aha.«

»Du weißt schon, dass man nicht so viel Alkohol trinken muss, wie hier ausgeschenkt wird? Und bestimmt hast du davon gehört, dass schon eine kleine Menge Alkohol dazu führt, dass man schlechter schläft.«

Ripsa schnaubt und will etwas sagen, doch dann verzichtet sie darauf.

Sie gehen in den nächsten Ausstellungssaal. Leia bleibt bei einer Fotografie stehen, auf der eine Gruppe von Frauen zu sehen ist, die mit gesenkten Köpfen an einem Meeresstrand stehen. Etwas Schlimmes ist passiert, das ist klar, aber was? Der Erläuterungstext ist auf Französisch, das Leia noch weniger beherrscht als ihre Schwester.

Mare Nostrum, denkt sie. Eine ziemlich optimistische Bezeichnung für diese Ausstellung, fast schon irreführend. Die Bilder von leidenden Kindern und Menschen, die unter blutigen Lumpen in zerstörten Straßen liegen, rufen Wut und Unwohlsein hervor. Wenn sie einem aber auf jeder Wand entgegenkommen, stumpft man in beängstigender Weise ab. Außerdem bläst die Klimaanlage auch hier so kalte Luft in die Räume, dass man dauernd Gänsehaut bekommt.

»Was ist eigentlich der Zweck dieser Ausstellung?«, mokiert sich jetzt auch Ripsa. »Den Leuten einbläuen, dass man nichts machen kann? Der Westen und die muslimischen Länder liegen im ewigen Clinch, alles geht den Bach runter.«

»Sag das nicht«, entgegnet Leia, auch wenn sie allmählich zu dem gleichen Schluss kommt. Die ständigen Abbildungen der ewigen Konflikte, Rachekreisläufe und Massenmorde der verschiedenen Völkerschaften rund um das Mittelmeer heben nicht gerade die Laune. Deprimierende Zeugnisse menschlicher Erbarmungslosigkeit, kurzsichtiger Intoleranz, gegenseitiger Missachtung und Grausamkeit.

»Wollen wir abbrechen?«, schlägt Ripsa vor. »Und vielleicht lieber einen Kaffee trinken?«

»Lass uns noch zu Ende schauen. Wo wir schon mal hier sind.«

»Warum müssen wir das hier durchziehen?«, schnaubt Ripsa. »Schließlich sind wir im Urlaub.«

»Oder wir gehen einfach ein bisschen schneller durch die restlichen Säle«, lenkt Leia ein.

»Danke.«

Also sehen sie sich die Räume nur noch flüchtig an und bleiben immer seltener bei einzelnen Ausstellungsstücken stehen.

Als sie in den letzten Saal kommen, ist Leia schon so weit, einfach nur durchzugehen – hinaus an die Luft, in die Sonne, die Hitze, den Urlaubstag und die verlorene Leichtigkeit.

»*Excuse me?*«

Die Frau, die sich über die Glasvitrine in der Mitte des Raumes gebeugt hat, dreht sich zu ihnen um.

»Entschuldigen Sie, dass ich Sie störe, Sie waren schon auf dem Weg nach draußen, spricht eine von Ihnen Französisch?«

»Ich«, sagt Ripsa. In ihrer Stimme schwingt Überraschung mit. Sie wirft Leia einen kurzen Blick zu und hebt ein wenig die Brauen.

Sie gehen auf die Frau zu. Naturweißes Leinenhemd, helle Jeans und flache Sandalen, die große Sonnenbrille in die Stirn geschoben. Es ist tatsächlich die Pagenkopf-Trägerin von gestern, wie auch Leia jetzt sieht. Aber die Haare sind anders, kurz, jungenhaft. Kaum Make-up.

Leia knabbert an ihrer Unterlippe. Der Serviettendiebstahl mitsamt allen unangenehmen Details kommt ihr in den Sinn. Dass Ripsa sie aber auch zu so einer Torheit drängen musste. Und dann auch noch die peinliche Erinnerung daran, wie sie sich an den Offizierstisch herangewanzt haben. Zum Glück scheint die Frau sie nicht zu erkennen. Sie zeigt auf eine Figur der Jungfrau Maria in der Vitrine, auf eine Fotocollage an der Wand daneben und auf einen Videomonitor.

»Das alles gehört zusammen, bloß wie? Ich kann ein paar Wörter Französisch, aber das reicht nicht.«

Leia und Ripsa sind einen Moment still, dann wirft Ripsa ihrer Schwester einen Blick zu.

»Wir dachten, Sie sind Französin.«

Die Frau schaut sie fragend an.

»Die *Mediterranean Siren*«, fährt Ripsa fort. »Wir haben uns gestern beim Abendessen gesehen.«

Die Frau fängt an zu lachen. »Ach, wie lustig! Ich dachte mir doch, dass ihr mir bekannt vorkommt«, sagt sie und streckt die Hand aus. »Marina.«

Sie stellen sich vor und schütteln der Frau die Hand, eine weiche, gepflegte Hand mit schlanken Fingern. Auf den Nägeln hat sie noch den gleichen knallroten Nagellack, stellt Leia fest. In ihrem Kopf rattert es. Keine Französin, woher dann? Im Englisch der Frau kann sie kaum einen Akzent entdecken. Warum scheint es immer so wichtig zu sein, wo jemand herkommt?

»Ihr seht euch ähnlich«, sagt Marina.

Ripsa grinst.

»Wir sind Schwestern«, sagt Leia. Es geht schon wieder los.

»Schwestern? Oh, wunderbar!«, ruft Marina aus. »Wenn ich eine Schwester hätte, würde ich auch unbedingt mit ihr verreisen wollen. Ich beneide euch. Und ihr kommt – woher?«

»Aus Finnland.«

Marina lacht. »Ich auch«, sagt sie auf Finnisch.

Leia und Ripsa stimmen in ihr Lachen ein.

»Wir haben uns schon gefragt, ob auf der *Siren* gar keine anderen Finnen sind«, sagt Leia. Es ist eine Erleichterung, nach dem immer etwas steifen Englisch wieder die eigene Sprache zu sprechen.

»Wie ist eure Reise bisher verlaufen?«, fragt Marina. »Wie findet ihr das Schiff?«

»Bisher war alles in Ordnung«, entgegnet Ripsa. »Und bei dir und deinem Mann?«

»Meinem Mann?«

»Wir haben euch vor dem Abendessen beim … äh, Aperitif in der Mermaid-Bar gesehen.«

Am liebsten würde Leia ihre Schwester treten. Kein bisschen Feingefühl! Aber Marina lacht nur.

»Ach, Marcel ist nicht mein Mann. Wir sind nur gute Freunde.«

Das kurze Schweigen droht, unangenehm zu werden.

»Also, die Bilder«, sagt Leia jetzt. »Ripsa, übersetzt du uns, worum es da geht?«

Ripsa übersetzt, was auf der Tafel steht, und erklärt die dort beschriebene Chronologie der Ereignisse. Auf den Fotos ist das Leben in einem kleinen Küstendorf festgehalten. Kleine und große Festlichkeiten, runde Geburtstage und fröhliche Kinderfeste. Die Leute backen Brot, waschen ihre Autos und bringen den Kindern Radfahren bei. Sie fischen, spielen Brettspiele, singen im Chor und lächeln in die Kamera. Zusammen feiern sie Weihnachten und tanzen auf Hochzeiten.

Was man auf den Fotos nicht sieht: Ein Drittel der Dorfbewohner sind Christen, der Rest Muslime. An der Hauptstraße stehen eine kleine Moschee und eine noch kleinere Kapelle einträchtig nebeneinander. Das Zusammenleben war einfach und unproblematisch, man teilte Alltag und Feste, die Kinder spielten miteinander, und auch Verliebte scherten sich nicht um Glaubensgrenzen – bis islamistische Kämpfer, die in der Gegend patrouillierten, den wertvollsten Gegenstand aus der Kapelle raubten, eine mit Blattgold geschmückte Marien-Figur aus Porzellan. Auf dem Video, das sie aufgenommen haben, verwünschen sie zuerst mit Waffen in der Hand die Christen und schleudern schließlich die Figur mit solcher Wucht auf den Boden, dass sie in Dutzende kleine Teile zerspringt.

»Aber die fremden Männer haben ihr Ziel nicht erreicht«, fährt Ripsa fort. »Es ist ihnen nicht gelungen, die Dorfbewohner gegeneinander aufzuwiegeln.«

Leias Blick bleibt an einer Fotografie hängen. Sie zeigt die versammelten Dorfbewohner, die die wieder zusammengeklebte Figur in die Kamera halten. Jetzt steht sie fern ihrer Heimat in einer Museumsvitrine.

»Die Figur ist nicht mehr heil, nicht mehr unversehrt und deshalb für das gesamte Dorf umso wichtiger, umso kostbarer und, äh, umso bedeutungsvoller«, schließt Ripsa.

Einen Moment lang schweigen alle drei und betrachten die Figur. Einige Teile fehlen, und nicht alle Teile sind exakt zusammengefügt.

Ripsa wendet sich zu Leia.

»Eine bewegende Geschichte. Wollen wir … He, was ist denn?«

Leia wischt sich über die Augen. Sie kann nicht verhindern, dass die Tränen geradezu aus ihr herausschießen.

»Eine Katharsis?«, fragt Ripsa amüsiert.

»Irgend so was. Ach, meine Wimperntusche ist völlig verschmiert. Hast du vielleicht ein Taschentuch?«

Sie hat die Frage an Ripsa gerichtet, aber die ist noch mit den Schnüren an ihrem City-Rucksack beschäftigt, als Marina Leia schon eine kleine Taschentuchpackung hinstreckt. Sie bedankt sich, nimmt sich ein Taschentuch und putzt sich geräuschvoll die Nase. Es ist ihr etwas peinlich. Eigentlich sogar sehr. Doch Marina betrachtet sie voller Mitgefühl.

»Man beobachtet uns übrigens«, sagt Ripsa leise.

Leia dreht sich um. Die Museumswärterinnen, die auf Gesundheitsschuhen ihre Runden drehen und aufpassen, dass die Besucher keine Ausstellungsstücke mit nach Hause nehmen, sind näher herangetreten und betrachten sie misstrauisch.

»Nanu«, sagt Leia. Jetzt muss sie schon wieder lächeln. Noch einmal putzt sie sich sicherheitshalber die Nase und steckt das gebrauchte Taschentuch in ihre Tasche. »Danke«, sagt sie zu Marina.

»Jetzt Kaffee?«, fragt Ripsa.

»Auf jeden Fall«, sagt Leia. Und fährt zu Marina gewandt fort: »Wir wollten irgendwo in einem schönen Strandcafé einen Cappuccino oder Espresso trinken. Willst du mitkommen?«

Die Sonne, die inzwischen ihren höchsten Stand erreicht hat, dringt glühend durch die Markise des Straßencafés. Doch durch den Mastenwald des Sportboothafens und zwischen den Souvenirständen weht ihnen vom Meer ein Windhauch entgegen, der sich angenehm auf Arme und Gesichter legt. Er bringt auch den Abgasgeruch der vorbeifahrenden Autos und das Knattern der Mopeds mit, den Duft von fetttriefender Pizza und gebratenem Fisch. Die Gespräche der anderen Cafégäste verdichten sich zu einem Summen von entfernt französischem Klang. Als Leia sich setzt, wackelt der leichte Aluminiumstuhl auf dem Pflaster und drückt ein wenig unangenehm am Po.

»*Voilà.*«

Die junge Bedienung bringt Ripsa einen Café au lait und zwei Cappuccinos für Marina und Leia. Alle bekommen außerdem große Gläser mit eiskaltem Wasser, die in der Hitze gleich vor lauter Freude beschlagen.

»Das fühlt sich doch jetzt wie Urlaub an«, sagt Ripsa und nimmt einen Schluck von ihrem Wasser.

Leia fällt eine Theorie ein, von der sie mal gehört hat. Bei Reisen mit dem Flugzeug kommt die Seele nicht hinterher und erreicht den Körper erst ein paar Tage nach der Landung wieder. Während sie darüber spricht, fragt sie sich allerdings, ob sie diese Geschichte nicht irgendwann von Ripsa selbst gehört hat, aber falls es so sein sollte, lässt Ripsa sich nichts anmerken, sondern hört sich alles geduldig bis zum Schluss an.

»Eine schöne Theorie«, sagt Marina.

»Und, Leia, hat dich deine Seele schon eingeholt?«, fragt Ripsa, und Leia entgegnet: ja, schon. Und deine? Jetzt kann auch Ripsa sagen, ja, hat sie. Die Seele ist da.

»So könnten wir doch jetzt den Rest des Tages verbringen«, fängt Ripsa an zu fantasieren. »Wir bleiben so lange hier sitzen, bis wir Lust auf einen Lunch kriegen. Dann gehen wir nach nebenan in die Pizzeria. Und danach irgendwo Eis essen, bis es Zeit ist, den Wein aus dieser Gegend zu probieren. Und dann gehen wir zum Abendessen auf die *Siren*.«

Leia wirft rasch einen Blick auf Marina, die den Spaziergängern auf der Promenade nachschaut. Nicht dass sie denkt, Ripsa meint das ernst.

»Stand in der App nicht was von einem Palast?«, sagt Leia. »Den könnten wir uns doch anschauen. Und die Gefängnisinsel, auf der *Der Graf von Monte Christo* spielt.«

Ripsa schnaubt.

»Ganz ruhig. Das ist zwar immer noch ein Kulturtrip, aber nach der Ausstellung vorhin muss ich erst mal meine Kräfte sammeln.«

»Ich bin trotzdem froh, dass wir dann doch alles bis zum Schluss angeschaut haben«, sagt Leia. »Stell dir vor: Wir trinken hier in aller Ruhe Cappuccino, während andere vor Krieg und Verfolgung fliehen müssen. An den Küsten ein und desselben Meeres. Auf genau diesem Meer versuchen die Flüchtlinge, sich in Sicherheit zu bringen, viele ertrinken –«

»Du brauchst uns keine Predigt zu halten.«

Leia ist das peinlich. Und zwar nicht nur für sich und die Flüchtlinge, sondern auch vor Marina. Sie war immerhin auch in der Ausstellung, selbst wenn sie sich nicht dazu geäußert hat.

Ripsa scheint sich ja keinen Deut um das Wohlbefinden ihrer Begleiterin zu scheren. Hat sie Marina einmal etwas gefragt, seit sie sich gesetzt haben, oder einmal das Wort an sie gerichtet? Na gut, Leia war vielleicht etwas voreilig, als sie Marina dazugebeten hat, und zu Hause in Finnland lädt man ja auch nicht jeden dahergelaufenen Menschen zum Kaffee ein, nur weil er zufällig dieselbe Sprache spricht. Aber Ripsa wird doch gesehen haben, wie aufgewühlt sie nach der Geschichte mit der Marienfigur war. Und wie nett sich Marina um sie gekümmert hat. Sie hat ihr sogar ein Taschentuch angeboten.

Gerade ist ihre Schwester damit beschäftigt, das kleine Zuckertütchen aufzureißen und dunkle Zuckerkristalle in ihren Milchkaffee rieseln zu lassen. Der Löffel klirrt nur so gegen die

Tasse, als Ripsa umrührt und dabei auf ihrem Handy nachsieht, welche Sehenswürdigkeiten die Reederei ihnen für die wenigen Stunden des Landgangs empfiehlt.

In Finnland ist es schon zwei Uhr nachmittags, denkt Leia. Viivi ist jetzt bestimmt wach. Jedenfalls müsste Dornröschen jetzt allmählich mal die Augen aufmachen, falls es immer noch schläft. Auch sie nimmt ihr Telefon zur Hand.

»Entschuldigung«, sagt sie zu Marina. »Ich rufe mal schnell meine Tochter an.«

»Bitte sehr.«

Marina setzt ihre Sonnenbrille auf und wendet das Gesicht genüsslich der Sonne zu.

»Bist du okay?«

Sofort stellen sich Leias Nackenhaare auf. Warum hat Viivi das gesagt?

»Natürlich, wieso?«

»Na ja, weil du anrufst. Seid ihr in Deutschland?«

»Nein, wir sind in Frankreich, in Marseille. Hier sind es über dreißig Grad.«

»Okay.«

Viivi klingt schon wieder ganz normal. Ungeduldig und ein wenig genervt, so wie neuerdings immer, wenn sie mit ihr spricht.

»Wie ist es auf dem Schiff?«

Immerhin fragt sie was, denkt Leia.

»Da ist ganz schön viel los. Wir haben eine richtig große Kabine.«

»Okay.«

Anscheinend interessiert sich ihre Tochter doch nicht so wirklich dafür.

»Ich hab mich gefragt, ob du vielleicht noch schläfst«, versucht Leia es noch einmal.

»Ich hab nicht geschlafen. Ich muss arbeiten.«

»Entschuldige, das hatte ich vergessen. Ich schreibe mir deine Arbeitszeiten nicht auf.«

»Musst du ja auch nicht. Das kriege ich schon ganz alleine hin.«

Wie man's macht, macht man's falsch, denkt Leia. Bin ich denn die einzige friedfertige Person in dieser Familie?

»Ist gut«, sagt sie hilflos. »Dann wünsche ich dir einen schönen Arbeitstag. Schick mir eine SMS, falls was ist. Tagsüber bin ich erreichbar, aber abends und nachts, wenn das Schiff unterwegs ist, funktionieren die Handys nicht so gut.«

»Okay. Viel Spaß. Grüß Ripsa von mir.«

»Warte mal, Ripsa sitzt hier neben mir, du kannst selbst mit ihr sprechen. Ich schalte den Lautsprecher ein, Moment. Ich mache etwas lauter, hier ist so viel Lärm im Hintergrund. So.«

Leia legt das Telefon auf den Tisch. Viivis Stimme rauscht im Lautsprecher, aber es liegt jetzt ganz klar mehr Wärme darin als eben noch im Gespräch mit ihrer Mutter.

»Hallo Ripsa, grüß dich!«

»Grüß dich auch«, ruft Ripsa. »Wie ich höre, suchst du schon nach einer Studentenbude?«

»Sieht so aus. Aber erst mal muss ich ja wissen, wo ich angenommen werde.«

»Ich dachte, du hast schon einen Platz an der Aalto-Uni sicher?«

»Ja, scheint so.«

»Und wie läuft es bei der Arbeit? Arbeitest du nicht schon länger irgendwo in einem Lager?«

»Ist ganz okay.«

Ripsa rollt die Augen in Leias Richtung, Leia breitet die Hände aus. Das blüht dir auch bald, wart's nur ab.

»Was gibt es Neues in Finnland?«, fährt Ripsa unbeirrt fort. Jetzt will sie Viivi ein bisschen triezen.

»Immer derselbe Scheiß. Sorry, aber so ist es nun mal. Irgendein Idiot hat aus der finnischen Flagge so ein Kapuzending gemacht, à la Ku-Klux-Klan oder wie das heißt. Dann hat er Bilder davon ins Netz gestellt, und die gehen gerade um die Welt.«

Leia und Ripsa stöhnen gleichzeitig auf.

»So sieht also die Welt Finnland«, stellt Ripsa fest. »Wir sind noch keine vierundzwanzig Stunden weg, und schon –«

»Hör mal«, unterbricht Viivi sie. »Ist Mama noch da? Ich hatte da so eine Idee. Wegen der Hilfe für Flüchtlinge ohne Aufenthaltsgenehmigung.«

Leia wirft Ripsa einen Blick zu. »Ja?«

»Wenn ich dann zum Studieren ausziehe, kannst du mein Zimmer doch einem Papierlosen geben. Vielleicht einer ganzen Flüchtlingsfamilie.«

Leia holt tief Luft. »Nun ja.«

»Nun ja was?«

»Lass uns zu Hause darüber sprechen. So spontan bin ich davon gerade nicht so begeistert.«

»Was würde sich denn ändern? Tagsüber gehst du zur Arbeit, da stören die dich nicht. Und du schläfst einfach wie bisher im Wohnzimmer, und die im anderen Zimmer.«

»Kannst du dir eventuell vorstellen, dass ich vielleicht selber mal gerne vom Klappsofa im Wohnzimmer ins Schlafzimmer umziehen würde? Ich muss das Zimmer nicht fremden Leuten geben. Außerdem ist die Beherbergung von illegalen Flüchtlingen –«

»Fremde. Illegale. Du redest von denen, als seien das Verbrecher. Ich hab immer gedacht, du bist gerade in dieser Hinsicht tolerant und hilfsbereit. Diese Leute verstecken sich, weil sie in Lebensgefahr sind und –«

»Viivi.« Leias Stimme wird lauter. »Lass uns darüber sprechen, wenn ich zurück bin. Wir müssen jetzt aufhören, die Leute an den Nebentischen gucken schon.«

»Tut mir leid, dass ich das zur Sprache gebracht habe. Und ich muss auch aufhören. Falls du dich entsinnst, ich muss arbeiten.«

»Du brauchst dich nicht zu entschuldigen«, sagt Leia. Aber Viivi hat das Gespräch schon beendet.

Ripsa lehnt sich in ihrem Stuhl zurück.

»Du hast sie zur Idealistin erzogen. Du kannst stolz auf dich sein.«

Leia steckt ihr Telefon in die Tasche und schafft es nicht mal zu grinsen. »Nein, ich bin ein total schlechter Mensch. Intolerant und was nicht noch alles, genauso rassistisch wie irgend so ein Kapuzentyp.« Sie wirft Marina einen Blick zu. »Meine Tochter sucht noch ihre Bestimmung, sie hat ihren Sommerjob und ihre Aufnahmeprüfungen und ein bisschen Stress.«

»Ach, ein bisschen«, schnauft Ripsa.

»Darf ich fragen«, sagt Marina mit großen Augen, »wie alt deine Tochter ist?«

»Neunzehn.«

»Unglaublich. Ich hätte dich jünger geschätzt.«

»Ich bin sehr jung Mutter geworden. Aber ich bin jetzt auch schon siebenunddreißig.«

»Ich dachte, du bist in meinem Alter«, fährt Marina unbeirrt fort.

Leia lacht auf. »Ripsa ist die Jüngere von uns beiden, tatsächlich wird sie morgen fünfunddreißig. Und sie hat auch zwei Kinder.«

»Unglaublich«, wiederholt Marina. Allerdings würdigt sie Ripsa keines Blickes.

Ripsa dreht sich um und gibt der Bedienung mit der Hand ein Zeichen.

»Ich frage mal nach der Rechnung. Und dann fahren wir zu dieser Gefängnisinsel.«

»Wieso die Eile?«, fragt Leia. »Wir haben doch noch nicht mal unseren Kaffee ausgetrunken.«

Ripsa trinkt den Rest ihres Milchkaffees in einem Zug aus und nimmt ihr Portemonnaie aus dem Rucksack. Marina sieht enttäuscht aus.

»Schade, dass ihr es so eilig habt. Es wäre schön gewesen, noch ein bisschen zu plaudern, Tipps zum Sightseeing auszutauschen.«

»Hast du die Bord-App? Kann ich empfehlen«, sagt Ripsa. »Da gibt es eine Menge Infos. Auch die Ausstellung von vorhin ist da erwähnt, volle fünf Sterne in der Kategorie Unbehagen.«

»Also, ich habe mir das nicht nur widerwillig angeschaut«, sagt Leia. Muss sie daraus denn wieder ein Problem machen? »Sie hat mich eher zum Nachdenken gebracht.«

»Ja. Und selbstzerstörerische Gedanken ausgelöst.«

»Quatsch. Sie hat mich berührt. Ging unter die Haut.«

»Ja, wegen der effizienten Klimaanlage.«

Ripsa steht auf. »Anscheinend sieht die Bedienung uns nicht. Komm, wir zahlen an der Kasse.«

»Was sollte das denn?«, schnaubt Leia, als sie außer Hörweite sind.

»Manche Leute …«, fängt Ripsa an. »Ach, was soll's.«

»Gestern hast du dich beschwert, dass ich nicht vor Freude geschrien habe, als dieser Typ mit dem Bart uns abschleppen wollte, und jetzt benimmst du dich selber wie der reinste Waldschrat.«

»Wir sind der da nichts schuldig. Jetzt hat sie wenigstens den ganzen Tisch für sich.«

»Was glaubst du, mit welchem Gefühl wir ihr in Zukunft im Restaurant gegenübersitzen werden? Was glaubst du? Wenn es hart auf hart kommt, die ganze restliche Woche.«

»Ah und oh und ah und oh, Marcel, mein Schätzchen, wir sind nur gute Freunde«, äfft Ripsa sie nach. »Gestern hatte sie garantiert eine Perücke auf.«

Als sie weitergehen will, greift Leia nach dem Schulterriemen ihres Rucksacks und hält sie auf.

»Und wenn schon, dann war es eben eine Perücke«, schreit sie. »So, jetzt sind wir hier, zu zweit. Drei Stunden bis zum Ablegen, was machen wir, wohin gehen wir?«

»Ich hab keine Lust, mit dir zu reden, wenn du dich so aufführst.«

Ripsa betrachtet ihre Füße, wirbelt mit den Spitzen ihrer Sandalen Staub auf. Leia lacht so laut und hohl, dass zwei durchtrainierte Französinnen, die gerade an ihnen vorbeijoggen, einen Bogen um sie machen. Leia hat plötzlich das Gefühl, mit einem genervten Teenager unterwegs zu sein.

»Was regst du dich bloß so auf?«, sagt sie. »Du bist ja schlimmer als Viivi.«

Sie schaut zum Café zurück, aber zum Glück blickt Marina ihnen nicht enttäuscht oder gar verärgert hinterher. Sie ist mit ihrem Telefon beschäftigt. Ich habe mir ganz umsonst Sorgen gemacht, denkt Leia noch – da piept es zum Zeichen, dass auf dem Handy eine Nachricht angekommen ist. Zuerst bei Ripsa, eine Sekunde später bei ihr.

Ripsa ist schneller.

»*Mediterranean Company Safety Alert*«, liest Ripsa vor. »Ja klar, Onkel Raoul will uns an etwas erinnern –«

»Nein«, sagt Leia.

Auch sie hat jetzt die Nachricht geöffnet. Sie liest sie einmal und dann ein zweites Mal. Sie will sichergehen, dass sie sie richtig verstanden hat.

Die Reisenden der *Mediterranean Siren*, die in Marseille auf eigene Faust an Land gegangen sind, werden gebeten, sofort auf das Schiff zurückzukehren, »zu Ihrer eigenen Sicherheit«.

Als sie die Nachricht ein drittes Mal liest, hört man schon die Sirenen. Eine lange Reihe von Polizeiautos fährt die Strandpromenade entlang, alle mit Blaulicht und Martinshorn. Ein paar

Streifenwagen, mehrere Mannschaftswagen und dann ein gepanzerter Wagen, groß wie ein Bus. Er stoppt mitten auf der Straße vor dem Café, in dem sie gesessen haben. Polizisten in blauen Overalls mit Helmen auf dem Kopf, Waffen am Gürtel und schusssicheren Westen stürmen heraus. Alle haben schwarze Tücher vor dem Gesicht.

16.

Schon bei der Betreffzeile wird ihr heiß und kalt. *Congratulations.* Und beim Absender. Aus den USA.

Ihr Herz klopft wie verrückt, als sie die Nachricht öffnet.

Sie liest sie einmal. Ein zweites Mal, zur Sicherheit, dass sie auch alles richtig versteht. Sie öffnet den Anhang und staunt über die Zahlen. Zählt die Nullen.

Ganz schön viele vor dem Dollarzeichen. Ziemlich *fucking* viele. Und es ist keine Gewinnsumme, sondern das, was sie zahlen muss.

Das wird Mama nicht gefallen, denkt Viivi. Ganz und gar nicht.

Sie steckt ihr Handy in den Rucksack und marschiert in den Flur, vor dem Spiegel bleibt sie stehen. Sie holt tief Luft. Hebt das Kinn. Zieht die Schultern nach hinten, nach unten. Ein Lächeln stiehlt sich auf ihre Lippen. Mama muss es ja gar nicht wissen.

Noch nicht. Sie wird es erfahren, wenn es zu spät ist abzusagen. So ist es am besten.

Wozu noch zögern? Sie hat alles schon zu Ende gedacht.

Es ist Zeit, dass er sein Versprechen einlöst.

Sie fährt sich ein paarmal mit den Fingern durch die Haare. Das Make-up ist okay, etwas Lippenstift noch. Ich muss arbeiten, hat sie gesagt. Und das stimmt. Sie bricht auf. Zur Arbeit. Gewissermaßen.

Pay day. Es ist Zeit, einzufordern, was ihr zusteht.

Ziemlich *fucking* viele Nullen.

17.

An der Bushaltestelle der Reederei hat sich bereits eine lange Schlange gebildet, völlig illusorisch, dass sie mit dem ersten Bus zurück zum Hafen kommen. Leia schlägt vor, ein Taxi zu nehmen, und Ripsa hat nichts dagegen.

Als Leia allerdings darüber nachdenkt, ob sie unterwegs nicht Marina am Café abholen sollten, wehrt sich Ripsa vehement.

»Sie ist erwachsen, sie weiß, was zu tun ist!«

Der Taxifahrer ist ein nachtschwarzer Afrikaner, der kein Wort sagt. Die ganze Strecke über dröhnt im Radio eine Nachrichtensendung, aufgeregte französische Stimmen, das Sirenengeheul und ein donnerndes Geräusch, das sich mehrmals wiederholt. Ripsa beschwert sich darüber, dass der Reporter zu schnell spricht, sie versteht nicht, was los ist. Immer wieder fallen die Namen Marseille und Paris, dann Deutschland und Angela Merkel.

Leia lehnt sich nach vorne und fragt den Taxifahrer auf Englisch, ob es im Autoradio auch einen englischsprachigen Sender gibt. Der Fahrer wirft ihr über den Spiegel einen misstrauischen Blick zu und dreht das Radio lauter.

»Gleich sind wir da«, tröstet Ripsa sie. »In der Kabine ist ja ein Fernseher.«

Selten ist ihnen eine Taxifahrt so lang vorgekommen.

Diesmal erscheint ihnen die Sicherheitskontrolle beim Einschiffen nicht mehr sinnlos. Das Personal weigert sich allerdings, Fragen zu beantworten, stattdessen werden sie und die anderen besorgten Passagiere weitergewinkt und ins Schiff gelotst. An der Infotheke hat sich schon ein Menschenauflauf gebildet.

Kaum sind sie in der Kabine, greift Leia nach der Fernbedienung und schaltet den Fernseher ein. Zuerst erscheint der bordeigene Infokanal. Nichts über den Polizeieinsatz in Marseille oder über die Anweisung, zum Schiff zurückzukehren, stattdessen erscheint auf dem Bildschirm eine Nachricht für Miss Laine und Mrs. Laine-Forssa. Der Drill beziehungsweise die Notfallübung findet heute ausnahmsweise schon um drei Uhr nachmittags statt. Man erwarte von allen Passagieren, dass sie am Anfang ihrer Reise unbedingt an dieser Übung teilnehmen.

Das Wort »unbedingt« ist fett gedruckt.

»Hab ich doch gesagt«, sagt Leia.

»Nachrichten, bitte«, mahnt Ripsa.

Als Leia weiterzappt, stößt sie auf CNN. Ein Reporter, der mit seiner übertrieben gebräunten Haut wie ein B-Film-Schauspieler aussieht, berichtet mit aufgeregter Gestik und sich überschlagender nasaler Stimme. Hinter ihm ist Rauch und Blaulicht zu sehen. Irgendwo ist heute eine Bombe explodiert. Etwa hier in Marseille?

Leia hat einen Kloß im Hals.

Nein, nicht in Marseille. Und auch sonst nirgends in Frankreich. Sondern in Frankfurt. Auf dem Flughafen! Kalte Schauer laufen ihr über den Rücken, als würde dort jemand mit dem Finger entlangfahren. Genau da waren sie gestern um diese Zeit.

»Die Ausnahmesituation«, sagt Ripsa und lässt sich neben Leia aufs Bett fallen. »Die hatten bestimmt vorher irgendwelche Informationen, dass was geplant war.«

Leia antwortet nicht. Sie kann kaum atmen. So erklärt sich auch Viivis merkwürdige Gesprächseröffnung. Ihre Tochter war ernsthaft in Sorge um sie.

»Wie viele Tote?«, fragt Ripsa.

Leia beißt sich auf die Unterlippe. Das hat Viivi früher auch immer gefragt, wenn sie von einem Unfall oder einer Gewalttat gehört hatte. Radfahrer vom Auto überfahren – ist er tot? Bus umgekippt, alle Reisenden im Krankenhaus – wie viele Tote? Passant überfällt Hundehalter – hat er auch den Hund getötet? Und Leia hatte dann die Aufgabe, ihre Tochter so gut sie konnte zu beruhigen: Nein, keine Sorge. Der Radfahrer hat nur eine Gehirnerschütterung. Die Busreisenden wurden im Krankenhaus untersucht, vermutlich gab es eine Menge blaue Flecken, ein oder zwei Leute hat man vielleicht mit einem Pflaster oder einem Gips versorgt, die meisten von ihnen konnten sofort nach Hause. Und der Passant hat niemanden umgebracht, er hat den Mann nur geschubst und beleidigt und hat dafür eine ordentliche Geldstrafe bekommen, wie es sich gehört.

Jetzt erscheinen in einer Laufzeile unten am Bildschirm Informationen über die Opfer. Zwei Tote, einer davon der Bombenleger. Fünfzehn Verletzte, drei davon schwer.

»Zwei«, sagt Ripsa. Es klingt erleichtert.

Nur zwei, denkt Leia. Und dann sofort: In so einer Welt leben wir. Nur zwei Tote und fünfzehn Verletzte, eine beruhigende Nachricht, es könnte schlimmer sein. Nur ein weiterer Bombenanschlag in einer europäischen Großstadt. So geringfügig, dass Viivi es noch nicht mal für nötig hielt, ihr davon zu erzählen. Ihre Tochter ist in einer Welt aufgewachsen, in der Terroranschläge in den Nachrichten zum Alltag gehören.

An dem grauenhaften Septembertag im Jahr 2001, als die Flugzeuge in die New Yorker Hochhäuser einschlugen, war Viivi zum Glück erst im Kindergarten. Leia selbst war nach einer Erkältung auf dem Wege der Besserung und plagte sich zu Hause mit ihrer Dissertation, als Ripsa anrief. Mach den Fernseher an!

Sie weiß noch, wie sie auf dem Sofa saß und mit starrem Blick die Nachrichtenflut auf sich einprasseln ließ, und der kalte Schweiß und das Zähneklappern kamen nicht vom Fieber, das noch einmal angestiegen war. Die Nachrichtenbilder waren unwirklich wie aus einem Katastrophenfilm. Graue Staubwolken, die zwischen den Hochhäusern Manhattans auf die Kamera zutreiben, fliehende Menschen, die sich die Hände über Nase und Mund halten, das Flackern von Bränden, Explosionen – dann der Anschlag auf das Pentagon und weitere verdächtige Flugzeuge. Der Luftraum der USA gesperrt, alle Flugzeuge am Boden. Chaos und Panik breiteten sich in Echtzeit von der Ostküste der USA über die Welt aus und erfassten die Menschen auf allen Kontinenten, auch Leia, die Viivi sofort aus dem Kindergarten abholte. Den ganzen Abend musste sie so tun, als sei sie völlig ruhig, um der Fünfjährigen den Eindruck zu vermitteln, dass die Welt immer noch ein grundsätzlich sicherer Ort ist. Dass alle Flugzeuge in der Luft bleiben und kein Erwachsener einem anderen absichtlich etwas Böses antut. Jedenfalls nicht so wohlüberlegt und mit solchen Konsequenzen.

CNN hat von Deutschland nach Syrien gewechselt. Die Kamera zeigt zerbombte Häuser und deren Bewohner, die verzweifelt davorstehen und auf das Grauen starren, Bilder, die uns durch die tägliche Nachrichtenflut nur zu bekannt sind. In der Laufzeile rast das IS-Kürzel zusammen mit anderen Informationen vorbei, immerhin erfasst der Blick noch die Zahlen 29 und 145, die Menge der bei diesem Anschlag Getöteten und Verletzten. Wesentlich mehr als beim Anschlag in Frankfurt, aber die Zahlen erzeugen nicht das gleiche Gefühl von Enge in der Brust.

Anscheinend gewöhnt man sich an alles. Der Gedanke lässt Leia erschauern.

Die Grausamkeiten in Syrien bekommen in der Nachrichtensendung erheblich weniger Raum als der Anschlag mitten in Europa, der wesentlich weniger Schaden angerichtet hat. Es ist nicht einmal ein CNN-Reporter vor Ort. Und es scheint, als liefe der Lauftext doppelt so schnell wie unter den Bildern aus Frankfurt.

»Nichts über Marseille?«, wundert sich Ripsa. »Immerhin war das eine ziemliche Mobilisierung.«

Im nächsten Moment erscheint auf dem Bildschirm ein Foto, das sie beide laut aufstöhnen lässt.

Es ist so schrecklich, dass es Leias Vorstellungsvermögen sprengt. Auf dem Bild posiert jemand mit einer kegelförmigen Kapuze über dem Gesicht, mit Augenlöchern und allem, was dazugehört, der Oberkörper ist in die finnische Flagge gewickelt. Für die Zuschauer, die die Flagge nicht kennen, gibt es einen entsprechenden Hinweis in der Laufzeile.

»So was also«, schnaubt Ripsa. »Tolles Bild von Finnland.«

Unter der Flagge schauen dünne Männerbeine in Jeans und Füße in hellen Sommerschuhen heraus, und in der Hand hält der Mensch, als wäre es nicht schon genug, eine kleine Flagge, wie sie bei Sportveranstaltungen geschwenkt wird. Darauf sind mit schwarzem Filzstift ein Hakenkreuz und die Buchstaben SS geschmiert. SS – *Suomi Suomalaisille* – eine Partei namens *Finnland den Finnen*.

»Ich halte es nicht aus«, sagt Leia.

So weit ist es also gekommen. Eine neue rassistische Kleinpartei, die man anfangs gar nicht ernst genommen hat, bekommt jetzt auf fragwürdigste Weise jede Menge internationale Aufmerksamkeit.

Schon *Kotomaa*, Heimatland, die um einiges gemäßigtere populistische Partei, die in der letzten Wahlperiode einen historischen Sieg eingefahren hat und schnurstracks in die Regierung eingezogen ist, hat nach Ansicht vieler Menschen öffentliche rassistische Meinungsäußerungen salonfähig gemacht. In ihren vier Regierungsjahren hangelte die Partei sich von einem Wirrwarr und Skandal zum nächsten, verlor auch ihren letzten Rest Glaubwürdigkeit und ihre Linie und stolperte zurück in die Opposition, um dort anderen abgeschlagenen Parteien Gesellschaft zu leisten.

Die überzogen großen Wahlversprechen wurden ein ums andere Mal gründlich gebrochen. Kein Wunder, dass ihnen die Wähler abhandenkamen. Diese kehrten entweder unter die Fittiche ihrer alten Parteien zurück, legten sich wieder schlafen oder – noch beunruhigender – schlossen sich in den Wahlen vom Frühjahr einer neuen Gruppierung an, die die aus der *Kotomaa*-Partei Ausgetretenen und Verstoßenen gegründet hatten. Eine Gruppierung, die noch unbelehrbarer, noch aggressiver, noch intoleranter und hasserfüllter war.

Suomi Suomalaisille – SS. Eine Partei, die offen Nazi-Gedankengut verbreitet, noch schlimmer – falls das möglich ist – als die *Schwedendemokraten*, mit denen keine andere schwedische Partei hätte zusammenarbeiten wollen.

Es gab Debatten darüber, ob eine solche Gruppierung überhaupt legal ist. Ohne Ergebnis. Niemand glaubte daran, dass sie genug Stimmen bekommen würde, um im Parlament vertreten zu sein. Und dann doch eine Abgeordnete! Annastiina Häkkilä, die schöne junge Ehefrau des früheren kurzzeitigen Ministers Tarmo Häkkilä. Mutter von vier Kindern, frühere Kindergärtnerin, und in den 1930ern hätte sie garantiert die Wahl zur *Schönsten Arierin* gewonnen.

Anfangs konnte Leia die Nachricht gar nicht glauben. Tarmo Häkkilä musste Knall auf Fall seinen Posten wegen einer politischen Affäre räumen, und dafür stieg seine Frau in den Ring. Die Boulevardblätter rieben sich schon die Hände, dass »die Mrs. Perfect aus Kuopio« ihre Koffer packte, um nach Helsinki zu gehen, dass sie ihren Mann mit den Kindern in der großen Blockhausvilla zurückließ, die sogar in Frauenzeitschriften abgebildet gewesen war, aber dann erging endlich ein Gerichtsurteil. Die SS wurde nicht als Partei zugelassen, und Annastiina blieb zu Hause in Kuopio. Ihr Parlamentssitz ging an die Grünen.

Das fand Annastiina nicht gut. Und daraus machte sie auch keinen Hehl. Und anders als ihr Mann konnte sie mit den sozialen Medien umgehen. Bis in die Nacht hinein twitterte sie über die Hetze und Hexenjagd, der sie zum Opfer gefallen war.

Auch die SS-Unterstützer fanden das nicht gut, und sie gaben ihrem Unmut Ausdruck, indem sie mit einem hakenkreuzbeschmierten Bus durch ganz Finnland fuhren und Flüchtlingsunterkünfte mit Molotowcocktails bewarfen.

Beim Gedanken daran möchte man überhaupt nie wieder nach Hause zurück.

Leia starrt mit einer Mischung aus Ungläubigkeit und Widerwillen auf das Bild und kann sich vorstellen, was für eine Aufregung die Sache in Finnland ausgelöst haben muss. Ein einzelner Idiot macht im Handumdrehen die jahrelange Arbeit der finnischen Tourismus-PR zunichte.

»Was hat er sich bloß dabei gedacht? Oder vielleicht gar nichts?« Ripsa zieht die Nase kraus.

»Wahrscheinlich hat er gesoffen und dann ging's ab: ›Los, lass uns dieses Hardcore-Kostüm überziehen, coole Sache, dann kriegen wir ein paar Likes bei Facebook.‹«

Leia schaltet zum nächsten Sender. BBC World. Und weiter. Deutsche Welle. Als sie Viivi erzählt hat, dass sie hier von allen Nachrichten abgeschnitten seien, hat sie Unsinn geredet. Von den fünfzehn Fernsehsendern an Bord berichten sieben mit denselben undeutlichen Bildern über den Anschlag in Frankfurt. Fünf präsentieren außerdem ihren ganz persönlichen finnischen Helden. Die Buchstaben SS erregen Aufmerksamkeit. Es wird spekuliert, um was für eine Art von Partei es sich wohl handelt und ob sich das politische Klima in Finnland verschärft hat.

»So kriegt man Rückenwind«, sagt Leia. »Man muss sich schämen, Finnin zu sein.«

»Unser angeblich weltberühmtes Schulsystem hat bei dem Typen anscheinend komplett versagt«, schnaubt Ripsa. »Vor allem in Geschichte.«

»Und in Empathie.«

Schließlich findet sich auch eine Erklärung für den Polizeieinsatz – auf einem französischen Nachrichtensender.

»Falscher Alarm in Paris und Marseille«, übersetzt Ripsa rasch. »In Paris ist auch was vorgefallen. Auf einem Marktplatz wurde eine Tasche gefunden, sagen sie. Sie wurde zur Sicherheit gesprengt. Wegen Frankfurt sind alle in Alarmbereitschaft.«

Leia betrachtet die wackeligen Bilder, auf denen blau uniformierte Polizisten in einem abgesperrten Bereich zu sehen sind, im Hintergrund die Stufen einer Kirche. Auf dem Straßenpflaster liegt lauter undefinierbares Zeug, das von der Sprengung übrig geblieben ist. Unwillkürlich kommt ihr wieder die schwarze Tasche in den Sinn, die der Mann mit dem Bart an Bord der *Siren* bringen wollte.

Ripsa steht auf.

»Wollen wir uns an Deck ein bisschen sonnen?«

Leia starrt ihre Schwester an. Hat sie richtig gehört?

»Jetzt?«

»Wie viel Zeit haben wir denn noch? Anderthalb Stunden. Es lohnt sich jetzt auch nicht mehr, nach Marseille zurückzufahren, zumal Raoul diesmal bestimmt darauf achten wird, dass wir den Drill wirklich mitmachen.«

»Nach allem, was gerade passiert ist, willst du dich jetzt sonnen? Das ist nicht dein Ernst.«

»Warum nicht? In Marseille ist alles in Ordnung. Hier an Bord ist alles in Ordnung. Bei mir ist alles in Ordnung und bei dir auch. Nach Terroranschlägen soll man mit seinem normalen Leben weitermachen, sobald das irgendwie geht, und außerdem war das heute ziemlich weit weg. Wo habe ich nur diese blöde Sonnencreme hingesteckt?«

»Ich kapier dich nicht«, sagt Leia.

»Dann lass es doch einfach sein«, erwidert Ripsa schnippisch. »Ich habe für die Reise so viel bezahlt, dass ich dafür jetzt alles mitnehmen will, was ich kriegen kann.«

Sie findet ihre Sonnencreme, zieht sich den Bikini an und wickelt sich in ein großes flauschiges Strandtuch.

»Letzter Aufruf zur Sonnenliege.«

Leia schüttelt den Kopf. Ripsa schnaubt und geht.

»Dann bis später.«

18.

»Ich hab alles bekommen. Danke.«

Ihre Gesprächspartnerin klingt gereizt und unzufrieden, wie neuerdings immer. Auch dieses Danke ist eher eine Zurechtweisung, die geradezu nach einer weiteren Frage verlangt.

Sie verzieht das Gesicht. Zum Glück kann die andere es nicht sehen. »Aber?«

»Ich brauche mehr davon. Viel mehr. Schick mir noch was.«

»Dasselbe Zeug?«

»Möglichst noch Schlimmeres. Sachen, von denen sich Du-weißt-schon-wer nie wieder erholt.«

Manchmal ist es schwer zu verstehen, wozu eine nagende Verbitterung und der Durst nach Rache einen Menschen bringen können. Sie selbst wird durch etwas viel Einfacheres und Klareres motiviert: die Summe unter dem Strich.

»Okay. Ich schicke was«, verspricht sie.

Zu Schulzeiten war sie schon genauso. Eine verbissene Streberin, die die Schuld allen anderen außer sich selbst zuschob, wenn die Sachen nicht so liefen, wie sie es sich vorgestellt hatte.

19.

Leia kann die Nachrichten aus Frankfurt nicht mehr ertragen und zappt weiter. Soaps. Koch- und Diätsendungen. Synchronisierte Z-Filme. Und Werbung.

Werbung, Werbung, Werbung.

Die Welt wird immer verrückter. Es explodieren Bomben, Menschen fliehen aus ihren Häusern, und sie sitzt hier und starrt auf tanzende Cerealien-Packungen und Gesichtscremes, die erwiesenermaßen ewige Jugend garantieren. Autowerbespots mit leicht bekleideten Frauen, die sich von der jeweiligen Automarke dermaßen erregen lassen, dass sie aussehen, als wären sie einer Animation für pornosüchtige Männer entsprungen. Hier sitzt sie, Leia, in ihrer perfekt ausgestatteten Kabine auf einer Luxuskreuzfahrt, eine ganze Woche ohne Pläne und Verantwortung – ihre einzige Aufgabe ist es, sich zu amüsieren, sich gehen zu lassen und den Kopf freizukriegen.

Nicht mehr nachdenken. Sich nur noch auf das Wesentliche konzentrieren. Man lebt ja nur einmal, und nach uns die Sintflut.

Wie betäubt bleibt sie beim italienischen Sender RAI hängen. Ein megalomanisches Glücksrad wird von einer wasserstoffblonden Frau im Minikleid gedreht, deren High Heels geradezu dalíhaft in die Höhe gezogen sind. Selbst Lady Gaga würde da vor Neid erblassen. Das Studiopublikum johlt begeistert, als das Glücksrad zum Stehen kommt, die Lichter blinken und eine grelle Musik einsetzt. Der Teilnehmer, ein pummeliges dreißigjähriges Muttersöhnchen mit Stirnglatze, gewinnt einen Flachbildfernseher – an genau so einem verfolgt Leia gerade den Niedergang der westlichen Welt, auch wenn dieser vielleicht ein bisschen größer ist.

Sie schaltet den Fernseher aus. Ihr ist übel. Und sie fröstelt. Draußen herrscht die größte Hitze, aber an Bord läuft die Klimaanlage ständig auf Hochtouren, sodass sie sicherlich noch vor Ende der Woche eine Erkältung bekommt. Es kratzt schon im Hals.

Leia nimmt das Bordprogramm für den heutigen Tag zur Hand. Es ist penetrant vielfältig. Man hätte den Tag schon morgens um acht mit einer gemeinsamen Runde auf der Laufstrecke an Deck beginnen können. Der letzte Programmpunkt beginnt um zwei Uhr nachts, ein Biertrinkwettbewerb in der *Bayernstube*. Momentan läuft offenbar Stretching am Pool. In der Sporthalle spielt man Federball im Doppel, im Kartenzimmer Canasta. Ein Tanzlehrer führt in die Geheimnisse der Rumba ein, und in der »Kulturecke« gibt es Alternativangebote für diejenigen, die nicht nur auf Körperkultur aus sind: ein viertelstündiges Quiz zum Thema Frankreich, danach eins zum Thema Sport. Und wenn man etwas mit seinen Händen machen möchte, kann man im *Arts-and-crafts*-Kurs Papierblumen basteln, die man sich zum Abendessen als Brosche anstecken kann.

Als wäre man für eine Woche in eine Anstalt mit Beschäftigungstherapie für chronisch Kranke gesperrt.

Natürlich eine hochwertige Anstalt. Eine luxuriöse.

Als Leias Blick auf die Worte »Seminar des Tages« fällt, keimt Hoffnung in ihr auf. Anscheinend gibt es doch noch etwas Anspruchsvolleres als Kartenspiele, Bastelkreise und Quiz. Aber dann sieht sie das Thema des Seminars. *Secrets to a perfect shave*, die Geheimnisse einer perfekten Rasur.

Sie fröstelt noch stärker.

Dann sucht sie im Programm den Dresscode fürs heutige Abendessen, *Weiß* – sie wirft den Zettel aufs Bett und öffnet den Schrank, in den sie gestern ihre Sachen gehängt hat.

Eine traurige, schmale Reihe nichtssagender Kleidungsstücke. Nichts Neues. Nichts, was sie extra für diese Reise gekauft hätte. Das einzige weiße Kleidungsstück ist die schon durchgeschwitzte Bluse von gestern. Sie könnte sie schnell im Badezimmerwaschbecken durchwaschen, mit dem Fön trocknen und dann vielleicht mit einem schwarzen Rock kombinieren. Nun ja.

Der Gipfel der Freudlosigkeit, denkt Leia. Ich würde aussehen wie eine Kellnerin.

Sie öffnet den Schrank, den Ripsa belegt hat. Natürlich. Eine vielfältige Auswahl schöner Kleider, Blusen, Röcke, Jäckchen. Verschiedene Muster und Farben, auch Weiß ist dabei.

Sie knallt die Tür wieder zu. Ripsa kriegt eben alles besser hin als sie.

Ripsa hatte nie Probleme, ihren Platz im Arbeitsleben zu finden und dort auch zu bleiben. Sich in ihrem Job weiterzuentwickeln, Neues zu lernen, voranzukommen. Obwohl ihre Firma, ein großer Arzneimittelhersteller, immer wieder mit anderen fusioniert und Namen, Logo, Organisation und einen Großteil der Belegschaft ausgetauscht hat, seinen Hauptsitz ins Ausland und die Routinearbeiten in Schwellenländer verlegt hat, ist Ripsas Position nie in Gefahr gewesen, sie hat sich im Gegenteil immer weiter verbessert.

Ihre kleine Schwester macht Karriere. Und sie? Sie ist schon siebenunddreißig, und wie sieht ihre Laufbahn aus? Ein einziges zielloses Schlingern. Geringfügiger Kleckerkram. Kurze befristete Jobs, die kürzesten für eine Woche, wechselten sich ab, den Arbeitsgesetzen zum Trotz.

Alle Verbände, Organisationen und Forschungsinstitute, bei denen sie früher tätig war, haben sich für die sogenannte »gute Sache« eingesetzt. Für Gleichberechtigung, hochwertige Forschung, das innere Wachstum des Menschen oder wenigstens für soziales und physisches Wohlergehen. Sie hat versucht, sich für jedes dieser Projekte zu begeistern, und das ist ihr auch gelungen. Jetzt prüft sie tagein, tagaus Versicherungsdaten, um zu entscheiden, ob sie die Anforderungen für einen Versicherungsabschluss oder eine Prämie erfüllen – meistens Ersteres und kaum je Letzteres, das ist die Politik der Firma. Nichts, was besondere Begeisterung in ihr weckt. Nur eine dumpfe Scham.

Jeden Abend dasselbe Gefühl: wieder einen Tag vertan.

Sie müsste sich einfach zufriedengeben. Hoffen, dass sie den Job behält. Anfangen, die Jahre, Monate, Wochen und Tage bis zur Rente zu zählen. So machen es die Kollegen. Sie sollte denken: Meine Zeit ist vorbei, jetzt ist Viivi dran. Viivi hat so viele Talente und Interessen und so viel Elan. Wenn ihre Tochter doch etwas fände, was sie wirklich will, etwas, was Leia selbst in ihrem Alter noch nicht gefunden hat.

Siebenunddreißig. Das hier ist mein Leben, denkt Leia. Auf einer Luxuskreuzfahrt, die ihre Schwester bezahlt hat, und sie hängt allein in der Kabine herum. Und beneidet Ripsa um ihre Karriere und ihren Kleiderschrank.

Die Welt um uns herum geht baden, und wir knurren uns an wie die letzten Wadenbeißer.

Der gestrige Reisetag war natürlich anstrengend. Aber heute – immer noch? Liegt es am Schiff? Vielleicht sondert der flächendeckende Kunststoff ja irgendwelche giftigen Gase ab? Vielleicht sind die französischen Eheleute einander ja deshalb an die Gurgel gegangen – irgendeine Art von Plastikvergiftung? Ripsa als Chemikerin müsste doch wissen, ob es so etwas gibt. Bestimmt kennt sie auch den lateinischen Fachbegriff dafür.

Ich bin die große Schwester, denkt Leia. Ich muss geduldiger sein. Das bin ich Ripsa schuldig, immerhin wollte sie ja mich dabeihaben und nicht Sakke. Hoffentlich ist bei denen alles in Ordnung.

Eines hat sie in ihrem Alter gelernt: dass die Ehen von anderen ein Terrain darstellen, das man besser nicht betritt, es sei denn, man wird ausdrücklich hereingebeten. Und selbst dann.

Natürlich wird Ripsa selbst darauf zu sprechen kommen. Wenn sie darauf zu sprechen kommen will.

Morgen, am Mittwoch, ist Ripsas offizieller großer Tag. Leia greift energisch nach dem Programmheft und sucht die Ausflüge der Woche. Das Schiff legt schon morgens um acht im italienischen Savona an … Da, das ist es. Das gefällt Ripsa garantiert. Nicht billig, aber es ist auch ein ganztägiger Ausflug. Das ist dann ihr Geburtstagsgeschenk, auf diese Weise kann sie sich auch gleich revanchieren und einen Schritt auf ihre Schwester zugehen. Also nichts wie los zur Info.

Das vertraute, jedes Mal wieder unbehagliche Gefühl überfällt sie, als sie den endlos erscheinenden Kabinenkorridor entlanggeht. Sie dreht sich um, aber da ist niemand. Niemand folgt ihr, auch wenn sie ganz klar das Gefühl hat, dass es so ist.

Das Problem ist einzig und allein in meinem Kopf, denkt Leia und geht weiter.

20.

Das Timing muss perfekt sein. Er wartet, bis sie hinter der Ecke verschwunden ist, und sprintet dann hinter den Ständern mit Postkarten, Ausflugsprospekten und überteuerten *Mediterranean-Siren*-Souvenirartikeln hervor und zur Infotheke, bevor jemand anders ihm zuvorkommen kann.

»Ich möchte denselben Ausflug buchen wie die Dame gerade eben.«

Die großäugige Blondine schaut ihn misstrauisch an.

»Die Dame eben. Leia Laine aus Finnland. Kabine 8228. Wir sind Freunde. Ich will sie überraschen.«

Die Blondine tippt etwas in ihren Computer. Kleiner Aufwand, große Wirkung.

»Einen Platz?«, versichert sich die Frau in einem maunzenden britischen Englisch, obwohl an ihrer Brust die rotweiße polnische Flagge prangt. »Wenn Sie mir Ihre Karte geben, dann buche ich den Platz für Sie. Morgen früh um acht Uhr geht es los, zahlen müssen Sie erst am Ende Ihrer Reise. Einen schönen Ausflug wünsche ich Ihnen und Ihrer Freundin. Wenn Sie weitere Ausflüge buchen möchten, empfehle ich Ihnen unsere tolle, unkomplizierte App. Für Sie und auch für Ihre finnische Freundin. Sie können sie ganz leicht und völlig kostenfrei auf Ihr Smartphone –«

»Danke, nein. Was ist das morgen eigentlich für ein Ausflug?«

21.

Die Karte ins Schloss schieben. Wenn das grüne Licht aufblitzt, die Karte herausziehen. Die Hand auf die Klinke legen, die Tür öffnen …

Leia schreit auf, obwohl sie im selben Moment begreift, dass die unförmige orange Gestalt ihre Schwester Ripsa ist. Ripsa, die sich eine Rettungsweste übergezogen hat und sie nun mit aufgerissenen Augen anstarrt.

»Was schreist du denn so?«, sagt sie. »Furchtbar, wie du mich erschreckt hast.«

»Ich dachte, hier ist niemand. Warum bist du denn schon zurück?«

»Ich hätte wohl noch an Deck bleiben sollen, was?«, erwidert Ripsa schnippisch. Und dann, etwas versöhnlicher: »Entschuldige. Ich weiß nicht, warum ich nun schon wieder … Alleine hat das keinen Spaß gemacht. Lass uns nicht mehr zanken.«

»Ist gut. Du siehst aus wie ein oranges Michelin-Männchen.«

»Danke sehr. Für dich ist auch eine Weste da.«

Als der Alarm um Punkt drei Uhr losgeht, öffnen sie die Tür und lugen zunächst vorsichtig in den Korridor. Die Hemmschwelle, in dieser Ausrüstung loszugehen, ist ziemlich hoch. Doch es gehen noch andere Michelin-Männchen in allen denkbaren Größen vorbei, die sich in verschiedenen Sprachen über sich selbst und ihre Reisebegleiter lustig machen, also schlüpfen auch Leia und Ripsa aus der Kabinentür und schließen sich der Gruppe an.

Die orange Schlange bewegt sich den Korridor entlang, biegt zum Treppenhaus ab, schiebt sich ein Stockwerk nach oben. In regelmäßigen Abständen stehen Mannschaftsangehörige in grellroten Westen auf den Gängen und weisen ihnen ohne den Hauch eines Lächelns den Weg in die richtige Richtung.

»Sieht aus, als wären wir Lottokugeln, die aus der Lottotrommel in die Röhre gerutscht sind«, sagt Ripsa. »Welche Nummer wohl gleich gezogen wird?«

»Ich bin ganz aufgeregt«, sagt Leia. »Glaubst du, wir müssen in Rettungsboote steigen? Oder auf diesen Rettungsrutschen ins Wasser gleiten?«

»Oder vielleicht bin ich eher eine Bowlingkugel«, plappert Ripsa weiter. »Ich könnte den nächstbesten Offizier einfach umkegeln, hehe.«

Die Musterstation befindet sich in einem der Cafés. Ihre Bordkarten werden in ein Erkennungsgerät gesteckt – daraus erklärt sich auch, warum sie tags zuvor beim Schwänzen der Übung erwischt wurden. Die Purserin zeigt ihnen, wie man die Rettungsweste richtig schließt und festzieht, und erklärt zuerst auf Englisch, dann auf Italienisch, Französisch und Deutsch, wie man sich in einem Notfall verhalten soll.

Wenn der Alarm ertönt, sollten alle, wenn irgend möglich, ihre Kabinen aufsuchen und die Rettungswesten anlegen. Mitzunehmen sind die Bordkarte, warme Kleidung und unverzichtbare Medikamente. Dann Sammeln auf der zugewiesenen Musterstation, also hier, und auf Anweisungen der Mannschaft warten, etwa, ob die Reisenden zum Bootsdeck Minus Eins evakuiert werden sollen.

Evakuiert. Leia lässt sich das Wort auf der Zunge zergehen. Es vermittelt definitiv kein Gefühl von Vertrauen und Sicherheit.

»Gibt es Fragen?«, will die Purserin wissen.

»Ja«, sagt ein junger Vater aus Spanien oder Portugal auf Englisch. Er hat ein vielleicht fünfjähriges Mädchen auf dem Arm, die über ihrem pinken Rüschenkleid eine Miniaturversion der Rettungsweste ihres Vaters trägt.

»Was machen wir, wenn der Alarm losgeht und meine Frau und ich beispielsweise hier auf Deck neun sind, aber unsere Melinda im Kinderclub auf Deck vierzehn?«

»Das Personal des Kinderclubs kümmert sich um die Kinder. Die Familien werden später zusammengeführt.«

Die Familien werden später zusammengeführt. Auch das letzte Kichern ist jetzt verstummt.

»Weitere Fragen?«, ermuntert die Purserin die Umstehenden. »Sie können alles fragen, was ihnen zum Thema Sicherheit auf der Seele liegt.«

Bevor sie es sich anders überlegen kann, hat Leia sich schon gemeldet.

»Der Stromausfall gestern – was war die Ursache dafür?«

Die Purserin wiederholt ihre Frage in allen vier Bordsprachen und so laut, dass alle im Café es hören.

»Gestern am frühen Abend kam es in einigen Teilen des Schiffes zu einem Stromausfall, was äußerst selten ist. Er dauerte nur wenige Sekunden. Die Ursache untersuchen wir noch. Doch durch den Stromausfall bestand keine Gefahr. Ich wiederhole: Es bestand keinerlei Gefahr, für niemanden. Wenn der Stromausfall länger als eine Minute gedauert hätte, wäre das bordeigene Notstromsystem automatisch angesprungen und hätte die Stromversorgung in kritischen Bereichen wiederhergestellt, etwa auf der Kommandobrücke, im Maschinenraum und auf der Krankenstation.«

»Aber die Maschinen liefen die ganze Zeit?«

Sie muss es einfach wissen. Egal, ob Ripsa bei nächster Gelegenheit wieder stichelt.

»Die Maschinen liefen, ja. Und selbst wenn sie ausgehen würden, was extrem, ich betone, extrem unwahrscheinlich ist, würde das Schiff noch lange weiter auf seinem Kurs bleiben. Sicher kennen Sie die Redensart ›etwas läuft wie ein Ozeandampfer‹. Und sehen Sie, das hier ist einer.«

Die Umstehenden lächeln. Die Purserin wendet sich an Leia. »Habe ich Sie beruhigen können?«

Leias Ohren fühlen sich heiß an.

»Ich wollte nur sichergehen, weil wir doch vorhin an Land waren und dieser Safety Alert kam. Und dann haben wir die Fernsehnachrichten gesehen«, sagt sie hölzern. »Das, was in Deutschland passiert ist. Vielleicht habe ich überreagiert. Die Weltlage ist einfach gerade … besorgniserregend.«

Zögert die Purserin ein, zwei Sekunden, bevor sie antwortet?

»Ich kann Ihnen versichern, wenn Sie unsere Sicherheitsregeln beachten, werden Sie auf der *Mediterranean Siren* Ihren Urlaub alle ganz entspannt und frohgemut verbringen können. Sicherlich ist Ihnen aufgefallen, wie umfangreich und sorgfältig unsere Sicherheitskontrollen sind. Hier sind Sie vor allen Bedrohungen der Welt sicher. Im Namen der ganzen Mannschaft wünsche ich Ihnen eine sichere und angenehme Seereise.«

Die Übung ist vorbei. Die Reisenden klatschen zum Dank und erheben sich von ihren Plätzen. Die Purserin nimmt ihr Telefon zur Hand, dreht sich weg und führt ein angespanntes Gespräch auf Italienisch.

Leia und Ripsa gehen zusammen mit den anderen zurück zum Kabinendeck. Als sie die Reißverschlüsse und Gurte der Weste öffnen, können sie wieder freier atmen.

»Oder wollen wir die Westen zur Sicherheit den Rest der Fahrt über anbehalten?«, fragt Leia.

»Was war noch gleich der Dresscode für heute Abend«, überlegt Ripsa grinsend. »Orange passt leider nicht so gut zu weiß …« Sie verstummt und sieht Leia an.

»Oder hast du das etwa ernst gemeint?«

»Natürlich nicht«, sagt Leia lachend. »Glaubst du, ich hab gar keinen Humor?«

»Netter Versuch«, sagt Ripsa. »Ich kenne dich doch. Kaum sind wir in der Kabine, machst du sofort wieder den Fernseher an.«

»Wäre das denn so schlimm?«, sagt Leia nur.

Ihre Schwester hat recht. Kaum dass sie in der Kabine sind, hat Leia schon die Fernbedienung in der Hand. Noch in der Rettungsweste setzt sie sich aufs Bett und schaltet das erste Programm ein.

Dort sieht man, wie im japanischen Restaurant auf Deck zehn Sushi gerollt werden, herzlich willkommen.

Was zum Henker? CNN ist verschwunden. Stattdessen läuft auf dem Kanal das bordeigene Promovideo. Leia zappt weiter. Auf dem zweiten Kanal läuft ebenfalls das Video. Und auf dem dritten.

Es läuft auf allen Kanälan, auf denen bisher die Nachrichtensender eingestellt waren.

Nur die Shopping-Kanäle sind vom Fernsehprogramm übrig geblieben, und RAI. Ein junger Clint Eastwood knurrt etwas auf Italienisch, drückt sich den Cowboyhut tiefer ins Gesicht und nimmt mordlüstern einen mexikanischen Banditen ins Visier, die Hand bereits am Revolvergurt.

22.

Er behauptet, er weiß nichts. *Keinen blassen Schimmer.* Aber er ist doch immer hier! *Ja, schon …* Er schüttelt den Kopf und guckt wie ein trauriger Hund, ein übertrauriger. *Er hat mir nichts gesagt. Er sagt mir ja nie was.* Er schürzt die Lippen, zieht die Nase hoch und lässt das Kopfschütteln und Bedauern sein, als er merkt, dass es nichts bringt. Dass sie ihm nicht glaubt.

Er lässt sie nicht rein. Sagt, er darf es nicht. Warum? *Weil ich allein bin. Dann darf ich nicht.* Warum nicht? Er murmelt irgendwas, fährt sich mit beiden Händen durch die Haare, sodass sie umso wilder abstehen. Er hebt den Zeigefinger als Zeichen für irgendwas. Dann fummelt er in den Taschen seiner schmuddeligen Cargohose herum. Und es sind viele Taschen, oben, unten, vorne, hinten. Wühlt darin herum, bis er findet, was er gesucht hat.

Triumphierend hält er eine zerknitterte Verpackung hoch, die irgendwann mal einen Mars-Riegel umschlossen hat.

Und im nächsten Moment noch etwas. Er hält es ihr entgegen.

»Nimm. Nimm!«

Viivi betrachtet die körnige, graue Oberfläche der Schokolade. Den Riegel, der wer weiß wie lange ausgepackt in den Tiefen der Hosentasche vor sich hin geschmort hat, mit Bissspuren am einen Ende. Und sie lehnt ab, natürlich. Und unterdrückt ihr Grinsen, als er seine Hand enttäuscht zurückzieht, einen Happen von der Schokolade abbeißt und den Rest wieder in der Tasche verschwinden lässt.

Frodo ist eine echte Nervensäge. Wie macht er das bloß, denkt Viivi. Man kann ihn nicht nicht mögen.

»Okay, ich versuche ihn anzurufen«, sagt sie. »Wenn du ihn siehst, sag ihm, dass ich hier war. Ich hab was Wichtiges mit ihm zu besprechen.«

Frodo nickt eifrig. *Ja, ich sag es ihm.*

Als sie sich von der Tür der Lagerhalle abwendet, weiß Viivi ganz genau, dass er ihr auf den Hintern starrt.

23.

Diesmal keine peinlichen Auftritte im Restaurant Bellissima. Der Kapitänstisch bleibt leer. Die Offiziere in ihren weißen Uniformen genießen heute die Spezialitäten der Bordküche und die Bewunderung der internationalen Weiblichkeit anscheinend in einem anderen der vielen Schiffsrestaurants.

Auch die Plätze von Marina und ihrem Marcel bleiben frei.

»Seltsam«, sagt Leia. »Ich hatte nicht den Eindruck, dass sie schon von Bord gehen wollte. Hoffentlich haben die Polizisten in Marseille ihr keinen Schrecken eingejagt.«

»Lass doch«, sagt Ripsa. »Ist besser so.«

Leia nimmt ihre Gabel und stochert in ihrer Trüffelpasta. Sie ist sich sicher, dass sie die ganze Nacht immer wieder die Polizisten in den blauen Overalls vor Augen haben wird, die auf der idyllischen Promenade mitten in Marseille aus ihren gepanzerten Fahrzeugen stürmen. Sie zerkaut ihren Verdruss zusammen mit der Pasta und schluckt ihn schweigend hinunter. Immerhin hat Ripsa ihr aus eigenem Antrieb ein weißes Fransentuch geliehen, damit sie sich dem Dresscode gemäß herausputzen konnte. Natürlich! Gern geschehen! Im Gegenzug tut Leia ihr Möglichstes, den Abend von weiteren Konflikten freizuhalten.

Auch die streitsüchtige französische Familie ist heute nicht an ihrem Tisch aufgetaucht. Wahrscheinlich haben sie ihre Reise in Marseille beendet, vermuten Leia und Ripsa.

Die spanische Mutter am anderen Ende des Tisches hat sich inzwischen dazu hinreißen lassen, ihrem Sohn das Tablet abzunehmen und ihn zum Blickkontakt mit ihr zu zwingen. Als sie beim Nachtisch angekommen sind, beginnt der Junge seiner Mutter mit Begeisterung irgendetwas zu erklären, vermutlich die strategischen Feinheiten seines Lieblingsspiels. Währenddessen schaufelt er einen riesigen Eisbecher in sich hinein, der von einem Berg Kirschen auf einer Sahnewolke gekrönt wird.

Das Abendessen bewegt sich bereits in den vom Vorabend bekannten Bahnen. Juan kümmert sich gut um sie. Die Polizisten, die Nachrichten von den Bombenanschlägen und die Skepsis gegenüber dem Bordluxus geraten allmählich in Vergessenheit, während Juan ihnen einen Gang nach dem anderen vorsetzt und eifrig Wein nachschenkt. Die Trüffelpasta und das Pollo limoncello sind köstlicher, als sie es sich haben vorstellen können.

Zum Nachtisch, einer herrlich knusprigen Pavlova mit plötzlicher Süße, bestellen sie noch Kaffee und Likör, was zwar nicht zum All-inclusive-Angebot gehört, aber Ripsa will einen ausgeben.

Der Höhepunkt des Abends ist die »All that Jazz«-Show im Theatersaal. Vier recht versierte Sängerinnen und Sänger sowie eine zehnköpfige Tanztruppe wechseln in schwindelerregendem Tempo Stile und Outfits. Das Musicalpotpourri reicht von *Grease* über *Chicago* bis zu *Cabaret.*

»Money makes the world go around«, singt Leia vor sich hin, während sie aus Ripsas Haaren Papierschnipsel zupft, die die Konfettikanone zur Krönung des Abends wieder einmal in die Luft geschleudert hat. Diesmal sind es, passend zum Motto des Abends, weiße.

Heute will sie so lange munter bleiben wie Ripsa.

Sie gehen an Deck, wo ein erstaunlich warmer und angenehmer Wind weht. Der Himmel ist schwarz und wolkenlos. Über den Schornsteinen hängt der Halbmond in einer anderen Position als zu Hause in Finnland. Aber die Geräuschkulisse ist unruhig.

Das Animationsteam des Schiffes, sechs Briten um die zwanzig, lärmt am Schwimmbecken. Leia und Ripsa wollen sehen, was dort vor sich geht. Aus den Lautsprechern gellt die Erkennungsmusik der Benny-Hill-Show. Der Spaßwettbewerb strebt gerade seinem Höhepunkt zu, der darin besteht, dass nicht nur die Animateure, sondern auch die teilnehmenden Passagiere nach und nach in voller Montur ins Schwimmbecken hopsen. Als ein Mädchen in einer orangen Perücke und einer gestreiften Clownshose ihnen entgegenspringt und sie zum Mitmachen animieren will, ergreifen sie vor der kreischenden, planschenden Menschenmenge die Flucht.

Sie gehen weiter und wundern sich wieder einmal über das übertriebene Unterhaltungsangebot an Bord. Es gibt so viel, was sie in der Woche noch machen müssen! Durchs Fenster sieht man, wie im Fitnessstudio an Crosstrainern trainiert und an Fitnessboxen geübt wird, sogar um diese Zeit, wo es auf Mitternacht zugeht.

Vermutlich müssen auch Leia und Ripsa ein paarmal ins Fitnessstudio, als Gegengewicht zur täglichen Schlemmerei. Auch die Kletterwand könnten sie ausprobieren, allerdings bevor sie abends anfangen, sich Wein hinter die Binde zu gießen. Das 4D-Kino könnte mit vollem Bauch kaum uninteressanter sein, mit seinen wackelnden Sitzen und Schreckeffekten.

Die Geschäfte sind bis zum frühen Morgen geöffnet, ebenso viele Cafés und Restaurants. Im Country-Saloon käut eine Rockband den Einheitsbrei aus den 60er, 70er und 80er Jahren wider. Das schicke *Bling-Bling* bietet zwei versierte Latein-Tanzpaare auf. Und im Nachtclub beginnt gerade die Disconacht für Jugendliche, zu denen sich offenbar erstaunlich viele Fünfzig- bis Sechzigjähre zählen.

»Die kleinen Ballerinas in ihren Tutus liegen immerhin schon in der Heia«, sagt Ripsa. »Was hältst du davon, wenn wir beide noch mal in dem Laden von gestern vorbeischauen, dieser Mermaid-Bar. Nur auf einen Absacker. Und dann gehen wir auch in die Heia.«

»Na gut, ein Absacker«, lässt Leia sich breitschlagen. Aber warum ausgerechnet dahin?, denkt sie.

Direkt an der Tür der Mermaid-Bar checkt sie die Lage – und entspannt sich. Der Bärtige ist nicht da. Dafür andere bekannte Gesichter: das Duo aus Sängerin und Keyboard, das sie schon beim Einschiffen in Barcelona an Bord empfangen hat. Die Frau trägt diesmal ein schlichteres und passenderes schwarzes Kleid und um den Hals eine Perlenkette, die ihr bis zur Taille reicht. Sie singt ein Lied, das Leia sofort erkennt, Carole Kings *You've Got a Friend*. Gar keine schlechte Interpretation von dem Stück, das Leia jedes Mal anrührt.

Andri wiederum erinnert sich sofort an sie, als sie an der Theke zwei Sekt bestellen. »Guten Abend, meine Damen«, sagt er. Er spricht sie konsequent auf Deutsch an.

Diesmal setzen sie sich an einen der kleinen Zweiertische. Ripsa öffnet auf ihrem Handy die Bord-App, um zu schauen, welche Verlockungen das morgige Programm bereithält. Da gäbe es Ikebana, Eisskulpturen und Bollywood-Tanz.

»Und Twerking«, sagt Ripsa mit glänzenden Augen. Und lacht über Leias Gesichtsausdruck. »Dann eben nicht. Aber vielleicht könnten wir uns morgen zu meinem Geburtstag im Spa verwöhnen lassen. Vorher schauen wir uns in Savona um. Oder wollen wir einen Ausflug machen?«

Jetzt ist der richtige Moment, findet Leia.

»In der Tat steht dein Geburtstagsprogramm schon fest.«

»Ach?«

Als sie Ripsa das Ziel des morgigen Ausflugs nennt, kreischt ihre Schwester so begeistert auf, dass die Leute an den Nebentischen sich umdrehen. Über den Tisch hinweg drückt Ripsa ihre Schwester so fest, dass Leia Angst um ihre Rippen hat.

»Das ist das beste Geschenk! Wahnsinn, danke!«

Leia lächelt. Wenigstens diesmal hat sie ins Schwarze getroffen. Sie stoßen mit ihren Sektgläsern an.

Ripsa schaut sich in der Bar um.

»Sieht aus, als würde das hier unsere Stammkneipe werden«, sagt sie amüsiert. »Am zweiten Abend fühlen wir uns hier schon wie zu Hause.«

»Guck mal, wenn schon kein Flügel da ist, dann muss es diesmal eben ein Keyboardgestell tun«, sagt Leia und zeigt auf das Instrument. Beide lachen.

»Weißt du was? Dieses ganze Plastik stört mich gar nicht mehr so wie am Anfang«, gesteht sie.

»Mich stört es überhaupt nicht mehr«, sagt Ripsa. »Was, wenn wir uns in dieser Umgebung auf einmal allzu wohlfühlen? Wenn wir plötzlich gar keine Ausflüge und Stadtspaziergänge mehr machen wollen? Wir sind hier ja schon in einer ziemlichen Blase.«

»Einer Wellness-Blase«, sagt Leia.

»Einer All-inclusive-Blase«, sagt Ripsa und zieht die Mundwinkel nach unten.

»Oder eher exclusive. Immerhin haben sie uns einfach so die Nachrichtensender abgeschaltet –«

Leia bricht ab. Auf ihrer Schulter hat sich eine Hand niedergelassen. Die Hand eines Mannes.

»*Ladies.* Ich freue mich, Sie hier zu treffen. Antonio Massimo, Zweiter Offizier, zu Ihren Diensten.«

»Sehr gut, ich hab die Schulterabzeichen richtig gedeutet«, murmelt Ripsa Leia zu, als der Offizier in seiner schneeweißen Uniform und den nach hinten gegelten Locken beiden die Hand küsst. »Greif zu oder ich mach es.«

»Halt den Mund oder ich hau dich«, sagt Leia, während sie versucht, Antonio Massimo halbwegs natürlich anzulächeln. Anders als gestern Abend, ist sie jetzt nicht mehr so gelähmt vor

Schreck und bemerkt, dass er nicht ganz so jung ist, wie er gestern inmitten der anderen Offiziere wirkte.

Er ist immerhin in ihrem Alter. In den Augenwinkeln hat er Fältchen, ebenso auf der Stirn. Mimikfältchen. Doch sie beeinträchtigen seine charmante Ausstrahlung keineswegs. Eher im Gegenteil.

Wieder scheint es, als würde jemand sie beobachten. Oder vielmehr, als würden alle in der Bar sie beobachten – und diesmal ist es keine Einbildung. Die weißen Uniformen ziehen überall die Blicke auf sich, und das scheint ja auch ihr Zweck zu sein.

Ripsa schnurrt wie eine Katze, während der Offizier mit ihnen plaudert. Wieder geht es um das Übliche: Sie stammen doch aus Finnland, nicht wahr, so wie unser Schiff, und sie sind Schwestern? Daran erinnere ich mich noch. Und wie gefällt es Ihnen auf unserer schönen *Siren*? Schön zu hören … Leia ist eigentlich erleichtert, als Antonio nach der kurzen Plauderei die Hand an die Mütze legt.

»Wenn die Damen mich jetzt entschuldigen. Ich habe einen langen Arbeitstag hinter mir.«

Er steckt die Hand in die Tasche seiner Uniformjacke, nimmt eine Visitenkarte heraus und hält sie Leia hin. Aber als Leia sie nehmen will, lässt er nicht etwa los, sondern legt die andere Hand auf Leias Handrücken. Er kommt einen Schritt näher, beugt sich herunter und schaut ihr tief in die Augen.

»Wenn Sie Interesse am Besuch der Kommandobrücke haben, wäre ich stolz, Sie als Ihr bescheidener Diener dort herumführen zu dürfen.« Er senkt die Stimme. »Der nächtliche Sternenhimmel zeigt sich dort von seiner prachtvollsten Seite.«

Leia kann nicht anders, sie muss schlucken. »Danke für die Einladung.«

»Darf ich Ihren Namen erfahren?«

»Leia Laine.«

»Leia Laine. Ein Name wie ein Gedicht. Haben Sie – hast du die Bord-App? Die solltest du dir holen. Wenn du mich darüber anrufst, sehe ich, wer dran ist und nehme ab.«

Antonio senkt seine Stimme noch etwas mehr.

»Bei allen nehme ich nicht ab.«

Leia muss wieder schlucken. Antonio schaut sie noch einmal intensiv an und wendet sich dann Ripsa zu.

»Natürlich gilt die Einladung für die beiden charmanten Schwestern.«

Er lässt sein Gesicht in einem Lächeln erstrahlen, legt noch einmal die Hand an die Mütze, dreht sich um und marschiert von dannen.

Ooohhh, hört Leia Ripsa seufzen, Ooooh, seufzt eine ganze Bar voller Frauen, oder zumindest die, die das Gespräch eben mit anhören konnten. Leia hat das Gefühl, als lehnten sich alle zu ihr und der Karte, die sie in Händen hält, um Namen und Durchwahl des Zweiten Offiziers zu entziffern.

Sie lässt die Karte in ihre kleine Abendtasche fallen und weicht Ripsas Blick aus, bis es nicht mehr geht.

»›Ein Name wie ein Gedicht‹, wow. Na, du Sirene?«

»Lach nicht.«

»Ich lache nicht. Ich will dich ermutigen. Stell dir vor, der Sternenhimmel auf der Kommandobrücke. Wenn du dir diese Gelegenheit entgehen lässt, wirst du das dein Leben lang bereuen«, warnt Ripsa. Sie glaubt, sie zu kennen.

Sie kennt sie.

»Die Einladung gilt für uns beide«, sagt Leia. »Du hast es selbst gehört.«

»Der Höflichkeit halber.«

»Das war keine Einladung zu einem Date. Er will uns seinen Arbeitsplatz zeigen.«

»Und der Mond ist aus Käse. Hör auf. Sag mir wenigstens einen Grund, warum du ihn nicht anrufen solltest. Einen einzigen.«

Leia versucht, sich eine schlagfertige Antwort auszudenken. Vergeblich. Ripsa breitet die Hände aus.

»Siehst du.«

Leia sieht sich um. Frauen jeden Alters und jeder Nationalität starren sie unvermittelt an oder werfen ihnen heimliche Blicke zu und fragen sich, warum die Schwestern so erfolgreiche Uniformmagneten sind. Sie verstehen wohl kaum ein Wort von ihrer exotischen Sprache, aber sie verfolgen ihre Gesten wie eine spannende Soap: Wegen irgendetwas streiten die beiden sich. Vielleicht um den Latin Lover?

Immerhin wanzen sie sich nicht heran und wollen Ratschläge geben.

»Guck mal, wer da kommt«, sagt Ripsa plötzlich mit Gift in der Stimme.

»Ach, ich habe sofort gesehen, dass es zwischen euch knistert!«

Marina ist an ihrem Tisch aufgetaucht. In der einen Hand ein Glas Rotwein, in der anderen ihr Telefon, so wie immer, wie Leia bemerkt. Sie gehört zu der Generation, die mit dem Handy in der Hand auf die Welt gekommen ist. Ohne um Erlaubnis zu fragen, stellt Marina ihr Glas auf den Tisch, nimmt sich vom Nebentisch einen freien Stuhl und setzt sich zwischen sie.

Dann fährt sie fort: »Schon gestern beim Abendessen, als er dir das erste Mal die Hand geküsst hat. Erzähl! Hat er dich eingeladen, mit ihm das nächtliche Wellenspiel im Mondschein zu bewundern? Oder will er dir zeigen, wie das Schiff gesteuert wird?«

Leia lacht peinlich berührt.

»Wahrscheinlich beides.«

»Oh, wie romantisch! Wann ist euer Rendezvous?«

Wieder lacht Leia peinlich berührt auf.

»Ich weiß nicht, ob es dazu kommt.«

»Wir dachten schon, du bist in Marseille von der Polizei aufgegriffen worden. Oder du wärst von Bord gegangen«, sagt Ripsa. »Du und dein Rendezvous. Bei dem es sich nicht um deinen Ehemann handeln soll.«

Leia wirft Ripsa einen warnenden Blick zu, dabei ist ihr klar, dass diese sie doch nur vor zu vielen neugierigen Fragen schützen will. Zum Glück ist Marina diskret genug, den Ton des Kommentars geflissentlich zu ignorieren, obwohl er ihr sicher nicht entgangen ist.

»Das war mal eine ordentliche Polizeioperation«, sagt sie stattdessen.

»Ja, das war ganz schön beängstigend.«

Marina nickt. »Ich war froh, als ich endlich zurück aufs Schiff konnte. Die Busse waren allerdings proppenvoll.«

Leia wirft Ripsa einen Blick zu, doch die hat nur Augen für ihren Sekt.

Sie beschließt, das Thema zu wechseln.

»Vorhin haben wir darüber gesprochen, dass wir hier auf der *Siren* in einer ziemlichen Blase sind.«

»Was für einer Blase?«

»Einer All-inclusive-Blase. Einer Sicherheits-, Wellness- und Verwöhnblase.«

»Lustiger Gedanke.«

»Nicht nur. Das Schiff ist doch eine eigene kleine Welt. Ein künstliches Paradies, ein Ort, an dem sich der westliche Wohlstand konzentriert. Eine Utopie. Und wenn man weiter darüber nachdenkt, dann kommt man schon ins Grübeln.«

»Ins Grübeln?«

»Ich jedenfalls. Das soziale Gewissen macht sich bemerkbar. Das Schiffspersonal, auch unser, ähm«, – Leia braucht ein bisschen Anlauf, um das Wort auszusprechen – »persönlicher Kabinensteward. Raoul von den Philippinen. Er ist praktisch immer im Dienst. Und trotzdem. Wenn er einem auf dem Korridor entgegenkommt, hat er immer ein fröhliches Lächeln auf den Lippen.«

»Darüber habe ich auch schon nachgedacht«, ruft Marina aus. »Wie fröhlich das ganze Personal hier ist.«

»Aber das Lächeln ist doch sicher Bestandteil des Arbeitsvertrags«, sagt Ripsa spitz.

Alle drei drehen sich zu Andri um, der gerade ein Weinglas abtrocknet und sich dabei locker mit einem untersetzten italienischen Herrn unterhält, der an der Theke lehnt. Andri hat offenbar irgendeinen Spruch gemacht, über den der Italiener nun so lacht, dass sein Bauch auf und ab hüpft. Er beugt sich über den Tresen und klopft Andri väterlich auf die Schulter.

Leia läuft ein Schauer über den Rücken. »Meinst du? Dass sie dazu *verpflichtet* sind zu lächeln, damit sie nicht gefeuert werden?«

»Das würde mich gar nicht wundern«, sagt Ripsa. »Andri hat doch auch heute Morgen beim Frühstücksbuffet gearbeitet, weißt du noch? Und jetzt ist er immer noch wach und macht Witze.«

»Bewundernswerte Einstellung«, sagt Marina. »Berufsehre.«

Ripsa schnaubt. »Dabei geht es um Geld. Die meisten kommen von weit her. Aus Südamerika oder Asien. Andri ist aus Indonesien.«

»Alles arme Länder«, sagt Leia. »Dritte Welt. Darf man das heute überhaupt noch sagen?«

»Warum nicht«, sagt Ripsa.

»Vielleicht stempelt man ein Land damit ab. Vielleicht ist es politisch unkorrekt.«

»Ist doch völlig egal, wie wir es hier mit unseren Sektgläsern in der Hand formulieren. Andri interessiert das nicht die Bohne. Er rackert sich hier rund um die Uhr ab und schickt seinen Lohn nach Hause. Damit kann man bestimmt keine großen Sprünge machen, aber für ihn reicht es, denn zu Hause ist alles billiger … Ich weiß, ich weiß, du musst gar keine Grimassen schneiden. Fair ist das alles nicht, so global betrachtet.«

»Es wäre interessant zu erfahren, unter welchen Bedingungen sie arbeiten«, sagt Leia. »Ob sie irgendwelche Knebelverträge haben. Immerhin ist es ein finnisches Schiff, und wir sind die ganze Woche auf EU-Gebiet unterwegs.«

»Wer hat denn bitte in den Erdkundestunden fest geschlafen?«, sagt Ripsa. »Das hier ist kein finnisches Schiff.«

»Es wurde doch in Turku gebaut! Wir haben doch gerade darüber …«

»Schätzchen. Es kommt nicht darauf an, wo unsere *Siren* zusammengeschweißt wurde.«

»Italienisch«, sagt Marina. »Die Reederei *Mediterranean* ist aus Italien. Die Offiziere sind Italiener. Das Abendessen ist italienisch.«

»Habt ihr aufgeklärten Finninnen etwa nicht bemerkt, welche Flagge am Heck weht?«

Leia versucht, sich zu erinnern. Rot war dabei, und grün. Sie war noch nie eine Flaggenexpertin.

»Bahamas«, sagt Ripsa und hebt die Augenbrauen.

»Billigflagge«, sagt Leia langsam.

»Genau. Eins mit Sternchen.« Ripsa wendet sich zu Marina. »Guck mal, es kommt überhaupt nicht darauf an, ob es im Restaurant Pasta oder Risotto gibt, sondern wo das Schiff registriert ist und welches Land damit für die Gesetze an Bord zuständig ist. Es geht dabei um Steuergesetze, Arbeitsverträge und so weiter.«

»Auf Schiffen unter Billigflagge schert man sich anscheinend nicht wirklich um die Rechte der Arbeitnehmer«, sagt Leia und wirft einen Blick auf Andri. »Oder um Arbeitssicherheit. Oder Ruhezeiten.«

»Nicht sonderlich angenehm«, sagt Marina.

»Junge Frau, ich glaube, du verstehst nicht ganz«, sagt Ripsa. »Es *ist* angenehm, und zwar für die Reedereien. Und für uns Passagiere. Denn ohne Ausflaggung wären diese Reisen für uns um ein Vielfaches teurer. Die meisten Kreuzfahrtschiffe fahren unter Billigflagge.«

Marina verzieht den Mund. »Zweifellos problematisch für Leute wie uns, die ein soziales Gewissen haben.«

Ripsa hebt ihr Sektglas. »Darauf stoßen wir an. Auf das hochgeschätzte soziale Gewissen.«

Leia wirft ihrer Schwester einen verärgerten Blick zu. Warum reitet sie so darauf herum? Marina ist jung, sie kann nicht alles wissen. Für sie fühlt es sich gut an, nach langer Zeit endlich mal über etwas Bedeutsames zu sprechen, auf einer gesellschaftlichen, ja sogar globalen Ebene. Solche Gespräche hat sie viel mehr vermisst als die Aufmerksamkeit irgendeines dahergelaufenen Latin Lovers.

»Was du im Café gesagt hast«, fährt Marina fort und bekommt wieder Leias ungeteilte Aufmerksamkeit. »Worum es in der Ausstellung ging, die Flüchtlinge und das alles. Da habe ich noch lange drüber nachgedacht. Dass wir hier auf einer Luxuskreuzfahrt sind, während die Flüchtlinge – also, irgendwie ist das alles doch ganz schön unangenehm. Sogar mehr als das. Ich suche einen passenderen Ausdruck, vielleicht … geschmacklos?«

Leia nickt. »Genau. Geschmacklos.«

»Geschmacklos also.«

Sowohl Leia als auch Marina ignorieren Ripsas Gemurmel. Marina dreht ihren Stuhl so, dass sie Leia direkt gegenübersitzt, und richtet ihre Worte allein an sie.

»Das hat mir die Augen geöffnet. Natürlich hab ich die Fernsehbilder auch gesehen. Gummiboote voller schwarzer Männer und Frauen mit Kopftüchern, und wie sie ertrinken. Der kleine Junge mit den blauen Shorts und dem roten T-Shirt, der am Strand lag und aussah, als würde er schlafen.«

»Ein ikonisches Bild«, sagt Leia mit bebender Stimme. »Das hat vielen die Augen geöffnet und die Leute dazu motiviert zu helfen. Allerdings nur für kurze Zeit. Anscheinend hat man es schon wieder vergessen, auch in Finnland.«

»Genau. Es wird immer nur gerechnet, was die Flüchtlinge uns kosten und wie man die Menschen so schnell wie möglich zurückschicken kann – mitten in den Krieg. Auch die Einstellung gegenüber den papierlosen Flüchtlingen ist schlimm.«

»Ja«, sagt Leia, plötzlich argwöhnisch. »Auch ich habe mich dazu geäußert, im Rahmen meiner bescheidenen Möglichkeiten.«

»Das ist gut.«

Marinas Antwort ist energisch und beruhigt Leia. Es ist ganz offensichtlich, dass Marina sie nicht mit bestimmten Debatten in der Heimat verbindet. Die junge Frau fährt fort: »Hoffentlich findest du mich nicht dumm oder kindisch. Was ich sagen will, ist: Erst in der Mittelmeer-Ausstellung und vor allem bei unserem Gespräch danach ist mir aufgegangen, was das bedeutet. Dass das Meer hier unter uns dasselbe Meer ist, auf dem andere Menschen den Tod finden.«

»Ich habe irgendwo gelesen, das Mittelmeer ist zum größten Massengrab der Welt geworden«, sagt Leia. Marina nickt.

»Das Mittelmeer ist rot vom Blut der Unschuldigen.«

»Rot vom Blut«, äfft Ripsa Marina hinter deren Rücken lautlos nach, fasst sich mit beiden Händen an die Gurgel und verdreht die Augen. Nachher in der Kabine wird Ripsa was zu hören bekommen.

»Wir alle kennen das Bild von dem kleinen Jungen, der ertrunken ist und an Land gespült wurde«, fährt Leia fort. »Der Tod von Tausenden Menschen berührt uns weniger als das Schicksal eines einzelnen toten Kindes. Zu meiner Tochter Viivi, die immer alle Sorgen der Welt auf sich nehmen will, habe ich gesagt, dass es auch Fortschritte gibt. Jeden Tag passiert auch etwas Gutes, selbst wenn wir in den Nachrichten nichts davon erfahren. Die Küstenwache rettet Menschen aus Seenot, ganz normale Leute helfen, Boote und Schiffe in der Nähe zu stoppen, und nehmen Flüchtlinge auf.«

»Wenn sie sie nicht überfahren.«

Marinas Satz lässt Ripsa ungläubig auflachen.

»Überfahren?«

»Das soll vorkommen. Habe ich gehört.«

»Furchtbar«, sagt Leia. »Wie kann man so etwas tun?«

»Ganz leicht. Man stupst den Kahn mit einem etwas größeren Boot an. Oder man erzeugt eine Welle. Die meisten Boote sind so winzig und außerdem vollgepackt mit Menschen, mehr braucht man nicht. Die Leute erschrecken sich, verfallen in Panik, Wasser schwappt ins Boot … Das ist es schon. Und so werden wieder ein paar Dutzend ungebetene Gäste zu Fischfutter. Die meisten können ja nicht mal schwimmen.«

»Grauenvoll«, sagt Leia. »Mehr als das: kriminell. Ist das nicht verboten?«

»Nach internationalem Seerecht muss allen Menschen, die sich in Seenot befinden, unverzüglich geholfen werden.«

»Das ist dermaßen abscheulich, dass man es gar nicht glauben kann.«

»Genauso gefährlich ist die Gleichgültigkeit der ganz normalen Leute. Die nicht helfen, wenn die Situation es verlangt. Man schaut einfach woanders hin und macht weiter, als sei nichts gewesen. Das passiert! Wie würde man denn zum Beispiel auf diesem Kreuzfahrtschiff reagieren, wenn irgendwo ein schäbiges kleines Flüchtlingsboot in Sicht kommt? Ändert man den Kurs, lässt man Rettungsboote zu Wasser, hilft man, investiert man Zeit und Mühe? Bestimmt nicht. Das würde ja den Fahrplan durcheinanderbringen. Auf diesen Schiffen will man sich nicht mit schmutzigen, stinkenden und kranken menschlichen Wracks belasten, die vor Läusen und Wanzen wimmeln. Um die müsste man sich ja kümmern, man müsste sie im nächsten Hafen den Behörden übergeben und das Geschehene von A bis Z zu Protokoll geben. Und was gäbe es für einen Aufruhr, wenn in diesem Glanz und Luxus plötzlich eine Meute Flüchtlinge auftauchen würde. Das könnte den Passagieren ja unangenehm werden. Also besser, man wählt die andere Lösung. Einfach, schnell, kostengünstig.«

Marina hält außer Atem inne. Ripsa verschränkt die Arme vor der Brust.

»Reine Spekulation.«

In der Mermaid-Bar läuft ruhige Hintergrundmusik. Die Sängerin sammelt ihre Notenblätter ein, der Keyboardspieler rollt die Kabel auf. Für diese Nacht hat es sich ausgesungen und ausgespielt.

Leia wendet ihren Blick zu Marina.

»Weißt du denn, also, hast du gehört, ob auch die *Siren* …«

»Ich habe Gerüchte gehört. Ich weiß nicht, ob sie stimmen. Aber falls ja, dann müsste das jemand bei der Schiffsführung zur Sprache bringen. Jemand, der dort auf jeden Fall Gehör findet.«

»Uuuuaaahh.«

Ripsa hat die Hand vor den Mund gelegt und gähnt theatralisch.

»Entschuldigung. Leia und ich müssten allmählich ins Bett. Wir müssen morgen in Savona früh aufstehen. Wir machen einen Ausflug.«

»Natürlich, es ist ja auch schon spät«, sagt Marina betont freundlich und förmlich. »Darf ich fragen, an welchem Ausflug ihr teilnehmt?«

»An der Busfahrt nach Monaco. ›Formel 1 und Jet-Set.‹ Leia hat ihn heute für uns gebucht.«

Leia spürt, wie ihr die Röte ins Gesicht steigt. Als würde Ripsa sie absichtlich lächerlich machen wollen.

»Ich möchte das Grab von Grace Kelly sehen«, sagt sie steif. »Und die Landschaft dort soll auch toll sein.«

»Ganz zu schweigen von den tollen Steuervorteilen«, sagt Ripsa. »Dort wohnen Valtteri Bottas und Keke Rosberg und viele andere finnische Spitzensportler und Steuerflüchtlinge.«

Sie leert ihr Glas wie einen Siegerpokal und steht auf, und Leia kann nicht anders, als ihrem Beispiel zu folgen.

»Dann wünsche ich euch einen schönen Ausflug«, sagt Marina.

24.

Wasser, nichts als Wasser, so weit das Auge reicht. Nichts als das Meer, das irgendwo in der Ferne mit dem Himmel verschmilzt.

Der Wellengang hat sich seit gestern beruhigt, doch nun hört man überall Husten und Röcheln, Schluchzen und Gebete. Schlangenauge und seine Leute haben die Kajüte in Beschlag genommen, die anderen durften nicht einmal nachts Schutz suchen, als es kühl wurde und die Kleidung feucht an der Haut klebte und sie sich aneinanderdrängten, um sich zu wärmen. Nicht einmal die junge Mutter mit ihrem Baby, das die ganze Nacht schrill weinte, durfte hinein.

Schlangenauge sieht auch nicht zufriedener aus. Er und seine Meute marschieren unruhig an Deck auf und ab und spähen mal über die eine und mal über die andere Reling. Sie schnauzen sich und die Mitfahrenden an, sie schubsen und treten im Vorbeigehen mitleidlos jeden, der ihnen aus ihrer Sicht im Weg steht. Schlangenauge stellt sich breitbeinig mitten auf das Deck und streckt sein Handy zum Himmel, als würde er Gott selbst um den richtigen Weg für sein schäbiges Bötchen bitten.

Fluchend steckt er sein Telefon zurück in die Tasche und blickt böswillig auf die menschliche Fracht, niemand traut sich zu fragen, wo sie sind und wohin die Reise geht, nicht einmal die jungen Männer. Wenigstens die müssten doch mutig sein, denkt Amira.

Mutig wie Aran und Jan. Aber – sie wurden fortgebracht.

Der Tag schleppt sich dahin, Amira hat sich an ihre Mutter gedrückt und döst benommen vor sich hin. Im Bauch rumort es, aber erbrechen muss sie nicht mehr. Auch bei den anderen scheint sich die Übelkeit beruhigt zu haben. Als die Sonne am höchsten steht, kommt einer von Schlangenauges Helfern mit einem Eimer Wasser und einem Lappen. Er lässt seinen Blick über die Reisenden schweifen, die Mutter mit dem Baby, die jungen Männer, dann über Amira, Amiras Mutter und Amiras Vater. Schließlich drückt er ihrem Vater die Putzutensilien in die Hand, ganz offensichtlich will er damit den Mann demütigen, der früher an der Universität gelehrt hat.

»Mach deinen Dreck weg, du Schwein.«

Der Vater erhebt sich und stützt sich an der Reling ab, Amiras Herz weint, als sie merkt, wie ihr Vater schwankt. Als sei er schon alt. Ihre Mutter presst sich die Hände auf die Augen, aber Amira kann den Blick nicht von ihrem Vater wenden, und beobachtet, wie er zum Bug geht. Er greift nach der Schnur, die am Griff des Eimers befestigt ist. Er lässt den Eimer hinunter, bis er sich mit Wasser füllt. Dann zieht er ihn wieder an Bord und geht auf die Knie. Mit eingezogenem Kopf, den Blick fest auf den Boden geheftet, nimmt er den bereits verdreckten Lappen, macht ihn nass und fängt an, Schmutz und Unrat von den Planken zu schrubben. Die anderen heben die Füße und versuchen, in der Enge Platz zu machen.

In ihrem Bauch rumort es. Sie muss gehen, sofort. Ihre Mutter hält sich immer noch die Augen zu, der Schmerz und die Erniedrigung sind einfach zu groß. Daher merkt sie nicht, wie Amira aufsteht und zur Kajütenecke schleicht, wo – immerhin außer Sicht – ein Eimer steht, in den man seine Notdurft verrichten kann. Eigentlich sollte er nach jedem Gebrauch ins Wasser ausgeleert werden, aber ihr Vorgänger hat es nicht getan. Der Gestank ist entsetzlich. Amira schaut sich vorsichtig nach allen Seiten um und hält den Atem an, während sie ihr Kleid hebt, das sie auf Befehl ihrer Mutter über allen anderen Sachen anziehen musste; dann öffnet sie die Jeans und zieht sie herunter, hockt sich über den Eimer und versucht, sich so schnell wie möglich zu erleichtern. Wenn sie sich nur ganz klein macht, dann können sie die Männer durch das kleine Kajütenfenster nicht sehen.

Durch die Wand hört sie sie streiten.

»Ein Treffpunkt auf offener See, du bist ja verrückt. Wenn ich gewusst hätte, wie verrückt du bist, dann hätte ich nicht mitgemacht.«

»Wir haben uns die Seele aus dem Leib geschissen und gekotzt, weil wir dir geglaubt haben!«

»Ihr könnt ja gehen, ihr Jammerlappen! Am besten sofort, springt einfach über Bord und schwimmt, wohin ihr wollt. Oder erwartet ihr von mir, dass ich euch helfe?«

»Ruhig jetzt, hört mal zu. Die Situation ist die: Die Maschine verbraucht mehr Diesel als gedacht. Wenn wir so weiterfahren, reicht der Sprit noch für zwei Tage. Je größer das Gewicht, desto mehr verbrauchen wir. Also müssen wir das Gewicht verringern.«

»Verringern, wie denn?«

»Na ja, verringern. Aussondern. Wir müssen entscheiden, wer nützlich ist und wer nicht.«

Dann ein laut gebrülltes hässliches Wort.

Amira hält sich beim Aufstehen immer noch geduckt, aber ihr Fuß scheppert gegen den Eimer. Sie müsste ihn noch ausleeren, aber das spart sie sich, Jeans hoch, Kleid runter und rennen. Sie rennt dorthin zurück, wo ihre Mutter sie schon mit ihren Augen sucht, sucht, findet, ruft, mit ausgestreckten Armen, und der Vater hat den Blick von seinem Wischlappen gehoben, sieht sie an und bedeutet ihr mit seinen Augen, sich zu beeilen. Und als Schlangenauge mit seinen Mannen hinter der Kajüte hervorkommt, hat sich Amira schon an ihre Mutter gedrückt und das Gesicht in ihrer Armbeuge vergraben, wie ein schüchternes Affenkind im Zoo sich in das Fell seiner Mutter vergräbt. Als es den Zoo noch gab. Die Mutter beugt sich herunter und pustet ihr warme Luft auf die Kopfhaut, puuh, puuh, und ihr Herz schlägt du-dum-du-dum-du-dum.

Vorsichtig lugt Amira aus ihrem Versteck hervor. Schlangenauge ist stehen geblieben, keuchend vor Wut, und lässt seinen Blick über die Menschen schweifen, er zählt, neunzehn. Zwanzig, wenn man das Baby mitrechnet. Das Baby, das sich heute auffallend ruhig verhält. Niemand fehlt, und offenbar hat sich auch niemand bewegt, und so weiß Schlangenauge nicht, wen er beschuldigen soll und wofür, also bleibt ihm nichts, als erneut zu fluchen, schlimmer als zuvor, Amira fühlt, wie sich die Muskeln ihrer Mutter anspannen und ihr Herzschlag sich weiter beschleunigt, und dann gibt Schlangenauge es auf und geht zurück in die Kajüte.

Während Schlangenauges Inspektion hat Amiras Vater die ganze Zeit weiter das Deck geschrubbt. Jetzt hält er einen Moment inne, auf allen vieren, wirft Amira und ihrer Mutter einen Blick zu und wischt sich mit dem Arm die Schweißperlen von der Stirn.

Dann schrubbt er weiter. Wringt den Lappen im Eimer aus, schrubbt und scheuert. Aber Amira spürt immer noch seinen Blick, seinen Vorwurf.

»Du dummes Mädchen«, zischt jetzt auch die Mutter. »Du darfst nicht einfach alleine weggehen.«

Ihre Augen sprühen Funken. Amira will erklären, warum sie weggegangen ist und was sie gehört hat, aber ihre Mutter fasst sie an den Schultern und schüttelt sie.

Noch nie hat ihre Mutter sie geschüttelt.

»Das sind böse Männer, verstehst du? Halt dich fern von ihnen. Schau sie nicht an, sprich nicht mit ihnen, hör ihnen nicht zu. Gehorche ihnen, wenn es nötig ist, aber lass nichts, was sie sagen oder tun, an dich herankommen, verstehst du? Wenn dir etwas passieren würde, dann … dann könnte ich nicht mehr leben.«

»Entschuldigung«, sagt Amira. Und wieder hat sie eine schmerzhafte Erkenntnis: Sie kann ihrer Mutter nicht sagen, was sie gerade gehört hat. Sie muss ihre Mutter beschützen, denn sie ist zerbrechlich wie Glas. Wie das Fensterglas, das sie einschlugen, als sie mitten in der Nacht kamen. Und ihre Brüder fortbrachten. Für immer und ewig.

Sie schaut zu ihrem Vater, der zwischen den jungen Männern auf allen vieren das Deck wischt. Schrubbt und scheuert. Schrubbt und scheuert. Mit gesenktem Kopf, vollkommen erniedrigt.

Nein, auch ihrem Vater kann sie es nicht sagen.

Als es dunkel wird, leuchten am Himmel die Sterne auf, einer nach dem anderen. Und bald ist das ganze Himmelszelt voll davon, Kleckse und Spritzer, die aussehen wie Milchtropfen, sie strahlen in der Nacht und lassen das Wasser glitzern. Aus dem Meer steigt der Mond auf, ein praller Halbmond, und zieht eine Brücke zu Amira, so märchenhaft, so breit, als könne man darauf entlanggehen. Und trotz der Kälteschauer, die kommen und gehen und sie immer wieder mit den Zähnen klappern lassen, trotz der hustenden und schnarchenden jungen Männer und trotz des Motorenknatterns und des Abgasgestanks schließt Amira die Augen und versucht zu träumen. Von Wärme, Sicherheit und vom Märchenland, wenigstens einen kurzen Moment lang, so wie sie geträumt hat, als sie klein war, und das ist noch nicht einmal lange her.

Sie öffnet die Augen und blinzelt. Kurze Zeit sieht sie nur Rot.

Das Licht ist schon weitergewandert, das helle Auge der Taschenlampe. Dahinter ist es ganz schwarz, und sie kann nicht erkennen, wer die Lampe hält und den Lichtkegel über die Menschen schweifen lässt. Der jetzt zum Stillstand kommt. Er hat gefunden, was er gesucht hat, die junge Mutter mit ihrem Baby. Das Licht fällt mal auf das Kind, das bewegungslos auf dem

Schoß der Frau liegt, mal auf das Gesicht der Mutter. Das verrutschte Kopftuch, die vor Angst geweiteten Augen.

»Aufstehen.«

Die Frau erhebt sich. Sie hält ihr Baby an die Brust gedrückt, seine winzige Hand hängt schlaff herunter, und Amira kommen die Tränen. Das Baby ist tot, ganz bestimmt ist es gestorben, und auch die Frau sieht aus wie tot, als sie dem Mann über das Deck folgt, mit gesenktem Blick und schlurfenden Schritten. Sie verschwinden in der Kajüte, durch den Türspalt dringt ein harter Lichtstrahl und bellendes Lachen.

Die Tür wird zugeknallt.

Es ist, als würden alle Geräusche lauter. Das Knattern des Motors, das Rauschen des Windes. Ein Schnarchen, das Krächzen von jemandem, der plötzlich wach wird. Das Plätschern der Wellen am Bug.

Das Du-dum-du-dum-du-dum ihrer Mutter, das sich nicht beruhigt, im Gegenteil, es wird schneller.

Sie alle warten auf etwas, und es kommt. Ein Schrei. Ein zweiter. Ein schreckliches, ununterbrochenes Geheul, es steigt auf wie aus dem Innern der Erde, aus der Kajüte unter ihren Füßen. Wollen Schlangenauge und seine Männer es überhaupt zum Schweigen bringen?

Amira presst sich die Hände auf die Ohren, aber sie hört es trotzdem. Das Geheul geht weiter und weiter, weckt auch die Letzten aus dem Dämmerschlaf, legt sich wie eine Schlinge um den Hals, zwingt einen zuzuhören. Es hält an, wird langsam leiser, ganz allmählich. Dann hört es auf.

Nach einer langen, langen Zeit öffnet sich die Tür der Kajüte. Schritte im Dunkeln. Etwas wird ins Wasser geworfen. Ein Platschen. Mehr Schritte, Ächzen. Es sind mehrere Personen, die etwas tragen.

Diesmal ist das Platschen lauter als zuvor.

Die Kajütentür geht auf. Und zu.

Das Rauschen des Windes. Die Wellen. Der Motor. Einer der jungen Männer weint. Jemand flucht. Ein dritter betet.

»Und wir können nur hier sitzen und das alles geschehen lassen«, sagt Amiras Mutter mit bebender Stimme. »Was für armselige Kreaturen haben sie aus uns gemacht.«

»Sara«, warnt der Vater. Aber die Mutter spricht lauter.

»Hört ihr? Sie haben uns zu armseligen Feiglingen gemacht.«

Es kommt keine Antwort.

Die Mutter schlingt ihre Arme um Amira und drückt sie so fest, dass Amira Angst hat zu ersticken, und die Mutter zittert, ihre Tränen tropfen auf Amiras Haare und Stirn.

MITTWOCH
SAVONA/MONACO

25.

»Sieh mal einer an«, sagt Ripsa. »Das hier hat mal jemandem gehört.«

Der längliche weiße Gegenstand liegt, geschützt durch eine kleine Glasvitrine, in zwei ineinander verschachtelten winzigen Kapellen, einer goldenen und einer silbernen. Es ist tatsächlich ein Knochen.

»Ist der wohl von Grace Kelly?«, fragt Ripsa.

»Ganz bestimmt nicht«, sagt Leia, noch bevor sie begreift, dass Ripsa sie nur auf den Arm nehmen wollte.

Ripsa blättert auf ihrem Handy durch den Ausflugsführer der Bord-App. Die Reliquie ist die Hauptsehenswürdigkeit der Kirche, steht dort. Der Knochen hat der heiligen Dévote gehört, der Schutzpatronin der Gemeinde.

Sie betrachten ihn mit schief gelegtem Kopf.

»Ein Armknochen«, mutmaßt Leia. »Oder aus dem Bein.«

»Vielleicht hat ihn aber auch der Hund ins Pastorat geschleppt.«

»Ripsa«, zischt Leia. »Nicht lästern.«

»Seit wann bist du denn zur frommen Katholikin geworden? Soweit ich mich erinnere, hattest du mit Religion noch nichts am Hut, als du zu Hause ausgezogen bist.«

»Ich bin protestantische Atheistin. Immerhin bin ich konfirmiert wie du. Aber man darf über so was keine Witze reißen, sonst fühlt sich noch jemand auf den Schlips getreten.«

»Etwa die Kirchenomi dahinten? Die kann uns doch wohl kaum verstehen.«

Leia wirft einen Blick auf die alte Frau in der Kirchenbank, die sich bekreuzigt und den Kopf zum Gebet senkt. Sie trägt ein Tuch. Leia muss lächeln. Wenn man bedenkt, dass die Kirche *Cathédrale Notre-Dame-Immaculée de Monaco* heißt, dann muss das Tuch mindestens von Hermès sein.

Sie setzen ihre Kirchenbesichtigung in angemessener Lautstärke fort, wie es sich für ordentliche Touristen gehört, bewundern die Architektur – *neoromanisch*, wie Ripsa der App entnimmt –, die Glasmalereien, die Heiligenstatuen und die Gemälde.

Die Größe der Kathedrale ist auch für eine protestantische Atheistin beeindruckend. Hinter Säulengängen und Vorsprüngen öffnen sich immer neue Seitenkapellen und Gebetsnischen. Es gibt Beichtstühle, flackernde Votivkerzen und eindrucksvolle sakrale Kunst mit Motiven der Via Dolorosa, dem Leidensweg Jesu.

Auf einem Bild liegt der eben vom Kreuz genommene Jesus mit dem Kopf auf dem Schoß seiner Mutter Maria.

»Die schlimmste Angst jeder Mutter – dass man sein eigenes Kind begraben muss«, sagt Ripsa.

Leia presst die Arme an den Körper, aber die Kälteschauer sind schon unterwegs.

Sie gehen an der Rückseite des Altars entlang. In der Kirche ist es ruhig, schummrig – und kalt. Die dicken Steinmauern und die aus verschiedenfarbigen Steinen zusammengesetzten Fußböden strahlen auch an einem heißen Tag wie heute eine erstaunliche Kühle ab, die sich vermutlich im vergangenen Winter hier angesammelt hat. Hier drinnen vergisst man fast, wie es draußen ist: heiß, hell, laut.

Unruhig. Gefährlich. Als Leia vom Ausflugsbus aus die Polizisten auf Monacos Straßen gesehen hat, wollte sie schon fast vorschlagen, zurück aufs Schiff zu gehen. Andererseits hat man seit den gestrigen Ereignissen wahrscheinlich in allen europäischen Städten die Polizeipräsenz verstärkt.

Leia wirft einen Blick auf Ripsa, aber ihre Schwester ist in ihre eigenen Gedanken versunken.

Letzte Nacht und auch noch heute Morgen beim Frühstück hat sie bitter bereut, dass sie Ripsa zum Geburtstag ausgerechnet diesen Ausflug schenken musste, der bei Marina so viel Abscheu hervorgerufen hat. Reiche und Promis begaffen, das Jet-Set-Leben der Steuerflüchtlinge … Aus Ripsas Mund hatte es richtig schlimm geklungen.

Was es natürlich auch ist. Das soziale Gewissen, von Ripsa so geschmäht, macht das Leben nicht leicht, das eigene und auch das der anderen nicht. Aber Ripsa war so begeistert, als sie von ihrem Geschenk hörte, und Leia schiebt den Funken beiseite, den sie in Marinas Augen aufleuchten sah, und auch den plötzlichen kalten Ton ihrer Stimme.

Ihre Schwester wollte sie auf ihrer Geburtstagskreuzfahrt dabeihaben. Und schon allein deshalb muss Leia dankbar und zufrieden sein.

Und außerdem gibt es auf diesem Ausflug auch etwas, das sie selbst interessiert. Da vorne scheint es auch schon zu sein, dort, wo die Kameras klicken und die Selfiesticks hin und her schwingen. Sie nähern sich einem Wallfahrtsort, der auch für Nicht-Katholiken bedeutsam ist.

Sie bahnen sich den Weg durch die Menschenmenge.

Rainierivs III und *Gratia Patricia*. Die Namen sind in zwei Grabplatten graviert, die mit einem Seil abgesperrt sind.

Nachdenklich betrachten sie die Geburts- und Todesdaten der Fürstin Gracia.

»Zweiundfünfzig«, rechnet Leia. »Sie ist jung gestorben.«

»Tragisch, mit dem Auto von einer Serpentine in die Schlucht gestürzt«, sagt Ripsa. »Mit der Tochter im Auto. Stefanie.«

»Furchtbar für sie, oder? Sie war damals siebzehn, wenn ich mich recht erinnere«, sagt Leia. »Anscheinend wurde nie geklärt, wer von beiden am Steuer saß.«

Sie betrachten eine Kreidezeichnung, die neben den Gräbern auf einer Staffelei steht, das Hochzeitsbild von Grace Kelly und Fürst Rainier. Amateurhaft, denkt Leia. Wahrscheinlich von irgendeinem Fan.

»Rainier hat sich nie vom Tod seiner Frau erholt«, sagt sie. »Er ist zusammengesackt und von einem Moment auf den anderen alt geworden.«

»Anscheinend haben sie aber keine besonders glückliche Ehe geführt«, erinnert sich Ripsa. »Ob Grace wohl wusste, auf was sie sich einlässt, als sie Ja gesagt hat? Sie hat einfach so ihr Filmstarleben aufgegeben. Ein europäischer Fürst – das klang bestimmt toll. Und dann – zack, für den Rest ihres Lebens im goldenen Käfig.«

»Genau. Und ständig von Paparazzi gejagt: Sieht sie heute glücklich aus, oder sieht sie unglücklich aus?«

Sie betrachten die Kreidezeichnung. Ob Grace wenigstens an ihrem Hochzeitstag glücklich aussah?

»Rainier hat die Vorführung aller ihrer Filme in Monaco verboten«, bemerkt Leia. »Und das, obwohl sie sich kennengelernt haben, als Grace hier *Über den Dächern von Nizza* gedreht hat.«

»Das auch noch«, sagt Ripsa traurig. Und dann muss sie lachen. »Denk mal nach, wie viel wir über die beiden und ihre Ehe wissen. Oder zu wissen glauben. In Wirklichkeit haben wir nur ein paar Klatschzeitschriften gelesen und ihre Filme gesehen.«

»Nein. Wir haben *unser Leben lang* Zeitschriften gelesen und Filme gesehen«, sagt Leia würdevoll. »Ich kenne Grace Kelly besser als die meisten meiner Nachbarn.«

»Stimmt.«

Eine männliche Stimme. Direkt an ihrem Ohr.

Leia schnappt nach Luft. In dieser monegassischen Kirche weht plötzlich eine eisige Brise wie aus dem finnischen November.

Sie dreht sich um. Der Mann mit dem Bart. Derjenige, der von den Sicherheitsleuten beiseitegenommen wurde und später in der Mermaid-Bar aufgetaucht ist. Er steht direkt hinter ihr. Viel zu nah, in dieser Menschenmenge. Und das eben hat er eindeutig auf Finnisch gesagt.

Der Mann ist genauso groß und dünn, wie sie ihn in Erinnerung hatte, und unter seinen Barthaaren auffallend blass. Viel Sonne kann er in der letzten Zeit nicht abbekommen haben. Sein Blick geht zwischen ihr und Ripsa hin und her.

»Hallo, Finne!«

Im Gegensatz zu den anderen beiden scheint Ripsa überhaupt nicht erstaunt oder beklommen zu sein, höchstens freudig überrascht. Allzu freudig. Kokett hebt sie das Kinn.

»Ich … muss mal raus.« Ohne eine Antwort abzuwarten, macht Leia sich davon. Die Kirchentür ist schwer, sie muss sie mit beiden Händen aufdrücken, und als das Sonnenlicht heiß und grell auf ihr Gesicht fällt, stolpert sie auf der Steintreppe und stürzt fast.

Am Fuß der Treppe bleibt sie stehen, fummelt die Sonnenbrille aus ihrer Tasche und setzt sie hastig auf. Ihr Herz wummert.

Unmöglich, jetzt einfach hier stehen zu bleiben, völlig unmöglich.

Ripsa holt sie erst am Ende der Straße kurz vor der Place du Palais ein und kann sie gerade noch am Blusensaum packen.

»Was zum Henker …? Ich hab mich nur kurz unterhalten, und sofort warst du weg.«

Ripsa nimmt ihre Wasserflasche aus dem Rucksack und trinkt in großen Schlucken. Dabei hackt sie weiter auf Leia herum.

»Hier kriegt man ja einen Sonnenstich, wenn nicht sogar einen Hitzschlag … Es ist nicht gesund, dass ich hier in der Hitze hinter dir herrennen muss. Ich hatte schon Angst, dass dir vorhin schlecht geworden ist oder irgend so was, weil du auf einmal verschwunden warst.«

»Das war er«, sagt Leia. »Der Mann aus der Mermaid-Bar, der versucht hat, dich anzubaggern. Der Typ, den die Sicherheitsleute beim Einschiffen beiseitegenommen haben.«

Ripsa zieht einen Mundwinkel hoch.

»Genau. Ein Finne, durch und durch, du hast es selbst gehört. Kein islamistischer Terrorist. Du bist aber auch ein Nervenbündel –«

»Er verfolgt uns.«

»Quatsch. Er wollte einfach nur ein bisschen plaudern, als er gehört hat, wie wir –«

»Doch, er verfolgt uns. Ganz bestimmt kennt er mich. Irgendwoher. Aus dem Pro-Men-Umfeld. Irgendetwas an ihm kommt mir bekannt vor. Die Augen oder die Stimme oder der Geruch – lach nicht! Das ist irgend so ein durchgeknallter Heini, der kann gefährlich sein. Das ist dieser Physiklehrer aus Loimaa, gegen den ich Anzeige erstattet hab –«

»Er ist Ingenieur.«

»Ingenieur?«

»Ein ganz normaler Ingenieur aus Espoo. Komm mal runter, du drehst ja völlig am Rad. Hier, trink was.«

Ripsa drückt Leia ihre Wasserflasche in die Hand. Sie fächelt sich Luft unter die Bluse und beobachtet kopfschüttelnd, wie Leia sich die Flasche an die Lippen setzt.

Zum Glück hat Leia ihre Sonnenbrille auf, sodass Ripsa nicht sieht, wie durcheinander sie immer noch ist.

Was soll sie sagen? Dass sie sich zuerst erschreckt hat und im nächsten Moment sofort das beklemmende Gefühl hatte, ihn zu kennen. Der Moment des Begreifens. Vielleicht hat sie sich geirrt. Aber vorhin im Zwielicht der Kathedrale war sie sich hundertprozentig sicher, dass der Mann, der schon wer weiß wie lange hinter ihnen gestanden und sich ihr albernes Geplauder angehört hat, kein Finne war, der zufällig dieselbe Kreuzfahrt und denselben Ausflug gebucht hat. Und wie er sie im Terminal angesehen hat, das konnte man nicht als *normal* beschreiben.

Warum hat sie denn nicht früher gemerkt, dass er auf diesem Ausflug dabei ist? Andererseits war der Bus schon ziemlich voll, als sie und Ripsa eingestiegen sind. Sie haben sich gleich auf die ersten freien Plätze gesetzt und hatten keine Zeit und auch keinen Bedarf, sich groß umzuschauen, wer sonst noch im Bus war.

»Worüber habt ihr gesprochen?«, fragt Leia zaghaft.

»Nichts Besonderes. So allgemeine Sachen. Er ist auch in Barcelona an Bord gekommen, aber er ist in München umgestiegen. Und er ist tatsächlich alleine unterwegs. Ich hab gemeint, da ist er bestimmt der einzige Single an Bord, und er hat mir zugestimmt. Und dann hab ich gesagt, das macht doch nichts. Auf der *Siren* findet sich bestimmt was, wenn man was sucht. Zwinker, zwinker.«

»Ripsa!«

»Nein, nein, wir haben nur ein paar lockere Sprüche gemacht. Ich bin ja nicht so eine Langweilerin wie du. Niemand ist so. Er hat übrigens gefragt, ob er dich irgendwie verärgert hat, und ich hab gesagt, nein.«

Ripsa trinkt die letzten Tropfen aus ihrer Flasche.

»Wir müssen bei nächster Gelegenheit neues Wasser kaufen«, sagt sie und steckt die Flasche zurück in ihren Rucksack. »Ja, und ich hab ihn eingeladen, heute Abend zu uns an den Tisch zu kommen, jetzt, wo die Franzosen weg sind, also, wenn noch Platz ist. Er hat bisher später gegessen, aber er hat gesagt, er tauscht sehr gerne.«

Leia ist sicher, dass das Pflaster unter ihren Füßen schwankt.

»Du musst das zurücknehmen.«

»Nein. Mach ich nicht. Was ist denn los mit dir?«

»Ich hab … bloß so ein Gefühl. Ich kann es nicht erklären.«

»Weißt du, was das für ein Gefühl ist? Ganz normale Freundlichkeit.« Ripsa schaut ihr in die Augen und hebt den Zeigefinger. »Du bist ein großes Mädchen, du weißt, wenn man zusammen an einem Tisch sitzt, muss das nirgendwohin führen, wenn nicht beide Seiten es wollen.«

Ripsa wartet einen Moment, doch Leia zieht noch nicht einmal die Nase kraus.

Sie drehen sich um und schauen, was sich auf dem Platz vor dem Fürstenpalast tut. Eine große Fläche ist abgesperrt, darin befindet sich eine kleinere, die mit Zaunelementen abgeteilt ist. An beiden Seiten der Toreinfahrt stehen in einer langen Reihe Wachleute mit Gewehren, und Polizisten verscheuchen Touristen, die ihre Kameras und Handys über das Absperrband strecken.

Warum muss überall so viel Polizei sein, denkt Leia. Es müsste ihr ja eigentlich ein Gefühl der Sicherheit geben, aber …

Da ertönt ein Befehl. Die Wachleute treten mit steinernen Gesichtern geschlossen vor und präsentieren ihre Gewehre. Eine schwarze Limousine ist vorgefahren.

Offenbar ist das gar nicht der normale mittägliche Wachwechsel, geht es Leia auf. Das hier ist etwas anderes. Automatisch macht sie einen Schritt nach hinten und tritt einem kleinen Mädchen direkt auf die Füße.

»Entschuldigung«, sagt sie zu dem Mädchen und seiner Mutter und zieht Ripsa an der Hand. »Lass uns gehen.«

»Hä, warum?«, fragt Ripsa. »Jetzt, wo sich hier was tut.«

Das Auto fährt zügig vor den Eingang und stoppt. Der Chauffeur geht um den Wagen herum und öffnet die Türen. Eine Schar junger Leute purzelt heraus, die Männer in Anzügen, die holden Grazien in einfarbigen, raffiniert geschnittenen Kleidern, zweifellos von superprominenten Spitzendesignern entworfen. Der Touristenmob in seinen bunten Sonnenhüten, T-Shirts und Shorts klatscht, jubelt und fotografiert wie verrückt, den Palast und die Partygäste und auch sich selbst. Die Handys schwingen an ihren Selfiesticks über der Menschenmenge wie die Masten im Yachthafen von Monaco.

»Monaco den Monegassen. Zu der Feier sind wir anscheinend nicht eingeladen«, sagt Ripsa.

Leia zittern die Knie. Diesmal war es gar keine Bombendrohung oder so etwas. Sie waren einfach zufällig bei einem der gesellschaftlichen Ereignisse der Fürstenfamilie dabei, von denen sie sonst nur in den Klatschspalten lesen.

Ripsa wühlt in ihren Taschen und findet eine Dose mit Pastillen.

»Hier, nimm«, sagt sie. »Wenn dein Blutzucker wieder normal ist, musst du nicht die ganze Zeit am Rad drehen.«

Leia nimmt eine Salmiakpastille und steckt sie sich in den Mund. Vielleicht hat Ripsa recht. Viele Probleme hängen mit einem instabilen Blutzuckerspiegel zusammen, das hat sie inzwischen an sich selbst und auch an ihrer Tochter beobachtet. Im blendend hellen Sonnenlicht weiß sie plötzlich selbst nicht mehr, warum sie in der Kirche so nervös geworden ist, nur weil irgendein Finne sich mit ihnen unterhalten wollte.

»Aber der arme Ingenieur darf doch trotzdem zu uns an den Tisch kommen?«, sagt Ripsa. »Er ist völlig ungefährlich. Ich verspreche es dir. Wenn er irgendwas versucht, beiße ich ihn.«

Sie bettelt mit großen Augen und bebender Unterlippe. Das beherrscht sie. Den Hundeblick.

Leia gibt nach. »Okay. Meinetwegen soll er kommen, wenn er will. Gib mir noch eine Pastille.«

»Kannst auch drei nehmen.«

Auch Ripsa steckt sich zwei Pastillen in den Mund. Und schüttelt dann den Kopf.

»Mein Gott, als hättest du ein Gespenst gesehen.«

»Lass uns nicht mehr darüber reden«, sagt Leia. »Komm, wir gehen.«

Sie gehen die paar Straßen rauf und runter, die in diesem Stadtteil für die Touristen geöffnet sind. Dort gibt es Essen, Trinken und Touristentand. Sie kaufen sich große Flaschen sündhaft teures Markenwasser und üppige Putenbaguettes für siebzehn Euro das Stück.

Ripsa, wie ihre gesamte Familie ein berufener Formel-Eins-Fan, kauft sich eine knallrote Formel-Eins-Baseballkappe. Und als Leia fragt, ob Sakke keinen Spaß mehr an Autorennen hat, kauft sie für ihn auch eine.

Leia lässt ihre Hand über eine Reihe T-Shirts gleiten, die an einer Kleiderstange hängen. »Kinderkleidung ist heute so extrem geschlechtsspezifisch«, sagt sie. »Pink, Barbies und Ponys für die Mädchen. Und für die Jungen schon von Geburt an Camouflage, oder aber irgendwelche Monster oder Totenköpfe.«

Die Falte zwischen Ripsas Augenbrauen wird immer tiefer, und Leia begreift, dass sie langsam aufhören muss, bevor ihre Schwester ihr wieder vorwirft zu missionieren. Und vielleicht nur um Leia zu ärgern, kauft Ripsa ein pinkfarbenes T-Shirt für Silja und ein Camouflage-Shirt für Santeri. Natürlich beide mit einem Formel-Eins-Motiv.

Leia wiederum kauft für Viivi eine luxuriös aussehende, handgemachte Seife in einer goldfarbenen Dose, auf der das fürstliche Wappen und der Palast abgebildet sind.

»Fällt dir eigentlich auf, was hier völlig fehlt?«, fragt Ripsa und beantwortet ihre Frage gleich selbst. »Grace. Wenn wir in London wären, dann wäre jeder Becher, jede Schale und jedes Handtuch voll mit Bildern von Diana. Wirklich seltsam. Das würde sich doch verkaufen wie geschnitten Brot. Beides so tragische Prinzessinnenschicksale.«

»Vielleicht hat Rainier das auch verboten.«

Im Schatten des Uferparks finden sie eine Bank für ihre Mittagspause. Es fühlt sich herrlich an, kurz die Beine auszustrecken und die Sandalen auszuziehen, und die Aussicht ist auch nicht übel. Im Hafen schaukeln sachte die Luxusyachten in der türkisfarbenen Dünung, der Himmel strahlt blau. Für einen Moment werden sie Teil dieser Idylle, auch wenn sie nur Tagesgäste sind.

Jetzt ertönt ein Dröhnen, das weiter anschwillt und auf sie zukommt. Als etwas Großes, Schwarzes für einen Moment die Sonne verdeckt und direkt über ihren Köpfen entlangdonnert, beugen sie sich instinktiv nach unten und halten sich die Ohren zu.

»Puh«, sagt Ripsa. »Fast hätte ich mich erschreckt.«

Leia hat ihre Schultern so fest hochgezogen, dass ihre Nackenmuskeln krampfen.

»Sehr unangenehm.«

Am Ufer, irgendwo hinter den Reihen der weißen Hochhäuser, befindet sich ein Hubschrauberlandeplatz. Während sie weiter ihre Baguettes essen, verfolgen sie, wie ein Hubschrauber nach dem anderen landet und aufsteigt. Wer sich hier eine Wohnung leisten kann, braucht nicht mehr auf den Serpentinen sein Leben zu riskieren.

»Eine Jet-Set-Luftbrücke«, sagt Ripsa. »Man kann schnell abhauen, wenn das Adelsleben einem die Luft zum Atmen nimmt.«

Sie stöbert durch die Bord-App.

»Die Gesamtfläche des Staates Monaco beträgt eins Komma neun fünf Quadratkilometer. Hoho. Das ist hier vielleicht eine Blase. Aber mal ehrlich, was gibt es hier denn auf lange Sicht zu tun?«

»Feiern«, schlägt Leia vor. »Repräsentative Ereignisse. Sonnenbaden auf dem Bootsdeck.«

»Na ja. Zwischendurch fährt man eine Runde und nimmt ein paar Drinks, dann hüpft man ins Meer. Abends ins Kasino. Eine Woche wäre vielleicht ganz nett, aber danach wird man doch weich in der Birne.«

»Hat der Stadtführer im Bus nicht gesagt, dass es hier auch ein Fitnessstudio gibt?«

»Mit ein und denselben Gesichtern tagein, tagaus. Nein, danke! Die Hälfte der Einwohner sind bestimmt Alkoholiker. Kein Wunder, dass man Lust kriegt, auf den Serpentinen mal ein bisschen Gas zu geben. Mir würde das jedenfalls so gehen.«

Aufgemuntert und mit einer gehörigen Portion Sarkasmus absolvieren sie die wenigen verbliebenen Lustbarkeiten, die der winzige und exklusive Staat Monaco Touristen wie ihnen noch bietet. Sie folgen den Mustern, Streifen und Formen an den Straßenrändern, die Ripsa wesentlich mehr sagen als Leia – *die Doppelschikane! Und diesen Tunnel sieht man im Fernsehen immer … Oh! Unglaublich, dass sie alle hier gefahren sind und sogar gewonnen haben, Kimi und Valtteri und Mika und Vater und Sohn Rosberg. Nico sogar dreimal … Ha, die Pole Position, das muss ich fotografieren!*

Verschwitzt trotten sie einen Hügel hinauf, für den ein Formel-Eins-Wagen nur Sekunden brauchen würde, und landen verwundert bei einer Reihe von Taschen-, Schuh- und Klamottenläden der absoluten Luxusklasse. Hinter den Schaufenstern sehen sie gelangweilte Verkäuferinnen, sie sehen aus wie Models, die frisch aus der Maske kommen. In Ermangelung von Kunden stehen sie an den Tresen gelehnt herum und betrachten ihre künstlichen Fingernägel.

Nur bei Cartier ist was los: eine Gruppe von schwarz verhüllten Araberinnen, von denen nur die Augen zu sehen sind, und ein Mann in einem weißen Gewand mit einem Tuch auf dem Kopf. Eine der Frauen greift nach einer Halskette, die ihr ein Verkäufer mit einer Verbeugung auf einem kleinen silbernen Tablett präsentiert.

»Siehst du das?«, fragt Ripsa.

Am Handgelenk der Frau, die jetzt ihre in einen schwarzen Handschuh gehüllte Hand ausstreckt, glitzert eine unfassbare Menge Diamanten. Und sicherlich sind sie alle echt.

Im Gegensatz dazu sind Ripsa und Leia in ihren staubigen

Sandalen, ihren verschwitzten Blusen und den Urlaubsshorts so *casual*, wie man überhaupt nur sein kann. Schon der Schaufensterbummel erscheint ihnen als Anmaßung, und niemals würden sie sich erdreisten, einen dieser Läden zu betreten und die dort präsentierten unerschwinglichen Unikate anzufassen. Natürlich steht an jeder Boutique auch ein abweisender Sicherheitsmann mit Knopf im Ohr, um ihnen wie allen Lieschen Müllers dieser Welt den Zugang zu versperren, denn schon auf zehn Meter Entfernung riecht man, zu welcher Kategorie sie gehören: »Danke, ich möchte nur schauen.«

Auch etwas anderes riecht. Leia schnuppert zuerst an ihrer Bluse und dann an der kleinen Papiertüte, in die die Verkäuferin das Mitbringsel für Viivi gepackt hat. Der Lavendelgeruch ist so durchdringend und lässt Leia so kräftig und unvermutet niesen, dass sie sich noch nicht einmal die Hand vor die Nase halten kann. Die russischen Touristen, die neben ihnen stehen geblieben sind, wenden sich angewidert ab.

»Na, huch«, sagt Ripsa. »So verbreitet man Bazillen. Benutz mal ein Taschentuch.«

Leia nimmt die Seife in die Hand und muss sofort noch einmal niesen. »Ich wusste gar nicht, dass die Seife einen so starken Geruch hat. Wir werden in der Kabine noch daran ersticken.«

»Das ist keine Seife. Das ist eine Chemiewaffe«, sagt Ripsa.

»Igitt, was redest du denn da?«

»Hybride Kriegsführung. Terroristen haben so was unter die normalen Seifen gemischt. Ahnungslose Touristen kaufen sie wie verrückt, verteilen sie in der ganzen Welt und –«

»Hör auf«, sagt Leia. »Das ist nicht witzig.«

»Wickel sie doch fest in eine Plastiktüte ein«, schlägt Ripsa vor.

Leia betrachtet noch einmal das auf der Dose aufgedruckte Bild und vergleicht es mit dem prachtvollen Gebäude, das in einiger Entfernung zu sehen ist und Scharen von Touristen anzieht. Diese reich geschmückten Türme, die Figuren an der Fassade, der prächtige Eingang mit seiner Fontäne und den Fürstenstatuen …

»Das ist ja gar nicht der Fürstenpalast. Sondern das Kasino!«

»Es ist also das Geld, das hier stinkt«, prustet Ripsa. »Und kein Sarin.«

»Wer weiß, vielleicht wird diese Seife für die Geldwäsche benutzt«, klinkt sich Leia ein, und zur Belohnung drückt Ripsa sie einmal fest.

Sie nähern sich dem Kasino. Ripsa macht ein offizielles Geburtstagsselfie mit dem Gebäude im Hintergrund, dann eines zusammen mit Leia.

»Ach, Mensch. Das wäre doch die angemessene Kulisse für uns zwei erwachsene Frauen gewesen, um mit einem Glas Sekt anzustoßen. Wir hätten uns Kleider und hohe Schuhe anziehen müssen. Und mit dem Taxi kommen! Und nicht zu Fuß diesen tödlichen Hügel hochlatschen.«

»Mit einer Limousine«, sagt Leia.

»Genau. Und einer Nerzstola um den Hals. Zuchtnerz. Und Blutdiamanten an den Handgelenken.«

Sie bleiben einen Moment stehen und beobachten, was für Leute an einem Nachmittag im Kasino verschwinden. Etwas dröge aussehende Anzugträger mittleren Alters.

»Tss!«, macht Ripsa. »Und wo sind die schicken Bond-Girls?«

»Na, hier sind wir doch«, sagt Leia.

»Wo sind Sean Connery und Daniel Craig? Und George Clooney?«

»George Clooney gehört nicht zu der Truppe«, bemerkt Leia.

»Was redest du denn? Schäm dich. George Clooney gehört immer zur Truppe. George Clooney gehört zu jeder Truppe. Er *fügt sich nahtlos* in jede Truppe ein. Eine Truppe ist keine Truppe ohne George Clooney«, ereifert sich Ripsa. »Leia, denk doch mal an *Ocean's Eleven*. Wobei die da allerdings ein Kasino in Las Vegas ausrauben.«

Will sich etwa auch dieser finnische Ingenieur hier *nahtlos einfügen*, denkt Leia. Wollte vorgestern Abend sonst was hermachen, als er versucht hat, Ripsa anzubaggern. Jetzt war er einfach nur blass. Mit einem Stich ins Grünliche.

Musste Ripsa ihn denn unbedingt an ihren Tisch bitten? Vielleicht besinnt er sich ja eines Besseren und kommt doch nicht.

Ripsa hat wieder die Bord-App geöffnet und klärt Leia über die Geschichte des Kasinos von Monte Carlo auf. Es ist tatsächlich eine staatliche Institution, die Fürst Charles III. im Jahr 1863 gründete, um dem Zwergstaat Einnahmen zu verschaffen. Verwaltung, Straßenreinigung und Polizei werden nach wie vor mit dem Geld der einheimischen und internationalen Kasinobesucher finanziert.

»Steuereintreibung ausgelagert an die Roulettetische und Einarmigen Banditen«, fasst Ripsa zusammen. »Ein etwas anderes Modell als bei uns in Finnland. Mit der klimatisierten Limousine ins klimatisierte Schmuckgeschäft, da kommt man erst gar nicht dazu, Gesundheitszentren oder Kitas zu vermissen.«

»Wenn man global denkt, dann sind wir auch reich. Die Finnen gehören zum reichsten Prozent der Weltbevölkerung.«

»Nicht schon wieder …«

»Ganz bestimmt. Die meisten Menschen auf der Welt haben nicht die Möglichkeit, Urlaub zu nehmen, geschweige denn das Geld, um zu verreisen.«

»Du hast diese Reise auch umsonst bekommen«, grinst Ripsa.

»Ja, klar, danke noch mal. Aber kapierst du, was ich damit sagen will?« Leia hebt die Stimme. »Wir zwei verbringen hier unsere Urlaubstage, und gleichzeitig müssen die Leute auf der *Siren*, die von der anderen Seite der Welt herangekarrt werden, rund um die Uhr schuften, und zwar für einen Hungerlohn. Von den Flüchtlingen gar nicht zu reden, die auch in diesem Moment unter Lebensgefahr –«

»Ich habe heute Geburtstag, falls du dich erinnerst. Ich möchte mich jetzt nicht mit meinem schlechten Gewissen herumplagen«, schnaubt Ripsa. »Nicht wegen der Flüchtlinge und auch nicht wegen der Ausbeutung der Billiglohnkräfte.«

»Versuch nicht, deine Verantwortung zu leugnen. Wir als Kollektiv ermöglichen das nämlich alles. Wir wollen billige Dienstleistungen und Produkte. Und Öl.« Leia holt tief Luft. »Wusstest du, dass über die Hälfte der Kriege auf der Welt sich um Öl drehen? Hör zu. Warte!«

Ripsa ist schon wieder ein Stück den Hügel hinuntergegangen, Richtung Parkplatz.

»Nein, ich warte nicht, und die Busse warten auch nicht. Die brauchen ihr Öl und ihren Sprit, damit wir zurück an Bord kommen, und wir müssen jetzt los, damit wir nicht zu spät kommen.«

»Zwischen uns und diesen Saudis verläuft nur eine hauchdünne Linie«, erklärt Leia, während sie hinter ihrer Schwester herläuft. Sie greift nach Ripsas Bluse. »Hör doch mal zu, denk mal nach.«

Ripsa bleibt so abrupt stehen, dass Leia fast mit ihr zusammenstößt.

»Danke, aber nein danke. Ich habe keine Lust, deswegen kollektive Schuldgefühle zu haben. Ich bin hier, um das Leben zu genießen. Den Urlaub. Die Kultur. Neue Länder, neue Menschen.«

»Na, das habe ich gemerkt«, sagt Leia. Und dann sagt sie das, was sie schon lange hat sagen wollen.

»Ich schäme mich, dass wir diesen Ausflug gemacht haben. Und musstest du unbedingt Marina davon erzählen?«

»Ach so, du bist Marina also Rechenschaft schuldig? Du bist dieser Frau gar nichts schuldig!«

»Sie interessiert sich immerhin noch für was anderes als für fremde Männer. Anders als gewisse Leute.«

»Ach, plötzlich ist sie also dein Vorbild geworden! Ist mit irgend so einem Sugar Daddy unterwegs und macht einen auf

Gutmensch. Irgendwas an dieser Frau ist total faul. Hast du nicht gemerkt, wie sie dir nach dem Mund redet?«

»Nach dem Mund redet?«

»Die ist in dich verknallt. Sie hat ihren Marcel in die Ecke geworfen und –«

»Hör auf. Natürlich wollte sie gegen uns bestehen. Musstest du ihr gegenüber denn so unfreundlich sein? Sie ist noch so jung, aber sie hat ganz schön reife Gedanken. Und was sie über das Überfahren von Flüchtlingsbooten gesagt hat – schrecklich, wenn das stimmt.«

»Das sind nur Gerüchte. Hat sie selber zugegeben. Spekulation. Am liebsten hätte ich das gestern schon gesagt. Ihr konntet gestern im Wechsel in aller Seelenruhe gegen die schlechte Welt wettern, mit Drinks in der Hand wie irgend so ein Gospelchor.«

»Was haben denn die Drinks mit dem Gospel zu tun? Gar nichts.«

»Lenk nicht ab. Das ist doch jetzt egal. Ich bin jedenfalls nicht scheinheilig.«

»Bin ich etwa scheinheilig? Oder meinst du Marina?«

»Ihr beide!«

»Manche Leute haben eben noch Besseres zu tun, als den ganzen Tag mit einer unnützen Arbeit zu verbringen, nur um Geld zu verdienen. In der Kaffeepause lästern sie über die Kollegen und stopfen Kuchen in sich hinein. Abends gehen sie zum Zumba oder chauffieren die Kinder zu ihren diversen Hobbys, verschwenden nicht erneuerbare Energieressourcen und beschleunigen so die Erderwärmung.«

»Ach so, das alles ist also meine Schuld, sogar der Klimawandel.«

Leia sieht nicht ein, warum sie darauf antworten sollte.

»Okay«, schnaubt Ripsa. »Ich mag mein Gehalt. Ich mag meine Arbeitskollegen. Ich mag auch Kuchen. Vor allem aber mag ich meine Arbeit. Sie ist nicht unnütz. Sie ist nicht umsonst. Sie ist wichtig. Ich bin an der Entwicklung von Medikamenten beteiligt, die kranken Menschen in aller Welt helfen.«

»Und den Gewinn streicht ein internationaler Börsenkonzern ein«, sagt Leia. »Wenn du wenigstens einmal ganz in Ruhe über das alles nachdenken würdest! Anstatt dein Gewissen irgendwo zu verbuddeln … in … in irgendwelchen Spielkreisen in deinem Stadtteil.«

»Weißt du was, Leia.«

Ripsas Stimme bebt.

»Du bist gerade richtig gemein. Ich hatte keine Ahnung, wie fies du sein kannst. Und ich verstehe auch nicht, warum du so gemein zu mir bist, ich hab das nicht verdient. Du hast irgendwo in dir drin einen so schlimmen Knoten, dass dein Abfluss überläuft. Aber kipp es nicht mir in den Nacken. Ich hab meine eigenen Probleme.«

Ripsa dreht sich um und geht weg, und Leia steht stocksteif da und blockiert den schmalen Gehweg.

Ihre stolze Körperhaltung fällt in sich zusammen. Ich bin zu weit gegangen, denkt Leia. Sie betrachtet ihre davoneilende Schwester mit dem vor Mitbringseln fast überquellenden Rucksack, über dem der Pferdeschwanz verärgert durch die Luft peitscht. Aus gutem Grund.

Ripsa hat recht. Ich war gemein, das hat sie nicht verdient. Ich hätte nicht mit auf die Kreuzfahrt kommen sollen. Das alles ist ein furchtbarer Irrtum. Sie war erst achtzehn, als sie mit der kleinen Viivi unter dem Arm zu Hause auszog, und die paar Male, die sie danach mit ihrer Schwester mehr als vierundzwanzig Stunden unter einem Dach verbracht hat, lassen sich an einer Hand abzählen. Oder höchstens an zwei.

Vielleicht ja aus gutem Grund.

Im Sommerhaus in Mäntyharju haben sie seit Jahren nicht mehr gemeinsam Urlaub gemacht. Sie hat immer gedacht, das hätte mit den Kindern zu tun gehabt, die gerade wieder in irgendeiner schwierigen Phase waren. Trotzalter, Pubertät, Koliken, Wackelzähne, Mobbing in der Schule, Erkältung … Jedes Mal hat die eine sich über etwas aufgeregt, was die andere für völlig belanglos hielt, und dann hat eine von beiden ihre Siebensachen und ihre Kinder eingepackt und ist zurück in die Stadt gefahren, um sich abzuregen.

Selbstbetrug der schlimmsten Sorte: Es lag in Wirklichkeit immer an ihr und Ripsa, an ihrer Streitsucht. Sogar hier, in diesem Luxusurlaub, ist der Siedepunkt so schnell erreicht, dabei besteht ihre größte Sorge doch darin, den Ausflugsbus rechtzeitig zu erwischen oder pünktlich beim Abendessen zu sein, bei dem ihnen drei Gänge fertig vorgesetzt werden, dazu noch Wein und zum Nachtisch Tiramisu.

Hätten sie zusammen eine Interrailtour gemacht, dann wäre die eine von der anderen beim ersten Umstieg garantiert vor den nächsten Zug geschubst worden. Und wären sie in den Bergen wandern gegangen, hätte die eine wohl kaum der Versuchung widerstehen können, die andere vom nächstbesten Felsvorsprung zu stoßen.

Sie machen einander vorsätzlich Vorwürfe, um die andere zu verletzen. Und Leia ist klar, dass vor allem sie ihrer Schwester diese Vorwürfe macht, aber es fällt ihr schwer, sich das einzugestehen. Und doch ist die Bindung zwischen Geschwistern, das hat sie irgendwo gelesen, und sie weiß es auch, die längste und nachhaltigste menschliche Bindung im Leben. Kinder werden geboren und ziehen von zu Hause aus. Die Eltern werden älter, verbringen den Winter in Spanien und reisen herum, soweit es geht. Und Männer – nun ja. Sie kommen und gehen.

Oder sie kommen noch nicht einmal.

Ein Porsche rast vorbei, der lokale Volkswagen hier; das Bassgewummer dröhnt noch im Zwerchfell, als das Auto schon hinter der Kurve verschwunden ist. Leia geht weiter Richtung Bushaltestelle.

Ripsa sitzt auf demselben Fensterplatz in der dritten Reihe wie auf der Herfahrt. Ihren Rucksack hat sie demonstrativ auf den Nebensitz gestellt.

Leia lässt ihren Blick kurz durch den Bus schweifen. Ziemlich voll, sind sie schon wieder die Letzten?

In der hintersten Reihe fällt ihr der Ingenieur mit dem Bart ins Auge, ein rot verbrannter Engländer hat ihn auf dem Fensterplatz eingekeilt. Auf dem Kopf trägt er eine Baseballkappe mit der Aufschrift »Monaco«.

Drinnen mit Mütze. Typisch. Wenigstens hat er sich kein Wohnzelt aus der finnischen Flagge gebastelt. Er ist mit irgendeinem Mobilgerät beschäftigt und scheint sie nicht zu bemerken, umso besser.

»Woanders ist kein Platz«, sagt Leia.

Ohne den Blick zu heben, nimmt Ripsa ihren Rucksack auf den Schoß.

Leia setzt sich. Aus dem Augenwinkel betrachtet sie das Profil ihrer Schwester. Ripsa hat sich die Sonnenbrille aufgesetzt. Ihr Blick und ihre volle Aufmerksamkeit sind konsequent nach draußen gerichtet, wo es nur eine hässliche Lärmschutzwand aus Beton zu sehen gibt.

»Entschuldige«, sagt Leia. »Du hattest recht. Ich war gemein zu dir.«

Keine Reaktion.

26.

»Ich rechne den Ehrenamtlichen die unersetzliche Arbeit, die sie für Papierlose in Finnland tun, hoch an.«

So unschuldig und rührend sorgt sich die als Anwältin »für jede gute Sache« bekannt gewordene Leia Laine um das Wohl der Illegalen in Finnland (Helsingin Sanomat, 8. Juni). In dem Artikel wird sie als »Sozialwissenschaftlerin« bezeichnet, aber bekannt geworden ist sie vor einigen Jahren als »Sex-Leia«, die ihr dummes und bemitleidenswertes Sex-Arbeits-Projekt (zum Glück) gegen die Wand gefahren hat.

Laine ist das beste Beispiel für diese rotgrünblinden Toleranzbesoffenen, die immer irgendwas zu tun haben müssen, um sich moralisch überlegen zu fühlen. Früher haben alte Jungfern wie sie in ihren Lästerclubs Decken für Kinder in Afrika gehäkelt. Heutzutage angeln sich diese sogenannten besseren Menschen ihre Rettungsobjekte direkt aus dem Meer, Versorgungssuchende, die auch endlich was vom Kuchen abhaben wollen. Zuerst werden diese ach so bemitleidenswerten Bedürftigen jahrelang mit finnischen Steuergeldern durchgebracht und kriegen alles in den Hintern geschoben, und wenn sie danach keine Lust mehr haben, zurück nach Hause zu gehen, vergewaltigen und ermorden sie unsere Frauen und basteln Bomben.

Oder wie ist es sonst zu erklären, dass Leia Laine diese Woche auf einem Schiff im Mittelmeer gesichtet wurde? Und zwar nicht in irgendeiner kleinen Nussschale, sondern auf einem Luxuskreuzfahrtschiff namens Mediterranean Siren.

Anbei aktuelle Fotos.

27.

Der Dresscode beim Abendessen lautet wieder *casual*. Doch an ihrem Tisch könnte er genauso gut *funeral* heißen.

Leia hat schon fröhlichere Beerdigungen besucht.

Die vier Plätze zwischen ihnen und den Spaniern bleiben nach wie vor frei. Die Mutter und ihr Sohn am anderen Ende des Tisches bekommen von Ripsa zur Begrüßung ein freundliches Nicken. Aber wie ihre Schwester sie, die ihr direkt gegenübersitzt, so durch und durch ignorieren kann, das erfordert schon viel Übung.

Sie erhebt es gewissermaßen zur Kunstperformance, denkt Leia. Gegen diese Eiskönigin war die französische Familie eine geradezu herzliche Tischgesellschaft.

Juan kommt mit den Speisekarten. »Alles in Ordnung?«

»Natürlich. Alles ist wunderbar!«

Ripsa reißt die Mundwinkel auseinander, ein Lächeln wie bei einem Horrorclown. Juan tritt einen Schritt zurück, wirft ihnen einen verwirrten Blick zu und flüchtet.

Ein letzter Versuch, beschließt Leia.

»Ripsa. Entschuldige. Ich wollte das nicht.«

Als hätte sie es nicht gehört, schaut Ripsa an ihr vorbei oder vielmehr durch sie hindurch. Leia dreht sich um. Die untergehende Sonne lässt das Wasser noch prächtiger glitzern als an den beiden Abenden zuvor, sie taucht die Klippen der italienischen Küste in ein zartes Rosa. Für diese Aussicht könnte man sich wer weiß wie lange begeistern – wenn jemand anders dabei wäre. Leia zuckt die Achseln. Als sie sich zum Tisch zurückdreht, nimmt ihre Schwester gerade hochkonzentriert die Vorspeisenauswahl unter die Lupe.

Dann sollst du eben an deinen Antipasti ersticken, denkt Leia.

Im Saal gibt es nichts Besonderes zu sehen. Keine italienischen Uniformen. Keine Marina und keinen Marcel. An einem der Seitentische sitzt ein Paar in den Fünfzigern, Deutsche vielleicht, vielleicht auch Holländer oder Belgier. Sie scheinen neu auf dem Schiff zu sein, das sieht man daran, wie sie sich in kindlicher Begeisterung umschauen und Selfies knipsen. Wenn sie sich mit Ripsa vertragen würde, könnten sie sich gemeinsam über sie lustig machen. Jetzt ist es einfach nur ein gewöhnliches, langweiliges Paar mittleren Alters. Gut gelaunt, einträchtig. Noch.

Leia nimmt die Speisekarte zur Hand. Ihre Augen brennen. Was hat sie hier überhaupt noch verloren? An diesem Tisch, auf dieser ganzen vermaledeiten Kreuzfahrt? Sie drückt mit den Fingerspitzen auf ihre Augenwinkel, vorsichtig, damit die Wimperntusche nicht verschmiert.

Immer wenn man denkt, schlimmer kann es nicht mehr werden, dann wird es noch schlimmer.

»'n Abend!«

Da steht er. Direkt an ihrem Tisch. Der finnische Ingenieur. Er tritt von einem Fuß auf den anderen, lang und dünn, Schweiß auf der Stirn, noch nervöser als in der Kathedrale oder am ersten Abend, als er in seinem Bestatteranzug an der Bar herumhing. Heute trägt er ganz offensichtlich dieselbe Anzughose. Sie ist aus hochwertigem Stoff, sitzt aber trotzdem schlecht, als hätte er sie übereilt und eine Nummer zu groß gekauft. Um den Look informell erscheinen zu lassen, hat er ein türkisfarbenes Polohemd dazu kombiniert, mit dem *Mediterranean*-Logo auf der Brusttasche.

Auch seine Gesichtsfarbe hat sich seit dem letzten Treffen verändert. Der Grottenolm hat sich in einen Krebs verwandelt. Anscheinend hat er sich die Baseballkappe zu spät gekauft. Es tut schon beim Hingucken weh.

Ripsa erwacht aus ihrer Eingeschnapptheit und wedelt mit der Hand, dass ihre Armreifen nur so klirren.

»Hallo! Schön, dass du gekommen bist. Setz dich hin, es ist Platz genug.«

Ihre Augen strahlen, ihr Brustkorb hebt sich ein paar Zentimeter. Als hätte man ihr eine Adrenalinspritze verabreicht. Er nickt und macht zuerst einen Schritt in Leias Richtung, dann auf Ripsa zu, er kann sich offenbar nicht entscheiden, neben wen er sich setzen soll. Schließlich schlängelt er sich hinter Leias Stuhl vorbei und nimmt den Platz neben ihr ein.

»Von dieser Seite hat man aber die bessere Aussicht«, sagt Ripsa tadelnd und klopft auf den Stuhl neben sich. Leia beißt die Zähne aufeinander. Herrgott noch mal, was für ein Ton!

»Hier ist die Aussicht auch sehr gut«, sagt er. Und hüstelt. Als hätte er eben erst gemerkt, dass Ripsa flirten wollte. Und dass seine Antwort auch als Flirten gedeutet werden konnte. Anscheinend hat Ripsa es so aufgefasst, denn sie lächelt und fährt sich durch die Haare.

»Ach, danke!«

Die kleinen Bläschen im Sektglas steigen nach oben, immer weiter, stoßen an die Oberfläche, zerplatzen und sind weg. Zum Glück sitzt er neben ihr und nicht gegenüber, denkt Leia. So kann sie sich auf das Aufsteigen und Platzen der Bläschen konzentrieren. Und versuchen, zur Ruhe zu kommen. Und zu atmen.

Im Zwielicht der Kathedrale hat es sie getroffen wie ein Hammerschlag, eben ist es wieder angeschlichen gekommen und wird nun immer stärker: das gespenstische Gefühl, dass der Mann ihr irgendwie bekannt vorkommt. Die Stimme – und der Blick. Bohrend. Jemand anders würde vielleicht sagen: intensiv. Und ein Dritter: durchgeknallt.

Aus dem Geruch kann man gerade keine Schlüsse ziehen. Er riecht ganz eindeutig nach frischem Deo. Die Designer männlicher Duftserien sollen in der Hölle schmoren. Leia bekommt Kopfschmerzen, wenn ein männliches Alphatier in den Bus steigt, das sich vorher in Aftershave gewälzt hat. Die Werbung will den Männern ja einreden, dass Moschus und Meeresnoten die Frauen wild machen, aber Leia bekommt davon Sehstörungen und Niesanfälle.

Sie sieht, wie sich neben ihr eine Hand über den Tisch ausstreckt, auf Ripsa zu.

»Timo Ratanen.«

»Ripsa Laine.«

Soso, ihre Schwester hat den zweiten Teil ihres Nachnamens weggelassen. Immerhin versteckt sie ihren Ring nicht, der in der Sonne glitzert, als sie sich eine rote Strähne hinter das Ohr streicht.

Der Mann dreht sich zu ihr um und will ihr die Hand geben. »Timo. Nach wie vor.«

»Leia. Laine.«

Der Händedruck ist hastig und viel zu stark. Als müsse er etwas beweisen. Leia holt tief Luft. Sie muss es einfach wagen.

»Entschuldigung, aber sind wir uns schon einmal begegnet?«

Er macht eine Bewegung, als wolle er es von sich weisen. In seinem Gesicht scheint etwas auf und verschwindet wieder. Oder bildet sie sich das nur ein? Leias Kopf dröhnt, all diese wirren Gedanken und die Hitze und die emotionalen Achterbahnfahrten heute. Und dann noch dieses verfluchte Männer-Deo.

»Vor heute?«, fragt er.

»Ja.«

Eine ungeschickte Nachfrage. Der weiß doch genau, was ich meine, denkt Leia.

»Leia will nur sichergehen, dass du kein gemeingefährlicher

Stalker bist. Mein Schwesterchen hat nämlich Erfahrung mit so was.«

Ripsa klingt so überbesorgt, dass ihr Kommentar nichts als Häme sein kann.

»Kann mich nicht erinnern. Dass wir uns schon mal begegnet wären«, sagt Timo Ratanen. »Und hoffentlich bin ich kein gemeingefährlicher – was war das noch gleich?«

»Stalker.« Ripsa wiederholt das Wort mit einem süffisanten Lächeln. Timo lacht auf, doch sein Lachen ist gemessen am Niveau von Ripsas Bemerkung genauso übertrieben und kommt daher wie seine schlechtsitzende Hose. Das beruhigt Leia nicht gerade.

Genauso gut kann er einer von den Gestörten sein, die sie in letzter Zeit verfolgt haben. Es sind zwar nicht gerade viele, aber sie sind hartnäckig und umtriebig, und sie lassen sich immer neue Formen einfallen, wie sie sie ärgern können. Wenn er nicht der Typ aus Loimaa ist, dann vielleicht der Glaubensjünger aus der Gegend von Oulu, der ihr eine Zeit lang jeden Tag mit der Post Bibelverse schickte, in denen es um die Schrecken der Verdammnis und den schlechten Einfluss fremder Völker ging. Als er sie damit nicht erschüttern konnte, hatte er schließlich eine Todesanzeige entworfen, mit Kreuz und Bibelvers und allem und wollte sie in der Lokalzeitung veröffentlichen. Zum Glück hatte die mit ihr Kontakt aufgenommen.

Die plötzliche Stille am Tisch wird durch Juan unterbrochen, der kommt, um ihre Bestellung aufzunehmen. Als er den fremden Gast bemerkt, bringt ihn das völlig durcheinander. Aber Sir, Sie müssen an Ihren eigenen Tisch zurückgehen. Nein, Sir, ich kann Ihnen hier nicht servieren. Warum? Weil die Bordregeln das nicht erlauben. Sehr strenge Regeln, Sir, und sie sind zu Ihrem Besten. Sie bringen mich noch in Schwierigkeiten, Sir, kehren Sie unverzüglich an Ihren eigenen Platz zurück. Ich bitte Sie.

»Aber Juan. Ich bitte Sie auch.«

Ripsa hat wieder ihren bewährten Hundeblick aufgesetzt.

»Lassen Sie den Herrn mit uns essen. Bitte, Juan, dieses eine Mal. Schauen Sie, er ist Finne wie wir, und ganz allein auf diesem riesigen finnischen Schiff.«

Es funktioniert nicht, denkt Leia insgeheim zufrieden, als Juan mit einem traurigen Lächeln die Hände ausbreitet – und sich im nächsten Moment ein Glas, eine Serviette und Besteck vom Nebentisch schnappt und sie vor Timo auf dem Tisch arrangiert.

»Ich unterrichte den Oberkellner von den Änderungen. Und dann komme ich wieder, um Ihre Bestellung aufzunehmen, Sir. Madam. Madam.«

Ripsa legt die Handflächen aneinander und verbeugt sich. »Danke, Juan.«

Erst als Juan weit genug weg ist, zischt Leia: »Was war das denn für eine komische Geste?«

»Was meinst du?«, zischt Ripsa zurück.

»Japan ist ja wohl weit weg von Peru.«

»Das ist eine freundliche internationale Geste!«

Ripsa rollt die Augen und wendet sich an Timo.

»Und wie war deine Reise bisher so?«

Ripsa schiebt sich über den Tisch an ihn heran, ihr Ausschnitt gibt den Blick auf ihr Dekolleté frei, ihre Wimpern klimpern auf und ab. Leia wendet den Blick ab und fängt an, die Kronleuchter zu zählen, die reichlich von der Decke hängen.

»Danke, gut. Also meine Reise bisher«, sagt Timo.

»›Danke, gut.‹ Haha, eine typische Ingenieursantwort. Was für ein Ingenieur bist du denn eigentlich?«

»IT.«

»Ein echter Nerd also, haha. Hatte ich mir schon gedacht. Mit Diplom und allem?«

»Genau. Von der Aalto-Uni.«

»Arbeitest du in einer großen Firma? Oder warst du früher bei Nokia? Und bist jetzt verbittert und frustriert?«

Leia hält es nicht mehr aus.

»Was soll diese Fragerei? Hör auf damit.«

Aber Timo Ratanen hat eine Antwort parat.

»Ich bin inzwischen Unternehmer. Und nein, ich bin nicht verbittert.«

Juan kommt mit seinem Block zurück an den Tisch und nimmt ihre Bestellung auf. Ripsa rattert ihre Gerichte herunter, Leia spricht die Namen ihrer Speisen sorgfältig – und vermutlich völlig falsch betont. Es scheint allerdings, als sei Timo in den Feinheiten der italienischen Küche noch weniger bewandert als sie. Er zeigt einfach irgendwo auf die Speisekarte, als würde er mehr oder weniger das Los über sein Essen entscheiden lassen.

»Alles, was sie uns hier servieren, ist besser als das Essen zu Hause«, versucht er eine Erklärung. Ripsa lacht, Leia nicht. Sie fragt sich, ob das überhaupt als Witz gemeint war.

Timo trinkt weder Weiß- noch Rotwein, sondern bestellt sich ein Mineralwasser, *still, please.* Leia überrascht es nicht, dass Ripsa diese Wahl kommentieren muss, obwohl es sie nicht das Geringste angeht.

»Ein Wassertrinker. Ganz eindeutig ein kluger Mann.«

Timo sagt nichts dazu und gibt dem Kellner die Speisekarte zurück.

Aber Juan kann noch nicht gehen. Eine junge Frau kommt mit zögernden Schritten auf ihren Tisch zu. Kurze dunkle Haare, helles Kleid, fragender Gesichtsausdruck.

»Hallo.« Marina blickt zwischen den Schwestern und Timo hin und her. »Ist es in Ordnung, wenn ich mich dazusetze? Wenn nicht, dann …«

»Natürlich kannst du dich zu uns setzen«, sagt Leia und wendet sich an Juan. »Es ist doch in Ordnung?«

Juan nickt nur kurz, er will keine weitere Auseinandersetzung. Marina setzt sich auf den freien Platz neben Ripsa und streckt die Hand über den Tisch. »Marina.«

»Timo.«

»Ah, noch mehr Finnen. Schön. Habt ihr euch vorher schon gekannt?«

»Wir haben uns heute kennengelernt. Auf dem Ausflug nach Monaco.«

Marina wendet sich an Leia. »Hat sich der Ausflug gelohnt? Habt ihr Räikkönen und eure anderen Helden gesehen?«

Leia lacht gequält. »Nein. Aber davon abgesehen, war es doch ein ganz, ähm, gelungener Ausflug.«

»Er hat sich auf jeden Fall gelohnt«, setzt Ripsa hinzu. »Timo ist Ingenieur. Hehe: ›Dem Ingeniör ist nichts zu schwör.‹«

Die anderen lächeln höflich. Von allen abgegriffenen Sprüchen ist dieser doch wohl der schlimmste.

Dann wendet Leia sich an Marina.

»Wo hast du Marcel gelassen?«

»Es geht ihm nicht so gut. Er ruht sich in der Kabine aus. Der Arme.«

»Der Arme.« Ripsa schüttelt den Kopf und tut mitleidig. Dann erklärt sie Timo: »Marina hat nämlich einen französischen Mann, Marcel – oder nein, Entschuldigung, es ist ja gar nicht ihr Mann, sondern nur ein guter Freund.«

»Aha«, sagt Timo.

»So ein besonders guter Freund.«

In Marinas Gesicht regt sich nicht der kleinste Muskel, aber die Pupillen ihrer meergrünen Augen haben sich nadelspitz verengt. Leia wirft ihrer Schwester einen todbringenden Blick zu, aber davon hat die sich noch nie beeindrucken lassen.

»Erzähl doch mal, Marina, wie kommunizierst du mit Marcel? In der berühmten Sprache der Liebe?«

Marina ringt sich ein Lächeln ab und bleibt die Antwort schuldig.

»Hm, Marina.« Ripsa lässt nicht locker. »Das bedeutet doch Hafen.«

»In manchen Sprachen ja.«

»Dann passt er ja gut hierher«, sagt Ripsa. »Ich meine, weil er so international ist. Und weil er so maritim ist. Vielleicht passt er sogar zu gut?«

Juan bringt Marina die Speisekarte. Sie schaut kurz hinein und gibt mit perfekt italienischer Aussprache ihre Bestellung auf. Dann streckt sie Juan die Karte hin. Doch als er sie nehmen will, hält Marina sie an einer Ecke fest.

»Die Pasta bitte vegan. Kriegt ihr das hin?«

»Natürlich, Madam.«

»Und vegan heißt vegan. Keine Sahne, denn die kommt von der Kuh. Verstehst du das auch wirklich? Und auf keinen Fall Ei.«

»Ich weiß, was vegan bedeutet«, sagt Juan. Er zieht ihr die Karte aus der Hand und geht.

Marina verzieht den Mund. »Mal sehen. Am ersten Abend habe ich Risotto ohne Fleisch bestellt, aber als es kam, war Huhn drin. Huhn! Man weiß einfach nicht, was in den Köpfen von denen vorgeht.«

Gereizt schiebt Marina das Besteck auf dem Tisch hin und her. Leia betrachtet die gepflegten Hände und weiß nicht, wie sie auf den Kommentar reagieren soll. Ripsa macht schon den Mund auf, ganz sicher, um eine spitze Bemerkung zu machen, aber Leia kommt ihr zuvor.

»Ich weiß, das kann schwierig sein. Meine Tochter ist auch Veganerin.«

Marina hebt den Blick und lächelt.

»Sie heißt doch Viivi, oder? Sie scheint ja eine durch und durch idealistische junge Frau zu sein.«

»Das stimmt. Sie engagiert sich für Amnesty und den Tierschutzverband und für Frauenfragen, sie spendet monatlich für mehrere Organisationen.«

»Und Flüchtlinge liegen ihr besonders am Herzen?«, sagt Marina.

»Viivi war schon von klein auf eine Weltverbesserin und hat sich immer sofort für jemanden eingesetzt, der geärgert oder außen vor gelassen wurde.«

»Ach ja?!«

Das war Ripsa. Natürlich.

»Du bist doch selber so ein universeller Gutmensch. Oder willst es jedenfalls sein, auf Teufel komm raus.«

»Das war jetzt überflüssig«, sagt Leia. Aber Ripsa, die schon mehrere Gläser intus hat, macht munter und in unüberhörbarer Lautstärke weiter.

»Globalisierung. Klimawandel. Ungleichheit«, zählt sie auf. »Dann lasst uns mal gemeinsam betroffen sein.«

»Hör doch auf damit. Jeder kann versuchen, etwas dagegen zu tun.«

»Ja, Schätzchen, und das tun wir auch, jeder für sich ganz persönlich.«

»Können wir bitte das Thema wechseln?«

»Immerhin hast du Viivi schon seit ein paar Stunden nicht mehr angerufen. Meine Güte, ob sie wohl zu Hause alleine zurechtkommt –«

»Natürlich kommt deine Tochter in der Welt zurecht. Mit ihrer Einstellung.«

Marina gelingt es, das Wortgefecht in letzter Sekunde zu beenden.

»Danke«, sagt Leia. »Du bist sehr freundlich.«

»Ich meine es ernst. Sie ist ganz eindeutig idealistisch, sie ist willensstark. Du kannst extrem stolz auf deine Tochter sein. Sie kommt nicht nur alleine zurecht, sie wird auch noch die Welt verändern.«

»Ich wiederum bin aus Leias Sicht nur ein Haufen Scheiße, entschuldigt die Wortwahl in dieser Runde.« Ripsas Stimme ist jetzt noch lauter. »Erst heute hat meine ach so großartige Schwester mit harten Worten meine Arbeit für eine internationale Pharmafirma kritisiert. Angeblich stehe ich für alles Schlechte auf dieser Welt.«

Niemand sagt etwas. Leias Wangen glühen. Als sie ihr Glas an die Lippen hebt, zittert ihre Hand.

Und Ripsa fährt fort. »Ihr habt richtig gehört. Ich. Ein kleines Rädchen in einem großen Konzern. Dass wir Medikamente herstellen, die Tausenden und Abertausenden Menschen das Leben erleichtern, wenn nicht gar retten, bedeutet gar nichts. Und warum? Weil ich mit meinem bescheidenen Beitrag der Firma Gewinne verschaffe. Ich lasse die Aktienkurse steigen. Ich nehme kleineren Firmen und schlechteren Firmen die Möglichkeit zum Erfolg, denn ich arbeite in einem großen und mächtigen Konzern, der sich auf vier Kontinente und über einhundertsiebenundzwanzig Länder erstreckt und der zweihunderttausend Menschen Arbeit gibt.«

Sie blickt in die Runde.

»Hört mal alle zu. Ich persönlich bin verantwortlich für alle Übel dieser Welt, jetzt und immerdar, amen.«

»Ripsa«, sagt Leia. »Die Leute gucken schon.«

Es nützt nichts. Das Biest ist von der Leine.

»Dass wir die Gesundheit fördern, fällt überhaupt nicht ins Gewicht. Ganz zu schweigen von der Volksgesundheit. Oder dass die finnische Niederlassung ihre Steuern immer noch in Finnland zahlt. Okay, am besten wäre es, wenn wir unsere Medikamente umsonst abgeben. Oder überhaupt keine neuen Medikamente entwickeln. Nur Aspirin und Penizillin verkaufen und vielleicht noch irgendwelche Linimente von anno dunnemals, oder ist dir das auch zu kommerziell? Dann lasst uns doch am besten zu Blutegeln und Schröpfköpfen zurückkehren und den Leuten Löcher in den Schädel bohren, oder?«

Leia presst sich die Fingerspitzen an die Schläfen.

»Du weißt, dass ich das nicht so gemeint habe. Ich hab wegen meiner Arbeit genauso ein schlechtes Gewissen.«

»Ich hab überhaupt kein schlechtes Gewissen! Die Welt ist nicht fertig, darin sind wir uns einig. Aber bei meiner Arbeit konzentriere ich mich auf das, was ich kann und wofür ich bezahlt werde, nämlich meinen bescheidenen Beitrag zur Entwicklung von Produkten, die wirken und die hochwertig und sicher sind. Oder wie denkst *du* darüber?«

Leia spürt, wie Timo neben ihr alle Muskeln anspannt. Erst da merken beide, dass die Frage an Marina gerichtet ist.

Sie betrachtet Ripsa einen Moment, als würde sie über die Antwort nachdenken. Dann legt sie ihren Kopf ein kleines bisschen schief. »Für welche Firma arbeitest du denn?«

»Bestmed All.«

»Ach die.«

Ripsa zieht die Augenbrauen zusammen. »Aha? Und was meinst du jetzt *damit*?«

Sei vorsichtig, würde Leia Marina gerne sagen. Bring Ripsa nicht noch mehr auf die Palme. Aber Marina weicht Ripsas Herausforderung zum Streit geschickt aus.

»Und du, Leia, was machst du beruflich?«

»Ich beschäftige mich mit Versicherungsanträgen. Ich bin also bei einer Versicherung. Safety-First. SF. Und das ist eine rein finnische Firma. Trotz des Namens.«

»Und du magst deine Arbeit?«

»Sie hat Vor- und Nachteile.«

Marinas Augen verengen sich. »Und das heißt?«

»Wie soll ich sagen. Es ist ja eigentlich nicht direkt mein Fachgebiet. Allein schon die Ethik der Versicherungsfirmen ... Entschuldigung, aber das interessiert euch gar nicht.«

Marina lässt sich von Leias Ausflüchten nicht ins Bockshorn jagen.

»Doch, mich interessiert das sehr. Zahlt SF denn nicht die vereinbarten Prämien?«

»Eher stören mich die Werte, mit denen die Versicherungsbranche arbeitet, die Art, wie sie mit den Ängsten der Menschen … Ach, eigentlich will ich nicht weiter darüber reden. Und ich darf es auch nicht. Wir haben Geheimhaltungsklauseln und so was.«

»Sprich dich ruhig aus«, sagt Ripsa. »Alle Anwesenden versprechen, dass wir dich nicht bei deinem Arbeitgeber verpfeifen. Du findest es also moralisch verwerflich, mit den Sorgen und Nöten von Menschen Geld zu verdienen? Interessant.«

Leia schweigt demonstrativ.

»Vor allem steigert die Versicherungsbranche die Ängste ganz bestimmter Mitarbeiter. Ich habe sie hundertmal gefragt, ob es wirklich richtig ist, in dieser Branche zu arbeiten, wenn man selber so viele Ängste hat.«

»Feuer einstellen«, unterbricht Timo. »Das Essen kommt.«

»Buon appetito«, wünscht Juan. *»Enjoy.«*

Ein Klecks Spinat, darauf ein Häufchen körniges Salz und ein paar Spritzer Olivenöl. Ripsa hat anscheinend Parmaschinken mit Melone bestellt, ein wesentlich ansprechenderes Gericht.

Leia greift nach ihrer Gabel. Futterneid beiseite, gleich kommt ja schon der nächste Gang. Und gesund ist es auch. Und außerdem lässt der Weißwein, den Juan wie immer großzügig ausschenkt, jedes Gericht köstlich schmecken.

Irgendwie muss sie diese Auseinandersetzung zu einem würdevollen Ende bringen. Ripsa genießt es ganz eindeutig, sie in die Mangel zu nehmen, aber Leia darf nicht zulassen, dass sie sie nach Belieben vorführt und in den Augen der beiden anderen schlechtmacht.

Beim Essen lugt Leia aus den Augenwinkeln zu Timo hinüber. Seine Arme sind mindestens ebenso rot wie sein Gesicht. Der Deogestank hat sich zum Glück etwas verflüchtigt, und ein anderer Geruch schleicht sich allmählich ein – sein eigener.

Der, der sie in der Kathedrale so durcheinandergebracht hat.

Dieser Bart. Wie würde Timo Ratanen wohl ohne ihn aussehen? Sie glaubt ihm nicht, dass sie sich noch nie begegnet sein sollen. Er ist kein Selbstmordattentäter, so viel ist klar, aber trotzdem kann sie nicht so recht an seine guten Absichten glauben. Irgendetwas muss er im Schilde führen. Schon rein statistisch scheint es doch recht unwahrscheinlich zu sein, dass sie sich so häufig über den Weg laufen, immerhin fahren auf der *Siren* fünftausend Menschen mit. Und auch sein Verhalten ist ziemlich ungelenk. Nervös.

Was hat er noch gleich gesagt, als er Ripsa und sie an den Fürstengräbern überrascht hat? Sie hatten von Grace Kellys Ehe, ihrem Leben und ihrem Tod gesprochen, von ihren Filmen und …

»Komisch, dieser Stromausfall vorgestern Abend«, sagt Timo.

Ripsa prustet los. Ein Stückchen halbzerkauter Schinken landet neben Leias Teller auf der weißen Decke.

»Herr Ingenieur. Nicht um den heißen Brei herumreden, sondern bitte direkt zur Sache.«

Timo tut Leia leid, und für ihre Schwester schämt sie sich, aber der scheint das egal zu sein, denn eifrig fährt sie fort: »Da haben wir uns doch das erste Mal gesehen. Im Schummerlicht, wir vier. Und du« – sie wendet sich an Timo – »wolltest uns einen ausgeben.«

»Das war meine Absicht.«

»Das war seine Absicht. *I love this guy*, ihr nicht auch? Aber meine werte, schreckhafte große Schwester musste es ja mit der Angst zu tun kriegen und die Beine in die Hand nehmen. Sie hat deine ehrenwerte Absicht zunichtegemacht.«

»Ich habe das Personal nach dem Stromausfall gefragt«, sagt Leia zu Timo. Und hofft, dass das Glühen ihrer Wangen dem Wein zuzuschreiben ist. Das Gespräch bewegt sich gerade in eine sehr merkwürdige Richtung. »Bei der Notfallübung. Es hieß, man kenne die Gründe für den Stromausfall nicht, aber dass er lokal begrenzt und nicht gefährlich gewesen sei.«

»Interessant«, erwidert er. »Kennt man den Grund wirklich nicht – oder wollte man ihn nicht sagen?«

Leia schluckt. Ripsa schnalzt mit den Lippen und gestikuliert mit ihrem Messer Richtung Timo.

»Passen Sie mal gut auf, Herr Ingenieur. In unserer Mitte befindet sich ein nervenschwacher Hasenfuß, der am liebsten die ganze Woche die Rettungsweste anbehalten würde, wenn das nicht so komisch aussehen würde.«

»Das sollte ein Witz sein«, stöhnt Leia.

»Das elektrische System hier an Bord ist ein zu hundert Prozent geschlossenes System«, sagt Timo. »Niemand und nichts von außerhalb kann da eingreifen. Es kann nicht durch einen Hackerangriff von außen lahmgelegt werden. Wenn der Strom ausfällt, dann liegt der Fehler im System und kommt bei einer späteren Untersuchung ans Licht. Daher klingt es nicht glaubhaft, wenn sie behaupten, sie kennen die Ursache nicht.«

Er kratzt sich den Bart und fährt fort.

»Entweder kennen sie den Grund, wollen uns aber nicht sagen, dass sie ihn kennen. Oder aber sie kennen ihn nicht und wollen uns auch das nicht wissen lassen. Schwer zu sagen, was das schlimmere Szenario ist.«

»Haha, der Ingenieur glaubt an Verschwörungstheorien«, grinst Ripsa.

»Die Welt ist eine große Verschwörung«, erwidert Timo mit dunkler Stimme. »Wir leben in einer Simulation. Wir sind die Spielfiguren auf dem Spielbrett von jemandem, der größer und klüger ist. Hast du *Matrix* gesehen? Weißt du noch, wie da ein Dejà-vu erklärt wurde? Als Bug im System. Dieselbe schwarze Katze geht zweimal über die Straße.«

Ripsa lacht. »Ein toller Film, vor allem die Dinger in den Ohren. Aber die Fortsetzungen waren schlecht. Und wie hängt das jetzt mit dem zusammen, worüber wir gesprochen haben, also mit Leias überzogenen Ängsten?«

»Hast du *Matrix* gesehen? Weißt du noch, wie ein Dejà-vu erklärt wurde? Als Bug im System. Dieselbe schwarze Katze geht zweimal über die Straße.«

Ripsa wiehert. »Hör auf!«

»Man kann nur hoffen, dass dieses Wesen, was immer es auch ist, verdammt gut programmieren kann. Dass nicht noch ein viel größerer Bug kommt, der das ganze Programm lahmlegt. Dann muss die Simulation ganz neu gestartet werden. Eine neuer Urknall, und los geht's.«

»Früher hatten die Menschen Angst, dass Gott ihnen einen großen Stein auf den Kopf fallen lässt. Danke vielmals, Timo-Schätzchen, jetzt hat Leia noch etwas, vor dem sie Angst haben kann. Dass das Programm den Geist aufgibt.«

Leia steht auf und nimmt ihre Handtasche von der Stuhllehne. »Ich finde es nicht gut, dass ihr euch über mich lustig macht.«

»Setz dich hin«, befiehlt Ripsa. »Wir machen uns nicht über dich lustig. Höchstens ein bisschen.«

»Ich versteh dich nicht«, sagt Leia mit zusammengebissenen Zähnen. »Wir haben sehr wohl Grund, uns zu fürchten, alle haben Grund dazu. In Frankfurt ist gerade eine Bombe hochgegangen, und in Marseille, diese ganzen Polizisten …«

»Wir haben auch Angst. Witze sind eine psychologische Abwehrreaktion. Eine Verteidigung gegen das Böse in der Welt. Denk an *Matrix*. Denk an Keanu Reeves in dem schwarzen Ledermantel.«

»Dieses Gespräch ist einfach nur makaber, und ich will nicht dabei sein«, sagt Leia.

»Leia hat recht«, sagt Marina. »Die Welt steht schon in Flammen. Und auch hier bei uns fährt eine Zündschnur mit, die nur darauf wartet, angesteckt zu werden.«

»Jetzt hört auf, ihr beide«, schnauft Ripsa. »Auf diesem Schiff schippern wir doch so sicher herum wie ein Kind im Mutterleib. Hier kann uns die böse Welt absolut nichts anhaben. Alles, worüber wir uns Sorgen machen müssen, ist ein Magen-Darm-Virus und dass wir zu viel essen. Und du, Leia, setz dich hin. Du erinnerst dich, wie gründlich sogar du, die Frau mit dem ungefährlichsten Gesicht auf der ganzen Welt, jedes Mal wieder untersucht und durchleuchtet wirst, wenn du an Bord gehst. Und aus meiner Sicht machst du nicht mal den Eindruck einer islamistischen Terroristin. Hier kann niemand auch nur die kleinste Bombe hereinschmuggeln. Außerdem hast du dir vorhin beim Reinkommen die Hände mit Desinfektionsmittel eingerieben, also kannst du auch kein Magen-Darm kriegen. Oder was meinst du, Timo-Schätzchen? Los, sag ihr, dass die Matrix ein Märchen ist.«

Timo räuspert sich.

»Ich wollte niemanden beunruhigen.«

Leia setzt sich wieder. Timos Entschuldigung klang ehrlich, und außerdem kommt Juan jetzt mit neuen Tellern an ihren Tisch.

»Ihr macht Witze über viel zu ernste Themen«, murmelt sie noch, als sie den nächsten Gang vorgesetzt bekommt.

Pasticchio. Schon besser.

Während sie diese bessere Version des heimischen Nudelhackfleischauflaufs in sich hineinschaufelt, wirft sie einen Blick auf die Teller der anderen. Ripsa hat als zweiten Gang das Gleiche gewählt wie sie, dafür scheint Marina diesmal das große Los gezogen zu haben. Der bunte Salat sieht sättigend aus, mit verschiedenen Nüssen und Tofuwürfeln. Timos Wahl hingegen ist alles andere als eine Augenweide: In einer blassen, lauwarmen Flüssigkeit schwimmen zwei kissenförmige Teigtaschen herum, winzig wie Briefmarken.

Leia muss an die Milchnudeln denken, die sie irgendwann in den Achtzigern im Kindergarten zu Mittag gelöffelt hat. Besser, sie hätte nicht daran gedacht, denn sofort fängt es in ihrem Bauch an zu rumoren.

Auch Timo sieht nicht gerade begeistert aus. Als er mit dem Löffel am Grund des Tellers entlangfährt, fördert er einen gelblichen Bodensatz und ein schlaffes Stückchen Fleisch zutage. Speck?

Als Marina die Beute an Timos Löffel baumeln sieht, beben ihre Nüstern vor Ekel. Timo bemerkt ihren Gesichtsausdruck.

»Hitler war Vegetarier«, sagt er. Bei Marina kommt diese Art von Humor nicht so an, aber Ripsa prustet sofort los.

»Immerhin ist der Mann nicht unnötig politisch korrekt.«

Timo steckt sich den Löffel in den Mund und schluckt das Stück Fleisch, fast ohne zu kauen. Marina wendet den Blick ab.

Eine Zeit lang konzentrieren sich alle schweigend auf ihr Essen, dann legt Timo seinen Löffel ab und schiebt den Teller weg.

»Ein Luftangriff.«

Die anderen sehen ihn an. Alle haben aufgehört zu essen, alle Augen sind aufgerissen.

»Dutzende von Kähnen, die gleichzeitig auf vorbestimmten Routen durch die Gegend gondeln, da kann man doch einfach mal losballern. Ka-wumm. Ka-wumm. Nichts leichter als das. Dagegen hilft auch keine Sicherheitskontrolle.«

»Oh my God«, sagt Ripsa. »Was fantasiert der da?«

»Das perfekte Ziel. Ein ganzes Schiff voller wohlhabender Leute, die sich den ganzen Tag den Bauch vollschlagen und nur darauf warten, dass jemand sie abgreift. Fünftausend Gestalten, die sich so eine Reise leisten können, und das Personal noch dazu. Wie viele waren es am 11. September, um die dreitausend? Das sind weitaus weniger.«

»Dieses Gespräch gefällt mir auch nicht«, sagt Leia.

Ripsa schürzt die Lippen und prostet Timo mit ihrem Weinglas zu, das Juan gerade wieder gefüllt hat. »Ich müsste dich eigentlich an irgendeinen Actionfilm-Produzenten verpfeifen. Oder alternativ an die Sicherheitsleute der *Siren*.«

Timo hebt sein Wasserglas.

»Toller Mann«, sagt Ripsa. »Wenn ich nicht schon verheiratet wäre, würde ich dir jetzt einen Heiratsantrag machen.«

Timo stellt sein Glas ab. Ripsa ist schon wieder in Schwung.

»Und wo wir schon bei Verschwörungen sind, also, dass wir unsere Sachen jedes Mal, wenn wir an Bord kommen, wieder durchleuchten lassen müssen … Das ist doch alles Schwindel, oder? Placebo. Denkst du das auch?«

»Alles Bullshit«, sagt Timo.

»Genau. Die streuen uns Sand in die Augen. Das ist eine Arbeitsbeschaffungsmaßnahme, die uns in Sicherheit wiegen soll. Nein, ernsthaft, wenn auf diesem Schiff fünftausend Leute in Panik ausbrechen, dann geht es richtig rund. Leider hast du recht, Timo. Wir können überhaupt nichts machen, wenn irgendein Idiot es sich in den Kopf setzt, uns aus der Luft anzugreifen. Oder vom Wasser her.«

»Vielleicht gibt es hier ja Wasserkanonen. So wie auf Frachtschiffen, die in gefährlichen Gewässern unterwegs sind.«

»Wasserkanonen?«

»Damit kann man Piraten abwehren.«

»*Pirates of the Caribbean*, oder vielmehr *Mediterranean*. Und wenn ein böser Schurke aus der Luft angreift?«

»Dann einfach nur Wumm und Zack und Game over. Ich nehme kaum an, dass die hier eine Luftabwehr haben.«

»Ihr habt eine merkwürdige Auffassung von einer netten Unterhaltung beim Abendessen«, sagt Leia mit zitternder Stimme.

»Dann lass uns doch mal Klartext reden, Darling«, sagt Ripsa. »Kein seichtes Urlaubswischiwaschi. Das hast du doch vermisst, oder?«

»Die Sicherheitsleute an Bord sind sicherlich schwer bewaffnet, aber das nützt ihnen auch nicht viel, wenn es zu einem Überraschungsangriff kommt«, fährt Timo fort. »Ein Kamikazeflug wie an 9/11, mit Sprengstoff an Bord – ka-wumm. Und schon wird das gut genährte weiße Fleisch als Geschnetzeltes ins Meer geschleudert, plitsch, platsch.«

Ripsa seufzt.

»Du spielst zu viele Computerspiele.«

»Die Luftstreitkräfte der Küstenstaaten haben nicht genug Zeit zu reagieren, oder sie begreifen gar nicht, was vor sich geht. Und was ist, wenn wir von einer Rakete getroffen werden, die von einem Schiff aus abgefeuert wird, das sich als Tanker getarnt hat? Auf dem freien Markt sind immer noch Atomsprengköpfe aus Sowjetzeiten unterwegs. Und in den Lagern in Syrien oder im Irak wird auch nicht genau Buch geführt über Chlor oder andere unangenehme Nervengase. Sarin, Cyclosarin. Sehr unangenehme Substanzen. Und dann dieses VX, der gefährlichste Stoff der Welt. Zehn Milligramm in einem Kubikmeter Luft sind tödlich.«

Ripsa verzieht das Gesicht.

»Woher weißt du solche Sachen? Wer bist du wirklich, Nullnullsieben oder so was?«

»Jeder muss doch ein Hobby haben. Und wenn der Angriff nicht aus der Luft kommt, dann vielleicht unter Wasser, ein Torpedo in die Bordwand der *Siren* –«

»Vielleicht solltet ihr jetzt wirklich aufhören«, unterbricht Marina. »Ich glaube, Leia ist übel.«

Juan bringt die Hauptgerichte. Aus Marinas maritimem Tomatenrisotto hat man, wie angeordnet, die Meerestiere herausgefischt, hört Leia mit halbem Ohr.

Sie betrachtet ihren Teller. Hähnchenbrust auf Reisbett. Und sie denkt: Ich schaffe das. Sie nimmt die Gabel in die linke Hand und das Messer in die rechte, hält die Zinken der Gabel in die Mitte des glänzenden, hautlosen Filets. Dann drückt sie sie hinein. Die Gabel sinkt mühelos in das Fleisch. Sie setzt das Messer neben die Gabel.

Als die Schneide das weiße Fleisch durchtrennt, spritzt ein Tropfen Blut hervor.

Der Pasticchio kommt ihr hoch, in der Sahne schon ein Hauch Magensäure. Leia legt das Messer ab, nimmt die Gabel in die rechte Hand und fängt an, sich den Reis in den Mund zu schaufeln.

Alle außer ihr scheinen mit ihrem Essen zufrieden zu sein. Timo hat wie sie die Hähnchenbrust bekommen, aber sein Stück ist offenbar durchgegart.

»Stimmt damit was nicht?«, fragt Ripsa, als sie auf Leias Teller schaut.

»Es schmeckt einfach nicht«, sagt Leia.

Noch einen Streit hält sie nicht aus.

»Wie kommst du denn morgen auf dem Ausflug nach Pompeji klar?«, fährt Ripsa fort. »Nicht dass es dir da schlecht geht? Immerhin ist das eine zerstörte Stadt voller plötzlich verstorbener Menschen. Kein schöner Anblick.«

»Ach, ihr fahrt morgen nach Pompeji?«, sagt Marina interessiert.

»Ja«, sagt Leia und ist Marina unendlich dankbar. »Pompeji ist für mich der Höhepunkt dieser Reise. Um keinen Preis würde ich das versäumen wollen. Fährst du auch dorthin?«

»Ach, ich wollte morgen eigentlich nur ein bisschen in Neapel herumwandern«, sagt Marina. »Die Cafés und die Straßenmusik genießen.«

»Mit Marcel?«, fragt Ripsa.

Oh nein, Ripsa, denkt Leia. Kannst du nicht einfach einmal den Mund halten?

»Mit Marcel. Natürlich.«

»Er ist noch an Bord?«

»Natürlich ist er noch an Bord«, erwidert Marina, nicht mehr ganz so ruhig.

»Neapel sehen und sterben.«

Das war Timo.

Ripsa schürzt die Lippen. »Oha. Wenn das nicht morbide ist. Die Kleinen könnten Angst kriegen.«

»Das ist eine Redensart«, schnaubt Leia. »Neapel ist so schön, und wenn man die Stadt gesehen hat, dann kann man genauso gut, äh, sterben.«

»Hör mal, das wissen wir doch alle«, sagt Ripsa. »Aber was hat denn unser Ingenieur vor?«

Timos Fingerspitze streift an seinem Nasenflügel entlang. »Ich hab mich noch nicht entschieden.«

»Dann entscheide dich doch jetzt. Kommst du mit uns nach Pompeji, den Leichen Hallo sagen?«

»Der Ausflug ist doch ausverkauft. Weißt du nicht mehr, Ripsa, wir haben doch die letzten Karten bekommen?«

Die Worte kommen so schnell aus ihrem Mund gesprudelt, dass Leia erst hinterher begreift, wie unhöflich das geklungen haben muss. Aber sie will auf keinen Fall morgen Timo als fünftes Rad am Wagen dabeihaben. Oder vielmehr würde sie ja zum fünften Rad werden. Den ganzen Tag müsste sie sich das komische neckende Geflirte von Ripsa und Timo anhören und ihre spitzen Bemerkungen aushalten.

»Ich finde schon was zu tun«, sagt Timo.

»Daran habe ich keinen Zweifel. Und bestimmt findest du auch jemanden, mit dem du es tun kannst«, sagt Ripsa. Die gespannte Pause, die jetzt kommt, kennt Leia nur zu gut.

»Warum bist du eigentlich alleine hier?«, fährt Ripsa mit glänzenden Augen fort. »Es gehört sich zwar nicht, aber es interessiert mich eben. Als Single auf der *Siren*, bist du geschieden oder abgehauen?«

Ach Ripsa, nein … In der Tat sieht Timo aus, als würde ihm die Frage nicht gefallen.

»Geschieden.«

»Kürzlich?«

»Schon einige Jahre her.«

»Kinder?«

»Ein Sohn. Zwölf Jahre.«

»Gemeinsames Sorgerecht?«

Darauf antwortet Timo nicht. Stattdessen starrt er wie eingefroren auf sein Wasserglas. Selbst Ripsa begreift, wie taktlos das war.

»Tut mir leid. Schlimm.«

»Kann man nichts machen«, erwidert Timo.

Den Rest ihres Hauptgerichts essen sie in betretenem Schweigen. Alle scheinen erleichtert, als Juan die Desserts bringt, drei Portionen Panna cotta. Rasch rafft er das schmutzige Geschirr zusammen und entfernt sich, als befürchte er, wieder zurechtgewiesen zu werden.

»Timo hat keine abbekommen.«

Die Bedeutung von Ripsas Bemerkung erschließt sich Leia erst, als ihre Schwester noch einmal präzisiert: »Keine Panna cotta. Oder hast du nicht daran gedacht, dir Nachtisch zu bestellen? Lass uns Juan rufen.«

»Muss nicht sein«, murmelt Timo. »Danke.«

»Muss schon sein, wenn Mutti das sagt. Das hier ist superlecker.«

»Du kannst meine haben«, sagt Marina und schiebt ihren Teller über den Tisch. »Die haben schon wieder Mist gebaut.«

»Ach, da ist Milch drin?«, grinst Timo. »Von der Kuh?«

»Genau. Ich und Hitler rühren so was nicht an.«

»Sorry«, sagt Timo. »War ein blöder Spruch.«

Hinter ihrem Rücken hüstelt jemand.

»Ist hier alles in Ordnung?«

Es ist Juan.

»Nein«, sagt Marina. »Ganz und gar nicht. Sie haben mir normale Panna cotta gebracht, obwohl ich ausdrücklich gesagt habe, dass ich keine tierischen Produkte zu mir nehme.«

»Entschuldigen Sie, Madam. Wenn ich das irgendwie –«

»Am Montag haben Sie mir Huhn serviert. Huhn! Und gestern waren oben beim Lunchbuffet Shrimps im vegetarischen Gericht. Was ist eigentlich los mit euch?«

»Entschuldigen Sie, Madam. Ich mache es wieder gut. Was möchten sie, ein Stück Schokoladenkuchen oder –«

»Danke, ich möchte nichts mehr.«

Juan nickt nur, er ist zu sehr vor den Kopf gestoßen, um etwas auf diesen Sturm der Entrüstung zu entgegnen. Leia beißt sich auf die Unterlippe. Juan tut ihr leid, Marinas Auftritt ist ihr peinlich.

Als Juan in die Küche geflüchtet ist, wendet Marina sich an Leia.

»Was stimmte denn mit deinem Essen nicht?«

Leia starrt auf ihre Panna cotta. »Äh, nichts.«

»Ich meine, mit dem Huhn vorhin?«

»Es war blutig.«

»Warum hast du es nicht zurückgehen lassen? In mancher Hinsicht sind wir Finnen hoffnungslose Memmen.«

»Du hättest Salmonellen kriegen können«, schaltet sich jetzt auch Ripsa ein.

»Können wir jetzt bitte von was anderem sprechen, bis ich meinen Nachtisch gegessen habe? Der schmeckt nämlich richtig gut.«

»Und worüber dürfen wir sprechen?«

»Egal. Hauptsache kein Blut und keine Gedärme.«

»Dann lasst uns über Liebe reden.«

Alle drehen sich zu Marina um. Das war ja mal eine Ansage.

»Und unter welchem Aspekt«, fragt Ripsa, in einem recht spitzen Tonfall.

»Ach, egal unter welchem Aspekt«, sagt Marina. »Denn Liebe brauchen wir doch in dieser kalten, harten Welt. Oder findest du das etwa nicht?«

»Natürlich finde ich das«, sagt Ripsa mit langem Gesicht. »Und mein Schwesterherz hier findet das auch, oder? Liebe, Leia. Leidenschaft!«

Ripsa streckt ihre Hand über den Tisch zu Leia, versucht wohl, sie am Ärmel zu fassen oder was auch immer, doch Leia lehnt sich in ihrem Stuhl nach hinten. Ripsas Hand greift ins Leere, trifft auf Leias Weinglas und stößt es um.

»Ups. Sorry.«

Leia stellt das Glas wieder hin. Mit der Serviette tupft sie in der Pfütze auf dem Tisch und an ihrer Bluse herum. Zum Glück hat sie Weißwein und nicht Rotwein bestellt. Ripsa macht einfach weiter.

»Ich finde, Leia sollte hier endlich mal das Leben genießen. Mal richtig einen draufmachen, unser finnisches Sirenchen. Wo doch immerhin die Nachfrage da ist.«

»Ripsa«, sagt Leia warnend. Die Stimme ihrer Schwester klingt schon undeutlich, anscheinend hat sie mehr getrunken, als gut für sie ist. Da kann jetzt alles Mögliche kommen.

Und tatsächlich.

»Ja genau, ein Mann in jedem Hafen. Sammle sie alle! Als freie Frau … Full house, eine Nationalität nach der anderen. Spanier, Franzose, Italiener –«

»Bla, bla, bla. Hör auf.«

»Oder ein Brite? Oder vielleicht jemand von weiter weg, wegen der Globalisierung? Juan. Oder Raoul? Hört mal, wir haben einen unheimlich süüüßen persönlichen Raoul, er ist extra von den Philippinen gekommen, um uns zu bedienen.«

»Ripsa. Das ist geschmacklos.« Leia wendet sich an die anderen. »Meine Schwester meint das nicht ernst, sie hat zu viel getrunken. Wir gehen jetzt ins Bett.«

»Einen Scheiß gehen wir! Der Abend ist noch jung. Lasst uns das Schiff unsicher machen. Wir gehen in den Formel-Eins-Simulator oder springen in den Pool. Wir suchen dir einen

Mann. Oder uns beiden. Wie wäre es –« Ripsa lehnt sich über den Tisch. Ihre Hand gleitet über die Tischdecke, hebt sich zu Timos Gesicht und tätschelt ihm die Wange. Das Klirren ihrer Armreifen erinnert an eine Klapperschlange kurz vor dem Angriff.

Leia tupft sich mit der Serviette die Mundwinkel, legt sie zusammen und erhebt sich.

»Ripsa. Jetzt. Wir müssen morgen früh aufstehen.«

»Warte«, ruft Marina. »Bevor ihr geht. Dieser italienische Offizier. Hast du ihn schon angerufen?«

Leia merkt, dass Timo die Ohren spitzt.

»Nein. Und ich werde es bestimmt auch nicht tun.«

»Ach, denk doch mal drüber nach. Der Mond, ein attraktiver Seemann …«

»Ich weiß nicht, ob ich interessiert bin. Er war ein bisschen, na ja, schmierig.«

»Auch wenn er dich als Mann nicht interessiert, kämst du dorthin, wo das Schiff gesteuert wird. Eine einmalige Gelegenheit. Du könntest ihn über seine Arbeit ausfragen, das ist bestimmt sehr interessant.«

»Und das ist bestimmt auch genau das, was dieser Zwinkerzwinker-Gentleman vorhat. Leia von seiner Arbeit erzählen«, sagt Ripsa.

Leia ballt die Hände zu Fäusten. Wie gerne würde sie ihrer Schwester eine verpassen. Oder sie mit irgendwas bewerfen, egal, was ihr in die Finger kommt.

»Vor allem könntest du ihn fragen, ob sie hier auf dem Schiff das tun, worüber wir gesprochen haben. Ob sie unschuldige Menschen umbringen«, sagt Marina.

Leia sinkt auf ihren Stuhl zurück. »So was kann ich ihn doch nicht fragen.«

»Natürlich kannst du das. Du musst es sogar. Außerdem ist es doch egal, ob du ihn ganz direkt oder irgendwie indirekt fragst. Oder ob er darauf antwortet. Vermutlich nicht. Das Wichtigste ist doch, dass die Botschaft ankommt, dass er weiß, dass wir es wissen. Dass wir sie beobachten. Und dass wir es bei Bedarf melden. Wir machen einen solchen Alarm, dass die ganze Kreuzfahrtbranche kentert und absäuft.«

»Wovon zum Henker redet ihr?«

Alle drehen sich zu Timo um.

»Ingenieure interessieren sich nicht für das Weltgeschehen«, sagt Ripsa. »Die programmieren nur.«

»Flüchtlingsboote sind absichtlich überfahren worden«, erklärt Marina jetzt Timo. »Auch mit solchen Kreuzfahrtschiffen wie der *Siren*. Findest du nicht auch, dass das Mord ist?«

»Falls das stimmt«, sagt Timo. »Und keine Fake News sind. Keine alternativen Fakten.«

»Das ist genau das, was die von uns erwarten. Die wollen, dass wir zweifeln. Und wir zweifeln, weil wir es nicht glauben wollen. Wir, die wir so etwas zulassen, sind an den Morden genauso schuld wie diejenigen, die mit ihren Schiffen auf diese armen Leute in den kleinen Booten zusteuern. Wir, die wir nichts unternehmen. Wir ganz normalen Leute.«

»Diese Tonspur hab ich doch schon ein paarmal gehört«, nuschelt Ripsa.

Marina wendet sich an Leia. Ihre Augen glühen fast schon furchteinflößend.

»Leia, du bist doch Idealistin, genau wie deine Tochter. Du willst was bewirken, und jetzt hast du die Möglichkeit dazu, in einer ganz konkreten Situation. Das Leben von Dutzenden, wenn nicht gar Hunderten von Leuten kann von dir abhängen. Nur ein Anruf, Leia. Ein Treffen. Du hast keinen Grund, so eine Gelegenheit ungenutzt verstreichen zu lassen.«

Leia öffnet ihre Handtasche, greift nach ihrem Telefon und legt es auf den Tisch.

»Das hier ist einer der Gründe.«

Alle betrachten schweigend Leias Handy.

»Ich vergaß«, sagt Marina. »Da kannst du keine Apps draufladen.«

»Wenn ich die Bord-App nicht auf meinem Telefon habe, nimmt Antonio nicht ab. Anscheinend kann er da sehen, wer ihn anruft«, sagt Leia. »Bestimmt kriegt er viele Anrufe.«

»Bestimmt«, sagt Ripsa und hebt die Augenbrauen. »Manche mögen's heiß …«

»Das ist dein ganz normales Handy?«, fragt Timo heiser. »Darf ich?« Ohne Leias Antwort abzuwarten, nimmt er das Telefon und wiegt es in seiner Hand. »Und du denkst nicht darüber nach, in dieses Jahrtausend zu wechseln?«

»Ich hatte ein Smartphone, aber …«, Leia lässt den Satz unvollendet.

»Toll. Also, das hier ist ja ein echter Klassiker. Hier, Snake. Und Patience. Alles, was man braucht.«

»Ins Netz gehe ich lieber mit dem Computer. Hiermit kann ich telefonieren und SMS verschicken, das ist völlig ausreichend.«

»Wenn du damit auf eine Möwe wirfst, wäre die futschikato, sobald dieser Knochen auf ihren Schädel trifft.«

»Dem Ingenieur geht gleich einer ab«, sagt Ripsa.

Timo legt das Telefon zurück auf den Tisch, Leia steckt es in ihre Handtasche.

»Ich glaub, ich hab eine Idee«, sagt Marina. »Wir laden die App in deinem Namen auf mein Handy. Dann kannst du von meinem Telefon aus anrufen.«

Leia windet sich.

»Wenn es dir so wichtig ist, deine Botschaft an die Offiziere zu übermitteln, warum tust du es dann nicht selbst?«

»Oh, das habe ich versucht. Vorgestern Abend habe ich Marcel gebeten, den Kapitän zu fragen, ob wir nicht die Kommandobrücke besuchen könnten. Aber der Kapitän war unglaublich kurz angebunden, er hat nicht mal darüber nachgedacht. Und das, obwohl Marcel Aktionär bei *Mediterranean* ist. Ich war dermaßen wütend!«

»Aber gäbe es nicht noch einen anderen Weg? Einen offiziellen? Eine E-Mail?«

»Ich habe auf allen möglichen offiziellen und inoffiziellen Wegen Kontakt zur Reederei aufgenommen, aber sie haben nie geantwortet. Jedes Mal bin ich gegen eine Mauer gerannt. Du verstehst doch, Leia, was für eine Gelegenheit du hier serviert bekommst, wie auf dem Tablett? So leicht kommt man nicht auf die Brücke.«

»Ich denke darüber nach.«

»Tu das. Wir kommen morgen wieder darauf zu sprechen, gleich beim Frühstück. Welche Kabinennummer habt ihr? Dann kann ich bei euch klopfen.«

»8228«, sagt Leia. Es ist ihr unangenehm, wie Marina sie für ihre Belange einsetzt, auch wenn es an sich ein respektables Unterfangen ist. »Morgen sind Ripsa und ich allerdings in Pompeji. Den ganzen Tag, und wir fahren früh los.«

»Ach, stimmt ja«, sagt Marina.

Timo zuckt plötzlich zusammen. Leia dreht sich zu ihm um. Er nimmt sein Handy aus der Brusttasche. Es klingelt nicht, es brummt nur.

Timo sieht nach, wer anruft, drückt den Anruf weg und steckt das Handy wieder ein.

Dann nimmt er es noch einmal zur Hand. Wieder brummt es.

»Geschieden oder doch abgehauen?«, kichert Ripsa.

Timo erhebt sich sichtlich nervös. »Danke für den Abend, ich gehe dann mal.«

»Du willst uns einfach hier zurücklassen?«, tadelt Ripsa. »Du bist hier in den Fängen von drei herrlichen Sirenen, sag das deiner Frau. Oder deinem Mann, was wissen wir denn schon von dir? Du hast ja nicht viel von dir erzählt, wer weiß, was du für ein Perversling bist. Das kriegen wir noch raus! Und wo gehen wir jetzt noch hin?«

Leia steht so abrupt auf, dass der Stuhl beinahe hintenüberkippt.

»Wir beide gehen schlafen«, sagt sie zu Ripsa. »Keine Widerrede.«

28.

Er geht durch das schon fast leere Restaurant zum Fenster, wo er besseren Empfang vermutet, bleibt mit dem Rücken zum Speisesaal stehen und schaut auf die vorbeigleitende Küste.

Die Nummer ist ihm unbekannt. Er erkennt nicht mal die Ländervorwahl. Er blickt noch einmal über die Schulter, nimmt das Telefon ans Ohr und legt die andere Hand vor den Mund.

»Was ist?«

»Wo bist du, warum nimmst du nicht ab?«

Timo drückt das Gespräch weg.

29.

Vor der Tür zur Kabine 8228 bohrt Ripsa ihren Pfennigabsatz in den Korridorteppich. »Ich will noch weiterfeiern«, wiederholt sie stur, auf Absätzen schwankend, die für ihren Blutalkoholgehalt viel zu hoch sind. »Es ist erst kurz vor zehn, um diese Zeit gehen gerade mal Silja und Santeri ins Bett!« Als Leia versucht anzuführen, dass sie vor sieben Uhr aufstehen müssen, weil der Bus um Punkt acht Uhr abfährt, lacht ihre Schwester verächtlich.

»Schlafen kann ich, wenn ich tot bin.«

Am anderen Ende des Korridors ist ein dunkelvioletter Punkt aufgetaucht, der rasch zu einer vertrauten Gestalt anwächst. Raoul schiebt einen Wagen mit Abendessen, das jemand beim Zimmerservice bestellt hat: große, mit Speiseglocken abgedeckte Schalen, einen Korb mit einem Tuch darüber, eine Flasche Champagner in einem eisgefüllten Kühler.

Auf sein Gesicht legt sich das wohlbekannte Lächeln. »Guten Abend, Madam. Madam.«

»Raoul!«

Ripsa breitet die Arme aus, und bevor Leia sie davon abhalten kann, stürzt sich Ripsa geradezu auf Raoul. Er hat seinen Servierwagen losgelassen und steht stocksteif in Ripsas Umarmung, die Hände an der Hosennaht. Er ist viel kleiner als Ripsa, und über ihre Schulter hinweg sind gerade noch seine Haare zu sehen. Sein Gesicht muss irgendwo in Ripsas Busen gepresst sein.

»Ist alles gut, Madam?«, ertönt es gedämpft.

Leia packt ihre Schwester und zerrt sie weg, fort von dem armen Raoul.

»Entschuldigen Sie! Entschuldigung, das ist so peinlich. Alles in Ordnung, wir gehen jetzt schlafen.«

Raoul streicht seine Jacke zurecht. Sein Lächeln reicht nicht mehr bis zu den Augen.

»Kein Problem. Sagen Sie ruhig Bescheid, wenn ich Ihnen helfen kann, Madam. Rund um die Uhr, Madam. Wenn Sie mich jetzt entschuldigen wollen.«

Er tastet nach dem Servierwagen und schiebt ihn weiter. Leias Augen sprühen Funken.

»Was zum Henker hast du dir dabei gedacht? Ich hab keine Lust, für dich das Kindermädchen zu spielen!«

»Brauchst du auch nicht.«

»Du bist sternhagelvoll. Ich schäme mich für dich. Und deshalb kann ich auch nicht mehr mit dir losgehen.«

»Langweilige Spaßbremse. Immer hast du an allem was auszusetzen.«

»Du wolltest doch, dass ich mitkomme. Warum hast du nicht Sakke mitgenommen?«

Ripsa feuert Blitze aus ihren Augen ab. Sie sagt nichts, aber ihr Blick spricht Bände. Dann hebt sie beide Hände und schubst Leia. Mit viel Kraft. Leia schwankt, macht einen Schritt nach hinten und knallt mit dem Schulterblatt gegen die Wand.

»Au!«, entfährt es ihr, eher aus Fassungslosigkeit und weniger, weil es wehtut. Ripsa stapft bereits mit wehenden Fahnen durch den Korridor zurück zu den Restaurants. Dann fahr doch meinetwegen zur Hölle, denkt Leia. Sie fummelt ihre Bordkarte aus der Handtasche, ihre Hände zittern so, dass sie eine Zeit lang kämpfen muss, bis sie damit das Schloss trifft. Dann die Karte in den Schlitz an der Tür, Licht an, Tür zu.

Auf der Tagesdecke wird sie von einer aus Stoff gefalteten Blume empfangen. Sie kickt sich die Schuhe von den Füßen und fällt mit dem Gesicht aufs Bett.

30.

Lasst alle zu mir kommen, die mühselig und beladen sind, sagt Leia Laine. Vor allem, wenn sie Bärte und Kopftücher tragen. Alle Vergewaltiger und Mörder und Terroristen und alle anderen illegalen Wirtschaftsflüchtlinge, die im Mittelmeer herumschippern und darauf warten, dass eine toleranzbesoffene, scheinheilige, verklemmte Bitch wie Leia Laine sie herausfischt, um sie von vorne bis hinten zu verwöhnen. Und die Rechnung zahlt der finnische Staat, oder genauer: wir alle.

Falls du es nicht weißt, Leia Laine: Normalerweise zahlt jeder selbst für seine Hobbys.

Anbei aktuelle Fotos.

31.

Rumms. Ka-wumms! Das Donnern reißt sie aus dem Schlaf und lässt sie sofort aus dem Bett springen. Explosionen! Die *Siren* wird bombardiert!

Oder nein. Es klopft nur an der Tür.

In der Kabine brennen alle Lichter. Es ist drei Uhr, behauptet die blinkende Anzeige unten am Fernsehbildschirm. Drei Uhr? Ich bin vollständig angezogen und ohne mich abzuschminken eingeschlafen, stellt Leia fest. Das ist mir noch nie passiert.

Und Ripsa ist immer noch unterwegs.

»Wer ist da?«, ruft Leia.

»Deine Schwester.«

Aber die Stimme gehört nicht Ripsa.

Leia stolpert fast über ihre Schuhe, die ihr im Weg liegen. Um drei Uhr morgens weigert sich der Wandspiegel hartnäckig, ihr zu schmeicheln, ihr Spiegelbild sieht aus, als käme sie direkt aus der Geisterbahn. Oder von der Fahrt in diesem schrecklichen Folterding, zu der Viivi sie im Vergnügungspark Gröna Lund überredet hat, als sie ihre letzte Schiffsreise gemacht haben.

Und ebendiese Schiffsreise wäre besser die allerletzte in ihrem Leben geblieben.

Leia leckt über ihre Zeigefinger und reibt damit unter ihren Augen herum, um wenigstens die schlimmste verwischte Wimperntusche zu beseitigen. Dann öffnet sie die Tür.

Ripsa sieht auch nicht gepflegter aus als sie, wie sie an Timo gelehnt in der Tür steht und sich mit beiden Händen ihr Telefon an die Brust drückt. Ihre Wimperntusche ist in Bahnen senkrecht nach unten verlaufen und ihr Lippenstift an einem Mundwinkel verschmiert.

An Timos Hals, unter dem Kinn, prangt ein Fleck in demselben Rot.

»Na, hat es Spaß gemacht, noch weiterzufeiern?«, sagt Leia. Sie versucht nicht einmal, ihren Unmut zu verbergen.

Ripsa drängelt sich wortlos an ihr vorbei in die Kabine. Timo reicht ihr Ripsas Handtasche.

»Ich habe sie weinend in der Mermaid-Bar gefunden«, sagt er leise. »Ich bin da noch mal vorbeigegangen, weil ich nicht schlafen konnte, und da saß sie und heulte und klammerte sich an die Sirene – oder welches Meereswesen das auch immer ist – und zeigte dem Barmann auf ihrem Handy Familienfotos. Ich hab ihm versprochen, sie zu ihrer Kabine zu bringen. Er war ziemlich … erleichtert.«

»Das kann ich mir vorstellen«, sagt Leia. »Und danke. Vielen herzlichen Dank.«

Timo kratzt sich am Bart und sieht irgendwie verdruckst aus. Vielleicht juckt sein Bart oder der Sonnenbrand kribbelt.

»Aus irgendeinem Grund hält er uns für Deutsche. Er hat uns eine *Gute Nacht* gewünscht.«

»Ja, dann gute Nacht«, sagt Leia und schließt die Tür.

Hinter ihrem Rücken ertönt ein Schluchzer.

»Timo war immerhin nett zu mir.«

Leia dreht sich um. Ripsa hockt mit zitternden Mundwinkeln auf dem Bett, unter der Nase eine glänzende Schleimspur. Sie sieht aus wie damals mit vierzehn an Silvester, als ihr Vater sie bei der Polizei abholen musste. Da hatte sie sieben Dosen Cidre gezischt und dazu eine unbekannte Menge an Schnäpsen und wäre fast draußen erfroren, als ihre sogenannten Freunde woanders weiterfeiern wollten und sie einfach allein auf der Bahnhofstreppe zurückließen.

»Geh ins Bad, dann können wir schlafen gehen«, sagt Leia.

»Wenn du morgen früh nicht aufstehen willst, kann ich auch allein nach Pompeji fahren.«

»Timo war lieb und hat mir zugehört, nicht so wie du!«

»Pst«, macht Leia. »Du weckst noch das ganze Schiff auf.«

Sie nimmt Ripsa das Telefon aus der Hand und legt es zusammen mit ihrer Handtasche auf den Schreibtisch. Dann setzt sie sich neben Ripsa aufs Bett. Puh. Sie riecht durchdringend nach Alkohol.

»Okay. Was möchtest du denn erzählen?«

Ripsa wischt sich über die Nase, schnieft ein paarmal und findet immer noch keinen Anfang.

»Timo hat gesagt, du hast Fotos gezeigt – hat das was damit zu tun?«

Keine Antwort. Leia wird unruhig.

»Hör mal, ich bin fix und fertig. Es ist drei Uhr nachts. Rede endlich!«

»Ich wollte diese Kreuzfahrt nicht mit dir machen!«, jault Ripsa.

Leias Körper versteift sich. Ripsa schlingt die Arme um sie und drückt ihr Gesicht an Leias Schulter.

»Ich weiß, das klingt schrecklich. Aber es ist wahr. Ich wollte die Reise eigentlich mit Sakke machen. Hasst du mich jetzt?«

»Natürlich nicht. Aber warum um alles –«

»Wir hatten die Flugtickets schon, aber … Uns geht es schon seit dem Frühjahr richtig schlecht. Wir streiten uns die ganze Zeit. Er hat eine andere.«

»Nein«, entfährt es Leia. »Sakke?«

»Ja!«

Kann das sein, denkt Leia. Immerhin spricht sie es nicht laut aus. Ripsa übertreibt, denkt Leia dann, oder sie hat was falsch verstanden, bildet sich das alles ein. Wie kann denn Ripsas Mann überhaupt Zeit für eine andere Frau haben? Sowohl Ripsas als auch Sakkes Leben ist so vollgestopft, dass man sogar die Seitensprünge einen Monat im Voraus planen müsste.

»Sie heißt Alma und ist irgend so eine bescheuerte Controllerin. Kümmert sich um die Finanzen in Santeris Floorball-Mannschaft. Seit der Skiferienfreizeit telefonieren die beiden ständig. Und ich hab eine Nachricht von Sakke an sie gesehen. Da gibt es keinen Zweifel.«

»Oh, Ripsa.«

Leia ist zu entgeistert, um etwas Vernünftigeres zu sagen.

Sakari Forssa geht die Familie über alles. Und sympathisch ist er außerdem. Gut gelaunt, voller Energie, sportlich – und immer hilfsbereit, wenn in der Wohnung seiner Schwägerin irgendwelche kleinen Reparaturen anstehen, die eine Bohrmaschine oder andere technische Geräte erfordern, die er in eindrucksvoller Menge in seinem Lagerschuppen hortet. Manchmal hat Leia schon gedacht, dass Ripsa so einen Über-Mann gar nicht verdient hat. Jetzt schämt sie sich für diesen Gedanken.

Schon oft hat sie sich über den hektischen Alltag von Ripsas Familie gewundert – und sie zugegebenermaßen auch ein bisschen beneidet. Wie schaffen die das bloß alles? Woher nehmen sie die Energie? Aber was weiß sie schon über das Eheleben der beiden? Nichts. Sie kennt Sakke gar nicht richtig. Und sie kennt auch Ripsa nicht, zumindest hat sie in den letzten Tagen oft das Gefühl gehabt. Oder Viivi.

Oft scheint sie sich ja nicht mal selbst zu kennen.

»Oh, Ripsa«, sagt sie noch einmal und streichelt ihrer Schwester hilflos über den Kopf. »Hättest du mir das doch früher gesagt.«

»Hab ich ja versucht! Mehrmals. Aber du hörst ja nie zu. Mit irgend so einer durchgedrehten Tussi redest du dich in Rage über das Elend der ganzen Welt, aber die Probleme deiner Schwester sind dir keinen Pfifferling wert.«

»Das tut mir wirklich wahnsinnig leid.«

Ripsa hebt den Kopf. Ihre Augen sind rotgerändert, ihre Nase rotglänzend, und das restliche Make-up hat sie auf ihren Unterarm geschmiert. Aus ihrem Mund wabert Leia ein so scharfer Alkoholdunst ins Gesicht, dass auch ihr schon die Augen tränen.

»Was mache ich bloß, Leia?«, heult Ripsa. »Was soll ich bloß machen?«

»Pst, du weckst noch die Nachbarn auf.«

»Wir trennen uns, ganz bestimmt trennen wir uns! Ich will mich aber nicht trennen!«

»Lass uns morgen weiterreden, wir überlegen uns was, ich versprech's dir. Wir reden weiter, aber jetzt schlafen wir erst mal. Wir haben noch die ganze Woche Zeit, darüber zu reden.«

Leia streichelt Ripsas Wange. Ripsa schnieft.

»Da hatte Marina allerdings recht, mit dem, was sie … über Liebe gesagt hat … und über Leidenschaft. Dass das wichtig ist … Leia!«

»Was denn?«

»Ruf diesen Offizier an.«

»Es ist drei Uhr nachts.«

»Nein, echt jetzt. Dann rufst du eben morgen an. Und dann redet ihr nicht über irgendwelche Sachen, sondern … kommt zur Sache. Leia. Ernsthaft. Ich … Ruf doch von meinem Telefon aus an, von meiner App, okay? Ist doch egal, ob er schmierig ist, du brauchst es. Liebe. Wir alle brauchen Liebe.«

»Okay, okay«, sagt Leia sanft. »So machen wir es.«

»Versprich es mir.«

»Ich verspreche es. Aber erstmal schlafen wir. Gehst du zuerst ins Bad?«

Ripsa lässt sich aufs Bett plumpsen. Sie geht wohl nicht mehr ins Bad, die Augen wollen ihr schon zufallen, als würde sie jeden Moment einschlafen. Aber ihr Mund redet weiter.

»Ich hab das nicht so gemeint, als ich gesagt hab, dass … ich dich hier nicht … dabeihaben wollte.«

»Ist schon gut. Ich weiß, was du meinst.«

»Du bist toll. Du … verstehst mich. Timo versteht mich auch. Wir sind … Freunde. Also, rein platonisch.«

Ripsa kriecht zu der zerknautschten Stoffblume und legt sie sich über die Augen.

»Weck mich nachher auf, ich will mit nach Pompeji.«

32.

Ratanen ist zu lange nicht mehr auf der Piste gewesen. Er hatte schon vergessen, wie finnische Frauen einen Mann anbaggern – mit einer international, wenn nicht gar im ganzen Weltall einzigartigen Strategie: einer Mischung aus Ausfragen und Runtermachen. Zuerst ein gnadenloses Kreuzverhör, dann Hosen runter.

Er weiß nicht mehr, wie Marjukka es damals gemacht hat. Möglicherweise war es genau so.

Das Abendessen war anstrengend. Wenn er nicht selbst daran beteiligt gewesen wäre, hätte daraus die beste Unterhaltung seit 1997 werden können, als die erste Version von *Grand Theft Auto* auf den Markt kam. In den zwei Stunden am Tisch hörte er das gleiche Geschrei, die gleichen Predigten und spitzen Bemerkungen wie früher an Weihnachten bei seinen Schwiegereltern. Das war auch jedes Mal anstrengend. Zuerst wurden mit großem Aufwand der Schinken, die Pute und eine unglaubliche Menge traditioneller Aufläufe fabriziert, die alle gleich schmeckten – nach Butter, Sahne und Tränen. Spätestens bei Kaffee und Kuchen war entweder die Mutter oder die Tochter nach draußen in die Kälte – oder wahlweise den Regen – gerannt, um heulend ihre Wut rauszuschreien. Eine bescheuerte Familie, hatte er gedacht, während er sich Mühe gab, Jesse möglichst laut aus dem Babar-Bilderbuch vorzulesen und so die Heulkrämpfe der Frauen zu übertönen. Das schimmelfleckige Buch hatte er aus den Tiefen von Marjukkas Kindheitsfriedhof gefischt. Nächstes Jahr kommen wir nicht wieder her. Aber dann kam es doch anders – »die alten Leute freuen sich doch so«. In späteren Jahren traten an Babars Stelle Fernsehen und die Playstation, die mit ihren Kopfhörern sowohl beim Vater als auch beim Sohn die unerwünschten Geräusche effizient ausblendeten.

Der Schwiegervater hatte ihn beim allerersten Treffen gefragt, ob er eine Motorsense gebrauchen könne, und als Timo verneint hatte, verlor er jegliches Interesse an seinem Schwiegersohn. Zu den Wutausbrüchen der Frauen bezog er keinerlei Stellung. Stattdessen ging er einfach irgendwann ins Schlafzimmer und zog die Tür hinter sich zu.

Timo hatte gelernt, seinen Schweigervater zu verstehen. Wenn eine Frau wütend ist, kann ein Mann nichts tun. Dann ist es besser, sich abseits zu halten, bis der Sturm sich gelegt hat. Tatsächlich ist er heute beim Abendessen dem Beispiel seines Schwiegervaters gefolgt, und das sogar einigermaßen erfolgreich. Denn es ergab sich, dass er von den anderen einstimmig zum entbehrlichsten Tischgenossen gekürt wurde, zum harmlosen Ingenieur, zum überflüssigen Unbeteiligten. Völlig in Ordnung. Es war am sichersten, die Situation auf diesem Stand zu stabilisieren, vorerst. Sich als Beobachter, Zuhörer, Zaungast zu etablieren.

Er hatte schon vergessen, wie anstrengend Menschen sind. Selbst die unschuldigsten Gesprächseröffnungen trugen weitaus mehr Bedeutung in sich, als auf den ersten Blick erkennbar war. Er könnte den Algorithmus für eine App entwickeln, die in Echtzeit die versteckten, die verstecktversteckten und die verstecktverstecktversteckten Bedeutungen der weiblichen Kommunikation in Kurven, Balken- und Tortendiagramme verwandeln würde, für Leute wie ihn, die das sonst nicht verstehen. Was wäre das für ein Markt – die halbe Menschheit als potenzielle Kunden!

Eine von beiden schnarcht. Vermutlich die Jüngere. Hoffentlich.

Die Moral von der Geschicht': Es lohnt sich, als edler Ritter herbeizugaloppieren, wenn eine holde Jungfrau in Tränen aufgelöst ist. Hilfe anzubieten, auch ungefragt. In seinem Fall technische Unterstützung.

Jungfrau, nun ja, Ripsa ist verheiratet. Allerdings vermutlich nicht mehr lange, wenn man ihren verheulten Andeutungen Glauben schenken kann. Die Frau könnte ihm leidtun, wenn sie nicht so wahnsinnig anstrengend wäre. Klebrig und klammernd, jedenfalls in betrunkenem Zustand.

Als Pluspunkt kann gewertet werden, dass sie, anders als ihre Schwester, ein vernünftiges Mobilgerät besitzt. Auch das Mikrofon ist spitzenmäßig. Zuverlässig, schon fast schamlos klar hat es ihm das gefühlige Gespräch von Schwesterherz zu Schwesterherz übermittelt.

Besorgniserregend klar. Leia wird das tun, was die beiden anderen Frauen ihr geraten haben: irgendeinen schwarzhaarigen Offizier anrufen, der ihr an die Wäsche will.

Timo steht auf und läuft um das Bett herum, zuerst dreimal im Uhrzeigersinn, dann dreimal gegen den Uhrzeigersinn.

Ich bin zu passiv gewesen, denkt er. Keinerlei Fortschritt.

Die Fakten auf den Tisch: Es ist schon Donnerstag, und er ist mit seinem Vorhaben noch kein bisschen vorangekommen. Und morgen wird es auch nicht klappen, denn da sind die lieben Schwestern den ganzen Tag auf einem Landausflug. Leia hat gesagt, sie möchte Pompeji um nichts in der Welt verpassen.

Ob Ripsa in der Lage ist, der Kultur morgen etwas abzugewinnen, würde er im Moment nicht garantieren.

Er nimmt sein Mobiltelefon zur Hand. Die Bord-App, die er nun doch heruntergeladen hat, bestätigt ihm, dass alle Ausflüge nach Pompeji morgen ausverkauft sind. Und sie warnt davor, auf eigene Faust zur Ruinenstadt zu fahren, denn die Schlangen am Kartenverkauf können im schlimmsten Fall kilometerlang sein. Stattdessen bietet die App Abgehängten wie ihm einen saftigen Bissen Geschichte an. Sieh an, auch im Jahr 62 nach Christus war es in Pompeji schon unruhig. Der Vulkan nahe der Stadt entließ Rauchwolken, und die Erde bebte immerhin so stark, dass in der ganzen Stadt eingerissene Wände repariert werden mussten. Schlimmere Zerstörungen gab es nicht. Vorerst.

Man sollte denken, die Menschen würden eine Lehre aus so einer Vorwarnung ziehen. Aber nein, kein Pompejaner damals – und auch keine Finnin fast zweitausend Jahre später – tat das, so ist die menschliche Natur.

Schon bald ging der Alltag weiter wie immer. Auch wenn man Angst hatte, man verdrängte sie einfach. Das vulkanische Land ist fruchtbar, alles wuchs dort: Äpfel, Birnen, Melonen, Mandeln. Getreide konnte man dreimal im Jahr ernten. Und wer würde schon freiwillig von zu Hause weggehen?

Anno Domini 79 wurde dann durch einen Vulkanausbruch gleich der ganze Gipfel des Vesuvs abgesprengt. Die gewaltige Explosion schleuderte Feuer und Schwefel in den Himmel, flüssige Lava strömte die Hänge herab, und die blühende Stadt mitsamt ihren Bewohnern wurde in Schutt und Asche gelegt.

Bumm. Tsch… Heureka.

Da ist sie. Die Lösung.

33.

Wasser, Wasser, Wasser. Nie wieder Wasser, schreit Amira, ich hasse Meerwasser, ich hasse es! Ich hasse das Schaukeln, das Schlingern, das Schwanken, die Hitze, die Kälte, den Gestank aus dem Scheißeimer, den Gestank vom Motor, den Gestank von Schweiß, Öl, Angst! Aber am meisten von allen hasse ich Schlangenauge und seine Männer. Diese Mörder und Vergewaltiger. Ich hasse sie, ich hasse sie, ich hasse sie – sie schreit es, aber nur ganz leise in ihrem Kopf, denn niemand will es hören. Alle wissen es.

Niemand hat mehr die Kraft zu jammern, zu kritteln, sich zu beschweren, zu greinen. Auch die jungen Männer, die die Mutter als Angsthasen bezeichnet hat, liegen irgendwo herum und schlafen oder versuchen es zumindest.

Der Tag vergeht, unmerklich, schleichend, welcher Tag ist heute? Amira versucht nachzurechnen, aber die Tage gehen durcheinander. Die Sonne scheint erbarmungslos, und obwohl sie und ihre Mutter immer die Seite des Bootes suchen, auf der die Sonne am wenigsten brennt, ist ihr ständig übel. Es ist heiß, und ihr Mund ist trocken.

Das einzige gute Wasser, das aus der Flasche, ist schon wieder zu Ende. Im Mundwinkel ihrer Mutter ist eine strenge Falte, als sie Amira aus ihrer Tasche eine neue Wasserflasche reicht. Es ist schon Nachmittag, aber ihre Mutter trinkt immer noch aus der Flasche, die sie heute im Morgengrauen geöffnet hat, sie nippt in winzig kleinen Schlucken wie ein Vogel an der Tränke. Sie behauptet, es reiche ihr, aber trotzdem findet Amira es nicht richtig. Die Tasche ihrer Mutter ist zwar tief, aber nicht bodenlos. Sie hat Wasser für sie drei, aber für wie viele Tage? Und das Essen, wird es reichen? Auch das ist anders als sonst, Dinge, die es zu Hause nur an Feiertagen gab: Kekse, Schokolade. Viel Energie, hat ihre Mutter nur knapp gesagt, als Amira sich wunderte. Viel Fett, viel Zucker. Trotzdem knurrt und zwickt es im Bauch.

»Versuch du auch zu schlafen«, sagt die Mutter leise und streichelt Amiras Wange. »Die Zeit vergeht schneller, wenn du schläfst. Und wenn du aufwachst, dann sind wir schon wieder ein Stück weitergefahren.«

Sie sagt nicht, wohin sie fahren, und Amira fragt nicht. Sie weiß, dass auch die Mutter es nicht weiß.

Sie schmiegt sich an ihre Mutter, aber sie schließt die Augen nicht. Sie sucht mit ihrem Blick ihren Vater. Er unterhält sich auf der anderen Seite des Bootes mit einem schwarzen Mann, dem einzigen Schwarzen an Bord. Eritrea, hat der Vater gesagt, das ist in Afrika. Niemand sonst spricht mit dem Schwarzen. Der Vater spricht mit allen, er spricht Syrisch, Arabisch, Englisch, Französisch, Türkisch, Russisch, die Mutter spricht Syrisch, Arabisch, Englisch, Deutsch, Amira selbst kann erst Syrisch, Arabisch und Englisch, aber sie hat noch viel Zeit zum Lernen. Und sie wird es lernen, beteuert der Vater. Sie wird es lernen, versichert auch die Mutter. Wenn sie nach Deutschland ziehen, kann sie zur Schule gehen und Deutsch lernen. Wenn sie nach Schweden ziehen, bringt man ihr dort Schwedisch bei.

Es ist seltsam, dass man noch nicht weiß, welche Sprache man später sprechen wird. Die Sprache selbst ist nicht wichtig. Wichtig ist, dass man spricht. Und dass man zuhört, das ist erst recht wichtig. Denn nur so kann man verstehen.

Der Vater interessiert sich für alles, was die Leute sagen. Amira und die Mutter halten sich zu zweit immer etwas abseits von den anderen, oder zu dritt mit dem Vater, aber der Vater geht zwischen den Männern umher, fragt jeden aus und hört zu.

Dann kommt er zu ihnen und erzählt, was er gehört und verstanden hat.

Nur mit den Schergen von Schlangenauge spricht der Vater nicht. Sie reden nicht mit ihnen, sondern schreien nur herum, sie antworten nicht, wenn jemand fragt, wo sie sind, wann sie ankommen und wo sie ankommen. Sie schnauzen sie nur an, nennen sie räudige Hunde und Schlimmeres. Ihre Mutter betrachten sie allzu genau und sagen etwas zueinander in einer Sprache, die Amira nicht versteht. Dann lachen sie. Die Mutter senkt jedes Mal den Kopf, wenn sie sich nähern, und hat Amira befohlen, es auch zu tun. *Schau nicht hin, hör nicht hin, kümmere dich nicht darum.*

Erst als die Sonne den ganzen Bogen über den Himmel gemacht hat und wieder im Meer angekommen ist, als die Helligkeit des Tages nur noch ein schwaches Rot am westlichen Himmel ist, döst Amira ein. Nur für einen Moment.

»Sie sind unruhig, das finden alle. Sie warten auf etwas.«

Die Stimme ihres Vaters. Er ist zurück. Amira öffnet die Augen nicht. Wenn ihre Eltern denken, dass sie schläft, reden sie über Dinge, über die sie in ihrer Gegenwart sonst nicht reden würden.

Der Finger ihrer Mutter berührt leicht ihre Stirn, sie will prüfen, ob sie wach ist. Amira versucht, sich nicht zu bewegen und so gleichmäßig wie möglich zu atmen.

»Warten?«, flüstert die Mutter. »Auf was warten sie denn?«

Amira ist auf die Antwort genauso gespannt wie ihre Mutter. Aber ihr Vater hat keine Antwort.

Die Mutter schluchzt. »Das hier ist ein einziger Albtraum. Jeden Moment wünsche ich mir, dass ich zu Hause aufwache. Ach, Amir, wir hätten nicht mit denen mitfahren dürfen!«

»Das konnten wir nicht wissen.«

Die Stimme des Vaters klingt müde. Die Eltern haben sich über dieses Thema schon oft gestritten.

»Sie sind nicht anständig. Sie haben keine Ehre.«

»Schmuggler sind nie anständig oder ehrenhaft.«

»Sie haben die Frau mit dem Baby getötet. Den alten Mann am Strand und die anstrengende Dame, die mit ihrem Sohn und dessen Reichtum geprahlt hat. Die wollen nur unser Geld, und bald werden sie uns alle töten.«

»Sie haben unser Geld schon, Sara. Wir können nur das Beste hoffen.«

Amira spürt, wie ihre Mutter sich bewegt. Vorsichtig öffnet sie die Augen und sieht, wie die Mutter sich an den Hals greift, das Medaillon unter ihrer Kleidung hervorzieht und es fest umschließt.

Lange sind die Eltern ganz still. Dann hört sie die Stimme der Mutter.

»Hat niemand herausbekommen, wo sie uns hinbringen? Und wann wir ankommen?«

»Niemand weiß es.«

»Wissen sie es denn selbst? Vielleicht sind sie vom Kurs abgekommen? Der Treibstoff geht zu Ende, und wir treiben hilflos auf dem Meer und verhungern und verdursten!«

Die Stimme der Mutter ist laut geworden.

»Sara«, sagt der Vater warnend, und sie ist still. So leise, dass man es kaum hört, fragt der Vater: »Hast du heute etwas gegessen?«

Eine Antwort ist nicht zu hören.

»Meine Liebe. Du musst essen«, sagt der Vater. »Du brauchst Kraft.« Keine Antwort.

»Ist es so schlimm?«, fragt der Vater. »Lass mich in die Tasche sehen.«

»Wir müssen es für Amira aufheben«, sagt die Mutter. »Sie ist noch so schwach seit ihrer Grippe. Ich habe gesehen, wie diese Schweine sie ansehen, sie braucht Kraft, falls die … falls …«

»Sara«, sagt der Vater, und die Mutter ist still. Doch Amira kann die Anspannung in ihren Muskeln fühlen. Ein rotes Glühen dringt durch ihre Lider, Amira weiß genau, was es ist.

Sie öffnet die Augen einen Spalt. Das Licht der Taschenlampe ist aufdringlich hell, es tut weh in den Augen. Der Lichtkegel ist auf sie gerichtet, und man kann nicht gleich erkennen, wer die Lampe hält.

»Was hast du da, zeig her!«

Schlangenauge. Die Mutter zittert, sie hebt den Blick nicht.

»Zeig es ihm«, sagt der Vater.

Die Mutter öffnet ihre Faust. Die Steine auf dem Anhänger glitzern im Licht der Taschenlampe. Es scheint Amira, als würde Schlangenauge sich mit seiner gespaltenen Zunge über die Lippen lecken.

»Ist es wertvoll?«

Die Mutter schüttelt den Kopf, den Blick immer noch gesenkt. »Nur der Inhalt«, sagt sie leise.

»Was hast du gesagt?«, fragt Schlangenauge scharf. »Sprich lauter.«

Der Vater muss husten.

»In dem Medaillon sind nur Fotos von unseren Söhnen und ein bisschen Erde.«

Schlangenauge schaut ungläubig. »Erde?«

»Aus unserem kleinen Garten zu Hause. Wasserfest eingepackt. Meine Frau ist vielleicht ein bisschen sentimental, aber Sie verstehen sicher, ein Stückchen Heimat –«

»Gib her.«

Aus der Dunkelheit streckt sich eine gierige Hand zum Hals der Mutter.

Einen Moment ist es ganz leise. Nur das Rauschen des Meeres, das Knarren des Bootes, das Säuseln des Windes in Amiras Ohren. Dann sagt der Vater: »Sara, gib es ihm.«

Die Mutter sieht den Vater an, dann schaut sie auf das Licht und die Hand und wieder auf den Vater. Schließlich richtet sie ihren Blick nach unten. Wie immer morgens nach dem Aufwachen und abends vor dem Einschlafen schließt sie die Augen, bringt den Anhänger an ihre Lippen und küsst ihn. Ein letztes Mal, denkt Amira, und ihre Brust will fast zerspringen.

Tränen quellen unter den geschlossenen Augenlidern der Mutter hervor. Ohne den Kopf zu heben, lässt sie die Kette wieder unter ihr Kleid gleiten.

Das Wasser rauscht nicht, es dröhnt. Der Wind säuselt nicht, er heult und brüllt und jault.

Das Boot kracht, donnert und quietscht und scheint auseinanderzubrechen. Amira wagt nicht einmal zu denken, was jetzt passieren wird.

Da ertönen Rufe. In die jungen Männer an der Reling kommt Bewegung, sie stehen auf, lassen ihre Handys aufleuchten wie Sterne am Nachthimmel, sie schwenken sie hin und her wie das Publikum auf den Konzerten, die sich Amiras Brüder manchmal heimlich auf YouTube angesehen haben. Schlangenauge stürzt auf die jungen Männer zu. Alle stehen auf der anderen Seite an der Reling, sie rufen und springen auf und ab, reißen die Arme hoch und winken – alle, außer einem, der nicht viel älter ist als ihre Brüder und der heute von Stunde zu Stunde heftiger und dröhnender gehustet hat. Er hat sich nicht von der Stelle bewegt, er liegt immer noch in Embryohaltung an der Kajütenwand, die Knie angezogen, die Hände an der Brust, die Augen fest geschlossen, und er zittert vor Kälte, obwohl ihn jemand mit einer Jacke zugedeckt hat.

»Was soll das?«, brüllt Schlangenauge, und zwei junge Männer drehen sich zum Lichtkegel um. Die Augen zusammengekniffen, ein breites Lächeln auf den Gesichtern, gestikulieren sie aufgeregt in eine bestimmte Richtung.

»Ein Schiff!«

Amiras Vater springt auf, schneller, als Amira es für möglich gehalten hat, und auch Amira steht auf, und als der Vater sie an sich zieht, sieht auch sie, warum die Männer so aufgeregt sind. Ein schmaler Lichtstreifen draußen auf dem Meer, weit, weit entfernt. Aber es ist ein Schiff.

»Amira, mein Töchterchen, weißt du, was das bedeutet? Wir werden bald gerettet! Das hier hat ein Ende. Man wird uns retten.«

»Macht die Dinger aus!«, brüllt Schlangenauge, und auch die restlichen Männer drehen sich jetzt zu ihm um.

»Sie können uns schneller finden, wenn sie die Lichter sehen«, sagt einer.

»Das ist ein Frachtschiff«, sagt ein anderer. »Es fährt schnell und hat uns noch nicht bemerkt. Wir müssen schneller fahren, damit wir es einholen. Wir müssen sofort den Kurs ändern, bevor es zu weit weg ist.«

»Deine Taschenlampe«, sagt ein Dritter, der seine Augen mit der Hand vor dem hellen Licht abschirmt. »Sie ist sehr hell. Kann jemand morsen? Und wenn wir eine Signalrakete an Bord haben –«

Das Licht löst sich von dem Gesicht, das vor Begeisterung und Hoffnung strahlt. Schlangenauge ist mit zwei großen Schritten herangekommen und hat die Hand mit der Lampe angehoben.

Das Krachen klingt furchtbar. Der Mann sinkt zu Boden.

Ein entsetztes Stöhnen geht über das Deck, die Männer kommen auf Schlangenauge zu …

Und dann ist direkt neben Amira und ihrem Vater ein metallisches Knacken zu hören, zuerst einmal, dann noch einmal. Amira weiß schon, was das ist, und das wissen auch alle anderen.

»Lichter aus«, befiehlt Schlangenauge.

Die Lichter der Handys erlöschen und verschwinden. Jetzt sind die jungen Männer nur noch dunkle Gestalten im Licht des aufgehenden Mondes. Erniedrigt und verstummt.

Nur der Junge, der schwach vom Schüttelfrost und Fieber ist, hustet, und der Mann, der niedergeschlagen wurde, ächzt und wimmert. Schlangenauge richtet die Taschenlampe auf ihn. Der Mann windet sich und presst sich die Hände aufs Gesicht, zwischen seinen Fingern tropft Blut hervor.

»Eine Signalrakete also«, sagt Schlangenauge.

Er wendet sich an die Männer neben Amira und ihrem Vater.

»Eliminiert ihn.«

Amira presst die Augen zusammen und hält sich mit aller Kraft die Ohren zu, als Schlangenauges Schergen auf den Mann am Boden zugehen und die anderen ihnen Platz machen. Ein Schuss. Ein zweiter.

»Und was ist mit dem da?«, fragt einer der Männer. »Der arme Kranke. Was trägt er wohl in seinem verdreckten Körper mit sich rum, er steckt uns noch alle an.«

»Jeden Tag eine gute Tat«, erwidert ein anderer.

Ein dritter Schuss.

Der Kurs wird nicht geändert. Der Lichtstreifen entfernt sich, bis er schließlich ganz verschwindet.

DONNERSTAG
NEAPEL / POMPEJI

34.

Wieder klopft es an der Tür. Dann hämmert es.

Die Muskeln funktionieren schon ganz von alleine, sie katapultieren sie mitten aus dem Tiefschlaf, aus der Waagerechten, in eine stehende Position. Es ist dunkel, aber ihr Blick findet die Digitalziffern der Uhr am Fernseher. Halb sieben. Was um alles in der Welt?

»*Ladies? Please!*«

Diesmal gelingt es Leia, die Schuhe auf dem Boden sicher zu umschiffen. Sie findet den Lichtschalter an der Wand und macht das Licht an, bevor sie die Tür öffnet.

Durch den Türspalt schiebt sich eine Hand mit einem Briefumschlag.

»Guten Morgen, Madam. Eine eilige Nachricht, Madam.«

Leias Knie werden weich. Das kann nichts Gutes bedeuten. Raouls Lächeln ist nicht ganz so breit wie sonst, seine Augen sind gerötet, als habe er die ganze Nacht nicht geschlafen. Vermutlich trifft das auch zu.

Leia nimmt den Umschlag an sich, bedankt sich bei Raoul und schließt die Tür.

»Ripsa«, sagt sie. »Eine Nachricht.«

Keine Antwort. Ripsa liegt regungslos auf dem Rücken, wie tot.

»Hast du gehört? Wir haben eine Nachricht bekommen«, sagt Leia lauter. »Eine eilige Nachricht. Raoul hat sie gebracht.«

Ihre Schwester kräuselt die Stirn. Also lebt sie. »Mach sie auf«, murmelt Ripsa, die Augen noch immer fest geschlossen.

Leia lässt sich sicherheitshalber auf der Bettkante nieder. Dann reißt sie mit feuchten Händen den Umschlag auf, das Herz klopft ihr bis zum Hals, wer weiß, was sich in dem Umschlag befindet.

Es ist ein Flugticket, ausgestellt auf Ripsas Namen. Für eine Person, Businessclass. Neapel – Helsinki, Abflug heute um 9:50 Uhr.

Außerdem eine ausgedruckte E-Mail-Nachricht, die am frühen Morgen im Purser-Büro der *Siren* eingetroffen ist.

Entschuldige. Ich mache alles gut. Ich liebe dich. Sakke.

Als sie Ripsa die Nachricht vorliest und ihr das Ticket zeigt, kreischt ihre Schwester dermaßen laut auf, dass die Kabinennachbarn garantiert davon wach werden, wenn nicht sogar der ganze Korridor.

»Ist doch egal«, ruft Ripsa, als Leia sie darauf hinweist.

Und Ripsa hat recht. Das ist die romantischste Geste, die sie jemals erlebt hat, wenn man von romantischen Komödien, mit oder ohne Hugh Grant, einmal absieht.

35.

Der Klassiker. Er hat vergessen, sich den Wecker zu stellen.

»Scheiße! Verdammte Scheiße!«

Der Wecker zeigt 9:15 Uhr. Eine Minute später ist Timo schon angezogen und sprintet die fünf Decks hinunter zu der Blondine an der Infotheke. Da muss doch noch was zu machen sein.

Die Blondine breitet entschuldigend die Hände aus. Sie könne nichts tun. Die Ausflugsbusse nach Pompeji seien schon abgefahren.

»Ich nehme ein Taxi. Rufen Sie an, dass ich dort zur Gruppe stoße.«

Ohne Eile beginnt sie, einen dicken Stapel Papier auf dem Tresen durchzublättern. »Sorry, Mister Ratanen. Ihr Name steht nicht auf der Teilnehmerliste.«

Timo zeigt mit dem Finger auf das oberste Blatt. Dort steht das Datum von gestern.

»Das ist nicht aktuell. Inzwischen ist ein Platz frei geworden, und ich habe ihn genommen. Ich habe ihn letzte Nacht gebucht, mit Ihrer einfachen und tollen App, verdammt noch mal.«

Gereizt richtet die Frau ihren Blick auf den Computerbildschirm.

»Hätten Sie das gleich gesagt. Ich checke die kurzfristigen Änderungen, das dauert einen Moment. Nach Pompeji sind heute vier Busse abgefahren, das ist ein sehr beliebter Ausflug.«

Schließlich findet sie seinen Namen, greift zum Telefon und führt ein kurzes Gespräch. Klappt das? Super. Ich geb es weiter.

»Es klappt, Sie werden erwartet. Ihr Name steht auf der Liste an der Kasse. Ihre Gruppe ist die Nummer drei. Ein rundes, rotes Schild mit dem *Mediterranean*-Logo, Nummer drei.«

Die Frau verzieht den Mund. »Die Leiterin der Tour möchte daran erinnern, dass es dort zwischen den Ruinen heiß ist und dass man etwas zu trinken mitnehmen sollte.«

»Danke für die Hilfe. Und für die guten Ratschläge.«

Im Hafen steht eine lange Reihe von Taxen bereit. Der Fahrer reibt sich die Hände über den Fahrgast und versucht, mit ihm ein Gespräch über den Bombenanschlag in Frankfurt zu beginnen. Vielleicht hält man Leute mit Sonnenbrand im Gesicht hier automatisch für Deutsche.

»Swedish«, sagt Timo. *»Svenska. Förstår inte. Sommartiden hej hej sommartiden.«*

Der Fahrer verstummt.

Nach einer Dreiviertelstunde ist er da. Nur um zu erfahren, dass aufgrund der Hitze der Einlass zum Ausgrabungsgelände für heute ausgesetzt ist. Aus Sicherheitsgründen, lässt man ihn wissen.

Es dauert eine weitere Viertelstunde, bis er sich zur Kasse durchgeboxt hat: Verdammt, Sie müssen mich noch reinlassen, mein Name steht hier auf irgendeiner Liste. Protest wird laut, und die Leute ziehen die Augenbrauen hoch, keiner will die Verantwortung übernehmen, aber schließlich wird der Vorgesetzte herbeigerufen, und endlich – oh Wunder – findet sich die Liste. Und darauf sein Name.

Der Schweiß hat sein Hemd schon völlig durchtränkt, als er schließlich durch das Tor auf das Ausgrabungsgelände gelassen wird. Und da stolpert er fast über das erste Opfer der Gluthitze, das mit hochgelagerten Beinen am Weg liegt: ein junges Mädchen, das in Ohnmacht gefallen ist und dessen Mutter ihm aus einer Flasche Wasser auf die Stirn träufelt.

Zwei Sachen werden ihm klar: 37 Grad Außentemperatur

sind, anders, als man vermuten könnte, für den Körper nicht angenehm. Die Körpertemperatur spielt verrückt, wenn die Sonne senkrecht vom Himmel auf den Sand und das Straßenpflaster scheint, direkt auf seinen Kopf, der nur durch die immer dünner werdenden Haare geschützt ist.

Und die zweite Erkenntnis: In der Eile hat er die Monaco-Kappe in der Kabine liegen lassen.

Sicherlich kriege ich hier eine Pompeji-Kappe, denkt er und schaut sich nach einem Verkaufsstand um. Da wird im klar, dass er die Kappe schon vorher hätte kaufen müssen, außerhalb des Geländes.

Ebenso das Wasser.

Der zehnte Höllenkreis Dantes: Man nehme einen finnischen Mann, diese genetische Aberration, der auch im Gedränge verhindern will, dass andere in seine persönliche Zone – sprich ein bis eineinhalb Meter Umkreis – eindringen. Dann quetsche man ihn zusammen mit einer Menge schwitzender, alle Sprachen Babels kakofonierender Touristen auf ein umzäuntes Areal. Anschließend röste man ihn langsam zu Tode, dieses Musterbeispiel des nordischen Phänotyps, der sich über die Jahrhunderte zwangsläufig an beißende Fröste und peitschenden Schneeregen angepasst hat.

Er kann weder ein *Mediterranean*-Logo noch eine Nummer drei erkennen. Keine Spur von Leia, nicht mal ein Haar. Alles Leiden war bislang umsonst.

Er bleibt auf dem antiken römischen Straßenpflaster stehen, um sich den Schweiß von der Stirn zu wischen, der ihm bald in die Augen läuft. Oder er versucht, stehen zu bleiben, doch es gelingt ihm nicht, die Menge schiebt ihn vorwärts, sie drängelt und schubst, ganz wild vor Gier, endlich die berühmten Toten aus dem Jahr 69 zu Gesicht zu kriegen.

Schrecklich.

Leia ist immer noch nicht in Sicht, doch der nächste Schreck bleibt nicht aus, denn fast stolpert Timo über einen weiteren Dahingesunkenen. Auch er ist das Opfer der gnadenlosen Sonne, ein wohlgenährter Sechzigjähriger mit rotem Gesicht. Neben ihm hocken seine in Tränen aufgelöste Frau und ein uniformierter Sicherheitsmann, der dem Ohnmächtigen mit den Handflächen auf die Wangen klatscht, wie man es aus dem Fernsehen kennt. Sicherlich entspricht diese Maßnahme nicht der EU-Wiederbelebungs-Verordnung. Das Tragische ist, dass die ersehnte Oase nur zwanzig Meter entfernt ist: Die Touristenmasse drängt sich rund um einen Brunnen, Flaschen werden mit frischem Wasser gefüllt, über dem Brunnen glitzern im Wassernebel die Farben des Regenbogens.

Mit sanfter Gewalt drängelt Timo sich zum Wasserhahn und schaufelt sich das Wasser mit der Hand in den Mund. Dann beugt er sich vor und schiebt den Kopf unter den Wasserstrahl. Fast kann er das Zischen des überhitzten Prozessors hören, als dieser von der eisigen Flüssigkeit aus den Tiefen der Erde gekühlt wird.

Die Leute hinter ihm fangen schon an zu murren, schließlich wollen alle ihren Anteil vom Lebenselixier.

»*Ett ögonblick.*«

Timo zerrt sich das Hemd über den Kopf und hält es unter den Wasserhahn, bis es klatschnass ist. Dann wringt er den größten Teil des Wassers heraus und zieht es wieder über. Im ersten Moment ist es so kalt, dass es ihm fast den Atem nimmt.

»*Mycket tack och hälsningar från Stockholm*«, wünscht er den erstaunt dreinblickenden Touristen. Der Chinese, der als Nächster an der Reihe ist, ruft etwas in seiner Sprache, reicht seiner entsetzt dreinblickenden Frau seine Mütze, reißt sich das Hemd vom Leib und hält es unter den Wasserstrahl. Timo sucht das Weite, bevor er den Ärger der Chinesin auf sich ziehen kann.

Wieder schiebt der Touristenstrom ihn voran. Er befördert ihn auf einer Straße zu einem riesigen Haus, einer Luxuswohnung von Pompejanern, die auf großer Sandale gelebt haben. An den Wänden hängen Malereien und Mosaikbilder, unter den Füßen liegen bunte Marmorplatten. Aus den Megafonen der Gästeführer schnappt er einzelne, zusammenhanglose Fakten auf. Sie reden über die Kühlung der Räume, die Klimatisierung beruhte auf der Schwerkraft … Die Mahlzeiten wurden im Liegen eingenommen, beim Essen waren immer mindestens drei und höchstens neun Personen anwesend … Leichen wurden auch in den Kellern entdeckt, in die sich die Bewohner bei dem Vulkanausbruch geflüchtet hatten, aber die Asche und die giftigen Gase fanden ihren Weg überallhin …

Dann wieder nach draußen, drängel, schubs, und in das nächste Gebäude: eine Therme. Die Pompejaner liebten ihre Thermen. Es gab zwei, die für alle Einwohner zugänglich waren, eine dritte war im Bau. Die Reichen hatten natürlich ihre eigenen, privaten Badehäuser, aber sie wurden wenig genutzt, weil man in den öffentlichen Thermen den besten Klatsch mitbekam. Jetzt geht es um die Belüftung und die Erwärmung des Wassers, es gab für die Wasserbecken offenbar irgendeine Art von Fernwärmesystem, aber auch die interessanten Fakten werden nicht weiter vertieft, denn schon geht es wieder nach draußen, zurück in die Hitze.

Menschen, Gedränge, Lärm, Getöse. Timo hat Glück, als Mann und mit seiner genetischen Disposition überragt er fast alle Besucher dieser Welterbe-Folterstätte. Besser als der Durchschnittsbesucher kann er deshalb die Schilder und Regenschirme erkennen, mit denen die Gästeführer versuchen, ihre Gruppen zusammenzuhalten.

Rauf auf einen Hügel, hechel, hechel, und – da! Über der Menschenmenge schwingen Schilder mit dem vertrauten Logo durch die Luft. Die Vier, die Zwei und – die Drei. Timo beschleunigt seine Schritte. Das Ziel ist schon in greifbarer Nähe – und auch der Pokal. Und zwar nicht einfach irgendein Bronzepüppchen, sondern der Siegerpokal. Aber welche Enttäuschung! Die Gruppe, die der Nummer drei hinterhertrapst, ist schnell gescannt.

Keine Spur von Leia. Auch nicht bei den anderen *Mediterranean*-Gruppen.

Das Gesamtbild, das nach und nach vor seinen Augen entsteht, ist alles andere als schön. Aber das trifft auf die Wahrheit ja selten zu.

Sie hat gekniffen. Sie hat ihn versetzt.

Oder aber ihr ist was passiert.

36.

Vor den Eingangstüren stehen Polizisten mit Waffen über der Schulter. Und nicht mit irgendwelchen Waffen, sondern mit Maschinengewehren. Der Anblick steigert das Gefühl von Sicherheit nicht unbedingt, im Gegenteil. Es war schließlich auch im Check-in-Bereich des Frankfurter Flughafens, wo die Bombe hochging.

Dann fällt der Blick auf zwei Männer. Von irgendwo aus dem Nahen Osten oder Nordafrika kommen sie. Beide ziehen große Koffer hinter sich her, der eine trägt einen auffallend dicken Mantel, trotz der Sommerhitze … Leia schaudert es. Das ist aus ihr geworden, ein Mensch, der beim Anblick von Menschen aus einem bestimmten Kulturkreis in Panik verfällt. Sie will nicht so sein. Und schon gar nicht will sie in einer Welt leben, die sie so verändert hat. Dass man über so etwas überhaupt nachdenken muss.

»Merkwürdig.«

Ripsa nimmt das Handy vom Ohr.

»Bei Sakke hat es noch nicht mal geklingelt. Ich wollte ihn fragen, ob er mich vom Flughafen abholt.«

»Vielleicht eine vorübergehende Störung beim Anbieter«, vermutet Leia. »Oder das Netz ist überlastet. Irgendwas ist ja immer.«

Die Sorgen zu Hause erscheinen ihr gerade wunderbar alltäglich.

»Genau.« Ripsa schaltet ihr Telefon in den Flugmodus und steckt es in den Rucksack. »Na ja, ich rufe ihn einfach an, wenn ich gelandet bin. Oder ich nehme ein Taxi.«

Sie breitet die Arme aus und zieht Leia in eine warme Umarmung. »Toll, dass du mitgekommen bist. Hab dich lieb.«

»Ich dich auch. Und war doch klar, dass ich dich bringe.«

Ripsa lächelt ein bisschen traurig. »Schade, dass wir nicht mehr zusammen geklettert oder gejoggt sind. Und dass wir keinen Kurs im Serviettenfalten gemacht haben.«

»Oder Twerking«, sagt Leia.

»Wegen Pompeji tut es mir leid. Du wolltest da doch unbedingt hin.«

»Pompeji läuft uns nicht weg. Das machen wir dann beim nächsten Mal.«

Es kostet einige Überwindung, das zu sagen. Wer weiß, ob eine zweite Gelegenheit kommt, zumal für sie beide, wenn es mit Ripsa und Sakke wieder gut läuft. Was sie natürlich hofft.

»Nimm dich ein bisschen vor dieser Marina in acht«, sagt Ripsa. »Häng nicht zu viel mit ihr herum. Sie ist so kompromisslos. Sogar im Vergleich zu dir.«

Leia schluckt ihren Ärger hinunter. Noch auf den letzten Metern muss Ripsa anfangen, ihr Ratschläge zu geben. »Sie ist noch so jung«, sagt sie. »Sie wird schon noch dazulernen.«

»Ich weiß nicht. Irgendwas Ominöses hat sie an sich. Warum sagt sie ihren Nachnamen nicht? Und dann dieser Marcel. Warum hat man den Typen nach dem ersten Abend nicht wiedergesehen?«

»Vielleicht haben sie sich getrennt. Vielleicht ist er in Marseille von Bord gegangen, wie wir vermutet haben. Vielleicht will Marina einfach nicht darüber reden.«

»Kann sein.« Ripsa nimmt ihren Pass und ihr Ticket aus dem Rucksack und wirft ihn sich über die Schulter. Sie lächelt nervös. »Ich gehe jetzt. Wünsch mir Glück.«

»Viel Glück«, sagt Leia. »Auch wenn du es nicht brauchst.«

»Genieß den Rest der Kreuzfahrt«, schärft Ripsa ihr ein. »Versprich es.«

»Ich verspreche es.«

»Und wenn es mit Antonio nicht hinhaut, dann gibt es immer noch die finnische Alternative.«

»Ach, ich soll dich wohl beerben, wie?«

Leia sagt es leichthin. Aber Ripsa schüttelt den Kopf.

»Ich hab ihn nur in die Mangel genommen, um dich zu ärgern.«

Auf dem Rücksitz des Taxis sind keine Sicherheitsgurte. Leia umklammert ihre Handtasche und versucht, sich mithilfe ihrer Bauch- und Oberschenkelmuskulatur im Sitz zu halten, als der neapolitanische Fahrer vom Flughafen Richtung Stadtzentrum und Hafen donnert. Neapel sehen und sterben – ja, so fühlt es sich wahrscheinlich an.

Natürlich könnte sie den Fahrer bitten, sie im Zentrum abzusetzen, um Marinas Beispiel zu folgen und die schöne Innenstadt zu erkunden. Zeit hätte sie mehr als genug. Aber jetzt könnte sie es nicht genießen, in einer fremden Stadt umherzustreifen, nicht in ihrem überempfindlichen Zustand, wo jedes Knacken sie die Wand hochgehen lässt.

Wie lange mag es wohl dauern, bis das Gefühl von Sicherheit zurückkehrt, das durch den Anschlag in Frankfurt erschüttert wurde? Falls es je zurückkehrt. Am besten bleibt sie den Rest der Woche an Bord und in ihrer Kabine, dort ist sie sicherer als an Land. Ist sie es wirklich? Das wilde Gespräch gestern, wie man ein Schiff versenken könnte, hat ihr auch diese Illusion genommen. Zur Hölle mit Ripsa und diesem Ratanen-Ingenieur.

Und das soll also die »finnische Alternative« sein?

Nach den bewaffneten Polizisten am Flughafen ist die Sicherheitsprüfung bei der Rückkehr auf die *Siren* nur noch eine Art Placebo. Die Sicherheitsleute unterhalten sich und werfen auf Leia und ihre Bordkarte nur einen flüchtigen Blick. Es ist erst Vormittag, und die Menschen strömen von Bord an Land und nicht in die umgekehrte Richtung, da denken sie vielleicht, man kann es etwas lockerer nehmen. Aus irgendeinem Grund reagiert der Metalldetektor diesmal überhaupt nicht auf ihre BH-Bügel oder auf die Münzen in ihrer Hosentasche. Und zu allem Übel findet sie, als sie an der Kabine 8228 ihre Bordkarte wieder hervorkramt, ganz unten in der Tasche eine Flasche Wasser. Auch die ist bei der Durchleuchtung nicht angezeigt worden.

Kann es vielleicht sein, dass die Sicherheitssysteme je nach Land unterschiedlich eingestellt sind? Oder dass es verschiedene Kriterien für unterschiedliche Touristenkategorien gibt? Bei Leuten aus dem Nahen Osten sehr streng, während harmlos wirkende Nordeuropäer einfach so durchgewinkt werden? Furchtbar diskriminierend, wenn das so wäre, denkt Leia, als sie die Tür aufstößt. Aber als sie versucht, die Karte in den Schlitz an der Tür zu stecken, steckt dort schon eine. In der ganzen Kabine brennt Licht und – und …

Auf dem Bett liegt ein Mann.

37.

Wo ist Leia? Wo ist der Fehler im System? Letzte Nacht hat doch alles hingehauen.

Nachdem er sich am Anfang der Woche eher treiben ließ, tat es gut, die Schultertasche zu öffnen, das Reiseset auf dem Couchtisch auszubreiten und endlich etwas zu *tun*. Die Goldene Regel, die er schon in der Sonntagsschule gelernt hat, lautet: Nur indem man anderen hilft, kann man sich selbst helfen. Oder so ähnlich. Vermutlich. Die Sonntagsschule ist lange her. Er weiß noch, dass man dort gelernt hat, um Verzeihung zu bitten. Also: Sorry, Ripsa, nimm es nicht persönlich. Aber – zieh Leine.

Wenn du wüsstest, würdest du es mir danken. Das ist alles zu deinem Besten. Und zu Sakkes. Und zu Leias. Und zu meinem. Guck mal, wir haben nämlich für den Rest des Urlaubs was anderes vor, Leia und ich. Damit du's weißt.

Es war so einfach, dass er sich fast schämt. Zuerst das Wichtigste: die persönlichen Daten, die Kontaktdaten. Von beiden Beteiligten. Die Kreditkartendaten.

Die Flugpläne. Die Reservierung. Die Bestätigung. Die Zahlung. Noch eine angemessen süßliche Nachricht per Mail, der richtige Zeitpunkt am Morgen, fertig. Dann nur noch warten, bis der Postmann klingelt.

Anschließend den treulosen Ehemann in die Mangel nehmen. Kurz nachdenken: Wie kann man den Mann von der Außenwelt abschneiden, damit er dieses zwar kleine, aber in seiner Größenordnung doch perfekte Verbrechen nicht noch vereitelt?

Man könnte dem Typen ein kleines Vergehen anhängen. Nichts Großes. Nicht so groß, dass er hinter Gitter muss, in einen reißfesten Fixieranzug gesteckt wird und nicht alleine aufs Klo darf. Nicht so groß, dass es zu einer Beschwerde beim Europäischen Gerichtshof für Menschenrechte kommt oder die Spendensammler von Amnesty anfangen, monatliche Spenden einzutreiben, die dabei helfen sollen, endlich die unmenschliche Behandlung des armen Sakke Forssa zu beenden.

Nur ein kleiner Schabernack, nur das Nötigste: rückwirkend die Handyrechnungen für ein Jahr unbezahlt schalten, und zwar sowohl beim Papilein als auch bei den lieben Kiddies. Oh nein, leider muss da der Mobilfunkanbieter den Zugang bei allen zahlungsunwilligen Familienmitgliedern sperren, schnapp. Zur Sicherheit auch noch das WLAN zu Hause abstellen, schnapp. Auch jemand, der halbwegs Bescheid weiß, wird mindestens einen halben Tag brauchen, um hinter das Geheimnis der toten Leitungen und der unbezahlten Rechnungen zu kommen, und bis dahin ist die Frau Gemahlin längst sicher in der Luft.

»Kommen Sie näher«, sagt der Führer und beginnt mit einem Vortrag über den zentralen Markt von Pompeji, auch Forum genannt, und die lebhaften Geschäfte und die vielen politischen Debatten, die dort stattfanden.

Timo checkt die Lage. Es ist 10:30 Uhr, und die *Mediterranean*-App kann seine Freundin von letzter Nacht nicht finden. Also muss Ripsa im Flieger sein, ihr Telefon abgeschaltet oder im Flugmodus, wie es die internationalen Luftverkehrsvorschriften vorsehen. Kann es sein, dass ihre große Schwester mit im Flugzeug sitzt? Hat Schwesterchen vielleicht ihre Brieftasche gezückt und Leia spontan ein Blitzticket nach Hause gesponsert? Über diese Möglichkeit hat er vorher noch gar nicht nachgedacht. Ist die Bindung der Schwestern etwa so stark, dass nichts sie trennen kann? Ist es womöglich Zeit für Timo, sich seine Niederlage einzugestehen?

Er schlurft zusammen mit der Meute zu einem niedrigen Gebäude am Rand des Forums. Hinter Glas kauert ein grobknochiger Hund, der unter der Lava begraben worden war und dann in einem Gipsabdruck verewigt wurde. Zur Zeit des Vulkanausbruchs war er mit einer Kette an der Wand festgebunden und konnte daher nicht weglaufen, heißt es im Infotext.

Timo schaut dem Hund in die Augen und sieht die Panik und die Angst, die dort im Augenblick des Todes für alle Zeiten festgehalten sind. Ein schlimmes Ende. Wenn sie ihn wenigstens losgemacht hätten, hätte er noch versuchen können, sich in Sicherheit zu bringen.

Aber das haben sie nicht geschafft, wird ihm bei der nächsten Vitrine klar. Da hockt ein Mann, der in der Lava umgekommen ist, mit angezogenen Beinen auf der Erde, die Handflächen vor der Brust.

Es tut schon weh, sich das nur anzuschauen. Ein bisschen mehr Privatsphäre, bitte.

In der letzten Vitrine liegt eine Mutter mit ihrem Kind. Die Mutter hält ihr Kind umfangen, als wollte sie es mit ihrem Körper schützen. Nicht weinen, Mama ist da, keine Sorge. Timo wendet sich ab. Fast meint er, den Rauch in der Nase zu spüren.

Die Gruppe Nummer drei geht weiter. Zusammen mit der Masse bewegt er sich zum nächsten Gebäude, da kommt die Gruppe plötzlich zum Stehen. Alle blicken nach oben, auch er.

Man sieht Menschen längs und quer, aufeinander, ineinander verschachtelt. Schön bunt und ziemlich detailliert ausgemalt. Ein junges koreanisches Paar vor ihm kichert und stupst sich gegenseitig an.

»Schon die alten Römer«, lacht eine Gruppe von Männern hinter ihm.

»Wie Sie sicherlich schon vermutet haben, befinden wir uns in einem Bordell«, spricht die Gästeführerin in ihr Megafon. »Die Bilder werben für die angebotenen Dienstleistungen.«

»So wie ein Prospekt?«, fragt eine ältere Dame neben Timo, und als sie die Bestätigung bekommt, wendet sie sich freudestrahlend an ihre Freundin. »Dieser, äh, gut gebaute Mann da links sieht doch genauso aus wie unser Kellner von gestern, oder?«

»Ach was«, erwidert die Freundin und kichert wie ein kleines Mädchen. »Das ist doch der Charmeur vom Kapitänstisch, dieser Schwarzhaarige.«

38.

Raoul rappelt sich vom Bett auf.

»Entschuldigen Sie, Madam. Ich bitte tausendmal um Verzeihung. Das wird nicht wieder vorkommen, Madam. Bitte melden Sie das nicht, ich flehe Sie an.«

Die Tür zum Bad steht einen Spalt offen. Noch mehr Männer? Leia checkt die Lage. Nein, nur der Putzwagen.

Das Zimmer ist nach ihrem eiligen Aufbruch heute Morgen wieder tipptopp hergerichtet. Anscheinend hat Raoul nach getaner Arbeit in die Borddaten geschaut und festgestellt, dass sie auf einem ganztägigen Ausflug sind, und beschlossen, in ihrem Bett ein Nickerchen zu machen.

Leia weiß nicht, was sie sagen soll. Sie hat sich auch erschreckt, aber Raoul ist so konsterniert und durcheinander, weil er aus dem Schlaf gerissen wurde, dass er am ganzen Körper zittert.

»Wenn Sie das melden, verliere ich meinen Job. Ich habe vier Kinder auf den Philippinen. Lassen Sie Gnade walten, Madam. Meine jüngste Tochter ist krank, sie hat eine Behinderung, verschonen Sie mich, Madam. Meine Frau ist tot, ihre Eltern kümmern sich um die Kinder, aber sie sind schon alt, mein Lohn ist das einzige Einkommen der Familie. Bitte verzeihen Sie mir und melden Sie mich nicht, Madam.«

»Ich werde Sie nicht melden.«

Leia schnürt es die Kehle zu. In was für eine Situation bin ich hier geraten, denkt sie.

»Ich verliere meinen Job. Meinen Lohn. Den Lohn von neun Monaten, Madam. Ich komme auf die schwarze Liste. Ich muss den Heimflug nach Manila selbst bezahlen. Ich bin erst seit drei Monaten und fünf Tagen auf See, ich habe noch nicht einmal die Schulden beim Arbeitsvermittler zusammen –«

»Raoul, *please*. Stopp. Ich werde niemandem etwas sagen.«

Alarmiert betrachtet Leia den Mann, der noch immer am ganzen Körper zittert. Was hat er eben gesagt? Schwarze Liste, Schulden beim Arbeitsvermittler? Seine Augen sind stark gerötet, vermutlich hat er schon seit mehreren Nächten nicht mehr richtig geschlafen.

»Ich verstehe, dass man hin und wieder müde ist. Meine Schwester und ich haben uns schon gefragt, ob Sie immer arbeiten. Früh am Morgen, spätnachts. Was für Arbeitszeiten haben Sie eigentlich?«

»Vierundzwanzig Stunden am Tag zu Ihren Diensten, Madam.«

Raoul streckt den Rücken durch und über sein Gesicht legt sich ein Lächeln, das Leia plötzlich grimassenhaft vorkommt. Er versucht, seine Würde zurückzuholen und wieder in seine Rolle als Bediensteter zu schlüpfen, Leia kann es kaum mit ansehen.

»Ich meine es ernst«, sagt Leia. »Mich interessiert das wirklich. Was für Arbeitsbedingungen hier an Bord herrschen, zum Beispiel Arbeitszeiten und Ruhezeiten. Und der Lohn. Ich bin Sozialwissenschaftlerin, deshalb interessiert mich das. Ich werde niemandem bei der Reederei davon erzählen.«

Jetzt breitet sich Panik in Raouls Gesicht aus.

»Madam, *please*!«

Ohne Leia anzusehen, gleitet er an ihr vorbei und holt den Putzwagen aus dem Bad. Der Wagen scheppert gegen die Wände, als Raoul ihn zur Kabinentür zerrt. »Ihre Karte, Madam, wenn Sie erlauben!«

Leia gibt ihm ihre Bordkarte. Er zieht seine eigene aus dem Schlitz und steckt Leias hinein, bevor das Licht in der Kabine ausgehen kann.

»Danke und einen schönen Tag noch, Madam.«

Er zieht die Tür hinter sich zu. Leia starrt auf die geschlossene Tür, ihr Puls hämmert in wahnsinniger Geschwindigkeit.

Ich hätte mich nicht einmischen dürfen.

Sie dreht sich um. Auf der straff zurechtgezogenen Tagesdecke ist an der Stelle, wo Raoul gelegen hat, eine leichte Vertiefung. Und bevor er eingeschlafen ist, hat er auch die tägliche Bastelaufgabe erledigt. Aus dem Stoffband hat er diesmal einen Schwan geformt.

Die Unterwäsche, die Ripsa heute Morgen in der Eile liegen gelassen hat, einen schwarzen Spitzen-BH und den passenden Slip, hat Raoul sorgfältig auf der anderen Seite des Bettes zusammengelegt.

39.

Der Mann zerrt sie in den Eingangsbereich der Kabine, tritt auf den Korridor und schaut nach links und nach rechts.

»Ich hab schon nachgesehen«, sagt Marina gereizt.

»Double check«, erwidert Peetrus Kross. »Bei so was muss man vorsichtig sein. Bisher alles okay?«

»Ja.«

»Deine Freundin hat sich bereiterklärt, uns zu helfen, sie weiß, was zu tun ist?«

»Sie ist bereit dazu.«

Wie der Mann sie anschaut. Das gefällt ihr ganz und gar nicht.

»Die Zeit läuft uns davon«, sagt Peetrus.

»Ich erledige meinen Part schon«, schnappt Marina. »Ich will meinen Freund in Sicherheit bringen, glaub mir.«

»Das glaube ich dir doch.« Peetrus reibt sich das Kinn mit den grauen Bartstoppeln. »Jetzt können wir nur warten. Und währenddessen nicht die Nerven verlieren.«

Einen Moment lang stehen sie sich schweigend gegenüber. Schließlich hüstelt Peetrus Kross. »Ich würde dich ja hereinbitten, aber …«

Er gestikuliert nach hinten und bricht den Satz dann ab, aber es wird klar, was er meint.

»Ich bin nur gekommen, um Meldung zu machen. Wie besprochen«, sagt Marina.

Auf dem Korridor sind Schritte zu hören. Sie wartet darauf, dass die Person vorbeigeht, aber die Schritte werden langsamer.

Das Klopfen lässt beide zusammenfahren. Sie schauen sich kurz an. Beide scheinen dasselbe zu denken: Viele Verstecke gibt es hier nicht. Peetrus legt den Finger an die Lippen, öffnet die Badezimmertür, und Marina schlüpft hinein.

Mit angehaltenem Atem drückt sie das Ohr an die Tür. Peetrus spricht mit jemandem, einem Mann. Sie hört, dass sie Englisch sprechen, aber sie versteht nicht, was sie sagen. Ob sie so leise sprechen, damit sie nichts hört? Ob sie etwas aushecken? Ist sie vielleicht zu blauäugig gewesen, als sie auf Peetrus Kross' Motive vertraut hat?

Was weiß sie denn schon über den Mann? Das, was er einige Jahre zuvor bei einem Fernsehinterview gesagt hat, als man in Estland irgendein Seefahrtsjubiläum feierte. In dem Internetvideo erzählte er von seinen ach so bewegenden Jugendzeiten in seiner vom großen bösen Nachbarn besetzten Heimat. Er erzählte von unterdrücktem Freiheitsdrang, von leiser Rebellion. Von Träumen, die beim Anblick der Ostsee wuchsen und reiften. Von dem Groll gegen die, die ihn daran hinderten, auf große Fahrt zu gehen. Von den Plänen des halbwüchsigen Jungen, die entstanden, als Onkel Maart, der alte Seebär, ihm von seinen bunten und vielleicht auch selbst ausgemalten Erlebnissen erzählte, die er in der guten alten Zeit auf den Weltmeeren gehabt hatte: unter Eisbären in der Arktis, im Dschungel am Äquator, in den Häfen fremder Großstädte, einer anderen Art von Dschungel. Von den Höhlen mit den roten Laternen sprach der Onkel nur, wenn die Mutter nicht im Zimmer war …

Die Esten, eine alte Seefahrernation, gezwungen, an Land zu bleiben und einer fremden Macht zu gehorchen! Das schürte Wut. Das formte die gesamte Lebenseinstellung. Die Helden des jungen Peetrus waren die kompromisslosen Hitzköpfe, die der Großen Macht trotzten und im Dunkel der Nacht auf Gummiflößen Richtung Norden paddelten, über die gemeinsame Ostsee, wo die Finnen das Brudervolk mit ihrem Sirenengesang anlockten, einem Gesang aus den Mündern der Werbefritzen, der nackten Emmanuelle und JR aus *Dallas*.

Die meisten Boote wurden schon vor der Dreimeilenzone von der Küstenwache gestellt und mit harter Hand zurückgelenkt.

Natürlich hat sie über Peetrus noch weitere Erkundigungen eingezogen. Sein Name tauchte immer wieder in Forumsdiskussionen auf, die sich mit der ungerechten Behandlung von Bordpersonal beschäftigten. Mehr als einmal empfahl man Leuten, die gefeuert worden waren und ihren zugesagten Lohn nicht bekommen hatten, sich um Rat an einen Esten namens Kross zu wenden.

Auf der *Mediterranean Siren* fand sich als Kooperationspartner ein Mann mit der richtigen Einstellung und mit den richtigen Informationen. Und mehr noch: mit Werten. Mit Gerechtigkeitsempfinden. Freiheit, Gleichheit, Brüderlichkeit. Sowohl im Netz als auch in der Mannschaft der *Siren* wird Peetrus Kross der Agitator genannt, das konnte auch der Reederei nicht entgangen sein.

Aber als sie weitergrub, sprang ihr der Name Peetrus Kross in einem ganz anderen Zusammenhang entgegen, einem wesentlich weniger schmeichelhaften …

Die Tür zum Korridor schließt sich. Marina tritt einen Schritt zurück und schafft es noch, sich zum Spiegel umzudrehen, als hätte sie gerade ihr Make-up überprüft, bevor Peetrus die Badezimmertür öffnet.

»Du bist hübsch«, sagt er. »Dein Freund ist ein Glückspilz.«

»Wer war das?«, fragt Marina.

»Nur eine Jobsache. Ich soll jemanden beraten. Ich habe nachgesehen, der Weg ist frei, du kannst gehen.«

40.

Steht einfach da und versperrt die Tür. Hat immer noch die Stirn, ihr weiszumachen, dass er keine Ahnung hat, wo sein Kumpel, sein Kollege, sein Geschäftspartner ist. Schüttelt den Kopf, weicht ihrem Blick aus. Fummelt mit der Hand in der Hosentasche, sucht vielleicht nach dem halbgegessenen Mars vom letzten Mal, vielleicht nach einem neuen. Hör mal, Schätzchen, da hilft jetzt auch keine Schoki.

Warum geht er nicht ans Telefon? *Weiß ich nicht.* Oder antwortet auf Nachrichten? *Weiß ich nicht.* Hat er vielleicht irgendwelche Informationen in der Halle zurückgelassen, ich könnte reinkommen und suchen. *Oh nein, nein …*

Er ist nicht von seiner Version abzubringen, egal, wie sehr sie ihm erklärt: Es eilt. Es geht um viel Geld. Er will sie einfach nicht reinlassen. Weil es so vereinbart ist. Wenn er das mitkriegt. Dann wird er sauer. Land-o.

»Land-o, *my ass*«, sagt Viivi. Manchmal, so auch gerade jetzt, ist sie unglaublich genervt von dieser ganzen Geheimniskrämerei und den kindischen Decknamen, die die beiden sich geben. Glaubt er im Ernst, dass sie ihre richtigen Namen noch nicht rausgefunden hat? Das hat sie damals so ziemlich als Erstes gemacht.

»Hör mal, Frodo«, sagt sie und malt dabei Anführungszeichen in die Luft. »Ich muss ihn echt dringend finden. Wann hast du ihn zuletzt gesehen?«

»Vielleicht gestern«, nuschelt Frodo. Wieder fummelt die Hand in der Tasche. »Ja, genau. Gestern.«

»Garantiert nicht. Ich bin hier gestern vorbeigekommen, da war kein Mensch.«

»Vorgestern. Freitag.«

»Heute ist Donnerstag, vorgestern war Dienstag! Da war ich auch hier. Mann, denk nach! Hast du ihn am Dienstag gesehen?«

»Vielleicht letzten Dienstag.«

»Letzten Dienstag?« Viivi versucht, Frodos abschweifenden Blick aufzufangen. »Oder am Tag vorher? Am Montag? Du hast ihn am Montag gesehen? Morgens? Abends? Und er hat nichts gesagt?«

Keine Antwort. Frodos Blick schweift mal hierhin, mal dahin, er scheint immer heftiger in die Enge getrieben. Viivi gibt auf. Was weiß der schon von Wochentagen oder Tageszeiten, ist ihm doch eh alles egal.

»Ich kapier das nicht«, schnaubt sie. »Er ist doch immer hier.«

Frodo murmelt etwas. Viivi reißt der Geduldsfaden.

»Lass mich rein. Dann schau ich mich um. Irgendwelche Spuren muss er doch hinterlassen haben. Man könnte fast glauben, er wäre selber auf so einer idiotischen Kreuzfahrt!«

Es funktioniert nicht. Frodo zieht sich in seinen Panzer zurück und will schon die Tür zumachen. Viivi wird klar, dass sie jetzt härtere Maßnahmen ergreifen muss.

»Wenn du mich nicht in dieser Sekunde reinlässt, dann verspreche und garantiere ich dir, dass ich nie, nie wieder auch nur einen Fuß in diese Halle setze. Du wirst mich nie wiedersehen.«

Das ist hart. Das *ist* hart. Und es funktioniert.

Jeder Nerd ist auf irgendwas fixiert, denkt Viivi, als Frodo sich an die Wand drückt und sie hereinschlüpfen lässt.

Vom Haken an der Tür schnappt Viivi sich ein Paar Ohrenschützer, setzt sie auf und drückt die innere, schallisolierte Tür auf. Das Dröhnen empfängt sie wie eine weiche Matratze. Bei der letzten Messung waren es 83 Dezibel, die spürt man im ganzen Körper. Und trotzdem finden die anderen, dass die Ohrenschützer, die sie seinerzeit für alle angeschafft hat, gerne ungenutzt an der Wand hängen dürfen. So viel zum Thema Arbeitssicherheit.

Es ist schon zweieinhalb, fast drei Jahre her, dass sie zum ersten Mal hier war. Es muss November oder Dezember gewesen sein, draußen war es widerlich kalt, der frostige Wind biss ihr in die Wangen. Sie weiß noch, dass die trockene, heiße Luft sich beim Reinkommen angefühlt hat, als wäre man mindestens in der Sahara.

Sie wurde damals mit verbundenen Augen hierhergefahren, sie sollte nicht wissen, wo die Halle sich befand. Sie musste den Akku aus ihrem Handy nehmen, damit die Strecke oder die Koordinaten der Halle nicht aufgezeichnet werden konnten. Ziemlich lachhaft, da sie heute weiß, dass sie mit öffentlichen Verkehrsmitteln und zweimal Umsteigen hierherkommt, zwölf Minuten Fußweg von der nächsten Haltestelle. Aber es war schon verständlich. Die wussten ja nicht, ob man ihr vertrauen konnte oder ob sie nicht sofort ausplaudern würde, was sie an diesem seltsamen Ort gesehen hatte. Ihren Freunden. Ihrer Mutter. Der Polizei.

Auch wenn es nie direkt zur Sprache gekommen ist, kann sie sich gut vorstellen, dass die Staatsgewalt sich gerne näher mit den Aktivitäten beschäftigen würde, die in dieser abgeranzten Blechhalle am Rande eines Kleingewerbegebiets in Espoo vonstattengehen. Schon seit Jahren hat das nichts mehr mit dem Schild zu tun, das über dem Eingang vor sich hin rostet: Frostboys. Tiefkühllagerung.

Okay, draußen steht ein drei Meter hoher, mit Stacheldraht gekrönter Zaun. Es gibt ein Alarmsystem, das rund um die Uhr läuft, Überwachungskameras, Sicherheitstüren, elektronische Türschlösser, eine perfekte Schallisolierung und kein einziges Fenster, durch das jemand einen neugierigen Blick werfen könnte. Und vor allem gibt es eine Firma, für die sie eine ihrer Meinung nach perfekte, hieb- und stichfeste Buchführung entwickelt haben, die jeder Prüfung standhält. Trotzdem! Wenn man Viivi fragen würde, gehen sie ein übertrieben großes Risiko ein. Die Server verbrauchen außerdem eine unglaubliche Menge Strom, das müsste doch dem Energieversorger schon auffallen, dass hier mehr passiert als nur Tiefkühllagerung.

Aber die beiden stört es anscheinend nicht. Die Stromrechnung ist für sie nur Peanuts, gemessen an dem Gewinn, den die Server 24/7 mit ihrer massiven Rechnerleistung für sie generieren: Bitcoins. Die virtuelle Währung, deren Wert sich in den letzten fünf Jahren um rund das Zehntausendfache erhöht hat.

Und dann die anderen Geschäfte. Die, von denen sie eigentlich nichts wissen soll.

In der Luft britzelt Elektrizität. Oder, na ja, genau genommen fließt sie durch die Kabelbündel, die aus den Geräten hervorquellen wie die Hackfleischwürmer aus Omas altem Fleischwolf.

Viivi marschiert direkt zum Pausenraum, einem gläsernen, schallisolierten Kabuff in der Mitte der Halle. Sobald man die Tür schließt, kann man die Ohrenschützer abnehmen.

Ein Sofa und in der Ecke eine aufgerollte Futonmatratze, die schon bessere Tage gesehen hat. Viivi betrachtet sie argwöhnisch. Unmöglich zu sagen, wann sie zuletzt entrollt wurde.

Im Pausenraum findet sich auf die Schnelle auch nichts, was als Anhaltspunkt dienen könnte. Nichts, was vom Normalen abweicht. Dann wiederum müsste ein Anhaltspunkt mindestens so groß sein wie ein Fußball oder neonfarben, um in diesem Durcheinander erkennbar zu sein.

Viivi fängt an, das Sofa so weit freizuräumen, dass sie Platz zum Sitzen hat. Überall wimmelt es von Kartons, großen, kleinen und mittleren, von Styroporteilchen und Noppenfolie; allen möglichen Kabeln, Plastik- und Metallteilen, die sich als überzählig oder unbrauchbar erwiesen haben und von deren Zweck Viivi nicht die leiseste Ahnung hat. Des Weiteren Anleitungs- und Garantieheftchen, in denen in nahezu allen Weltsprachen erklärt wird, wie man ein bestimmtes Gerät benutzt, aber die wohl kaum jemals jemand lesen wird. Jedenfalls nicht in dieser Klitsche.

Auf allen anderen Flächen dasselbe Bild. Der Tisch kann nicht mal ansatzweise zum Arbeiten, geschweige denn zum Essen oder zur Essenszubereitung genutzt werden. Kaffeemaschine und Mikrowelle findet man am sichersten, indem man mit der Hand den Kabeln folgt, die aus der Steckdose kommen.

Voller Widerwillen betrachtet Viivi den Mülleimer in der Ecke. Wenigstens könnten sie mal Werfen üben. Über den Rand hängen schwarz verschrumpelte Bananenschalen. Hoffentlich wimmelt es darin nicht schon von Maden.

Sie hat es schon lange aufgegeben. Nur zu Pizzakartons und anderen halb aufgebrauchten Lebensmittelpackungen, die im Warmen vor sich hin gären, versucht sie noch etwas zu sagen. Als sie einmal den nackten Schwanz eines Fellknäuels unter dem Kühlschrank verschwinden sah, laut aufschrie und alles Organische in die Halle hinüberwarf, fingen die anderen an, die Müllsäcke zu benutzen, die sie mitbrachte. Ganze zwei Wochen lang.

Schwer zu glauben, dass dieselben Männer auch in der Serverhalle das Sagen haben. Denn die sieht aus wie geleckt, sie wischen sogar Staub auf ihren heißgeliebten Geräten. Als sie Frodo zum ersten Mal mit einem regenbogenfarbenen Staubwedel herumfuhrwerken sah, brach sie in lautes Gelächter aus.

Als Viivi es geschafft hat, auf dem Sofa eine gesäßgroße Lücke freizuräumen, nimmt sie den Computer zur Hand, der nur ihretwegen da ist. Sie setzt sich und schaltet den Rechner ein. Heimlich wirft sie einen Blick in die Halle.

Da die Glaswand schon seit Jahren nicht geputzt wurde, ist sie klebrig und mit fettigen Fingerspuren übersät, *fifty shades of gray*, genau. Doch auch durch die Schmutzschicht erkennt sie Frodos schuldig-nervösen Gesichtsausdruck, als er mit einem Kabelbündel und einem Schraubenzieher in der Hand durch die

Halle läuft, um sich vorgeblich irgendwo an etwas zu schaffen zu machen. In Wirklichkeit behält er sie ganz genau im Auge, wie schon seit zweieinhalb Jahren. Oder fast drei.

Irgendwie ist er ja schon süß. Im besten Falle riecht er nach Salmiak, wenn man sich nahe genug herantraut. Oft genug aber ziemlich muffig. Chronisch verwuschelte Haare, zu beschäftigt, um sich zu rasieren. Auch den Badetag scheint er des Öfteren mal zu vergessen.

Im echten Leben heißt er Niilo. Seinen Nachnamen will sie gar nicht erst wissen. Wie alt er wohl ist? Sie war schon mehrmals kurz davor, ihn zu fragen, aber es könnte sein, dass er es selbst nicht weiß.

Immer mal wieder vergisst sie, dass er ein Gangster ist. Dass beide eigentlich Gangster sind.

41.

Kein Wölkchen. Der Himmel ist strahlend blau, der Seewind kühlt die Haut aufs Angenehmste. Trotzdem schmeckt das Mittagessen am Swimmingpool nicht so, wie es in Begleitung von Ripsa geschmeckt hätte. Zusammen hätten sie über die anderen herumwuselnden Kreuzfahrttouristen gelacht, die ihre Teller am Buffet mit unfassbaren Mengen warmer und kalter Speisen beladen.

Aus dem Augenwinkel beobachtet Leia das Buffetpersonal, das die schmutzigen Teller und das übrig gebliebene Essen abräumt, das dadurch – Simsalabim – zu Abfall mutiert. Diese schmale kleine Frau mit der Schürze: ein breites Lächeln, als sie nach dem Teller greift, auf dem noch mindestens zehn Hähnchenflügel liegen, die gerade mal angenagt sind. Sind Sie fertig, Sir, kann ich abräumen?

Das Lächeln ist wie weggewischt, sobald sie sich unbeobachtet glaubt. An seine Stelle tritt eine bodenlose Leere.

Oder dieser beliebte Kellner mit seinen dunkelbraun glänzenden Wangen und dem herzlichen Lachen, der im Vorbeigehen kleinen Kindern jovial durch die Haare fährt, mit den Erwachsenen flotte Sprüche austauscht und den älteren Damen zuzwinkert. Als er in die Küche verschwindet, sieht Leia gerade noch, wie er sich mit beiden Händen an der Wand abstützt und die Stirn dagegendrückt. Dann schwingt die Tür wieder zu.

Leia stellt ihr Geschirr zusammen und trägt es zum Rückgabeplatz, anders als die meisten anderen Buffetgäste, die sich mit solchen Kleinigkeiten nicht aufhalten wollen, obwohl auf einem

Schild ausdrücklich darum gebeten wird. Sie lässt Messer und Gabel in die vorgesehenen Kästen fallen, trinkt ihr Wasserglas aus und stellt es mit der Öffnung nach unten in einen Korb. Es gibt einen extra Mülleimer für Papier, einen für Essensreste und einen für Restmüll, auch hier wird also recycelt – aber als sie die Orangenschale von ihrem Teller in den Komposteimer fallen lässt, bemerkt sie unten im Eimer etwas Glänzendes. Eine dieser Metallfolien, die die einzeln verpackten Cookies vom Desserttisch so herrlich frisch und fluffig halten.

Ihre Finger sind noch klebrig. Direkt vor dem Restaurant ist ein Behälter mit Desinfektionsmittel angebracht. Leia sprüht es sich auf die Handflächen und verreibt es sorgfältig in den Händen, auch zwischen den Fingern und auf den Handrücken, vorschriftsmäßig, bis die Flüssigkeit getrocknet ist. Sie kann sich nicht daran erinnern, dass außer Ripsa und ihr irgendjemand auf dem Schiff sich die Hände desinfiziert hätte. Es lebe die finnische Gesundheitsbildung.

Auf dem Behälter prangt ein vertrautes Logo. Bestmed All. Sieh an. Ein Produkt von Ripsas Firma. So findet sich auf der *Siren* immerhin ein Quäntchen finnische Qualität, und dazu noch ein äußerst wichtiges – auch wenn die Brühe, wie Ripsa sagt, in einem x-beliebigen Land der Welt hergestellt worden sein kann. In irgendeinem Sweat-Lab, wo die Arbeitskräfte keine ordentliche Schutzausrüstung haben, geschweige denn humane Arbeitszeiten oder ein angemessenes Gehalt.

Es lebe die Globalisierung.

Irgendetwas ist im Gange. Vor der Kabine 8228 stehen drei Männer. Zwei tragen eine dunkelviolette Uniform, der dritte eine graue.

Als Leia näher kommt, blickt der eine Violette ihr verärgert, ja geradezu feindselig entgegen. Er macht eine wegwerfende Handbewegung und geht.

Leia beißt sich auf die Lippe. Ich sitze in der Tinte.

Nein, nicht ich, denkt sie dann. Raoul.

Sie geht weiter. Sie erkennt Raoul, neben ihm steht ein grau Uniformierter, den sie noch nie gesehen hat. Keiner von beiden lächelt. Als sie auf dem Anstecker nach Namen und Heimatflagge späht, legt der Mann seine Hand darüber.

»Du willst hören?«, sagt er. »Okay. Folge mir. Und kein Wort. Wenn jemand fragt, du hast dich verlaufen.«

An der Tür steht *Crew only*. Nur für Personal. Der grau Gekleidete öffnet sie.

Eine Treppe nach unten, eine zweite. Auch hier ein langer Korridor wie auf den Passagierdecks. Aber die Decke ist niedriger, die Wände rücken näher heran. Leia hat keine Neigung zu Klaustrophobie, aber jetzt hat sie das Gefühl, dass ihr der Brustkorb zusammengedrückt wird, als würde sie tief unter der Wasseroberfläche tauchen. Und unter der Wasseroberfläche sind sie hier sicherlich auch. Es ist kein einziges Fenster zu sehen.

Ihre Schritte dröhnen auf dem Metallfußboden, hier ist kein Teppich, der sie dämpft. Der Graue geht schnell, Leia muss sich anstrengen, um nicht den Anschluss zu verlieren. Für Angst hat sie keine Zeit, auch nicht für Zweifel. Dafür ist etwas anderes aufgetaucht: Neugier. Sie will wissen, wohin der Mann sie bringt.

Eine Frau kommt ihnen entgegen, den Arm voller gefalteter Handtücher für das Sonnendeck, wie sie auch in ihrer Kabine bereitliegen. Als sie an ihnen vorbeieilt, murmelt sie etwas in einer fremden Sprache. Dann müssen sie einen Wagen vorbeilassen, der ihnen klirrend und polternd entgegenkommt, so hoch bepackt mit schwankenden Tellerstapeln, dass man nicht sieht, wer ihn schiebt.

In die Nase dringt der Duft nach Essen, aber nicht von ausgesuchter italienischer Küche, sondern von alltäglicheren Gerichten. Fett, angebratene Zwiebel und irgendein orientalisches

Gewürz. Koriander? Als sie an der Kantine vorbeigehen, hört man das Klappern von Geschirr.

Sie biegen in einen weiteren Korridor ab. Heißer Dampf legt sich auf ihre Gesichter. Wäscherei, liest Leia an einer Tür, die sich vor ihr schließt. Dann kann sie gerade noch ausweichen, als eine riesige Trommel mit Papier auf sie zugerollt wird. Weiß der Geier, wofür man hier so etwas braucht.

Um eine weitere Biegung, noch eine Treppe hinab, noch schmaler als die vorherigen. Ein weiterer Korridor, noch enger und niedriger. Ein etwas größerer Mann müsste hier schon den Kopf einziehen. Und der Korridor verläuft nicht mehr gerade und übersichtlich, sondern verzweigt und gabelt sich in einem fort und führt, wie es Leia erscheint, abrupt in widersinnige Richtungen. Es würde sie nicht wundern, wenn sie schon einmal ganz um das Schiff herumgegangen wären. Dies sind die Mannschaftsquartiere, hinter offenen und geschlossenen Türen dröhnt Asia-Pop, Reggae oder Heavy Metal. Hinter einer Tür ist ein Streit im Gange, hinter einer anderen ertönt rhythmisches Schnarchen. Aus einer Kabine ist ein lautstarkes Liebesspiel zu hören. Leia ist erleichtert, dass die Tür zu dieser Kabine fest geschlossen ist.

Auf den Passagierdecks der *Siren* bläst die Klimaanlage kalt wie am Nordpol, und hier ist es zu warm. Mit feuchten Achseln und nassem Rücken folgt Leia dem Mann, der sich immer weiter vorwärtsschlängelt, immer tiefer in das Innere des Schiffes, immer weiter hinein in das Labyrinth. Sie kommt sich vor wie eine Maus in einer Versuchsanordnung. Ich werde hier niemals allein herausfinden, begreift sie mit einem Mal.

Zurück kann sie nicht. Das hier muss bis zum Ende durchgestanden werden.

Immer wieder kommen ihnen Menschen entgegen, bleiben stehen und drücken sich mit dem Rücken gegen die Wand, damit sie passieren können. Männer, Frauen, verschiedenste Nationalitäten. Unterschiedliche Uniformen in verschiedenen Farben: hellgrau und hellblau, den Flecken nach für das Küchenpersonal, violett wie bei Raoul und den anderen Kabinenstewards, dunkelblau, grün, dann wieder grau wie bei dem Mann, dem sie folgt. Manche schauen sie befremdet an, manche wütend. Die meisten scheinen allerdings gar nicht zu merken, wem sie Platz machen. Auf den Boden gerichtete Blicke, fahle Gesichter, in die eigenen Gedanken versunken. Ein anderer grau Gekleideter, vermutlich ein Bekannter des ersten, grinst und sagt offenbar etwas Anzügliches in einer Sprache, die Leia zum Glück nicht versteht.

Schließlich kommen sie vor einer geschlossenen Tür zum Stehen. *Mess*, liest Leia. Durcheinander?

Der Mann sieht auf seine Armbanduhr.

»Zehn Minuten.«

Er öffnet die Tür und schaltet das Licht im Raum an. Leia tritt ein.

Ein langer Tisch mit Stühlen darum. Zwei graue Ecksofas, anscheinend sehr hart und asketisch. Fernseher und DVD-Player. Ein Regal mit einigen DVD-Hüllen. Actionfilme, mit Titeln in einer Sprache, die Leia nicht kennt. Ein abgegriffenes Kartenspiel. Ein englisches Taschenbuch, ein Krimi mit Eselsohren, auf dem Cover der Abdruck einer Kaffeetasse. Ein paar neu aussehende Zeitungen, offenbar noch ungelesen.

Die Messe, begreift Leia endlich. Der Freizeitraum der Mannschaft. Allerdings ist es schwer zu glauben, dass hier jemand gern seine Freizeit verbringt, vor allem, wenn diese begrenzt ist.

In dem dumpfen Raum riecht es nach Zigarettenrauch und Desinfektionsmittel.

Leia setzt sich auf einen der Stühle. Obwohl er gepolstert ist, spürt sie die Vibration, die vom Fußboden aufsteigt. Das Schiff liegt noch immer im Hafen, aber vielleicht werden die Maschinen auch dann nicht ganz abgeschaltet. Wie stark es hier wohl vibriert, wenn das Schiff unterwegs ist und die Antriebspropeller sich drehen?

An der Anschlagtafel auf der blassgelben Wand hängen zwei A4-Blätter voll mit kleingedrucktem Text und eine Postkarte. Eine Südseelandschaft mit einer Palme und einem Hula-Mädchen.

Zehn Minuten, denkt Leia, warte ich hier auf jemanden? Und im selben Moment hört sie Schritte, die sich auf dem Korridor nähern. Die Tür öffnet sich.

Der Mann ist zwischen fünfzig und sechzig Jahre alt. Wettergegerbte Haut, hohe Wangenknochen. Er trägt keine Uniform, sondern eine normale lange Hose und eine dunkelblaue Strickjacke, merkwürdige Wahl bei den Temperaturen. Der Mann misst sie mit seinen Blicken, dann dreht er sich um und sagt leise etwas zu dem grau Gekleideten, der vor der Tür Wache steht.

Erst dann tritt er endgültig ein und macht die Tür hinter sich zu.

Leia steht auf, der Mann kommt auf sie zu, sieht sie erwartungsvoll an. Leia weiß nicht, was sie sagen soll und in welcher Sprache, aber dann streckt der Mann seine Hand aus.

»Hallo«, sagt er auf Finnisch.

»Hallo«, erwidert Leia verwirrt. »Ich wusste nicht, dass …«

»Ich bin kein Finne, aber ich spreche Finnisch.«

»Este?«, fragt Leia. Der Mann antwortet nicht, sondern fährt fort: »Du wolltest etwas über die Arbeitsbedingungen hier auf dem Schiff wissen. Warum?«

»Nun, also, ich bin Leia Laine, ich bin zwar als Passagierin an Bord, aber ich bin von Beruf … Sozialwissenschaftlerin und … Dieses Kreuzfahrtschiff ist eine ganz neue Welt für mich. Mich interessiert euer Arbeitsumfeld hier. Nach dem, was ich gehört habe, ist es nicht gerade, na ja, gut.«

Warum kommt sie sich wie eine Betrügerin vor? Vielleicht

weil der Mann nichts dazu sagt? Warum um alles in der Welt ist sie so nervös, schließlich ist sie wirklich Sozialwissenschaftlerin. Doch, doch, natürlich. Immer noch. So wurde sie auch neulich in dem Interview in der *Helsingin Sanomat* tituliert, es ist völlig irrelevant, dass sie momentan zufällig als Sachbearbeiterin in der Versicherungsbranche arbeitet.

Und sie *ist* an den Arbeitsbedingungen auf dem Kreuzfahrtschiff interessiert. Sehr sogar. Sonst wäre sie ja nicht in diesem Raum hier gelandet. Sie hat doch auch früher schon wissenschaftliche Interviews geführt, also frei heraus!

Sie setzt sich, nimmt ihre Tasche auf den Schoß und kramt nach Stift und Papier.

»Ich dachte, ich könnte daraus ein Hintergrundinterview für einen wissenschaftlichen Artikel machen«, erläutert sie. Und versucht, ihre brennenden Wangen zu ignorieren.

Dem Mann ist das ganz klar suspekt, aber dann setzt er sich ihr gegenüber auf einen Stuhl.

Ein Stift findet sich schließlich sogar, aber kein vernünftiges Stück Papier, nur alle möglichen Zettelchen aus dem Portemonnaie. Leia nimmt sich das größte, die Quittung für die Seife, die sie in Monaco für Viivi gekauft und inzwischen schon weggeworfen hat. Die Rückseite des Kassenzettels ist leer, in einer Ecke versucht sie, den Kugelschreiber zu testen, das wirkt alles furchtbar unprofessionell, flucht sie innerlich. Als würde die Quittung immer noch den Lavendelgestank ausdünsten, aber das muss Einbildung sein.

»Vielleicht nennst du mir zuerst deinen Namen und deinen Aufgabenbereich hier an Bord der *Mediterranean Siren*.«

Der Mann lehnt sich zurück.

»Ich will nicht, dass du irgendwas aufschreibst.«

»Leider habe ich keinen Recorder dabei. Früher hatte ich ein Handy, mit dem ich aufnehmen konnte, aber …«

»Nein.«

Die Pupillen des Mannes sind nadelspitz, als er seine Augen auf Leia heftet.

»Keine Notizen. Egal welcher Art. Ich nenne weder meinen Namen noch meine Position. Wenn dir das nicht passt, dann ist die Sache hiermit beendet. Dann müssen wir unsere Zeit nicht verschwenden.«

»Ist gut«, sagt Leia. »Keine Namen. Und auch sonst nichts.«

Der Mann wartet, bis Leia den Stift auf den Tisch gelegt hat.

»Du willst was über die Arbeitsbedingungen an Bord wissen. Ich weiß nicht, wann und wofür du diese Informationen verwendest. Trotzdem glaube ich, dass du nichts Falsches im Schilde führst. Deswegen bin ich bereit, mit dir zu sprechen.«

»Okay …«

»Jemand muss reden. Sonst ändert sich nie etwas.«

»Was müsste sich denn ändern?«

Der Mann verschränkt die Finger auf dem Tisch und lehnt sich nach vorn.

»Alles.«

Das, was der estnische Seemann Leia berichtet, bestätigt alle Vermutungen, die Ripsa und sie so sorglos wie Bälle hin- und hergespielt haben, als ihnen die Vielfalt der Nationalitäten auffiel und sie sich halb im Scherz fragten, ob die Aufgabengebiete nach ethnischer Zugehörigkeit verteilt werden.

Genau so ist es, erfährt sie. Die Offiziere sind Italiener, das Servicepersonal kommt aus anderen europäischen Ländern: die Leute an den Infotheken, das Personal in den Geschäften, die Frauen im Spa-Bereich und das Animationsteam. Die Übungsleiterinnen der Sportkurse, die Bingo-Conférenciers, die Stadtführer. Der Bordfotograf und die Bühnentechniker. Und die Sänger und Tänzer, die Abend für Abend eine eindrucksvolle Show abliefern.

»Viele arbeiten freiberuflich. Das Einkommensniveau ist nicht besonders, und die Tage sind lang, aber die Arbeit ist spannend.«

Das Personal im Maschinenraum stammt in erster Linie aus Russland und der Ukraine sowie aus Indien, Indonesien und von den Philippinen.

»Ein Scheißjob in dem ständigen Lärm und der Enge, ungünstige Schichten, viel Nachtarbeit, wie du dir vorstellen kannst, keine besonders tollen Bedingungen. Man kann aufsteigen, aber das dauert. Das dauert …«

Das Personal, das dem Purser unterstellt ist, ist kaum besser dran. Die Kabinenstewards. Die Reinigungskräfte. Aber auch die Kellner und die anderen Mitarbeiter im Speisesaal. Die Arbeitszeit wird bis zum Äußersten ausgereizt, vierzehn Stunden am Tag. Zehn Stunden Freizeit am Tag, davon sechs am Stück für die Nachtruhe. Der Rest ist in halbstündigen Häppchen über den Tag verteilt. Immerhin bietet man den Reisenden ja Service rund um die Uhr.

»Kommt dir das bekannt vor?«, hakt der Mann nach. Leia nickt.

Immerhin sehen sie Tageslicht, erfährt Leia. Durch die Fenster. Die Decks sind für sie verboten. Und dann sind da noch die Mitarbeiter auf den Zwischendecks: die Köche, Spüler, Küchenhilfen. Das Personal der Wäscherei. Auf dem Schiff arbeiten Hunderte von Menschen, von denen die Passagiere in einer Woche rein gar nichts zu sehen bekommen.

»Das stimmt«, sagt Leia. Vorhin in den Korridoren sind ihr mehr Arbeitskräfte entgegengekommen, als sie auf der gesamten Reise bisher gesehen hat. »Welchen Weg nehmen sie, wenn sie an ihren freien Tagen an Land gehen?«

»Sie haben keine freien Tage.«

In den internationalen Verträgen von Schiffen unter Billigflagge ist nicht von freien Tagen die Rede, also gibt es keine. Die meisten unterschreiben Arbeitsverträge für ein Jahr, die sie dazu verpflichten, bis zu einem Jahr ohne auch nur einen einzigen freien Tag zu arbeiten.

»Du meinst also, dass sie in der ganzen Zeit kein einziges Mal nach Hause fahren?«

»Die meisten gehen noch nicht einmal an Land. Die meisten haben dafür bezahlt, dass sie diese Arbeit bekommen haben. Erst wenn sie ihre Schulden abgearbeitet haben, fangen sie an, wirklich etwas zu verdienen. Bis dahin vergeht oft ein halbes Jahr, bei manchen sogar mehr. Wenn man zwischendurch aussteigt, kriegt man nichts, aber der Arbeitsvermittler muss trotzdem bezahlt werden. Auch den Rückflug muss man selbst zahlen. Also hat man schnell noch mehr Schulden am Hals.«

»Das ist ja Leibeigenschaft.«

»Im Klartext: Sklaverei.«

»Ist das nicht illegal?«

»Wir fahren unter Billigflagge, hier gelten die Paragrafen eines Landes, in dem eine Arbeitskraft so viel wert ist wie eine Fliege. Wenn eine erschlagen wird, stehen schon zehn neue da. Niemand traut sich, sich zu beschweren, um nicht im nächsten Hafen an Land bleiben zu müssen. Danach kann man sich weitere Jobs abschminken, jedenfalls bei derselben Reederei. Und wenn man doch so leichtsinnig ist, in der Gewerkschaft oder in der Öffentlichkeit auf Missstände aufmerksam zu machen, dann kann man gleich ganz den Beruf wechseln. Keine Reederei bezahlt dich fürs Anschwärzen. Viele Leute werden auch wegen anderer Vergehen gefeuert. Rumhängen, widersprechen, Prügeleien. Wenn viele verschiedene Nationalitäten wochenlang, monatelang, sogar jahrelang zusammen in fensterlosen Räumen eingepfercht sind, dann kann man sich denken, dass da Zoff entsteht. Die meisten schlafen in Vier-Bett-Kabinen, nirgends hat man seine Ruhe. Aufrührer werden sofort entfernt. Und die Null-Toleranz-Politik ist heute rigoros. Ein Tropfen Alkohol, und du fliegst raus. Oder andere Substanzen. Dann heißt es Good bye.«

»Aber der Kapitän und die Offiziere hatten beim Abendessen Wein in ihren Gläsern«, wundert sich Leia.

»Sie können über ihre Regeln selbst bestimmen.«

Der Mann schaut auf die Uhr an der Wand. »Und, hast du bekommen, was du wolltest?«

»Danke, ja. Ich bin dir wirklich sehr dankbar. Du gehst ein hohes Risiko ein, wenn du einer Unbekannten wie mir geheime Informationen gibst.«

»Sie sind nicht geheim.«

»Nein?«

Der Mann nimmt den Stift vom Tisch und fängt an, etwas auf Leias Zettel zu schreiben. Ein Linkshänder, stellt Leia fest, wie Viivi. Ihre geliebte Linkshänderin, die schon seit dem großen Bastelaufstand in der Kinderkrippe immer gegen eine Welt kämpfen musste, die für Rechtshänder gemacht ist. Als hätte ihre Tochter nicht ohnehin schon genug mit ihrem Anderssein zu kämpfen gehabt.

In einem Elterngespräch hatte die Leiterin der Kinderkrippe sie beide, die Mutter und ihre vierjährige Tochter, für die Verschwendung der geringen städtischen Zuschüsse verantwortlich gemacht, nur wegen der Anschaffung einer »geringfügig anders geformten Schere«. Viivi könne doch auch lernen, »ganz normal mit rechts« zu schneiden, so wie die anderen auch, »selbst wenn es bei ihr nicht ganz so gut klappt«.

Da wurde Leia das erste Mal zur Löwenmutter. Die Krippenleiterin bekam eine Abmahnung und Viivi ihre Schere, dafür sorgte sie.

»Auf diesen Internetseiten findest du weitere Informationen über die Bedingungen auf Schiffen unter Billigflagge. Hintergrundberichte, Statistiken. Alles öffentlich.«

Der Mann schiebt Leia den Zettel zu und erhebt sich. »Nutze deine Informationen gut. Die können uns drangsalieren, aber die können uns nicht auf ewig mundtot machen. Wer seine Hand ausstreckt, um das Rad der Geschichte anzuhalten, zerquetscht sich die Finger. Wer hat das gesagt?«

»Äh, also, kommt mir bekannt vor, aber …«

»Ein gewisser Werftarbeiter aus Polen. Der Elektriker Lech Walesa, falls du schon mal von ihm gehört hast. Anfang der Achtziger hat er die Gewerkschaft Solidarność gegründet und wurde 1990 zum polnischen Staatspräsidenten gewählt. Bestimmt warst du damals noch gar nicht geboren.«

»Doch, war ich schon«, sagt Leia schmallippig. »Eine Frage habe ich noch. Eine persönliche Frage. Warum willst du immer noch hier arbeiten, obwohl du das alles weißt und es ganz eindeutig nicht gutheißt?«

Das Gesicht des Mannes wird zu Stein.

»Wie ich schon sagte, nicht alle haben die Wahl. Manchmal zerstört man seine eigenen Möglichkeiten, und dann muss man an dem festhalten, was bleibt.«

Als der Mann den Raum verlässt, folgt Leia ihm mit ihren Blicken. Sobald er auf den Korridor verschwunden ist, späht der Mann in der grauen Uniform herein.

»Zurück nach oben. Und kein Wort. Nicht vergessen.«

42.

Sie versucht es wieder. Er nimmt einfach nicht ab. Sie begreift es nicht. Wo kann er denn sein? Als würde er absichtlich vor ihr davonlaufen.

Versteht er denn nicht, dass sie ihn genau jetzt braucht? Korrigiere: nein, nicht ihn, sondern sein Geld. Sie hat sich jeden Dollar redlich verdient. Sommers wie winters ist sie hergekommen, hat ihm Gesellschaft geleistet, hat ihm erlaubt, ihr das eine oder andere Lustige und Nützliche aus seinem Fachgebiet beizubringen und sich dabei unersetzlich und wichtig zu fühlen. Sie wiederum hat immer ein Auge auf ihn gehabt und sich Veränderungen in seinem Verhalten und seinen Äußerungen notiert – und ihn im Gegenzug wie nebenbei mit Wissen über ihre Mutter gefüttert, so viel wie nötig, in kleinen Häppchen, damit er bis zur nächsten Fütterung Ruhe gibt.

Eine Symbiose, denkt sie. Beide profitieren voneinander. Daran ist nichts Schlechtes.

Anfangs dachte sie: Was für ein durchgeknallter Typ! Glaubt, er wäre irgendein Agent oder so was. Wie der geniale Mathematiker in *A Beautiful Mind*, gespielt von Russell Crowe, der überall versteckte Botschaften und Men in Black sieht. Dann hat sie es kapiert: Er hat Angst. Er weiß nicht, wie ihre Mutter reagiert, falls er irgendwann mal seinen Mut zusammennimmt und sie kontaktiert, ihr sagt, wer er ist und was er getan hat. Timo Ratanen, alias Land-o, stalkt Leia Laine seit Jahren und hat sich in einer Weise in ihr Leben eingemischt, die nur ein nerdiger, einsiedlerischer Hacker für ein Zeichen leidenschaftlicher Liebe halten kann. In einer Weise, die für keinen vernünftigen Menschen gesund ist und die Polizei und Justiz nicht als legal bezeichnen würden.

Das würde ihre Mutter wohl kaum verstehen.

Viivi hofft, dass er ihre Mutter allmählich ad acta legt und ein neues Objekt für seine Fixierung findet. Vergeblich. Auch seine Ex beobachtet er immer weiter.

In diesen zweieinhalb Jahren hat er die Halle nicht oft verlassen. Er hat sogar sein Nobelauto verkauft, einen schneeweißen Lamborghini, den er seinen *Millennium Falken* nannte. Aber er konnte ihn nicht fahren, weil er damit zu viel Aufmerksamkeit erregte. Als er ihr das erzählte, weinte er. Er hatte anscheinend versprochen, Jesse mal darin mitzunehmen.

Sein Sohn ist schon zwölf, aber er ist ihm seit zwei Jahren nicht mehr begegnet. Ganz schön hart. Zuerst wollte Marjukka überhaupt nicht, dass Jesse seinen Vater sieht, und jetzt, wo sie es erlauben würde, ist der Vater wie vom Erdboden verschluckt.

Und ich hab ihn auch verloren, denkt Viivi.

Es geht nicht nur um das Geld. Sie würde es ihm gerne erzählen. Ihm insbesondere. Er könnte es schätzen. *Congratulations!*

Er würde ihr helfen. Er würde verstehen, wenn sie es begründet. Ich werde nicht in irgendeiner Aalto-Uni vor mich hin rotten. Ich ersticke hier. Alles hier macht mich fertig. So wie dieser … Idiot mit der finnischen Flagge.

Obwohl sie weiß, dass sie es gleich bereuen wird, startet sie eine Bildsuche. Jup, super. Viertausend Treffer aus allen Ecken und Enden der Welt. Die Einzigen, die den Typen verstehen und ihm für seine Aktion danken, finden sich auf Seiten mit der Länderkennung fi.

Wie man sich denken konnte, stehen die ausführlichsten Lobeshymnen auf der Website der Partei *Finnland den Finnen*.

Angeekelt überfliegt Viivi einen Blogbeitrag, in dem ein »Pena«, angeblich der Parteisprecher, schreibt: »Wir sind Tausende. Diese Stalinisten, die brav ihre rot-grüne Smuthies schlürfen, können uns nicht zum Schweigen bringen, mit der Finnen Flagge auf den Schultern kämpfen wir bis zum Sieg gegen die Einwanderungs Invation.«

Viivi fügt noch ein paar zusätzliche Schreibfehler ein.

Annastiina Häkkilä, die Frau des Ex-Ministers Tarmo Häkkilä, ist bekanntermaßen die Einzige, die auf der Seite unter ihrem eigenen Namen und mit ihrem eigenen Gesicht auftritt. Sie lächelt mit aufgerissenen Augen wie eine Serienmörderin im Horrorfilm. Als Viivi das Video anklickt, fängt die Frau an, über die Flüchtlinge herzuziehen, die jeden Sommer mit einer mediterranen Strömung ankommen wie Heuschreckenschwärme und alles, was ihnen unterkommt, ratzekahl auffressen.

Das vorherige Video hat Viivi an der Stelle angehalten, wo Annastiina sich die Lippen leckt. Sie hat die Zunge verlängert und die Spitze gespalten. Frühere Videos hat sie einfach gelöscht. Sollte sie jetzt die Software ausprobieren, die Frodo ihr empfohlen hat – mit der man Leuten Dinge in den Mund legen kann? Angeblich reicht es aus, wenn man zehn Minuten Tonmaterial der betreffenden Person hat. Auch wenn der Gedanke verlockend ist, beschließt Viivi, sich dieses Experiment für ein anderes Mal aufzuheben. Diesmal soll es reichen, dass sie Annastiinas Vorderzähne gelb einfärbt. Nicht zu viel. Aber doch so, dass es den Zuschauern auffällt.

Sie schaut, ob es Neues auf der Seite *Aktuelles* gibt, obwohl sie weiß, dass auch das ihre Stimmung nicht heben wird. Normalerweise wird dort über die »Integration« von »Einwanderern« und andere Menschen, die unsere »Kultur« »bereichern«, hergezogen – noch nie hat sie irgendwo im Internet eine so hohe Dichte von Anführungszeichen gesehen –, und man wird dazu aufgefordert, in »geschlossener Front« den ehrenhaften Endkampf für ein Finnland der Finnen zu kämpfen. Anders gesagt werden dort irgendwelche Idioten dazu animiert, vor Flüchtlingsunterkünften große Sprüche zu machen und mit Bierdosen zu werfen. Oder die »friedlichen Demonstrationen« von »Vaterlandsverrätern« und »Toleranzbesoffenen« zu stören. Es ist vollkommen unverständlich, warum die Behörden die Seite nicht abschalten! Sie hat die Polizei schon darauf hingewiesen, dass die Texte die Straftatbestände der Nötigung, der Anstiftung zu kriminellen Handlungen und der Volksverhetzung erfüllen. Ohne Ergebnis. Also hat sie selbst die schlimmsten Texte gelöscht.

Oft enthalten die Beiträge Aufrufe, sich zusammenzurotten und sich bestimmte, namentlich genannte Personen vorzuknöpfen, die sich Rassisten in den Weg gestellt haben. Diesmal ist es … Nein! Der Name ihrer Mutter springt ihr sofort ins Auge. *Die scheinheilige Toleranzlerschlampe, diese verbitterte Bitch, die ihre besten Tage hinter sich hat …* Viivis Augen gleiten rasch über den Text, der heute auf der Seite aufgetaucht ist. Derselbe Mist wie immer. Dass euch das noch nicht langweilig wird, was ist eigentlich mit euch los? *Get a life.*

Auch im vorhergehenden Text geht es um ihre Mutter. *Leia Laine wurde diese Woche auf einem Schiff auf dem Mittelmeer gesichtet. Und zwar nicht auf irgendeinem kleinen Bötchen, sondern auf einem Luxuskreuzfahrtschiff namens* Mediterranean Siren.

Anbei aktuelle Fotos.

Fotos? Viivi klickt auf den Link.

Tatsächlich. Fünf, sechs, sieben … Viele. Alle sehen aus wie heimlich aufgenommen. Ihre Mutter und Ripsa sitzen auf hohen Hockern an einer Bar, hinter dem Tresen eine Spiegelwand voller Flaschen. Ripsa hat anscheinend zur Abwechslung rote Haare und trägt ein echt schickes Papageienkleid. Ihre Mutter ist halb von hinten aufgenommen, aber man kann sie erkennen. Auf einem anderen Bild sind sie in einem Restaurant. Ihre Mutter stützt sich auf den Tisch, der Mund ist offen, weil sie anscheinend ihrer Schwester gerade irgendwas erklärt. Autsch, denkt Viivi, du solltest besser aufpassen.

Mama sollte nichts trinken. Das bekommt ihr einfach nicht.

Mehr Bilder von ihrer Mutter. Einzeln und zusammen mit Ripsa. Und dann von ihrer Mutter und irgendeinem Mann. Ein schwarzhaariger, gegelter Typ in Uniform steht allzu vertraulich nah bei ihr, auf seiner Unterlippe glitzert ein Speicheltropfen. Wirkt alles irgendwie anrüchig. In der Bildunterschrift heißt es, Leia Laine wähle persönlich »das potenteste Asylantenmaterial« aus.

Viivi verzieht das Gesicht. Idioten. Sie löscht die Bilder direkt. Ihre Mutter wird nicht begeistert sein, wenn Fotos von dieser Webseite in einer Boulevardzeitung landen. Und Timo auch nicht. Oha. Wie würde er wohl reagieren, wenn er sehen würde, wie hungrig dieser Uniformträger ihre Mutter anstarrt. Nur gut, dass er irgendwo …

Der Gedanke bricht ab.

In ihrem Bauch hat sich ein Knoten gebildet, sie stellt den Rechner auf den Boden und springt zur Tür. Sie stößt sie auf, hält sich mit den Händen die Ohren zu und *schreit*. Schwer zu glauben, dass ihre Stimme in der Lage ist, den Lärm der Rechnerhalle zu durchdringen, aber es funktioniert. Frodo hört sie, er steht im nächsten Moment auf der Schwelle und zieht die Tür hinter sich zu.

Er nimmt die Ohrenschützer ab und lächelt verschämt glücklich.

»Ist er auf diesem Schiff?«

Frodos Lächeln erstirbt, er saugt sich die Lippen in den Mund, seine Hand fängt an, mit Hingabe an seinem Achttagebart zu kratzen.

»Da, wo auch meine Mutter ist? Antworte. Du musst es mir sagen. Sag es, oder du siehst mich nie wieder. Ich meine es ernst!«

Kraaps, kraaps, rascheln die Barthaare unter seinen Fingernägeln. Sein Blick wandert zum Fußboden, er verlagert das

Gewicht von einem Bein aufs andere und wieder zurück. Sein Mund nuschelt etwas wie *na ja, also, kann schon sein, dass es irgendwie so, quasi, gekommen ist …*

Viivi presst sich die Hand auf den Bauch und schafft es gerade so, zum Papierkorb zu stürzen und sich auf die Knie fallen zu lassen. Dann kotzt sie in die Bananenschalen.

43.

Auf dem Korridor auf Deck neun kommt eine seltsame Truppe angehüpft – in Streifenhosen, mit komischen Hüten und Clownsnasen, sie blasen in Pfeifen, schwingen Ratschen und stoßen spitze Schreie aus. Ihnen folgen im Gänsemarsch Kinder und Erwachsene, die anscheinend einen Riesenspaß haben.

Die Rattenfänger von Hameln mitsamt ihrer Anhängerschaft. Ab ins Meer mit der ganzen Truppe.

Die Beine sind schwer von der Hitze, auf den Schultern lastet die Enttäuschung dieses Tages. Vergeblich, vergeblich, alles vergeblich.

Nicht mal in der Kabine hat man seine Ruhe. Denn dort kommt ihm sofort Maimai entgegen. Wer von uns wohnt hier eigentlich?

»*Good afternoon, sir* – hoffentlich war ihr Ausflug schön.«

»Nein.«

Eine Sekunde lang ist Maimai von dieser Antwort irritiert, dann setzt sie ihr Gesäusel fort und hält ihm mit beiden Händen eine Obstschale hin.

»Ein bisschen Obst gefällig? Oder kann ich Ihnen beim Roomservice etwas anderes bestellen? Vielleicht möchten Sie sich bei einem Glas Champagner im Jacuzzi erfrischen? Oder eine entspannende Ganzkörpermassage?«

»Machen Sie die?«

»Sir?«

Maimais Mund formt ein perfektes O, wie es nur Maimais können.

»Die Ganzkörpermassage«, sagt Timo.

Kichern. Maimais Standardreaktion für peinliche Situationen. Oder für Situationen, die schwer zu deuten sind. Ihr Tonfall entspricht nicht ganz dem Inhalt des Gesprächs, das hat sie selbst gemerkt.

Sie klingt nur böse.

»Oh nein, Sir. Sie machen Spaß. Wir haben Masseurin in Spa-Bereich, sie macht Kabinenbesuche. Alma aus Rumänien. Sehr geschickte Masseurin.«

»Lass nur. Ich brauche nichts. Du kannst gehen.«

Endlich räumt Maimai das Feld.

Der Magen knurrt. Timo schnappt sich aus dem Obstkorb eine Banane und befreit sie von ihrer Schale. Ob er seit gestern überhaupt etwas gegessen hat, er weiß es nicht. Er stopft sich die halbe Banane in den Mund, dann den Rest und wirft die Schale auf den Tisch.

Dann holt er die Schultertasche heraus und macht sie auf. Nur ein kurzer Check.

Roger. Ripsas Signal kommt aus Finnland. Wenigstens dieser Plan ist aufgegangen. Von Leia hingegen kommt gar kein Signal, also …

Das Spiel ist nicht verloren. Sie kann immer noch in der Nähe sein. Wovor zum Henker hat er Angst?

Man sollte regelmäßig essen, sagen die Gesundheitsapostel. Mehrmals am Tag, nicht nur dann, wenn man kurz vor dem Hungertod steht. Sein Lebensstil könnte eine Optimierung gebrauchen, sonst ist es bald aus mit seinem fünfundvierzigjährigen Körper. Essen, Schlaf, Bewegung.

Was ist ausreichend, was ist schon zu viel? Frodo vertreibt auch diese Geräte, er trägt selber eins am Handgelenk, vermutlich nur, um ihn zu ärgern. Wann ist der Stress auf seinem Höhepunkt? Wie viele Liegestütze muss man noch machen, damit man Muskelmasse aufbaut? Habe ich letzte Nacht wegen des ungesunden Doppel-Bacon-Hamburgers so schlecht geschlafen? Das neuste Modell misst auch nach, ob der Liebesakt gelungen ist. Steigt der Puls, schwitzt man, wann entlädt sich die Muskelspannung (falls sie es tut) und wie oft? Wenn beide Stahl am Handgelenk und Sensoren an den anderen kritischen Stellen tragen, kann man jedes überflüssige Beziehungsgewäsch getrost vergessen. »Bist du gekommen?« Keine weißen Lügen mehr, die Daten werden aus der Koje direkt in die Cloud übertragen, also nichts wie los und zusammen in der App die Analyse anschauen. Das Programm serviert einem die Informationen auf dem Silbertablett und verwandelt die aktuellen Herausforderungen und Entwicklungspunkte des Sexuallebens in dekorative Kurven und Tortendiagramme. Verlängern Sie den aeroben Teil am Anfang, nehmen Sie im Zweifelsfall Medikamente zur Hilfe. Dann hier noch etwas reiben und da etwas zwirbeln, dann schreit der G-Punkt Hurra, und Sie können Ihre orgastischen Kurven perfekt synchronisieren.

Ein Spitzengerät. Er hat schon viele unterhaltsame Stunden damit verbracht, in der Cloud nach den Daten diverser Politiker, Sportler, Börsenmakler und B-Promis zu fischen und in die Sternstunden und Talsohlen ihres Intimlebens einzutauchen. Anhand der Kurven kann man mit einer nur fünfprozentigen Fehlerquote voraussagen, wann ein Sportler die Chance auf eine Medaille hat oder welches Promipaar sich demnächst trennt.

Aha. Ein Telefongespräch.

Wieder eine neue Nummer. Länderkennung Tibet oder Timbuktu. Irgendwas hat sie anscheinend schon bei ihm gelernt. Diese Hartnäckigkeit muss wohl belohnt werden.

»Du bist auch da. Auf dem Schiff. Gib's zu.«

Eine herzliche Eröffnung. Vielleicht sollte er das Gespräch genau so beenden wie das von gestern Abend. Sofort, bevor noch mehr Schaden entsteht.

»Ja und?«, sagt Timo. Verdammt, er mutiert schon selbst zum Teenager. »Und worum geht's?«

»Du bist ein verdammtes Stück Scheiße. Scheiße, Scheiße, Scheiße!«

Auch sie ist anscheinend regrediert, ins Trotzalter, wo man gerade schlimme Wörter gelernt hat.

»Danke für deine Rückmeldung«, sagt Timo. »Sonst noch was?«

Viivi sagt nichts mehr. Timo stellt überrascht fest: Das Mädchen weint.

»Was ist denn los?«

»Sag bloß nicht, du hast keine Ahnung.«

»Doch.«

»Du lügst. Ich hab alles gesehen. Und ich dachte, du bist auf Mamas Seite. Und auf meiner!«

»Ich habe keinen blassen Schimmer, wovon du redest.«

Diesmal ist sie es, die mitten im Satz auflegt.

44.

Der erste Gedanke, als es an der Tür klopft: Probleme. Mein Besuch unter Deck ist aufgeflogen. Ich muss Raoul wegen seines Mittagsschläfchens verpetzen. Damit könnte ich nicht leben.

Dann eine Frauenstimme.

»Leia?«

Da ist sie also, um sie an das Treffen mit Antonio zu erinnern, so, wie sie es gestern Abend angedroht hat. Dass Leia ihr auch ihre Kabinennummer verraten musste.

Ihre spontane Reaktion ist: Ich mache einfach nicht auf. Ich sage nichts. Sie weiß ja nicht, dass ich hier bin. Ich bin einfach mucksmäuschenstill, und sie haut wieder ab.

Doch Leia packt sich beim Schopf, wie es sich für eine Erwachsene gehört. Sie öffnet die Tür und schaut in Marinas fröhliches Gesicht.

»Wollen wir zusammen zu Abend essen?«

Leia ist erfreut. Viel besser. »Danke, gerne. Ich wollte gerade los ins Bellissima.«

Marina trägt einen schlichten, schicken, meergrünen Hosenanzug aus Leinen, dazu hohe rote Schuhe und eine weiße Handtasche – die Farben der italienischen Flagge entsprechend dem Motto des Abends. Das Ensemble wird komplettiert durch ein flatterndes, grün-weißes Seidentuch. Leia selbst trägt ihr kleines Schwarzes, das sie sich vor Jahren für eine Weihnachtsfeier gekauft hat. Es steht ihr allerdings gut und ist auch ein bisschen gewagt geschnitten, jedenfalls für ihre Verhältnisse: Der Stoff über dem Dekolleté ist durchscheinend, und der Saum reicht gerade so bis zur Mitte des Oberschenkels.

»Ich hab nichts dabei, was für das heutige Motto passen würde«, erklärt Leia, als sie Marinas zweifelnden Blick bemerkt.

»Frühstück bei Tiffany«, schlägt Marina vor.

»Das spielt doch in New York. Und Audrey Hepburn ist keine Italienerin.«

»Wenn du so schick bist wie Audrey, dann – *fuck the Italians.*«

Leia lächelt zufrieden. Obwohl Marinas Wortwahl sie ein bisschen erstaunt.

»War Pompeji eindrucksvoll?«, fragt Marina.

»Wir sind gar nicht so weit gekommen.«

»Was ist passiert?«

»Das Schiff legt gleich ab, wollen wir nicht an Deck gehen, dann können wir das noch vor dem Abendessen beobachten? Ich erzähl dir dann dort, was los war.«

Marina späht an Leia vorbei in die Kabine.

»Kommt deine Schwester auch mit?«

Leia greift nach ihrer schwarzen Abendtasche.

»Nein, Ripsa kommt nicht mit.«

Addio fiorito asil, singt der Tenor. Die Häuser der Stadt und die Palmen an der Uferpromenade werden immer kleiner, dahinter erhebt sich stolz die riesige bläuliche Kontur mit der gekappten Spitze, irgendwo an seinen Hängen Pompeji.

Nächstes Mal, denkt Leia. Ein bisschen tut es noch weh.

»*Madame Butterfly*«, sagt sie. »Die Abschiedsarie. Die wird immer beim Ablegen gespielt.«

»Oh, eindrucksvoll. Ich hab richtig Gänsehaut. Aber was ist denn mit deiner Schwester passiert? Ist sie krank geworden?«

»Das nicht, nein.«

Leia erzählt Marina in aller Kürze von Ripsas Eheproblemen und von der Nachricht mit dem Flugticket. Marina ist derselben

Meinung wie sie. Sakkes Geste ist bezaubernd. »Deine Schwester hat richtig gehandelt, dass sie abgereist ist. Ich wünsche den beiden das Beste.«

Leia schluckt ihre Gegenfrage hinunter, sie will jetzt nicht nachfragen, wo Marina ihren Marcel gelassen hat. Ob sie sich getrennt haben. Marina wird es schon von sich aus erzählen, wenn sie will, denkt Leia. Ich dränge mich nicht auf, nicht so wie meine Schwester.

Wenn man vom Teufel spricht – im nächsten Moment klingelt es in Leias Handtasche.

»Ripsa«, sagt Leia und zeigt auf ihr Telefon. »Bestimmt will sie Bescheid sagen, dass sie sicher angekommen ist.«

Marina lächelt. »Grüß sie von mir.«

Leia nimmt das Gespräch an. Ripsas Stimme klingt ziemlich abgehackt.

»Ich bin zu Hause, ich dachte – dass du dir keine Sorgen machst. Der Flug war gut und –«

»Und was ist mit Sakke?«, ruft Leia und erhöht die Lautstärke an ihrem Telefon. »Hat er sich gefreut, dass du kommst?«

»Er war –«

»Was war er? Der Handyempfang ist nicht gut.«

»Überrascht. Hörst du mich? Sehr seltsam, er meinte, dass – Flugtickets – aber nein – liebt.«

Leia versucht, sich auf Ripsas abgehackte Sätze einen Reim zu machen.

»Ich höre dich ganz schlecht. Also, ist bei euch alles in Ordnung?«

»Alles gut. Nur ein bisschen – verwundert – aufklären –«

»Schön, dass alles gut ist«, brüllt Leia ins Telefon. »Ich lege jetzt auf. Ach ja, Marina lässt dich grüßen.«

Einen Moment lang ist es still in der Leitung. Leia glaubt schon, Ripsa habe aufgelegt, aber dann hört sie ihre Stimme wieder.

»Nimm dich in acht vor dieser Frau. Ich hab das ernst gemeint, als ich – unberechenbar und irgendwie –«

Leia drückt das Gespräch weg, soll Ripsa doch glauben, dass es unterbrochen wurde.

»Ripsa lässt dich auch grüßen.«

»Danke«, lächelt Marina.

Leia steckt das Telefon zurück in ihre Tasche. Ripsa kann sagen, was sie will, Leia freut sich einfach nur darüber, dass sie Marina kennengelernt haben. Es wäre doch trist, allein zu essen. Timo wird sich sicherlich heute auch nicht an ihren Tisch drängen. Warum auch, wenn er merkt, dass Ripsa fort ist.

Er wird wohl nachts kaum zufällig in derselben Bar gelandet sein wie Ripsa. »Ich konnte nicht schlafen«, ist klar – und Lippenstift am Hals.

Als Leia an das gestrige Tischgespräch zwischen Timo und Ripsa denkt, graut es ihr. Hunderte von Leuten schuften unter Deck, in ihrem heißen, dumpfen, vibrierenden Metallverlies, sie dürfen nicht nach oben kommen, um die Landschaft zu bewundern und sich vom Seewind abkühlen zu lassen … Leia hingegen kann, wenn sie müde ist, auf ein frisch gewaschenes, glatt gebügeltes Laken sinken und hat noch nicht einmal darüber nachgedacht, wer all die Arbeit macht. Ripsa und sie haben sich über die Dekorationen amüsiert, die Raoul ihnen jeden Tag neu aus dem Stoffband gefaltet hat, nur um ihnen eine Freude zu machen – Raoul, todmüde, mit blutunterlaufenen Augen, voller Sehnsucht nach seiner Familie.

Nutze deine Informationen gut, hat der namenlos gebliebene Seemann zu ihr gesagt. Sie hat so überzeugend wie möglich genickt, das würde sie tun. Aber wie? Würde sie einen Forschungsbericht für eine sozialwissenschaftliche Publikation schreiben? Einen Leserbrief an die *Helsingin Sanomat* über die Schattenseiten der Globalisierung in der Arbeitswelt? Das Kreuzfahrtschiff als neuzeitliche Sklavengaleere. Ein in Finnland gebautes Schiff, das in EU-Gewässern unterwegs ist, und unter Deck herrschen Bedingungen wie in der Dritten Welt … Einen Artikel für die *Suomen Kuvalehti* oder die Monatsbeilage der *Helsingin Sanomat*? Bestimmt hätten die Redaktionen Interesse. In jedem Fall braucht sie mehr Informationen, mehr Hintergrundgespräche. Sie müsste noch mehr von den Leuten hören, die da unten schuften, aber auch mit der Chefetage reden.

Marina hat recht, dämmert es Leia. Es wäre unverzeihlich, wenn sie die Gelegenheit nicht nutzen würde.

»Hör mal, ähm«, setzt Leia an, und Marina dreht den Kopf in ihre Richtung. In ihrer großen Sonnenbrille spiegelt sich Leias Gesicht, der entschlossene Strich des Mundes, der Glanz in ihren Augen.

»Steht dein Angebot noch? Ich meine, was die Bord-App betrifft?«

Unterhalb der Sonnenbrille breitet sich ein Lächeln aus, die Kopie ihres eigenen.

Marina öffnet die App der *Siren*. Leia gibt ihr ihre Bordkarte, und Marina tippt ihre Daten und ihre persönliche Codenummer an den entsprechenden Stellen ein.

»Fertig«, sagt Marina und drückt Leia ohne Umschweife ihr Telefon in die Hand. »Ruf an.«

Leia überkommt Furcht. Das ging alles so schnell, vielleicht viel zu einfach. Sie hätte gern noch etwas Bedenkzeit gehabt, um zu planen, um die Pros und Contras gegeneinander abzuwägen … aber Marina gesteht ihr das nicht zu.

»Es wird schon gutgehen. Bring es hinter dich, dann können wir essen gehen.«

Leia atmet tief ein. Für eine gute Sache. Nur Mut! Augen zu und durch.

Ich kämpfe für die gerechte Sache, ich bin eine Kriegerin der Wahrheit.

Sie sucht in ihrer Tasche die Karte von Antonio Massimo, öffnet die Bord-App und tippt die Nummer ein. Sie dreht sich mit dem Rücken zu Marina und wartet mit klopfendem Herzen. Vielleicht nimmt er ja gar nicht ab.

Er nimmt ab.

»*Pronto.*«

Was heißt *pronto*? Leia kramt in ihrem Gedächtnis, findet nichts, wird noch nervöser.

»Hier spricht Leia Laine. Wir haben uns unterhalten und du hast mir deine Karte gegeben, hoffentlich ist es okay, dass ich anrufe.«

Antonio scheint es mehr als okay zu finden.

»Leia Laine, meine Muse aus Finnland. Ich freue mich. Wann darf ich dir unsere Kommandobrücke und den herrlichen italienischen Sternenhimmel zeigen, wie ich es versprochen habe?«

»Ähm … heute?«

»Das passt wunderbar. Meine Schicht hat schon angefangen, aber …« Antonio senkt die Stimme. »Ab Mitternacht bin ich ganz allein hier oben. Deck zehn, das Treppenhaus am Bug, das Schild mit der Aufschrift *Private*. Komm nach Mitternacht und klopf an die Tür. Ich warte auf dich.«

Leia beendet das Gespräch mit schwitzigen Händen und drückt das Telefon wieder Marina in die Hand.

»Wir haben ein Date um Mitternacht«, sagt Leia. Und wird rot. »Also, vielmehr ein Treffen.«

Ripsa hätte daraus schon wieder sonst was konstruiert. Marina blickt sie nur ernst an.

»Gut. Und jetzt können wir essen.«

45.

Das ist einfach nicht sein Tag.

Auf Ripsas Platz sitzt eine Frau. Diese andere überflüssige, anstrengende Frau.

Sein Plan war, sich der nun allein reisenden Leia vorsichtig und taktvoll zu nähern. Er will sie nicht erschrecken. Was ist denn mit deiner Schwester passiert? Ach, so was, na, das ist ja ein Zufall, darf ich mich zu dir setzen?

Jetzt fragt er nicht, sondern setzt sich einfach.

»Ach, hallo«, sagt Leia. »Du.«

»Ich. Hallo.«

Marina sagt nichts. Stattdessen mustert sie ihn und sein orange-weiß gestreiftes Pikeehemd so verächtlich, dass der arme Fetzen am liebsten sofort wieder zurück ins Regal im Laden auf Deck vier springen würde.

Juan kommt mit dem Wein. Als er Timo am Tisch sitzen sieht, zieht er die Augenbrauen hoch, offenbar ist er immer noch der Meinung, dass er nicht hierhergehört. Aber die Auseinandersetzung von gestern will er anscheinend nicht wiederholen. Er schenkt den Damen Wein ein und nimmt Timos Mineralwasserbestellung auf. Dann holt er die Speisekarten, und Timo kann wieder mit seiner allabendlichen Essenslotterie beginnen.

Die beiden Frauen haben als Vorspeise die gleiche Suppe serviert bekommen und essen mit gutem Appetit, während sie ihr Gespräch an der Stelle fortsetzen, wo sie es vorher unterbrochen haben, bei den ungelösten Missständen in der Welt. Leia ist eindeutig in ihrem Element. Es macht doch keinen Sinn, dass man einem Menschen, der nicht in seine Heimat zurückkehren darf, kein Asyl gewährt! Ein Land, das laut Außenministerium für Finnen kein sicheres Reiseland ist, soll andererseits für Leute, die dort schon einmal in Schwierigkeiten geraten sind, ungefährlich sein? Das ist vollkommen unverständlich und durch und durch falsch. Wie lang oder kurz ist der Weg von dieser Einstellung hin zu offen rassistischen Angriffen?

»Die Probleme lösen sich doch nicht in Luft auf, indem man sie ignoriert oder sich um die Lösung drückt. Und es gibt keine schnellen und einfachen Lösungen, auch wenn manche das behaupten, um hier und da politisch ein paar Punkte zu sammeln«, schnaubt Leia erbost. »Alles braucht seine Zeit, man muss Geduld und Durchhaltevermögen haben. Aber jemand muss den Anfang machen, muss an seine Sache glauben und dafür kämpfen. Ein einzelner Werftarbeiter ist hilflos, aber in der Masse liegt die Kraft! Wenn das Rad der Geschichte einmal angefangen hat, sich zu drehen, dann kann es niemand aufhalten. Wenn man mit den Fingern hineingreift, dann werden sie zerquetscht. Das hat Lech Walesa gesagt, vielleicht hast du von ihm gehört, er hat die polnische Solidarność-Bewegung gegründet, aber vermutlich warst du damals noch gar nicht geboren?«

»Ich hab im Fernsehen die Streiks dort verfolgt«, erwidert Timo, aber natürlich war die Frage gar nicht an ihn gerichtet. Wieder haben sie ihn ausgeschlossen.

Zwischen seinen Zähnen zermahlt er gerade seine Primi-Auswahl, Pasta mit irgendwas, kein so schlimmer Ausrutscher diesmal, als plötzlich ein Mann mit Kamera auftaucht und sich fast an ihnen festsaugt. Der Bordfotograf will sie auf Porträts verewigen, die sie dann zwei Stunden später im Laden für dreißig Euro pro Abzug kaufen können.

Der Mann fuchtelt mit einem Stück Stoff in seinem Gesicht herum.

»No photos.«

»Aber Sir. Eine einzigartige Erinnerung. Das Motto des Abends.«

Motto?

»Verdammt noch mal, mich fotografiert hier keiner.«

Obwohl er es auf Finnisch sagt, kapiert es auch der Fotograf. Der Mann wendet sich den Frauen zu, versucht, sie zu überreden, will ihnen das bunte Tuch umhängen.

»Der kriegt bestimmt Provision, sonst wäre er nicht so hartnäckig«, sagt Timo zu Leia.

Das erweist sich als Fehler. Leia will Marina zu einem gemeinsamen Foto überreden und sieht enttäuscht aus, als auch sie sich ziert.

»Ein Einzelporträt ist immer am besten«, sagt der Fotograf. »Bitte stehen Sie auf, Madam.«

Leia erhebt sich und zieht den Saum ihres Kleides dabei, so gut es geht, nach unten. Uuh, denkt Timo. Eine gewagte Wahl, die auch der Fotograf bemerkt.

»Sie sind sehr schön, *bella bellissima*! Hier ist das Tuch, die Farben Italiens. Legen Sie es sich um, dann mache ich das Foto.«

Als sie das Tuch in der Hand hält, erstirbt ihr Elan sichtlich. Ihre Nüstern blähen sich kurz. Ob sie wohl Angst hat, dass sie sich irgendwelche Tierchen einfängt, die Möglichkeiten sind groß, wenn man bedenkt, um wie viele Hälse das Tuch heute schon lag.

»Du kannst meins haben«, ruft Marina da. Sie nimmt ihr Tuch ab und legt es Leia über die Schultern. »Hier ist auch grün und weiß drin.«

»Danke«, lächelt Leia. »Jetzt fehlt nur noch rot.«

»Lippenstift«, schlägt Marina vor, und Leia nimmt ihren Lippenstift und einen Spiegel aus der Tasche.

Sie schminkt sich die Lippen, presst sie ein paarmal zusammen und drückt sie dann auf ihren linken Handrücken, um den

Farbüberschuss abzuküssen. Den Abdruck verreibt sie mit der anderen Hand. Zum Glück merkt sie nicht, wie Timo das Prozedere beobachtet. Der automatische, immer gleiche und ihr sicher kaum mehr bewusste Bewegungsablauf, den Timo schon mal gesehen hat. Und nicht nur einmal.

Aber noch nie war sie ihm dabei so nah. In Reichweite.

Der Fotograf fängt an zu knipsen. Leia posiert. Sie senkt das Kinn, schaut über die Schulter, legt die Hand auf die Hüfte, lehnt sich leicht auf den Tisch. Sie macht alles, was der Fotograf sagt, konzentriert sich auf die Kamera, aber mehr noch auf sich selbst, aufs *Bellissima*-Sein. Ein paar Gläser Wein, und die Frau ist vollkommen willenlos, verführbar, sie merkt nicht, wie er sie ansieht, bewundernd, besorgt und verdammt eifersüchtig – und dann ist die Fotosession auch schon vorbei. Der Fotograf senkt die Kamera, Leia bedankt sich und nimmt das Tuch ab, um es seiner eigentlichen Besitzerin zurückzugeben – und Timo trifft auf Marinas Blick.

In ihren Augen flammt etwas auf. Sie hat ihn die ganze Zeit beobachtet. Und sie hat verstanden. Und auch wenn er nicht genau weiß, warum sie alle sich in dieser Situation befinden, ist ihm ihre Natur sonnenklar.

Es ist ein Duell. Und es läuft schon. Der Preis ist die stolze Prinzessin – das Privileg, Leias ungeteilte Aufmerksamkeit zu genießen.

Nach dem folgenden Gang wird das Licht im Saal heruntergedimmt. Ein Scheinwerfer richtet sich auf die Treppe zur Galerie, und zehn Kellner marschieren dort auf, darunter Juan. Die Männer stellen sich paarweise auf die Stufen und schmettern zuerst die italienische Nationalhymne. Darauf folgt ein bekannter, jahrzehntealter Tango. *Guarda che Luna*. Die Hälfte des Saals summt mit, auch Leia.

»Der silberne Mond malt eine Brücke aufs Meer …«

Der zuunterst stehende Kellner nimmt sich ein Mikrofon, wünscht einen guten Abend und bittet in vier verschiedenen Sprachen alle weiblichen Schönheiten, sich zu erheben. Ein Raunen geht durch den Saal. Dann folgt ein umständliches Murmeln und Gerumpel, aber schließlich haben alle weiblichen Dinnergäste es geschafft, sich zu erheben, sogar eine weißhaarige, halb blinde Omi, die sich am Arm ihres Enkels oder Urenkels festhält. Der Männerchor kniet sich auf die Stufen, legt synchron die Hände aufs Herz und beginnt eine Serenade.

Ach, diese Seufzer. Ach, dieser wabernde Nebel aus Endorphinen, Oxytocin und Östrogen, die der Gesang dieser Männer aus dem Publikum hervorpresst, man sieht ja kaum die Hand vor Augen. Rundherum füllen sich Dutzende Augen mit Tränen, ganz ohne Zweifel. Timo hätte zu Studienzeiten einfach sozialer sein müssen, sich im Hochschulchor engagieren. Allerdings kriegt meistens der Tenor die Frau, und nicht der Bass.

Der Applaus ist ohrenbetäubend. Der Chor verbeugt sich und geht. Das Licht fährt hoch, und die Frauen nehmen wieder Platz. Ach, wie herrlich, haucht ein vielsprachiger Chor aus weiblichen Stimmen durch den Saal, gleich welchen Alters oder welcher Nationalität. Auch die Ladys an Timos Tisch stimmen mit ein, nicht nur die Finninnen, sondern auch die Spanierin am anderen Ende. Da könnte man glatt das Jugendamt ins Spiel bringen, zum Glück sieht der Junge den glückseligen Gesichtsausdruck seiner Mutter nicht.

Er spielt.

Timo erhebt sich von seinem Stuhl und linst zu ihm hinüber. *Clash of Clans.*

»Hier lohnt sich der Angriff nicht«, ruft er rüber. »Die haben weniger Pokale als du. Du verlierst.«

Der Junge hebt den Blick von seinem Tablet und sieht Timo an, als bemerke er ihn zum ersten Mal. Wahrscheinlich trifft das sogar zu.

»Aha, und woher wissen Sie das?«

»Ein ehemaliger Kumpel hat sich mal ein Stück Programmcode von mir gemopst, das ich für was anderes programmiert hatte, und daraus *Clash of Clans* geschrieben. Was lernt man daraus: Er ist jetzt eben mein ehemaliger Kumpel.«

Jetzt sehen Mutter und Sohn ihn eindringlich an.

»*Supercell. Helsinki, Finland*«, sagt Timo.

»*Muchas gracias*«, sagt die Frau und wirft ihrem Sohn einen warnenden Blick zu.

Leia hat die kleine Szene aufmerksam beobachtet. Als ihre Augen seinen begegnen, liegt eine amüsierte Wärme in ihrem Blick. Marinas Meer hingegen ist voller Treibeis. Score!, denkt Timo. Im zweiten Satz hat sich das Blatt zu seinen Gunsten gewendet.

Jemand tippt ihm auf die Schulter. Juan ist an ihrem Tisch aufgetaucht und hält ihm eine rote Rose hin. Es dauert einen Moment, bis Timo kapiert, worum es hier geht. Er nimmt die Rose und reicht sie an Leia weiter. Leia sieht dermaßen glücklich aus, dass es ihn amüsieren würde, wäre die Situation nicht so unglaublich instabil.

Marina schaut so düster drein wie ein Auftragskiller. Ha, Timo schaut zurück, Leia unterhält sich vielleicht mit dir, aber ich gebe ihr die Rose – und da will ihm Juan eine zweite Rose reichen.

Als er sie weiterreicht, lächelt Marina und sieht dabei aus, als wollte sie ihm den Kopf abbeißen.

In der Brusttasche vibriert es. Timo kann sich denken, wer da schon wieder anruft. Am besten geht er sofort dran. Wenn sie immer noch so drauf ist wie vorhin, ruft sie vielleicht als Nächstes bei ihrer Mutter an.

»Sorry«, sagt er und steht auf. »Ich muss dieses Gespräch annehmen, bin gleich zurück.«

»Schöne Grüße«, sagt Marina.

Sein Herz setzt einen Schlag aus. Als er ihr abschätziges Grinsen sieht, begreift er, dass sie an Ripsas Bemerkung von gestern anknüpft, dass vielleicht die eifersüchtige Ehefrau von zu Hause anruft.

»Was glaubst du, was du da tust«, brüllt Viivi.

»Was glaubst du, was ich hier tue?«

»Versuch es gar nicht erst. Diese Fotos. Und ich dachte, du … hast was für sie übrig.«

Er hat keinen Schimmer.

»Von welchen Fotos redest du?«, fragt Timo.

»Du ekelst mich an. Verdammt, du bist dermaßen widerlich! Widerlich! Mir wird übel, wenn ich nur an dich denke. Deine Ex hat dermaßen recht. Verdammter Arsch! Wenn ich Jesse wäre, würde ich dich nie wiedersehen wollen.«

»Halt die Schnauze«, brüllt Timo. Erst da kommt Viivis Redeschwall zu einem Ende.

»Worum um alles in der Welt geht es hier?«

»Ich will nichts mehr mit dir zu tun haben.«

»Brauchst du auch nicht. Gib die Schlüssel zur Halle einfach Frodo.«

»Ich hab keine. Hast du mir nie gegeben.«

»Gut. Dann war es das also.«

»Das war es nicht«, brüllt Viivi. Er hört, wie sie tief einatmet. »Gib mir Geld.«

Das kommt so überraschend, dass er lachen muss.

»Nachdem du mich so beschimpft hast?«

»Dreißigtausend.«

»Du bist ja völlig gaga.«

»Wenn du mir das Geld nicht gibst, dann erzähle ich der Polizei von dir und Frodo. Bestimmt interessieren die sich für eure Geschäfte.«

Der kalte Schweiß bricht ihm aus. Verdammt. Jetzt heißt es Ruhe bewahren.

»Wenn du was erzählst, kommst du selber in Schwierigkeiten«, sagt Timo. »Du bist ja seit zwei Jahren auch dabei.«

»Du hast die Verantwortung. Du bist erwachsen!«

»Du bist doch selber volljährig, oder?«

»Du bist der Chef. Du hast mich auf einen schlechten Weg geführt. Das erzähle ich der Polizei. Und ich erzähl es auch Mama.«

Das war die falsche Strategie, denkt Timo und reißt das Ruder herum.

»Beruhige dich. Tu nichts Unüberlegtes. Wofür brauchst du das Geld?«

»Interessiert dich nicht.«

»Ich frage, weil es mich interessiert. Bist du in Schwierigkeiten?«

»Lass gut sein. Vergiss es. Ich würde das Geld von dir gar nicht nehmen, auch wenn du es rausrücken würdest.«

Das geht ja hin und her. Sie will ihr Geld, begreift Timo in dem Moment. Sie will mich gar nicht verpfeifen.

»Ich komme Sonntag zurück, lass uns dann reden. Tu vorher nichts Unüberlegtes, können wir uns darauf einigen?«

Keine Antwort. Nur Rauschen.

Dann wieder Viivis Stimme.

»Was hast du – mit Mama?«

»Sorry, die Leitung ist so schlecht. Kannst du es noch mal wiederholen?«

»Wenn die Fotos – meiner Mutter was Böses – bring dich um! Das schwör ich dir.«

»Von welchen Fotos redest du?«, versucht es Timo noch einmal. Aber die Leitung ist schon tot.

Er steckt das Telefon zurück in die Tasche. Er fühlt sich gerade wie damals als Junge, als er auf dem Spielfeld oder auf dem Eis auf die Schnauze gekriegt hatte, und zwar richtig. Eine verdammte Erleichterung, dass die Verbindung auf dem offenen

Meer noch schlechter wird. Vermutlich wird Viivi ihre Mutter so schnell nicht erreichen. Da können sich alle etwas beruhigen.

Ein Match nach dem anderen, sonst platzt ihm noch der Kopf. Er schlappt zurück ins Restaurant, wo gerade das Dessert aufgetragen wird.

Als die Frauen den Abend woanders fortsetzen wollen, hängt er sich einfach dran, ohne zu fragen. Und als sie das Bordtheater betreten, ist er sich auch nicht zu schade, seine Ellbogen einzusetzen, damit er zwischen den beiden Frauen zu sitzen kommt.

Und das ist nicht alles. Als das Licht im Saal ausgeht, tut er etwas Waghalsiges, aber für diesen Wettstreit Unabdingbares. Er legt seinen rechten Arm auf die Armlehne, und dann, Millimeter für Millimeter, Atemzug für Atemzug, schiebt er seine Hand auf Leia zu, bis sie auf ein Hindernis trifft: den kleinen Finger von Leias linker Hand.

Haut trifft auf Haut. Durch die Ladung stellen sich die Härchen auf seinem Handrücken auf.

Leia spannt die Muskeln an, sagt aber nichts. Als würde sie gar nicht merken, was vor sich geht. Ihre Finger graben sich tiefer in das Polster der Armlehne, aber sie zieht ihre Hand nicht zurück. Sie glaubt bestimmt, das ist ein Versehen. Ein Zufall. Sie will keinen Aufstand machen.

Oder – könnte es vielleicht …?

Hautkontakt. Der Kontaktpunkt ist nur fingerkuppengroß, aber … Wärme. Wärme.

Wärme.

Vergiss das Punktezählen. Der Sieger sitzt hier. Fast könnte er Marina auf der anderen Seite vergessen, wenn diese im abgedunkelten Saal nicht ständig auf ihr Handy schauen würde.

Das Thema der Show ist, wie könnte es anders sein, Italien. Italo-Pop, Italo-Schlager, Italo-Disco – dieselben alten Italo-

Kamellen, die schon immer rauf und runter gespielt werden. Dazu das unumgängliche Operngezwitscher, müde Witze übers Spaghettiessen und über Modegurus, die ihren Models nachstellen, sowie eine Tanznummer, in der das Ensemble vor, hinter und auf einem nostalgischen Fiat 600 auf- und abwippt.

Aber er kann sich nicht beschweren! Gerne schaut er sich alle Italo-Klischees an, die ihnen aufgetischt werden, er würde auch noch mehr ansehen, denn er hat etwas neben sich, Haut an Haut, was er noch nie neben sich hatte.

Die lebendige Leia. Warm. Echt.

Sein Rücken ist vom Schiefsitzen schon halb taub geworden, und sein Arm ist eingeschlafen, aber er traut sich nicht, seine Hand zu bewegen. Er will es nicht.

Leia lacht über die Witze der Show, Leia genießt es, Leia ist glücklich. Also ist er es auch.

Dann beginnt die letzte Nummer der Show. Anders als die anderen Programmpunkte, wird dieser vom Animationsteam des Schiffes aufgeführt, drei jungen Männern und drei jungen Frauen, die Timo schon mal gesehen hat, wie ihm jetzt einfällt, und zwar als er von seinem albtraumhaften Ausflug nach Pompeji zurückkam. Die Rattenfänger von Hameln. Die Männer knien sich in einer Reihe hin und formen ihre Arme zu einer imaginären Trommel, auf der eine der Frauen ein Schlagzeugsolo spielt. Das Trommeln kommt vom Band. Als zwei Männer die Hände heben und die Frau sie gegeneinanderklatschen lässt, hört man das Geräusch von klirrenden Tellern.

Aha, Pantomime. Das Publikum lacht mehr als nötig. Nicht gerade anspruchsvoll, denkt Timo.

Dann bricht auch Leia in Lachen aus.

Kindisch, aber harmlos, beschließt Timo. Geben wir der Jugend eine Chance.

Einer der Männer stellt aus dem Rest des Teams eine Band zusammen, sie verrenken sich und wechseln ständig ihre Positionen, sodass sie zu lebenden Instrumenten werden. Eine der Frauen tut so, als bliese sie einem Mann in die Nase, und der tut so, als trompete es aus seinem Hintern. Das Publikum kriegt sich gar nicht wieder ein vor Lachen. Eine Frau setzt sich einem Mann auf den Schoß, der im Takt einer Akkordeonmusik ihre Arme munter zusammen- und auseinanderzieht.

Den Lachsalven nach zu urteilen, kommt der kindische Humor bei den reichlich mit Essen und Trinken versorgten Passagieren gut an. Auch Leia schüttelt sich vor Lachen, bis die Sitzbank wackelt.

Am besten versucht auch er, sich der allgemeinen Stimmung anzuschließen.

»Ha«, sagt Timo. »Haha. Lustig.«

Leia wirft ihm einen Blick zu und fragt sich vermutlich, ob er sie auf den Arm nehmen will. Timo begreift: Er lässt es besser.

Jetzt begibt einer der Männer sich auf alle viere. Auf seinem Rücken platzieren sich zwei Frauen, die ihre Finger zu einer Klaviatur ausbreiten, eine dritte kauert sich zu einem Klavierhocker zusammen. Ein zweiter Mann verbeugt sich mit großer Geste ins Publikum, streicht sich die Haare aus dem Gesicht und lüpft die Schöße eines unsichtbaren Fracks, bevor er sich hinsetzt, um zu spielen. Die Frau, die den Hocker mimt, macht schmerzerfüllte Grimassen, und das Publikum johlt. Der Mann beugt sich zu ihr hinunter und droht ihr mit dem Zeigefinger. Die Frau verzieht die Lippen zu einem Schmollmund. Da klatscht der Mann ihr auf den Hintern.

Die Frau protestiert nicht mehr. Der Mann spielt weiter, und das Publikum lacht und lacht.

Leia lacht nicht mehr.

»Das ist eben Humor«, sagt Timo. Aber Leia antwortet nicht. Sie zieht nur ihre Hand weg.

Der Hautkontakt – nur noch eine schöne Erinnerung.

Anscheinend hat sie seinen Sarkasmus nicht verstanden.

Und es wird schlimmer.

Kontrabass: Eine Frau lehnt sich gegen einen Mann, der Mann greift mit der einen Hand um ihren Hals, mit der anderen zupft er an unsichtbaren Saiten. Zuerst am Bauch, und die Frau kichert. Dann weiter oben, an den Brüsten. Da wird die Frau nervös, verschränkt die Arme vor der Brust und stampft mit dem Fuß auf.

Der Mann tut so, als würde er sie am Hals packen und schütteln. Aber die Frau ist immer noch nicht bereit, sich in ein Musikinstrument zu verwandeln, das vorgeblich spielerisch begrapscht werden soll, also kommt der »Orchesterdirektor« mit erhobenem Zeigefinger und schimpft, er befiehlt der Frau, sich mit ihrer Rolle zufriedenzugeben. Der vorgebliche Bassist fährt zufrieden grinsend fort, während die Frau ihre Mundwinkel zu einer übertrieben beleidigten Grimasse nach unten zieht.

Und das Publikum lacht.

Leia nicht.

Die beiden anderen Paare bilden eine Gitarre und irgendein traditionelles Saiteninstrument, der Beinposition der Frau nach zu urteilen, ist sein Korpus dreieckig, gespielt wird es genau auf der Höhe des Schamhügels. Die drei Männer beginnen ein flottes musikalisches Feuerwerk, bei dem sie die drei widerwillig zum Instrument degradierten Frauen mit triumphierendem Grinsen an den Brüsten und zwischen den Beinen zupfen.

Das Stück und mit ihm die ganze Show endet orgastisch, als die Konfettikanone eine Riesenmenge an Papierschnipseln ins Publikum schießt, dem Motto des Abends entsprechend natürlich dreifarbige.

»So was also«, sagt Timo, als das Licht im Saal wieder angeht. »Veranstalten die jeden Abend so ein Chaos? Das ist doch eine Riesenarbeit, das nachher sauber zu machen.«

Leia würdigt ihn keines Blickes, sondern streckt ihren Arm an ihm vorbei zu Marina.

»Grauenvoll.«

Marina steckt ihr Handy weg und schüttelt den Kopf.

»Ja.«

Das Spiel ist verloren, Timo weiß es. Auch wenn er mit der idiotischen und peinlichen Shownummer nichts zu tun hat, ist er gebrandmarkt. Sein Verbrechen ist sein Geschlecht, und bei diesem Gericht kann man keine Revision einlegen.

Wie ein treuer alter Hund, getreten und verstoßen, aber zu dumm, um seiner Wege zu gehen, dackelt er Leia und Marina hinterher, als diese von Bar zu Bar ziehen, hier Longdrinks und da Cocktails bestellen und sich über die frauenfeindliche Darbietung von eben echauffieren. Wie Frauen verdinglicht und lächerlich gemacht, wie sie erniedrigt und dem allgemeinen Spott preisgegeben würden, komme einer öffentlichen Vergewaltigung gleich. Eigentlich ist es Leia, die sich nicht zurückhalten kann und das Thema immer wieder von Neuem aufbringt. Von Bar zu Bar, von Drink zu Drink werden die Reden heftiger – zuerst will sie nur einen Brief an die Reederei schreiben, später plant sie schon einen Boykott.

Der arme Straßenköter hofft vergeblich auf ein paar Streicheleinheiten. Ihm wird kein freundliches Wort zuteil, kein einziger Blick. Leia hat offenbar für sich beschlossen, dass er irgendwie mitschuldig an der Shownummer ist und daher die Folgen am eigenen Leib ertragen muss. Und Marina redet ihr zu.

Leia muss ja blind sein, wenn sie nicht sieht, wie die jüngere Frau ihr schmeichelt und schöntut und sich bei ihr einschleimt. Marina redet viel, sagt aber wenig. Als wollte sie klammheimlich Leias Gedanken, Meinungen und Empfindungen auffangen, die sie dann veredelt und zugespitzt als ihre eigenen ausgibt und wieder zurückschlägt, um damit Leias grenzenlose Begeisterung zu kassieren. »Genauso denke ich auch!«

Sie versuchen, ihn abzuschütteln, aber er gibt nicht auf. Er hat beschlossen, dass ihm die ständige Geringschätzung und Nichtbeachtung nichts ausmacht, die nur daraus resultiert, dass er ein Mann ist – ohne es zu merken, machen sie sich selbst des Sexismus und der Unterdrückung schuldig.

Aus der Richtung des Nightclubs dröhnen Ansagen, dazwischen basslastige Musikfetzen, und dorthin zieht es die Frauen jetzt.

Das Publikum drängt sich rund um die Tanzfläche, es kreischt und johlt, es klatscht und trampelt mit den Füßen. Ein ziemlich frauenlastiges Publikum, wie Timo bemerkt. Auf der Tanzfläche stehen rund zwanzig Männer, Passagiere des Schiffes, die meisten zwischen dreißig und vierzig, einige auch älter. Manche plustern sich grinsend auf und zeigen ihren Bizeps. Andere mustern einander misstrauisch oder starren auf die Wände, wahrscheinlich machen sie hier nur mit, weil jemand sie dazu gedrängt hat.

Als die Ansage verrät, um was es sich handelt, stöhnt Timo auf. Hier beginnt gleich der Höhepunkt des Italien-Abends, der Mister-Italy-Wettbewerb.

Leia und Marina drängeln sich in die erste Reihe. Er bleibt weiter hinten, wo die Menschen nicht ganz so dicht stehen, aber das scheint einigen Besucherinnen angesichts seiner Körpergröße gar nicht zu passen. Eine Frau im Rentenalter, die hinter ihm steht, schimpft auf Italienisch, anscheinend nimmt er ihr die Sicht. Der Moderator erklärt den Männern die Regeln zuerst auf Italienisch, dann in anderen Sprachen. Um einen Platz im Halbfinale muss man tanzen.

Aus den Lautsprechern ertönt der Anfang eines Songs, der einem sofort bekannt vorkommt. Ein tiefer Beat, eine dunkle Bassstimme … Hot Chocolate mit *You Sexy Thing*, erkennt Timo und stöhnt wieder auf. Das verheißt nichts Gutes.

Die Discobeleuchtung über der Tanzfläche blinkt und wechselt die Farbe, und die Männer fangen an, sich zu bewegen, manche machen das Spiel zwanglos mit, andere bewegen sich eher steif und sehen aus, als wollten sie *pronto prontissimo* aus der Situation fliehen und ihr Gesicht im Rocksaum ihrer *Mamma* vergraben. Die umstehenden Frauen lachen und zeigen mit den Fingern auf die Tänzer und erklären einander mit Schaum vor dem Mund ihre Eindrücke. Sie fotografieren mit Kameras und Handys, feuern ihre Kandidaten an oder kreischen einfach vor Freude. Der Lärm entspricht dem Starten eines Düsenflugzeugs, die Trommelfelle rufen um Hilfe. In der Masse konzentrieren sich internationale weibliche Wollust, schwere Parfums und süßer Alkohol.

Seine zurückhaltende Leia kreischt und lacht und singt johlend mit, in ihrer Hand ein Glas, das gerade eben noch mit etwas Orangerotem, Sirupartigem gefüllt war und jetzt nur noch Crushed Ice und einen Strohhalm enthält.

Timo streckt seinen Arm aus und tippt Leia an.

»Ich kann das nehmen«, schreit er über den Lärm hinweg.

Leia scheint nicht zu verstehen, was er gesagt hat. Wenn sie es überhaupt hören konnte.

»Ich kann dein Glas nehmen«, wiederholt Timo und greift danach.

Leia mustert ihn provokativ. »Du auch! Geh tanzen!«

»Ich?«

»Los.«

Die Art, wie Leia ihn jetzt ansieht, betrunken und kein bisschen heiter-gelöst, zeigt Timo deutlich, dass das größte Hindernis zwischen ihm und ihr keine aufdringliche Schwester oder irgendeine dahergelaufene Busenfreundin ist, sondern Leia selbst.

»Ist das nicht genau das?«, sagt Timo.

»Was?«

»Verdinglichung. Igittigitt. Das, was euch beiden so auf den Sack geht. Man beachte die maskuline Wortwahl.«

Marina, die neben Leia steht, dreht sich um. Langsam mustert sie Timo von Kopf bis Fuß und wieder zurück, als wolle sie seine Erfolgsaussichten bei diesem Männer-Schönheitswettbewerb ermessen. Und dann feststellen, dass er nicht die geringste Chance hat.

Nur realistisch, denkt Timo.

Wieder brüllt der Moderator etwas ins Mikro. Die zehn Halbfinalisten stehen fest. Eine Blondine in einem Glitzerbikini, die aussieht wie die Dame von der Infotheke und es wahrscheinlich auch ist, gibt allen, die weiterkommen, einen Kuss auf die Wange, die anderen müssen gehen.

Dürfen, denkt Timo.

Zwei von den jüngeren Halbfinalisten kann man sich gut als Papagalli auf Beutezug an den Stränden von Rimini oder der Riviera vorstellen. Die meisten aber sind ganz normale Typen, die aussehen wie Busfahrer oder Beamte, zahme Tiger, deren Beute eher die Windeln für ihre Bambini im nächsten Supermarkt sind. Abgesehen davon, haben sie als Italiener kräftiges Haar und eine gleichmäßig olivfarbene Haut, anders als die rotfleckigen Jungs aus dem Norden.

Einer der Männer ist wesentlich älter, ein Greis von annähernd hundert Jahren, klein, gebeugt, mit knurrigem Gesichtsausdruck. Der alte Knabe muss ein mächtiges Ego haben. Oder einen riesigen Schwanz.

Oder weit fortgeschrittene Demenz.

Mehr Musik. *You Can Leave Your Hat On*, natürlich. Die Konkurrenten fangen an, sich zur Musik zu bewegen, jeder auf seine Art.

»Runter mit den Hemden!«, brüllt der Moderator über die Musik hinweg. Die Oberteile der jungen Pappagalli fliegen sofort auf den Boden und geben den Blick frei auf durchtrainierte Brust- und Bauchmuskeln. Die Frauen kreischen wie wild. Doch der Striptease der anderen, nicht so selbstbewussten Männer erzeugt einen noch viel größeren Lärm. Fuchtelnde Hände, Knöpfe, die sich mit schwitzigen Fingern nicht gleich öffnen lassen, T-Shirts, die sich beim Ausziehen hinter den Ohren verfangen und die Brille auf den Boden schleudern. Unter den Oberteilen kommt die eine oder andere behaarte und unbehaarte Brust zum Vorschein, Bräunungsränder an Hals und Armen, dazu Bäuche in allen Größen und Varianten. Einer der Männer, der seine Brille heil vom Boden aufgelesen hat, lässt richtig die Sau raus: Er knautscht sein T-Shirt zusammen und wirft es in die Menge. Die Frau, die es aufgefangen hat, hüpft vor Freude auf und ab und schwenkt das Shirt in ihrer Hand wie eine Siegesfahne. Ein untersetzter Fünfzigjähriger mit silbrigen Schläfen knöpft sich das Hemd extra langsam auf. Als es ganz offen ist, behält er es an und stemmt die Hände in die Seiten, wirft intensive Blicke ins Publikum und vollführt mit seinen Hüften einige gekonnte Schwünge. Das Publikum johlt, kreischt und grölt dermaßen, dass demnächst noch jemand vor Sauerstoffmangel umkippt.

»Oh, was für ein Mann!«, ruft Leia Marina zu. Wie abgesprochen werfen die beiden Frauen dem Mann die Rosen, die sie den ganzen Abend bei sich getragen haben, vor die Füße. Die Rosen, die sie von Timo bekommen haben!

Dann johlt die Menge für den alten Mann, unter dessen Hemd ein Netzunterhemd und Hosenträger zum Vorschein gekommen sind. Ungeschickt und steif bewegt er seine Füße im Takt der Musik.

Einer der Halbfinalisten entwischt unauffällig von der Tanzfläche, ohne das Hemd ausgezogen und ohne einen einzigen Tanzschritt gemacht zu haben. Das würde Timo am liebsten auch tun. Die Situation wird immer unerträglicher. Das Ausmaß der Fremdscham übersteigt alle Maßstäbe, die einem finnischen Mann zur Verfügung stehen.

»Gürtel ab!«, brüllt der Moderator. »Nehmt sie beim Tanzen zur Hilfe. Ihr könnt gerne kreativ sein.«

Es wird an Gürtelschnallen herumgefummelt, Ledergürtel werden aus Gürtelschlaufen gezogen. Die Männer werfen sich verstohlene Blicke zu, sie wissen nicht, was als Nächstes zu tun ist. Jemand zieht seinen Gürtel hinter seinem Rücken durch und fängt an, ihn im Nacken hin- und herzureiben, doch er hört auf, als er merkt, wie dumm das aussieht. Ein anderer peitscht sich mit dem Gürtel kräftig auf den Oberschenkel und merkt der Schmerzgrimasse nach zu urteilen erst zu spät, dass sein Sadomaso-Move zu kräftig ausgefallen ist – und das auch noch mit der Gürtelschnalle. Einer der beiden Papagallo-Adonisse hat seinen Gürtel um die Bikini-Blondine geschlungen und reibt seinen Körper an ihrem. Die Frau kichert peinlich berührt. Auch der Mann, der sein T-Shirt in die Menge geworfen hat, dreht richtig auf. Er fädelt den Gürtel zwischen seinen Beinen hindurch und reibt ihn vor und zurück. Die Frauen um ihn herum sind dermaßen außer Rand und Band, dass bestimmt das ein oder andere Höschen nass wird.

Der Giftkelch ist geleert, stellt Timo fest. Auf dieser Kreuzfahrt gibt es unzählige Dante'sche Höllenkreise. Wäre der Typ noch am Leben, er könnte glatt eine Fortsetzung schreiben.

»Gute Nacht, ich geh in die Falle«, ruft er Leia zu, aber sie reagiert nicht. Vermutlich hat sie es nicht mal gehört, bei dem infernalischen Lärm rundherum.

Als Timo sich zum Ausgang drängelt, wirft er einen Blick auf die Uhr hinter dem Bartresen. Zehn Minuten vor Mitternacht.

46.

Die Finanzierung haut nicht hin. Keine weitere Erklärung, auch das ist schon mehr als genug.

Sebus Antwort kommt postwendend: *Oh shit!* Sebu versteht, dass es wehtut. Auch wenn er sich andererseits freut. Seit dem Frühjahr hat er die Ohren gespitzt. Seit er gehört hat, wo sie sich beworben hat.

Durchaus verständlich. Er möchte sie hierbehalten.

Auch Mia wird sich freuen. Sie wird ihr virtuelle Umarmungen und Bussis schicken und schreiben: *Schätzchen, ich hätte das nicht ausgehalten, wenn du abgehauen wärst!* Aber Mias Trostbemühungen sind leicht zu durchschauen. Sie freut sich in erster Linie darüber, dass Viivi nicht dort hinkann, wo sie unbedingt hinwill.

Sie begreift es nicht. Neuerdings muss Mia aus allem einen Wettbewerb machen. Das ist so unnötig! Sie hat immerhin den Studienplatz bekommen, für den sie sich beworben hat, Zahnmedizin, auch wenn sie dafür von Helsinki nach Turku umziehen muss. Als sie es erzählt hat, hat Viivi sich für sie gefreut. Ehrlich.

Pling, macht WhatsApp, pling, pling, pling. Sie hat keine Lust mehr auf das Thema. Sie wirft sich rücklings aufs Bett und legt sich die Hand mit dem Telefon auf den Bauch.

Goodbye USA. Otaniemi, here we come. Die hochwertige, kostenfreie finnische Ausbildung.

Dann muss sie sich allmählich um eine Studentenbude kümmern. Ripsa hat zu bedenken gegeben, dass das dauern könne.

Mama will ein eigenes Schlafzimmer? Bitte sehr. Sie könnte laut schreien, wenn sie die vier Fettflecken an der Decke sieht, sie erinnern sie daran, wie sie mit etwa zehn Jahren so dumm war, dort mit Blu-Tack ein Poster von Edward anzubringen, um ihren blassen Helden auch vom Bett aus anhimmeln zu können. Edward, der so süß und geheimnisvoll war, der so bedeutungsschwanger zu ihr herunterblickte und nicht nur Bellas, sondern auch Viivis Herz höherschlagen ließ. Obwohl er – anders war. Und daher von vielen als gefährlich empfunden wurde.

»Tja, Edward war eben ein Vampir«, sagt Viivi. Und seufzt.

Verdammt noch mal. Sie muss hier weg. Schnell. Und weit.

Sie setzt sich hin. Ihr Herz klopft wie wild.

Und sie wird es schaffen.

47.

Das Gedränge ist unglaublich, überall wird geschubst, die Masse wogt auf und ab. Alle kreischen, und auch sie kreischt. Alle jubeln, und auch sie jubelt. So viel Spaß habe ich lange nicht mehr gehabt, denkt Leia, so viel chaotischen, dümmlichen, echten, ausgelassenen und auch ein bisschen gemeinen Spaß. Ewig nicht mehr, wenn überhaupt jemals.

Und dann brüllt der Moderator etwas ins Mikrofon.

»Unsere Finalisten sind gewählt, fünf gut aussehende Italianos, unter ihnen Mister Italy. Wer das sein wird, das werden gleich Sie entscheiden. Und hier kommen sie, unsere Chippendales, unsere Herzensbrecher, bitte sehr!«

Die fünf Finalisten müssen aufmarschieren – in Frauenkleidern, mit ungeschickt aufgetragenem Make-up im Gesicht und Perücken auf dem Kopf.

Die beiden Jüngsten sind nicht mehr dabei, obwohl sie in einem echten Wettbewerb die Kriterien für gutes Aussehen am besten erfüllt hätten. Den ganz normalen italienischen Männern, die jetzt im Finale gelandet sind, hat man hässliche, lappige Röcke angezogen, unter denen Unterröcke hervorblitzen. Jeder von ihnen hat eine Handtasche in der Hand und hohe Schuhe an den Füßen, auf denen sie nun auf die Tanzfläche stöckeln, umringt vom tobenden Publikum. Auch der uralte kleine Mann, der den Zuschauern als Franceso vorgestellt wird, trägt ein Kleid. Er steht in der Gegend herum, als wisse er nicht, was hier eigentlich los ist. Wo er da hingeraten ist und warum alle um ihn herum vor Lachen brüllen und mit den Fingern auf ihn zeigen.

Leia weiß nicht, was sie denken soll. Oder was sie denken *sollte*. Zum einen tun ihr die Männer leid, die hier lächerlich gemacht werden. Darauf waren sie sicher nicht eingestellt. Andererseits sind einige von ihnen ganz offensichtlich mit Spaß dabei, einer hebt seinen Rocksaum und knickst in alle Richtungen, ein anderer lacht sich kaputt, während er seine Brüste zurechtrückt, zwei Orangen in einem BH, den er über alle anderen Klamotten geschnallt hat.

Das Publikum johlt und jubelt. Das ist wohl der italienische Sinn für Humor, Männer in Frauenkleidern, seufzt Leia. Erstaunlich, die Frauen lachen genauso hemmungslos wie die wenigen Männer im Publikum.

Worüber wird hier eigentlich genau gelacht, versucht sie zu analysieren, während der Moderator und die Glitzerblondine die Abstimmung durchführen. Über die als Frauen verkleideten Männer? Die Form der Erniedrigung von Männern in der Macho-Kultur: Erst werden sie – wie sonst nur Frauen – zum Objekt weiblicher Begutachtung gemacht, und dann erniedrigt man sie, indem man ihnen Frauenkleider anzieht, ihnen also die weibliche Rolle überstreift? Ergo lachen wir Frauen hier eigentlich über uns selbst?

Andererseits. Wenn man das jetzt wieder durch die Brille von Transvestiten sieht …

Leias strauchelnde Gedankengänge werden von der Ansage des Moderators unterbrochen.

»Und hier ist der Sieger. Mister Italy – *Francesco from Sicily*!«

Das kann nicht wahr sein, denkt Leia. Der winzige alte Mann hat die meisten Stimmen bekommen. Er bekommt eine Papierkrone auf den Kopf gesetzt, und die Blondine beugt sich zu ihm hinunter und küsst ihm Lippenstiftabdrücke auf beide Wangen. Der Mann schaut immer noch verwirrt um sich, vollkommen konfus. Dann streckt er seine Hand aus und kneift die Blonde in den Hintern. Das Publikum jubelt, und Francesco wird von der Tanzfläche geführt.

Schließlich ebbt der Lärm ab, und das Gedränge löst sich auf. Es rauscht in den Ohren, der Kopf fühlt sich an wie Watte. Die heitere Beschwipstheit löst sich auf, wie Leia feststellt, ich hab zu viel getrunken, morgen werde ich es bereuen.

Sie schaut sich um. Timo ist nicht zu sehen.

Anscheinend ist er schon gegangen. Auch gut.

»Das war ja eine Show«, sagt sie zu Marina, als sie den Nachtclub verlassen.

»Ja«, sagt Marina.

Sie machen einen Abstecher in die nächste Damentoilette. Es gibt nur eine Kabine, in die sich zuerst Marina einschließt. Leia wartet davor.

»Ich hab mich gefragt, ob es da um Frauenhass ging oder vielleicht doch um eine groteske Verhohnepipelung, mit der das gesamte Schönheitswettbewerbsethos lächerlich gemacht werden soll«, denkt Leia laut. »Was meinst du?«

»Wie bitte?«

»Dieser Gewinner, hätte er einem leidtun müssen? War das Gelächter über ihn gemein oder nicht? Ich dachte immer, in den südeuropäischen Kulturen werden alte Menschen noch respektiert, aber vorhin haben die Leute ja vor allem darüber gelacht, dass er alt und nicht mehr so ganz da ist. Ich verstehe nicht, warum seine Verwandten, oder wer auch immer mit ihm hier unterwegs ist, nicht eingeschritten sind.«

Sie hört die Toilettenspülung rauschen. Marina kommt mit großen Augen durch die Tür.

»Ist das dein Ernst? Er ist Schauspieler.«

Leia mustert Marina zweifelnd.

»Wirklich?«

»Garantiert. Wenn du noch länger hier an Bord wärst, dann würdest du sehen, dass er auch beim nächsten Mal gewinnt.«

Marina geht zum Waschbecken, reibt ihre Hände mit den beneidenswert sorgfältig lackierten Fingernägeln unter dem dampfend heißen Wasser aneinander. Leia beobachtet sie ungläubig, aber auch erleichtert. Da hat man sie aber gründlich an der Nase herumgeführt. Ob sie die Einzige war?

Als Leia dran ist, sich in der Toilette einzuschließen, könnte sie schwören, dass die Kabine hin- und herschwankt wie das alte Ruderboot am Steg ihres Sommerhauses früher. Leicht und einschläfernd.

Höchste Zeit, Bubu zu machen, wie Ripsa sagen würde. Und sie hätte damit sogar recht.

Plötzlich ergreift sie eine Sehnsucht nach Ripsa, eine überbordende Sehnsucht. Wenn doch bei ihr zu Hause alles wieder in Ordnung käme. Und wenn es doch zwischen ihnen beiden besser gelaufen wäre.

Sie verlässt die Kabine und geht zum Waschbecken. Sie muss gähnen. Marina betrachtet sie skeptisch. »Bist du müde?«

»Ein bisschen, ja.«

»Es ist Mitternacht. Antonio wartet.«

Leias Hand, die gerade nach dem Papierhandtuch greifen will, erstarrt. Das Treffen hatte sie inzwischen ganz arglos vergessen. Sie trocknet sich die Hände ab. Es graust sie. Auf was hat sie sich da bloß eingelassen? Und warum hat sie sich nicht bei den Drinks zurückgehalten, die Marina ihr den ganzen Abend über in die Hand gedrückt hat?

»Ähm, ob ich vielleicht zuerst kurz in der Kabine vorbeigehe?«, sagt Leia und rückt den Schulterriemen ihrer Handtasche zurecht. Marina greift nach dem Riemen, als fürchte sie, Leia würde sich in ihrer Kabine einschließen und das Date auf der Kommandobrücke sausen lassen.

Die Annahme ist nicht von der Hand zu weisen. Wahrscheinlich würde sie es sogar tun.

»Mach deine Tasche auf.«

»Was? Warum?«

»Ich hab was für dich. Schnell. Bevor jemand kommt.« Verwirrt öffnet Leia den Reißverschluss ihrer Abendtasche, Marina holt aus ihrer Tasche ein dunkelrotes Schminktäschchen aus Samt, dem sie ein kleines schwarzes Gerät entnimmt. Sie steckt es in Leias Tasche.

»Wa… was?«, stottert Leia.

»Das nimmst du mit auf die Kommandobrücke und lässt es irgendwo liegen. Egal wo. Du versteckst es vielleicht ein bisschen, damit es nicht gleich gefunden wird. Jedenfalls nicht vor morgen früh.«

Marinas Augen haben sich zu Schlitzen verengt. Sie schauen wie am ersten Abend im Restaurant. Kalt, berechnend.

»Was ist das?«, fragt Leia mit schwacher Stimme. Das Gerät ist aus schwarzem Kunststoff, hart und kantig, etwa so groß wie ein Handy, aber schwerer. Sie würde es gerne aus ihrer Tasche nehmen, aber sie traut sich nicht, es anzufassen.

Marina schnaubt.

»Du musst nicht so erschrocken gucken. Es wird nicht explodieren. Falls du das glaubst.«

Plötzlich hat Leia das Gefühl, wieder vollkommen nüchtern zu sein.

»Nein. Das mache ich nicht!«

Als sie mit der Hand in ihre Tasche fassen will, packt Marina sie am Handgelenk. Die scharfen roten Fingernägel bohren sich in ihre nackte Haut, dass es wehtut.

»Leia, hör zu«, sagt Marina leise. »Ich sag dir was. Sei nicht beleidigt, aber ich habe dich ein bisschen an der Nase herumgeführt. Allerdings aus gutem Grund.«

»Was meinst du – an der Nase herumgeführt?«

»Es war kein reiner Zufall, dass wir uns kennengelernt haben. Ich wusste, dass du hier an Bord kommst.«

»Wa… was? Woher wusstest du das?«

»Ich hab nach dem Schiff gegoogelt, mehr war das nicht. Und die Facebook-Posts von deiner Schwester waren ganz oben bei den Ergebnissen dabei.«

Leia schnauft. Natürlich.

»Ich habe den Oberkellner gebeten, im Bellissima für dich und Ripsa Restaurantplätze ganz in meiner Nähe zu arrangieren. Warum? Weil ich dich kennenlernen wollte. Ich wollte sehen, ob du so bist, wie ich mir dich vorgestellt habe.«

Leia muss sich mit der Hand an der Wand abstützen. Sie kann nicht ganz folgen. »Du wusstest also … von vornherein, wer ich bin?«

»Ja. Ich wusste, wer du bist und welche Dinge dir wichtig sind. Jeder in Finnland kennt dich doch, oder? Alle, die einigermaßen auf dem aktuellen Stand sind. Und dann wurde mir schnell klar, dass du die richtige Wahl bist.«

»Ich kapier das immer noch nicht, welche Wahl denn? Wofür?«

»Du bist wie ich. Du willst helfen. Du bist bereit, Risiken einzugehen.«

Risiken? Verdammter Alkohol, ihr Kopf funktioniert nicht so, wie er sollte. Marina hat sie angelogen, das versteht sie immerhin. Sie hat sie im Glauben gelassen, dass sie sich zufällig auf dem Schiff kennengelernt haben. Dass sie keine vorgefassten Meinungen über sie hatte, dass sie noch nie von ihr gehört hatte.

Vor allem aber hat Leia geglaubt, dass Marina sich ihr angeschlossen hat, weil sie sie mag. Und sie ein bisschen, na ja, bewundert. Aber sie hat die ganze Zeit irgendeinen völlig anderen Plan verfolgt.

»Was auch immer du vorhast, ich mache da nicht mit.«

Leia versucht, ihr Handgelenk aus Marinas Griff zu winden. Vergeblich. Marina lässt nicht los.

»Hör zu. Jetzt bin ich hundertprozentig ehrlich zu dir. Diese Gerüchte, dass die *Siren* Flüchtlingsboote überfahren hat.

Das sind keine Gerüchte. Das ist wahr. Das ist wirklich passiert. Mehrmals. Wir wissen das. Und kommende Nacht machen wir Schluss damit. Das Morden auf See darf nicht weitergehen.«

Die Tür zur Toilette öffnet sich einen Spalt, jemand will herein. Marina schlägt sie zu. »*Fuck off!*«

Sie drückt sich mit dem Rücken gegen die Tür und betrachtet Leia, die sich das schmerzende Handgelenk reibt.

»Was sagst du? Wirst du deinen Beitrag dazu leisten?«

»Wer ist ›wir‹?«, fragt Leia mit zitternder Stimme. »Was soll kommende Nacht passieren? Und was ist das für ein schwarzes Ding?«

»Es gibt einige von uns hier auf dem Schiff. Wir haben das hier zusammen geplant. Ich kann nicht alles erzählen, noch nicht. Du musst mir einfach vertrauen.«

»Ich vertraue dir nicht, solange ich nicht genug weiß. Wenn es gefährlich ist, mache ich nicht mit. Erst recht nicht bei illegalen Machenschaften.«

»Na gut. Ich sage es dir. Im Morgengrauen wird etwas passieren. Und dann schlagen wir zu. Nein, nein, nicht, was du denkst. Keine Gewalt. Wir wollen uns nur absichern, dass alles klappt, und wir wollen Beweise sammeln. Ich werde alles aufnehmen, damit wir hieb- und stichfeste Belege haben.«

»Ich weiß nicht. Ich bin total durcheinander. Es klingt legitim, aber …«

»Wenn etwas richtig ist, dann das hier. Verstehst du? Wir retten Menschenleben, und zwar nicht nur heute Nacht. Da willst du doch dabei sein, Leia. Wenn wir die für ihre furchtbaren Verbrechen drankriegen. Die Boote werden überfahren und sinken, die Menschen werden kaltblütig ermordet. Das kannst du nicht zulassen. Wir können das nicht zulassen. Damit machen wir jetzt Schluss. Aber ohne dich schaffen wir es nicht. Wir brauchen dich.«

Marina zeigt auf Leias Tasche.

»Mit dem Gerät können wir den Funkverkehr des Schiffes stören, für die kurze Zeit, die wir brauchen. Mehr nicht. Ich verlange nicht viel von dir. Nur, dass du dieses Ding auf die Kommandobrücke bringst und irgendwo versteckst. Egal wo. Du kannst es zum Beispiel in den Papierkorb werfen, der wird sicher nicht vor morgen früh geleert.«

Wieder versucht jemand, sich Einlass zu verschaffen, doch Marina tritt gegen die Tür, und die Person entfernt sich.

»Leia, wir brauchen dich. Ich verspreche dir, dass du deswegen keine Schwierigkeiten bekommst. Du musst nur dieses ungefährliche kleine Gerät dort hinbringen, wo es hinsoll. Und später, wenn du willst, kannst du alles, was du gesehen und gehört hast, öffentlich machen. Alle Missstände und alles Illegale, was die *Mediterranean*-Reederei duldet oder sogar aktiv unterstützt – und nicht nur auf der *Siren*, sondern auf allen Kreuzfahrtschiffen der Reederei. Denk mal darüber nach, wo du dabei sein kannst, stell dir vor, was wir erreichen können.«

Marina greift nach ihrem Arm. Leia bekommt Gänsehaut, vielleicht von dem, was Marina sagt, vielleicht aber auch von der Klimaanlage, die auch hier in der Damentoilette eiskalt eingestellt ist.

»Du bist die richtige Person, um für unsere Sache zu sprechen. Du bist Idealistin, Leia. Genauso wie deine Tochter. Sie müsste dich bewundern. Ich bewundere dich! Dieser Versicherungsjob, von dem du gesprochen hast, kann dir doch gar nicht reichen. Wir wollen dich als unsere Galionsfigur.«

Galionsfigur? Die *Siren* schwankt. Leia kann nicht anders, als einen Schritt zur Seite zu treten.

Wie konnte es dazu kommen? Ist sie wieder kurz davor, sich auf etwas einzulassen, von dem sie nicht hundertprozentig überzeugt ist? Nein, sie steckt schon bis zum Hals drin.

Schnell weg, bring dich in Sicherheit!, schreit ihr Verstand. Vergiss die rotäugigen Kabinenstewards und die estnischen Seeleute, vergiss Lech Walesa und den Artikel von der Sklavengaleere. Und vergiss vor allem alles, was Marina dir erzählt. Du bist nicht schuld an alldem. Du hast die ganze Nacht und den ganzen Abend Drinks gekippt, die Klokabine schwankt, du bist nicht ganz bei dir, also hör auf. Rette dich, bring dich in Sicherheit, geh an Land, versteck dich … Oder ist das doch eine Gefühlsreaktion, so typisch für sie?

Einerseits. Andererseits. Man kann nichts erreichen, ohne Risiken einzugehen. Das hätte bestimmt auch Lech Walesa unterschrieben.

Wenn man darüber nachdenkt, was Marina gesagt hat. Und Ripsa. Und sogar Timo. Wenn nur die Hälfte davon wahr ist, kann sie schon zum zweiten Mal dabei sein, wenn eine große Ungerechtigkeit ans Licht kommt. Ein Verbrechen gegen die Menschlichkeit.

Sie kann helfen, Menschenleben zu retten.

Gerade eben hat sie sich auf dem Damenklo eines Luxuskreuzfahrtschiffs noch um Kopf und Kragen theoretisiert, wollte in die Kabine flüchten, sich die Decke über den Kopf ziehen und sich einreden, dass die kalte Welt da draußen weit weg ist. Nach ihrem Urlaub wäre sie dann widerwillig in ihre Versicherung zurückgegangen, um ihre Zeit, ihre Gehirnzellen und ihren Idealismus totzuschlagen. Der Artikel, der das unrechtmäßige Treiben der ausgeflaggten Schiffe in den Fokus gehoben hätte, wäre nie geschrieben worden. Die vagen Hoffnungen auf die Rückkehr zu einer Arbeit, die wenigstens ein bisschen mit ihrem Fachgebiet zu tun hätte, hätten sich genauso schnell davongemacht wie Viivi in ihre Studentenwohnung. Sie würde sich damit zufriedengeben, ihre Tage so zu verbringen wie bisher: Hintergrundinformationen über Versicherungskunden zu sammeln und ewig an deren Angaben zu zweifeln. Auf den Sommerurlaub zu warten. Auf die nächste Lottoziehung, die übernächste. Auf die Rente. Auf den Platz im Pflegeheim.

Und wenn das hier ihr Moment ist, ihr kleiner, großer Augenblick, aus dem etwas Gutes erwachsen könnte, etwas Bedeutsames?

Galionsfigur …

Sie wiegt ihre Tasche in der Hand. Das Wichtigste ist natürlich, den Offizier nach den Arbeitsbedingungen zu fragen, wie sie es vorhatte. Und was schadet es schon, wenn sie dabei Marina bei ihrem Vorhaben hilft, das bestimmt genauso wichtig ist. Das ist doch nicht zu viel verlangt.

»Also gut«, sagt sie. »Ich mache, was du sagst.«

Marinas Lächeln überstrahlt das ganze Gesicht.

»Ich wusste, dass ich mich auf dich verlassen kann.«

Leia versucht, den Reißverschluss ihrer Handtasche zuzuziehen. Das wird nichts, merkt sie sofort. Das winzige Täschchen war vorher schon randvoll, ihr antik anmutendes Nokia-Handy füllt es fast völlig aus. Warum trage ich das überhaupt mit mir herum, denkt Leia. Viivi wird nachts ja wohl kaum anrufen. Wenn sie überhaupt anruft. Sie nimmt das Telefon heraus.

»Es passt nicht.«

Marina nimmt das Telefon entgegen wie einen kostbaren Schatz und steckt es in ihre eigene Tasche. »Du bekommst es so bald wie möglich zurück.«

Völlig unvermittelt kommt Marina auf Leia zu und umarmt sie.

»Das wird schon«, sagt sie ermutigend, und einen Moment lang glaubt Leia selbst daran. Dann fällt ihr etwas ein. Sie blickt in den Spiegel.

»Dieses Kleid. Ist es zu, äh …«

Marina inspiziert Leias ärmelloses kleines Schwarzes im Spiegel. Wie sie da so nebeneinanderstehen, haben sie viel gemeinsam, findet Leia. Nicht nur die Größe und den Körperbau, sondern mehr. Das Feuer in den Augen. Den Kampfgeist, der automatisch das Kinn und den Brustkorb etwas anhebt.

Marina nimmt sich das Tuch vom Hals und legt es Leia um die Schultern.

»Besser?«

»Viel besser«, sagt Leia erleichtert. Sie fühlt sich gleich weniger nackt. Antonio Massimo soll schließlich keinen falschen Eindruck vom Beweggrund ihres Besuchs bekommen.

48.

Schon Antonio Massimos Begrüßung verrät, dass der Zweite Offizier seine ganz eigene Vorstellung vom Anlass des Treffens auf der Kommandobrücke hat.

»Leia Laine, schöner als der Mondschein auf dem Mittelmeer.«

»Ähm, danke«, sagt Leia, als Antonio sie auf die Wangen küsst. Sein Haaröl duftet nach Moschus. Und lässt er seine Hände einen Moment zu lang auf ihren Schultern ruhen?

Er schließt die Tür, an die sie eben wie vereinbart geklopft hat. Und die sich garantiert nur für wenige ausgesuchte Gäste öffnet, das macht das *Private*-Schild ebenso deutlich wie die Kamera über der Tür, die zweifellos auch ihr Abbild in Echtzeit auf die andere Seite der Tür übertragen hat.

Mein Gott, wie aufgeregt sie war. Sie ist es immer noch. Sie hätte noch mehr trinken sollen, nicht weniger.

»Willkommen auf der Brücke, Signorina Leia«, sagt Antonio. »Darf ich dir eine andere Schönheit vorstellen? Signorina Sirene.«

Als Antonio ihr seine Hand auf den Rücken legt und sie weiter in den Raum bugsiert, scheint sie durch den dünnen Stoff auf ihrer Haut zu brennen.

Ich bin angespannt wie eine Geigensaite, denkt Leia. Entspann dich, beruhige dich, fokussiere dich. Und vergiss nicht zu atmen, damit du nicht in Ohnmacht fällst.

Worauf auch immer ihre Erwartungen beruht haben, vermutlich auf dem *Titanic*-Film, die Wirklichkeit übertrifft sie um ein Vielfaches. Die Kommandobrücke ist weitaus größer, sie ist breiter als die gesamte *Siren*, im nächtlichen Zwielicht kann man kaum erkennen, wie weit sie sich erstreckt. Die vordere Wand besteht nur aus Fenstern, die Sicht auf den Horizont ist vollkommen frei. Vor dem Fenster befindet sich eine Reihe von Navigationsgeräten und Computern, sie strahlen als Lichtflecken oder gleichmäßig blinkende Punkte. Hier ertönen keine Befehle, und man hört weder das Knarren des Schiffsrumpfes noch den Lärm aus dem Maschinenraum. Die Geräusche sind so reduziert wie das Licht, nur ein feines Surren und ein gleichmäßiges leises Piepen.

»Geh ruhig näher heran«, sagt Antonio.

Leia tritt ans Fenster. Der Blick raubt ihr fast den Atem. Vor ihr erstreckt sich die schwarze See und darüber der mit Sternen bestreute Himmel. Der Mond, der seit dem Antritt ihrer Reise fast voll geworden ist, steht riesig und unwirklich tiefgelb vor ihnen am Himmel und malt ein glitzerndes Band ins Wasser.

»Du hattest recht«, seufzt Leia. »Unglaublich schön.«

»*Guarda che luna, guarda che mare …*«

Antonio summt das bekannte Lied und ist plötzlich ganz dicht hinter ihr. Leia fällt wieder ein, dass sie hier nur zu zweit sind. Sie spürt, wie er ihr sanft in die Haare greift und sie zur Seite schiebt. Sein Atem kitzelt sie im Nacken, und die Wärme, die er ausstrahlt, umfängt sie.

»Was meinst du?«, murmelt Antonio, die Lippen in ihrem Nacken.

Leia holt tief Luft.

»Viel … größer, als ich dachte.«

Antonio lacht dunkel.

»Du bist nicht die Erste, die das sagt.«

»Die Brücke«, sagt Leia. »Ich meine die Brücke! Wo ist denn hier das Steuer? Mit dem das Schiff gesteuert wird?«

Wie nervös ich klingen muss, denkt Leia, als Antonio sie mit blitzenden Zähnen anlächelt. Und wie nervös ich *bin*, denkt sie, als Antonio ihre Hand ergreift und sie zu einem Sessel an einem Steuerpult führt. Sanft drückt er sie hinein, nimmt ihren Arm und legt ihn auf die Armlehne. Unter ihrer Hand befindet sich eine Kunststoffkugel, die sich dreht, wenn Leia ihre Hand bewegt.

»Jetzt steuerst du die *Mediterranean Siren.*«

Blitzschnell reißt Leia ihre Hand hoch. Antonio lacht.

»Du machst Spaß«, sagt sie.

»Keine Gefahr. Du kannst nichts falsch machen«, sagt Antonio. »Heute Nacht und morgen den ganzen Tag über fährt das Schiff per Autopilot. Die Route ist vorprogrammiert, hier kannst du es sehen.«

Er zeigt auf einen Bildschirm, auf dem eine rote Linie von Neapel an der Spitze des Stiefels entlangführt, einen ruhigen Bogen unter Korsika und Sardinien beschreibt und dann auf eine kleine Inselgruppe vor der spanischen Küste zustrebt.

»Das Seegebiet, auf dem wir jetzt sind, nennt sich Tyrrhenisches Meer«, sagt Antonio. »Es ist reichlich tief, keine Riffe. Wir können ein flottes Tempo fahren. Früh am Morgen sind wir schon dort, genau zwischen Sardinien, Sizilien und der Spitze von Tunesien. Von dort aus brauchen wir bis Palma de Mallorca noch ungefähr vierundzwanzig Stunden.«

»Irgendwie gespenstisch, dass niemand das Schiff steuert.«

»Der Computer steuert es. Das ist auf offener See die normale Verfahrensweise.«

»Ich hab gedacht, der Kapitän ist mehr oder weniger immer hier oben.«

»Auf großen Schiffen wie diesen ist der Kapitän fast nur mit Verwaltungsaufgaben beschäftigt. Er ist praktisch der Geschäftsführer des Schiffes«, erklärt Antonio. »Wir Offiziere kümmern uns um die Navigation und alles andere. Wenn wir durch eine Meerenge steuern, im Hafen festmachen oder ablegen, sind immer zwei oder drei Offiziere hier oben. Oft auch der Kapitän.

Heute Nacht, wo keine besonderen Herausforderungen bestehen, auch nicht in Hinsicht auf das Wetter, reicht es, dass ich allein auf Wache bin. Und wenn doch etwas Unvorhergesehenes passiert, dann reagiere ich natürlich und hole Hilfe, wenn nötig. Aber das ist mir auf der *Siren* noch kein einziges Mal passiert.«

»Das ist ja, äh, gut«, sagt Leia.

Hoffentlich hat ihre Stimme sie nicht verraten.

Der Riemen ihrer Handtasche drückt ihr auf die Schulter, ihr Inhalt scheint fast ein Loch in ihr Kleid zu brennen. Wie kann sie Antonio dazu bringen, sich von ihr zu entfernen, damit sie sich nach einem Versteck für Marinas Gerät umsehen kann? Oder sollte sie vielleicht doch zuerst mit ihrem eigenen Anliegen beginnen, den Arbeitsbedingungen an Bord? Die Stimmung auf der Brücke scheint schon wesentlich sachlicher geworden zu sein. Antonio hat wohl verstanden, dass sie nicht wegen eines … Rendezvous hier ist.

»Die Computerprogramme sind heutzutage so schlau, dass sie in der Praxis außer der Navigation auch die optimale Auslastung der Maschinen steuern«, fährt Antonio fort. »Die sechs Dieselmotoren der *Siren* versorgen die Propeller mit exakt so viel Energie, wie es im jeweiligen Moment nötig ist. Die Geschwindigkeit wird automatisch den Wetterverhältnissen und dem übrigen Schiffsverkehr angepasst. Der Computer löst auch Alarm aus und behebt Fehler automatisch, wenn im Maschinenraum etwas Außergewöhnliches passiert.«

»Wofür wird denn der Mensch noch gebraucht?«, fragt Leia.

»Für die Überwachung der Computerprogramme. Und um den herrlichen Ausblick zu genießen.«

Leia zeigt auf das Fernglas, das auf dem Tisch liegt.

»Das ist also schon noch in Gebrauch?«

»Aber natürlich. Wenn wir auf dem Radar etwas sehen, dann bestätigen wir das immer noch einmal per Augenschein. Willst du es mal ausprobieren?«

Er reicht Leia das Fernglas.

»Meine Lehrerin hat früher immer gesagt, was aus dir wohl mal wird, Antonio? Du wirst deinen Lebensunterhalt nicht verdienen können, indem du aus dem Fenster starrst.«

Leia lacht höflich. Sie richtet das Fernglas auf den Mond – und ist geblendet.

»Das ist ja stark.«

Sie betrachtet die unfassbar schöne Nacht, die sich vor ihr erstreckt, und versucht, sich einen Satz zurechtzulegen, mit dem sie auf das Thema überleiten kann, das sie sich vorgenommen hat.

»Wie, äh«, sagt Leia und verhaspelt sich schon gleich zu Anfang. Sie wollte fragen, ob alle Schiffe auf dem Radar erscheinen oder ob man manche nur mit dem Fernglas erkennt, zum Beispiel die elenden kleinen Gummiboote, auf denen sich die Flüchtlinge aneinanderdrängen, aber Antonio ist ihr jetzt ganz nah, er hat ihren persönlichen Radius betreten und sich heruntergebeugt, um ihren Nacken zu küssen.

»In sternenklaren Nächten wie diesen, im sanften Mondschein, empfinde ich große Freude und große Dankbarkeit, dass ich meine Nächte an so einem Ort verbringen darf. Und vor allem, dass ich meine Freude mit jemandem teilen darf. Der Mond hat dich zu mir geführt, Leia.« Er nimmt ihr das Fernglas aus der Hand und legt es auf den Tisch. Dann ergreift er ihre Hand und zieht sie vom Sessel hoch. Er steht direkt vor ihr und schaut ihr in die Augen. Er berührt ihre Wange mit der Hand. Leia hält den Atem an, als er mit den Fingerspitzen vom Ohr zu ihrem Kinn streicht, von dort aus zum Hals und in den Nacken, als er seine Finger an ihrem Haaransatz spielen lässt. Seine dunklen Augen mit den schweren Lidern verfolgen aufmerksam jede ihrer Reaktionen. An Antonio Massimos Vorhaben gibt es nicht den geringsten Zweifel.

Leia zittert und schließt die Augen, mein Gott! Dieser Mann

ist ein einziges Klischee, allein das Haaröl, und er hat das hier schon eine Million Mal gemacht, hat vorher eingeübt, was er sagt und wie er sich gibt und alles, bestimmt hat er bei jeder Wache eine Frau hier auf der Brücke. Sie ist doch wegen ganz anderer Sachen hier, sie ist wegen sachlicher Sachen hier, sie muss über Dinge reden, über die geredet werden muss.

Sie öffnet die Augen – und Antonios Lippen sind schon auf ihren Lippen, weich. Voll. Und wie warm sie sind, im Atem Minze und Knoblauch. Leia reißt sich los.

»Ich, äh, jemand könnte kommen.«

»Hab keine Angst«, murmelt Antonio ihr ins Ohr. »Niemand wird uns stören. Wie ich schon sagte, wir Offiziere regeln diese Sache hier unter uns.«

Er zieht Leia sanft mit sich, weg von den Navigationsgeräten.

»Und der Kapitän?«, sagt Leia nervös. »Was meint er dazu, wenn er davon erfährt?«

»Fernando Russo ist ein Gentleman, ein Mann von Welt, er versteht das. Komm her. Ich zeige dir ein Eckchen, in dem wir Offiziere manchmal Besprechungen abhalten. Dort können wir es uns gemütlich machen, uns entspannen, uns kennenlernen …«

In einer Vertiefung in der Rückwand des Raumes befindet sich tatsächlich eine Polstersitzgruppe mit einem Tisch. Auf dem Tisch erwarten sie eine Flasche Champagner und zwei hohe schmale Gläser. Leia entfährt ein hohes Kichern, das sie nicht von sich kennt.

»Ich weiß nicht. Wir müssen reden. Ich habe etwas Wichtiges zu sagen, ich will nichts überstürzen –«

»Wir haben alle Zeit der Welt. Die ganze lange Nacht, nur wir beide im wunderschönen Mondschein. Wir können über alles reden, was du möchtest. Bitte sehr.«

Antonio hat die Flasche aus dem Kühler genommen und ihnen eingeschenkt. Er reicht Leia ein Glas.

»Ich verspreche dir, unsere gemeinsame Zeit wird angenehm, unvergesslich …«

Er wispert nah an ihrem Ohr, während er mit der Hand den Reißverschluss an ihrem Rücken sucht und anfängt, ihn herunterzuziehen.

»*Bella Bellissima*, du betörende Nordländerin. Mein Herz hat ausgesetzt, als ich dich das erste Mal gesehen habe. Da habe ich beschlossen: Ich muss dich haben. Dich will ich glücklich machen.«

Leia werden die Knie weich, sie muss sich hinsetzen – sonst fällt sie um. Sie stellt das Glas auf den Tisch, dreht sich um und legt Antonio eine Hand in den Nacken. Ich halte mich nur fest, damit ich nicht umfalle, denkt sie und spürt, wie ihr das Kleid von den Schultern gleitet und an den Hüften hängenbleibt. Wie lange ist es her, dass sie in so einer Situation war, dass sie so sehr begehrt hat. Es ist einfach furchtbar, aber sie spürt schon das aufkommende Pochen zwischen ihren Beinen. Sie ist klitschnass, sie weiß es.

»Auf dem Sofa oder auf dem Tisch?«

Leia lacht – oder stöhnt, sie weiß nicht mal, was es ist, und ohne eine Antwort abzuwarten, hebt Antonio sie an der Taille hoch und setzt sie auf den Tisch. Dann drückt er ihren Oberkörper sanft in die Waagerechte, neben die Champagnerflasche und die Gläser. Er nimmt ihre Fersen und setzt sie sich auf die Schultern, er schaut sie mit diesen dunklen Augen an und sagt etwas, diesmal auf Italienisch. Bestimmt etwas furchtbar Klischeehaftes, schleimig Anrüchiges, sie weiß es nicht und es interessiert sie auch nicht. Antonio küsst sie, gierig und herrlich.

»Du bist schön.«

Das versteht Leia, auch wenn sie völlig durcheinander ist, vom Alkohol, von ihrem Begehren und von der Verrücktheit der ganzen Situation. Sie hat immer noch Slip und BH an, das Kleid ist unter ihrem Hintern zusammengeknäult, sie trägt noch immer ihre hohen Schuhe und hat Marinas Tuch um den Hals, mit dessen Zipfel Antonio jetzt ihren Hals und ihren Bauch streichelt, während er mit der anderen Hand ihre Brüste aus dem BH befreit und an ihren Brustwarzen saugt, bis sie wimmert. Und dann schaut er sie mit diesen herrlichen, furchtbaren Spieleraugen an und hockt sich zwischen ihre Beine, er zieht ihr nicht einmal den Slip herunter, sondern schiebt ihn einfach zur Seite, und seine Zunge …

Leia keucht und schließt die Augen, sie packt Antonio an den Haaren, sie kann nicht anders, als sich vor Lust zu winden. Ich bin nicht hier, ich bin nicht hier, denkt sie, alles ist gut, das hier passiert nicht. Verrückt, total verrückt, dazu sollte es doch nicht kommen, ich wollte ihn doch auf die Flüchtlinge und diese anderen Sachen ansprechen … Sklavenarbeit, Ausbeutung, Champagner … Der Gedanke bricht ab, Antonio ist unverschämt geschickt mit seiner Zunge und seinen Lippen und seinen Fingern, wo und mit wem er das geübt hat, völlig egal. Ich habe auch … das Recht … mich hin und wieder … verwöhnen zu lassen … und die Wellen kommen, in langer, fast schmerzhafter Folge, sie drückt Antonios Kopf zwischen den Schenkeln zusammen, presst sich die Hände auf die Brust, auf die Schultern, greift sich an den Hals, beißt sich auf die Lippe und kann nicht anders, als laut aufzuschreien, ganz kurz.

Und dann kommt die Entspannung, auch wenn das Herz immer noch wie verrückt klopft. Leia öffnet die Augen. Antonio betrachtet sie neugierig, hungrig, mit glänzenden Mundwinkeln.

»Okay?«

»Okay«, sagt Leia. Ihre Stimme zittert. Antonio packt sie an den Hüften und zieht sie näher zur Tischkante. Er fängt an, seine Hose zu öffnen. Ich müsste was zur Verhütung sagen, fällt Leia ein. Dass ich nichts mache, dass ich nicht die Pille nehme. Dass mir auch früher schon mal ein … Versehen passiert ist.

Auch das war auf einem Schiff, zwischen Helsinki und Stockholm, aber das ist lange her … Und heute gibt es ja die Pille danach und alles. Man kann es hinterher erledigen. Wenn man schnell genug ist. Mit ein paar Tabletten. Ob man die beim Schiffsarzt bekommt? Ob man sich die Blöße geben sollte, nachzufragen? Nein!

Und außerdem. Vielleicht hat er ja eine Geschlechtskrankheit, wer weiß. Er scheint ja so aktiv zu sein, dass schon fast davon auszugehen ist.

Die verrückte Ekstase ist wie weggewischt. Der Reißverschluss ihres Kleides drückt ihr in die Wirbelsäule, der Tisch ist hart und kalt, und die Klimaanlage bläst so stark, dass sie Gänsehaut bekommt, aber keineswegs vor Lust. Die Situation ist nicht nur absurd und peinlich, sondern auch unangenehm, vielleicht sogar gefährlich – wie könnte sie sich jetzt stilvoll verabschieden, ohne Antonio zu verärgern …? Da fällt ihr Blick auf etwas Glänzendes an der Decke.

Eine Linse. Eine Überwachungskamera!

Leia fährt entsetzt hoch, zeigt auf die Kamera, bekommt kein Wort heraus. Die Linse zeigt direkt auf sie.

Antonio hebt den Blick.

»Keine Sorge. Sie ist nicht eingeschaltet.«

»Das glaube ich nicht«, quietscht Leia.

Antonio mustert sie einen Moment, verzieht das Gesicht und stopft seine Männlichkeit, so gut es geht, zurück in die Hose. Etwas steifbeinig geht er zu der Reihe der Anzeigeschirme am Fenster und drückt auf einen Knopf.

»Siehst du?«

Leia schaut in die Kamera. Ein kleines rotes Licht geht an und sofort wieder aus.

»Jetzt mache ich sie aus«, sagt Antonio, und die Lampe leuchtet noch einmal auf.

»Entspann dich. Ich mache sie immer aus, wenn ich Besuch bekomme.«

Er betrachtet sie nachdenklich.

»Alles gut? Soll ich dir noch ein Glas Champagner einschenken?«

Mit einem Mal fühlt Leia sich stocknüchtern. Sie springt mit wackeligen Knien vom Tisch und fängt an, sich das Kleid hochzuziehen.

»Wäre es okay, äh«, beginnt sie und begreift, wie konfus das klingt. »Ich gehe kurz in die Kabine, ich muss … etwas holen.«

Auf Antonios Gesicht breitet sich langsam ein Lächeln aus. »Verstehe. Geh ruhig und hol, was du holen musst. Aber komm bald wieder.«

Leia schiebt ihre Arme durch die Armlöcher des kleinen Schwarzen und zieht den Saum zurecht, und Antonio hilft ihr mit dem Reißverschluss. Dann bückt er sich und hebt das Tuch auf, das irgendwann auf den Boden gefallen sein muss, und legt es ihr um den Hals. Schließlich reicht er ihr die Handtasche, die sie ansonsten garantiert vergessen hätte.

Er geleitet sie zur Tür. »Du kommst bestimmt zurück?«

»Ja. Ganz bald.«

Er küsst sie, gleitet mit der Hand noch einmal in ihrem Nacken unter die Haare, wieder erschauert sie.

»Ich warte auf dich. Wir machen da weiter, wo wir stehengeblieben sind. Ich bin bis sechs Uhr morgens hier. Nur für dich.«

Leia betrachtet das Schild an der Tür, und das Schild schaut zurück. Zutritt nur für autorisierte Personen. Nach der Autorisierung geht es drinnen dann umso leidenschaftlicher zu. Sie wirft einen Blick auf die Kamera über der Tür. Man sieht keinen Lichtpunkt, aber sie zeichnet hundertprozentig auf.

Leia nimmt einen tiefen Atemzug, dreht sich um und geht so ruhig davon, wie es ihr mit ihren zittrigen Beinen möglich ist, und dabei ist ihr jede Sekunde bewusst, dass Antonio auf der anderen Seite der Tür sie auf dem Bildschirm beobachtet. Ihr Herz klopft wie bei einem kleinen Tier.

Gleich, denkt sie. Gleich bin ich hinter der Ecke und für die Kamera nicht mehr sichtbar, gleich, gleich, nur noch ein paar Schritte, ich biege nach rechts ab, jetzt.

Und da, auf dem Treppenabsatz, steht Marina.

Sie taxiert Leia von Kopf bis Fuß. Nach Leias zerzaustem Zustand und – oh mein Gott – Geruch wird sie sich denken können, was sie drinnen getrieben haben. Wärme steigt ihr in die Wangen. Und natürlich registriert Marina es und versteht auch den Rest.

»Hast du getan, was ich dir aufgetragen habe?«

Leia öffnet ihre Tasche, nimmt das kleine Kästchen heraus und hält es Marina hin.

»Nein«, sagt die. »Du musst zurückgehen.«

»Nein«, sagt Leia und ist überrascht, wie kräftig ihre Stimme klingt.

»Wie ich gehört habe, erwartet er dich.«

»Ich gehe jetzt schlafen.«

Leia bückt sich, um das Kästchen auf dem Fußboden abzulegen. Aber als sie sich wieder aufrichtet und an Marina vorbeigehen will, packt die sie am Handgelenk und hält sie auf, sie drückt so stark, dass Leia vor Schmerz aufschreit.

»Du hast deinen Part noch nicht erledigt.«

»Ich gehe garantiert nicht dahin zurück!«

Leia versucht, sich loszumachen, aber Marina hält sie fest.

»Du bringst das Ding dahin und versteckst es, oder –«

Leia braust auf. Marinas Forderungen sind völlig überzogen.

»Antonio Massimo hat mir da drin keinen Moment Ruhe gelassen, ich hatte keine Gelegenheit, irgendwas irgendwo zu verstecken. Und jetzt bin ich nur froh, dass ich es nicht getan habe!«

Endlich lässt der Druck auf Leias Handgelenk nach. »Ein letztes Mal. Du gehst jetzt zurück und bringst das verdammte Ding irgendwo da drin unter.«

Ihr Handgelenk schmerzt. Das gibt bestimmt blaue Flecken.

»Geh doch selber«, sagt Leia. »Wie du gehört hast, ist er bis sechs Uhr morgens da. Wozu brauchst du mich? Ripsa hatte recht, warum hab ich dir bloß geglaubt? Du hast mich abgefüllt, damit ich keine Fragen stelle. Schlag deine Schlachten selber!«

Einen Moment ist Leia sicher, dass Marina ihr gleich eine knallt, so zornig ist ihr Blick. Stattdessen greift sie nach dem Tuch, das Leia immer noch um den Hals trägt, und reißt es ihr mit einer Bewegung herunter.

Es tut weh. Leia hält sich den Hals.

»Schlampe!«, zischt Marina. Dann knüllt sie das Tuch in ihre Handtasche und marschiert die Treppe hinunter.

49.

Als Leia zu ihrer Kabine kommt, sagt sie nichts. Falls sie sich wundert, warum er an der Tür herumhängt, lässt sie es sich nicht anmerken. Sie schaut ihm nicht in die Augen, meidet seinen Blick. Sie dreht ihm den Rücken zu und öffnet ihre Tasche.

»'n Abend«, sagt Timo.

»'n Abend«, murmelt Leia mit gesenktem Kopf. Sie wühlt und wühlt in ihrer Tasche, aber sie scheint nicht zu finden, was sie sucht.

Ich frage nicht, denkt Timo. Ich frage nicht nach.

»Du hast also noch weitergefeiert?«

Leia zuckt mit den Schultern.

»Ich finde meine Bordkarte nicht. Und Marina hat mein Handy!«

Ihr Aufschrei ist so verzweifelt, dass er es fast bereut, eben so unfreundlich gewesen zu sein. Aber nur fast. Als Leia sich zu ihm umdreht, entspricht der Alkoholdunst in ihrem Atem der Kategorie hoffnungslose Hausfrau hoch zwei. Er vermischt sich mit einem anderen Geruch, vermutlich dem Rasierwasser eines Mannes. Und einem dritten, weicheren, süßsäuerlichen, über dessen Ursprung er sich gerade keine Gedanken machen will.

»Soll ich?«, will Timo fragen, als Leia ihm auch schon die Tasche entgegenhält.

Sie ist aus schwarzem, leicht glänzendem Stoff, kleiner als die Tasche, die Leia tagsüber mit sich herumschleppt. Eine Abendtasche. Timo späht hinein.

Die Handtasche. Die intimste Sphäre einer Frau, geheimnisvoller als die Stelle, für die Männer sich normalerweise interessieren. Nicht einmal Marjukka hat ihn in ihren zwölf gemeinsamen Jahren in die Nähe ihrer Handtaschen gelassen. Dafür gab es auch einen guten Grund, denkt Timo, und einen Moment lang kocht die alte Verbitterung in ihm hoch. In den Tiefen der Taschen hätte sich wahrscheinlich eine Menge belastendes Material gefunden. Eine Telefonnummer, gekritzelt auf ein Stück Papier. Die Adresse eines Restaurants, die Visitenkarte eines Hotels, geheime Treffen, vermerkt im Kalender. Nicht nur Andeutungen, sondern die volle Gewissheit, dass jemand anders diesen anderen geheimen Winkel gefunden hatte, den Marjukka immer bei sich trug.

Der Inhalt von Leias Tasche lässt sich schnell überblicken. Ein zusammengefaltetes Papiertaschentuch. Ein kleiner runder Taschenspiegel. Ein Kamm. Ein Lippenstift. Timo wirft heimlich einen Blick auf Leia. Der Lippenstift, den sie während der grauenhaften Mister-Italy-Vorstellung zwischen den Drinks fleißig nachgepinselt hat, hat sich irgendwohin verflüchtigt. Trotzdem leuchten ihre Lippen rot wie aus sich heraus?

»Die Karte ist nicht da«, sagt er und gibt ihr die Tasche zurück. »Du hast sie bestimmt in der Kabine liegen lassen.«

»Jaaa«, schnieft Leia. »Die Info ist um diese Zeit geschlossen, ich muss Raoul suchen. Der hat ja einen Schlüssel.«

Da begreift Timo. Hier ist er. Sein Moment.

Tättärää – die Kavallerie ist da!

»Und ich dachte schon, unsere Kabine ist groß!«

»Es war keine andere mehr frei«, sagt Timo. Und merkt sofort, dass er zu viel gesagt hat.

Doch Leia denkt offenbar nicht über diese Meta-Information nach, sondern stiefelt weiter in die Kabine hinein.

»Ein Balkon. Wir haben noch nicht mal ein Fenster. Was – ein Whirlpool auf dem Balkon? Hängst du da abends immer ab?«

»Bisher nicht.«

»Nein? Kein einziges Mal?«

»Ich war nicht mal auf dem Balkon.«

»Ach was. Huch!«

Leia dreht sich zu ihm um, die Augen so rund wie das Bett, auf dem Maimai wie immer einladend die Decke zurückgeschlagen hat. Leia zeigt mit ausgestrecktem Zeigefinger auf das Bett.

»Es ist rund.«

»Du kannst da schlafen«, sagt Timo. »Ich schlafe auf dem Sofa im Wohnzimmer.«

»Rund«, wiederholt Leia. »Und riesig.«

Wie jeden Abend hat Maimai auch heute eine frische Rose auf das Kissen gelegt. Heute ist sie blutrot. Timo nimmt sie vom Kissen und überlegt kurz, was er damit machen soll, ob er sie Leia gibt. Schließlich stellt er sie in den Sektkühler, der wie immer auf dem Silbertablett steht.

»Champagner.«

Leia sagt es irgendwie angestrengt.

»Möchtest du?«, fragt Timo.

»Nein, ich dachte nur gerade, dass man den heute überall angeboten bekommt.«

Überall, überlegt Timo. »Ist im Kabinenpreis inbegriffen.«

»Bei uns gab es den nur am ersten Tag«, sagt Leia. »Und auch nur, weil Ripsa ihn extra bestellt hatte. Und nein danke. Ich will einfach nur schlafen. Wenn das in Ordnung ist.«

»Ist in Ordnung.«

»Kann ich duschen?«

»Natürlich.«

»Danke«, sagt Leia. »Du bist lieb.«

Im Schrank finden sich eine zusätzliche Decke und ein Kissen. Das Notbett für den Gentleman ist auf dem Sofa schnell zurechtgemacht. Timo setzt sich und horcht auf das Rauschen der Dusche hinter der Badezimmertür.

Leia Laine. In seiner Kabine. Hinter der Tür, nackt.

Was wäscht sie sich ab?

Lieb. Er lässt sich das Wort auf der Zunge zergehen. Als Retter in der Not hat er seinen Dienst getan. Als Leia mit nassen Haaren und abgewaschenem Make-up in ein großes weißes Handtuch gewickelt aus dem Bad kommt, haben Timos Gedanken wenig mit lieb zu tun. Aber er folgt Leia nur mit dem Blick, nicht mit den Füßen, als sie vorübergeht, ihm rasch eine gute Nacht wünscht und im Schlafzimmer verschwindet.

Timo starrt auf den Fernsehschirm, der starrt schwarz und stumm zurück. Er schaut auf die Badezimmertür, die noch offen steht, auf die nassen Spuren, die Leias Füße auf dem Parkett hinterlassen haben.

Er räuspert sich.

»Ähm. Wenn es dir nichts ausmacht, komme ich rüber und schlafe auch im Bett. Dieses Sofa ist ein bisschen zu kurz für mich.«

Leia antwortet nicht.

»Das Bett ist so groß, dass wir beide Platz haben«, fährt Timo fort. »Ich verspreche, dass ich mich benehme.«

Immer noch keine Antwort.

Kavallerie hin oder her. Er steht auf und geht ins Schlafzimmer, in dem immer noch die volle Beleuchtung brennt.

Das Badehandtuch liegt zerknüllt neben dem Bett, von Leia sind nur ein paar feuchte Haarsträhnen auf dem weißen Kissen zu sehen.

»Leia?«

Die Antwort ist ein leises Schnarchen.

50.

»Vier Stunden bis zum Zusammentreffen.«

»Bist du angespannt?«

»Ich frage mich, ob die Zeit wirklich ausreicht«, sagt Marina mit zusammengebissenen Zähnen. Jemand müsste Peetrus Kross mal auf die Finger klopfen. Wieder einmal hat er nicht daran gedacht, sein Bett zu machen.

»Das letzte Signal war nicht mehr schwach. Sie können nur noch fünf oder sechs Seemeilen entfernt gewesen sein.«

»Wie kann ich sicher sein, dass die Verbindung zum Maschinenraum wirklich unterbrochen ist?«, fragt Marina. »Und die Funkverbindung?«

»Vertrau mir. Du hörst es. Fünf Uhr fünfzehn, auf die Sekunde.« Peetrus sieht auf sein Handy. »Meine Pause ist gleich zu Ende. Sobald ich unten bin, schicke ich ihnen als Erstes eine Nachricht mit den genauen Koordinaten und der Uhrzeit.«

»Fünf Uhr dreißig?«

»So ganz auf die Minute wird es wohl nicht klappen.«

»Es muss vor sechs Uhr sein. Sobald es hell genug ist, um Fotos zu machen.«

Kross zuckt die Schultern. »Dann lass uns fünf Uhr dreißig anvisieren. Du musst deinerseits nur dafür sorgen, dass …«

»Ich sorge dafür.«

»Schade, dass deine Freundin sich als unzuverlässig erwiesen hat.«

»Ich werde meinen Beitrag schon leisten. Mit ihr oder ohne sie.«

»Daran zweifle ich nicht. Viel Glück. Hoffentlich kommt dein Freund sicher an Bord der *Siren*. Jedenfalls wünsche ich euch, dass ihr genug Beweismaterial sammeln könnt, falls es nicht klappt. Die Verweigerung der Seenotrettung ist eines der schlimmsten Verbrechen.«

»Die Kamera ist immer eingeschaltet, sowohl hier bei mir als auch bei ihm im Boot«, sagt Marina. »Die Medien werden die kommenden Ereignisse nicht ignorieren, das verspreche ich dir. Ebenso wenig wie die Behörden.«

Peetrus streckt die Hand aus.

»Es war mir eine Freude, mit dir zusammenzuarbeiten. Die Welt braucht Leute wie uns.«

Sie geben sich die Hand.

»Hauptsache, kühlen Kopf bewahren«, sagt Peetrus. »Vier Stunden. Da ist sogar noch Zeit für einen kleinen Schönheitsschlaf.«

51.

»Dieser Eritreer … Plant er irgendwas?«

Amira wacht auf, als sie die Stimme ihrer Mutter hört. Sie lässt die Augen geschlossen. Die Frage ist nicht für sie bestimmt, so viel ist sicher.

Aber auch ihr Vater antwortet nicht auf die Frage, jedenfalls nicht so, dass Amira es hätte hören können.

»Amir«, sagt die Mutter, und ihre Stimme ist voller Angst. »Ihr schafft das nicht zu zweit. Sie sind mehr, sie haben Waffen.«

Der Vater raunt der Mutter zu, sie solle still sein.

»Wir sind nicht zu zweit. Wir sind sicher, dass wir alle zum Mitmachen bewegen können.«

»Nein. Nein! Das Risiko ist zu groß.«

»Das Risiko ist groß, ich weiß«, sagt der Vater. »Aber ich habe mit allen gesprochen. Wir können nicht zulassen, dass noch ein …«

»Psst«, macht die Mutter, und der Vater schweigt.

Direkt neben ihnen poltern Schritte entlang. Sie liegen an der Reling, in Decken eingewickelt, eng aneinandergeschmiegt, um warm zu bleiben, die Köpfe auf ihre Kleiderbündel gebettet. Amira öffnet die Augen, große dunkle Gestalten werfen im Vorbeigehen Schatten.

Ist es Morgen? Nein, das, was da am Himmel leuchtet, ist der Mond, groß, flach, hart, kalt. Es ist noch mitten in der Nacht. Schlangenauge und die anderen stehen mitten auf dem Deck und schreien sich zur Abwechslung gegenseitig an.

Amira schmiegt sich enger an den Rücken ihrer Mutter, sie liegt versteckt zwischen ihren Eltern, die Decke bis zur Nasenspitze hochgezogen, und sie lugt ganz, ganz vorsichtig dahinter hervor. Aber Schlangenauge schenkt ihr keinerlei Aufmerksamkeit, und auch niemandem sonst. Er hält ein Gerät mit einer langen Antenne in der Hand und dreht sie in verschiedene Richtungen, als würde er versuchen, Verbindung mit dem Himmel aufzunehmen.

Und er bekommt eine Verbindung, wie es aussieht. Er ruft etwas, und einer von seinen Schurken läuft zur Kajüte, wo die Steuerung des Bootes ist. Die anderen schaffen an der Reling Platz und blicken angestrengt in die Ferne. Schlangenauge steht immer noch mitten auf dem Deck, die Hand erhoben, und bellt ununterbrochen Befehle. Der Motor knattert lauter und erhöht die Leistung. Als würden sie plötzlich schneller fahren. Und dann nimmt der Mond Fahrt auf, und der Sternenhimmel über Amira bewegt sich langsam, aber sicher in eine andere Position. Das Boot hat seinen Kurs geändert.

Amira ist nicht die Einzige, der das aufgefallen ist. Hier und da leuchtet das schwache Licht eines Handys auf, die jungen Männer setzen sich auf, erheben sich und versuchen, über die Reling zu spähen.

»Endlich!«

Der Vater rappelt sich auf. Amira hat sich lange nicht mehr über etwas so gefreut wie über den Gesichtsausdruck, den sie jetzt im Mondschein erkennen kann. Er lächelt.

»Vater, was ist los?«, fragt Amira.

»Sie empfangen ein Signal«, sagt der Vater. »Sie wissen endlich, wo wir sind und wohin wir fahren. Das ist ein gutes Zeichen. Wir sind bald da.«

Der Vater streckt die Hand über Amira hinweg zu ihrer Mutter aus.

»Sara, alles wird gut. Das habe ich doch gesagt. Alles wird gut.«

Aber die Mutter reagiert auf seine Worte nicht so, wie er es sich vorgestellt hat. Oder so wie Amira. Sie setzt sich nicht auf, sie dreht noch nicht einmal den Kopf.

»Ich glaube es erst, wenn wir an Land sind«, murmelt sie. »Wenn wir in Sicherheit sind und diese Verbrecher da sind, wo der Pfeffer wächst.«

Der Vater schüttelt den Kopf.

»Ach, Sara.«

Er streichelt Amiras Ponysträhnen, die sich unter dem Kopftuch hervorgestohlen haben. Die dreckig und fettig geworden sind, denkt Amira. Es ist zwei Wochen her, dass sie sich zuletzt die Haare gewaschen hat.

»Meine kleine Prinzessin«, sagt der Vater. »Bald sind wir in Sicherheit.«

»Ganz bestimmt?«, fragt Amira.

»Ja. Ich verspreche es dir. Morgen um diese Zeit sind wir in Sicherheit, und das alles hier ist nur ein böser Traum gewesen.«

FREITAG
SEETAG

52.

»Darf ich noch einmal zu dir kommen? Wir können dort weitermachen, wo wir stehengeblieben sind … Ich verspreche dir, dass ich dir meine Abwesenheit hundertfach vergelten werde.«

Die Antwort kommt sofort.

»Ich erwarte eine fürstliche Entschädigung.«

Etwas Lippenstift, mit dem Kamm durch die Haare, dann die Handtasche unter den Arm und los.

Niemand kommt ihr entgegen. Die Korridore sind gespenstisch leer und still in diesen wenigen Stunden, in denen die letzten Restaurants geschlossen haben und die ersten Frühstücksbüffets noch nicht offen sind. Als wären alle von der *Mediterranean Siren* verschwunden. Als hätten sie sich in Luft aufgelöst. Puff.

Im Fenster nach Osten ahnt man hinter dem Horizont schon die Sonne. Das Mittelmeer kräuselt sich unwirklich blutrot.

Am Ende der Treppe bleibt sie zum Atemholen an einer Stelle stehen, an der die Kamera für den letzten Korridorabschnitt sie noch nicht erfasst. Sie nimmt das Tuch aus der Tasche und bedeckt damit ihre Haare, dann läuft sie mit gesenktem Kopf zur Tür.

»Zutritt strengstens verboten«, behauptet das Schild. Sie klopft an die Tür.

Als sie einen Spalt geöffnet wird, schiebt sie ihren Fuß dazwischen. Und begegnet Antonio Massimos überraschtem Blick.

»Ich weiß, du hast jemand anders erwartet. Leider konnte meine Freundin nicht kommen.«

Sie senkt die Stimme.

»Aber jetzt bin ich da.«

Daran, wie der Mann seinen Blick über ihren Körper gleiten lässt, kann sie ablesen, dass sie schon gewonnen hat.

53.

Stille. Das leere Nichts nach dem Atomschlag. Leia reißt die Augen auf.

Völlige Dunkelheit.

Ihr Herz rast. Wovon ist sie aufgewacht? Mit der linken Hand tastet sie schräg nach oben, wo neben ihrem Bettsofa der Tisch und auf dem Tisch ihr Handy ist. Aber nichts davon ist hier. Kein Tisch, kein Handy.

Das Schiff, fällt Leia jetzt wieder ein. Ripsa. Marina. Der italienische Abend fällt ihr ein, huh. Und dann: Antonio.

Antonio, huuuh – und plötzlich bewegt sich etwas neben ihr. Leia streckt ihre Hand aus und tastet danach. Iih, entfährt es ihr, und im selben Moment springt sie auf. Sie bedeckt ihre Blöße mit dem Handtuch, das sie auf dem Boden findet, und sucht mit ihrer Hand die Wand ab, bis sie einen Lichtschalter entdeckt.

Das Bett ist rund, das Bett ist riesig, und ein Mann setzt sich auf. Ein Mann mit Bart und wirrem Haar, der dürre Oberkörper nackt, das Gesicht im grellen Licht verzogen. Nicht Antonio, sondern dieser … dieser … Timo Ratanen.

»Geht's dir nicht gut?«

Leia wickelt sich fester in das Handtuch. Es ist immer noch feucht von der Dusche, es fühlt sich kalt und unangenehm an, lässt sie schaudern.

»Hab keine Angst«, krächzt Timo Ratanen mit halb geschlossenen Augen. »Zwischen uns ist nichts passiert.«

Das weiß ich doch wohl, schreit Leia innerlich, ich hab ja nicht das Gedächtnis verloren. Was machst du da im Bett? Du hast doch gesagt, du wolltest auf dem Sofa schlafen.

»Wie spät ist es, ist es schon Morgen?«

Gehorsam, wenn auch mit der Langsamkeit des plötzlich Aufgeschreckten, tastet Timo auf dem Fußboden neben dem Bett nach seinem Handy. »Fünf Uhr fünf.«

Er lässt sich wieder in die Waagerechte fallen und zieht sich die Decke über den Kopf.

»Mach das Licht aus, lass uns noch ein bisschen schlafen.«

Misstrauisch betrachtet Leia den Kleiderhaufen auf dem Boden. Das alles hat er ausgezogen, bevor er ins Bett gekommen ist.

Hat er überhaupt eine Hose an?

Ihr eigener kleiner Kleiderhaufen findet sich im Badezimmer der Suite. Die wenigen Kleidungsstücke, aus denen sie sich heute Nacht vor dem Duschen geschält hat. Kleid, BH, Slip. Leia hebt ihn zwischen Daumen und Zeigefinger hoch und schnuppert vorsichtig. Ach du Schande. Den wird sie jetzt bestimmt nicht anziehen.

Ihre Abendtasche hat immerhin jemand aufgehoben und auf die marmorne Oberfläche des Waschtischs gestellt. Timo, oder sie selbst, sie kann sich nicht erinnern. Sie stopft das Höschen in die Tasche, schließt sie und hebt den Blick. Aus dem goldgerahmten Spiegel schaut ihr ein Gesicht entgegen, das sie am liebsten nicht als ihr eigenes erkennen würde.

Nein, denkt sie stur. Das mache ich nicht.

Für Scham gibt es keinen Grund, nicht wegen dem, was passiert ist.

Fünf nach fünf, denkt sie. Antonios Schicht geht noch fast eine Stunde.

Ich hab ihn ja ziemlich ausgetrickst. Ich hab mich einfach so davongestohlen. Obwohl er, obwohl er … alles Mögliche … Huh.

»Was sein muss, muss sein. Punkt«, sagt Leia halblaut. Sie sieht ihr Spiegelbild fest an. Es ist immer noch nicht vollkommen überzeugt. Sie streckt ihm die Zunge heraus und dreht ihm den Rücken zu.

Ob sie sich jetzt ein bisschen schlecht fühlt? Nein, beschließt sie.

Sie wurstelt sich in ihren BH und das Kleid und schafft es sogar mit vielen Verrenkungen, den Reißverschluss bis ganz oben zuzuziehen. Ihre Hand tut weh. Da, wo Marina gedrückt und gedreht hat, ist ihr Handgelenk gereizt, ihre Fingernägel haben auf ihrer Hand rote Halbmonde hinterlassen. Der Daumenabdruck findet sich an der Innenseite des Handgelenks, wo die Haut dünn und hell ist, dort ist ein kleiner blauer Fleck entstanden. Als sie ihr Kinn hebt, sieht sie im Spiegel einen roten Striemen am Hals, dort, wo sie ihr das Tuch vom Hals gerissen hat.

Diese Hetzerin, denkt sie. Diese gewalttätige, gefährliche Fanatikerin. Ripsa hatte leider vollkommen recht, was Marina betrifft. Leia will mit ihr nichts mehr zu tun haben.

Sie hat sie Schlampe genannt. Das ist so bemitleidenswert. Dass ihr nichts anderes eingefallen ist. Leia müsste zu ihr sagen, was sie selbst zu hören bekommen hat: Du hast mich enttäuscht. Durch und durch. Wenn du glaubst, dass ich so schwach bin und mich zum Opfer machen lasse, dass ich mich von so einer archaischen, patriarchalischen Beschimpfung ins Bockshorn jagen lasse, dann täuschst du dich.

Ich bin schon so oft kielgeholt worden, davon hast du gar keine Ahnung.

Du wirst es nicht schaffen, dass ich mich schuldig fühle. Jedenfalls nicht wegen Antonio. Du bist ja selbst im Schlepptau von irgend so einem Marcel hierhergekommen.

Antonio ist einfach passiert. Es ist einfach über sie gekommen wie ein Tsunami. Sie konnte nichts tun. Und sie wollte es auch nicht können. Es war, es war … uuh.

Es war uuuh. Und damit gut. Du schaffst es nicht, dass ich deswegen Schuldgefühle habe. Das lehne ich ab.

»Was ist jetzt wieder?«

Die Leia im Spiegel will einfach keine Ruhe geben. Sie schaut sie immer noch so an. Und sagt: Nicht das, was du gemacht hast, sondern das, was du unterlassen hast. Du wolltest ihn doch was fragen, ihn unter Druck setzen. Und dieses bescheuerte Gerät solltest du doch auch verstecken. Wenn Marina wenigstens hier die Wahrheit gesagt hat, wenn heute Nacht etwas passiert, gleich, im Morgengrauen, dann ist es meine Schuld, wenn, wenn …

»Nein«, sagt Leia. »Stopp jetzt.«

Nichts passiert. Diese Frau ist nicht ganz richtig im Kopf. Diese abscheuliche, zweigesichtige Lügnerin. Schleimt sich mit Falschheit und Scheinheiligkeit bei ihr ein und will angeblich ihre Freundin sein, nur um sie bei Antonio einzuschleusen. Obwohl sie genau weiß, was sie dort erwartet.

So, wie Marina sie behandelt hat, glaubt Leia kein bisschen mehr an ihre guten Absichten.

Auf dem Marmorwaschtisch stehen Bade- und Pflegeprodukte in luxuriösen gläsernen Fläschchen und Tiegelchen. Leia nimmt eine Flasche in die Hand, öffnet den goldfarbenen Verschluss und schnuppert. Fruchtig. Orange oder Zitrone. Sie liest das Etikett. Duschgel.

Gemessen an dem hier, ist die Ausstattung in ihrer und Ripsas Kabine Holzklasse. Wahrscheinlich ist die Suite sauteuer. Ob Timo das ernst gemeint hat? Hat er tatsächlich für so eine Suite bezahlt und dann kein einziges Mal den Whirlpool benutzt? Der ist ja verrückt.

Shampoo, Spülung, verschiedene Duschgels. Hautcreme, Gesichtscreme, Handcreme. Lippenpflege. Haargel. Einzeln verpackte Rasierer in einem Glas, ein Rasierpinsel und Rasierseife. Für die hat Timo keine Verwendung. Oder vielleicht doch. Damit man ihn nicht für einen Terroristen hält. Den finnischen Ingenieur. Diesen harmlosen Nerd. Es war ja schon nett, dass er sie aus dem Kabinenkorridor gerettet und hierhergebracht hat, aber sie hat an seinem Tonfall schon gehört, was er über sie dachte. Das war ganz klar Missbilligung, auch wenn er nichts gesagt hat. Als würde es ihn irgendwas angehen, was sie tut. Genauso wenig wie sie Ripsas Lippenstift an seinem Hals was angeht.

Auf dem Waschtisch finden sich auch eingeschweißte Zahnbürsten und winzig kleine Zahncremetuben. Sie schält eine Zahnbürste aus ihrer Verpackung und drückt eine ganze Zahncremetube darauf aus. Nach dem Zähneputzen fühlt sie sich schon viel besser, menschlicher. Ruhiger. Auch ihre Gedanken sind wieder gefasster. Fokussierter.

Ihr Telefon. Das muss sie sich von Marina zurückholen, und zwar sofort. Aber wie, wenn sie nicht weiß, wo die Kabine von Marina und Marcel ist? Am besten geht sie gleich um acht zum Infoschalter und berichtet von der Bordkarte, die sie in der Kabine vergessen hat.

Falls sie ihr nicht gestern Abend irgendwo aus der Tasche gefallen ist.

Autsch. Die Versicherung der Reederei wird vermutlich nicht dafür aufkommen, wenn aus der Kabine Sachen verschwinden, nur weil sie nicht auf ihre Karte aufgepasst hat. Jedenfalls gehört diese Art von Wohltätigkeit bei ihrem Arbeitgeber nicht zur Geschäftspolitik. Auf der Karte steht ihr Name. Immerhin ist dort nicht die Kabinennummer vermerkt, aber wenn jemand sie findet und dreist genug ist, geht er einfach zur Info und kriegt sie raus.

Eine weitere, umso schlimmere Möglichkeit drängt plötzlich in ihr Bewusstsein. Was, wenn die Karte ihr auf der Kommandobrücke aus der Tasche gefallen ist, als sie gerade …

Leia presst sich die Fäuste an die Schläfen und kneift die Augen fest zusammen. Nein, denkt sie. Ich habe die Tasche dort gar nicht aufgemacht, da bin ich mir ganz sicher. Die Karte ist schon vorher verschwunden. Vermutlich ist sie einfach irgendwo an einer Kasse liegen geblieben, als ich sie zuletzt benutzt habe. Wenn man etwas verloren hat, findet es sich in der Regel in einem Umkreis von einem Meter von der Stelle wieder, wo man es zuletzt benutzt hat. Darüber gibt es Untersuchungen, ich habe auch Viivi schon Vorträge darüber gehalten.

Sie massiert ihre Schläfen mit beiden Fäusten. Denk nach. Erinnere dich. Ich bin nicht mehr in der Kabine gewesen, nachdem ich mit Marina zum Partymachen aufgebrochen bin. Habe ich die Karte gestern Abend überhaupt benutzt? Nein. Marina war so begierig, ihr die Drinks zu bezahlen, dass sie alles auf ihre Karte gebucht hat. Und davor …

Das war es. Die Erinnerungshilfe hat auch diesmal funktioniert. Ich habe die Karte nicht in der Kabine liegen lassen, denn ich habe ja Marina die Daten gegeben, bevor ich Antonio angerufen habe. So war es. Den Nummerncode der Karte brauchte man, um sich bei der App anzumelden. Aber habe ich Marina nur die Daten gegeben – oder die Karte selber?

Leia läuft zurück ins Schlafzimmer und knipst das Licht wieder an.

54.

Antonio Massimo lacht ein tiefes, kurzes Lachen.

»Das Tuch. Ein guter Trick.«

»Oh, ich habe noch mehr Tricks auf Lager«, entgegnet Marina. Der Ausdruck auf dem Gesicht des Zweiten Offiziers ist, gelinde gesagt, sehenswert. Aber als Antonio einen Schritt zurücktritt, um sie einzulassen, schüttelt sie den Kopf und zieht sich das Tuch tiefer ins Gesicht.

»Bevor ich reinkomme, möchte ich, dass alle Überwachungskameras ausgeschaltet werden«, sagt sie leise.

»Sie sind bereits ausgeschaltet.«

»Ich meine, was ich sage. Mach sie alle aus. Jede einzelne. Oder ich gehe wieder.«

Antonio scheint zu begreifen, dass sie es ernst meint. Er geht zum Steuerstand, drückt auf verschiedene Knöpfe und zeigt dabei auf verschiedene Stellen an der Decke. Diese hier ist aus, jetzt die, und auch die. Und dann noch diese beiden. Die letzten.

»Gut so?«

Statt zu antworten, tritt Marina ein. Die Tür fällt hinter ihr ins Schloss.

Sie lässt das Tuch auf ihre Schultern gleiten und fährt sich mit den Fingern durch die Haare.

»Wo wollen wir es machen?«

Antonios Schlucken ist meterweit zu hören.

»Du verlierst ja keine Zeit.«

»Ich habe es so verstanden, dass wir keine Zeit zu verlieren haben.«

Dann ein Lachen. »Das hast du genau richtig verstanden.«

Antonio geht voran. Im Gehen schaut Marina verstohlen aus dem Fenster, das so breit ist wie das gesamte Deck. Das Licht am Himmel wird von Minute zu Minute heller, die Sicht ist schon gut genug, aber auf dem Meer ist außer dem Wellengang nichts zu sehen. Kein Punkt am Horizont. Keine Rauchfahne, die zum Himmel aufsteigt. Ihre Schritte werden von wiederkehrenden Pieps- und Klickgeräuschen begleitet, die von den Navigationsgeräten und den großen Bildschirmen ausgehen. Man hört auch verzerrte menschliche Stimmen, abgehackte Sätze aus dem Funkverkehr. Kommen sie von Land? Von anderen Schiffen? Nein, aus dem Maschinenraum. Sie erkennt die Stimme von Peetrus Kross.

Sie hält ihre Handtasche fest umklammert. Sie sollte nicht hier sein. Es ist Leia Laines Schuld, dass sie an zwei Orten gleichzeitig sein muss. Jetzt kann sie nur noch darauf vertrauen, dass Peetrus Kross Wort hält.

Eine Sitzgruppe. Auf dem Tisch eine Flasche Champagner und zwei Gläser. Sie lassen keinen Zweifel daran, wo und wie Leia und der Offizier sich heute Nacht vergnügt haben.

»Champagner?«, fragt Antonio.

»Keine Zeit.« Marina zeigt auf das Sofa. »Setz dich hin.«

Antonio scheint es nicht zu stören, dass sie ihn herumkommandiert wie einen Hund. Er lässt sich aufs Sofa fallen, legt die Arme auf die Rückenlehne und lässt alles Weitere schmunzelnd auf sich zukommen. Marina legt ihre Tasche auf den Tisch, nimmt das Tuch ab und setzt sich breitbeinig auf Antonios Schoß.

Seine Hände greifen sofort nach ihren Hinterbacken. Seine Bartstoppeln kratzen an ihrem Oberteil, sein warmer Atem ist durch den dünnen Stoff zu spüren.

»Loslassen«, befiehlt Marina.

»Zieh dich aus«, murmelt Antonio.

»Gleich«, sagt Marina. »Ich habe doch versprochen, dir meine Tricks vorzuführen.«

Aber als sie anfängt, Antonio mit ihrem Tuch die Augen zu verbinden, greift er nach ihrem Handgelenk. »Ich muss wissen, wie spät es ist. Ich will nicht überrascht werden.«

Er zeigt auf eine Wanduhr. Dreizehn Minuten nach fünf.

»Wie viel Zeit haben wir?«, fragt Marina.

»Meine Wache endet um sechs, aber der Erste Offizier kommt oft schon eine Viertelstunde früher«, sagt Antonio. »Bis dahin musst du weg sein.«

»Glaub mir, ich will noch weniger überrascht werden als du«, sagt Marina.

Sie verbindet ihm die Augen und beginnt plötzlich zu schnurren. »Ich verspreche dir, dass ich auf die Zeit achte. Wir haben fast eine halbe Stunde, das ist … mehr als genug. Ich werde dich rechtzeitig von deinen … Qualen erlösen.«

Als sie ihr Becken auf Antonios Schoß bewegt, stöhnt er genussvoll. Er wehrt sich nicht, als sie das Tuch fester zieht und es am Hinterkopf zu einem festen Knoten bindet.

»Kannst du was sehen?«

»Nein.«

Sein Lächeln ist so vertrauensvoll und offen, dass sie am liebsten mit der Faust hineinschlagen würde.

Sie schaut auf die Uhr. Es wird knapp. Der Minutenzeiger steht schon auf der Vierzehn, und der Sekundenzeiger zählt den Countdown – *vier – drei – zwei – eins* –, und als er die höchste Position auf dem Ziffernblatt erreicht, springt der Minutenzeiger in die waagerechte Position.

Antonio murmelt etwas in ihre Brüste, seine Hände haben wieder ihren Hintern gefunden. Sie versucht, sich davon nicht ablenken zu lassen und sich auf das zu konzentrieren, was jetzt wichtig ist. Sie spitzt die Ohren, aber in ihrem Kopf rauscht und dröhnt es. Der Blutdruck. Als hätte sie Wasser in den Ohren.

Es passiert nichts. Man hört nichts.

Etwas Hartes, Eckiges drückt an ihren Bauch. Antonios Crewausweis, der an seiner Brusttasche befestigt ist. Als sie seine Schultern greift und sich anders hinsetzt, reibt ihre Scham über die Beule in seiner Hose. Er seufzt tief, doch sie hält immer noch den Atem an.

Nichts.

Du wirst es hören, hat Peetrus ihr versichert.

Die Wut schäumt und rauscht in ihren Ohren, brandet wie eine Sturmwelle auf Uferfelsen, die Muskeln in ihren Händen krampfen sich zusammen. Du hast mich verraten, auch du. Das wirst du büßen …

Antonio stöhnt auf, als er spürt, wie sich Marinas Fingernägel in seine Haut krallen. Erst da bemerkt Marina, dass sie das Piepen der Instrumente nur noch vereinzelt hört. Und der Funkverkehr aus dem Maschinenraum zur Brücke: nicht mehr da.

Der komplette Informationsstillstand.

Es hat geklappt. Peetrus Kross hat Wort gehalten. Er hat den Daten- und Funkverkehr lahmgelegt, der von den Steuerungs- und Überwachungsgeräten des Maschinenraums zur Kommandobrücke läuft.

Fünf Uhr fünfzehn, auf die Sekunde, wie es ausgemacht war. Von jetzt an herrscht auf der Brücke eine süße Unkenntnis darüber, was vierzehn Decks tiefer am anderen Ende des Schiffes passiert. Darüber, dass am Steuerpult ein Alarm eingeht: Der Öldruck ist besorgniserregend abgefallen, und einer der sechs Dieselmotoren, ein Koloss mit dem riesenhaften Gewicht von zweihundertfünfzig Tonnen und der Größe eines Doppeldeckerbusses, ist heiß gelaufen, einer der Motoren, die die Stromversorgung der *Siren* sichern und dafür sorgen, dass die Propeller unter dem Rumpf sich ununterbrochen drehen.

Man darf kein Risiko eingehen. Der wachhabende Ingenieur muss zur Sicherheit die Maschinen herunterfahren, alle Motoren ausschalten und alle drei diensthabenden Mechaniker an die Arbeit rufen. Raus aus dem angenehm ruhigen, aufgeräumten Kontrollraum hinein in die laute, dröhnende, heiße Motorenhalle, in der es nach Öl stinkt, um den Fehler in einem der Kolosse zu finden. Aber natürlich ist da kein Fehler. Nach einiger Zeit bemerkt der Ingenieur selbst, wo das Problem steckt.

Nicht in der Maschine selbst, sondern in den Überwachungsgeräten. Das ist nicht das erste Mal, dass die Programme einen falschen Alarm auslösen. Verdammte Digitaltechnik!

Bevor Peetrus Kross die Mechaniker aus dem Motorenraum zurückpfeift und die Motoren wieder anwirft, lässt er von seinem Steuerpult etwas verschwinden, was nicht dorthin gehört, und steckt es in die Hosentasche. Es ist halb so groß wie eine Streichholzschachtel und funktioniert wie eine Art Relais, so hat Marina es verstanden. Seit Montagabend hat das Ding unauffällig und geduldig an seinem Platz auf den heutigen Morgen gewartet; um es unbemerkt anzubringen, reichte ein selbst ausgelöster Stromausfall von wenigen Sekunden.

Bald hat es seinen Dienst getan. Ebenso wie Peetrus Kross.

Es dauert seine Zeit, die Dieselmotoren wieder in Gang zu bringen. Es dauert fünfzehn Minuten, bis Volllast und Reisegeschwindigkeit wieder erreicht sind – und mindestens genauso lange hat es gebraucht, um den Fehler zu suchen und sich künstlich den Kopf zu zerbrechen. In dieser Zeit muss die *Siren* mit Notstrom auskommen.

Für die Reisenden stellt dies keine Gefahr dar, nicht einmal eine Unannehmlichkeit. Niemand von den wenigen Passagieren, die um diese Zeit wach sind, wird etwas Ungewöhnliches bemerken. Das Licht brennt, die Klimaanlage summt, die Kühlgeräte funktionieren, die Öfen in der Küche heizen auf. Mitten im Meer ist es schwer festzustellen, dass die Reisegeschwindigkeit der *Siren* nach und nach abnimmt, weil die Propeller stehengeblieben sind. Mit der Steuerbarkeit ist es allerdings so eine Sache. Also ein Glück, dass sie auf dem offenen Meer sind. Keine Kollisionsgefahr. Keine Inseln. Keine Riffe. Keine Untiefen.

Keine anderen Schiffe in Sichtweite, nicht mal auf dem Radar.

Natürlich will das Personal auf der Brücke unbedingt informiert werden, falls und wenn so etwas passiert. Und natürlich sollen sie es auch erfahren. Wenn die Verbindung nach oben wiederhergestellt ist, muss eine Erklärung her. Der mutige Peetrus Kross, ein Mann mit Idealen, mit Rückgrat und einem sozialen Gewissen, geht gerade ein großes Risiko ein.

Aber er will auch seinen Arbeitsplatz behalten.

Jetzt begehrt ein anderer Mann ihre Aufmerksamkeit.

»Zieh mir die Hose aus«, murmelt Antonio hoffnungsvoll.

Marina gibt dem dümmlich grinsenden Kerl eine Ohrfeige. Nur mit der Handfläche. Nur weil es sein muss. Und nicht annähernd so stark, wie sie es gerne täte. »Ruhe. Hier gebe ich die Befehle.«

Antonios Lächeln wird nur noch breiter. Marina sieht es und spürt Übelkeit in sich aufsteigen.

Sie öffnet Antonios Gürtel, dann Knopf und Reißverschluss der Hose. Als sie von seinem Schoß gleitet, wird er unruhig.

»Was jetzt?«

So leise wie möglich nimmt Marina ihre Tasche vom Tisch.

»Ruhe«, befiehlt sie. »Bleib, wo du bist. Oder muss ich dich fesseln?«

Er stöhnt.

»Himmel, wie du mich folterst.«

»Das ist noch gar nichts. Gleich wirst du die Englein singen hören.«

Antonio fängt eifrig an, mit verbundenen Augen seine Hose herunterzuziehen. Marina wirft ihm einen verächtlichen Blick zu und schleicht zu den Anzeigeschirmen der Kommandobrücke. Sie nimmt das Gerät heraus, das sie von Peetrus bekommen hat.

Auf einem großen Monitor wird die Karte des Seegebietes angezeigt, eine gestrichelte rote Linie verwandelt sich in eine durchgezogene, an der Stelle, wo das Schiff sich befindet. Das Navigationsgerät, das alle halbe Minute die Koordinaten der *Siren* aktualisieren sollte, hat es zuletzt vor sieben Minuten getan.

Alles ist bisher wie am Schnürchen gelaufen. Das Gerät funktioniert, genau, wie Peetrus versichert hat. Es hat schon in Leias Tasche funktioniert, auch wenn Leia es nicht wusste und Offizier Massimo Besseres zu tun hatte, als sich darum zu kümmern. Der Störsender, hat Peetrus erklärt, verhindert das Empfangen des GPS-Signals, indem es den DGPS-Empfänger des Schiffes lahmlegt. Dieses Gerät reicht bis nach oben zur Antenne, bis zum Mast des Schiffes.

Und das ist nicht alles. Das Satellitentelefon benutzt dieselben Signale. Die es nicht bekommt. Das bedeutet, selbst wenn die Leitungen bei der italienischen Küstenwache oder im Kontrollzentrum der *Mediterranean*-Reederei heiß laufen – habt ihr ein Problem auf der *Siren*? Warum bewegt ihr euch nicht? Warum antwortet ihr nicht? –, herrscht auf der Kommandobrücke der *Siren* selige Unwissenheit.

Speziell auf dem Sofa. Das Tuch über den Augen, die Hose auf den Knöcheln. Marina wirft Antonio einen kalten Blick zu.

Du hast es verdient.

Sie platziert den Störsender in einem Papierkorb und bedeckt ihn mit ein paar Papierfetzen. Damit er nicht sofort ins Auge fällt. Und wenn später die Reinigungskraft kommt, vernichtet sie sogar unwissentlich den Beweis. Wie praktisch.

So einfach wäre es gewesen, Leia Laine.

Als sie gerade zur Tür schleichen will, sieht sie durchs Fenster eine Bewegung auf dem Wasser. Nicht mehr am Horizont, sondern ganz in der Nähe. Sie sind mindestens fünf Minuten zu früh dran.

Es geht los.

55.

Vom Bett ertönt ein Brummen, als wäre ein Bär vorzeitig aus dem Winterschlaf erwacht.

»Marina hat meine Karte«, sagt Leia. »Und mein Handy.«

»Na, dann ist ja alles gut«, murmelt Timo mit geschlossenen Augen und will sich die Decke über den Kopf ziehen. Leia reißt sie ihm herunter.

»Eben nicht. Ich will die Sachen wiederhaben, und zwar sofort. Du hast doch die Bord-App, oder?«

Timo nimmt sein Handy und setzt sich auf. Sein Gesicht pellt sich schon. Kein besonders erhebender Anblick.

»Du hast doch untenrum wohl was an?«, fragt Leia.

»Socken, oder was?«, brummt Timo.

Das Handydisplay zeigt den Übersichtsplan des Schiffes.

»Deck neun der *Siren*. Da sind wir. Kabine 9131, da, wo der rote Punkt ist«, zeigt Timo. »Und dann?«

»Such mich.«

Leia Laine, tippt Timo ein. Es erscheint ein neuer Decksgrundriss, auf dem ein roter Punkt auftaucht sowie der Text *Your friend Leia Laine is here.*

»Ach, wir sind Freunde«, sagt Leia.

»Ich hab dich«, sagt Timo. »Hier stellt sich zweifellos die Frage: Wenn Leia Laine dort ist – wer bist dann du?«

Leia ist nicht nach Lachen zumute.

»Welche Kabine, welches Deck? Ich will meine Sachen zurück von dieser …«

Einen Moment lang erschrickt sie darüber, was beinah aus ihrem Mund gekommen wäre. Timo merkt nichts. Stattdessen betrachtet er das Handydisplay plötzlich sehr interessiert.

»Wenn ich das hier richtig deute, befindest du dich zurzeit auf der Kommandobrücke der *Siren*.«

Leia springt auf. »Ruf mein Handy an.«

»Wir haben auf offener See kein Netz.«

»Dann ruf Marina an. Über die App. Ihr seid doch wenigstens ein bisschen befreundet?«

Timo verzieht das Gesicht, versucht es aber trotzdem. Vergeblich.

»Sie nimmt nicht ab. Wahrscheinlich ist das Handy lautlos gestellt.«

56.

Von oben gesehen ist es lächerlich klein, es wäre immer lächerlich klein, egal, von wo aus man es sieht. Verglichen mit dem Kreuzfahrtschiff ist es wie eine Ameise neben einem Elefanten. Der Elefant könnte jederzeit seinen Fuß heben und die Ameise zerquetschen. Einfach so. Ohne Lärm, ohne Medienrummel, ohne öffentliche Missbilligung.

Marina glaubt, etwas Grundlegendes begriffen zu haben. Die Flüchtlingsboote werden nicht einfach überfahren, weil die Reedereien dadurch Zeit, Geld und Mühe sparen. Sondern auch, weil derjenige, der es tut, daraus eine verquere Befriedigung zieht.

Er kann einen Moment lang Gott spielen. Einen Elefantengott.

Die menschlichen Gestalten auf dem schwankenden, schäbigen Bötchen sind unwirklich klein, wie Miniaturpüppchen. Einige lagern auf Deck oder hocken apathisch an der Reling oder der Kajüte, die meisten springen auf und ab und wedeln mit den Armen, um in ihrer Not jemanden an Bord auf sich aufmerksam zu machen.

Durch die Fenster auf der Brücke der *Siren* kann man nicht nach drinnen sehen. Die sehen sie nicht. Ihre Retterin. Diese modernen Elenden, die alles auf eine Karte gesetzt und ihr Leben in die Hände von Schleppern gelegt haben. Von ihr, Marina, wissen sie noch nichts.

Und das, obwohl sie und nur sie allein ihre Retterin sein wird. Ihre Erlöserin. Sie ist Herz und Hirn des Projekts. Sie ist es, die die Rollen in diesem Schauspiel geschrieben hat. Sie hat die Macht, über Leben und Tod zu entscheiden.

Das Boot gerät außer Sicht, es beschreibt einen Bogen, um dem Rumpf der *Siren* näher zu kommen, es passt sich an die verlangsamte Geschwindigkeit der *Siren* an. Eine Minute, schätzt Marina, höchstens eineinhalb, dann ist der Moment da.

Sie betrachtet Antonio, der grinsend, mit verbundenen Augen, die Hose an den Knöcheln, auf sein Grande Finale wartet. Gleich, Antonio, gleich bekommst du ein gewaltigeres Finale, als du es dir jemals hättest ausmalen können.

»Ich öffne die Knöpfe meiner Bluse«, sagt sie mit gedehnter Stimme. »Einen nach dem anderen, so … Ich werfe meine Bluse auf den Boden … aah. Herrlich kühl. Jetzt öffne ich meinen BH, warte … Niemand stört uns.«

Aber als sie gerade zur Tür schleichen will, passiert etwas, was nicht passieren dürfte. Aus ihrer Tasche ertönt ein Piepen zum Zeichen, dass das Handy geladen werden muss. Verdammter Mist, wie kann das sein, sie hatte sich doch vergewissert, dass das Telefon lautlos gestellt ist.

Leias Handy, begreift Marina. Es ist noch in der Tasche.

Danach geht alles schnell.

Antonio zerrt am Tuch, versucht nicht einmal, den Knoten zu öffnen, sondern reißt es sich einfach herunter. Sein Blick fällt auf sie, voll bekleidet, auf dem Weg zur Tür.

»Was zum Henker …?«

Er springt auf. Mit den Augen des erfahrenen Seemannes sieht er sofort, dass das Schiff sich nicht so bewegt, wie es sollte. Dem italienischen Offizier gebührt die volle Anerkennung, und zwar nicht nur dafür, dass er seine sexuelle Befriedigung aufschieben kann, sondern dass er in der Krisensituation schnell die richtigen Schlüsse zieht, denn er erkennt die Situation augenblicklich als Krise. Doch den Weg zu den Navigations- und Kontrollgeräten kann er nicht so schnell zurücklegen, wie es für ihn sicher wünschenswert wäre, denn das Hochziehen der Hose kostet ihn wertvolle Sekunden, zumal seine hartnäckige Erektion noch nicht begriffen hat, dass sie heute Morgen nicht mehr benötigt wird. Er wirft mit italienischen Flüchen um sich, als er endlich in den Kapitänssessel plumpst und versucht herauszufinden, wo der Hase im Pfeffer liegt. Warum sämtliche Computer am Steuerstand anzeigen, dass alles in Butter ist und die *Siren* auf ihrer vorbestimmten Route mit normaler Reisegeschwindigkeit unterwegs ist, auch wenn das ganz augenscheinlich nicht zutrifft.

Antonio dreht an dem Knopf in der Armlehne des Sessels, drückt Tasten auf dem Steuerpult, versucht es noch einmal – ohne Erfolg.

Das Schiff gehorcht seinen Befehlen nicht. Nicht mal der hervorbrechenden Flut weiterer Flüche.

»Du«, raunzt er Marina zu, ohne sie eines Blickes zu würdigen. »Hau ab, und zwar sofort!«

Aber Marina geht nicht. Sie steht wie angewurzelt da und betrachtet denselben großen Computerbildschirm wie Antonio. Die in neun Monitore aufgeteilte Bildergalerie, die Videobilder, die das Schiff aus verschiedenen Perspektiven in Echtzeit aufnehmen.

Auf acht der neun Bilder kann man nichts weiter erkennen als einen besonders prachtvollen Sonnenaufgang, der sich auf der Wasseroberfläche spiegelt und den Rumpf der *Siren* erglühen lässt. Auf dem neunten sieht man eine Bewegung, und Antonio vergrößert das Bild auf die gesamte Bildschirmfläche.

Die Kamera steht auf einem Deck, das sich rund zehn Meter über der Wasseroberfläche befindet. Das Bild wird von einer Reihe orangefarbener Rettungsboote beherrscht. Doch am unteren Rand bewegt sich etwas. Antonio richtet die Kamera neu aus, dreht sie nach unten und zoomt. Ein kleines Boot kommt ins Sichtfeld, es ist nur noch einen oder eineinhalb Meter vom Rumpf der *Siren* entfernt, die Wellen lassen das Boot auf- und abschaukeln. Die Männer im Boot versuchen, mithilfe eines langen Stockes ein Tau, an dem ein großer Haken befestigt ist, auf das Deck der *Siren* zu bugsieren. Sie schwanken, die Aufgabe scheint nicht leicht zu sein.

»Schnell jetzt«, murmelt Marina. Wenn das Boot erst mal an der *Siren* festgemacht hat, gibt es kein Zurück.

Antonio hat jetzt auch den Rest verstanden. Sein Blick ist so voller Hass, dass eine schwächere Frau sich das wirklich zu Herzen nehmen könnte.

»Du kannst nichts machen«, sagt Marina. »Du hast verloren, du Dummkopf.«

Jetzt! Anscheinend ist der Haken da, wo er hinsoll. Die Leute auf dem Boot schwenken die Arme und hüpfen vor Freude auf und ab. Am Heck des Bootes, hinter der Kajüte, erhebt sich etwas Langes, Graues. Ein Gewehrlauf?

Marina macht einen Schritt rückwärts zur Tür, dann einen zweiten, und Antonio hält sie nicht auf. Vorgebeugt, die Schultern bis zu den Ohren hochgezogen, bearbeitet er voller Wut seine Knöpfe. Und da erscheint etwas im Bild, was dort nicht erscheinen dürfte.

Ein Wasserstrahl. Antonio hat die Wasserkanone über dem Bootsdeck mit voller Kraft auf das kleine Boot gerichtet. Es wird in Schräglage gedrückt, Wasser dringt ein, die Menschen an Deck werfen sich auf den Boden und versuchen, ihre Köpfe mit den Armen zu schützen, als das Boot noch einmal auf die Seite taumelt – und sich löst.

Das Tau mitsamt dem Haken hängt noch an der *Siren*, was für Amateure, es hat sich vom Boot gelöst! An der Reling steht ein schwarzer Mann mit triumphierendem Gesicht, ein Messer in der Hand, hat er etwa das Tau durchgeschnitten? Die Kanone speit immer noch Wasser, sie wirft auch den schwarzen Mann um, und in wenigen Sekunden ist das Boot schon meterweit von der *Siren* entfernt.

Es treibt ab!

Mit wenigen Sätzen ist Marina hinter Antonio. Das Tuch hängt immer noch um seinen Hals, sie zieht es zu, mit beiden Händen, mit aller Kraft, sodass er gegen die Rückenlehne des Sessels geschleudert wird. Seine Arme und Beine zucken unkontrolliert. Marina zieht noch einmal, und ein drittes Mal.

Sie keucht. Antonio bewegt sich nicht mehr.

In ihrem Augenwinkel sieht sie etwas aufblitzen. Auf dem Steuerpult blinkt ein rotes Licht. Ein Alarm, schießt es Marina durch den Kopf. Antonio hatte noch Zeit, den Alarmknopf zu drücken.

Sie schnappt nach Luft und schaut auf den Bildschirm, der immer noch das Bild vom Bootsdeck zeigt. Am rechten Rand tröpfelt nur noch ein kleines Rinnsal. Immerhin hat sie es geschafft, die Wasserkanone abzustellen, aber – zu spät. Das Boot ist jetzt wieder mindestens zwanzig Meter entfernt. Das Boot, mit dem sie verschwinden wollte, wenn die Sache für sie hier erledigt wäre.

Das Spiel ist aus, denkt sie. Ich sitze hier fest.

Sie ballt ihre Hände zu Fäusten. Nein. Das Spiel ist noch nicht aus. Noch kann sie sich in Sicherheit bringen.

Sie fasst Antonio unter den Achseln. Versucht, ihn anzuheben, zu drehen, wenigstens ein bisschen zu bewegen. Es geht nicht. Sie schafft es nicht. Der Körper ist schlaff und unglaublich schwer. Sie muss sich vorbeugen und mit Gewalt ihre Hand zwischen Antonios Brust und das Steuerpult schieben. Ihre Hand schmerzt, als sie sich blind in die richtige Richtung vortastet. Ihre Wange trifft auf seine Wange, die noch warm und feucht vom Schweiß der Todesqual ist, und sie erschauert. Sie versucht, nicht in seine Augen zu sehen, die jetzt ins Leere starren. Schließlich treffen ihre Fingerspitzen auf einen harten Gegenstand, sie greift zu und zieht ihn hervor.

Auf der Plastikkarte lächelt ihr der Zweite Offizier mit der Mütze auf den Verführerlocken entgegen; sie steckt die Karte in die Tasche und dreht sich um.

Weg, schnell, sofort. Bevor jemand kommt.

Die Nerven unter Kontrolle, die Nerven!, funkt der Kopf. Was noch? Sie nimmt den Störsender aus dem Papierkorb und steckt ihn ein. Sie lässt den Blick durch den Raum schweifen. Soweit sie sich erinnert, hat sie hier nichts angerührt. Nicht einmal den Champagner, den Antonio ihr so aufgedrängt hat. Den vor allem nicht.

57.

Rennen! Sie erhöhen das Tempo, sprinten die letzten Stufen zum zehnten Deck empor, doch sie sehen nur noch, wie die Tür zur Brücke langsam vor ihnen zufällt.

Timo macht einen Satz. Und schafft es gerade noch, die Finger seiner linken Hand dazwischenzuschieben, bevor die Tür sich endgültig schließt. Dann entfährt ihm ein Wortschwall, der hier nicht wiedergegeben werden kann.

Effiziente Aktion, dafür kann er sich auf die Schulter klopfen. Aber verdammt noch mal, wie weh das tut. Als er die Tür aufzieht, pochen seine Finger, sie sind heiß und geschwollen wie zu lange gekochte Würstchen.

Leia späht in die Richtung, in die Marina kurz vorher verschwunden sein muss. »Sollten wir ihr nachlaufen?«

»Gleich«, sagt Timo und tritt durch die Tür. Neugierig, natürlich, da er gleich das Allerheiligste des Schiffes betreten wird. Aber das, was er sieht, verspricht nichts Gutes.

Auf dem Steuerpult liegt ein Mann. In einer so offensichtlich unbequemen Position, dass man schon auf den ersten Blick erkennt, dass es sich nicht um ein kleines Schläfchen am Arbeitsplatz handelt.

»Guck dir das an«, sagt er. »Jetzt ist aber die Kacke am dampfen.«

»Gott im Himmel!«

Das kommt von ganz weit her, aus ihrem Reptiliengehirn, ihrem Rückenmark, na, von irgendwo dahinten. Die Frau, die, soweit Timo weiß, nicht in einem religiösen Elternhaus aufgewachsen ist und seit Jahren nicht mehr der Kirche angehört, verspürt in Momenten großer Not das Bedürfnis, Beistand von höheren Mächten zu erbitten, jedenfalls verbal. Aber das ist nicht alles.

Schlimmer ist es, mit anzusehen, wie schnell Leia zu dem anderen Mann läuft, wie sie ihre Hand ausstreckt, wie sie seine Wange berührt. Sehr *vertraulich*. Fast *zärtlich*.

»Antonio. Antonio, hörst du. Es wird alles gut. Wir helfen dir.«

Aber Antonio hört nichts mehr. Timo betrachtet das Stück Stoff, das dem Mann als Schlinge um den Hals hängt. Er ist ja wirklich kein Modeguru, aber auch er findet, dass dieser feine, feminine Stofffetzen nicht zur Offiziersuniform passt. Außerdem fällt ihm ein, dass er dieses Tuch schon mal an einem anderen Hals gesehen hat. Genauer gesagt, an zwei Hälsen.

»Du darfst am Tatort nichts anfassen.«

Leia stolpert mit erhobenen Händen zurück.

»Wir müssen Hilfe holen«, murmelt sie. »Die Security. Die Bordpolizei.«

»Hilfe ist unterwegs«, sagt Timo. Auf dem Steuerpult blinkt ein rotes Alarmlämpchen. Offenbar hat der liebeskranke Offizier es noch geschafft, auf den Knopf zu drücken, bevor die gewalttätige Frühbetreuung ihn daran hindern konnte. Daneben ist die Steuerung fürs Echolot. Und was ist das, ECDIS, IBS – wow! Systeme, die alle Informationen aus dem Maschinenraum zusammenführen und sie mit den fertig programmierten Navigationsdaten verbinden, um alles mit wenigen Fingerbewegungen zu steuern. Ein fantastisches System, wenn alles richtig zusammenspielt. Genial. Das würde sich für jeden pickligen Nerd als Schulungsmaterial eignen, um zu demonstrieren, wie schnell man die Bauklötze durcheinanderbringen kann, wenn man nur ein bisschen schüttelt.

Könnte man doch die Geräte und Möglichkeiten der Kommandobrücke genauer unter die Lupe nehmen, mit mehr Zeit. Vielleicht sogar mit Erläuterungen von jemandem, der sich richtig auskennt. Ironie des Schicksals: Da kommt man schon mal auf die Kommandobrücke, und der Experte liegt abgemurkst in der Gegend herum.

Leia stöhnt auf. Sie für ihren Teil scheint letzte Nacht eine desto eingehendere Einführung in die Möglichkeiten der Brücke bekommen zu haben, denkt Timo düster und dreht sich um, damit er sehen kann, worauf Leia zeigt.

Verdammt noch eins. Da ist ja ein Boot. Ein altes Holzboot, ein Fischerboot oder so was in der Art. Unverhältnismäßig klein für die offene See und gefährlich nah an der *Siren*. Es schwankt unkontrolliert in den Wellen, der Motor scheint nicht zu laufen.

Woher ist das denn plötzlich aufgetaucht?

»Flüchtlinge«, sagt Leia. »Sie hat die Wahrheit gesagt. Marina. Sie wusste es.«

Genau, Timo erkennt es auch. Das Deck des Bootes ist voll mit Bündeln und Taschen und verärgert dreinblickenden Leuten, manche rappeln sich gerade auf und schütteln die Fäuste, wedeln mit den Armen und scheinen etwas zu sagen. Es ist, als würden sie einer Pantomime zusehen, aber bei dieser Aufführung hat niemand Spaß, so viel ist klar. Auf dem Deck des Bötchens schwappt das Wasser, und alle auf dem Boot scheinen klatschnass zu sein. Jemand läuft zum Außenbordmotor, reißt an der Leine, versucht ihn zu starten. Es scheint nicht zu klappen – ob er auch nass geworden ist? Jetzt schubst ein Mann einen anderen um, setzt sich auf dessen Brust und schlägt ihm mit der Faust ins Gesicht, wieder und wieder. Jemand versucht, den Schläger fortzuzerren, doch er wird selbst fortgestoßen.

Das Chaos auf dem kleinen Boot ist perfekt. Sie betrachten das Treiben mit offenem Mund, wie angewurzelt, dann ertönt plötzlich ein Knacken, das beide zusammenzucken lässt.

»Hier spricht der Dritte Ingenieur Kross. Die Quelle der Fehlermeldung ist gefunden, der Öldruckalarm hat sich als unbegründet herausgestellt. Ich warte noch immer auf die Bestätigung und die Erlaubnis, die Maschinen wieder zu starten. Ich wiederhole. Hier spricht der Dritte Ingenieur Kross. Der Öldruckalarm hat sich als unbegründet herausgestellt, erbitte die Erlaubnis, die Maschinen wieder zu starten.«

»Kross«, sagt Leia und dreht sich aufgeregt zu Timo um. »Kross!«

Er versucht gar nicht erst herauszufinden, was sie damit meinen könnte. Der Motor des Flüchtlingsbootes läuft wieder, grauer Rauch steigt in den Himmel. Was zum Henker ist da los? Als würde dort jemand an die Reling geschleift, eine kleingewachsene Frau mit einer viel zu großen orangefarbenen Rettungsweste. Sie hat ein Kopftuch um, und unter ihrem Kleid sieht man dürre Beine in einer blauen Jeans. Zwei Männer heben die zappelnde Gestalt über die Reling.

Verdammt noch mal. Die haben sie ins Meer geworfen.

Sie rennen zum Fenster. Die Rettungsweste hält die Frau gerade so an der Wasseroberfläche, ihre Hände wirbeln durchs Wasser. Und nun dreht das Boot bei und fährt weg.

»Was um alles in der Welt?«, sagt Timo. »Sie wird doch unter die *Siren* gesogen, wenn die Motoren wieder anlaufen. Sie wird von den Propellern zerstückelt.«

Eine Welle dreht das Gesicht der Frau in ihre Richtung, der Mund ist zu einem lautlosen Schrei verzerrt. Eine junge Frau. Nein. Es ist ein Mädchen. Und von der Reling des Bootes, das sich immer weiter entfernt, streckt eine andere Frau ihre Hand aus, eine ältere Frau, auf dem Gesicht derselbe Ausdruck von Grauen und Hoffnungslosigkeit.

»Timo!«, ruft Leia. »Steh nicht einfach rum. Hilf!«

58.

Niemand da. Alles passiert auf der anderen Seite des Schiffes.

Der Wind zerrt an den Haaren und den Hosenbeinen, als Marina zur Reling läuft, ihr Herz pocht wie verrückt, und sie hat ihre Hände kaum unter Kontrolle, als sie das verdammte Handy der Toleranzlerschlampe aus ihrer Tasche angelt.

Da fliegt die Verräterin über die Reling ins Meer. Und gleich hinterher der Störsender.

Bei ihrem eigenen Telefon zögert sie. Wenn sie auch das wegwirft, wie kann man sie dann erreichen, falls es doch, falls trotzdem …

Ein schmerzhafter Lichtstrahl trifft ihre Augen, das Telefondisplay reflektiert die Sonne, die ganz normal aufgegangen ist, wie jeden Tag. Ihr ist es egal, was da irgendein Mensch auf der Erde gerade getan hat.

Einen Moment lang zwinkert Marina geblendet. Dann sieht sie: eine Nachricht. Schon gestern Abend eingetroffen.

»Mehr Bilder asap! Ethnisches Material besonders willkommen. Evtl noch mehr Flüchtlingszeug.«

Das bringt sie zur Vernunft.

Die See soll auch dieses Telefon unter sich begraben.

59.

Das weiße Schiff ist eine riesige Wand, es füllt den ganzen Himmel, es stürzt auf sie herab. Ihre Hände schaufeln Wasser, sie ruft um Hilfe, Salzwasser schwappt ihr in den Mund. Sie schaukelt auf den Wellen wie ein Korken, die Rettungsweste ist zu groß, sie wird jeden Moment herausrutschen.

»Hilfe«, versucht Amira zu rufen. »Hilfe.«

Antwortet jemand, sieht sie jemand? Ihre Ohren sind voller Wasser, darin rauscht das Meer, und in den Augen brennt das Salz, das Schiff ist ein großer weißer Wal, feindselig, wild, es will nicht retten, es will ertränken: ihre Mutter, ihren Vater, sie, alle.

Sie sieht ihre Mutter und ihren Vater nie wieder.

Es zerrt schon an ihren Knöcheln, zerrt sie hinab zum Meeresgrund, irgendwo tief, tief unten, und sie kann nicht mehr strampeln. Nicht mehr schreien. Nichts. Und es ist, als würde auch das Boot sich immer weiter entfernen, manchmal verschwindet es ganz, ist dann wieder kurz zwischen den Wellen zu sehen, nur um dann gleich wieder zu verschwinden, sie erkennt nur noch das Heck und eine Rauchwolke, die über dem Wasser schwebt. Sie denkt: Ich will nicht sterben. Ich bin erst elf. Aber niemand hilft, niemand will helfen, die Wellen schleudern sie auf und ab. Das Boot ist fort, und sie ist allein.

60.

Die Rettungseinheit poltert ihm auf der Hälfte der Treppe entgegen, vier Bordpolizisten in voller Montur, Helme, Visiere, kugelsichere Westen, Sturmgewehre im Anschlag. Fehlen nur noch die Schilde. Eindrucksvolle Kampfausrüstung. Es ist klar: Wenn die Brücke Alarm schlägt, dann wird das ernst genommen.

Eine kritische Zehntelsekunde lang sondieren die Robocops, ob man den Entgegenkommenden anhalten sollte. Sie blockieren als menschliches Netz die Treppe. *Stopp! Halt!*

Timo zeigt mit der Hand nach oben und versucht, mit seinem Mund einen halbwegs Englisch klingenden Satz zustande zu bringen.

»*Help up needed. Other help follow me.*«

Sein gebrochenes Englisch zeigt Wirkung, ebenso wie der Druck, unter dem er ganz offenbar steht. Er wird selbst als Hilfesuchender eingestuft, nicht als Gefahr.

»*Front, down*«, stottert Timo und gestikuliert in die Richtung, die er für die richtige hält. Endlich findet sein Gedächtnis die richtigen Worte.

»*Man over board. Girl!*«

Die Vierergruppe trennt sich, eine Hälfte setzt ihren Weg nach oben fort, die andere läuft ihm hinterher nach unten. Man hört ein elektrisches Knistern und Knacken, als die Robocops hinter Timo herstürmen und dabei ihre Position weitergeben. Auf dem Treppenabsatz auf Deck drei überholen sie ihn, und auf Deck eins hat er schon größte Mühe, ihnen auf den Fersen zu bleiben.

Ein Luftstrom trifft auf sein Gesicht, die Polizisten haben die

Tür auf Deck minus eins aufgerissen. Timo sprintet ihnen nach draußen hinterher – und stoppt jäh.

Der Gang ist vielleicht zwei Meter breit. Dann kommt ein Geländer. Ein weiß gestrichenes Metallgeländer. Die Reling. Durch die alles zu sehen ist.

Wasser. Weit unten. Und über dem Wasser Himmel. Viel Himmel, zu viel.

Und dann diese Boote. Orange hängen sie über seinem Kopf, fertig zum Herunterlassen. Die Reihe der Boote setzt sich in beide Richtungen entlang des Schiffes fort, so weit das Auge reicht.

Er keucht. Er schwankt. Und das liegt nicht nur an seiner Kondition, die ihm, dem früheren Marathonläufer, in den letzten einsamen Jahren in seiner Höhle, ohne jegliche Reize aus der realen Welt, zunehmend abhandengekommen ist. Zusätzlich hat er eine mittelschwere Platzangst entwickelt.

Es gibt jetzt verschiedene Möglichkeiten zu handeln, denkt er. Erstens: Er kann sich mit dem Rücken an die Wand drücken, die Augen schließen und einfach stehen bleiben. Zweitens: Er kann sich auf die Knie fallen lassen und zurück nach drinnen krabbeln. Und drittens: Er tut, was notwendig ist. Was auch immer das ist. Weil Leia es ihm befohlen hat.

Der Funkverkehr ist jetzt weiter weg. So weit wie möglich vom Geländer entfernt, schiebt Timo sich Richtung Bug. Er zwingt sich, auf die Polizisten zuzugehen, auf die Reling, näher, noch näher, dann packt er das Geländer und schaut nach unten.

Ihm dreht sich der Magen um. Wie weit ist es bis zum Wasser? Zehn Meter? Zwölf? Aber doch keine fünfzehn?

Als Steppke in der Grundschule hat er sich einmal überreden lassen, in der Schwimmhalle auf die höchste Ebene des Sprungturms zu klettern. Ein einziges Mal. Als er von dort hinunterschaute, musste er plötzlich pinkeln. Durch das blaue Wasser sah man bis auf die Kacheln am Grund des Beckens, sie waren unendlich weit weg und gleichzeitig viel zu nah.

Alle anderen sprangen. Nur er drehte sich um und kletterte die Leiter wieder hinunter. Den Rest der Stunde verbrachte er mit zusammengebissenen Zähnen, frierend und eingeschlossen in der Klokabine und betrachtete die Geschlechtsteile, die jemand mit einem Spindschlüssel in die Tür geritzt hatte.

Auf das Deck der *Siren* kommen mehr und mehr Menschen gelaufen. Die Männer in der Kampfmontur schreien etwas in ihre Helmmikrofone und gestikulieren plötzlich nach oben. Auch Timo richtet seinen Blick dorthin. Aus einer Art Auslass läuft Wasser an der Bordwand entlang. Was auch immer das für ein Abwasserrohr ist, sollen sie sich doch auf das Wesentliche konzentrieren, verdammt!

Die Sonne ist hinter dem Horizont hervorgekommen und scheint ihm direkt ins Gesicht. Seine Augen tränen, er kann kaum dorthin schauen, wo er hinschauen muss, aufs Meer.

Zuerst sieht er nichts. Dann blitzt in fünf oder sechs Metern Entfernung zwischen den Wellen plötzlich etwas auf, das nicht dorthin gehört. Dunkle Haare, ein Stück orange Weste.

Nur um gleich wieder zu verschwinden. Ist sie überhaupt bei Bewusstsein?

»Da!«, schreit Timo und zeigt mit dem Finger. Ein Polizist dreht sich zu ihm um.

»Passagier?«

»Ich ja. Sie nicht. Es ist ein Mädchen, ich habe gesehen, wie sie von einem kleinen Motorboot ins Wasser geworfen wurde.«

Der Polizist wendet sich wieder ab und quakt auf Italienisch in sein Mikrofon. Das Gespräch zieht sich, kostbare Sekunden vergehen. Timo brennen die Sicherungen durch. Er stürzt sich auf den Polizisten und schreit, so laut, wie es seine Lungen hergeben: »Schluss mit dem Palavern, holt das Mädchen da raus!«

Der Polizist dreht sich um und schubst ihn gegen die Reling. Im nächsten Moment begreift er, dass man ihn mit Handschellen ans Geländer gekettet hat.

61.

Der Mann sieht nicht nur aus wie eine Maschine, er handelt auch wie eine Maschine.

»Auf die Knie.«

»Nein, nein. Da ist ein Mädchen im Wasser! Sie muss gerettet werden!«

Der Bordpolizist hört nicht zu. Er dreht Leia den Arm auf den Rücken und lässt sie buchstäblich auf dem Boden der Kommandobrücke auf die Knie fallen. Dann dreht er ihr erst den einen, dann den anderen Arm auf den Rücken und lässt die Handschellen klicken.

Leia öffnet und schließt den Mund wie ein Fisch auf dem Trockenen. Das hier passiert nicht. Ist sie es wirklich, die hier gefesselt auf dem kalten Boden kauert, in ihrem Partykleid von gestern Abend und den hochhackigen Schuhen? Zitternd vor Schreck, Angst und Müdigkeit, vielleicht auch vom Alkohol? Glaubt der Typ da etwa, dass sie ohne Gewaltanwendung plötzlich hochfahren und fliehen oder angreifen würde? Ihr wird schwindelig.

Genau das scheint er zu glauben. Als die Polizisten hereingestürmt kamen, waren sie auf der Brücke exakt zu zweit. Sie und Antonio, der immer noch auf seinen Instrumenten liegt.

»Das war ich nicht«, sagt Leia schwach. »Das war Marina.«

Ob der überhaupt zuhört? Er trägt einen Helm mit heruntergeklapptem Visier, man kann seinen Gesichtsausdruck nicht erkennen.

Der andere Polizist rennt mit der Waffe in der Hand vom

einen Ende der Kommandobrücke zum anderen und prüft vermutlich, ob es noch mehr Leichen oder Mörder gibt.

Die Tür öffnet sich, und es stürmen noch mehr Leute herein, Polizisten oder eher Wachpersonal mit etwas leichterer Ausrüstung als das SEK, aber bewaffnet sind sie auch. Dann eine weißgekleidete Frau mit einer schwarzen Arzttasche. Der Offizier, für den die Wache heute unter besonderen Umständen beginnt. Und schließlich ein älterer Herr, der sich im Hereinkommen die Uniformjacke zuknöpft. Die Haare von Kapitän Fernando Russo stehen zu Berge, seine Miene gleicht einem Herbststurm.

»Helft dem Mädchen«, versucht Leia zu sagen, vergeblich. Niemand hört zu. Die Ankömmlinge scharen sich um Antonio. Die Ärztin fühlt seinen Puls und leuchtet ihm mit einer Taschenlampe in die Augen. Dann schüttelt sie den Kopf.

Alle drehen sich gleichzeitig zu Leia um. Sieben anklagende Gesichter.

»Ich war das nicht!«, ruft sie. »Es war Marina, das ist ihr Tuch. Marina! Suchen Sie sie! Und retten Sie das Mädchen, bevor es ertrinkt!«

»Das Mädchen?«

»Da war ein Boot, ein Motorboot. Dort wurde ein kleines Mädchen ins Wasser geworfen. Ich glaube, es waren Flüchtlinge.«

Eine Sekunde lang herrscht Stille. Leia wagt schon zu hoffen, dass ihre Aussage angekommen ist. Da erwacht der Lautsprecher wieder zum Leben.

»Hier spricht der Dritte Ingenieur Kross. Bitte quittieren. Erbitte Erlaubnis zum Anfahren der Motoren. Ich wiederhole …«

Alle brechen in Aktionismus aus. Kapitän Russo nimmt ein Telefon vom Tisch und beginnt auf Englisch ein aufgebrachtes Gespräch mit Ingenieur Kross. Ein Polizist macht aus verschiedenen Blickwinkeln Fotos von Antonio Massimo, dann heben die Männer ihn vom Stuhl und dem Steuerpult. Langsam und vorsichtig legen sie ihn nach Anweisung der Ärztin auf den Boden. Leia graust es, als sie den leeren Blick der immer noch offenen Augen sieht.

Auch den frisch zur Wache angetretenen Offizier scheint es zu schaudern. Er betrachtet den frei gewordenen Sessel argwöhnisch, aber er setzt sich dennoch und fängt an, die Navigations- und Kontrollinstrumente durchzugehen, jede Anzeige, jeden Hebel, jeden Monitor. Die rot blinkenden Lämpchen erlöschen, das Piepen der Geräte ändert seinen Takt.

»*Comandante!*«

Die Stimme des Offiziers durchschneidet die Luft. Der Kapitän beendet sein Telefonat, dreht sich zu Leia um und sagt etwas auf Italienisch. Einer der Wachmänner klopft Leia energisch auf die Schulter. »Aufstehen.«

Das ist schwierig, ohne die Hände zur Hilfe zu nehmen, auch die Knie tun weh. Der Wachmann fasst sie unter den Achseln und zerrt sie halb auf die Füße. Der Offizier zeigt auf den großen Computerbildschirm, der die Aufnahmen von den verschiedenen Außendecks des Schiffes überträgt, und vergrößert das Bild, das eine Reihe Rettungsboote zeigt, auf die gesamte Bildschirmgröße. Unter den Booten sind zwei Bordpolizisten zu sehen sowie ein paar andere Personen, Wachleute, irgendein Decksmann – und eine große, bärtige Gestalt.

»Kennen Sie diesen Mann?«, fragt der Kapitän.

»Timo Ratanen. Ein … Freund.«

Leia hat einen trockenen Mund. Sieht sie richtig? Als wäre Timo an die Reling gefesselt, in Handschellen, so wie sie.

»Ein Passagier? Ein Finne?«

»Was ist da eigentlich los? Er wollte dort nur helfen!«

Wieder nimmt Fernando Russo das Telefon zur Hand. Leia tut ihr Bestes, aber sie versteht kein Wort, denn er spricht Italienisch. Die Mitteilung scheint an der richtigen Adresse angekommen zu sein. Der Polizist neben Timo hebt den Blick zur Kamera, fragt etwas und bekommt eine Bestätigung. Russo geht zum Offizier, der den Sessel für seinen Vorgesetzten frei macht. Als Russo seine Hand auf den Joystick legt, setzt Leias Herz fast aus.

Sie wollen weiterfahren! Sie starten die Maschinen und fahren los!

»Das Mädchen! Sie können sie doch nicht im Wasser zurücklassen.«

»Zu spät«, sagt der Kapitän.

»Nein! Sie lebt, jedenfalls gerade eben noch. Ich hab es gesehen.«

Der Kapitän sagt etwas auf Italienisch. Der Wachmann, der Leia festhält, zerrt an ihrem Arm. Zeit zu gehen.

»Wenn das da unten im Wasser ein Passagier wäre, dann würden Sie ihn retten, komme, was da wolle! Aber Flüchtlinge behandeln Sie wie, wie …«

Leia fällt vor lauter Wut kein passendes Wort ein, aber das spielt jetzt auch keine Rolle mehr. Der Kapitän würdigt sie keines Blickes.

Der Wachmann fasst sie am Arm. »Wir gehen.«

Während Leia im Stahlgriff des Wachmannes zur Tür stolpert, schaut sie über die Schulter auf den Bildschirm. Es scheint, als würde auch Timo vom Bootsdeck abgeführt, eine der beiden Handschellen wird gerade von der Reling gelöst. Offenbar beschimpft Timo den schwer bewaffneten Polizisten nach Strich und Faden. Auch wenn man es nicht hört, ist es doch deutlich zu sehen.

Er schimpft vergeblich. Er hat es nicht geschafft, etwas für das Mädchen zu tun.

Vielleicht treffen wir uns gleich in der Arrestzelle, denkt Leia.

Oder wir gehen direkt über die Planke. Wenn das die Praxis auf Schiffen unter Billigflagge ist. Einfach und kostengünstig.

62.

Plötzlich ergibt sich doch eine Gelegenheit. Da bringt es nichts, sich zu drücken.

Der Bordpolizist ist für einen kurzen Moment abgelenkt. Vielleicht ein Befehl über den Kopfhörer. Oder der gleißende, wunderbare Sonnenaufgang, Futter für jeden Landschaftsmaler. Oder die Möwe, die auf seinen Helm kackt. Was auch immer es ist, die Folge ist die: Für eine Zehntelsekunde hält der Robocop in seiner Handbewegung inne, bevor er den zweiten Metallring der Handschellen an seinem eigenen Handgelenk oder anderswo befestigen kann. Das reicht.

Timo reißt sich los und spurtet davon.

Kein Marathonläufer mehr. Nicht mal ein Sprinter. Nach zwei Schritten ist der Polizist bereits hinter ihm. Aber es reicht.

Blitzschnell greift er nach der Reling und schwingt erst ein Bein hinüber, dann das andere. Dann hält er sich die Nase zu und springt.

Der erste Gedanke im freien Fall: Das war nicht klug.

Zehn Meter. Oder zwölf. Jedenfalls ein verdammt langer Sturz. Auch ein zweiter Gedanke blitzt auf: Ist irgendeine Frau das wert, und wenn es Leia ist?

Und Gedanke Nummer drei: Ich sterbe.

Andererseits – ein Heldentod. Das hätte Marjukka ihm nie zugetraut.

Noch wichtiger: Was denkt Jesse, wenn er davon hört? Papa war gar nicht so ein Schlappschwanz. Papa war ein Held. Wenn er das erfährt, hätte er mich dann vielleicht doch treffen wollen?

Falls er es erfährt.

Und dann, als er auf dem Wasser aufschlägt – *auuuuuh* …

63.

Peetrus Kross sieht müde aus. Müde und alt. Der Lichtkegel, der vom Korridor hereindringt, fällt auf die schlaffen Schultern und den eingezogenen Kopf, als der Dritte Ingenieur in seine Kabine zurückkommt. Routiniert und ohne sich umzusehen, steckt er seine Karte in den Schlitz neben der Tür, und das Licht geht an.

Er geht sofort ins Bad.

Das Schloss knackt nicht. Es ist unsinnig, die Badezimmertür abzuschließen, wenn man allein in der Kabine ist. Jetzt hört man es plätschern. Peetrus Kross pinkelt.

Der Spülknopf wird betätigt. Im Handwaschbecken rauscht das Wasser. Als ein Brummen ertönt, wirft Marina die Decken von sich, nimmt ihre Tasche, marschiert zur Badezimmertür und reißt sie auf.

»Kross.«

Der Mann springt fast in die Luft vor Schreck. Er ist dabei, sich zu rasieren, zu seinem Glück mit einem elektrischen Rasierer. Die altmodische Kombination aus Schaum und Klinge hätte böse enden können.

Er dreht sich zu ihr um. Lange Hose, das Hemd hat er ausgezogen.

»Wie bist du hier reingekommen?«

»Mach das aus.«

Er schaltet den Rasierer aus, der immer noch in seiner Hand vor sich hin brummt. Er legt ihn auf den Waschbeckenrand. Es kann ihm nicht entgehen, dass man seine Hand zittern sieht. Und alles andere auch.

Seine Brustbehaarung ist ergraut und wie ausgedünnt. Auf dem Bauch ist die Behaarung dichter und dunkler, bevor sie dann unter dem Gürtel verschwindet. Die Arbeitsjacke hängt an einem Haken. Das Hemd, das er bei seiner nächtlichen Arbeit durchgeschwitzt hat, liegt auf dem Boden.

Es macht Peetrus Kross sichtlich nervös, wie Marina ihn taxiert.

Gut, denkt sie.

Das Interessanteste findet sich allerdings an seinen Armen, so, wie sie es vermutet hat. Rosen, Totenköpfe, Taue, Anker. Eisbären, Löwen, Adler und Tauben. Seeungeheuer und barbusige Frauen mit Blättern von Dschungelpflanzen an den intimsten Stellen. Die ununterbrochene Reihe der Tätowierungen reicht von den Schultern bis zu den Handgelenken. Alle diese Bilder, die kunstvollen und weniger kunstvollen, die neuen und die verblassten, die er sich in beinah dreißig Jahren auf den Weltmeeren in die Haut hat stechen lassen. Was für ein Anblick. Und schade, dass sie normalerweise so sorgfältig verborgen bleiben. Zweifellos seltsam, dass jemand das, was er sich unter Schmerzen und Mühen erworben hat, so eifersüchtig vor den Blicken anderer versteckt.

»Wie bist du reingekommen?«, wiederholt Kross. Er schaut ihr nicht in die Augen, sondern lugt zur Kabine hinüber, als würde er überlegen, ob sie ihn daran hindern will, das Bad zu verlassen. Marina nimmt die Karte heraus, auf der Antonio Massimos makellose Zahnreihen blitzen.

»Ich habe einen Schlüssel für alle Türen.«

Der Adamsapfel in Peetrus Kross' Hals rutscht auf und ab. »Wir sollten uns doch nicht mehr treffen.«

»Der Plan hat sich geändert.«

Wieder schluckt Kross.

»Aber der Störsender hat funktioniert?«

»Hat er. Aber alles andere nicht!«

Es ist, als hätte ihr Ausbruch Peetrus plötzlich ruhiger gemacht.

»Das Andocken hat nicht geklappt?«, fragt er nach.

»Du wüsstest es, wenn es geklappt hätte!«

»Hast du wenigstens Bilder machen können?«

»Wenn ich mich wenigstens darauf hätte konzentrieren können – aber nein. Die, die ich für meine Freundin und unsere Verbündete gehalten habe, hat uns nach Strich und Faden verraten. Ich musste vorhin selbst auf die Brücke, und als es losgehen sollte, war ich am falschen Ort. Alles ist verloren.«

Peetrus verzieht den Mund.

»Du bist noch jung. Du kannst noch was lernen. Es wird neue Gelegenheiten geben.«

»Nicht für alle«, sagt Marina. Und sie kann nichts gegen die Bitterkeit in ihrer Stimme tun.

In Peetrus' Blick mischt sich Mitleid, er glaubt, etwas begriffen zu haben.

»Dein Freund?«

Marina antwortet nicht.

»Es tut mir leid.«

Er streckt die Hand aus, um sie zu trösten. Marina schlägt sie weg.

»Es tut mir leid«, wiederholt er. »Im Kampf geht es selten ohne Opfer zu. Trotzdem sollte man sich nicht entmutigen lassen.«

Er betrachtet Marina einen Moment lang, als würde er seine Worte genau abwägen. »Ich bin vorhin befragt worden. Die sind nicht dumm. Dass die Maschinen zum optimalen Zeitpunkt abgeschaltet waren, ist natürlich verdächtig. Und auch, dass jemand Außenstehendes just in diesem Moment auf der Brücke war. Hat man dich schon befragt?«

Marina schüttelt den Kopf.

»Ich wurde gefragt, ob ich von einer Frau mit einem grünen Tuch wüsste, die letzte Nacht bei Offizier Massimo war. Ich habe gesagt, ich weiß nichts. Du kannst unbesorgt sein. Wir können nicht miteinander in Verbindung gebracht werden.«

Marina schaut ihn betont ausdruckslos an.

»Du hast nichts zu befürchten, solange du dich für den Rest der Reise unauffällig verhältst. Aber geh jetzt. Ich checke, dass niemand auf dem Gang ist. Und sieh zu, dass du diese Karte loswirst, bevor Massimo sie vermisst.«

»Antonio Massimo braucht seine Karte nicht mehr«, sagt Marina.

Peetrus Kross' Gesicht wird erst blass, dann geradezu grau.

»Du hast Massimo etwas angetan, deswegen haben sie vorhin gefragt – verdammt noch mal, nein! Ist Antonio Massimo, ist er …«

»Du musst mich beschützen.«

»Ich schütze keine Mörderin!«

»Versteck mich. Nur für heute und kommende Nacht, bis morgen früh. Auf Mallorca hilfst du mir, unbemerkt von Bord zu gehen. Danach siehst du mich nie wieder.«

»Ich schütze keine Mörderin«, wiederholt Peetrus aufgebracht.

Marina tritt näher. Sein Atem riecht – nach Knoblauch und etwas Säuerlichem. Angst. Der Mann ist dermaßen angespannt – würde man mit einer Nadel oder einem Messer in ihn hineinstechen, er würde platzen wie ein Luftballon.

»Es ist zu spät, sich davonzumachen«, sagt Marina. »Wir sind Komplizen. Wenn du mich betrügst, werde ich denen alles über dich erzählen. Deine Rolle. Bei dieser Operation – und auch deine früheren Machenschaften gegen die Offiziere und die Reederei. Du wirst deinen Job verlieren, wenn ich denen erzähle, wie dein Spitzname bei der Mannschaft ist. Agitator.«

Wieder rutscht der Adamsapfel auf und ab. Peetrus streckt den Rücken durch.

»Ich bin bereit. Mach, was du willst, erzähl denen alles. Ich bin stolz auf diesen Namen.«

»Und die anderen Namen? Bist du auf die auch stolz? Alter Junkie?«

Ihre Hand ist bereits in der Tasche, die Finger haben sich schon um den Gegenstand geschlossen, den sie im letzten Moment von der Brücke mitgenommen hat, zur Sicherheit.

Und nicht vergeblich.

Es dauert einige Sekunden, bis Marinas Worte in Kross' Bewusstsein dringen.

Jetzt ist Peetrus derjenige, dem die Nerven versagen. Aber Marina ist schneller.

Sie schlägt das Champagnerglas gegen das Waschbecken. Die Splitter tanzen überall durch den kleinen Raum, tropfen als Kristallregen von der Decke auf sie herunter. Als Peetrus auf sie zustürzt und sie zur Seite schubsen will, sticht sie ihm das Glas mit dem abgebrochenen Fuß in den Hals.

64.

Ein Fenster gibt es nicht. Und wenn es eins gäbe, wäre es vergittert.

Eine Pritsche gibt es, schmal, mit einem Metallrahmen, immerhin mit einer dünnen Matratze. Und eine Wolldecke. Die mehr als willkommen ist. Wenn die Klimaanlage in den anderen Mannschaftsquartieren zu vernachlässigen ist, hier lässt sie einem die Haare zu Berge stehen.

Das Schiff fährt wieder, das Motorengeräusch überträgt sich vom Stahlfußboden über die Metallfüße der Pritsche und lässt Leias Brustkorb vibrieren. Sie befindet sich tief unten im Schiff, normalerweise haben Passagiere auf diesen Decks nichts zu suchen. Außer Kriminelle wie sie. Wie der Bordpolizist ihr die Fingerabdrücke abgenommen hat, gehört definitiv nicht zu den Sternstunden ihres Lebens.

Was würde Viivi denken, wenn sie davon wüsste.

Leia sitzt zitternd auf der Bettkante, in die Decke gehüllt, die Knie fest zusammengepresst. Sie kann nur warten. Worauf? Sie kann nicht richtig denken, alles ist zäh. Auch ihre Gefühle sind wie vereist. Sie kann nicht mal weinen. Und was würde ihr das auch nutzen?

Antonio ist tot, und man hat sie bei ihm gefunden.

Sie ist in Schwierigkeiten. Sie sitzt bis zum Hals in der Tinte.

Und das Mädchen? Bestimmt ist sie auch tot. Nach dem Anfahren der Maschinen von den Schiffsschrauben zerstückelt. Wie anschaulich Timo ihnen vorgestern Abend beim Essen seine Schreckensszenarien geschildert hat.

Leias Zähne klappern. Ihr ist so kalt, dass sie fürchtet zu erfrieren. In die Decke gewickelt geht sie zur Tür und hämmert mit der Faust dagegen.

»Ist da jemand?«, schreit sie. »Ich will hier raus!«

Keine Reaktion.

65.

Wie viel Blut ein Mensch verliert, und wie lange er dabei trotzdem noch am Leben bleibt.

»Alter Junkie«, zischt Marina noch einmal. »Du glaubst, man bewundert dich für das, was du getan hast. Scheinheiliger Chauvinist. Mach selber deinen Schönheitsschlaf.«

Sie hockt mit angezogenen Knien auf dem geschlossenen Klodeckel und verfolgt den Todeskampf, der sich auf dem Fußboden vollzieht. Peetrus windet sich, beide Hände an den Hals gepresst, zwischen den Fingern schießt im Takt des Pulsschlags das Blut hervor, die blauen Augen schreien nach Gnade. Vergebens.

»Ich werde ihnen alles über dich erzählen. Deine Karriere ist vorbei. Dein Leben ist vorbei. Verstehst du, Peetrus? Dein Ruf und dein Ansehen versickern im Abfluss. Du bist nur ein elender Betrüger. Ein dreckiger alter Junkie. '98 haben sie dich vom Frachtschiff gefeuert, drei Jahre Knast, weil du gedealt hast. Hast du gedacht, das kommt nicht raus? Im Netz findest du alles, wenn du nur richtig suchst. Armer Peetrus, du alter Fixer, wann bist du zum Heiligen Peetrus geworden? Im Knast? Wurdest du da geläutert? Sühnst du seitdem deine alten Sünden? Wie oft bist du seitdem rückfällig geworden? Sag es mir.«

Keine Antwort. Peetrus schließt die Augen. Sein Gesicht wird blassgelb.

Als Marina ihm eine Ohrfeige gibt, öffnen sich die Augen noch einmal.

»Dummer alter Junkie«, sagt Marina. »Du hast gedacht, ich lasse mich auf so ein Risiko ein, weil ich genau wie du die Welt verbessern will. Oder weil ich in irgendeinen Dunkeläugigen verknallt bin, der in Europa Zuflucht sucht. Hör mal gut zu, Peetrus. Es gibt keinen Freund. Keinen toten und keinen lebendigen, nicht in diesem Boot und auch sonst nirgends. Es gibt auch keinen Marcel. Das war bloß ein schleimiger alter Franzose, der mich angemacht hat, als ich Bilder von Leia machen wollte. Er ist schon in Marseille von Bord gegangen, und das ist auch gut so.«

Peetrus hat die Augen wieder geschlossen. Marina streckt das Bein aus und tritt ihm leicht in den Bauch.

»Hör zu. Verstehst du? Ich hab dich gelinkt, ich hab alle gelinkt. Du tust, was du tust, einfach weil du helfen oder vielleicht für deine früheren Sünden büßen willst, okay. Ganz egal. Für mich ist das hier nur ein Job. Oder eigentlich zwei Jobs. Zwei Fliegen mit einer Klappe.«

Sie beugt sich vor, ihr Gesicht ist jetzt direkt vor seinem Gesicht.

»Business, Peetrus, Business. Ich habe nicht das Bedürfnis, die Welt zu retten, so wie du. Meine Hilfe hat einen Preis. Willst du wissen, welchen? Willst du, Peetrus? Hunderttausend. Und von wem? Das errätst du nie. Aus Kuopio. Hast du schon mal von dieser Stadt gehört? Jetzt tust du es. Hundert Riesen für ein paar verwackelte Fotos, plus Spesen, kein schlechter Deal. Denkst du vielleicht, wer so viel bezahlt, kann nicht ganz richtig im Kopf sein? Ich schon. Aber das spielt keine Rolle. Ich beklage mich nicht. Ich nehme das Geld, und vielen Dank auch. Und das ist erst der Anfang … Peetrus! Hörst du mir überhaupt zu?«

Ein weiterer Tritt, heftiger als vorher, lässt Peetrus aufstöhnen. Ganz offensichtlich muss er sich anstrengen, um zu verstehen, was sie sagt, sein Bewusstsein scheint sich schon zu verdunkeln.

»In Finnland gibt es ein Sprichwort, das besagt: Man soll nicht alle Eier in denselben Korb legen. Gibt es das bei euch in Estland auch? Peetrus? Wenn heute Morgen alles geklappt hätte, dann hätte ich viel mehr bekommen. Viel mehr! Eine halbe Million.

Und zwar nicht aus irgendeiner finnischen Provinzstadt, sondern von wo ganz anders.«

Peetrus presst sich die Hand auf den Hals und krächzt etwas.

»Was?«, herrscht Marina ihn an. »Sprich lauter!«

»Leia«, presst er fast stimmlos hervor. »Leia Laine.«

»Was ist mit ihr?«, fragt Marina. Aber Kross gibt keine Antwort mehr. Sein Leben ist auf dem Badezimmerfußboden zwischen Blut und Scherben erloschen.

Ich habe heute zwei Menschen das Leben genommen, überlegt Marina. Einen Moment lang horcht sie in sich hinein, wie sich das anfühlt.

Sie fühlt nichts. Oder vielleicht ist sie – beeindruckt. Bestätigt. Dass sie das kann. Wenn es hart auf hart kommt.

Sie oder die. So einfach ist das.

Jetzt, wo Peetrus' Herz nicht mehr pumpt, fließt ihm das Blut nur noch in einem dünnen Rinnsal aus dem Hals. Marina beugt sich vor, um seine nackten Arme zu inspizieren. Genau, wie sie vermutet hat. Unter den Rosen und Totenköpfen, den tropischen und arktischen Tieren, den Tribals und den barbusigen Frauen verbergen sich kleine Narben. Spuren von alten Einstichen, teilweise vielleicht sogar von neueren.

Von dem Champagnerglas sind nur noch der runde Fuß und der scharfkantig abgebrochene Stiel übrig. Marina schließt ihre Finger um den Fuß und hockt sich neben Peetrus Kross. Unter dem Baströckchen einer Tahitianerin, die ihre Brüste mit den Händen präsentiert, verbergen sich winzige Narben wie kleine tropische Insekten, dort kann sie beginnen.

Die Spitze bohrt sich in die Haut, Blut spritzt. Sie muss jetzt schnell und effizient vorgehen, auch wenn es sie ekelt. Sie schneidet die Hula-Tänzerin direkt an der nackten Taille auseinander.

Als sie fertig ist, reißt sie ein langes Stück Klopapier ab und wischt damit ihre Fingerabdrücke vom Glas. Sie greift nach

Peetrus' Hand, seiner Schreibhand, legt seine Finger um den Fuß des Glases und drückt sie kräftig zusammen. Als sie loslässt, lösen sich auch seine Finger. Das, was vom Glas übrig ist, fällt neben seiner rechten Hand auf den Boden.

Leichter kann sie es der Polizei nicht machen. Sie steht auf und begutachtet das Ergebnis ihrer Arbeit. Ein Kunstwerk. Ein Seemann, der seinen Arbeitgeber nach Strich und Faden betrogen hat, vom Leben und sich selbst enttäuscht, in einen Mord verwickelt. Ein Mann in den besten Jahren, einsam, drogenabhängig. So einer kann schon mal zu extremen Mitteln greifen.

Peetrus wird sie bis Mallorca schützen, ob er will oder nicht.

66.

Es vergeht eine Stunde. Noch eine. Vielleicht mehr. Vielleicht weniger. Sie hat kein Zeitgefühl mehr.

Die Tür öffnet sich. Ein Wachmann steht auf der Schwelle, derselbe, der sie hierhergebracht hat. Leia steht auf.

»Wir gehen«, sagt er.

»Wohin?«

Er antwortet nicht. Das hatte sie eigentlich auch nicht erwartet. Mit steifen Knien stakst sie zur Tür.

»Hand«, knurrt der Mann, und Leia streckt ihre Hand aus. Er legt ihr eine Handschelle ums Handgelenk, greift nach der Wolldecke und lässt sie auf den Zellenboden fallen.

In völligem Schweigen fahren sie mit dem Personalaufzug auf Deck vier. An der Tür steht *Security*. Der Wachmann klopft, und sie treten ein.

Das Zimmer könnte sich in jedem beliebigen Amt an jedem Ort der Welt befinden. Ein Tisch, mehrere Stühle, ein Aktenschrank, ein Regal – und ein Fenster! Ein viereckiges Stück Himmel und Wasser, beide aus reinem Blau.

Wenn die mich zurück in die Zelle bringen, sterbe ich, denkt Leia.

Die beiden Männer im Zimmer drehen sich zu ihnen um, der Kapitän der *Siren*, Fernando Russo, in voller Uniform, sowie ein zweiter, in Zivil gekleideter Mann, den Leia bisher noch nicht gesehen hat. Braunes Sakko, Oberhemd, Jeans. Vielleicht sechzig Jahre alt. Ein Polizist, vermutet sie.

»Leia Laine?«, fragt der Mann.

Die Antwort liegt doch wohl auf der Hand, denkt Leia.

Er stellt ihr einen Stuhl hin.

»Bitte sehr, Madam.«

Leia stöckelt zum Stuhl, der Wachmann, der die zweite Handschelle an seinem Handgelenk befestigt hat, kommt mit. Als Leia sich setzt, nimmt er seine Handschelle ab, um sie am Stuhl zu befestigen.

»Ich denke, wir kriegen das auch so hin«, sagt Kapitän Russo und sieht Leia an. »Nicht wahr, Madam? Keine Sperenzchen?«

»Nein«, krächzt Leia. Als der Wachmann sie von den Handschellen befreit, würde sie sich am liebsten die Handgelenke reiben, wie man es in Filmen sieht. Aber sie tut es nicht. Sie verschränkt die Hände und presst sie zwischen ihre Knie.

Der Kapitän und der Zivilpolizist setzen sich ihr gegenüber an den Tisch.

»Es ist Ihnen doch recht, wenn wir das Gespräch aufzeichnen?«, fragt der Polizist und stellt ein Aufnahmegerät auf den Tisch.

Leia sieht zuerst den Kapitän und dann den Polizisten an.

»Ich habe Antonio Massimo nicht umgebracht.«

Ihre Stimme bricht fast. Es klingt, als wäre ich schuldig, geht es Leia auf. Auch die anderen Geschichten, die ihre Glaubwürdigkeit infrage stellen, werden ihr schmerzlich bewusst. Ihre Haare sind durcheinander, sie trägt immer noch das kleine Schwarze von gestern, ihr Atem riecht nach altem Schnaps. Und am schlimmsten: ihre Unterhose in der Abendtasche, die der Polizist jetzt auf den Tisch stellt.

Er beugt sich zu ihr herüber.

»Was wollten Sie heute Morgen auf der Brücke?«

Leias Atem geht stoßweise. Sie wirft einen Blick auf ihre Tasche. Der Polizist hat sich den Inhalt bestimmt angesehen, vielleicht auch der Kapitän.

»Ich wollte mein Telefon und meine Bordkarte holen. Marina hatte sie.«

»Marina?«

»Sie war dort«, sagt Leia. Und sie kann sich nicht zurückhalten, sie wiederholt es noch einmal, noch verzweifelter als eben. »Ich habe Antonio nicht umgebracht. Marina hat es getan.«

Keiner der beiden reagiert darauf. Als Leia begreift, erfasst sie eine Welle der Übelkeit.

»Sie haben Marina gar nicht festgenommen.«

In den Gesichtern der beiden Männer regt sich kein Muskel. Leia springt abrupt auf und *schreit*.

»Herrgott noch mal, machen Sie Ihre Arbeit! Nehmen Sie diese Frau fest, sie ist gefährlich!«

»Madam, setzen Sie sich bitte,«, sagt der Polizist. »Wir verhören Sie, Madam. Ihre Aufgabe ist es, unsere Fragen zu beantworten, und nicht, unsere Arbeit zu bewerten.«

Leia wendet sich an den Kapitän.

»Warum haben Sie nicht zugehört? Ich habe schon oben auf der Brücke gesagt, dass sie die Schuldige ist, dass Sie sie suchen müssen –«

»Madam!«, poltert der Polizist. Leia fällt zurück auf ihren Stuhl.

»Wir haben auf der Brücke keine Marina gesehen«, sagt Fernando Russo. »Wir haben Sie gesehen. Zusammen mit dem Offizier Antonio Massimo. Unserer Ärztin zufolge war er erst kurz vorher erwürgt worden.«

Leia hat einen Kloß im Hals, der unmöglich zu schlucken ist.

»Marina ist abgehauen, bevor wir gekommen sind«, versucht Leia zu erklären.

»Wer – wir?«

»Ich und Timo Ratanen.«

»Und das ist …?«

»Der Finne, der auf dem Bootsdeck war. Sie haben ihn auf den Kamerabildern gesehen. Er war zuerst mit mir auf der Brücke, er kann bezeugen, dass ich unschuldig bin.«

»Timo Ratanen«, wiederholt der Polizist. »Hat er Offizier Massimo getötet?«

»Nein! Ich sagte es doch schon. Antonio war schon tot, als wir hereinkamen. Marina war weg. Ihr Tuch hing um seinen Hals.«

Der Polizist legt eine durchsichtige Plastiktüte auf den Tisch, durch die es grün-weiß schimmert. Instinktiv fasst Leia sich an die Kehle.

»Die Mordwaffe«, sagt der Polizist. »Damit haben Sie Antonio Massimo erwürgt.«

»Nein. Es war Marina. Das Tuch gehört ihr.«

Leia versucht, mit ihrem Blick den Kapitän zu erreichen, aber seine Augen sind aus Eis. Der Polizist tippt etwas in seinen Computer und dreht dann den Monitor in Leias Richtung.

Leia erschrickt. Auf dem Foto posiert eine Frau, die Hand auf der Hüfte, die Lippen geschminkt, in den Augen ein beschwipster Glanz, um ihren Hals liegt exakt dieses Tuch. Sie selbst im Restaurant Bellissima, verewigt vom Bordfotografen.

»Es gehört Marina«, wiederholt Leia unglücklich. »Sie hat es mir für das Foto geliehen.«

»Madam«, sagt der Polizist und verschränkt die Hände vor sich auf dem Tisch. »Wie wäre es, wenn Sie uns jetzt endlich ganz in Ruhe und mit Ihren eigenen Worten berichten würden, was letzte Nacht und heute Morgen auf der Brücke passiert ist. Wir würden auch gerne mehr über Ihre Freundin Marina erfahren.«

Kapitän Russo räuspert sich.

»Vor allem: ob es sie überhaupt gibt.«

67.

Was für ein Chaos. Unter den Füßen knirschen die Scherben, und an den Wänden ist alles voller Blutspritzer. Irgendein armer Mensch wird hier sauber machen müssen, jemand, der mit einem Knebelvertrag auf die *Siren* gelockt wurde, wie es die Finnland-Schwestern mit Schaum vor dem Mund beklagt haben.

Vermutlich wird er oder sie für diese spezielle Arbeit irgendeine Art von Lohnzuschlag bekommen.

Das Blut riecht widerlich, salzig-bitter. Und dann dieser andere Geruch.

»Hast du dich etwa eingeschissen?«

Peetrus antwortet nicht.

»Antonio ist immerhin sauber gestorben.«

Marina dreht sich zum Spiegel um. Streifen von Blut auf ihren Wangen und ihrer Stirn wie eine indianische Kriegsbemalung. Sie beugt sich über das Waschbecken und wäscht sich Peetrus vom Leib. Der Gedanke verursacht ihr ein erstaunlich unangenehmes Gefühl. Sie schrubbt sich das Gesicht und trocknet es an dem Handtuch ab, das neben seiner Jacke am Haken hängt.

Der grüne Hosenanzug, den sie so mochte, ist ruiniert. Oberteil und Hose sind über und über mit Blut besprenkelt. Auch auf den Schuhen sind Blutspritzer. Sie schrubbt sie mit feuchtem Toilettenpapier von oben und unten, dann wirft sie das Papierknäuel in die Toilette und spült es weg.

Als sie die Badezimmertür hinter sich zumacht, kann sie etwas durchatmen. Irgendwann muss sie noch die Fingerabdrücke von den Türklinken und den anderen Stellen abwischen, die sie angefasst hat, ermahnt sie sich selbst. Am besten so wenig wie möglich anfassen und sich alles merken, was sie berührt hat.

Sie entledigt sich ihrer Hose und steigt in eine schwarze Jeans, die sie im Kleiderschrank gefunden hat und die sie am Bund mit einem Gürtel so zusammenzurren kann, dass sie halbwegs passt. Um ihr fleckiges Oberteil zu verbergen, zieht sie sich eine graue Herrenstrickjacke über. Für einen Moment überkommt sie ein unangenehmes, einschnürendes Gefühl. Als würde Peetrus selbst sich an ihren Rücken schmiegen, sie umschlingen, als wollte er ihr etwas ins Ohr flüstern, lachen …

Sie schüttelt den Mann von sich ab. Was passiert ist, ist passiert. Jetzt ist es Zeit, nach vorne zu schauen, zu entscheiden, wie sie morgen von Bord gelangen und verschwinden kann.

Sie rollt ihre grüne Hose fest zusammen und stopft sie nach kurzem Nachdenken in Peetrus' Kissenbezug. Dort wird man sie nicht sofort finden.

Vermutlich wird ohnehin niemand so bald in die Kabine kommen. Es ist Freitag, der einzige freie Tag in der sechstägigen Arbeitswoche des Dritten Ingenieurs. Die nächste Schicht beginnt erst morgen früh um sieben Uhr, eine Stunde bevor die *Siren* in Palma de Mallorca festmacht.

Wie viel Zeit hat sie denn überhaupt?

In Peetrus' Kabine ist kein Wecker und auch keine andere Uhr. Nicht mal ein Fernseher, unbegreiflich. Nur Bücherstapel.

Der Geruch überwältigt sie, sobald sie die Badezimmertür öffnet. Mit zugehaltener Nase prüft Marina Kross' Handgelenke. Keine Uhr. Und die Jacke am Haken? Ja: In der Tasche stecken sogar zwei Telefone. Das eine davon ist ebenso robust wie das von Leia, immerhin vielleicht etwas neuer.

08:21:02 zeigt das größere der beiden Geräte – und Marina lacht laut auf. Ein Funkgerät!

Glück muss man haben. Vielleicht haben sie gewartet, vielleicht sind sie noch in der Nähe …

68.

Eigentlich kann sie den beiden nichts vorwerfen. Das, was sie sagt, klingt sogar in ihren eigenen Ohren zusammengelogen. Trotzdem erzählt sie alles über Marina, was sie weiß.

Doch das ist ziemlich wenig. Sie weiß noch nicht einmal, ob sie je ihren Nachnamen gehört hat. Oder ihren Wohnort. Ihren Beruf. Ihren Familienstand. Sie weiß nur, dass sie Finnin ist.

Kurze dunkle Haare, grüne Augen, beschreibt sie. Größe und Körperbau ähnlich ihrem eigenen, aber sie ist jünger, irgendwo zwischen fünfundzwanzig und dreißig.

»Hier gibt es doch überall Überwachungskameras. Wenn Sie mir die Bänder zeigen, kann man sie darauf vielleicht erkennen«, sagt Leia. »Und« – sie schluckt – »es gibt ja auch Kameras auf der Kommandobrücke.«

Der Kapitän schaut Leia mit zusammengezogenen Augenbrauen an.

»Aus mir unbekannten Gründen waren die Überwachungskameras auf der Brücke letzte Nacht abgeschaltet. Womöglich können Sie etwas dazu sagen, Madam?«

»Nein«, sagt Leia. »Ich weiß nichts darüber.«

So ganz überzeugt hat das nicht geklungen. Ob ich mich dafür vor Gericht verantworten muss?, schießt es ihr durch den Kopf.

Der Polizist ist inzwischen die Passagierliste durchgegangen und hat eine trostlose Nachricht zu verkünden: Unter den Passagieren der *Siren* findet sich keine Finnin namens Marina. Einige Marinas gibt es zwar: Marina Ivanova, Marina Elena José Rodrigues, Marina Berger, Marina Dubois … Der Name ist schließlich international und in vielen Ländern ziemlich verbreitet.

»Marcel«, fällt Leia ein, und Hoffnung keimt auf. Sie erzählt den Männern, dass Marina wenigstens zu Anfang mit einem Franzosen namens Marcel gereist sei. Auch der Kapitän habe das Paar gesehen, am Montag saßen sie im Bellissima in der Nähe des Offizierstisches, und Marcel fragte, ob es möglich sei, die Kommandobrücke zu besuchen. Angeblich hat Marcel Beziehungen und besitzt Aktien der Reederei.

Nein, erklärt der Kapitän. Er erinnert sich nicht an die Situation. Viele stellen diese Frage und werden enttäuscht, denn die Antwort ist ein kategorisches Nein. Grundsätzlich keine Besucher auf der Brücke, das ist die strenge Politik der *Mediterranean*-Reederei. Schon aus Sicherheitsgründen. Dafür kann er sich sehr gut daran erinnern, wie Leia und ihre Schwester sich intensiv um die Bekanntschaft der Offiziere bemüht haben – insbesondere mit Antonio Massimo.

Wieder schüttet der Polizist ihr kaltes Wasser in den Nacken. In der Passagierliste finden sich allerhand Marcels. Doch alle reisen sie mit einer Französin.

Leias Hoffnungen schwinden. Sie erzählt noch einmal von Anfang an, wie sie und Ripsa sowohl an Bord als auch an Land immer wieder auf die junge Finnin trafen, im Nachhinein betrachtet ein bisschen zu oft. Sie haben den Abend zusammen verbracht und sogar zweimal zusammen im Restaurant zu Abend gegessen.

Die Männer scheinen allmählich ungeduldig zu werden. Der Kapitän sieht auf die Uhr, der Polizist gibt dem Wachmann, der noch immer an der Tür steht, ein Zeichen. Muss ich etwa gleich zurück in die Zelle?, fragt Leia sich erschrocken. Das kann doch wohl nicht sein!

»Vielleicht schauen Sie einfach noch einmal unter allen Finnen nach, vielleicht benutzt sie einen anderen Namen?«

»In der Liste sind keine anderen Passagiere mit finnischem Pass, außer Ihnen und Ihrer Schwester, die bereits von Bord gegangen ist«, sagt der Polizist. »Und Timo Ratanen, dieser Freund von Ihnen. Er reist allein.«

Leia bekommt kaum Luft.

»Aber irgendwo muss sie doch registriert sein. Sie hat gesagt, dass sie sich vor der Reise an verschiedene Abteilungen bei der Reederei gewandt hat, auch per E-Mail. Sie machte sich Sorgen darüber, wie hier mit Flüchtlingsbooten umgegangen wird, die möglicherweise die Reiseroute kreuzen.«

Der Kapitän schüttelt den Kopf. Keine Kontaktaufnahme. Keine E-Mails. Die *Mediterranean Siren* verfahre, wie alle anderen *Mediterranean*-Schiffe, beim Zusammentreffen mit Flüchtlingen nach den Paragrafen der internationalen Seenotrettung. Menschen in Not wird sofort geholfen.

»Es wurde nicht geholfen«, sagt Leia.

Sie merkt, wie der Kapitän sich kurz verkrampft. »Es wurde nicht geholfen«, wiederholt sie. »Das Mädchen im Wasser, hat es überhaupt jemanden interessiert, ob sie noch am Leben war?«

»Dem Mädchen wurde geholfen«, sagt der Kapitän.

»Wenn ein Passagier ins Wasser fallen würde, dann würden Sie sofort helfen. Aber Flüchtlinge überlassen Sie einfach ihrem Schicksal. Oder Sie überfahren sie einfach und lassen sie kentern. Keine Fahrplanabweichungen oder sonstigen Probleme.«

»Auf der *Siren* werden die Paragrafen und Grundsätze der Seegesetzgebung genau befolgt.«

»Der Gesetzgebung welches Landes – der Bahamas?«

»Madam, mäßigen Sie sich. Der *Mediterranean*-Konzern ist keine Wohltätigkeitsorganisation. Wir betreiben ein Geschäft. Trotzdem sind Ihre Anschuldigungen nicht nur unbegründet, sondern auch völlig überzogen. Unser gesamtes Personal ist angewiesen, nach den Regeln und Grundsätzen des *Mediterranean*-Konzerns zu handeln.«

»Und wem nützen diese Grundsätze? Den Firmeneignern«, murmelt Leia.

»Zurück zur Sache, Madam«, unterbricht der Polizist sie. »Wo haben Sie die Personalkarte von Offizier Massimo versteckt?«

»Davon weiß ich nichts. Ist sie auch verschwunden?«

Leia sieht den Männern nacheinander ins Gesicht und merkt, dass sie ihr nicht glauben. »Bestimmt hat Marina sie mitgenommen. Sie müssen mir glauben. Ich bin unschuldig. Ich war nur zufällig da.«

»Lügen«, poltert der Kapitän. »Überall auf der Brücke finden sich Ihre Fingerabdrücke. Auch auf den Navigationsinstrumenten.«

Leia spürt, wie Hitze von ihrem Dekolleté zu ihrem Hals aufsteigt. »Ich war letzte Nacht schon vorher einmal dort«, sagt sie zögernd. »Nach Mitternacht.«

»Und das wollten Sie uns nicht sagen, Madam?«

Leia antwortet nicht. Wie könnte sie auf diese Frage antworten?

»Wie kann es sein, dass Sie ständig auf der Brücke herumrennen? Verstehen Sie denn nicht, dass der Zutritt zur Brücke für nicht autorisierte Personen streng verboten ist, Madam?«

»Antonio Massimo hat mich eingeladen.«

»Mitten in der Nacht?«

»Er wollte mir die Brücke zeigen.«

Nach allem, was passiert ist, fühlt es sich so dumm an, rot zu werden, so unnötig. Aber sie kann nichts dagegen tun.

»Aha. Ein romantisches Treffen in einer Vollmondnacht«, sagt der Kapitän sarkastisch. »Champagner und Sex.«

»Nein«, sagt Leia, und auf ihrem Gesicht brennt eine bittere, erstickte Wut. »In erster Linie bin ich hingegangen, um über die Arbeitsbedingungen an Bord zu sprechen.«

Ihre Worte rufen ein ungläubiges Lachen hervor.

»Die Arbeitsbedingungen?«

»Genau.«

Die beiden Männer sehen sich an. Der Polizist scrollt zu einem anderen Foto und vergrößert es auf dem Bildschirm. Als Leia es sieht, scheint es, als fliehe alles Blut aus ihrem Kopf.

Wieder ist sie es auf dem Bild, diesmal von schräg oben aufgenommen. Und keineswegs in so kontrollierter Pose wie auf dem Foto des Bordfotografen, sondern mit weit aufgerissenen Augen, Richtung Kamera geöffnetem Mund, ihr Lippenstift obszön verschmiert. Sie liegt rücklings auf dem Tisch, zwischen der Champagnerflasche und den Gläsern. Im BH, das kleine Schwarze an der Taille zu einer Wurst aufgerollt. Das grün-weiße Tuch ist ihr von den Schultern geglitten, und zwischen ihren Beinen sind undeutlich schwarze Locken zu erkennen.

Die Unterhose, die jetzt – hoffentlich immer noch – in ihrer Handtasche steckt, hat sie dort noch an. Mehr oder weniger.

»Wir erwarten Ihre Erklärung, Madam.«

Leia antwortet nicht. Sie kann nicht. Ihre Kiefer pressen sich verkrampft aufeinander.

»Das Bild wurde um 00:35 Uhr gespeichert. Als Sie Ihnen zufolge mit Antonio Massimo, äh, über die Arbeitsbedingungen hier an Bord gesprochen haben.«

Leia droht schwarz vor Augen zu werden. Die demütigen mich hier absichtlich, begreift sie. Und wie kann es überhaupt sein, dass sie so ein Bild haben, Antonio hat doch die Überwachungskameras abgeschaltet.

Hat er es wirklich getan?

Sie versucht, nicht auf das Bild zu schauen, aber ihr Blick fällt auf das Aufnahmegerät auf dem Tisch, das ihr Gespräch Wort für Wort aufzeichnet, und ihr wird so eng ums Herz, dass sie kaum atmen kann. Alle diese Tonaufnahmen und heimlichen Fotos – woher kann sie wissen, wo sie am Ende landen?

»Wasser, Madam?«

Der Polizist gießt Wasser in ein Glas und schiebt es über den

Tisch. Leia ergreift es mit beiden Händen und schafft es irgendwie, ihren trockenen Mund ein wenig zu befeuchten.

»Madam«, sagt der Kapitän. »Wir glauben Ihnen. Sie haben Antonio Massimo nicht umgebracht.«

Das Glas schwankt plötzlich so, dass das restliche Wasser auf ihrem Schoß landet. Hat sie richtig gehört?

»Sie erlauben, Madam?«

Der Kapitän löst ihre Finger, die das Glas immer noch umklammert halten, und stellt es zurück auf den Tisch. Der Polizist zeigt auf den Recorder. »Ist es in Ordnung, wenn wir das ausmachen?«

Ohne eine Antwort abzuwarten, schaltet er das Gerät aus. Der Kapitän fährt fort.

»Es tut mir sehr leid, was Sie alles durchstehen mussten. Was Sie heute Nacht und heute Morgen erlebt haben, war sicherlich sehr schwer für Sie. Ich entschuldige mich auch im Namen meiner Reederei dafür, dass wir Ihnen so hart zusetzen mussten.«

Leia schluckt trocken. Der Ton des Gesprächs hat sich plötzlich vollkommen verändert. Ich werde nicht mehr verdächtig, pocht es in ihrem Kopf, ich werde nicht mehr verdächtig.

Ich wurde nie verdächtigt, begreift sie.

»Sie haben mich für nichts durch die Hölle gehen lassen! Sie wussten schon alles.«

»Nicht ganz. Und wir wollten natürlich Ihre Version hören. Wir brauchten Informationen aus erster Hand darüber, was heute Morgen auf der Brücke passiert ist.«

Der Polizist zeigt auf die Champagnergläser auf dem Foto.

»Sie sehen zwei Gläser? Ich auch. Laut der Überwachungskamera standen die Gläser auch noch am Morgen an Ort und Stelle. Als wir den Raum untersucht haben, gab es allerdings nur noch ein Glas. Wer auch immer nach Ihnen hereingekommen ist, hat aus irgendeinem Grund das zweite Glas an sich genommen. Bei der Durchsuchung konnten wir es weder im Müll noch bei Offizier Massimo finden.«

Er nickt mit dem Kopf in Richtung Leias Tasche.

»Oder bei Ihnen.«

Vergeblich versucht Leia, ihre Gesichtszüge unter Kontrolle zu bekommen. Der Polizist dreht den Bildschirm wieder zu sich herum. Er sucht eine neue Aufnahme, ein Video, das die Kamera über der Tür zur Brücke aufgenommen hat, und schaltet es ein.

Die Uhr in der unteren Ecke des Bildschirms zeigt 05:11:33, als im Korridor eine schlanke Frau in einem grünen Hosenanzug erscheint, Haare und Gesicht von etwas Grün-Weißem verdeckt. Sie kommt näher, bleibt vor der Tür stehen und klopft. Ihr Gesicht kann von der Kamera nicht erfasst werden, denn sie schaut kein einziges Mal nach oben. Als die Tür sich öffnet, bleibt sie noch einen Moment stehen, bevor sie eintritt und aus dem Bild verschwindet.

»Marina«, sagt Leia.

Der Polizist schiebt ein weiteres Video nach. 00:35:07. Darin stakst eine Frau in hochhackigen Schuhen und im kleinen Schwarzen auf die Tür zu. Nicht halb so zielbewusst wie Marina, aber mit demselben Tuch über den Schultern. Sie selbst.

»Das hat Marina mit Absicht gemacht«, sagt Leia. »Mit dem Tuch hat sie Antonio getäuscht, er sollte denken, dass ich es bin.«

»Zu dem Schluss sind wir auch gekommen«, sagt der Polizist. »Antonio Massimo hat die Überwachungskameras auf der Brücke erneut abgeschaltet, und zwar alle, nachdem eine Frau eingetroffen war, die Ihnen auffällig ähnelte. Zur Zeit des Mordes, zwischen fünf Uhr dreißig und fünf Uhr fünfundvierzig, war diese Frau allein mit Offizier Massimo auf der Brücke. Schauen wir uns das an …«

Ein weiteres Video. Um 05:44:22 Uhr wird die Tür zur Brücke aufgerissen. Eine grün gekleidete, dunkelhaarige Frau kommt herausgelaufen und verschwindet am linken Bildrand. Nur wenige Sekunden später ist sie mit Timo im Korridor zu sehen, der mit ausgestrecktem Arm auf die Tür zurennt.

Der Kapitän räuspert sich.

»Wir sind Ihnen sehr dankbar für Ihre Hilfe, Madam. Momentan sind wir dabei, die Identität dieser Frau herauszufinden, die Sie unter dem Namen Marina kennen. Natürlich werden wir Sie darüber informieren, wenn wir sie festgesetzt haben.«

Noch ein Räuspern.

»Wahrscheinlich müssen wir Sie später mit weiteren Fragen behelligen. Zu gegebener Zeit werden Sie leider auch vor Gericht aussagen müssen. Natürlich möchten wir uns für die Unannehmlichkeiten, die Sie erleiden mussten, erkenntlich zeigen und hoffen, dass Ihre Reise ab jetzt umso angenehmer verläuft.«

Leia nickt. Ihr Kopf kommt bei all den Wendungen gar nicht hinterher, sie ist halb tot vor Müdigkeit, vor Schreck und vor Erleichterung. Vor allem vor Erleichterung. Und vor lächerlicher Dankbarkeit dafür, dass sie nun doch nicht dieser furchtbaren Tat verdächtigt wird.

»Ich brauche eine neue Bordkarte, damit ich in meine Kabine komme. Könnte jemand mitkommen und nachsehen, ob sich vielleicht Marina dort versteckt?«

Bei dem Gedanken stellen sich ihr die Nackenhaare auf.

»Sie können unbesorgt sein. Der Wachmann wird Sie zu ihrer Kabine begleiten. Wir besorgen Ihnen eine neue Karte und sperren die alte.«

Nun, da sich die Spannung löst, werden Leia die Knie weich, beim Aufstehen muss sie sich abstützen. Sie nimmt ihre Tasche. Immerhin haben sie die nicht ins Spiel gebracht und angefangen, deren Inhalt auf dem Tisch auszubreiten. Hätten sie das getan, wäre sie gestorben. Ganz bestimmt.

»Madam, bleiben Sie bitte noch einen Augenblick sitzen. Noch eine kleine Formalität, dann können Sie gehen.«

Leia lässt sich zurück in den Stuhl sinken.

»Lesen Sie sich das hier bitte sorgfältig durch und fragen Sie nach, wenn Ihnen etwas nicht klar ist.«

Er legt ein Blatt Papier mit dem *Mediterranean*-Logo und einer Menge englischem Text vor Leia auf den Tisch. Unter dem Text steht das Datum und dann kommen zwei leere Linien. Unter der einen steht ihr Name.

»Wa… was ist das?«

»Nur eine Formalität, wie ich hoffe. Damit versichern Sie schriftlich, dass Sie niemandem, weder persönlich noch über die Medien, auch nicht über die sozialen Medien, etwas über die Verhältnisse auf der *Mediterranean Siren* erzählen, weder in ihrer Heimat noch anderswo. Das gilt für alle Informationen, Beobachtungen oder auch nur Vermutungen, die den Reiseverlauf, das Bordpersonal, die Geschehnisse hier, selbst beobachtete oder aus zweiter Hand gehörte mögliche Missstände betreffen, ebenso die Reise-, Arbeits- und sonstigen Bedingungen der Passagiere oder des Personals, natürlich einschließlich der von Ihnen erwähnten Arbeitsbedingungen und einschließlich der Einzelheiten und des Zustandekommens dieses Vertrages. Sie sehen, die Liste ist lang. Sie ist auch umfassend. Lesen Sie sich alles genau durch und unterschreiben Sie. Sofort danach bekommen Sie für den Rest Ihrer Reise ein Kabinen-Upgrade. In den Eden-Lux++-Suiten haben Sie einen eigenen Whirlpool, oder wenn Sie als Finnin eine Sauna bevorzugen, dann finden sich entsprechend ausgestattete Kabinen in der Ultimate-Klasse. Wir werden sofort die Belegungssituation prüfen, und Sie können Ihre Wahl treffen. Natürlich erhalten Sie von der *Mediterranean* auch einen umfassenden, kostenlosen Kabinenservice, freien Eintritt zu allen Wellness-Behandlungen in unserer Spa-Abteilung, das All-inclusive-Premium, das alles beinhaltet, einschließlich alkoholischer Getränke. Zusätzlich erhalten Sie täglich frisches Obst und Champagner in Ihre Suite.«

»Champagner«, sagt Leia mechanisch.

»Wann immer Sie wollen, sind Sie herzlich willkommen zu einer weiteren Kreuzfahrt mit unserer Reederei, natürlich ebenfalls kostenlos. Daher empfehle ich Ihnen, das Kleingedruckte besonders sorgfältig zu lesen.«

Der Kapitän zeigt auf den unteren Rand des Blattes.

»Geldstrafe bei Vertragsverletzung, 75.000 Euro. Das ist die normale Praxis, eine reine Formalität. Wenn Sie sich entsprechend dem Vertrag verhalten, dann können Sie Ihren Urlaub unbesorgt fortsetzen. Unser Anwalt hat den Text geprüft.«

Das hat er ganz sicher, denkt Leia.

»Wozu machen Sie das?«, fragt sie mit brüchiger Stimme.

»Aber, Madam«, sagt der Kapitän tadelnd wie zu einem Kind. »Das ist zu Ihrem eigenen Besten.«

»Und wenn ich nicht unterschreibe?«

Der Kapitän lächelt übertrieben freundlich. »In dem Fall bringen wir Sie wegen Gefährdung der Schiffssicherheit vor Gericht. Wegen unerlaubten Aufenthalts auf der Brücke. Wegen allgemeiner Gefährdung. Und wegen der möglichen Herbeiführung einer Schiffskatastrophe.«

Leia schnappt nach Luft.

»Mit der Buchung der Kreuzfahrt haben Sie sich dazu verpflichtet, die strengen Sicherheitsbestimmungen unserer Reederei einzuhalten, und das ist eine der wichtigsten. Das Verbotsschild an der Brücke hängt nicht zum Spaß da, Madam. Es hat über die Jahre vergleichbare Situationen gegeben, wenn auch nicht bei unserer Reederei. Alle Verantwortlichen sind zu Geldstrafen verurteilt worden, die im Millionenbereich liegen. Auch Haftstrafen hat es gegeben. Fünf bis zehn Jahre.«

Fünf bis zehn Jahre. Millionenbereich. Leia fürchtet, ohnmächtig zu werden.

»Ich versichere Ihnen, Madam: Wir werden nicht zögern, juristische Schritte einzuleiten. Aber wenn Sie den Vertrag unterschreiben und sich dementsprechend verhalten, können Sie ganz beruhigt sein. Sowohl Sie als auch Ihr Freund.«

»Timo? Was werfen Sie ihm denn vor?«

»Unbefugtes Betreten der Kommandobrücke und des Bootsdecks. Verursachen einer mehrstündigen Verspätung. Widerstand gegen die Polizeigewalt. Störung von Rettungsmaßnahmen.«

Kann das wahr sein?, denkt Leia. Timo hat dort nur gestört. Alles war vergebens, das Mädchen ist im Meer umgekommen.

»Er … Hat er unterschrieben?«

»Er tut es, sobald er dazu in der Lage ist.«

»In der Lage ist?«

»Er ist auf unserer Krankenstation.«

»Was haben Sie mit ihm gemacht?«

»Beruhigen Sie sich, Madam. Er ist dort nur einige Stunden zur Beobachtung. Sie können ihn gleich sehen. Sobald Sie unterschrieben haben.«

Leia schaut die Männer zweifelnd an, doch sie kann aus ihren Gesichtern nichts herauslesen.

Sie versucht, sich in den Vertrag zu vertiefen. Er ist wohl absichtlich schwer zu verstehen, und vor allem ist er umfassend. Ihr wird praktisch untersagt, alles, was sie an Bord gesehen oder gehört hat, auch nur mit einem Wort zu erwähnen. Niemals und niemandem gegenüber.

Alles, was der Ingenieur Peetrus Kross ihr erzählt hat, muss sie vergessen.

»Unterschreiben Sie den Vertrag, Madam«, drängt der Kapitän. »Dann ist das alles hier vorbei. Sie können den Rest Ihrer Kreuzfahrt unbelastet genießen. Oder Sie können natürlich Ihren Anwalt anrufen, falls Sie in Finnland einen haben, und sich geistig und finanziell darauf einstellen, dass die Rechtsabteilung des *Mediterranean*-Konzerns mit Ihnen Kontakt aufnimmt. Hier. Sie können sofort anrufen.«

Leia betrachtet das Satellitentelefon, das der Kapitän ihr hinhält, und schüttelt den Kopf.

Sie nimmt den Kugelschreiber mit dem *Mediterranean*-Logo vom Tisch. Sie knipst die Spitze heraus. Als sie den Stift auf der Linie über ihrem Namen ansetzt, macht er einen Fleck aus marineblauer Tinte auf das Papier.

»Ich freue mich, dass wir uns einigen konnten«, sagt der Kapitän. »Davon profitieren beide Parteien. Niemand von uns möchte doch, dass vertrauliche Informationen nach außen dringen. Wir haben keinerlei Interesse daran, Ihren Ruf zu beschmutzen, indem wir unnötig Material über diese nächtlichen, ähm, Begebenheiten verbreiten. Sicherlich ist das auch in Ihrem Sinne.«

Leia nimmt den Stift vom Papier, knipst die Mine wieder ein und legt ihn auf den Tisch.

»Ich überlege es mir noch. Ich komme später darauf zurück.«

Die beiden Männer sind überrascht. Aber als sie nach dem Blatt greift, um es in ihre Tasche zu stecken, schlägt der Kapitän mit der Hand auf den Tisch und hält es fest.

»Der Vertrag bleibt hier. Sie kommen bis heute Mittag zurück und unterschreiben. Ansonsten werden wir Maßnahmen ergreifen. Haben Sie verstanden?«

»Ich habe verstanden.«

»Selbstverständlich bekommen Sie das Kabinen-Upgrade erst nach der Unterschrift.«

»Selbstverständlich«, sagt Leia. »Erst dann fließt der Champagner.«

Als sie sich erhebt, stehen auch die Männer auf. Keiner der Beteiligten tut mehr so, als sei er guten Willens.

»Ich möchte das Vernehmungsprotokoll sehen, wenn es fertig ist«, sagt Leia.

»Das können Sie«, entgegnet der Polizist. »Wir können Ihnen auch das restliche Videomaterial zeigen.«

»Wie bitte?«

»Ich bin davon ausgegangen, dass Sie bereits verstanden hätten. Natürlich gibt es auf der Brücke mehr als die eine Überwachungskamera, die Antonio Massimo nach Mitternacht kurz abgeschaltet hat. Die anderen drei haben die ganze Zeit weiter aufgezeichnet. Vielleicht möchten Sie selbst überprüfen, was darauf zu sehen ist. Wir haben es bereits getan. Zehn Minuten ziemlich, wie soll ich sagen, leidenschaftliches Material aus drei verschiedenen Perspektiven. Wenn Sie zur Unterschrift kommen, vernichten wir diese anzüglichen Aufnahmen nur zu gerne, und sie werden Ihnen keinerlei Unannehmlichkeiten bereiten.«

Leia schwankt auf ihren Absätzen. So fühlt sich ein Vergewaltigungsopfer, schießt es ihr durch den Kopf.

Ich weine erst, wenn ich alleine in meiner Kabine bin.

Die schweigenden Blicke der Männer folgen ihr, als sie zur Tür geht. Auf der Schwelle bleibt sie stehen und dreht sich um.

»Einen einzelnen Menschen können Sie zum Schweigen bringen, aber nicht alle«, sagt sie, obwohl ihre Stimme zittert. »Wenn man seine Hand in das Rad der Veränderung steckt, wird sie zerquetscht. Ungefähr so hat es Lech Walesa gesagt. Falls Sie jemals von ihm gehört haben.«

69.

Rauschen. Summen. Fiepen.

Seit bald zwei Stunden geht sie verschiedene Kanäle und Reichweiten durch, setzt wieder und wieder dieselbe Meldung ab, versucht, aus dem Rauschen und den verschiedensprachigen Satzfetzen etwas herauszuhören, was für sie von Bedeutung sein könnte. Sie hat das Funkgerät so leise wie möglich eingestellt, aber jedes Mal, wenn sie im Korridor Schritte hört, wartet sie angespannt, ob sie an der Tür innehalten und ob es klopft.

Als endlich eine Antwort kommt, schießt ihr das Adrenalin wie Heroin in die Adern. Marina springt auf und presst sich das Funkgerät ans Ohr.

»Agitator«, sagt eine Männerstimme. »Wo ist der Agitator?«

»Das bin ich.«

»Nein, Agitator ist ein Mann. Er hat uns die Koordinaten gegeben.«

»Wir haben es gemeinsam gemacht. Ich melde mich von seinem Funkgerät aus. Ich sollte euch in Empfang nehmen und bei euch an Bord gehen. Aber ich habe mich verspätet.«

Einen Moment lang ist es ruhig. Marina beißt sich auf die Lippe, wartet. Glaub mir, glaub mir, unterbrich die Verbindung nicht.

»Wie ist die Lage?«, sagt die Männerstimme.

Die Lage. Was soll sie sagen? Was kann sie sagen? Und was darf sie auf keinen Fall sagen?

»Wie weit seid ihr weg? Lasst es uns noch mal versuchen. Wenn ihr sofort kommt …«

»Das Paket ist abgeschickt«, unterbricht sie der Mann.

»Ich verstehe nicht. Was meinst du?«

»Das Paket ist abgeschickt. Wasserdicht, alles gut.«

»Ihr kommt sofort zurück! Und ich will das Geld, das mir zusteht.«

»Blöde Kuh, ist doch nicht meine Schuld, wenn du die Sache nicht im Griff hast. Bring es zu Ende, dann kriegst du das Geld.«

70.

»Leia Laine?«

»Genau. Ich bin gekommen, um –«

»Ich weiß.«

Die Ärztin blickt streng über ihre Brille hinweg, es ist dieselbe Frau, die nur wenige Stunden zuvor mit ihrer Tasche auf die Brücke gelaufen kam und den Tod von Antonio festgestellt hat. Auf dem Namensschild an ihrem Arztkittel ist keine Flagge und auch kein Vorname angegeben, nur Titel und Nachname: Dr. Schneider.

Leia wirft einen Blick auf den durchtrainierten Pfleger, der ihr die Tür geöffnet hat. Joe, liest sie auf seinem Schild, dazu die südafrikanische Flagge. Hier also verläuft die Hierarchiegrenze im Bordkrankenhaus.

Der Pfleger blickt misstrauisch zu ihr herüber.

»Ich war das nicht«, sagt Leia. »Die … Sie wissen schon. Die Polizei hat mich gehen lassen.«

»So haben wir es verstanden. Sie hätten sonst wohl kaum hierherkommen dürfen«, konstatiert die Ärztin trocken. »Folgen Sie mir.«

Das Bordhospital ist wirklich ein Krankenhaus im Kleinformat. Es gibt Krankenzimmer mit einem oder zwei Betten, Infusionsflaschen, Sauerstoffgeräte, auch einen Defibrillator, um ein stehengebliebenes Herz wieder zum Schlagen zu bringen. Und der Geruch nach Krankenhaus. Dieser Cocktail aus Desinfektionsmitteln und Medikamenten macht Leia noch unruhiger, als sie es ohnehin schon ist.

Als sie den Korridor entlanggehen, hustet in einem Zimmer jemand. Hinter einer anderen Tür gluckert Wasser. Da geht es zum Labor, da zum Röntgen – und in den bordeigenen Operationssaal.

»Es passiert immer irgendetwas. Wir sind auf alles eingestellt. Es ist äußerst selten, dass jemand mit dem Hubschrauber an Land gebracht werden muss, hier wurden sogar schon Kinder geboren«, sagt die Ärztin nicht ohne Stolz. »Ich war dabei, als das Hospital auf der *Siren* ausgestattet wurde. Das Schiff kann jederzeit auf eine Route geschickt werden, die eine mehrtägige Ozeanüberquerung mit sich bringt. Es wurde in Finnland gebaut, vielleicht wussten Sie das schon?«

Vor der letzten Tür auf dem Korridor bleiben sie stehen.

»Ich möchte Sie vorwarnen«, sagt Dr. Schneider. »Erschrecken Sie sich nicht vor der Gesichtsfarbe. Oder vor den Schläuchen.«

»Schläuchen?«, fragt Leia. »Ich dachte, es geht nur um eine Beobachtung.«

Die Ärztin blickt sie ernst an.

»Genau. Wir geben Schmerz- und Beruhigungsmittel intravenös, jetzt schläft sie. Wenn sie wieder ansprechbar ist, können wir sehen, wie sie sich fühlt. Zum Glück ist sie nicht lange im Wasser gewesen, das Rettungsboot wurde praktisch sofort zu Wasser gelassen, als sich die Situation zugespitzt hat. Sie hat viele Hämatome, und in der Lunge war etwas Wasser, das sie selbst ausgehustet hat, als sie zu Bewusstsein kam. Außerdem ist sie ziemlich dehydriert, die posttraumatische Stressreaktion nicht zu vergessen.«

»Wie bitte? Sie?«, sagt Leia. »Was ist hier eigentlich los?«

Statt zu antworten, stößt Dr. Schneider die Tür auf.

Unter einer dicken Decke liegt bewegungslos eine kleine, schmale Gestalt. Einen kurzen Moment lang glaubt Leia, in einem Albtraum gelandet zu sein, in dem statt Timo Viivi im Krankenhausbett liegt.

Dann begreift sie: Sie haben doch die Wahrheit gesagt, der Kapitän und der Polizist. Das Mädchen wurde tatsächlich gerettet.

Ihre Haare liegen verfilzt und steif vom Salzwasser auf dem Kissen, ebenso dunkel wie Viivis Haare, bevor sie anfing, sie zu färben. Ein Sauerstoffschlauch verläuft von der Nase zu einem Anschluss in der Wand, ein zweiter verschwindet unter der Bettdecke. Das Mädchen hat die Augen fest geschlossen, ihre Haut ist totenblass, sie atmet schnell und unregelmäßig.

Leia wendet sich an die Ärztin.

»Wie alt ist sie? Wie heißt sie? Was ist eigentlich mit ihr passiert? Woher kommt sie, aus welchem Land, wo ist ihre Familie? Leben sie noch?«

»Viele Fragen, wenig Antworten. Wie schon gesagt, als wir sie aus dem Wasser geholt haben, war sie dermaßen unter Schock, kraftlos und verängstigt, dass wir sie noch nicht befragen konnten. Ich vermute, sie kommt entweder aus dem Irak oder aus Syrien und ist zehn oder elf Jahre alt. Über die Familie wissen wir nichts. Sie hatte keine Papiere und auch keine persönlichen Sachen dabei. Nur die Kleidung, die sie trug. Ach, und das hier.«

Vorsichtig hebt die Ärztin die Bettdecke an und bedeutet Leia, näher zu kommen. Im Handrücken des Mädchens steckt eine Kanüle. Um das Handgelenk ist mehrmals eine Metallkette geschlungen, an der ein großer Anhänger in Form einer Blume hängt.

»Sie wollte nicht, dass wir ihr das abnehmen«, sagt die Ärztin leise. »Sie hat sich furchtbar gewehrt, als wir es versucht haben.«

Das Mädchen stöhnt leise auf, auf ihrem Gesicht breitet sich ein schmerzvoller Ausdruck aus, ihre Hand zuckt, als wolle sie jemanden verscheuchen. Dr. Schneider deckt sie wieder zu und streicht ihr beruhigend über die Wange.

In Leias Augen steigen Tränen. Ein kleines Mädchen ohne Eltern in dieser fremden Umgebung, dieser Gedanke ist so unglaublich traurig, dass es fast nicht auszuhalten ist. Was hat das Mädchen durchgemacht, bevor es ins Wasser geworfen wurde? Ob ihre ganze Familie tot ist? Was passiert dann mit ihr, wer kümmert sich um sie?

Wenigstens in einer Hinsicht hat man auf der *Siren* so gehandelt, wie es sich gehört. Das Mädchen wurde aus dem Wasser geholt, dank Timos Einsatz – oder trotzdem.

»Und Timo?«, fragt Leia. »Mein Freund Timo Ratanen – wie geht es ihm?«

Die Ärztin zieht die Augenbrauen hoch. »Bis heute dachte ich, Finnen sind ruhige und zurückhaltende Menschen.«

Sie bringt Leia ins Nebenzimmer.

Timo hat die Augen geschlossen. Sein Gesicht auf dem weißen Kissenbezug ist schreiend rot wie ein Warnschild. Auch im Schlaf zeigt sich darauf ein merkwürdig selbstzufriedener Ausdruck.

»Unser großer finnischer Held. Viel Mut, wenig Hirn. Wenn ihr Lebensgefährte aufwacht, sagen Sie ihm, er soll so etwas nie, nie, *nie wieder* tun.«

Er ist nicht mein Lebensgefährte, will Leia schon erwidern. Aber bevor sie etwas sagen kann, fährt Dr. Schneider bereits fort.

»Unser Wasserspringer kann dem Schicksal und auch den effizienten Seenotrettungsmaßnahmen der *Mediterranean Siren* dafür dankbar sein, dass er sich bei seiner Aktion nicht schlimmer verletzt hat und stattdessen jetzt uns hier zur Last fallen darf.«

Aktion? Wasserspringer? Was um alles in der Welt hat Timo getan? *Lost in translation*, beschließt Leia.

»Warum schläft er?«

»Stressreaktionen sind verschieden ausgeprägt. Bei ihm äußerte sie sich in übermäßigem Redefluss. In Eigenlob und Allmachtsfantasien. Oder, anders gesagt, er war das, was die Briten *a pain in the ass* nennen. Er hat seine fragwürdige Aktion bei allen, die es hören wollten, über den grünen Klee gelobt und ständig nach Ihnen gefragt. Wir haben auch ihm ein Beruhigungsmittel gegeben.«

Die Ärztin blickt über den Rand ihrer Brille.

»Auf Wunsch des Publikums. Wenn Sie wissen, was ich meine.«

»Haha«, sagt Leia. »Ja, natürlich. Ich verstehe.«

»Ihr Freund wird vermutlich einige Stunden schlafen. Und Sie sehen mir auch so aus, als könnten Sie etwas Ruhe gebrauchen. Sie können später wiederkommen.«

Leia betrachtet den Stuhl an der Wand, der genauso hart und unbequem aussieht wie alle Krankenhausbesucherstühle. Trotzdem würde sie darauf wahrscheinlich einschlafen, sobald sie ihren Kopf an die Wand lehnen und die Augen schließen würde.

»Vielleicht bleibe ich doch noch einen Augenblick. Falls einer von beiden aufwachen sollte«, sagt Leia. Und setzt noch hinzu: »Danke. Dass Sie sich kümmern.«

»Ich mache nur meine Arbeit.«

»Ich meine, danke, dass Sie mir das Mädchen gezeigt haben. Ich weiß, das hätten Sie nicht tun müssen.«

Die Ärztin nickt bedächtig.

»Damit wir uns nicht missverstehen«, sagt sie. »Aus meiner Sicht hat Ihr Lebensgefährte eine Großtat vollbracht. Eine Großtat des Herzens.«

Sie legt ihre Hand auf Leias Schulter.

»Und Sie auch.«

71.

Wasser! Überall Wasser! Es spritzt über sie, es wirft sie herum, es ist kalt, kalt. Es bringt alles aus dem Lot, entfernt sie von den anderen, sie schreien: nein, nein, sie alle schreien, aber die … die werden verrückt vor Wut, die fluchen und rappeln sich auf und brüllen herum. Der schwarze Mann mit dem Messer in der Hand steht auf, das Messer, mit dem er das Seil durchgeschnitten hat, aber die stoßen ihn um und schlagen ihn. Guck nicht hin, schreit ihre Mutter, aber sie hat es noch gesehen.

Eine laute, schrille Stimme durchschneidet das Grollen des Wassers und das Schreien der Männer, es ist sie selbst. Sie schreit und kann nicht aufhören, und die drehen sich zu ihr um.

Es ist schon mal passiert, und es passiert wieder.

Sie versucht zu fliehen, aber ihre Füße gehorchen ihr nicht, die Luft ist wie Brei, ihre Glieder sind schwer, sie kann nirgendwohin, sie kommen, sie weiß, was die machen, denn die haben es schon mal getan. Einer schlägt den Vater zu Boden, ein anderer hält ihre Mutter fest, ein dritter reißt ihr den Schmuck vom Hals. Er sucht, bis er den Verschluss der Sonnenblume gefunden hat, und lässt die winzigen Fotos der Brüder herausfallen, der Wind trägt sie fort. Er lacht gehässig, als er den Erdklumpen, den die Mutter aus dem Rosenbeet mitgenommen und mehrmals in Folie eingeschlagen hat, unter seinen Füßen zertritt. Sie läuft davon, aber die kriegen sie, die Luft ist zu dick, die Sandalen zu schwer, als sie sie anschaut, merkt sie: die falschen Schuhe, mit Sohlen aus Blei, und die kommen und packen sie, schleifen sie … schleifen sie … Sie weint und tritt und versucht, sich loszumachen, aber es hilft nichts, die zwängen sie gewaltsam in die Schwimmweste und dann – sie haben Mamas Kette. Schlangenauge wickelt die Kette mehrmals um ihr Handgelenk, so fest, dass es wehtut, er gibt ihr eine Ohrfeige und schreit ihr ins Gesicht: Verstehst du? Verstehst du? Verstehst du?

Sie versteht, obwohl sie es nicht will. Es hängt von ihr ab, ob Mama und Papa gerettet werden.

Sie halten sie fest und heben sie über das Geländer, aber das Geländer ist hoch, es wird immer höher, es ist auf einmal das Geländer von einem großen weißen Schiff, wie weit oben sie ist, sie hat Angst, ihr ist schwindelig, sie klammert sich ans Geländer, aber die stoßen sie, und sie kann sich nicht mehr festhalten und fällt.

Sie fällt, es dauert lange. Wie lange dauert es denn?, fragt sie sich sogar und schaut nach unten, sie treibt auf dem Wasser. Sie fängt an, mit den Armen zu rudern, aber es geht nicht, sie lernt es nicht, langsam zieht es sie ins Wasser, denn auch die Weste ist aus Blei. Die haben ihr die falsche Weste gegeben. Sie versucht zu schreien: nein, *nein, nein!*, aber ihr Hals ist wie zugeschnürt, und es kommt kein Ton heraus. Sie paddelt wie verrückt, aber sie versinkt, gleich ist sie im Wasser und geht unter.

Amira, ruft jemand. Es ist Jan, und neben ihm ist Aran, ihre Brüder sind ja auf dem großen weißen Schiff, es ist ein Wal! Der riesige Wal hat ihre Brüder gefressen, sie schauen mit traurigen schwarzen Augen aus einer winzigen Öffnung in der Seite des Wals. Deine Schuld, Amira. Du musst Mama und Papa retten, du musst sie beschützen, weil wir nicht mehr da sind, aber du bist noch da. Du kannst es nicht. Du kannst es nicht …

72.

Die Augen vor Schreck aufgerissen, die Arme wie in einem Krampf ausgestreckt. Der Mund verzogen, die Tränen schießen ihr aus den Augen.

»Maama, Maama!«

Leia handelt instinktiv, sie springt vom Stuhl auf, auf dem sie inzwischen eingenickt ist, breitet die Arme aus und umschließt das fremde Mädchen. *Schsch, nicht weinen …* Sie streichelt ihr über die verfilzten, noch immer feuchten Haare, sie tröstet, summt und wiegt sie in den Armen, versucht sie mit allen Mitteln zu beruhigen, so wie früher ihre eigene Tochter, die so viel kleinen und großen Kummer durchgestanden hat. Fahrradunfall, Nasenbluten und jedes Jahr wieder die Traurigkeit, wenn die anderen Kinder Vatertagskarten bastelten. Natürlich – das ist der Grund, warum ich hiergeblieben bin, begreift Leia. *Schsch, alles ist gut.*

Aber es ist nicht alles gut. Auch wenn das Mädchen sich beruhigt und nicht mehr schreit, auch wenn sie das Gesicht in Leias Busen drückt und sie mit den Armen umschlingt, weiß sie, welchen Stellenwert ihr Trost hat. Wie ein Pflaster für einen Ertrinkenden. Der Albtraum des Mädchens fängt gerade erst an.

Wie wird ihr Leben verlaufen? Ohne Familie in einem fremden Land, ganz allein, schon in jungen Jahren traumatisiert? Wäre es nicht doch barmherziger gewesen, sie ertrinken zu lassen?

Leia erschauert. Dass sie so etwas überhaupt denken kann.

Eine Großtat des Herzens, hat Dr. Schneider gesagt. Sie konnte zuerst gar nicht glauben, was die Ärztin ihr erzählte: dass Timo sich von dem Polizisten losgerissen hatte, am Bootsdeck über die Reling geklettert und ins Wasser gesprungen war. Aus elfeinhalb Metern Höhe. Was für eine idiotische Aktion, und das natürlich auch noch ohne Schwimmweste. Wie dumm, aufmerksamkeitsheischend und gefährlich.

Wie mutig und weitblickend. Timo hatte gewusst, was er tat. Einen Passagier konnte man auf der *Siren* nicht dem Meer überlassen, egal, um was für einen Idioten es sich handelte. Er musste unverzüglich herausgeholt werden. Sofort waren Rettungsmaßnahmen einzuleiten, egal, wie viel Zeit und Geld dabei draufging. Und wenn man schon mal dabei war, gab es keinen Vorwand, nicht auch die zweite Person aus dem Wasser zu holen. Zumal die Operation schon die Aufmerksamkeit einiger Frühaufsteher unter den Passagieren geweckt hatte. Lassen die etwa ein Rettungsboot zu Wasser, was ist da eigentlich los …?

Die Tür geht auf, das Schreien des Mädchens hat auch Dr. Schneider und den durchtrainierten Pfleger auf den Plan gerufen. Ihr Weinen wird noch einmal lauter, als der Pfleger versucht, sie wieder aufs Bett zu drücken. Aber sie weigert sich, Leia loszulassen, stattdessen krallt sie sich an ihr fest wie ein Affenjunges am Fell seiner Mutter. Wie ein Ertrinkender am letzten Strohhalm, denkt Leia und merkt, dass sie selbst weint. Schließlich findet man einen Kompromiss, der Pfleger bringt das Mädchen dazu, sich hinzulegen, dafür soll Leia neben ihr sitzen bleiben. Das Mädchen drückt ihre Hand so fest, dass ihre Finger taub werden.

»Wie heißt du?«, fragt die Ärztin. Zuerst auf Englisch, dann auf Deutsch und auf Italienisch. Doch das Mädchen antwortet nicht, sondern starrt nur vor sich hin und zittert. Da zeigt die Ärztin mit dem Finger auf sich und sagt: »Marta.«

Und dann zeigt sie auf das Mädchen.

»Amira«, flüstert sie.

Auf dem Gesicht der Ärztin breitet sich ein warmes Lächeln aus.

»Hallo Amira. Woher kommst du? Aus dem Irak? Aus Syrien?«

Als sie das Wort Syrien hört, schnieft das Mädchen. Die Ärztin blickt zu Leia und dem Pfleger. »Jemand von Ihnen spricht nicht zufällig Arabisch?«

»*I speak English*«, sagt eine leise Stimme aus dem Bett. Und dann zeigt Amira mit ihrem dürren Finger auf Leia.

»Leia«, sagt Leia. Es fällt ihr schwer, die Tränen zurückzuhalten.

»Wunderbar, Amira«, sagt Dr. Schneider. »Und dieser Muskelmann hier ist unser Pfleger Joe. Du bist im Schiffshospital. Wir kümmern uns hier gut um dich. Zuerst untersuchen wir dich ein bisschen, und dann kannst du uns erzählen, was passiert ist.«

Als die Ärztin Amiras Krankenhaushemd etwas anhebt, um Herz und Lungen abzuhören, wirft das Mädchen einen erschreckten Blick auf den Pfleger. Doch er lächelt ihr freundlich zu, und sie beruhigt sich. Er legt ihr die Blutdruckmanschette um den Oberarm. Als die Manschette enger wird, umklammert Amira Leias Hand noch einmal fester.

Nach der Messung wechselt die Ärztin ein paar Worte mit dem Pfleger, dann nimmt der Pfleger eine Spritze und befestigt eine Nadel daran.

»Gegen Wundstarrkrampf, nur zur Sicherheit.«

Als er Amira die Impfnadel in den dürren Oberarm sticht, beißt sie sich auf die Lippe und kneift die Augen zusammen.

»Du machst das ganz toll, Amira«, sagt die Ärztin, doch sie ist mit ihren Gedanken woanders: Sie sieht dasselbe wie Leia, frische, handtellergroße blaue Flecken auf dem mageren Brustkorb und Bauch des Mädchens. Und als sie die Decke weiter zurückschlägt, die gleichen Flecken auf ihren nackten Beinen, sowohl an den Oberschenkeln als auch an den Waden.

Leia erschauert. Was hat man dem Mädchen angetan?

Die Ärztin deckt Amiras Beine sorgfältig wieder zu und setzt sich auf die Bettkante. Sie greift nach der Hand des Mädchens, sorgsam darauf bedacht, die Kanüle in ihrem Handrücken nicht zu berühren. Leia hingegen kann ihre Augen nicht von der Metallkette lassen, die schmerzhaft eng um Amiras Handgelenk gewickelt ist.

»Liebe Amira. Du bist in Sicherheit. Diese liebe Frau, Leia, hat dich im Wasser treiben sehen. Du bist gerettet. Erzähl uns, Amira: Was ist dir eigentlich passiert, warum musstest du aus dem Wasser gefischt werden?«

Das Mädchen schaut sie verwirrt an. Vielleicht ist ihr Englisch doch nicht so gut, wie Dr. Schneider angenommen hat.

»*Refugee?*«, fragt die Ärztin. »Flüchtling?«

Das Wort kennt Amira. Sie nickt.

»Maama«, sagt Leia. »Wo ist deine Mutter?«

Aufgeregt fingert Amira an der Metallkette an ihrem Handgelenk herum, als wolle sie sie abnehmen. Das ist unmöglich, denn die Kette hat keinen Verschluss, und darüber verläuft der am Handrücken festgeklebte Schlauch der Kanüle. Als dem Mädchen das klar wird und es schon kurz davor ist, sich die Nadel aus der Vene zu ziehen, ruft die Ärztin *no, no*, greift nach Amiras Hand und hält sie davon ab.

»Beruhige dich, Amira. Alles ist gut.«

»Loslassen! Ich muss geben!«

»Liebe Amira, beruhige dich. Keine Gefahr.«

»Muss Maamas Kette geben. Liebe Frau Leia rettet Maama und Baba.«

»Oh nein«, sagt Leia abwehrend. »Du brauchst mir Maamas Kette nicht zu geben. Wir helfen dir auch so.«

Das Mädchen wird noch unruhiger. Aus ihren Augen strahlt eine innere Not, und ihre Stimme wird schrill.

»Aber das hat er gesagt. Schlangenauge.«

»Schlangenauge?«

»Böser Mann Schlangenauge. Bum. Zusch! Hilfe! Hilf mir …«

Amira setzt sich auf und will aufstehen, und als die anderen sie daran hindern, fängt sie aus voller Kehle an zu schreien. Sie reißt sich von der Hand der Ärztin los und trifft mit dem Arm den Infusionsständer, der sich in Bewegung setzt und so weit fortrollt, wie es der Schlauch erlaubt.

»Es ist alles gut, Amira«, sagt Dr. Marta Schneider streng und drückt das widerstrebende Mädchen zurück auf die Matratze. »Du musst dich ausruhen.«

»Nein, nein! Schlangenauge tötet. Böser Mann Schlangenauge«, schreit das Mädchen und tritt und windet sich, aber der Pfleger stellt etwas an der Infusionsflasche ein, und allmählich beruhigt sie sich.

»Wer oder was ist Schlangenauge?«, fragt Leia erschüttert.

»Maama«, murmelt das Mädchen. »Muss Maama und Baba retten.«

»Was ist mit ihnen passiert? Sind sie auch ins Wasser gefallen?«

»Nein, nein. Zusch …«

Das Mädchen macht zischende Laute und gestikuliert mit den Händen, als wolle sie Wellen machen.

»Gab es im Boot eine Explosion?«, fragt nun der Pfleger Joe.

»No, no.« Amira ist eindeutig frustriert darüber, dass diese wohlmeinenden Menschen gleichzeitig so dumm und verständnislos sind, sie gestikuliert und weint und wedelt mit den Händen. »Zusch! Boot weg. Maama, Baba. Zusch!«

»Die Wasserkanone.«

Das kam von der Tür, auf Finnisch. Im Türrahmen lehnt Timo, barfuß, in einem hellblauen Krankenhauspyjama, er hat sich irgendwie den Bademantel übergeworfen, der Gürtel hängt offen an beiden Seiten herab. Er ist ganz offensichtlich noch benommen von den Medikamenten.

»Das Arschloch hat die Wasserkanone angeworfen«, wiederholt er und blickt mit etwas glasigen Augen Leia an. »Ich habe auf dem Bootsdeck gesehen, wie da noch Wasser herauslief. Dein wilder Liebhaber hat versucht, das Boot von denen zu versenken. Also schönen Gruß ins Jenseits!«

73.

Zutritt nur für autorisierte Personen.

Leia pocht mit den Fingerknöcheln gegen die Tür. Wer klopft, dem wird aufgetan, da hat sie Erfahrung.

Schwer zu glauben, dass sie den Kapitän beim ersten Kennenlernen am Montagabend im Restaurant Bellissima für einen charmanten Gentleman gehalten hat. Den Blick, mit dem Fernando Russo sie nun misst, kann man nicht anders als arrogant nennen. Langsam hebt er seinen linken Unterarm, schiebt seinen Ärmel hoch und wirft einen Blick auf seine stählerne Armbanduhr.

»Hmm. Elf Uhr dreißig.«

»Komme ich ungelegen?«, sagt Leia. »Ich kann auch später wiederkommen.«

»Hmm«, wiederholt der Kapitän, er hat die Ironie schon verstanden. »Vielleicht erledigen wir die Sache gleich hier. In den Räumlichkeiten, die Sie bereits kennen.«

Die Kommandobrücke badet im vollen Tageslicht, das Meer glitzert fast überirdisch schön in allen vorstellbaren Blautönen. Im Gegenlicht erkennt sie auf dem Steuersessel die Silhouette eines Mannes. Nicht Antonio Massimo, natürlich, sondern der Erste Offizier, der nach ihm seine Schicht angetreten hat.

Als sie die Stelle passieren, an der die Polizisten am Morgen Antonios leblosen Körper abgelegt haben, konzentriert sich Leia auf ihre Schritte. Und da hat sie selbst gekauert, in Handschellen, auf die Knie gezwungen, am besten denkt sie auch daran nicht mehr zurück. Sie bleibt stark.

Diesmal erwartet sie auf dem Tisch der Sitzgruppe kein Champagner, sondern Papier und Stift.

Sie setzen sich. Leia schlägt ein Bein über das andere. Der Kapitän räuspert sich.

»Also dann.«

»Genau«, sagt Leia. Sie betrachtet den Vertrag und den Tintenfleck, den der Kugelschreiber darauf hinterlassen hat. Wenn man den Fleck vergrößern würde, könnte ein Psychologe damit Tests durchführen: Was sehen Sie hier? Einen Feigling, der seine Worte wieder zurücknimmt, wenn es hart auf hart kommt, oder einen Draufgänger, der sich kopfüber ins Unbekannte stürzt, ohne zu wissen, was ihn unten erwartet?

Tiefes Wasser und die Rettung – oder eine Untiefe, ein schroffes Riff und der sichere Tod.

Der Stift fühlt sich schwerer an als beim letzten Mal, als sie ihn in die Hand nimmt. Und glatter. Sie beißt die Zähne zusammen, sie setzt die Spitze auf dem Papier an und streicht den gesamten Vertrag von oben bis unten durch.

Kapitän Russo erhebt sich. »Ich bin enttäuscht, Madam. Wir sehen uns vor Gericht.«

Auch Leia steht auf.

»Richtig. Sie und Ihr Unternehmen werden sich für den Verstoß gegen die Seenotrettungskonvention verantworten müssen. Und gegen die Genfer Flüchtlingskonvention.«

Der Kapitän sieht aus, als würde er nicht verstehen, was er gerade gehört hat.

»Antonio Massimo hat die Wasserkanone eingesetzt«, sagt Leia.

Die Adern neben Fernando Russos silbrigen Koteletten schwellen an. »Die Wasserkanone wird nur eingesetzt, wenn sich Boote in krimineller Absicht nähern.«

»Ich habe drei Zeugen. Timo Ratanen, Amira und Dr. Schneider, ihre Bordärztin. Ihrer Meinung nach wurden die Verletzungen des Mädchens ganz eindeutig von der Wasserkanone verursacht. Außerdem werde ich als Beweise die Aufnahmen der Überwachungskameras auf dem Bootsdeck heranziehen – und die Gespräche, die heute Morgen zwischen den Bordpolizisten und der Brücke geführt wurden. Und zwischen der Brücke und dem Maschinenraum. Das ist doch sicher alles gespeichert. In der Black Box. Zwecklos zu behaupten, dass das nicht stimmt. Ich habe dazu meinen Freund Timo Ratanen konsultiert, dem Sie unter anderem die Behinderung der Rettungsmaßnahmen vorwerfen. Obwohl er derjenige war, der dafür gesorgt hat, dass die Rettung überhaupt erst eingeleitet wurde. Er ist Informatiker, er kennt sich mit diesen Sachen aus. Das ist alles gespeichert, alles, und wenn es drauf ankommt, sucht er das belastende Material noch selber heraus. Nichts wird verborgen bleiben. Unprofessionelles und unethisches Verhalten auf der Kommandobrücke. Herauszögern der Rettungsmaßnahmen.«

Wenn Blicke töten könnten, würde ich auf der Stelle zusammenbrechen, denkt Leia. Dass sie noch auf ihren Beinen steht, dass sie atmet und spricht, erfüllt sie mit großer Freude.

»Ich darf Sie daran erinnern, Madam: Wenn Sie uns auf die harte Tour kommen wollen, dann sind wir auch darauf vorbereitet.«

»Und das heißt?«

»Wie gesagt, auch wir haben Beweise. Deftige Beweise, wie Sie sicherlich noch wissen. Videos, Tonaufnahmen, genau, wie Sie gesagt haben. Sind Sie sicher, dass wir diese öffentlich machen sollten? Letzte Nacht sind Sie hier unbefugt eingedrungen und haben unseren Offizier von seinen Aufgaben abgelenkt. Sie haben die fünftausend Passagiere an Bord in Gefahr gebracht.«

»Wissen Sie was, Kapitän Russo?«, sagt Leia. Ihre Stimme zittert, aber das macht nichts. »Sie sind der Kapitän dieses Schiffes. Ich bin bloß eine Passagierin. Sie haben die volle juristische Verantwortung für das, was auf der Brücke passiert. Welche, ähm, Freiheiten Sie den wachhabenden Offizieren zugestehen.«

»Da gibt es keine Freiheiten«, poltert Fernando Russo. »Antonio Massimo hat eigenmächtig gehandelt. So etwas ist unter meinem Kommando noch nie vorgekommen.«

»Dann steht das Schiff nicht unter Ihrem Kommando.«

Die Stille, die auf diesen Satz folgt, ist eisig. Leia holt Luft.

»Antonio Massimo hat genau hier letzte Nacht zu mir gesagt, dass weiblicher Besuch auf der Kommandobrücke allgemeine Praxis ist. Dass die Offiziere sich untereinander absprechen. Und dass Sie Ihre stillschweigende Zustimmung dazu gegeben haben. Auch das ist bestimmt in der Black Box gespeichert. Genauso wie das Gespräch, das wir gerade führen. Wie Sie versuchen, mir zu drohen und mich zu erpressen, damit ich schweige und keine juristischen Schritte einleite.«

Der Kapitän schaut zu seinem Offizier hinüber. Als Leia seinem Blick folgt, sieht sie, wie der Offizier sich schnell wieder seinen Navigationsinstrumenten zuwendet.

»Antonio Massimo hat sich regelwidrig verhalten«, sagt Fernando Russo. »Wenn er noch unter uns wäre, würde ich ihn sofort von seinen Aufgaben freistellen.«

»Gut zu wissen«, sagt Leia. »Wenn ich hier an Bord wäre, wie ich es ja bin, und vor allem als Frau, die ich ja bin, wäre ich sehr, sehr, *sehr* besorgt darüber, wie Sie hier mit Frauen umgehen, auf die Ihre Offiziere ein Auge geworfen haben. Erst werden sie sexuell missbraucht, und anschließend droht man ihnen dann mit juristischen Schritten und der Veröffentlichung von heimlich aufgenommenem Videomaterial. Und noch besorgter wäre ich darüber, dass diese Praxis sich über Jahre hinziehen kann, mit dem stillschweigenden Segen des Kapitäns oder aber hinter seinem Rücken, wenn es doch, wie Sie sagen, die Sicherheit des gesamten Schiffes bedroht. Und das stimmt ja auch. Ihr Offizier wurde immerhin ermordet!«

Der Kapitän versucht, etwas zu sagen, aber Leia erhebt noch einmal die Stimme.

»Die *Costa Concordia*. Daran können wir uns doch beide gut erinnern. Das Kreuzfahrtschiff, das auf Grund lief, gar nicht weit von hier. Und warum? Weil der Kapitän sich nicht auf die Sicherheit des Schiffes konzentriert hat, sondern auf etwas ganz anderes. Er hatte eine weibliche Besucherin. Und wie viele Menschen sind deswegen umgekommen? Über dreißig! Der Kapitän der *Concordia* musste für sechzehn Jahre ins Gefängnis und wurde zum meistgehassten Mann Italiens. Heute Morgen gab es hier auf Ihrer *Siren* ein Problem im Maschinenraum, und der Offizier konnte nicht darauf reagieren, weil er schon zum zweiten Mal in einer Nacht Damenbesuch auf der Brücke hatte. Hier liegt doch ganz klar ein Sicherheitsrisiko vor – so sehe ich das, und so sehen es bestimmt auch die anderen fünftausend Passagiere, wenn sie davon hören. Dann veröffentlichen Sie doch ihre schmutzigen Videos, wenn Sie wollen! Dann können alle es erfahren, auch die vielen Tausend Urlauber, die auf den anderen *Mediterranean*-Schiffen unterwegs sind oder die eine Reise mit Ihrer Reederei planen, diese Zehn-, diese Hunderttausend Passagiere. Sie interessieren sich bestimmt für die Sicherheit auf den Schiffen. Für die seltsamen Stromausfälle, die nicht erklärt werden. Für die Metalldetektoren, die reiner Fake sind, und für die Sicherheitsleute, die nichts anderes tun, als miteinander zu quatschen. Und für die seltsamen Probleme im Maschinenraum – und hier desinfiziert sich auch niemand die Hände, bevor er ins Restaurant geht, vermutlich noch nicht einmal die Servicekräfte.«

Hier kann man ja richtig in Fahrt kommen! Leia holt tief Luft. »Außerdem behandeln Sie Ihre Angestellten wie Sklaven.«

»Sklaven«, entfährt es dem Kapitän. »Wo haben Sie das nun wieder her?«

»Das habe ich aus sicherer Quelle erfahren. Mehr kann ich Ihnen nicht sagen. Das ist vertraulich.«

Angriff ist die beste Verteidigung, denkt Leia.

»Und dann noch die Wasserkanone. Wenn Ihre Reederei irgendwelche inoffiziellen Regeln für den Einsatz der Kanone gegen Flüchtlingsboote –«

»So etwas gibt es nicht. Antonio Massimo hat es eigenmächtig getan. Seine Einschätzung war uneindeutig, er hat unüberlegt und in vielerlei Hinsicht unangemessen – und letztlich falsch – gehandelt.«

Fernando Russo schnauft wie ein wilder Stier. Das Pochen seiner Stirnadern verheißt nichts Gutes. Er nimmt den Vertrag vom Tisch und zerreißt ihn.

»Dann machen wir es so, Madam. Wir vergessen, was passiert ist. Sie bekommen in jedem Fall wie besprochen das Kabinen-Upgrade, Champagner und –«

»Sie glauben wohl, Sie können hier alle Leute mit Champagner mundtot machen.«

»Was möchten Sie denn stattdessen?«, krächzt der Kapitän. »Sagen Sie es mir, Madam.«

»Ich will, dass das gerettete Mädchen hier gut umsorgt wird. Und dass Sie versuchen, das Boot zu finden, auf dem sie war. Und wenn ihre Eltern, wenn sie noch leben …«

Leia stockt, bevor ihr die Stimme bricht.

»Suchen Sie sie.«

74.

Sie steht an der Tür und zittert wie Gelee auf einem Dessertteller. Timo springt vom Stuhl auf, wo er Amira Gesellschaft geleistet hat.

»Wie lief's?«

Blöde Eröffnung, aber was anderes fällt ihm auf die Schnelle nicht ein. Marjukka hat ihm immer vorgeworfen, dass er weder Takt noch Feingefühl besitzt, von anderen Defiziten gar nicht zu reden, aber was soll man machen? Ihm wurden diese Eigenschaften eben nicht in die Wiege gelegt, und sie haben sich auch später nicht herausgebildet.

Leia stört sich nicht an der Wortwahl, sie bibbert nur vor sich hin.

»So schlimm?«, fragt Timo, und da kommt Leia mit ausgebreiteten Armen auf ihn zugewankt, und bevor er reagieren kann, stürzt sie in seine Arme. Sie drückt ihn, als gälte es ihr Leben, Brüste, Bauch, Arme und die Halsbeuge, Wärme, Nähe, *Düfte*, irgendwelche verrückten Leia-Endorphine, hier kommt er nicht lebend raus.

Er merkt plötzlich, dass er wie ein Holzpflock dasteht. Seine Hand, die nun ihren Rücken tätschelt, ist plump und ungeschickt, zu kameradschaftlich, er bemerkt seinen Fehler, aber er kann ihn nicht mehr gutmachen, denn Leia löst sich von ihm und wendet sich zu Amira, sie hockt sich neben das Bett und nimmt die Hände des Mädchens in ihre eigenen.

»Amira. *Listen. They help us*. Die Polizei hilft. Die Polizei sucht das Boot und versucht, deine Eltern zu retten.«

Er ist beeindruckt. Er hätte geradezu Lust auf eine La-Ola-Welle. Er dachte, er sei der Held der Geschichte, aber er gönnt Leia diese Ehre gerne, als er hört, wie sie vom Krieg der Worte erzählt, der auf der Brücke stattfand, während er gedöst hat.

»Respekt«, sagt er. »Und das meine ich auch so.«

Leias Blick ist die schönste Belohnung.

»Ich hätte ja zu gerne mitgekriegt, wie der Käpt'n den Vertrag zerrissen hat«, fährt Timo fort. »Als Fliege an der Decke. Oder als Linse in der Kamera.«

Das war jetzt wieder keine so gute Formulierung. Leia dreht den Kopf weg, sie ist von der Vorstellung eindeutig nicht begeistert.

Muss mir die Dateien mal anschauen, beschließt Timo. Eine Privatvorführung sollte ja wohl drin sein.

Leia hat sich in einem irren Nervenkrieg nicht unterkriegen lassen und konnte alles loswerden, was sie zu sagen hatte. Und es hat funktioniert. Der Offizier hatte von einem nicht identifizierten Boot gesprochen, das nach den morgendlichen Geschehnissen immer wieder mal am Rand des Radars aufgetaucht war, als hätte es sich absichtlich immer in der gleichen Entfernung von der *Siren* halten wollen. Seine letzten Koordinaten hat man den Behörden mitgeteilt. Außerdem hat der Kapitän der Polizei, der Küstenwache und anderen Schiffen in der Nähe Bescheid gesagt.

»Man kann nur warten und das Beste hoffen«, sagt Leia.

Amira schaut Leia aus großen, dunklen Augen an. Sie hat sicherlich kaum die Hälfte von dem verstanden, was Leia berichtet hat. Aber das Wichtigste schon. Es gibt Hoffnung.

»Thank you«, flüstert sie.

Und dann zu Timo gewandt: *»Thank you.«*

Aus den Augen von Amira und Leia schießt das Wasser nur so hervor. Na, und auch er vergießt die ein oder andere Träne.

Da tippt ihm der Pfleger auf die Schulter.

»Zeit, ins eigene Bett zurückzugehen.«

»Ich bin nicht müde«, sagt Timo. Aber dann versteht er doch, immerhin. Amira gähnt mit weit offenem Mund, sie kann die Augen kaum offen halten.

Timo dreht sich zu Leia um. Sie schaut zwischen Amira und dem Stuhl neben dem Bett hin und her. »Sollte ich vielleicht …?«

»Alle müssen sich jetzt ausruhen«, ordnet der Pfleger an. »Ich versichere Ihnen, das Mädchen wird jetzt mehrere Stunden schlafen. Wir melden uns, wenn sie aufwacht. Und wenn wir etwas hören.«

»Danke«, sagt Leia, aber sie knabbert besorgt an ihrer Unterlippe.

»Kannst du zurück in deine Kabine?«, kommt es Timo in den Sinn.

»Ja. Ich habe eine neue Bordkarte. Man hat mir zwar versichert, dass sie die alte sperren, aber … hm. Marina kennt meine Kabine. Auch wenn sie gar nicht reinkäme, also … Ach, ich weiß auch nicht.«

Timo steckt die Hand in die Tasche des Bademantels, nimmt seine Karte heraus und gibt sie Leia.

»9131«, sagt er. »Geh schon mal. Ich ziehe mich schnell um und komme dann nach. Leg nicht den Riegel vor und schlaf nicht ein, bevor ich da bin.«

»Danke«, sagt Leia. »Du bist lieb.«

»Das ist aber gar nicht das, wonach mir der Sinn steht.«

Es scheint, als würde Leia ein Lächeln unterdrücken. Hat er es jetzt doch übertrieben?

»Ich warte hier auf dich«, sagt sie. »Wir gehen zusammen. Falls Dr. Schneider so nett ist, dich gehen zu lassen.«

Na, dann hat er es wohl wirklich übertrieben.

75.

Einen Moment lang fürchtet sie, Frodo wolle sie küssen. Gut, dass er nicht auf die Knie fällt. Er hat wohl schon Angst gehabt, er hätte sie verloren, als sie gestern weinend und fluchend mit dem stinkenden Mülleimer unter dem Arm zur Tür gestürzt ist.

Viivi geht wortlos an ihm vorbei direkt zum Pausenraum und zieht die Tür hinter sich zu. Ein Schloss gibt es nicht. Sie hebt einige Kartons an, bis sie einen findet, der schwer genug ist, und schleppt ihn vor die Tür. Wenn es wenigstens Vorhänge gäbe. In dem Glaskasten sitzt sie wie ein Tier im Terrarium.

Frodo scheint am Eingang an etwas herumzuwerkeln, er kriecht zwischen den Servern herum. Hoffentlich jagt er keine Mäuse. Oder Ratten. Letztes Frühjahr hatte eine den Weg in die Halle gefunden, hatte an einem Kabel genagt und war umgekippt. Sie stank schon, als Viivi sie fand. Und wimmelte von … irgendwelchen kleinen Dingern.

»Bleib schön da«, sagt Viivi.

Wie sich herausstellt, liegt der Anschluss hinter dem Sofa. Daran schließt sie ihren eigenen Laptop an, quetscht sich in die Sofaecke und schaltet den Rechner ein.

Sie hat einen Plan. Er ist nicht schön. Nicht lieb. Nicht legal. Aber berechtigt.

Sie hat es verdient.

Sie wird um nichts mehr bitten. Sie nimmt sich das, was sie braucht. Sie hebt den Betrag von glatten 30 000 Dollar, den die amerikanische Eliteuniversität als Einschreibegebühr von ihr haben möchte, einfach von Timo Ratanens Konto ab.

76.

Sie müsste nachdenken, aber ihr Kopf ist wie vernebelt. Sie müsste essen, aber in Peetrus' Kabine gibt es nur Salzcracker mit Bacon. Sie müsste sich ausruhen, aber in ihrem Kopf läuft ununterbrochen das gleiche Band. Das Paket ist abgeschickt. Was soll das bloß heißen?

Wollen die sie verarschen? Aber warum?

Warum hängen die immer noch in der Nähe herum, wenn es nicht darum geht, sie zu retten? Die wollen, dass sie deren Sache zu Ende bringt.

Sie will nur ihre Prämie. Und dann hier weg.

Sie ist übermüdet, hungrig, nervös. Vor allem aber wütend. Alles ist verdammt noch mal falsch gelaufen, schönen Dank auch, Leia Laine. Deinetwegen ist mir ein Riesenjackpot durch die Lappen gegangen, dagegen sind die paar armseligen Pfennige von dieser Häkkilä mit dem Stock im Arsch doch bloß Peanuts.

Annastiinas Geschreibsel ist sicherlich schon auf der Parteihomepage gelandet und kurz davor, es in die Boulevardzeitungen zu schaffen. Igitt, die Toleranzlerschlampe lebt nicht nach Lehrbuch, verachtet die Toleranzlerschlampe! Annastiina Häkkilä war nicht amüsiert, dass ihr Gatte die Kabinette der Macht so schnell hinter sich lassen und nach Hause zurückkehren musste, zumal in diesem Tohuwabohu nicht nur sein Job, sondern auch ihr eigener Ruf und vor allem die Spar- und Anlagekonten den Bach hinuntergingen. Irgendwie, davon war Annastiina überzeugt, lag die Schuld dafür bei Leia Laine. Die frühere

Sex-Leia, die in ungefähr einer Nacht auch zur daherlabernden Fürsprecherin von papierlosen Flüchtlingen geworden war. So einen saftigen Sündenbock konnte man sich nicht entgehen lassen. Kommt her zu mir, sagt die blauäugige Leia, ihr Terroristen dieser Welt.

Nur das Sahnehäubchen wird für immer fehlen: die Bilder, die zeigen, wie die Flüchtlingsfreundin Leia Laine auf eine von ihr angelockte Räuberbande trifft.

Explosivere Bilder, als Annastiina sie sich jemals hätte träumen lassen.

Wenn der Plan wie erhofft aufgegangen wäre, wenn es einen ordentlichen Knall gegeben hätte – Kawumm –, dann hätte sie die Möglichkeit gehabt, von der besser zahlenden Seite sogar noch ein bisschen mehr zu fordern. Es wäre immerhin ein Rekord gewesen: der größte Anschlag, der schönste und der schrecklichste. Der internationalste, der zerstörerischste.

Mit dem Auto auf einem Platz oder einer Strandpromenade in eine Menschenmenge rasen, mit dem Messer herumwedeln, zehn Tote oder vielleicht fünfzig – olle Kamellen. Beim ersten Anschlag erfahren die Leute noch den Namen des Attentäters. Bei den späteren Anschlägen wird der gar nicht mehr genannt. In irgendeiner U-Bahn explodiert ein Rucksack, eine Schießerei auf einem Flughafen? Das ist was für Amateure. Für künftige Märtyrer.

Sie, sie will nicht zur Märtyrerin werden. Sie nimmt das Geld und haut ab. So hatte sie es jedenfalls geplant. Aber das Boot ist abgedampft, ohne dass sie mitfahren konnte, fliehen konnte. Dank Leia und Antonio.

Sie ist nicht die idealistische Weltverbesserin, für die Leia sie hielt. Und sie ist auch nicht die glutäugige Fremdenhasserin, die das Pärchen aus Kuopio in ihr sah. Es zieht sie nirgends hin. Sie ist offen für alles. Sie ist ein Mensch der Vernunft. Eine reine Pragmatikerin. Wenn jemand in ihrer Umgebung was von Menschenrechten und Arbeitsbedingungen und Gleichberechtigung faselt und ein bisschen Hilfe braucht, um auf die Barrikaden zu gehen – warum nicht? Und wenn jemand mit Schaum vor dem Mund gegen Flüchtlinge oder andere Menschen falscher Hautfarbe hetzt und bereit ist, Marinas Aktionen aus der Sozialhilfe von Leuten zu finanzieren, die nichts Besseres vorhaben, als mit Molotowcocktails auf Asylbewerberheime zu werfen oder sich Flaggen über den Kopf zu ziehen – auch damit hat sie kein Problem. Nützliche Idioten werden immer gebraucht.

Das Funkgerät erwacht zum Leben, und die Stimme des Mannes dröhnt durch Peetrus' Kabine.

»Verdammte Schlampe, Verräterin! Hast du die etwa hergeschickt?«

Marina erstarrt.

»Antworte, du Schlampe. Sie sind schon auf Schussentfernung. Hast du das Päckchen geöffnet oder nicht?«

»Welches Päckchen?«, zischt Marina.

»Scheiße noch mal! Wenn du mich verarschst, ziehe ich dir die Haut eigenhändig …«

»Welches verdammte Päckchen?«

»Der Anhänger«, tönt es aus dem Funkgerät. »Das Medaillon, du dummes Weibsstück! Das Mädchen gibt – Sonnenblume – wasserfest eingepackt – aufmachen! Da ist deine Prämie drin.«

Dann ertönt nur noch ein Dröhnen, Schreie, und die Verbindung bricht ab.

77.

Helle Haarsträhnen schlängeln sich über Leias Gesicht und ergießen sich aufs Kissen. Die aufmüpfigste versucht, in ihren Mund zu gelangen, sie bewegt sich im Luftstrom, der von ihren Lippen fließt. Leia. Hier. So nah, dass er ihre Atemluft auf seinem Gesicht spüren kann, dass sie sich mit seiner vermischt. Die Luft, der Leias Lunge ihre Audienz gewährt hat, die mit einem Atemzug alle ihre Bläschen und Kanäle bis in den letzten Winkel ausgefüllt hat, kehrt nun von ihrer Reise zurück. Er saugt sie gierig ein, er kann gar nicht genug davon kriegen, er ist betrunken vom Kohlendioxid, das Leia ihm gewährt und das er schnüffelt wie ein Süchtiger.

Als sie hereinkamen und vollbekleidet ins Bett fielen, ohne viele Worte zu machen, war der Tag noch frisch. Sie nicht.

Alles fordert seinen Tribut.

Er hat verfolgt, wie der Abend sich gesenkt und das Licht sich zurückgezogen hat. Er ist eingenickt, wieder aufgewacht, hat über die Frau gestaunt, wie tief sie schläft. Leia! Er brennt vor Verlangen, laut ihren Namen zu rufen, nur um der Freude willen, zu sehen, wie ihre Augen sich einen Spalt öffnen, ihre Pupillen sich auf ihn fokussieren. Leia …

»Hello, sir.«

Er erschrickt dermaßen, dass er fast in die Hose macht.

Ein paar Meter vom runden Bett entfernt steht Maimai in ihrem Cheerleader-Kleidchen. Ihr Blick gleitet von ihm zu Leia und von Leia zu ihm, der Mund ein kleines bisschen schräg.

Wie lange steht sie da schon? Timo setzt sich umständlich auf.

»Wir brauchen nichts«, zischt er und zeigt auf die Tür. »Du kannst gehen.«

Maimais Mund wird noch etwas schräger.

»Doktor hat eine Nachricht. Sofort ins Hospital kommen.«

»Mir geht es wieder gut.«

»Zum Hospital kommen, beide.«

»Ist das Mädchen aufgewacht?«, ertönt es neben ihm. Auch Leia ist jetzt wach. Sie scheint sofort begriffen zu haben, was sein eigenes, vom Glück vernebeltes Gehirn sich geweigert hat zu verarbeiten.

»Ich habe Nachricht gegeben. Mehr weiß ich nicht. Geh dahin«, sagt Maimai.

Sie streckt ihren Finger aus und zeigt auf Timo.

»Husch, husch!«

Amira sitzt im Bademantel im Bett, ihr Haar hat sie unter einem rosafarbenen Tuch verborgen. Sie hängt nicht mehr am Sauerstoff, aber der Infusionsständer steht einsatzbereit neben ihr. Die Kanüle steckt noch immer in ihrer schmalen Hand, doch der Schlauch wurde entfernt.

Marta Schneider tritt ans Bett und legt dem Mädchen aufmunternd die Hand auf die Schulter.

»Erzähl du es.«

Amira senkt den Blick. Ihre Stimme ist kaum mehr als ein Flüstern, ihre Augenlider flattern.

»Das Boot ist gefunden. Mutter und Vater gefunden.«

Timo und Leia wenden sich zur Ärztin.

»Der Mutter geht es gut«, ergänzt Marta Schneider. »Der Vater hat einiges mitgemacht, er ist im Krankenhaus. Aber es geht ihm bald besser.«

Leia breitet die Arme aus und drückt Amira, weinend und lachend zugleich. Timos Verstand braucht eine Nanosekunde länger, um zu begreifen.

»*Yes!*«, brüllt er und streckt die Faust in die Luft. »*Yes, yes, yes!*«

»Etwas leiser bitte«, sagt die Ärztin, aber auch sie hat ein Lächeln auf den Lippen.

Leia setzt sich neben Amira aufs Bett und greift nach deren Händen. Dann wendet sie sich an die Ärztin. »Und nun, wie geht es weiter? Wo sind sie? Wann kann Amira zu ihnen?«

»Sie sind in Cagliari auf Sardinien. Amira wiederum wird morgen in Palma de Mallorca an Land gehen. Dort wird eine Kontaktperson vom Festland sie in Empfang nehmen. Sie wird sich um sie kümmern und prüfen, ob die Familie später zusammengeführt werden kann.«

Leias Lächeln erstirbt.

»Später? Was heißt das?«

»Amiras Eltern wurden die Pässe abgenommen, so wie allen anderen in dem Boot auch. Diese praktischen Dinge brauchen ihre Zeit. Das Feststellen und Überprüfen der Identität und sonstige Bürokratie.«

»Ich dachte … Ich hatte gehofft, dass Amira ihre Eltern schon morgen auf Mallorca wiedersehen kann.«

»Das ist leider unmöglich. Der Asylantrag wird in dem EU-Land gestellt, in dem die Flüchtlinge ankommen. Bei Amiras Eltern ist das Italien, und bei ihr ist es Spanien.«

»Und wie lange wird es dann dauern, bis Amira und ihre Eltern sich wiedersehen?«

»Bestimmt mehrere Wochen. Wenn nicht gar Monate. Die Migrationsbehörden in Italien sind überlastet, die Erstaufnahmelager platzen aus allen Nähten. Wenn Amira und ihre Eltern ihre jeweilige Aufenthaltserlaubnis erhalten, wird geprüft, ob eine Verlegung infrage kommt. Und dann ist da noch die Finanzierung. Viel hängt davon ab, ob sie noch Ersparnisse oder Vermögen in ihrem Heimatland haben. Oder ob Verwandte ihnen helfen können.«

»Ja, natürlich«, sagt Leia leise. »Und ich habe einen Moment lang gedacht, dass wir helfen konnten.«

Die Ärztin tätschelt ihr die Schulter. »Sie haben viel getan. Alles, was in Ihrer Macht stand. Wie es weitergeht, bestimmen die Gesetze und die lokale Praxis. Sobald Amira spanischen Boden betritt, gelten für sie die spanischen Einwanderungsgesetze und die entsprechenden Verfahrensweisen.«

Timo hat versucht, ruhig zu bleiben, doch er kann sich nicht mehr zurückhalten.

»Was ist denn so schwierig?«, sagt er zu Marta Schneider. »Sie behalten das Mädchen einfach hier. Dann geht es los zur neuen Etappe, und sie wird einfach an Land geschickt, sobald die *Siren* wieder in Italien anlegt.«

»Leider ist das nicht möglich. Die Betten werden für andere Patienten gebraucht.«

»Das ist doch ein Vorwand. Wir haben hier ein ganzes Schiff voller Betten. Das Mädchen kriegt ein Ticket nach Italien, Savona oder Neapel. Wenn es am Geld hängt, die Rechnung bitte an mich.«

»Ein sehr freundlicher Gedanke, aber …«

Marta Schneider zieht sie in eine Ecke des Zimmers und senkt die Stimme. »Jetzt, wo es ihr besser geht, will Kapitän Russo sie so bald wie möglich von Bord haben.«

»Klar«, sagt Timo.

»Kann man darüber nicht verhandeln?«, fragt Leia.

»Nein.«

»Das heißt, wenn Amira morgen auf Mallorca an Land geht, gerät sie in die Mühlen der Behördenmaschinerie und wir können nichts mehr tun.«

»Ja, leider.«

Leias Gesichtsausdruck presst Timo das Herz zusammen.

»Und wenn … sie nicht an Land geht?«, sagt er langsam. Alle anwesenden Frauen spitzen die Ohren und wenden sich ihm zu.

»Und wenn sie nicht an Land geht?«, sagt er noch einmal, diesmal lauter und selbst noch überzeugter von dem Plan, der jetzt in seinem Kopf rasch Gestalt annimmt. »Sondern einfach daran vorbeifliegt? Genau da hin, wo sie hinmuss? Zu Mama und Papa?«

78.

Die Toleranzlerschlampe hätschelt Illegale.

Das Hurenbusiness läuft weiter. Soll sie doch nen Mokkapimmel querfressen, dann wäre ihr endlich das Maul gestopft.

leia laine hat früher auch schon mal schwarzes lakritz probiert. ihr nachwuchs hat einen genetischen farbfehler.

Leialaine kann auf eigene Kosten so viele Vergewaltigerdschihadistenflüchtlinge bei sich unterbringen wie sie will.

Den ganzen Abend hat sie den Zugang zu Timo Ratanens Allerheiligstem gesucht, den ganzen Abend! Aber sie kann den Tresor einfach nicht finden. Entweder hat er ihr nicht alles gezeigt – gut möglich –, oder er ist einfach zu professionell, wenn es ums Verbergen seiner Daten geht. Nicht mal das Flugticket kann sie finden oder einen Beleg für die Reisebuchung, obwohl es mehr als klar ist, dass das alles irgendwo herumliegen muss.

Stattdessen kommt ihr allenthalben so was entgegen. Vor allem in der Rubrik »Aktuelles« auf der Seite von *Finnland den Finnen*. Sie kann überhaupt nicht begreifen, warum schon wieder so viel von diesem Scheiß hier auftaucht. Es scheint, als würden für eine gelöschte Meldung gleich wieder zwei neue erscheinen. Ob da draußen irgendjemand einen automatischen Dreckgenerator hat, der aus ein und denselben Elementen stets neue Meldungen zusammenstellt? Soll ich gleich die ganze Homepage hochnehmen?, fragt Viivi sich. Andererseits ist das viel Arbeit, und beim letzten Mal ist die Seite innerhalb weniger Stunden von denen wieder hochgefahren geworden. Sie lernen allmählich dazu.

Timo, denkt Viivi. Steckt er etwa dahinter? Inzwischen kann sie sich bei dem Typen so einiges vorstellen.

Wie kann er nur so herzlos sein.

Als sie sich zum ersten Mal sahen, erzählte er, wie er ihre Mutter im Fernsehen von dem Hilfsangebot für Bordellbesucher hatte sprechen hören und sofort wusste, dass dies einen Shitstorm auslösen würde. Und so kam es dann ja auch. Er hat ihrer Mutter aus reiner Gutherzigkeit geholfen und ihr am Ende sogar praktisch das Leben gerettet.

Sie hat das geglaubt. Hat ihn für einen Freund gehalten. Oder wenigstens für loyal. Klar, sie fand ihn von Anfang an auch seltsam und manchmal sogar richtig creepy, aber sie konnte sich bisher nicht vorstellen, dass er boshaft ist.

Sie weint gleich. Nein, sie schreit.

Sie versucht noch einmal anzurufen. Zuerst ihre Mutter, dann Timo. Keines der beiden Telefone klingelt.

Sie muss etwas tun, sonst wird sie noch verrückt!

Sie nimmt sich wieder die Frau mit den gelben Zähnen vor: Die oberen Schneidezähne werden länger und länger, bis sie etwa auf die Hälfte des Kinns reichen. Bei einer Minute und siebzehn Sekunden lässt sie Blut heraustropfen, tropf, tropf. Das Blut wird immer mehr, es sammelt sich am unteren Bildrand, steigt an wie im Aquarium und ertränkt am Ende den sprechenden Kopf ganz und gar. Der letzte Schliff: ein paar Luftblasen, die aus dem Blutsee aufsteigen, als Annastiina endlich den Mund hält, und dann zerplatzen, plopp! Das Endergebnis ist so eindrucksvoll, dass sie selbst einen Moment innehält, um es zu bewundern. Episch. Wo sie schon mal dabei ist, verbreitet sie es gleich weiter, über Annastiinas Konten bei Twitter, Instagram und Facebook an alle ihre Freunde und Follower.

Aber.

Es gibt ein Video, gegen das Annastiina »Dracula« Häkkiläs Blutorgie nichts als Bastelei ist. Eine Aufnahme vom vorvorigen Herbst. Da benimmt sich der damals frischgebackene Justizminister der Partei *Heimatland*, Tarmo Häkkilä, dermaßen daneben, dass nicht einmal Annastiinas Unterstützer das ohne Weiteres schlucken würden.

Gerade sie nicht.

Jedes Mal, wenn Annastiina sich öffentlich äußert, lobt sie ihren klugen, ach so geliebten, treuen Tarmo in den Himmel und reitet auf den gesunden, traditionellen Familienwerten herum, die der Bibel und dem persönlichen Glauben verpflichtet sind. Den Werten, die die fremden Eindringlinge mit ihrem falschen Glauben und ihrer Vielweiberei und allen anderen verdächtigen Gebräuchen am liebsten in den Müll werfen würden. In dem heimlich gefilmten Video nähert sich der treue und geliebte Tarmo allerdings – ach was, er begeht eine sexuelle Belästigung gegenüber einer jungen Frau, die aus der Sicht seiner Partei die falsche Hautfarbe hat. Und dazu noch minderjährig ist.

Sie war damals erst sechzehn.

Für das, was sie jetzt im Sinn hat, gibt es ein Wort. Ein hässliches Wort. Erpressung. Doch sie schwankt. Will sie wirklich zu solch extremen Mitteln greifen? Oder deutlicher ausgedrückt: kriminellen?

Wechselt sie auf die dunkle Seite, wenn sie das tut? Und wenn ja, könnte sie jemals zurückkehren? Könnte sie je wieder mit sich ins Reine kommen? Würde sie wie Timo zu einem fragwürdigen Charakter werden?

Und wenn sie doch gezwungen ist, ihre Drohung wahrzumachen, und das Video ins Netz stellt, will sie dann öffentlich mit dem Rassistenpärchen Häkkilä in Verbindung gebracht werden?

Sie krempelt die Ärmel hoch und macht mit den Basics weiter, indem sie frühere Videos von Annastiina »Annu« Häkkilä heraussucht, von ihr verfasste Zeitungsartikel, Interviews in der

Helsingin Sanomat, in Lokalzeitungen und Frauenzeitschriften. Überall dasselbe: Ausländer raus.

Sie geht einen Schritt tiefer, zu Annastiinas persönlicher PR. Sie findet Instagram-Fotos, auf denen sie mit weit geöffnetem Mund an diversen Rednerpulten mit blau-weißem Blumenschmuck ihr Programm zum Besten gibt. Oder sie posiert mit glatzköpfigen Jungs oder aber Mädels mit Zöpfen, die man in Rüschenkleidchen gesteckt hat.

Tarmo Häkkilä taucht auf den Bildern nicht auf. Das letzte gemeinsame Foto des Paares ist schon einige Jahre alt und zeigt sie bei einem Empfang im Präsidentenpalast.

Facebook-Statusmeldungen. Immer dasselbe Zeug. Twitter-Meldungen. Nachrichtenthreads mit anderen *Finnland-den-Finnen*-Anhängern. WhatsApp-Gruppenunterhaltungen, SMS, E-Mails …

Im Augenwinkel blitzt etwas auf. Der Karton, der die Tür versperrt, bewegt sich, und der Lärm aus der Halle dringt in den Pausenraum.

»Hau ab!«, brüllt Viivi und springt auf, ihr Blick begegnet Frodos Blick, aus dem der Schreck jeden anderen Ausdruck getilgt hat. Die Tür schließt sich wieder, der Lärm zieht sich in die Halle zurück. Durchs Fenster beobachtet Viivi, wie er mit eingekniffenem Schwanz davonläuft.

79.

Die Nacht ist warm und schwarz, angenehmer als im Inneren des Schiffes mit seiner übertriebenen Klimatisierung. Die LEDs rund um den Whirlpool erinnern an eine Flughafenbefeuerung, an einen Helikopterlandeplatz, der losgelöst von allem anderen im Weltraum schwebt. Bis zur Reling sind es ungefähr sieben Schritte. Vom neunten Passagierdeck bis zur Wasseroberfläche sind es rund dreißig Meter, schätzt Timo.

Das Wasser wäre hart wie Beton.

Er dreht der Leere den Rücken zu, bevor er zu nervös wird, es ist schon ein gewaltiger Sieg des Geistes über den Körper, dass er jetzt überhaupt hier draußen ist. Aus seiner Schultertasche nimmt er seine Reiseausrüstung und verteilt die Geräte auf dem wackeligen kleinen Metalltisch, schaltet den Strom ein, richtet die Antennen aus. Funkel, funkel, kleiner Stern, sende, sende, Satellit. Finde den kleinen Sender, den Weg ins innere Netz des Schiffes.

Die Bordärztin hat sich nicht nur als hilfsbereit, sondern auch als verständnisvoll herausgestellt. Nachdem er ihr unter vier Augen seinen Plan erläutert hatte, zögerte die kluge und weitblickende Frau nur kurz.

»Die Patientendaten dürfen nicht manipuliert werden«, sagte Marta Schneider.

Er hat geschworen, dass das nicht geschehen würde. Marta streckte die Hand aus, nahm einen USB-Stick entgegen und versprach, ihn noch heute in ihren Computer zu stecken.

»Nur weil ich darauf vertraue, dass du weißt, was du tust.«

Timo setzt sich. Die Stuhlbeine sind extrem kurz, wie in der Touristenklasse des Lufthansafluges, mit dem er gekommen ist, kauert er da, die Knie an den Ohren. Er hatte nicht daran gedacht, Businessclass zu buchen. »Wiener Modell« nannte Marjukka so etwas Unbequemes, Affiges. Und kaufte gleich eine ganze Sitzgruppe für ihren gemeinsamen Balkon, aber zum Glück brauchte es nur zwei verregnete Sommer, und der Rost hatte die Sache erledigt.

Zur Hölle mit Marjukka. Es gibt jetzt eine andere Frau in seinem Leben, eine neuere, bessere; sie liegt dort hinter den roten Bordellvorhängen im Tiefschlaf.

Sie hat wirklich einen gesegneten Schlaf. Als er sie mit den Fingerspitzen ganz leicht an der Schulter berührte – Leia? –, murmelte sie nur etwas Undeutliches, drehte sich auf die Seite und sofort weiter auf den Bauch und wickelte sich in die Decke wie eine Schmetterlingspuppe.

Jawohl! Vielen Dank, Dr. Schneider. Auf dem Bildschirm ist die Information aufgetaucht, dass im bordeigenen Intranet ein neuer WLAN-Router zur Verfügung steht. Er heißt ihn herzlich willkommen. Alles hier gehört dir.

Es ist schon fast zu einfach.

Was für eine Spielwiese. Er könnte bei der Steuerung im Maschinenraum und auf der Brücke so Hand anlegen, dass die *Siren* nie den Weg nach Barcelona finden würde. Er könnte die Reservierungsliste des Bordfriseurs durcheinanderbringen und der Ungarin, die eine Dauerwelle gebucht hat, stattdessen eine Rasur und ein Kotelettenstyling verpassen. Er könnte die Patientendaten von den Großtuern auf der Kommandobrücke mit der einen oder anderen exotischen Krankheit aufhübschen, die eine besonders schlagkräftige Medikation verlangt – samt einer chemischen Kastration. Aber er hat ja versprochen, die Patientendaten in Ruhe zu lassen.

Und außerdem ist er nicht zum Spielen hier.

Statt der Passagierdaten der *Siren* öffnet sich auf dem Bildschirm nun die Ausbeute von Hunderten bordeigenen Überwachungskameras. Er denkt noch rechtzeitig daran, den Monitor so zu drehen, dass er von der Balkontür und dem Fenster aus nicht einsehbar ist.

Dann kann die private Filmvorführung beginnen.

80.

Sommerfrische in Kallavesi. Ein Facebook-Video vom Schäferhund. Fünfzehn Mails zu Terminproblemen irgendeiner Konferenz, nicht gerade ökonomisch. Eine SMS an den Vorsitzenden Pena: »Jemand hat wieder unsere Seite gehackt. Sag dem Admin, er soll wenigstens die Bilder wiederherstellen.«

Und dann: »Warum soll das nicht gehen?!!!«

Viivi grinst müde in sich hinein. Sollen sie es ruhig probieren.

Fast die ganze Nacht ist sie solche Sachen durchgegangen, aber sie hat nichts Besonderes gefunden. Bloß unbedeutende, dumme Statusmeldungen und SMS an die Kinder und den Ehemann, was zu Hause alles zu tun ist. So viel zu Annastiina Häkkiläs Leben und Wirken in den letzten Tagen. Schon oft wollte sie aufgeben, sich in der Sofaecke zusammenrollen und die Augen schließen.

Da fällt ihr eine SMS ins Auge, die Annastiina am Mittwochabend an eine unbekannte Handynummer geschickt hat und die Viivi sofort den Schlaf aus den Augen treibt.

»Mehr Bilder asap! Ethnisches Material besonders willkommen. Evtl noch mehr Flüchtlingszeug.«

Da ist sie, begreift Viivi. Die Verbindung zwischen Annastiina Häkkilä und Timo Ratanen. Verhandlungen über Fotos.

Ethnisches Material. Flüchtlingszeug. Was soll das bitte heißen? Sie kann sich nicht daran erinnern, dass sie auf den Fotos jemand *ethnischeren* gesehen hätte als den südeuropäisch anmutenden Typen, der dem Outfit nach zum Bordpersonal gehörte.

Die Bilder hat sie in einem sicheren Versteck gespeichert. Sie geht sie noch einmal einzeln durch, diesmal peinlich genau, alle achtundzwanzig. Von Flüchtlingen keine Spur. Auf den meisten Fotos ist nur ihre Mutter zu sehen, mal mit, mal ohne Ripsa, in ihren Augen liegt ein mehr oder weniger beschwipster Glanz.

Erst bei Bild Nummer siebenundzwanzig stutzt sie.

Da posiert ihre Mutter in einem schwarzen Kleid, das zu eng und definitiv zu kurz ist. Sie setzt sich übertrieben in Szene, und zwar nicht für den Fotografen, sondern für jemand anderen. Die knallrot geschminkten Lippen sind verführerisch geschürzt, sie hebt mit dem abgespreizten kleinen Finger ein Halstuch an. Und hinter ihrer Mutter sitzt ein Mann, dem garantiert nicht bewusst war, dass er mit auf dem Bild ist.

Hungrig ist noch untertrieben für die Art, wie dieser Mann ihre Mutter anstarrt. Dieser Mann mit dem dichten Bart, eindeutig *ethnisch*.

Timo.

81.

Als die Session vorbei ist, schimpft er innerlich auf sich selbst und auf die deutsche Ärztin, die ihm vertraut hat.

Leia auf der Brücke mit hochgeschobenem Kleid, unter der offenbar fingerfertigen Behandlung des dahingeschiedenen Antonio Massimo – wie sie es genießt. Genießt und stöhnt. Was er sah, erregte ihn und machte ihn gleichzeitig rasend vor Wut.

Noch einmal. Und noch einmal. Er hat es sich nicht leicht gemacht. Er hat im Speicher jeder einzelnen Kamera nach den neuneinhalb Minuten gesucht. Dieselbe Session aus drei verschiedenen Blickwinkeln. Zuerst ohne Ton, wie in einem grotesken Pornostreifen der Stummfilmzeit, dann als Tonfilm.

Einen finsteren Moment lang wollte er sich einfach nur rächen – an Leia. Der Offizier hatte seine Strafe schon bekommen. Doch im nächsten Augenblick kam er zur Vernunft.

Ein paar Befehle, und die Videos waren gelöscht. Und das würden sie auch bleiben. Für immer. Kapitän Fernando Russo samt seiner Polizeikräfte und den anderen Lakaien hätte nichts mehr, was er gegen Leia verwenden könnte.

Mission completed.

Timo schaltet die Monitore aus. Sein Körper läuft auf Hochtouren. Ebenso sein Kopf. Jetzt muss er wohl doch mal für ein paar Stunden in die Waagerechte, sonst kriegen seine Hardware und Software morgen den GBB, den Großen Bösen Bug.

Er steht auf und macht einen Schritt auf das Balkongeländer zu, dann noch einen. Als Schlafmittel ein paar Züge gesunde Seeluft, verordnet ihm der innere Arzt Ratanen.

Was sieht man? Im Dunkel sind Sterne aufgesteckt, der Mond ist auf der anderen Seite des Schiffes verschwunden. Am Horizont wird der Himmel schon blass.

Was hört man? Das Schiff brummt durch die Dunkelheit, weit unten das Rauschen des Wassers, irgendwo tief im Innern des Schiffes das Dröhnen der Maschinen, das Grollen der Schiffspropeller, das man eher fühlt als hört.

Wie geht's?, fragt der innere Arzt Ratanen – fängt der jetzt etwa an, ihn zu therapieren? Großer Fehler!

Er schwebt im Nichts. Am liebsten würde er laut brüllen.

»Im Weltraum hört dich niemand schreien.« Der Slogan für den ersten *Alien*-Film.

Er packt seine Sachen zusammen und flieht nach drinnen.

SAMSTAG
PALMA DE MALLORCA

82.

Es klopft ans Glas. Frodo linst herein, die Haare verwuschelt wie ein Troll, in der Hand einen Kaffeebecher. Ist es schon Morgen? Viivi läuft zur Tür, tritt den Karton beiseite, der die Tür blockiert, und zerrt Frodo nach drinnen.

»Guten Morgen! Was hat er gesagt, als er los ist? Warum wollte er auf diese Kreuzfahrt?«

Frodo schaut sie verwirrt an, stumm, als könne er nicht glauben, dass ihr breites Lächeln echt ist.

»Das hatte was mit meiner Mutter zu tun, oder?«

»Ähmmhmm …«

»Sag schon«, drängt Viivi. »Denk nach, was hat er genau gesagt?«

Das Bedürfnis, die Wahrheit zu hören, ist so stark, dass es im Bauch wehtut. Sie will eine Bestätigung für den Fund, der ihr den Glauben an die Menschheit wiedergegeben hat, oder wenigstens an einen Einzelnen: Timo hat die Fotos nicht gemacht. Er hat damit nichts zu tun.

Frodo windet sich, schaut zwischen ihr und der Kaffeemaschine hin und her, schwer zu sagen, welches Bedürfnis gerade stärker ist, das nach Koffein oder das nach ihrer Bestätigung.

»Bestimmt findet er das nicht gut, wenn … Oder du, ähmmmm …«

»Egal. Sag es mir. Es ist wichtig!«

»Ähmmhmm … ›Juhu, endlich auf Kreuzfahrt. In jedem Hafen ein Mann.‹ Da hat er sich wohl ein bisschen Sorgen gemacht.«

Frodo sieht aus, als wollte er im Boden versinken. Viivi lacht peinlich berührt auf, aber sie ahnt, was er sagen will. Ripsas Facebook-Postings, die sie auf das Profil ihrer Mutter verlinkt hat, sind natürlich nicht nur in Kuopio verfolgt worden. Als sie Frodo ganz fest drückt – toll zu hören! –, ist er so verwirrt, dass er auf dem Absatz kehrtmacht und aus dem Pausenraum läuft, ohne sich Kaffee gekocht zu haben.

Viivi lacht laut. Wie leicht sie sich fühlt. Timo ist doch nicht das verlogene Neonazi-Frauenhasser-Arschloch, für das sie ihn kurz gehalten hat. Mindestens genauso schlimm, wenn nicht noch schlimmer als Timos Doppelzüngigkeit wäre gewesen, wenn sie ihm so hundertprozentig auf den Leim gegangen wäre. Wenn Timo sie in diesen zweieinhalb, fast drei Jahren so perfekt getäuscht hätte, was seinen Charakter, seine Werte und seine Motivation angeht. Dass sie Verständnis hatte für sein Wesen, hat ihr doch gerade diesen Schritt ermöglicht – den Zugang in eine Welt, die bisher jenseits ihrer Vorstellungskraft lag.

4223 Bewerber aus vierundsiebzig Ländern. Und sie gehört zu den zwanzig Glücklichen, die von der amerikanischen Eliteuniversität MIT und der NASA für einen Sonderstudiengang ausgewählt wurden: einen internationalen Master in Weltraumpsychologie. In dem Glückwunschschreiben wurde sie vor allem für die gute Beobachtungsgabe und die Reife der Überlegungen gelobt, die sich in ihrem Essay spiegeln.

Sechstausend Wörter auf Englisch unter der Überschrift *Psychological coping in extreme long-term circumstances* – eine Betrachtung auf der Grundlage vorhandener wissenschaftlicher Daten, die zeigen, wie ein Raumfahrer auf einem neunmonatigen Flug zum Mars geistig gesund bleiben kann, trotz der Enge, des Lärms, der eingeschränkten sozialen Interaktion, trotz Stress und vor allem trotz der großen Unsicherheit über das, was ihm bevorsteht. Wie verhält sich der Kopf, wie der Körper, und wie ändern sich Motive, Emotionen, Abwehrmechanismen und die Kommunikation, wenn diese Art von Gefangenschaft voranschreitet und man keinen Zugang zu den großen und kleinen Freuden eines psychisch und physisch normalen Lebens hat?

Der Essay wurde so gut, weil sie sich nicht auf schriftliches Forschungsmaterial beschränken musste. Der größte Dank gebührt ihrem Versuchskaninchen, das nicht einmal etwas davon wusste. Sie beobachtete, notierte alles Interessante und analysierte.

Ihre Laborratte. Ihr Weltraumhund.

Die Russen hatten Laika. Sie hatte Land-o.

Viivi fegt zurück zu ihrem Computer. *Yes please and thank you!* Natürlich nehme ich den Studienplatz an, den ich mir mehr als alles andere gewünscht habe. Die Antwort geht genau *jetzt* raus. Danach fühlt sie sich gleichzeitig leicht und schwer.

Die Bestätigung ist verbindlich.

Die Finanzierung wird sich finden, beschließt Viivi. Auf die eine oder andere Art.

Die Nachricht »Mehr Bilder asap!« ist als SMS an ein Handy mit Prepaidkarte gegangen. Aber wem es gehört, ist nicht herauszukriegen.

Doch wer auch immer die Prepaidkarte besorgt hat, hat nicht alles zu Ende gedacht. Er oder sie hat von dem Telefon aus nicht nur Annastiina angerufen oder Nachrichten mit ihr ausgetauscht, sondern die Nummer auch an eine dritte Person geschickt.

Also eine neue Suche starten. Die Nummer findet sich, allerdings ist sie Anfang der Woche abgeschaltet worden. Davor hat jemand eifrig Nachrichten in viele Richtungen verschickt. In den SMS taucht immer wieder der Ausdruck *Snake Eye* auf – Schlangenauge.

Viivis Herz wummert. Fast vergisst sie, dass sie gar kein Verbrechen aufklären will, sondern kurz davor ist, selbst eins zu begehen.

Dann erscheint eine E-Mail-Adresse, deren Ländercode ihr nichts sagt: ly.

Libyen, stellt sich heraus. Es scheint sich um eine provisorische Mailadresse zu handeln, man weiß nicht, wem sie gehört, und sie ist kein einziges Mal in irgendeinem Nachrichtenaustausch benutzt worden.

Zumindest nicht, bevor Viivi ins Darknet eintaucht. Dort findet sich ein Nachrichtenthread, ohne dass sie groß suchen muss: Vor zwei Wochen hat Annastiinas Kontaktperson Nachrichten mit jemandem ausgetauscht.

Snake Eye?

Y

Pay ok.

Ok deal. When meet time, siren koordinates?

Thursday mrng. We give signal when closer. Package on board.

Y

Viivi lehnt sich zurück. Diese beiden haben in schlechtem Englisch eine Bezahlung und ein Signal festgelegt. Zu einem Treffen, Koordinaten – Sirene? Ist das vielleicht das Schiff, mit dem ihre Mutter und Ripsa unterwegs sind? *Mediterranean Siren* – die Mittelmeer-Sirene?

Muss sie sich Sorgen machen?

Snake Eye? Schlangenauge? Derselbe Nickname bietet seine Dienste in Human-Trafficking-Gruppen an, erläutert Preise und Zahlungsmodalitäten und auch zusätzliche Angebote wie Trinkwasser und Rettungswesten. Interessierten empfiehlt er, ihre Kontaktdaten zu senden und sich mit einem Mittelsmann in Verbindung zu setzen, der bei Bedarf einen schnellen Kredit vermittelt und später Ort und Datum der Abfahrt bekannt gibt.

Unter *Snake Eye* finden sich Dutzende Treffer in Foren für

Leute, die die Dienste der Schlepper bereits in Anspruch genommen haben und die Interessierten Tipps geben. Schlangenauge und seine Firma werden in den Himmel gelobt. Die Organisation war *super*, die Überfahrt *great*, die ganze Erfahrung *super great* und mehr als ihren Preis wert. Schlangenauge wird als Reiseleiter dargestellt, der alles daransetzt, sich individuell und immer freundlich um die Reisenden, ihre Bedürfnisse und ihr Wohlergehen zu kümmern. Die Leute behaupten sogar, dass sie ihn auch ihren Verwandten und Freunden empfehlen würden.

Das kann nicht echt sein, denkt Viivi.

Und ist es auch nicht. Die Lobeshymnen und die bekräftigenden Antworten sind allesamt von nur zwei IP-Adressen abgeschickt worden. Aber die älteren Nachrichten, die im Forum erst weiter unten erscheinen, kommen von anderen Absendern. Darin berichten die Menschen von gegenteiligen Erfahrungen. Davon, dass den Reisenden Geld gestohlen wurde und man sie bedroht hat, dass Familien und Verwandte erpresst wurden. Von Hunger und Durst auf der Überfahrt. Von Schlägen und Tritten. Vom Missbrauch weiblicher Reisender.

Er nimmt euer Geld und behandelt euch wie Dreck, schreibt jemand. Gottloses Monster nennt ihn ein anderer. Haltet euch fern.

Schließlich findet sich auch ein Foto.

Ein jüngerer Mann mit Wollmütze schaut hasserfüllt in die Kamera, über seiner linken Augenbraue verläuft eine schlimme Narbe. Eine alte, schlecht verheilte Schnittwunde? Das Auge ist unversehrt, aber das Lid ist dauerhaft verzerrt, was sein Gesicht grotesk asymmetrisch erscheinen lässt.

Das Bild wurde letzten Monat auf einer russischen Website veröffentlicht, am 23. Juni um 14:12 Uhr, und dann um 17:03 Uhr wieder gelöscht. Nur drei Stunden später.

Anscheinend gefiel der Inhalt dem Seitenbetreiber doch nicht. Oder jemand anderem.

Auf der Seite sind noch zwei Bilder. Das eine zeigt eine undefinierbare Masse. Irgendein Zeug auf weißem Papier, schwer zu sagen, was das sein könnte. Der Maßstab wird durch ein Stück Zucker, das danebenliegt, veranschaulicht. Der Klumpen ist etwa halb so groß wie die Spitze eines kleinen Fingers. Auf dem anderen Bild ist eine komplizierte chemische Formel zu sehen.

Der Text auf der Seite ist russisch, Viivi versteht davon kein Wort. In nichtkyrillischen Buchstaben findet sich außer dem Namen *Snake Eye* nur die Buchstabenkombination VX.

83.

Peetrus' Schicht beginnt um sieben. Sie will nicht warten, bis jemand kommt und nach ihm fragt. Sorgfältig wischt sie ihre Spuren von den Gegenständen ab, die sie berührt haben könnte. Zuletzt schlüpft sie mit der Hand in Peetrus' Strickjackenärmel und reibt an ihrer Hose die Fingerabdrücke vom Funkgerät.

Der Tod stinkt, wie sie feststellen muss. Es braucht einen starken Magen, das Funkgerät zurück in Peetrus' Jackentasche zu stecken. Das ist Peetrus Kross' Rache aus dem Jenseits. Er greift nach ihrer Kleidung, ihren Haaren, ihrer Haut, ihren Wimpern, will sie denunzieren.

»Das schaffst du nicht«, sagt Marina. Dennoch bringt sie es nicht über sich, dem Mann, der im Bad auf dem Boden liegt, noch einmal ins Gesicht zu sehen.

Die hohen Schuhe quetschen ihr die Zehen zusammen, aber andere hat sie nicht. Peetrus' Schuhe sind ihr viel zu groß. Sie drückt sich die schwarze Schirmmütze, die sie von ihm geliehen hat, tief in die Stirn und zieht sich den Schirm über die Augen. Sie nimmt ihre Tasche, geht zur Tür, öffnet sie und schaut prüfend in den Korridor.

Niemand.

Als sie die Tür hinter sich zuzieht, weiß sie: Es gibt kein Zurück.

Die letzte, die kritische Stunde verbringt sie eingeschlossen auf der öffentlichen Damentoilette auf Deck sechs.

Dann kommt die Durchsage. Es ist acht Uhr, das Schiff hat in Palma de Mallorca festgemacht. Die Passagiere, die einen Ausflug gebucht haben oder die Stadt auf eigene Faust erkunden wollen, können das Schiff auf Deck eins verlassen.

Sechs Stockwerke nach unten, zwischen den Treppen Plattformen und Deckfoyers, ihre Absätze donnern auf die Auslegeware und laden sie durch und durch statisch auf. Als sie einmal aus Versehen mit der Hand das Metallgeländer berührt, schießt ihr die elektrische Ladung durch den ganzen Körper.

Ohne Peetrus' Hilfe braucht sie es gar nicht erst über den Personalausgang zu versuchen. Ihre eigene Bordkarte am Ausgang für die Passagiere vorzuzeigen, ist ebenfalls zu riskant. Wenn ihre Identität enttarnt wurde, wenn man nach ihr fahndet, wird sie am Ausgang sofort festgenommen. Und obwohl sie immer noch Peetrus' und Antonios Karten bei sich hat, werden die ihr am Passagierausgang kaum etwas nützen. Eher im Gegenteil.

Denn sie sieht einfach nicht aus wie ein männlicher estnischer Mannschaftsangehöriger mittleren Alters. Und auch nicht wie ein italienischer Offizier.

Doch sie hat noch ein Ass im Ärmel.

Die Mütze tief ins Gesicht, jede einzelne Haarsträhne darunter verstecken, kein Blickkontakt mit dem Personal, vor allem nicht mit den Wachleuten am Ausgang. Wenn sie angehalten werden sollte, antwortet sie auf Finnisch. Sie ist schon einmal als Leia durchgegangen, also schafft sie es auch ein zweites Mal.

Deck eins, endlich. Dort, über der offenen Tür leuchtet das grüne Exit-Schild, durch die Tür branden ihr Licht und Freiheit entgegen – nichts wie hin! Verdammt noch mal, wie die Leute trödeln und alles ausbremsen! Sie begreifen einfach nicht, dass man andere gefälligst vorbeilässt. Der Weg ist durch einen spanischen Familienclan versperrt, Mutter, Vater, Großeltern und eine Horde Kinder, sie fuchteln mit den Händen und streiten sich lautstark darüber, wie sie den Tag verbringen wollen. Ob man direkt den Strand ansteuert, wie es die Kinder einfordern, oder ob man shoppen geht, wie Mama es möchte.

Sie behält die Nerven. Ihr Gesicht gibt nichts preis. Nur noch ein paar Meter, dann hat sie ihre Haut gerettet. Sie muss sich nur konzentrieren. Sie darf einfach nicht daran denken, dass es auch anders …

»Good morning, madam.«

Die Frau hält ihr lächelnd den Scanner entgegen. Einen Meter weiter steht ein Wachmann, groß wie ein Schrank, der die Situation genauestens beobachtet, die Hand am Waffengürtel. Er lächelt nicht. Er wird auch nicht lächeln. Er hat in seinem Leben überhaupt noch nie gelächelt.

Marina hält ihre Karte vor den Scanner und wartet auf das erlösende Piepen.

Aber es kommt nicht.

Das Lächeln der Frau wird säuerlich, sie zieht den Scanner zurück und drückt ihn noch einmal gegen die Karte. Nichts passiert.

»Es tut mir leid, Madam, ist Ihre Karte vielleicht defekt? Lassen Sie mich kurz sehen.«

Marina reißt ihr die Karte aus der Hand.

»Es gab vorher schon mal Probleme damit«, sagt sie rasch. »Ich frage an der Info nach.«

Sie dreht sich um und stürzt mit eingezogenen Schultern dem Menschenstrom entgegen. So schnell sie kann, schlängelt sie sich durch die Masse und versucht, einerseits den Entgegenkommenden nicht in die Augen zu sehen, aber andererseits auch nicht mit ihnen zusammenzustoßen.

Was ist los, haben die sie erkannt? Ist ihr schon jemand auf den Fersen? Aber sie bleibt nicht stehen. Sie schaut sich nicht um. Wenn ein Wachmann oder Polizist hinter ihr her wäre, dann hätte er sie schon längst eingeholt, zu Boden geworfen und ihr die Arme auf den Rücken gedreht.

Hinter der Ecke zum Treppenaufgang ist ein Sichtschutz, da kann sie endlich den Rücken an die Wand drücken. Der Atem kann sich beruhigen, der Schweiß trocknen, die Adrenalinwellen können langsam nachlassen. Ich bin nicht erkannt worden, denkt Marina. Leias Karte funktioniert bloß nicht mehr. Sie ist gesperrt worden, als Leia sie als verloren gemeldet hat.

Das Zittern beginnt an den Händen und breitet sich im gesamten Körper aus. Sie sitzt hier fest. Sie kann das verdammte Schiff nicht verlassen. Es ist nur eine Frage der Zeit, wann die sie kriegen.

Ihr droht schwarz vor Augen zu werden, sie geht in die Hocke und legt den Kopf auf die Knie.

»*Is everything alright, dear?*«

Marina hebt den Blick. Eine Engländerin mit erstaunlich violettem Haar beugt sich zu ihr herunter. Ihr schnauzbärtiger Mann mit Vollglatze, der korrekt in einigen Schritten Entfernung wartet, wirkt peinlich berührt.

Marina stützt sich an der Wand ab und richtet sich auf. Rasch drechselt sie eine Art Lächeln auf ihr Gesicht.

»Alles in Ordnung. Ich hätte das Frühstück nicht auslassen sollen«, sagt sie und fühlt den Hunger in ihrem Magen grummeln.

Die Frau schüttelt den Kopf.

»Ach du grüne Neune, dann gehen Sie mal schnell zurück ans Frühstücksbuffet und holen Sie sich etwas«, rät sie. »Möchten Sie, dass wir mitkommen? *Oh no*, das ist überhaupt keine Mühe, wir wollen nur sicherstellen, dass Sie etwas in den Magen kriegen. Adam, hast du gehört, steh nicht herum, sondern biete der Dame deinen Arm an, dann gehen wir.«

Marina lächelt mit zusammengebissenen Zähnen. »Nein danke. Es geht mir schon besser.«

»Oh nein, keine Widerrede, wir helfen. Adam, hast du nicht gehört?«

Die Tüddelei nimmt kein Ende, das ist ja zum Verrücktwerden! Erst nach unzähligen Beteuerungen und Versprechungen und gegenseitigen guten Wünschen für einen schönen Urlaubstag ist das Paar bereit zu gehen. Marina bleibt an der Wand stehen und kaut das Zitronenkaugummi, das die wohlmeinende Mitreisende als Erste Hilfe für sie aus ihrer Tasche gefischt hat.

Besser, sie hätte mir ihre Bordkarte und ihre Perücke gegeben, denkt Marina.

Da wird ihr klar, was zu tun ist. Der Kabinenkorridor auf Deck acht ist lang, schnurgerade, beklemmend. Sie muss sich zielbewusst, aber entspannt geben, natürlich, aber konzentriert, sie muss sich ständig darüber bewusst sein, wo der nächste Quergang ist – vor ihr? hinter ihr? –, damit sie bei Bedarf schnell weglaufen kann.

Wenn ihr andere Passagiere begegnen, senkt sie den Blick. Ihr Herz schlägt unregelmäßig, das Geräusch hallt im Korridor wie ein Schlagzeugsolo. Warum sonst sollte das entgegenkommende Paar plötzlich still werden, als es sie passiert? Und dieser junge Mann, hat er absichtlich geschnieft, als sie aneinander vorbeigegangen sind?

Riecht man es, *l'odeur de la mort*? Peetrus. Und Antonio.

Hinter ihr ist ein furchtbares Gekreische zu hören. Zwei kleine Jungen toben johlend an ihr vorbei, der eine trägt eine Kapuze, der andere einen wehenden schwarzen Umhang. *Bum! Bam! Rata-ta-ta-ta*, schießen sie mit ihren Spielzeugpistolen aufeinander. Am nächsten Quergang bleibt einer der beiden stehen, dreht sich um und zielt auf sie. »Bam!«

Dann verschwindet er kichernd aus ihrem Blickfeld.

Wenn ich eine Waffe hätte, denkt Marina.

8290 … 8270 … 8230 … – da: 8228. Sie bleibt stehen und schaut sich in beide Richtungen um. Gerade ist niemand zu sehen. Sie muss schnell und effizient sein. Und bei Bedarf …

Ich habe es schon zweimal fertiggebracht, denkt sie und hebt die Hand.

Bevor ihre Knöchel auf die Tür treffen, geschieht etwas, auf das sie nicht vorbereitet war. Die Tür öffnet sich, und wie aus dem Nichts steht plötzlich ein klein gewachsener Mann in dunkelroter Kabinenstewarduniform vor ihr, Mütze, Handschuhe, alles. Marina erschrickt so, dass sie einen Schritt zurückstolpert.

Der Mann schaut sie mit zusammengezogenen Augenbrauen an.

»Wollten Sie herein?«

»Ich habe mich geirrt, ich dachte, dass … Entschuldigung.«

Ob sie drinnen ist, ob sie ihre Stimme hört?

»Miss Laine ist nicht da. Sind Sie Ihre Freundin, Madam? Die finnische Freundin?«

Der Mann liest sie wie ein verdammter menschlicher Scanner.

»Ja, die finnische«, beeilt Marina sich zu sagen. »Wir wollten gemeinsam an Land gehen, aber vielleicht hat sie es vergessen, macht nichts.«

»Miss Laine ist vor einer Minute gegangen. Ist sie Ihnen nicht entgegengekommen? Dann in die andere Richtung. Wenn sie schnell sind, Madam, holen Sie sie noch ein. Hopphopp.«

Raoul, liest Marina auf dem Namensschild. *Hopphopp*. Wäre dies eine andere Situation, wäre sie selbst eine andere, dann würde sie dem Kerl sagen, dass sie das meldet. Doch jetzt bedankt sie sich nur rasch und eilt weiter den Gang entlang.

Sie weiß nicht, was sie tut, wenn sie Leia einholt, sie kann jetzt nichts planen, sie entscheidet, wenn es so weit ist, soll ihre Intuition sie leiten, wie sie es auch bisher getan hat. Sie wird improvisieren. Sie wird, wenn es sein muss, alle Maßnahmen ergreifen, um die Karte zu bekommen, die ihr zusteht, sie muss hier weg.

Da! Am Ende des Kabinenkorridors ist ein Treppenhaus, sie sieht gerade noch, wie eine ihr vertraute Gestalt in den Lift steigt. Die Tür schließt sich, der Lift setzt sich in Bewegung. Am Aufzug angekommen, schlägt Marina wütend mit der Faust auf die Tür ein.

»Verdammt!«

Das dunkelhäutige Paar neben ihr dreht sich mit großen Augen zu ihr um. Die Frau sagt leise etwas zu ihrem Mann. *Fuck you*, ihr hochmütigen Amerikaner, denkt Marina. Ihr seid so smart und allwissend, und trotzdem steht ihr hier und wartet auf den Lift, warum seid ihr eben nicht mitgefahren? Es gibt hier doch keine Rassentrennung.

Erst dann schaut sie auf die Zahlen, die über der Tür durchlaufen. Die Amerikaner und die anderen, die im Foyer auf den Lift warten, wollen nach unten. Leia dagegen fährt nach oben. Die Zahlen stoppen bei sechzehn.

Zur Treppe!

Sie rennt die Stufen bis nach oben. Deck Nummer sechzehn – was gibt es da überhaupt? Das Volleyballfeld? Vielleicht findet sich dort ja eine Erklärung.

Und ja, sie findet sich. Man muss sie nicht mal groß suchen. Man sieht und hört es, es ist groß, stahlgrau und laut und nähert sich gerade dem Spielfeld, dessen Netz und Randbegrenzung sich automatisch zur Seite klappen. Es steuert genau auf den großen Kreis mit dem H zu, der in der Mitte des Feldes aufgemalt ist.

Marina bleibt außer Sicht hinter einer Ecke stehen. Im Bauch zwickt es, einen Moment lang hat sie Angst, ihr lautes Keuchen könnte ihr Versteck verraten, aber dann stellt sie fest, dass alle anderen nur auf den Brummer fixiert sind, der sich vom Himmel herabsenkt. Der dürre Ingenieur, an dessen Namen sie sich gerade nicht erinnern kann, steht breitbeinig da und sieht trotzdem aus, als würde er im Wind schwanken. Sein Lächeln ist noch breiter, das fliegende Ding ist ganz klar ein feuchter Ingenieurstraum. Die Frau neben ihm wirkt dagegen alles andere als begeistert. Leia Laines Gesichtsausdruck ist so verschreckt, als warte sie nur darauf, dass das fliegende Wunderding jeden Moment auf sie herabstürzt.

Alles geht sehr schnell. Es sind keine zehn Sekunden vergangen, seit der Hubschrauber in ihr Blickfeld kam, und da steht er auch schon auf dem H. Die Tür fliegt auf, ein Mann kommt heraus. Leia, der Ingenieur und ein junges Mädchen mit einem rosafarbenen Kopftuch, das ihr vorher nicht aufgefallen ist, rennen los und klettern hinein. Die Tür schließt sich, im nächsten Moment löst sich der Hubschrauber schon vom Deck und schraubt sich wieder gen Himmel.

»Was zum verkackten Henker?«, entfährt es Marina. Wo sind sie hin?

Der Hubschrauber neigt sich zur Seite, und für einen Moment hat man den vollen Blick auf die Insassen. Der Ingenieur, der vorne neben dem Piloten sitzt, grinst debil. Leia sitzt hinter ihnen, stocksteif, und zerrt an ihrem Sicherheitsgurt. Das Mädchen winkt zum Abschied jemandem auf dem Deck zu, ach so, dieser etwas dröge aussehenden Frau, die zurückwinkt.

Ein Sonnenstrahl trifft auf das Handgelenk des Mädchens, dort glitzert etwas. Eine große gelbe Sonnenblume.

84.

Ihr platzen gleich die Trommelfelle. Eigentlich sollten die großen Kopfhörer sie vor dem Rotorenlärm schützen, aber aus den Lautsprechern dringt ein unausgesetztes *Wow-yeah-juhuu* in ihre Ohren.

Leia streckt die Hand aus und stupst Timo kräftig an der Schulter. Er dreht sich um, seine Augen leuchten.

»Fünfzehn Sekunden und zweihundert Meter über dem Meer, verdammt noch mal, das ist jeden Cent wert!«

»Schrei doch nicht so.«

Timo schaut sie mitfühlend an. »Ist dir übel? Du siehst ziemlich grün aus. Vergiss nicht, auch mal zu atmen. Relax, baby, genieß den Ausblick … Wow, wir sind auf vierhundert, ist das schon unsere Flughöhe? Und es vibriert noch nicht mal! Ja, es funktioniert, wieder ein super Gegengift für Tikkurila. Was ist die Reisegeschwindigkeit, zweivierzig pro Stunde, juhuu –«

Tikkurila? Was redet er für einen Unsinn?

Leia lehnt sich zurück und presst sich in den Sitz. Natürlich fühlt sie sich nicht besonders, immerhin hängt sie in einer lärmenden Blechbüchse zwischen Himmel und Erde. Zwischen Meer und Weltraum. Zwischen Leben und Tod.

Dass eine Stahlwanne wie die *Siren* auf dem Wasser schwimmt, gehört ja schon zu den Wundern der Ingenieurskunst, die sie mit ihrem geisteswissenschaftlichen Gehirn niemals verstehen wird. Und wie so ein Metallkäfig mit seinen herumrudernden Propellern in die Luft steigen und dort auch bleiben kann, das könnte ihr nicht einmal Leonardo da Vinci erklären.

Die riesige *Siren* ist schon klein wie ein Spielzeugboot und verschwindet allmählich aus dem Blick. Vorne und zu den Seiten sieht man nur noch blau und weiß, kleine Schäfchenwolken, die sich im Blau des Mittelmeers spiegeln. Der Ausblick ist großartig, natürlich. Ripsa würde das toll finden, denkt Leia.

550 Kilometer hin, 550 Kilometer zurück. So kann man seinen letzten Urlaubstag auch verbringen, in Todesangst eingepfercht in einer metallenen Monstermaschine. Leia flucht innerlich. Ich hätte besser auf dem Schiff gewartet, um mich im Spa verwöhnen zu lassen oder endlich die finnische Sauna zu suchen. Oder einen Spaziergang auf Mallorca gemacht.

»Wann sind wir da?«

Als hätte sie diese Frage nicht schon oft gehört, allerdings nicht auf Englisch. Sie schaut zum Nebensitz.

»Keine drei Stunden.«

»Und Helikopter bleibt wirklich in der Luft?«

»Auf jeden Fall.«

»Wirklich?«

»Natürlich. Bald bist du bei deinen Eltern. Alles wird gut gehen, ich verspreche es.«

Amira versucht zu lächeln. Für das Mädchen steht viel mehr auf dem Spiel als für sie selbst oder für irgendjemanden sonst hier an Bord: ihr ganzes Leben.

»Willst du meine Hand halten?«, fragt Leia.

»Ja«, flüstert Amira.

Leia streckt ihre Hand aus. Als das Mädchen seine schweißkalten Finger um ihre windet, fühlt sich Leia nicht mehr ganz so entbehrlich.

85.

An der Türschwelle wollen die Schuhsohlen am Boden festkleben. Der Mann im Krankenhausbett sieht fremd aus. Papa hat eine Brille und einen Bart, dieser Mann nicht, seine Augen sind geschlossen, um den Kopf ist ein weißer Verband geschlungen. Und diese Frau dort, deren Wange blaurot angeschwollen ist und sehr schmerzhaft aussieht – ist das etwa Mama? Sie kauert auf dem Stuhl, sie sieht klein, blass, schwach und alt aus, sie trägt einen hellen langen Mantel, den Amira noch nie gesehen hat, die Haare sind unter einem schwarzen Tuch verborgen. Aber als die Mutter sieht, wer das Zimmer betreten hat, erwachen ihre Augen zum Leben, sie breitet die Arme aus und springt auf, dass der Stuhl nur so poltert. Amira sprintet los, und als sie sie erreicht, ist Mama wieder Mama. Vertraut und lebendig und warm und lieb.

»Oh, meine Amira, meine kleine Prinzessin, ich habe gedacht, ich sehe dich nie wieder! Allah ist groß, du bist hier, du bist hier, ich dachte schon, ich hätte dich verloren. Auch dich noch, meine Letzte. Diese Verbrecher! Wenn du gestorben wärst, hätte ich keinen Grund mehr zum Leben gehabt. Geht es dir gut, meine Amira?«

»Mir geht es gut, Mama.«

»Oh, mein Schätzchen, mein Prinzesschen, mein kostbarer Liebling.«

Die Mutter küsst Amiras Wangen, bis sie ganz nass sind, sie drückt sie so fest, dass ihr beinah der Atem wegbleibt.

»Amira.«

Der Vater ist aufgewacht. Amira beugt sich zu ihm hinunter. Seine Augen sind rot und geschwollen, die Adern sehen aus wie ein Spinnennetz.

»Vater, hier bin ich«, sagt sie erschrocken. »Was ist mit dir passiert, wo ist deine Brille? Und dein Bart?«

»Die Brille ist kaputtgegangen, und dein Vater wollte, dass man ihm den Bart abrasiert«, erwidert die Mutter an seiner Stelle. Erst jetzt scheint sie die anderen bemerkt zu haben, die ins Zimmer gekommen sind, Tante Leia und Onkel Timo und den italienischen Arzt, der wusste, in welchem Zimmer Mama und Papa sind.

Die Mutter wendet sich zu Leia und Timo, und Tränen rinnen ihr die Wangen hinab.

»Wir danken Ihnen so sehr«, sagt sie auf Englisch. »Sie sind so gute Menschen. Sie haben uns unsere Tochter zurückgebracht. Sie haben uns das Licht unseres Lebens zurückgegeben. Wir haben gehört, wie Sie sie gerettet haben, uns alle. Wie können wir Ihnen jemals genug dafür danken?«

»Es ist schon mehr als genug, Sie hier zusammen zu sehen«, sagt Leia und wischt sich kräftig über die Augen.

Auch Timo schnieft ein bisschen, wie Amira bemerkt. Er schaut auf seine Schuhe, versucht so zu tun, als ob nichts wäre, aber das geht ja nicht, wenn man so ist, so … Amira fällt eine Ampel ein, die auf Rot steht.

Sie hat eine Idee. Sie beugt sich vor und flüstert ihrer Mutter etwas ins Ohr. Die nickt.

Als die Mutter anfängt, die Kette um Amiras Handgelenk zu lösen, scheint Leia schon zu ahnen, was jetzt kommt.

»Oh nein. Ich kann das nicht annehmen«, sagt sie erschrocken. »Das ist viel zu wichtig für Sie. Viel zu wertvoll.«

»Es ist nicht mehr wertvoll. Es war wertvoll, bevor …«

Die Stimme der Mutter bricht. Sie wischt sich eine Träne aus dem Augenwinkel, blickt dann zum Vater und zu Amira, und ja, wie recht sie hat. Schlangenauge hat die Fotos der Brüder fortwehen lassen und die Erde ihrer Heimat mit Füßen getreten. Ohne das alles ist der Anhänger nur noch ein trauriges, leeres Gehäuse.

»Früher war er wertvoll für mich«, fährt die Mutter fort und gewinnt ihre Fassung wieder. »Nicht, weil er aus Gold oder Silber ist. Das ist er nicht. Jetzt ist er ein wertvolles Dankeschön dafür, was Sie für uns getan haben. Amira hat mir gesagt, dass sie Ihnen den Anhänger geben wollte. Sie können ihn kein zweites Mal ablehnen. Ich bitte Sie.«

Die Mutter nimmt Leias Hand in ihre und legt den Anhänger hinein.

»Danke«, sagt Leia, ganz offensichtlich peinlich berührt.

»Darf ich?«, sagt Amira. Sie nimmt die Kette und legt sie Leia um den Hals. »Wenn du sie trägst, wirst du dich immer an mich erinnern.«

»Ganz bestimmt werde ich das«, sagt Leia.

Und dann weinen wieder alle.

86.

Auf dem Weg zum Heliport wirft Leia dem Mann neben sich verstohlene Blicke zu. Er ist in Gedanken, genau wie sie.

»Unmöglich, diese Wasserkanone«, sagt sie schließlich.

»Auf jeden Fall«, sagt Timo.

»Die dürfen einfach nicht damit durchkommen«, fährt Leia fort und streicht mit den Fingern über den Anhänger an ihrem Hals. Die kristallgeschmückte dralle Sonnenblume ist so groß, bunt und, na ja, geschmacklos, dass sie sich nie hätte vorstellen können, einmal so etwas um den Hals zu tragen.

Gleichzeitig ist es das wertvollste Geschenk, das sie jemals bekommen hat.

»Nein, dürfen sie nicht«, sagt Timo betont.

Im Hubschrauber stellt er nicht mehr lautstark die technischen Feinheiten der Flugmaschine heraus. Ohne zu fragen, setzt er sich neben sie hinter den Piloten. Und er braucht auch keine Erlaubnis.

Etwa auf der Hälfte des Fluges finden sich ihre Hände. Und als die Silhouetten von Mallorca und Menorca aus dem Meer auftauchen, küssen sie sich bereits.

87.

Sie hat SMS geschrieben. *Ruf mich an!* Sie hat Nachrichten auf der Mailbox hinterlassen, obwohl sie hundertprozentig sicher ist, dass ihre Mutter ihre Mailbox nicht abhört. Für den Fall, dass ihre Mutter ins Netz kommt, hat sie ihr eine Nachricht über den Windows Messenger geschickt. Noch hat sie sie nicht gelesen. Wenn sie doch wenigstens bei WhatsApp oder Instagram oder Snapchat wäre. Aber sie hat gar nicht die Geräte, um darauf zuzugreifen. Und sie kann auch nicht damit umgehen. Und vor allem will sie es nicht.

Eine Möglichkeit hat sie noch nicht probiert. Die letzte, die radikalste.

Ripsa.

Ihre Tante hat sie zwar in letzter Zeit mit einem auffälligen Interesse an ihren Zukunftsplänen genervt, aber wenigstens kriegt sie es hin, einen Anruf anzunehmen.

Und sie nimmt auch direkt ab. Und fängt sofort wieder damit an.

»Reizt dich Otaniemi denn gar nicht, bald ist die Hochschule doch auch schon per Metro erreichbar?«

»Ist Mama bei dir?«, fragt Viivi. Als sie klein war, hat sie oft gedacht, dass Ripsa als Mutter lockerer gewesen wäre und ihr mehr erlaubt hätte, aber inzwischen ist sie davon gar nicht mehr überzeugt. »Kannst du sie mir geben?«

Ripsa sagt nichts. Stattdessen dringen Hintergrundgeräusche durch, irgendeine Durchsage. Auf Finnisch. Kollegin XY bitte an die Kasse, danke.

»Also, ich bin schon zu Hause«, sagt Ripsa. »Seit Donnerstag, hat Leia dir nichts davon gesagt? Wir sind bei Prisma in der Gemüseabteilung, wir wollen heute Abend grillen. Nein, Bio!«, ruft sie lauter. »Das ist gleichzeitig Fair Trade, da kriegen die Bauern wenigstens ihre fünf Cent pro Kilo. Sorry, ich hab gerade mit Sakke gesprochen, er nimmt sonst immer Chiquita. Willst du auch kommen? Ich kann Sojawürstchen für dich kaufen.«

»Was ist passiert, bist du einfach mittendrin weg? Habt ihr euch gestritten, Mama und du?«

»Nein, nein. Nicht sehr jedenfalls. Ich bin aus ganz anderen Gründen abgereist, komisch, dass Leia nichts gesagt hat.«

»Ich hab sie nicht erreicht. Sie hat anscheinend Probleme mit ihrem Telefon.«

Ripsa lacht, was für eine Erleichterung. »Na, das ist ja nicht das erste Mal! Warte kurz«, sagt sie und fährt anscheinend zu Sakke gewandt fort: »Auf jeden Fall Zucchini und Champignons, Jumbo, wenn sie haben. Nimm braune, die schmecken besser. Zwiebeln und Tomaten haben wir.«

»Paprika?«, hört sie Sakke sagen. »Gelb oder …«

»Nimm verschiedene Farben, das sieht am Spieß besser aus. Aber auf keinen Fall Auberginen. Silja hat davon neulich irgend so einen Ausschlag bekommen, ich will nicht, dass sie wegen eines anaphylaktischen Schocks wiederbelebt werden muss. Jaja, ist schon gut, wir sehen uns gleich an der Fleischtheke.«

Viivi muss den Hörer weiter weg halten, Ripsas Anweisungen sind so laut, dass der halbe Laden es hören muss.

»Er ist schon toll.«

Ripsa spricht wieder mit ihr. In ihrer Stimme ist viel Wärme, trotzdem scheint sie Sakke zu meinen, wie Viivi schlussfolgert.

»Okay …«

»Da du es also nicht mitbekommen hast: Sakke hat mir Donnerstagmorgen ein Flugticket aufs Schiff geschickt. Also, er hat mich nicht nach Hause beordert oder so. Und der süße Goldschatz behauptet, er wisse von der ganzen Sache gar nichts. Das ist so eine tolle Geste, das ist für dich vielleicht nicht so leicht zu verstehen, aber wir haben ja schon ziemlich viele gemeinsame Jahre hinter uns, und da kann immer mal so dies und jenes passieren. Dass man was überbewertet. Dass man überreagiert. Du kennst mich, oder? Ich kann mich behaupten. Das hat nicht nur sein Gutes, wie deine Mutter sagen würde. Und wenn der andere dann kapiert, dass man sich etwas gemeinsame Zeit freischaufeln muss in diesem Familienwahnsinn, dann ist das schon ein Schritt in die richtige Richtung. Das Wichtigste ist, dass man nicht ewig auf alten Fehlern herumkaut, sondern dass wir über alles reden und dem anderen verzeihen und dann weitermachen.«

Stimmt, denkt Viivi. Es ist schwer zu verstehen. Sie hat keinen blassen Schimmer, was ihre Tante da redet.

»Und natürlich wäre ich nicht einfach mittendrin abgehauen, wenn Leia auch nur das kleinste Wörtchen dagegen gesagt hätte.«

»Ähm, Ripsa«, unterbricht Viivi sie. »Noch mal wegen Mama. Vielleicht mache ich mir ja umsonst Sorgen, aber sie geht halt nicht ans Telefon. Ich hab es wirklich oft versucht und hab ihr auch draufgesprochen.«

»Auf dem Schiff hat man ein ganz schlechtes Netz. Ich würde mir keine Sorgen machen.«

»Bestimmt ist alles in Ordnung. Bestimmt kriegt sie wieder irgendwas nicht hin, hat das Telefon ausgeschaltet und kann es nicht wieder anmachen, irgend so was.«

Ripsa lacht auf. »Oder der Akku ist leer, und sie hat das Ladegerät zu Hause vergessen.«

»Kann gut sein. Aber weißt du vielleicht, ob es irgendeine Möglichkeit gibt, sie trotzdem zu erreichen?«

»Hmm. Ich habe eine ausgedruckte Nachricht in die Kabine bekommen, die per Mail an das Büro des Schiffes geschickt wurde. Sakke behauptet natürlich, dass er auch davon nichts weiß. Schade, dass ich den Zettel auf dem Schiff liegen lassen habe, er ist schon im Müll. Leia und ich hatten übrigens einen ganz hinreißenden Kabinensteward, Raoul. Einmal hab ich ihn aber wohl ganz schön erschreckt, ist mir immer noch ein bisschen peinlich, aber …«

»Danke für den Tipp«, sagt Viivi schnell. »Ich such die Adresse raus und schicke eine Mail.«

»Hör mal, denk drüber nach, ob du zu uns kommst, ja? Sakke kann dir was Leckeres Vegetarisches machen, unser Grillmeister, na, da wartet er schon. Pulled Pork? Warte, Schatz, ich rede gerade noch mit Viivi, ja, sag ich ihr, Sakke lässt dir Grüße ausrichten.«

»Dann grüß ihn zurück«, sagt Viivi. Sie fühlt sich allmählich ausgelaugt, so wie immer, wenn sie länger mit Ripsa spricht.

»Wir versuchen in letzter Zeit, wirklich weniger Fleisch zu essen. Und jetzt wollen wir deiner Mutter doch einfach einen beschaulichen letzten Urlaubsabend gönnen. Wir haben da nämlich so einen finnischen Ingenieur kennengelernt. Ein netter Typ, na ja, irgendwie bisschen schräg.«

»Ach so.«

Ich darf mir nichts anmerken lassen, denkt Viivi. »Wie heißt er denn?«

»Timo Ratanen.«

»Und hat sich dieser, äh, Timo Ratanen …«

»Für deine Mutter interessiert, meinst du? Lass es mich so sagen: Das kann niemandem entgangen sein. Außer Leia selbst natürlich. Hehe.«

»Hehe.«

Viivi kann ein Lächeln nicht unterdrücken. Das Flugticket für Ripsa klingt absolut nach Timo. Ripsa ist also noch jemandem auf die Nerven gegangen.

Nun, ihre Tante scheint dennoch rundum zufrieden zu sein.

»Was wolltest du denn von Leia, vielleicht kann ich helfen?«

»Ich wollte ihr nur was zu einer Studiensache erzählen«, entfährt es Viivi, doch sie bereut es sofort. Großer Fehler. Ripsa nimmt den Faden bereitwillig auf.

»Gibt es gute Neuigkeiten? Aber gib den Gedanken an Otaniemi nicht gleich auf. Sakke hat es dort damals gut gefallen, fast zu gut, die Maschinenbau-Partys haben sich manchmal über Wochen hingezogen. Und wir Chemiker hatten auch unsere tollen …«

»Ripsa«, unterbricht Viivi. »Eine Sache habe ich doch, wo du mir helfen könntest. Ich hab da so eine Formel.«

»Eine Formel?«

»Eine chemische Formel. Wenn ich sie dir schicke, könntest du mir was dazu sagen? Die Treffer, die ich dazu bekommen habe, sind etwas, na ja, merkwürdig.«

»Schick sie ruhig, ich schau es mir an. Und komm gerne heute Abend vorbei, ich lege einfach gleich ein paar Sojawürstchen in den Einkaufswagen – so.«

88.

Den ganzen Tag kauert sie auf Deck sechzehn in einem Liegestuhl, das Gesicht unter dem Schirm der Mütze verborgen, und tut so, als würde sie die Sonne genießen. Sie schwitzt in der Strickjacke eines Toten und versucht, die neugierigen Blicke der Deckarbeiter zu meiden, die den Boden schrubben oder die Fensterrahmen streichen. Sie stibitzt Zuckerreste aus leeren Bonbontüten gegen den Hunger und gewinnt im Kampf um einen halben Hamburger und ein paar in Ketchup und Mayonnaise ertränkte Pommes gegen eine mallorquinische Möwe. Wasser trinkt sie aus dem Hahn in der Damentoilette, über dem ein Schild mit einem durchgestrichenen Trinkglas hängt. Dort schließt sie sich auch ein und schläft ein paar unruhige Stunden.

Pausenlos macht sie sich Vorwürfe. Verdammte Scheiße, sie ist zu spät gekommen. Sie hat sie entkommen lassen. Wäre sie gleich frühmorgens zu Leias Kabine gegangen, hätte die Sache zu Ende gebracht und sich die funktionierende Karte geholt, anstatt ihr Glück zuerst am Ausgang zu versuchen, dann wäre das alles nicht passiert.

Sie versucht, sich zu beruhigen. Die Helikopterpassagiere hatten kein Gepäck dabei. Sie kommen also noch heute wieder. Wahrscheinlich war das irgendein spezieller Tagesausflug. Ein Rundflug. Leia kommt früher oder später in ihre Kabine zurück. Und dann schlägt sie zu und holt sich die Karte. Im besten Fall kann sie noch heute von Bord gehen. Und wenn es schlecht läuft und der Hubschrauberflug sich hinzieht, eben erst morgen früh in Barcelona. Zur Not kann sie so lange aushalten. Sie schafft das.

Aus der Situation heraus. So hat sie bisher immer gehandelt.

Je tiefer die Sonne sinkt, desto heftiger beschwört sie sich, dass sich alles fügen wird. Als der italienische Operntyp wieder mit seinem allabendlichen Gejodel anfängt und die Leinen am Pier gelöst werden, kaut sie schon auf ihren Fingerknöcheln.

Leia kommt zurück. Sie muss. Eine andere Möglichkeit gibt es nicht. Der Sonnenblumenanhänger ist ihr durch die Lappen gegangen. Das Kopftuchmädchen, das »Päckchen« vom Boot, hat das Medaillon mitgenommen. Die Sendung, das Paket. Und damit ihr Honorar.

Trotzdem kann sie nicht anders, als sich zu fragen, was das Mädchen wohl denken wird, wenn sie das Medaillon öffnet? Das Leben ist doch hart und ungerecht …

Ihre Gedanken werden von einem anschwellenden Brummen unterbrochen. Der riesige Metallkäfer schiebt sich vor die Sonne und wirft einen Schatten auf ihr Gesicht, die Begrenzungsnetze am Volleyballfeld neigen sich zur Seite.

Sie springt von ihrem Sonnenstuhl auf und stürzt hinter eine Ecke ins Versteck. Keinen Moment zu früh. Der Hubschrauber sucht sich einen guten Winkel und senkt sich auf den Landeplatz herab, erstaunlich schnell und kontrolliert.

Dasselbe könnte man über die beiden Polizisten sagen, die wie aus dem Nichts an Deck auftauchen. Mit gezückten Waffen kommen sie genau in dem Moment an der Tür des Hubschraubers an, als die sich öffnet.

Das steifbeinig herausstolpernde Paar wird nach drinnen eskortiert, ganz offensichtlich, um ein paar weniger angenehme Maßnahmen über sich ergehen zu lassen, und Marina kann ein Lächeln nicht unterdrücken.

Auf Leias Brust blitzt etwas in der Sonne.

89.

»Ist das irgendein Scherz?«

»Scherz?«

An der Kasse wird immer noch die Kollegin XY gebraucht. Ripsa ist inzwischen entweder am Milchregal angekommen oder aber dabei, verschiedenfarbige Marimekko-Servietten für ihren Grillabend auszusuchen; Viivi sieht es förmlich vor sich.

»Die Seite, die du mir geschickt hast.«

Ihre Tante klingt nicht erfreut. Auch nicht genervt. Eher besorgt.

»Sag mir bitte einfach, was das für eine Formel ist. Wenn du es weißt.«

»Ich weiß es allerdings. VX ist ein furchtbares Nervengift, einer der gefährlichsten Stoffe der Welt. Es wird als Massenvernichtungswaffe eingestuft.«

»Ja, das habe ich auch schon herausgefunden. Einfach über Google«, sagt Viivi. »Es ist anscheinend leicht herzustellen, wenn man die Formel kennt und an die Zutaten herankommt. Deswegen wollte ich dich fragen, weil du doch bei der Pharmafirma bist und Chemie studiert hast: Weißt du, wo man die Zutaten kriegt?«

»Ja, schon.«

Warum sagt sie denn jetzt so komisch *ja, schon*, fragt sich Viivi.

»Also, weißt du wo?«

»Ich weiß, du hattest eine stressige Zeit, das Abi und die Zulassungsprüfungen und alles. Wie wäre es, wenn du nachher wirklich zu uns kommst, und wir unterhalten uns ganz in Ruhe?«

Ripsas Antwort verschlägt ihr die Sprache. Sie fährt fort: »Echt jetzt. Komm zu uns. Wir könnten zusammen überlegen, ob es jemand Professionelles gibt, mit dem du reden könntest. Ganz niedrigschwellig. Das machen viele, ist auch kein Wunder, diese Welt wird ja immer verrü… äh, ich meine, immer komplexer. Es gibt immer mehr Herausforderungen. Es ist kein Wunder, dass ein junger Mensch, vor allem jemand wie du, der vielseitig interessiert ist und Einfluss nehmen möchte und dann vielleicht auf Hindernisse … ja, dass man sich da ein bisschen verloren fühlt. Oder sogar deprimiert.«

»Du hast das völlig falsch verstanden«, unterbricht Viivi ihre Tante. »Um mich musst du dir keine Sorgen machen. Sondern um Mama.«

»Um Leia?«

»Der Mann auf dem Foto ist irgendein ehemaliger Armeetyp aus Libyen, der per Haftbefehl gesucht wird. Ein islamistischer Dschihadist, jedenfalls besorgt er denen Geld, über Drogen, Waffenhandel und Schmuggel. Auch Menschenschmuggel. Vielleicht mache ich mir ja ganz umsonst Sorgen, aber … Jedenfalls wird er verdächtigt, dieses VX geklaut zu haben. Oder hergestellt. Das ging aus der Google-Übersetzung nicht so richtig hervor, irgendwie ging es da auch um Syrien. Hast du dir das Bild angeguckt? Er benutzt den Namen Schlangenauge.«

»Aber was hat das mit Leia zu tun?«

»Ich hab versucht herauszufinden, wie ich Mama erreichen kann, und da bin ich auf diese Seite gestoßen, als ich ein paar Chats verfolgt habe. Es kann sein, dass jemand, der zu diesem Schlangenauge-Typ gehört und was mit diesem VX zu tun hat, dass dieser jemand auf das Schiff gekommen ist.«

Einerseits befürchtet sie, dass Ripsa sie für endgültig durchgedreht hält und anfängt zu lachen, andererseits hofft sie es. Wie beruhigend es wäre, wenn Ripsa sagen würde: Lass den Quatsch und spring in den Bus, bei uns ist der Grill an, wir essen Sojawürstchen und vereinbaren einen Termin beim Therapeuten und sehen zu, dass du die richtigen Medikamente bekommst.

Aber das Lachen bleibt aus.

Lange Zeit hört sie gar nichts. Auch keine Durchsagen. Nur Rauschen. Viivi befürchtet schon, Ripsa habe die Verbindung unterbrochen.

»Du hast von Chats gesprochen«, sagt Ripsa dann. »Ich glaube eigentlich nicht, dass ich das hier frage, aber war da etwa dieser Timo dran beteiligt? Timo Ratanen? Denn er hatte ganz schön, ähm, extreme Ansichten.«

Viivi schluckt und verschluckt sich dabei und hustet eine ganze Zeit, bevor sie fortfahren kann.

»Nein«, krächzt sie. »Aber da ist noch jemand aus Finnland auf dem Schiff, der von dir und Mama Fotos gemacht hat.«

»Fotos? Heimlich?«

»Ja. Richtig viele. Sie sind auf der Website von *Finnland den Finnen*. Oder waren. Ich hab sie gelöscht.«

Ein, zwei Sekunden lang ist es still. Das ist lang für Ripsas Verhältnisse.

»Marina«, sagt sie. »Heißt diese Finnin vielleicht zufällig Marina?«

»Ja«, keucht Viivi. »Marina Attack. Aber das ist natürlich nicht ihr echter Name.«

90.

»Das war unverantwortlich. Ihr Verhalten zeugt von einem sehr schlechten Urteilsvermögen.«

Marta Schneider hebt das Kinn.

»Ich übernehme die Verantwortung für alles.«

»Das ist das Mindeste«, sagt Kapitän Fernando Russo. »Sie kennen die Regeln, sie kennen die Praxis.«

»Ja.«

»Und Sie wissen auch, dass der Helikopterlandeplatz ausschließlich für medizinisch notwendige Flüge vorgesehen ist und die Benutzung immer, ich wiederhole, *immer* der Erlaubnis des wachhabenden Offiziers bedarf.«

»Ich möchte anmerken, dass es sich um einen medizinischen Flug gehandelt hat. Eine der Passagierinnen war meine Patientin, und der Flug ging zu einem Krankenhaus.«

»Alles Ausflüchte.«

»Ich bitte um Verzeihung, Sir. Es war nicht meine Absicht, Sie zu provozieren. Ich habe entsprechend meinem medizinischen Eid sowie nach bestem Wissen und Gewissen gehandelt.«

»Es reicht. Wir setzen dieses Gespräch später unter vier Augen fort.

»In Ordnung.«

Marta Schneider klingt müde. Es wäre ein Wunder, wenn sie ihren Job behielte, denkt Leia.

Dasselbe denkt anscheinend auch Timo, der sich jetzt an den Kapitän wendet.

»Wir haben effizient und auf unsere Kosten Ihr Problem gelöst, Mr. Russo. Himmel, Arsch und Zwirn, Sie könnten zufrieden sein! Das Mädchen sind Sie los. Und Sie müssen sich nicht mit der Bürokratie der spanischen Einwanderungsbehörde herumschlagen. Vor allem aber kommen Sie verdammt noch mal darum herum, den Beamten die Verletzungen und Schäden zu erklären, die auf den Einsatz der Wasserkanone zurückzuführen sind. Und ich rede von neutralen Beamten, nicht von Ihren sogenannten Bordpolizisten, die hier auf Ihrem erbärmlichen Kahn nach Ihrer Pfeife tanzen.«

Fernando Russo lehnt sich über den Tisch.

»Ich habe Sie drei in erster Linie zu mir gebeten, damit Sie hören, was die sogenannten Bordpolizisten von unserem erbärmlichen Kahn zusammen mit der Küstenwache und der Polizei herausgefunden haben. Vielleicht möchten Sie es erfahren.«

»Natürlich wollen wir das«, sagt Leia schnell und wirft Timo einen warnenden Blick zu. Jetzt ist nicht die Zeit für Schimpftiraden.

»Tardelli«, donnert der Kapitän.

Der Polizist in Zivil, dessen Name bisher nicht genannt wurde, hat sich während der Strafpredigt an die arme Ärztin im Hintergrund gehalten und sehnsüchtig aus dem Fenster des Security-Raums geschaut und beobachtet, wie sich die Palmen von Mallorca allmählich entfernen. Doch nun muss er als rechte Hand des Kapitäns zu Fernando Russo zurückkehren.

Was sie hören, lässt ihnen das Blut in den Adern gefrieren.

Es ging um Menschenschmuggel, wie sie schon vermutet haben. Man hat die Menschen irgendwo im Norden Libyens ins Boot verfrachtet. Amira und ihre Eltern waren die einzige Familie auf dem Boot, die anderen waren einzeln reisende Männer, die jüngsten gerade mal siebzehn Jahre alt. Die meisten waren aus dem Irak gekommen, manche aus Syrien, einer aus Eritrea. Ein Teil von ihnen war in einem erbärmlichen Zustand, als sie gefunden wurden, manche standen unter Schock, auch wegen Amira und was man ihr angetan hatte.

Das Mädchen war über Bord geworfen worden, zum einen als Warnung für die anderen, zum anderen, um sich an ihrem Vater zu rächen, der angefangen hatte, gegen die Schlepper zu rebellieren, die sich als brutale Verbrecher herausgestellt hatten. So hatten es zumindest alle Befragten vermutet. Alle waren über die Geschehnisse während der Überfahrt entsetzt gewesen. Darüber, wie man sie behandelt hatte.

»Auf dem Boot wurden fünfzehn Menschen gefunden«, sagt Tardelli. »Aber es sind ursprünglich mehr aufgebrochen.«

Leia schaudert es.

»Die Begrüßung mit der Wasserkanone hat die Stimmung sicher nicht gerade verbessert«, brummelt Timo.

»Wie hat man das Boot festgesetzt?«, fragt Marta Schneider.

Die Küstenwache hatte das Boot, das auf dem Radar der *Siren* zu sehen gewesen war, rasch eingeholt und festgestellt, dass es sich um dasselbe Boot handelte, das an der *Siren* hatte festmachen wollen. Aber dann war etwas Unerwartetes passiert. Die Mannschaft hatte die Hilfe nicht angenommen, sondern das Boot gewendet und zu fliehen versucht.

»In Fluchtsituationen kommt es leicht zu Panikreaktionen. Natürlich wollen die Schlepper nicht den Behörden in die Hände fallen, denn dann können sie ihr Geschäft aufgeben«, bemerkt der Polizist. »Oft zwingen sie die Flüchtlinge, über Bord zu springen, mit oder ohne Schwimmweste, sie können nur noch das Beste hoffen und darauf warten, dass sie aus dem Wasser gefischt werden, während die Schlepper sich aus dem Staub machen. Aber bei denen hier ging der Treibstoff zur Neige. Und als eine Flucht sich als unmöglich herausstellte …« Der Polizist wirft dem Kapitän einen Blick zu, dieser nickt, und Tardelli fährt fort. »Vom Boot aus wurde auf die Retter geschossen.«

Leia fährt zusammen. »Ist jemand dabei umgekommen?«

»Die Operation konnte kontrolliert beendet werden. Nach einem kurzen Feuergefecht haben die Beamten das Boot übernommen.«

»Und niemand …?«

»Der Libyer, der als Skipper fungierte, hat seine drei Komplizen erschossen, bevor er festgenommen werden konnte. Er selbst ist durch eine Polizeikugel gestorben. Und dabei hat er noch Parolen geschrien. Bestimmt können Sie sich das vorstellen«, sagt Tardelli.

Natürlich. Sie können es sich gut vorstellen.

Bei der Untersuchung des Bootes gab es weitere Überraschungen. Unter der Kajüte fand sich eine große Auswahl an schweren Feuerwaffen samt Munition. Sturmgewehre. Maschinengewehre. Und – *lanciarazzi.* Tardelli sucht nach der englischen Bezeichnung.

»Mein Gott.« Marta Schneider blickt zwischen dem Polizisten und dem Kapitän hin und her. »Panzerfäuste?«

»Bazookas.«

Das kam von Timo. Als er sich zu Leia umdreht, liegt in seinen Augen ein furchterregendes Glühen.

Leias Gaumen ist staubtrocken.

»Wissen Sie, wofür die gedacht waren?«, presst sie hervor. »All diese Waffen? Also, ich meine, haben die irgendwas geplant? Auf der *Siren*?«

Der Kapitän sieht sie von oben herab an. Er betrachtet sie eine Weile, bevor er sich zu einer Antwort herablässt.

»Natürlich ist die Untersuchung noch nicht abgeschlossen. Wir sind allerdings noch einmal sorgfältig das gestrige Bildmaterial der Überwachungskameras durchgegangen. Das Boot hatte bereits an der *Siren* festgemacht. Es war nur eine Frage von Sekunden, bis die Verbrecher an Bord gewesen wären. Die Gegenmaßnahmen, die der Zweite Offizier Antonio Massimo veranlasst hat, waren also beileibe nicht übertrieben.«

Marta Schneider erhebt sich. »Kann ich jetzt ins Hospital zurückgehen?«, fragt sie erstaunlich ruhig. »Meine Schicht beginnt gleich.«

Fernando Russo brummelt etwas, das als Einverständnis interpretiert werden kann. Aber als auch Leia und Timo gehen wollen, muss er doch deutlicher werden.

»Sie beide. Würden Sie noch einen Moment warten?«

Leia und Timo schauen sich an und setzen sich wieder. Der Kapitän verschränkt die Hände auf dem Tisch.

»Vielleicht verstehen wir uns jetzt besser?«

Timo streckt seine Hände vor. Der Polizist betrachtet sie verblüfft.

»Handschellen«, schnaubt Timo. »Oder müssen wir zuerst unterschreiben?«

Kapitän Russos Nase zuckt unmerklich.

»Keine Papiere. Keine schriftlichen Verträge, keine Geldstrafen, keine juristischen Schritte oder Sanktionen. Keine Bild- oder Tonaufnahmen. Wir haben nur eine einzige inoffizielle Bitte: dass niemand von den Anwesenden außerhalb dieses Zimmers darüber spricht, was letzte Nacht hier passiert ist. Ausgenommen natürlich offizielle Zeugenbefragungen.«

»Dieselbe Forderung wie gestern«, sagt Leia.

»Keine Forderung. Ein Wunsch. Ich sage es direkt und ehrlich, ich möchte ganz sicher sein, dass sie es verstehen. Eine gefährliche, bewaffnete Bande war kurz davor, sich Zutritt zur *Siren* zu verschaffen. Wir alle sind erschüttert. Wir alle fühlen uns betrogen. Dennoch können wir resümieren: Eine mögliche Terrorgefahr konnte abgewehrt werden. Antonio Massimo hat trotz all seiner Schwächen im entscheidenden Moment das Richtige getan. Unser Zweiter Offizier, möge er in Frieden ruhen, hat vermutlich fünftausend Passagieren und eintausendfünfhundert Angestellten das Leben gerettet und das mit seinem eigenen bezahlt. Wir können ihm für sein Opfer nicht dankbar genug sein.

Antonio Massimo hat sich im Moment der Gefahr nicht von seiner Erschütterung und dem Feuer seiner Gefühle davon abhalten lassen zu handeln, und auch wir dürfen unser Urteilsvermögen nicht von seinen Verfehlungen trüben lassen. Sie können sich sicher vorstellen, was für eine Panik unter den Passagieren ausbräche, wenn sie davon hören würden.«

Das kann Leia sich in der Tat vorstellen.

»Das hilft niemandem«, fährt Russo fort.

»Vor allem nicht der Firma«, sagt Timo.

»Natürlich auch nicht dem *Mediterranean*-Konzern«, räumt der Kapitän ein. »Die Passagiere müssen sich darauf verlassen können, dass sie auf unseren Schiffen sicher sind.«

»Klar, der Wettbewerb ist hart.«

Leia wirft Timo einen Blick zu. Er sieht aus, als könnte er unendlich weitergranteln.

»Ist gut«, sagt Leia. »Wir verstehen das. Und wir versprechen es. Vor allem, weil Antonio, also Offizier Massimo, das getan hat, was er getan hat. Und weil er das erlitten hat, was er erlitten hat.«

»Danke, Madam.«

Sie geben sich die Hand. Das Kabinen-Upgrade und der Champagner kommen nicht mehr zur Sprache.

Als sie schon an der Tür ist, bleibt Leia noch einmal stehen.

»Marina«, sagt sie. »Hat sie das alles gewusst? Von den Waffen und so weiter?«

»Ganz bestimmt«, schnaubt Timo. »Diese Schnepfe wusste genau, was sie wollte, sie hat dich ja vollkommen eingewickelt. Verdammt, du warst schließlich ihre Eintrittskarte zur Kommandobrücke.«

Leia kaut auf ihrer Unterlippe. Ihr geht es jetzt um Fakten, nicht um Timos Meinung. Obwohl Timo vermutlich leider recht hat.

Sie wendet sich zu Russo und Tardelli und fährt fort: »Hat sie gesagt, warum? Warum sie bei so einer Sache dabei war?«

Auf ihre Frage folgt eine angespannte Stille. Tardelli sieht wieder aus dem Fenster, und der Kapitän starrt sie stumm und steif an wie eine hölzerne Galionsfigur.

»Und Kross, aus dem Maschinenraum? Er war doch nicht etwa auch dabei?«, fährt Leia in ihrer Verzweiflung fort. Das ist eine Frage, auf die sie schon wegen ihres eigenen Seelenfriedens eine Antwort haben muss.

Der Name lässt den Kapitän aus seiner Starre erwachen.

»Kross. Was meinen Sie?«

Habe ich denn chinesisch geredet, fragt sich Leia, doch wohl nicht.

»Ich habe gestern Morgen auf der Kommandobrücke gehört, wie er um die Erlaubnis bat, die Motoren wieder zu starten.«

Der Kapitän und der Polizist sehen sich kurz an.

»Ich meine nur«, fährt Leia fort. »War das denn ein bloßer Zufall, dass es Probleme mit der Maschine gab, als die, als diese …«, sie muss Anlauf nehmen, um es auszusprechen, »… mutmaßlichen Terroristen versucht haben, an Bord zu gelangen?«

Der Kapitän räuspert sich. »Die Situation ist vollständig unter Kontrolle, Madam.«

»Aber …«

»Der Dritte Ingenieur Peetrus Kross steht nicht mehr in unseren Diensten.«

Eine Kraftlosigkeit überkommt sie. Sie ist diesen beiden tatsächlich vollkommen ausgeliefert gewesen, sowohl Marina als auch dem Esten, den sie für so ehrlich und idealistisch gehalten hat.

Meine Menschenkenntnis hat mich vollkommen verlassen, denkt Leia. Ich kann nie wieder auf den guten Willen und die guten Absichten eines Menschen vertrauen. Oder auf meine eigene Urteilskraft.

»Und Marina«, fragt sie kraftlos. »Was hat sie über ihre eigenen Motive gesagt?«

Der Kapitän erhebt sich zuerst, dann der Polizist.

»Leider können wir dazu nicht mehr sagen«, sagt der Polizist. »Aus ermittlungstaktischen Gründen.«

»Seien Sie unbesorgt, Madam. Genießen Sie den Rest Ihres Urlaubs, wir kümmern uns um alles andere«, ergänzt der Kapitän etwas gespreizt.

Sie werfen sich Blicke zu, die unmöglich zu deuten sind.

91.

Der Mond hängt reif und saftig am Himmel über dem Meer. Riesige Blumengestecke schmücken die weiß gedeckten Tische, von den Kronleuchtern hängen Trauben von silberfarbenen Luftballons, die im Strom der voll aufgedrehten Klimaanlage hin und her schwingen. Zwischen den Tischen laufen die Kellner mit Aperitifs und Speisekarten herum, das ewige Lächeln auf dem Gesicht.

Zu Ehren des Galadiners hat sich Leia in ein eng anliegendes, blau schimmerndes Abendkleid geworfen. Dazu sieht das Blumenmedaillon von Amiras Mutter kein bisschen übertrieben aus. Timo wiederum trägt seinen Anzug und ein weißes Hemd, das er in der Bordboutique gekauft hat. Aber keinen Schlips.

Doch auch so schnürt es ihm die Kehle zu. Heute oder nie.

Liebe Leia. Hallo Prinzessin – ich hätte da was zu erzählen.

»Die haben Marina gar nicht gefasst!«

Die Rahmenbedingungen für einen romantischen Abend, den letzten Abend auf der *Siren*, sind perfekt. Nur die Prinzessin selbst ist im falschen Modus. Sie umklammert mit aller Kraft die Tischkante, so als würde der Tisch sonst plötzlich abheben.

»Du hast doch auch gesehen, wie sie sich angeguckt haben, als ich nach Marina gefragt habe. Sie läuft immer noch frei herum!«

»Sie ist ganz sicher nicht mehr an Bord. Wenn sie sie nicht geschnappt haben, dann hat sie sich bestimmt auf Mallorca abgesetzt.«

Er schafft es nicht, Leia zu beruhigen. Sie prüft die Gabeln, die links von ihrem Teller liegen, und rückt die äußere gerade. Dann korrigiert sie die Position der Messer. Auch das Weinglas steht nicht richtig, es muss ein, zwei Zentimeter weiter nach rechts.

Keine Armreifen, keine Ringe. Die Nägel gerade so kurz geschnitten, dass es nicht blutet. Der Nagel des rechten Zeigefingers unregelmäßig, unter Stress bis aufs Fleisch heruntergeknabbert. Was, wenn er ihre Hand ergreifen und sie zur Ruhe zwingen würde, ihr beruhigend den Handrücken streicheln würde. Alles gut, ganz ruhig.

Aber das ist es nicht. Das Schlimmste kommt erst noch.

»Das war nicht gerade eine normale Woche«, sagt Leia plötzlich.

Timo schnauft.

»In der Tat.«

»Wir haben es doch gut gemacht. Schließlich und endlich. Oder? Wir haben Amira zu ihren Eltern in Sicherheit gebracht. Und vielleicht konnten wir auch den anderen auf dem Boot helfen. Indem wir gefordert haben, dass das Boot aufgespürt und den Leuten geholfen wird.«

»Du warst diejenige, die das gefordert hat«, sagt Timo.

»Und du bist ins Wasser gesprungen«, entgegnet Leia.

»Teamarbeit. Haben wir gut gemacht. *Good job, team Finland.*«

Jetzt lächelt Leia zum ersten Mal an diesem Abend.

»*Good job.* Das sagt der amerikanische Präsident doch immer am Ende des Films. So wie Morgan Freeman in *Deep Impact* oder Samuel L. Jackson in *Big Game*. Und in der Regel sind es Tom Cruise oder Nicholas Cage, die im Film die Welt retten.«

»*Good job, Leia. Well done. High five?*«

Jetzt lacht sie schon.

»Lass uns doch einfach anstoßen.«

Als sie einen Schluck nehmen, bleibt Leias Blick ein paar Sekunden zu lange an Timos Wasserglas hängen. In derselben Zeit hätte ihre kleine Schwester, diese distanzlose Plaudertasche, ihre

Frage schon längst gestellt, ohne überhaupt darüber nachzudenken.

»Die Antwort ist nein«, sagt Timo eine Spur gereizt. »Ich nehme keine Antibiotika. Und ich bin auch nicht schwanger. Ich habe einfach eine Vergangenheit.«

»Aber ich wollte nicht …«, sagt Leia, doch an den roten Flecken in ihrem Gesicht sieht er, dass er ins Schwarze getroffen hat. Hoch lebe Finnland, das einzige Land auf der Welt, in dem man erklären muss, warum man nicht trinkt.

»Vor einigen Jahren hat es mir eine Zeit lang etwas zu gut geschmeckt«, fährt Timo fort. »Nach der Scheidung. Das ist der Grund. Nichts Dramatisches. Ich hab gemerkt, dass es nicht gut für mich ist. Also hab ich beschlossen aufzuhören.«

»Das hast du einfach so beschlossen?«

»Und ich hab auch aufgehört. Ein paar Jahre hab ich mir dann Energydrinks reingezogen, und zwar auch mehr, als mir gutgetan hat. Die Pumpe hat aufgemuckt. Also hab ich auch damit aufgehört.«

»Bewundernswerte Selbstdisziplin. Dass man einfach so … aufhört. *Good job.*«

»Na ja. Dafür hab ich andere Laster.«

Leia sieht ihn an, als wisse sie nicht, wie sie darauf reagieren soll. Ripsa hätte sich schon längst daran festgebissen wie ein Hecht am Köder, hätte es als Einladung zum Flirten aufgenommen, weitere Erklärungen gefordert und wäre dabei richtig aufdringlich geworden.

»Hier auf der *Siren* gibt es ja wirklich viel, äh, ein großes Angebot, also habe ich auch, obwohl ich eigentlich der Meinung bin, dass ich nicht viel trinke, also, habe ich fast jeden Abend, und, äh, obwohl, ja …«

Leia hat wieder angefangen, ihr Besteck zu sortieren. Er liest in ihr wie in einem offenen Buch. Über diesem Kapitel leuchtet der Name eines gewissen Zweiten Offiziers.

»Also, wir haben nicht«, murmelt Leia. »Ich meine, falls du das denkst.«

Es ist unerträglich, mit anzusehen, wie sie seinem Blick ausweicht.

»Was vorbei ist, ist vorbei«, krächzt Timo. Leia sieht dankbar aus. Sie kann nicht wissen, wie viel ihm das gerade abverlangt hat.

»Lass uns über was anderes sprechen«, sagt Leia.

»Okay. Worüber?«

»Hm, zum Beispiel … über dich.«

»Über mich?«

»Ich vergesse immer wieder, dass ich ja eigentlich kaum etwas über dich weiß. Geht es dir auch so?«

»Ich hab das Gefühl, dass ich dich schon ganz gut kenne«, sagt Timo.

Jetzt kühlen Kopf bewahren. Sie segeln in immer gefährlichere Gewässer. Untiefen, wo man hinschaut.

»Du hast also eine eigene Firma?«, fragt Leia neugierig.

»Jupp. Data Mining, anspruchsvolle Problemlösungen, individuelle Suchoperationen für Kunden verschiedener Branchen, auf den Punkt gebracht. Business-to-Business. Wahrscheinlich für Laien schwer zu durchschauen.«

»So viel hab ich verstanden, dass es mit IT zu tun hat. Stimmt das?«

»Genau. Mit Datensicherheit. Seit ein paar Jahren liegt meine Firma allerdings auf Eis.«

»Warum? Man denkt doch, dass das einiges abwerfen sollte.«

»Ich hab mir ein paar Sabbatjahre gegönnt. Aber du hast recht. Es wirft was ab, wenn man es richtig angeht.«

»Entschuldige, es ist nicht nett, einfach so nachzufragen«, stottert Leia. »Ich hab nur an deine Kabine gedacht. Deine Suite. Mit Whirlpool … Und der Hubschrauber.«

»*No big deal.* Die Finanzierung ist gesichert. Die Branche wächst ja. Thema Datensicherheit.«

»Datensicherheit ist echt wichtig«, sagt Leia mit bebender Stimme.

Und dann geht es los. Sie fängt an, von der Zeit vor zwei, drei Jahren zu erzählen. Ein unbekannter Hacker hatte ihr Bankkonto zerlegt, ihre E-Mails gelesen, ihr ÖPNV-Konto leergefegt und sogar ihre persönlichen Daten bei der Meldebehörde durcheinandergebracht. Er hatte sie abgehört und heimlich Bilder von ihr gemacht.

Timo hört mit heißen Ohren zu. Was man hinter sich lässt, kommt einem irgendwann wieder entgegen. Wenn es doch ein Türchen zu ihrem Hinterkopf gäbe, durch das er den Algorithmus in ihrem Kopf manipulieren, ihre Erinnerung löschen und von vorn anfangen könnte. Aber es gibt keins. Pass auf, was du dir wünschst, es könnte Wirklichkeit werden. Wie man sich bettet, so liegt man. Woher kommen denn diese Sprüche auf einmal, diese Weisheiten, die ihn kielholen und ihm Salz in die Wunden streuen, sodass es wie Feuer brennt?

Er hat das hier verdient: dass er sich anhören muss, wie die Frau, die er liebt, all das Böse aufzählt, das er ihr angetan hat, mit Absicht oder nicht, direkt oder indirekt. Dass er mit ansehen muss, wie ihr der Glanz in die Augen steigt.

Unter seinem Brustbein sticht es. Da, auf der linken Seite.

Er hat diese Kreuzfahrt angetreten in der Gewissheit, dass dieser Moment kommen wird. Und dass er schwierig werden wird. Aber nie hätte er sich ausmalen können, wie schwierig. Es ist vollkommen unmöglich, trockenen Fußes an Land zu kommen. Er watet in trübem Wasser. Ein falscher Schritt, und er ist verloren. Und die Frage ist nicht, ob es passiert, sondern wann.

Er holt tief Luft.

»Apropos Laster. Ich muss dir was sagen.«

»Alles gut bei Ihnen, Madam?«

Juan ist hinter ihm aufgetaucht, um ihre Bestellung aufzunehmen. Er blickt von Leia zu Timo und von Timo zu Leia.

Leia wischt sich mit den Fingern über die Augen und fängt an, wie eine Verrückte in ihrer Handtasche zu kramen.

»Alles gut«, sagt Timo vernehmlich.

»Ich bin gar nicht dazu gekommen, mir was auszusuchen«, flüstert Leia Timo auf Finnisch zu. »Bestell mir das gleiche wie das, was du nimmst.«

»Bist du sicher?«

»Ja.«

Leia findet in der Tasche ein Taschentuch und schnäuzt sich. Timo macht es wie immer, er zeigt mit seinem Finger hier und da auf die Speisekarte und hofft das Beste. Juan schreibt die Bestellung in seinen Block, bleibt aber noch stehen und schaut Leia verwirrt an.

»Unser letzter Abend auf der *Siren*«, erklärt Timo schnell. »Da kann man schon mal ein paar Tränen vergießen.«

»Verstehe«, sagt Juan.

Als der Kellner gegangen ist, blickt Leia Timo peinlich berührt an.

»Tut mir leid.«

»Warum denn?«

»Er hat dich so vorwurfsvoll angeguckt. Wahrscheinlich hat er gedacht, dass ich deinetwegen weine. Aber du hast mit der Sache doch nicht das Geringste zu tun.«

Der Moment der Wahrheit, denkt Timo. Mit primitiver Entschlossenheit voran.

»Übrigens. Wo du gerade davon sprichst …«

Der Rest des Satzes geht im Tuten des Schiffshorns unter.

Irgendwas tut sich. Plötzlich weht ihnen eine steife Brise in den Nacken, und ein Rauschen erfüllt die Luft. Die Menschen an den Tischen drehen sich nach allen Seiten um, begeistertes Gemurmel und Getuschel setzt ein. Das gesamte Bedienungspersonal hat sich an den Wänden des Speisesaals verteilt aufgestellt. Alle lassen große weiße Stoffservietten über ihren Köpfen kreisen, die Tücher rauschen wie Hubschrauberrotoren. Dann erklingt aus den Lautsprechern Musik. Oper, eine entfernt bekannte Melodie, pathetisch, aber zweifellos prachtvoll. Hier und da stehen auch schon festlich gekleidete Gäste von den Tischen auf, die sich ein Beispiel an den Kellnern nehmen und nach ihren Servietten greifen. Bald ist der ganze Saal dabei, selbst Leia springt auf und macht bei dem idiotischen Ritual mit, flapflap macht die Serviette, als Leia sie mit ausgestrecktem Arm kreisen lässt, ihre Haare wehen wie auf dem Hubschrauberlandeplatz auf Deck sechzehn. Als der Sänger zum Refrain ansetzt, stimmt der ganze Saal in den Chor ein, auch Leia. Und als er Leia sieht, die ihm einen Blick zuwirft und dabei so wunderbar durchgedreht und vollkommen glücklich aussieht, da kann er nicht anders, als selbst nach seiner Serviette zu greifen. Er steht auf und lässt das Ding kreisen, auch wenn es ihm peinlich ist.

Wenn Leia das glücklich macht, dann macht er verdammt noch mal den ganzen Abend damit weiter. Sein ganzes Leben.

Da geht ein Raunen durch den Saal. Eine weiß gekleidete Gruppe von Männern kommt hereingesegelt, auch über ihren Köpfen kreisen die Servietten. Die Männer der Kommandoriege, allen voran der Kapitän, gehen zu ihrem runden Tisch und setzen sich. Kapitän Russo bemerkt sie und nickt ihnen knapp zu. Anschließend wendet er seine Aufmerksamkeit anderen Dinnergästen zu, und das ist auch gut so.

Die Musik spielt, die Gesichter strahlen, die Propeller kreisen. Und auch ein erotisches Knistern im Saal ist nicht zu leugnen.

Nur einer fehlt, wie Timo beobachtet. Es war einfacher, die schlüpfrigen Videos aus der Datenbank des Schiffes zu löschen als aus dem Erinnerungszentrum in seinem Schädel. Aber als er die dünnen schwarzen Schleifen bemerkt, die die Offiziere an der Uniform tragen, lässt seine Gereiztheit nach. Letztlich hat der italienische Hengst dieses Schicksal nicht verdient.

Als das Lied zu Ende ist, bricht der ganze Saal in Beifallsstürme aus. Leia setzt sich, ihre Wangen sind gerötet.

»Ach, wie hätte Ripsa das genossen!«

Dazu kann Timo gar nichts sagen.

Zum Glück bringt Juan ihnen im Laufschritt gerade den ersten Gang. Ein maritimer Salat, bemerkt Timo. So langsam läuft es, und keinen Abend zu früh.

»Wo waren wir stehengeblieben?«, fragt Leia, und sticht mit der Gabel ins Fruchtfleisch einer Tomate. Dann fällt es ihr wieder ein, und es scheint sie nicht zu freuen. »Ach ja, diese Stalkergeschichte.«

Timo schaut auf die Tomate, deren Saft auf Leias Teller gespritzt ist. Einige Tropfen sogar bis auf das Tischtuch.

»Du hast also eine Tochter«, sagt er. »Was für Sachen findet sie denn interessant?«

Die Frage nach Viivi gibt ihm die Möglichkeit, wenigstens kurz in einem sicheren Hafen Halt zu finden. Leia erzählt von Viivis Abitur im Frühjahr und von der Feier, die sie nicht wollte, von Freundschaften, die ständig irgendwie vorläufig zu sein scheinen. Vom allgemeinen Weltschmerz eines jungen Menschen. Der Kompromisslosigkeit. Vom Idealismus, den Leia, wie sie sagt, nach den Erfahrungen dieser Woche desto mehr bewundert.

Die Gänge wechseln, das Gespräch schreitet fort, Timo nickt in regelmäßigen Abständen, registriert jedes noch so kleine Lächeln und Zurückstreichen der Haare, jede Veränderung im Tonfall und jedes Aufblitzen der Zunge und versucht, sich alles so genau wie möglich zu merken. Wenn er Leia später die Sünden seiner Vergangenheit gebeichtet hat, kann es gut sein, ja, es ist sogar mehr als wahrscheinlich, dass diese Erinnerungsfetzen für den Rest seines Lebens vorhalten müssen.

Leia sagt nichts mehr. Sie sieht ihn erwartungsvoll an.

»Kross«, sagt sie schließlich zu seiner Rettung.

»Kross?«, wiederholt Timo. Keine blasse Ahnung, was das für ein merkwürdiges Wort ist. Leia sieht ungeduldig aus.

»Peetrus Kross. ›Erwarte noch immer die Erlaubnis, die Maschinen zu starten, haben Sie irgendwelche technischen Probleme?‹ Du hast es doch auch gehört.«

»Der Ingenieur, der gefeuert wurde«, dämmert es Timo. »Was ist mit ihm?«

»Ich kenne ihn.«

»Du kennst ihn?«

»Na ja, ich hab ihn einmal getroffen. Ich hab ihn an der Stimme erkannt.«

Es ist schwer, Leias schnellen Gedankengängen zu folgen.

»Wie, du hast ihn getroffen?«

»Am Tag vorher. Als Ripsa abgereist war. Er hat mir erzählt, wie es ist, auf einem Schiff unter Billigflagge zu arbeiten. Peetrus Kross. Obwohl ich weder seinen Namen wusste noch seinen Beruf, nur, dass er Este ist. Und irgendwie, ich weiß nicht … Er hat sich auch um das Wohlergehen der anderen Angestellten gekümmert, er hat davon gesprochen, dass er die Bedingungen auf dem Schiff verbessern will. Es ist so schwer zu glauben, dass er die Maschinen gestoppt hat, um die … diese Terroristen an Bord zu lassen.«

»Wir alle haben unsere dunklen Seiten.«

»Ich weiß nicht. Ich weiß wirklich nicht.« Leia massiert sich die Schläfen. Sie sieht angestrengt aus. »Willst du hören, was er mir erzählt hat? Das ist allerdings vertraulich.«

»Erzähl.«

Timo lauscht konzentriert, ohne ein einziges Mal zu unterbrechen, als Leia von ihrem Treffen mit dem Ingenieur Peetrus Kross erzählt. Sie spricht über die Arbeitsbedingungen an Bord und von ihren eigenen verrückten Ideen, damit an die Öffentlichkeit zu gehen. Und ihre Informationen vielleicht sogar für die Forschung zu nutzen, auf die eine oder andere Art.

Timo hört ihr wirklich zu. Er stellt ihre Gedanken, Pläne und Gefühle nicht infrage. Er kritisiert nicht ihren Hang, ständig mit ihrem eigenen Gewissen im Clinch zu liegen. Und anders als Ripsa wischt er den Gedanken nicht beiseite, dass es die Pflicht eines jeden Bewohners der westlichen Welt ist, kollektive Schuld für sein Wohlergehen zu empfinden, das größtenteils auf Kosten der Dritten Welt zustande kommt.

Und vor allem redet Timo nicht ihre Ängste klein über die Welt, wie sie jetzt ist. Eine Welt, in der man permanent mit Unsicherheit und Bedrohung leben muss, mit Angst und Terror. In der mit Gewalt Gegensätze aufgemacht und Schuldige gesucht werden, in der die Gegenseite immer schwärzer gemalt wird und die Spirale von Angst und Rache sich immer schneller dreht.

Nein, Timo unterbricht sie nicht. Er kritisiert nicht. Er fängt nicht an zu diskutieren. Er hört nur zu und bewundert sie sichtlich.

Zugegeben. Das tut gut. Es steigt ihr mehr zu Kopf als der Wein. Wann hat sie zuletzt so ein hingebungsvolles Interesse erlebt, eine solche Akzeptanz, eine so umfassende Wertschätzung? Vor einigen Tagen hatte sie schon gedacht, in Marina eine Seelenverwandte gefunden zu haben, aber die war ja in ihrer Schmeichelei dermaßen übertrieben, dass man das fast nicht für bare Münze nehmen konnte. Fast.

Und dann Antonio … huh.

Antonio Huh, das könnte glatt sein Nachname sein. Der Zweite, aber auf jeden Fall attraktivste Offizier der *Siren* ließ Zucker aus seinem Mund und Honig von seinen Händen strömen, er huldigte ihr mit seinen Blicken, Worten und Berührungen, sogar mit einem Lied, meine Güte. Aber das war alles kalkuliert, bis hin zum Tonfall, mit dem er seine einzelnen Handbewegungen unterstrich. In langjähriger Praxis perfektioniert und auf einen bestimmten Zweck ausgerichtet. Es war durchschaubar in dem Moment, wo es geschah.

Aber natürlich hat es … funktioniert.

Timo Ratanen hingegen ist als Charmeur nicht gerade ein Naturtalent. Definitiv nicht. Er ist vielmehr ein sozialer Holzklotz. Aber das ist sie selbst ja auch.

Die finnische Alternative, hatte Ripsa gewitzelt, aber vielleicht werden die finnischen Tugenden ja unterschätzt. Durchhaltevermögen, Mut, ja, Tollkühnheit. Ehrlichkeit. Authentizität.

»Ich freue mich total, dass wir uns kennengelernt haben«, sagt Leia.

Er antwortet mit einer Berührung. Er nimmt ihre Hände zwischen seine, seine Finger schieben sich zwischen ihre, Handflächen drücken sich aneinander. Timo betrachtet sie mit einem Blick, als wolle er gleich etwas sehr Bedeutsames sagen. Auf einmal ist Leia gar nicht mehr sicher, dass sie das hören möchte.

Von irgendwo steigt sie auf, eine plötzliche Panik, das Bedürfnis, sich zu lösen. Und sie tut es, und hofft dabei, dass Timo nicht beleidigt ist. Als jämmerliche Erklärung darf die kleine Gabel herhalten, die oben über ihrem Teller liegt. Sie nimmt sie in die Hand.

»Ob bald der Nachtisch kommt?«, sagt sie so leichthin wie nur möglich und sucht mit ihrem Blick Juan. »Was hast du ausgesucht?«

»Keine Ahnung. Es gab nur einen.«

Ja. Er ist beleidigt.

Das Licht im Saal wird heruntergedimmt. Wieder geht ein Raunen über die Tische. Drei Kellner schieben ein riesiges Tortenschiff herein, drei-, nein, vierstöckig, das oberste Deck von einem Kerzenmeer erleuchtet. Dahinter kommt in Zweierreihen wieder die gesamte Kellnerschaft hereinmarschiert. Jeder von ihnen hat eine weiße Serviette über dem linken Arm, in der rechten Hand tragen alle im Kerzenlicht glänzende silberne Tortenheber wie Säbel vor sich her. Das Tortenschiff wird vor den runden Tisch geschoben, der Kapitän und die Offiziere erheben sich, um der Torte die Ehre zu erweisen, und die Kellnergarde schwingt als Erwiderung ihre Säbel durch die Luft, dass es nur so faucht. Im nächsten Moment schwärmen die Kellner schon um die Torte herum wie die Bienen um Omas Rosenbusch. Der Kuchen löst sich in Windeseile in Hunderte Stücke auf, die auf Desserttellern durch den Saal getragen werden, auch Juan stellt ihnen ihre Portionen hin. Rasch ist von der Torte nur noch ein Skelett übrig, ein sahne- und marmeladeverschmiertes Gerüst, dass diskret aus dem Saal geschafft wird.

»Was für eine Vorstellung«, lächelt Leia, als sie ihre Gabeln in den Tortenstücken versenken. »Und lecker ist es auch noch. Erdbeer … mhmm.«

»Ja, schmeckt gut«, sagt Timo. »Nicht zu trocken.«

»Schon Samstag«, fällt Leia ein. »Was für eine Woche. Der Gedanke, dass ich am Montag wieder ganz normal zur Arbeit gehe, ist wirklich seltsam. Nach all dem hier. Ich bräuchte eigentlich einen Urlaub vom Urlaub.«

»Dann nimm ihn doch.«

Leia lacht über Timos Bemerkung. »Urlaub, um mich vom Urlaub zu erholen?«

»Genau. Oder du haust gleich ganz in den Sack. Geh einfach nicht mehr hin.«

»Wie …? Natürlich gehe ich wieder hin.«

»Dieser Job tut dir nicht gut. Da hat deine Schwester ausnahmsweise mal recht. Du bist doch noch in der Probezeit. Du müsstest es nicht mal begründen.«

Der meint das ernst, stellt Leia fest. »Nein. Ich bin nur ein bisschen kaputt«, sagt sie. »In den letzten beiden Tagen habe ich mehr erlebt als in den letzten zwei Jahren zusammen.«

»Verdammte Axt!«, sagt Timo und lässt sie zusammenzucken. So einen Kommentar hätte sie nicht erwartet.

»Warum sich sein halbes Leben lang quälen«, fährt er plötzlich sehr ungestüm fort. »Wenn es um wichtige Fragen geht, ist es besser, kurzen Prozess zu machen. Die Sachen ein bisschen zu beschleunigen.«

Timo sieht sie an, ohne einmal zu blinzeln. Als käme er gleich zu etwas, was ihm sehr wichtig ist. Doch da kommt Juan mit einem Tablett herbeigeeilt.

»Ein Brief, Madam.«

Leia nimmt den Umschlag mit dem *Mediterranean*-Logo, er sieht genauso aus wie der, in dem Ripsa ihr Ticket und den Liebesbrief von Sakke bekommen hat. Und da schlägt es auch schon wieder zu. Trifft sie wie eine Ohrfeige. Die Sorge. Dieser Umschlag enthält keine guten Nachrichten, keine angenehme, geschweige denn romantische Überraschung, denn darauf steht ihr Name.

Viivi!, denkt sie. Viivi ist was passiert. Ihre Hände fangen dermaßen an zu zittern, dass sie es nicht schafft, den zugeklebten Umschlag zu öffnen.

»Ich helf dir«, sagt Timo.

Er öffnet den Umschlag und nimmt ein zusammengefaltetes Blatt heraus. Er klappt es auseinander.

Ganz oben steht der Absender der E-Mail. Ein Name, den er genau jetzt am allerwenigsten lesen möchte.

»Vo… von wem ist das?«, fragt Leia.

»Von deiner Tochter«, sagt Timo. Seine Kehle ist plötzlich rau wie ein Reibeisen.

»Lies es mir vor.«

Leia hat die Hände auf dem Tisch verschränkt. Timo nimmt einen Schluck aus seinem Wasserglas und fängt an.

Hallo! Hoffentlich geht's dir da gut? Dein Telefon klingelt nicht, ist es kaputt? Mama, mach dir nicht zu viele Sorgen, aber vorhin hab ich mit Ripsa gesprochen. Im Netz finden sich ein paar echt gruselige Sachen, die mit dem Schiff zu tun haben könnten, auf dem du bist. Vorsicht vor dieser finnischen …

Er stockt mitten im Satz und hebt den Blick. Leia sieht aus wie eine Todeskandidatin, die auf den Henker wartet.

Timo trifft eine Entscheidung. Mit einer schnellen Bewegung versteckt er den Brief hinter seinem Rücken.

»He«, sagt Leia überrascht. »Was denn jetzt?«

»Ich erzähle es dir lieber selbst«, sagt Timo. »Du hast es verdient, es direkt von mir zu hören. Wer ich bin und was ich getan habe.«

Leias Augen sind groß wie Kuchenteller. Ihr Mund steht einen Millimeter offen.

»Du hast gesagt, du hast das Gefühl, dass wir uns schon mal getroffen haben«, fährt Timo fort. »Du hast gefragt, ob wir uns von früher kennen. Ja. Wir kennen uns. Oder vielmehr, ich vor allem kenne dich.«

Kurz einatmen, dann weiter.

»Und bevor du mich gleich vollkommen verurteilst, will ich dir eine Sache sagen. Manchmal tut man Dinge, die man hinterher wahnsinnig bereut, wenn man das Gesamtbild sieht. Was man getan hat, was man angestoßen hat. Dunkle Mächte … Man will es wiedergutmachen, retten, was zu retten ist. Oder wenigstens zusätzliche Schäden verhindern.«

Leia sieht ihm direkt in die Augen. Sie hat schon ihre Schlüsse gezogen.

»Ich hätte gern meinen Retter getroffen«, sagt sie. »Ich hätte mich bedankt.«

Timo holt tief Luft.

»Hier bin ich.«

Er fühlt sich wie eine schwankende Nussschale auf dem offenen Meer, ab hier ist er Leia Laine ausgeliefert.

Ihr Blick scannt ihn von Kopf bis Fuß, im Kopf geht sie die Erinnerungsfetzen durch. Kürzere Haare, noch kein Bart, andere Klamotten, eine völlig andere Umgebung. Dunkler November in Helsinki, eine Zweizimmerwohnung im zweiten Stock. Sie scannt und spult und verbindet die Punkte in der richtigen Reihenfolge, lässt das Gesamtbild vor ihrem inneren Auge erstehen, kalkuliert die Wahrscheinlichkeiten und verifiziert die Vermutungen, die irgendwo im Hinterkopf gesteckt haben.

Ihre Lippen formen das Wort fast lautlos.

»Land-o.«

»Das bin ich«, bestätigt Timo.

Aber einen Dank für die Rettung der Jungfrau bekommt er trotz der Ankündigung nicht.

Man kann fast hören, wie die Maschine weiterrattert. Zusätzliche Fragen tauchen in dem Tempo auf, in dem die Befehlskette voranschreitet.

»Du bist gar nicht zufällig hier an Bord?«

»Nein.«

»Sondern meinetwegen?«

»Ich wollte dich kennenlernen.«

»Warum?«

»Ich sagte es bereits. Ich wollte dich kennenlernen. Und mich entschuldigen. Was gutmachen.«

»Gutmachen – was denn?«

»Wie ich schon sagte, wir alle haben verschiedene Seiten in uns. Auch gute Menschen tun manchmal böse Dinge. Sorry, das klingt ja total pathetisch. Auch Menschen, die etwas Gutes im Sinn haben, bauen manchmal richtig Scheiße. Irren sich. Schon wieder pathetisch. Sie haben gar nicht unbedingt was Gutes im Sinn. Sondern sie … sind vielleicht mit ihrem eigenen beschissenen Leben so unzufrieden, dass sie einfach loslegen und irgendwas machen und nicht darüber nachdenken, was sie damit anrichten. Entschuldige die Wortwahl. Ich könnte mich bloß gerade dermaßen in den Arsch beißen. Also, ich rede natürlich von mir selbst.«

Leias Augen sind so dunkel geworden, dass sie fast die gleiche Farbe angenommen haben wie ihr Kleid.

Als Timo ihr den Brief gibt, reißt sie ihn ihm aus der Hand.

Und steht auf.

»Ich. Will. Dich. Nie. Wieder. Sehen.«

92.

»Guten Abend, Madam. Alles gut?«

»Alles gut«, murmelt Leia.

Raoul und sein empathisches Berufslächeln sind jetzt definitiv zu viel. Er steht vor der Kabine 8228 und wartet auf sie. Er hatte gerade klopfen wollen, doch als er sie im Korridor herankommen sah, ließ er die Hand wieder sinken.

Ihre Kiefergelenke schmerzen, in ihren Nebenhöhlen pocht es, so anstrengend ist es, ihr Gesicht noch einen weiteren Moment unter Kontrolle zu behalten. Unter den Augenlidern brennen schon die Tränen. Hau ab!, ruft sie innerlich, lass mich in Ruhe! Ich will einfach nur in meine Kabine, die Tür hinter mir zumachen und meine Wut und Enttäuschung als Wasserfall aus mir herausströmen lassen.

Wieder ist es passiert. Wieder hat sie sich erlaubt, eine Bindung zu einem Menschen aufzubauen, der sie dann grausam enttäuscht hat. Der von Anfang an so getan hat, als wäre er jemand anders, und das ist nicht alles: der ihr so viel Böses zugefügt hat.

Der sich vorstellt, mit ein paar netten Gesten, mit Reue und ein paar Entschuldigungen könne er alles wiedergutmachen.

Und dann hat er auch noch die Stirn zu behaupten, er *liebe* sie.

Ihre Hand zittert dermaßen, dass sie mit der Schlüsselkarte den Schlitz nicht trifft. Raoul beobachtet das eine Zeit lang und ergreift dann sanft ihre Hand, *Sie erlauben, Madam*, führt die Karte korrekt ein und öffnet ihr die Tür. Leia stürzt nach drinnen und wirft den Briefumschlag aufs Bett, auf dem diesmal ein von Raoul zurechtgebasteltes Herz prangt. Auch das wirkt wie ein schlechter Scherz.

Was zum Henker …? Raoul ist ihr in die Kabine gefolgt.

»Gibt es noch was?«, fragt Leia. Sie klingt von oben herab, aber sie hat ein Recht darauf, ebenso wie auf ihre Privatsphäre. Wenn sie nicht gleich in Ruhe heulen kann, platzt ihr noch irgendeine Ader im Kopf.

Bestimmt hat Raoul ihre rot geränderten Augen bemerkt. Trotzdem glotzt er sie schamlos an.

»Es tut mir leid, Madam. Ich bin gekommen, um es Ihnen zu sagen. Aber Sie haben es offenbar schon gehört.«

Was will er ihr sagen?

»Er war ein guter Mensch, wichtig für uns alle. Viele werden ihn vermissen.«

Raoul blickt zur Decke. Leia geht auf, dass er Antonio meint.

»Bestimmt, ja«, sagt sie, gereizter, als es klingen sollte. Woher weiß Raoul überhaupt, was zwischen ihr und Antonio vorgefallen ist? »Nun ja, Antonio Massimo hatte seine guten und … auch andere Seiten.«

Raoul starrt sie verwirrt an. Dann gleitet über das stets korrekte Gesicht des Kabinenstewards ein spöttisches Verständnis.

»Antonio Massimo? Nein, nein. Ich meine Kross. Peetrus Kross. Den Sie getroffen haben.«

Ach ja, natürlich.

»In der Tat«, sagt Leia mit zusammengebissenen Zähnen. »Ich habe gehört, dass er von Bord gegangen ist. Bestimmt ein großer Verlust für euch alle.«

Raoul richtet seinen Blick nach oben und sagt mit feierlich bebender Stimme:

»Peetrus Kross segelt nicht mehr auf dem Meer des Lebens. Er wurde für immer aus unserer Mitte gerissen.«

Leia muss sich aufs Bett setzen, bevor ihre Beine den Dienst versagen.

»Tot? Er etwa auch?«

»Tot wie ein Stein.«

»Was ist passiert?«

»Er ist von eigener Hand gestorben.«

»Du meinst, Peetrus Kross hat Selbstmord begangen?«

Raoul tritt einen Schritt vor, reißt die Augen auf und flüstert bedeutungsschwanger: »So sagt man.«

Leia muss das erst mal auf sich wirken lassen. Noch jemand ist gestorben, innerhalb von zwei Tagen schon die zweite Person, die sie hier an Bord kennengelernt hat. Bei dem Gedanken stellen sich die Härchen an ihren nackten Armen auf.

Jetzt versteht sie auch die merkwürdige Reaktion, die die Erwähnung des Namens Peetrus Kross im Security-Raum ausgelöst hat. Diesen Todesfall wollten Fernando Russo und Tardelli vor ihnen geheim halten. Natürlich wollten sie das, sie wussten ja nicht, dass sie Kross getroffen hatte. Sie wissen es immer noch nicht. Und sie werden es auch nie erfahren.

Ein schrecklicher Gedanke drängt sich auf.

Nein! Ich bin kein Todesengel. Es ist Marina. Marina kannte auch beide Männer.

»Herzliches Beileid«, sagt Leia endlich. »Kross hat auf mich viel Eindruck gemacht: Er war ein guter Mensch.«

Raoul wiegt seinen Kopf hin und her.

»Genau. Genau.«

»Ich hätte es nicht geahnt. Als ich ihn traf, war er alles andere als deprimiert. Und er wirkte schon gar nicht wie jemand, der sich selbst etwas antun wollte«, sagt Leia. »Als ich hörte, dass er nicht mehr an Bord ist, dachte ich, dass er einfach nicht mehr für *Mediterranean* arbeitet. Dass er gefeuert wurde. Weil er, hmm, in etwas verwickelt war ...«

Raoul tritt einen Schritt näher, dann einen zweiten, so nah, dass ihre Knie sich berühren. Er scheint fast vor Mitteilungsdrang zu platzen. Das Schiff ist anscheinend eine einzige Gerüchteküche. In einem geschlossenen System breiten sich Gerüchte so schnell aus wie ein Norovirus.

Raoul beugt sich zu ihr herunter und hält sich die Hand vor den Mund, als wolle er einen unsichtbaren Beobachter hinters Licht führen.

»Sorry«, flüstert er.

»Wie bitte?«

Raoul stupst sie mit dem Zeigefinger am Oberarm.

»Hier. Genau. Sorry.«

Leia betrachtet ihren linken Arm. »Ich verstehe nicht«, sagt sie steif.

Noch ein Stupser. »Mit eigenem Blut. S-O-R-R-Y. Hatte er geschrieben, dann hat er sich Kehle durchgeschnitten. Mit Scherbe. Sah schlimm aus.«

»Uh«, entfährt es Leia. Alle drei italienischen Gerichte plus die Sahnetorte drängen nach oben.

In Raouls Augen blitzt es. Er scheint sich darüber zu freuen, dass er seine Informationen weitergeben und sie damit zum Gruseln bringen konnte. Er nimmt sein Telefon aus der Uniformjacke, tippt kurz darauf herum und hält es ihr dann direkt vor die Nase.

Das Foto ist unscharf und schlecht ausgeleuchtet. Leia stößt einen Schmerzenslaut aus und dreht den Kopf in die andere Richtung. Trotzdem hat sie mehr gesehen, als sie gewollt hätte, einen Mann, der auf dem Rücken auf dem Boden lag. Und Blut. Viel Blut.

»Da ist er gestorben. Auf dem Badezimmerfußboden. Siehst du, Madam? Elektriker aus der Nachbarkabine hat von der Tür aus Foto gemacht, als der Pfleger reinging. Er hatte kein Hemd an, Peetrus Kross, als er gestorben. Viele Tattoos, weil viele Spuren. Nadelspuren, du verstehst? Du verstehst, Madam?«

Leia schüttelt den Kopf. Das sind viel zu viele Informationen auf einmal.

»Das heißt … Peetrus Kross hat Drogen genommen? Hat er sich deshalb …«

»S-O-R-R-Y. Nulltoleranz an Bord, man wird gefeuert, wenn die Chefs merken. Hier, guck. Linker Arm. S-O-R-R-Y. Das Glas daneben. Guck. Guck hin!«

Wieder hält er ihr dieses grauenhafte Bild vor die Augen. Leia dreht den Kopf weg und stößt das Telefon fort.

»Nein! Ich kann nicht!«

Erst da merkt Raoul, dass er mit seinem Verhalten alle Grenzen von Höflichkeit und Anstand überschritten hat. Er steckt das Telefon wieder in die Tasche und geht rückwärts zur Tür.

»Entschuldigen Sie, Madam«, sagt er übertrieben förmlich. »Hoffentlich ärgern Sie sich jetzt nicht, Madam. Wenn Sie das melden wollen, Madam, dann richte ich mich darauf ein. Ich habe es verdient.«

»Ich melde es nicht«, sagt Leia erschöpft. »Ich will einfach nur allein sein.«

»Danke, Madam. Sie sind sehr freundlich, Madam. Denken Sie daran, Ihren Brief zu lesen, Madam.«

Leia sieht zur Seite. Da liegt sie, die Mail von Viivi, deren Inhalt Timo ihr schon mündlich referiert hat. Timo alias Land-o, alias Betrüger, der doppelgesichtige verrückte Stalker, der ihr vor zwei Jahren das Leben zur Hölle gemacht hat.

»Ich gehe dann«, sagt Raoul. »Wenn das alles ist.«

»Danke, das ist alles.«

»Heute Morgen war jemand hier, der Sie sprechen wollte.«

»Etwa Timo Ratanen?«

Leia spuckt den Namen geradezu aus.

»Nein, eine Frau, die andere Finnin.«

93.

Einen flüchtigen Moment lang hat er an ein Wunder geglaubt.

Er hat seine Sozialphobie überwunden, seine Platzangst und seine Höhenangst. Er ist ins Wasser gesprungen, hat die gute Tat des Tages vollbracht, hat die Mannschaft dazu bewegt, ein Mädchen herauszufischen, das ihnen in Wirklichkeit scheißegal war.

Er konnte wieder an sich glauben: Ich bin gar kein Totalversager.

Reiner Selbstbetrug. Wenn der Algorithmus streikt, dann reichen kleine Korrekturen nicht aus. Händchenhalten. Liebe. Ehe du dich's versiehst, hast du alles wieder an der Backe.

»Guten Abend, Sir.«

Als er die Suite betritt, schüttelt Maimai gerade das Kissen auf und bereitet das Bett für die Nacht vor, ohne jeglichen Beigeschmack.

»Mochte die Dame Geschenk nicht?«

Was meint sie bitte?

»Kette«, fährt sie rasch fort. »Neue Sonnenblumenkette. Dachte, weil Sie schon zurück. Hat Bämm gemacht? Nicht schön genug? Geschenk?«

Das Aussehen täuscht, Maimai ist doch alles andere als der diskrete und liebenswürdige Kabinenengel, für den er sie anfangs gehalten hat.

»Das Geschenk war nicht von mir«, brummt Timo. Woher weiß sie überhaupt von Leias Kette? Maimai hat anscheinend auch hinten Augen und ihre Ohren überall auf dem Schiff.

»Eiei, und ich dachte. War so, hmm. Groß und prachtvoll. Dachte an Schmuck, den ich als Kind hatte. Ganz billig, hab auf der Straße gefunden und aufgehoben. Konnte dort tolle Sachen reintun, Plastikperlen und so was. Als ich größer war ...« Maimai tut so, als würde sie rauchen. Dann schürzt sie die Lippen und schüttelt den Kopf. »Oh, oh, böse Maimai ... Was hat deine Freundin wohl da drin? Vielleicht ich lasse sie auffliegen, hihi.«

Maimai bearbeitet das Kissen noch ein paarmal mit der Handkante. Dann legt sie es sorgfältig an seinen Platz, verbeugt sich und verlässt den Raum.

Timo starrt ihr mit hängenden Armen hinterher. Jetzt könnte er wieder mal gut eine Frau-Mann/Mann-Frau-Wörterbuch-App gebrauchen. Schon wieder so ein unbegreifliches, giftiges Gespräch, ein weiblicher Ausbruch bar jeder Vernunft.

Wenn ich von hier endlich in die Hölle komme, werde ich Eremit. Und Mönch. Lebt wohl, ihr Frauen, das Zölibat ruft, und diesmal wird es für immer sein.

Er nimmt seine Schultertasche und lässt sie auf den Couchtisch krachen. Nimmt die Geräte heraus, stellt die Verbindung her.

Reiner Masochismus. Dann ist es eben so.

Die E-Mail, die Viivi an ihre Mutter geschrieben hat, lässt sich im Intranet der *Siren* unverschämt einfach finden. Und als er sie noch einmal liest, und zwar diesmal bis zu Ende, hält sie ihm unverschämt direkt vor Augen, was für ein Idiot er ist. Ein echter Diplomidiot.

94.

Hallo! Hoffentlich geht's dir da gut? Dein Telefon klingelt nicht, ist es kaputt? Mama, mach dir nicht zu viele Sorgen, aber vorhin hab ich mit Ripsa gesprochen. Im Netz finden sich ein paar echt gruselige Sachen, die mit dem Schiff zu tun haben könnten, auf dem du bist. Vorsicht vor dieser finnischen Mitreisenden. Ich hab ein bisschen im Netz über sie recherchiert und allerhand gefunden. Natürlich wirst du mir nicht glauben, aber diese »Marina Attack« ist in Menschenschmuggel verstrickt und evtl. noch anderes. Ich will dir nicht den Urlaub verderben, ich erzähl dir alles, wenn du zurückkommst, hab Spaß da, aber sei bitte vorsichtig, Ripsa war auch der Meinung. Also, ich hab mit Ripsa darüber geredet, und sie hat dem Kapitän Russo von der Mediterranean Siren *eine Nachricht geschickt, sie hat mir erzählt, dass ihr mit dem angestoßen habt. Ziemlich cool.*

By the way, Ripsa hat gesagt, dass ihr da einen Timo Ratanen kennengelernt habt. Das ist ein echt guter Typ, auch wenn er am Anfang nicht so rüberkommt. Ich weiß das zufällig. Kann ich später zu Hause mehr drüber erzählen. Anyway, wenn es irgendwelche Probleme auf dem Schiff gibt, dann sag ihm Bescheid, er kann dir helfen. Das meine ich wirklich so.

Und dann noch eine Sache. Es geht um mein Studium. Aber lass uns darüber reden, wenn du wieder da bist. Ich will nur sagen, dass ich mich total freue, und ich hoffe, du dich auch, wenn du es hörst.

Ripsa lässt Grüße ausrichten an »die finnische Alternative«. Mehr wollte sie dazu nicht sagen, aber ich richte es hiermit aus.

Kuss! Viivi

Das Blatt fängt an zu flattern. Leia legt es weg, bevor es in ihren Händen zerreißt.

Ihr Atem geht stoßweise. »Marina Attack«. Ripsa hatte auch hier wieder recht. Marina ist natürlich in einer maritimen Umgebung ein allzu passender Name.

Viivi muss verrückt vor Sorge gewesen sein, sonst hätte sie ihr keine Nachricht geschickt. Sie muss ihr antworten, von ihrem Kabinentelefon aus bei der Info anrufen und nach einem Satellitengespräch fragen. Das ist ganz sicher unglaublich teuer, aber was sein muss, muss sein.

Creepy. Das alles hier. Nach dem, was sie vorhin von Timo gehört hat, ist es extrem schwer zu glauben, dass er diesmal nichts Böses im Schilde führt. Auch wenn er vorhin wirklich schuldbewusst und reumütig gewirkt hat.

Kann das wirklich sein? Dass ein Mensch sich ändert? Vor zwei Tagen hat er immerhin Amira gerettet, er ist unter Lebensgefahr ins Wasser gesprungen.

Kann sie selbst sich ändern? Sich freischwimmen von den Gefühlen der Angst und Bedrängnis, die Timos Rede in ihr wieder haben hochkochen lassen? Kann sie das schaffen?

Was geschehen ist, kann man nicht ungeschehen machen.

Auch Peetrus Kross ist das nicht gelungen.

Sorry. Mit seinem eigenen Blut. Der Gedanke verursacht ihr noch einmal Gänsehaut.

Raouls Drang, seine detailreichen Informationen endlich weiterzugeben, hatte etwas Erschreckendes. Dennoch hat er sich geirrt. Kross hat sich nicht wegen seiner Drogenvergangenheit umgebracht, sondern weil er aus anderen Gründen von sich selbst enttäuscht war. Er hat sich selbst verraten und das, was ihm wichtig war. Er war an etwas beteiligt, was nicht richtig war. Als er begriff, dass er kurz davor war, Terroristen an Bord zu lassen, ist er zusammengebrochen. So muss es gewesen sein. Vielleicht hat er sich auch wegen Antonio schuldig gefühlt.

Was für ein schrecklicher Tod, ganz allein im Badezimmer zu verbluten. Und, die Glasscherbe schon in der Hand, zu wissen, was er gleich tun würde … Schon der Gedanke daran lässt Leias Oberarm an der Stelle schmerzen, an der Raoul sie vorhin gestupst hat, und zwar ziemlich kräftig.

Leia hebt den Arm. Betrachtet ihre Hand. Und setzt sich auf.

Ihr Herz klopft wie verrückt.

Raoul hat vom linken Arm gesprochen. Und als sie an das Bild denkt, das Raoul ihr gegen ihren Willen gezeigt und das sich in ihre Netzhaut gebrannt hat … Es war der linke Arm, auf den die Buchstaben geschmiert waren.

An sich logisch. Natürlich schreibt man mit der rechten Hand auf seinen linken Arm, alles andere wäre physisch unmöglich.

Aber Peetrus Kross war Linkshänder.

95.

Er hat es vergeigt. Richtig, richtig schlimm vergeigt. Viivi hat ihn gar nicht verraten, geht es Timo auf. Das hab ich ganz allein mir zu verdanken. Und so sollte es ja eigentlich auch laufen, aber nicht so brutal. Er wollte Haut und Seele beider Beteiligter schonen. Die einzelnen schmutzigen Fakten sollten getrennt auf den Tisch kommen und nicht gleich als ganzer Müllhaufen in Leias Nacken landen.

Und was ist mit Ripsas Nachricht an Fernando Russo? Sie findet sich genauso einfach wie die Mail von Viivi an Leia. Erstaunlich daran ist, dass sein Name darin mit keinem Wort erwähnt wird. Es geht nur um eine Passagierin des Schiffes, eine Finnin, deren echter Name nicht bekannt ist, aber die auf äußerst verdächtigen Internetseiten in äußerst verdächtigen Foren unter dem Namen Marina Attack aufgetreten ist.

Diese Frau könnte gefährlich sein, schreibt Ripsa. Könnte sein?, denkt Timo.

Offenbar unterhält diese sogenannte Marina Beziehungen zu Schleppern an der libyschen Küste, vermutet Ripsa, und diese wiederum verfügen möglicherweise über chemische Stoffe, die in den Kriegswirren beiseitegeschafft wurden und als Massenvernichtungswaffen eingesetzt werden können. Am Ende der Nachricht erwähnt Ripsa noch ihren Beruf, Chemikerin in der Pharmaindustrie, und vor diesem Hintergrund und aufgrund ihrer Erfahrung empfiehlt sie dem Kapitän und der Mannschaft, Aufmerksamkeit und extreme Vorsicht walten zu lassen. Vor allem, wenn das Schiff auf die eine oder andere Art mit diesen gefährlichen Verbrechern in Berührung gekommen sein sollte.

Ein Link in der Mail führt zu einer Seite, die zeigt, was für eine kleine Menge des Nervengiftes VX ausreicht, um Hunderte oder sogar Tausende Menschen in einem geschlossenen Raum zu töten. Daneben ist ein Foto von Marinas libyschem Verbindungsmann, Deckname *Snake Eye*.

Stell dir ein extrem luxuriöses Kreuzfahrtschiff vor. Das reicht noch nicht. Doppelt so viel Luxus.

Und jetzt die zerstörerischste Bombe, die du dir denken kannst. Dann nimm sie mal drei. *Ka-wumm!*

Kein Spiel. Sondern voller Ernst. Du reitest los, um die Prinzessin zu holen, und rettest am Ende die Welt … In seinem Kopf tickt ein Sekundenzeiger. Ein paar Schritte, dann die Treppe nach unten nehmen, einmal um die Ecke biegen, dann den Gang entlang. Timo weicht den Entgegenkommenden, so gut es geht, rechts und links aus, es sind eine Menge Leute, die ihn ausbremsen.

Kabine 8228 – da!

Er klopft an.

Zunächst hört er nichts. Dann eine angespannte Stimme, auf Englisch.

»Moment.«

Timo drückt sein Ohr an die Tür. Leia scheint mit jemandem zu sprechen, aber die Stimme des Gesprächspartners ist nicht zu hören. Anscheinend am Telefon – ob sie ihr Handy doch wiedergefunden hat?

Festlich gekleidete Menschen strömen unausgesetzt den Korridor entlang, sie schnattern und plappern, es ist unmöglich, einfach so dazustehen, als gehöre man zum Inventar, die Welt einfach auszublenden und sich mit dem Ohr an der Tür darauf zu konzentrieren, was innen in der Kabine passiert. Das Kabinentelefon, kapiert Timo endlich. Die Worte, die er erkennt, sind auf Englisch. Und nicht ohne.

Blut. Drogen. Selbstmord. Mord. Kross, Kross, Kross … und vor allem: Marina.

Schließlich ist es still.

»Hallo?«, tönt es schließlich von drinnen, immer noch auf Englisch. »Ist da noch jemand?«

»Ich bin hier«, sagt Timo.

Der Sekundenzeiger dreht eine volle Runde, bevor Leia antwortet.

»Bist du allein?«

»Ja. Und ich hab dir was extrem Wichtiges zu sagen. Es geht um unsere gemeinsame Bekannte, ihren Hintergrund. Diese sogenannte Marina.«

Jetzt ist die Stille kürzer.

»Warte einen Moment.«

Leias Stimme klingt aufgeregt. Hinter der Tür ist Gepolter und metallisches Quietschen zu hören, als würde etwas Schweres über den Boden gezogen. Was zum Henker …? Hat Leia in der Kabine etwa eine Barrikade aufgebaut?

Schließlich wird das Schloss betätigt, und Leias Gesicht erscheint im Türspalt.

»Ich hab gerade die Bordpolizei angerufen und mit diesem Tardelli gesprochen. Peetrus Kross hat nicht Selbstmord begangen, er war Linkshänder, Marina hat auch ihn umgebracht! Das ist mir klar geworden, als Raoul davon erzählt hat, er hatte auch ein Foto. Und sie haben inzwischen auch Marinas Identität herausbekommen, sie hat einen gefälschten deutschen Pass, deswegen konnte man sie auch nicht finden, als sie in der Passagierliste nach einer Finnin gesucht haben. Und Marina ist noch nicht mal ihr richtiger Name.«

»Halt«, unterbricht Timo. Er begreift nicht die Hälfte von dem, was Leia sagt, angefangen beim Selbstmord von Peetrus

Kross – war der nicht gefeuert worden? »Lass mich rein und erzähl dann weiter. Ich hab dir auch was Wichtiges zu sagen. Es geht um die E-Mail von deiner Schwester.«

Es geschieht ein Wunder. Leia öffnet tatsächlich die Tür und lässt ihn eintreten.

Und dann geschieht etwas, das nicht geschehen dürfte.

Leias Augen weiten sich, ihr Mund öffnet sich zu einem lautlosen Schrei. Timo begreift den Grund erst, als etwas Hartes, Spitzes gegen seine Wirbelsäule drückt.

»Rein da. Und kein Wort.«

Diese Stimme kennt er.

96.

Unter dem Sonnenbrand ist Timos Gesicht totenblass geworden. Schwankend macht er einen Schritt nach vorne, dann einen zweiten. Marina folgt ihm in die Kabine. Womit auch immer sie Timo bedroht, einer Pistole, einem Messer, einer Glasscherbe, sie meint es ernst, wie Leia konstatiert.

Marina schließt die Tür. Ihr Blick ist wild, fahrig und auf Leias Hals gerichtet. Sie legt ihre Hände schützend vor die Brust.

»Nimm es ab. Gib es mir.«

»Das ist nicht …«

»Sofort!«

Es gibt Momente, in denen man einfach tun muss, was einem gesagt wird. Dieser gehört dazu.

Leia nimmt die Kette ab, Marina streckt ihre linke Hand aus, und Leia legt die Kette mit dem Anhänger hinein.

»Okay«, sagt Marina. »Jetzt dreh dich um. Geh weiter. An die Wand. Sofort!«

Leia sieht Timo an, sein Blick sagt, dass es sich nicht lohnt zu widersprechen.

Leia dreht sich um. Ihre Beine bewegen sich, als hätten sie einen eigenen Willen, als wäre sie ein Roboter, der ohne zu fragen den Befehlen seines Benutzers gehorcht. Sie geht, vorbei am Bett mit dem Herz, sie geht, bis sie auf die Wand trifft, an der die nackte Sirene sich in den Wellen aalt. So verführerisch. So betrügerisch.

Marina bringt zuerst Timo um, denkt Leia. Und dann mich. Sie bringt uns beide um. Die Sirene an der Wand wird gleich ein paar Blutspritzer abbekommen, wie Peetrus Kross auf dem Bild, das Raoul ihr so eifrig gezeigt hat.

Sie starrt an die Wand, ohne etwas zu sehen. Die Stille ist vollkommen. Ihre eigenen Atemzüge füllen die ganze Kabine aus. Der Puls dröhnt in den Ohren. Etwas anderes ist nicht zu hören.

Nicht mal ein Schuss.

Nur ein Ächzen und ein Fluch, von Timo. Und dann, wie die Tür sich öffnet und zufällt. Es wird stockdunkel.

97.

Die Schritte entfernen sich eilig. Aus dem Dunkel ruft Leia: »Timo! Geht es dir gut?«

Er hat keine Zeit zu antworten. Er wirft sich gegen die Tür, wischt mit der Hand darüber, findet die Klinke und reißt die Tür auf. Aus dem Gang strömt das Licht herein, und er wirft sich ihm entgegen. Gerade sieht er noch, wie die Gestalt, die sich im Korridor entfernt – schwarze Schirmmütze, Jeans, Strickjacke –, stehen bleibt, sich an der Wand abstützt und einen roten Schuh mit einem spitzen Absatz wieder anzieht. Dann schaut sie über die Schulter nach hinten, bemerkt ihn und rennt weiter.

»Scheiße«, entfährt es Timo. »Ein Schuh.«

»Sie hat die Kette!«, Leia ist zur Tür gestürzt und peilt in dieselbe Richtung wie er, aber Marina ist schon hinter der Ecke verschwunden.

Sie bemerkt den Schlitz an der Tür. »Und sie hat meine Karte geklaut! Schon wieder!«

Timo nimmt seine eigene Bordkarte aus der Gesäßtasche und steckt sie in den Schlitz. Es wird hell. Und erst jetzt scheint Leia aufzugehen, was er gerade gesagt hat.

»Sie hat dich mit einem *Schuh* bedroht?«

»Das konnte ich nicht wissen.«

Sie blitzt ihn wütend an. »Du hast zugelassen, dass sie die Kette von Amiras Mutter raubt. Mit einem Schuh!«

»Das konnte ich doch nicht wissen«, wiederholt Timo. Leia kreischt vor Wut auf und drängt sich an ihm vorbei auf den Korridor.

»Ich verfolge sie.«

»Nein, nicht!«

»Ich will die Kette wiederhaben!«

»Hör zu! Genau die solltest du dir jetzt nicht zurückholen! Lass mich dir …«

Timo greift ins Leere, denn Leia weicht aus, sie lässt sich nicht aufhalten. Sie rennt in ihrem Abendkleid über den Korridor, den Saum auf Kniehöhe zusammengerafft.

98.

Nichts als Treppen, Treppen und Gänge. Vorbei an Cafés, Spielautomaten und Dutzenden Boutiquen.

Der Korridor endet an einer Glastür, sie reißt sie auf.

Jolene, Jolene, Jolene, Jolene … Auf einer kleinen Bühne quäkt eine Frau im Blumenkleid, die Marina schon mal hier an Bord gesehen hat, sie wird von einem Mann am Keyboard begleitet … *I'm begging you please don't take my man …* Sie schlägt eine Schneise durch die Paare auf der Tanzfläche, als sie durch die Country-Bar läuft. Im nächsten Lokal weicht der Dolly-Parton-Country-Sound lateinamerikanischen Rhythmen, und sie kommt an einer undurchdringlichen Mauer aus Frauen zum Stehen. Es ist eine Damengruppe, die unter Anleitung eines großen, schlanken und durch zu viel Selbstbräuner orange gefärbten Tanzlehrers ihre Hüften zur Salsamusik schwingt und ihr wütende Blick zuwirft, als sie die Reihen durcheinanderbringt.

Sie zwängt sich mit Gewalt hindurch.

Ein weiteres Foyer, wohin jetzt? Nach oben, nach unten, geradeaus? Ihre Muskeln brennen, ihre Zehen sind von den hohen Schuhen zusammengequetscht, die sie schon seit Tagen trägt, ihr Magen knurrt, und das Energiedefizit macht sie schier wahnsinnig. Sie hat sich verlaufen! Diese höllische Belustigungsmaschine versucht, sie zu sabotieren. Aber das wird ihr nicht gelingen. Sie hat die Karte! Leias nagelneue Karte, eine Karte, die funktioniert, anders als die alte. Morgen früh um Punkt neun Uhr wird sie ihr die Tür in den Hafen von Barcelona öffnen. Noch einen

Abend und eine Nacht lang muss sie sich verstecken, das schafft sie. Sie kann fliehen und ihre Haut retten, sie flieht und …

Da bemerkt sie ihren Denkfehler. Dumm, primitiv, kolossal. Morgen früh wird auch diese Karte kaum mehr funktionieren. Sie wird gesperrt sein so wie die andere. Sie wird vielleicht schon in ein paar Minuten nicht mehr funktionieren, nämlich sobald Leia an der Info herumjammert, dass ihre neue Karte auch verschwunden ist.

Marina öffnet ihre Hand. Ihre Finger haben sich wie im Krampf um die Sonnenblume geschlossen, der Anhänger hat seinen Abdruck in ihrer Hand hinterlassen. Und wenn sie jetzt einfach ihre Finger entspannen und den Anhänger fallen lassen würde? Beschließen würde: Das war es?

Alles ist verloren. Und nicht nur wegen der anderen. Sie selbst hat auch Fehler gemacht. Sie hat die Nerven verloren, da hatte Peetrus recht. Der heilige Peetrus.

So sollte das alles nicht laufen. Überhaupt nicht. Sie wollte das Geld nehmen und abhauen. Es zuerst ihrer ehemaligen Schulkameradin abknöpfen. Dann den Libyern. Mit deren Boot wegfahren, während die auf der *Siren* ihr Ding machen, was geht sie das an? Dann irgendwo gemütlich im Exil leben, egal wo, nur nicht im dumpfigen Finnland, so lange, wie das Geld reichen würde. Und wenn es alle wäre, würde sie sich neues beschaffen.

Sie wollte eigentlich auch niemanden umbringen. Es ist einfach passiert.

Es ist einfach passiert.

In der Kampf- oder Fluchtreaktion schüttet der Körper Adrenalin aus. Die Schmerzschwelle steigt. Herzschlag und Atmung werden schneller, die Muskeln bereiten sich auf Aktivität vor. Die Härchen stellen sich auf, die Pupillen werden größer, das Sichtfeld breiter … Ihre Finger umklammern wieder das Amulett.

Nein, denkt Marina. Ich gebe nicht auf. Mir fällt was ein.

Sie hat die Grenze schon überschritten, und nicht nur einmal. In den letzten Tagen hat sie Dinge getan, von denen sie nicht wusste, dass sie dazu fähig ist. Jetzt hat sie das Medaillon, und darin ist ihr Lohn. Warum sollte sie jetzt aufgeben? Sie wird es schaffen, sich zu retten, irgendwie. Ihr Lohn ist mehr als üppig. Sie wird es schaffen!

Hinter ihr wird es unruhig. Folgen die ihr etwa? Sie kickt sich die Schuhe, die ihr Tempo verlangsamt haben, von den Füßen. Sie läuft weiter!

Da vor der Vitrine steht eine Verkäuferin gerade ohne Kundschaft. Es ist der Schmuckladen, in dem sie und Ripsa sich Anfang der Woche noch umgeschaut haben.

»Entschuldigung«, ruft Leia, noch im Laufen. »Ist hier gerade eine Frau vorbeigerannt? Kurze dunkle Haare, Schirmmütze …«

»Hochhackige rote Schuhe?«

Leia blickt sich um, Timo ist ihr also gefolgt.

»Da«, zeigt die Verkäuferin. »Gerade eben erst.«

Leia bedankt sich, läuft weiter und stürzt in das Restaurant, mit Timo dicht auf den Fersen. Die Beleuchtung ist schummrig, im Lichtkegel der Bühne steht das Gesangsduo, das sie schon kennt. Sie checken alle dunkel vertäfelten Ecken und Logen, nur um festzustellen, dass Marina weitergelaufen ist, dass sie sich nicht hier versteckt.

Timo reißt die Tür auf, die in das nächste Lokal führt, und eine ganz andere Atmosphäre schlägt ihnen entgegen. Aus den Lautsprechern schallt Bailando. Eine große Gruppe Frauen mit den Händen auf den Hüften dreht sich zu ihnen um, als hätten sie auf sie gewartet.

Die Musik stoppt mitten im Takt, *iuuu* … Die Stille ist so bedrohlich, als stünde ihnen ein Lynchmob gegenüber.

Der Tanzlehrer, der aussieht wie ein übertrieben gebräunter Papagallo, wirkt nicht freundlicher als seine Schülerinnen.

»Dies ist eine private Tanzstunde. Haben Sie den Zettel an der Tür nicht gesehen?«

»Leider nicht«, ächzt Leia. »Ist hier zufällig eine …«

Sie kann den Satz nicht einmal beenden, als sie schon mit der Kraft der ganzen Gruppe über die Tanzfläche durch die gegenüberliegende Tür geschoben werden.

Im nächsten Treppenfoyer bleiben sie keuchend stehen. Keine Spur von Marina.

»Hoffnungslos«, japst Leia. Marina unter fünftausend Menschen zu finden, wird immer mehr zur Suche nach der Stecknadel im Heuhaufen.

»Ich versteh das nicht. Warum hat sie die Kette mitgenommen? Sie ist doch nicht teuer, das sieht man sofort.«

Timo sieht sie an und öffnet den Mund, aber da ertönt von der Treppe, die nach unten führt, ein spanischer Fluch. Sie rennen zum Treppenabsatz und sehen gerade noch, wie ein älterer Spanier etwas aufhebt, über das er beinahe gestolpert wäre, und es zur Seite wirft.

Etwas Rotes.

Das gibt ihnen neuen Elan und eine Richtung. Der Schuh zeigt ihnen den Fluchtweg des betrügerischen Aschenputtels, und einige Stufen weiter unten liegt auch der andere rote Schuh.

Ein paar Stockwerke noch nach unten, und …

»Da!«

Leia stockt der Atem. Marina ist an der Tür zum Theatersaal stehen geblieben.

»Stopp!«, ruft Leia.

Marina sieht sich um, und ihre Blicke begegnen sich für den Bruchteil einer Sekunde. Ihr Gesicht ist wie aus Stein, es ist unmöglich zu sagen, was sie denkt oder vorhat. Sie reißt die Tür auf, und Musik quillt heraus, die Abendshow ist noch im Gange. Sie schlüpft hinein, und die Musik verstummt wieder.

Leia und Timo rennen die letzten Meter zur Tür. *Sea of Love*, maritime Liebeslieder, steht auf dem Poster. Als Timo die Tür aufzieht, werden sie von Lautstärke und Pathos der Lieder fast niedergestreckt. *Every night in my dreams I see you, I feel you …* Leia hält sich die Ohren zu und tritt ein.

Aus dem blau angestrahlten Bühnennebel tritt ein riesiger Schiffsbug hervor. Auf dem Deck, in rund fünf Metern Höhe, steht ein singendes Paar. Er trägt eine Schiebermütze, sie ein altmodisches weites Kleid, das wie ein Segel flattert. Die Windmaschine läuft auf vollen Touren, die langen Locken der Frau wehen wild durcheinander. Die beiden lehnen an der Reling, breiten die Arme aus und singen den Refrain im Duett, und da erkennt Leia: das Liebespaar Jack und Rose aus *Titanic*, die *My Heart Will Go On* singen. Ein zweifelhafter Höhepunkt dieses Galaabends, ob der Regisseur da das richtige Händchen hatte? Das Publikum scheint allerdings zu genießen, was es sieht und hört, viele schunkeln sogar und grölen mit.

Leia sucht mit ihrem Blick Marina, aber sie findet sie nicht. Der dreistöckige Zuschauerraum für zweitausendfünfhundert Besucher ist dunkel und bis zum letzten Platz gefüllt mit festlich gekleideten Menschen, in diesem Heuhaufen kann man sich perfekt verstecken.

»Die Robocops«, sagt Timo plötzlich und zeigt zur Wand. »Warte hier, geh nicht weg, ich sag denen Bescheid.«

Robocops? Leia kann an der Wand nur kurz ein rotes Licht aufblitzen sehen. Und im nächsten Moment bemerkt sie weiter vorne im Saal eine Bewegung. Eine Gestalt mit Mütze schleicht mit gebeugtem Kopf durch die Sitzreihen.

Sie geht hinterher, sie macht sich klein und so unsichtbar wie möglich, um die Zuschauer nicht zu stören, doch natürlich reagiert jemand im Publikum gereizt und beschwert sich. Marina hebt den Kopf und bemerkt Leia, sie geht schneller, zum Mittelgang, und rennt los. Sie stürmt zur Bühne und springt die Stufen nach oben. Leia hält inne.

Sie denkt, dass ich ihr dorthin nicht folge, vor das Publikum, in den Lichtkegel.

Und sie hat recht.

Merkwürdigerweise scheint das plötzliche Auftauchen von Marina niemanden zu stören, die Aufmerksamkeit der Zuschauer ist woanders, dort, wo sie durch die Spots hingelenkt wird, bei dem aufwendigen Bühnenbild und dem gefühlvollen Duett. Vermutlich trägt auch Marinas Aussehen zu dem Bluff bei, die Schirmmütze, die Strickjacke und die lange Hose, vielleicht hält man sie ja für eine Bühnentechnikerin. Leia selbst wird allerdings mit lautstarkem Zischen verscheucht, sie steht im Weg.

Verwirrt sieht sie zur Bühne, wo ist das rote Lämpchen jetzt? Verschwunden! Und Timo ist auch nicht zu sehen. Aber Marina. Sie ist gar nicht hinter den Vorhängen und Kulissen verschwunden, sondern sie ist am Bühnenrand stehen geblieben. Der blaue Nebel verdeckt sie fast völlig, aber Leia kann erkennen, wie sie in ihrer Hand etwas untersucht, etwas, das von einem Lichtstrahl aus einem Scheinwerfer getroffen wird, der sich an der Decke dreht.

Die Glaskristalle glitzern wie Diamanten.

Da macht etwas klick. Nicht auf der Bühne, nicht in der Licht- oder Tontechnik. Sondern in Leias Kopf. Das ist ihre Kette, und die holt sie sich jetzt. Sie stürmt auf die Bühne zu, und Marina sieht das auch. Den Blick auf sie gerichtet, geht Marina rückwärts nach hinten – und bemerkt dabei nicht die kniehohe schwarze Maschine auf der Bühne, sie stolpert und muss sich mit der Hand an dem Ding abstützen, das sie zu Fall gebracht hat.

Im selben Moment dreht sich der Seewind. Er wendet sich von den Liebenden der Titanic, Roses Kleid und ihren Locken ab, weht jetzt Marina die Schirmmütze vom Kopf und schleudert sie ins Publikum. Der Wind hat sich um hundertachtzig Grad gedreht, die Windmaschine drückt die Luft jetzt in den Zuschauerraum und auf Leia, die zur Bühne eilt.

Durchs Publikum geht ein Raunen, das sich schnell in hysterisches Gelächter verwandelt. Der scharfe Wind peitscht die Gesichter und weht Leia Papierservietten, Strohhalme und leere Plastikbecher von den kleinen Tischen in der ersten Reihe entgegen, er schnappt sich sogar einige Halstücher und lässt einen ganzen Schwarm gelber Ohrstöpsel vorbeiwehen. Die Leute in den ersten Reihen schützen ihre Gesichter schon mit den Händen. Köpfe drehen sich, Gemurmel, jemand springt auf, setzt sich wieder hin, die Beschwerden schwellen an, sodass die Musik fast nicht mehr wahrnehmbar ist. Im Vorbeilaufen hört Leia noch, wie eine Frau auf Schwedisch ihrer Begleitung gegenüber die Bühnengestaltung lobt, die dem Publikum das besondere Gefühl gibt, wirklich *dabei zu sein*.

Die Sängerin und der Sänger setzen ihren Auftritt einfach fort, ohne sich um die Unruhe zu kümmern. Auch die Techniker reagieren nicht, obwohl heute Abend nicht alles nach Plan zu laufen scheint. Der Sog der Windmaschine ist so stark, dass nicht einmal etwas von dem blauen Nebel auf der Bühne übrig bleibt, die Maschine saugt alles an und bläst es Richtung Zuschauerraum wieder heraus.

Je näher Leia der Bühne kommt, desto schärfer wird der Wind, direkt davor ist es schon fast stürmisch. Sie rafft ihr Kleid zusammen und nimmt die Stufen zur Bühne mit wenigen Sprüngen.

Marina steht wie erstarrt da und betrachtet die Aufregung, die sie verursacht hat. Leia scheint sie für einen Moment ganz vergessen zu haben. Doch als diese vor ihr auf der Bühne steht, springt sie von der Windmaschine zu einem anderen Gerät daneben. Auch dieses ist schwarz, aber höher als die Windmaschine, ein Rohr, das auf die Decke des Zuschauerraums gerichtet ist wie ein Phallussymbol. Die Kanone, geht es Leia auf, die Konfettikanone. Ha – mit der wirst du mich nicht aufhalten!

Ein letzter Spurt, ein paar Schritte, und sie packt Marina.

»Her damit!«

Sie versucht, nach dem Anhänger zu greifen, aber Marina ist schneller, sie zieht die Kette aus ihrer Reichweite. Leia packt sie an der Strickjacke und zieht. Sie tritt Marina in die Wade. Sie weiß nicht, was sie tut, sie prügelt sich sonst nicht, und Marina stößt sie einfach von sich. Leia tritt auf ihren Saum, stolpert ein paar Schritte nach hinten und fällt rücklings auf den Po.

Marinas Blick ist kurz und grausam. Sie dreht sich um und will in die Kulissen fliehen, aber dort sieht sie, was auch Leia jetzt sieht. Zwischen den Vorhängen, für die Zuschauer unsichtbar, steht eine Gruppe kräftiger Männer, auf ihren schwarzen T-Shirts prangt das Wort »Crew«. Die Bühnenarbeiter! Warum tun sie nichts, einer quatscht unausgesetzt in sein Telefon, und die anderen stehen einfach untätig herum. Wahrscheinlich halten sie Marina für eine harmlose Verrückte.

Sie weiß es besser. Marina ist verrückt, aber nicht harmlos. Diese Frau hat zwei Menschen umgebracht, und sie und Timo wären fast Nummer drei und vier geworden. Wo ist Timo überhaupt? Wo sind die Bordpolizisten und die Sicherheitsleute, wenn man sie braucht? Muss ich mich hier alleine um alles kümmern?, denkt Leia. Und dann muss sie blinzeln und sieht nur noch Sonnen, egal, wohin sie schaut.

Der Lichttechniker hat einen hellen Spot auf sie gerichtet. Sie sieht nichts anderes mehr. Auch die Zuschauer sind verschwunden.

Und sie sind still geworden, geht Leia auf. Sie haben die Rangelei zwischen den beiden Frauen verfolgt und sich vermutlich gefragt, ob das als belebendes Element in der Choreographie des Celine-Dion-Hits gedacht ist.

Das Stück geht seinem Ende entgegen, nur noch die irischen Flöten erklingen melancholisch.

»Get out! Danger!«

Woher kam das? Leia hält sich die Hand als Schutz über die Augen und blinzelt in die Höhe zum Bühnenschiff, Rose lehnt an ihrem geliebten Jack und lächelt ihn traurig an. Doch vom Publikum unbemerkt, macht sie zwischen den Falten ihres Kleides eine verscheuchende Bewegung, die nur eines heißen kann. Weg, weg! Als sie nicht schnell genug reagiert, streckt die Frau ihren Arm aus, als wolle sie ihrem Freund etwas auf dem Meer zeigen, vielleicht einen Eisberg. Sie zeigt auf die Konfettikanone, wird Leia klar. Jetzt macht auch Jack eine Bewegung, die ganz sicher von allen zweitausendfünfhundert Menschen, die ihnen zuschauen, gesehen und verstanden wird. Er fährt sich mit der Handkante über den Hals.

Gefahr, begreift Leia. Die Kanone lässt gleich mit großer Wucht die allabendliche Glitzerlast in den Saal knallen, da ist es sicherlich nicht angeraten, sich noch länger hier aufzuhalten.

Sie wirft einen Blick auf Marina. Sie hat nichts von den Gesten bemerkt, und wahrscheinlich würde sie sich auch nichts daraus machen. Sie fummelt immer noch an dem Amulett herum, nestelt mit den Fingernägeln daran, als würde sie etwas suchen.

Leia rappelt sich auf und stürzt sich auf Marina, die strauchelt und auf die Knie kracht. Die beiden Frauen wälzen sich am Boden, der Anhänger löst sich aus Marinas Griff und rollt in die Mitte der Bühne. Die Sonnenblume öffnet sich, und Leia sieht, dass es der Deckel einer winzigen Dose ist. Der Anhänger ist ein Medaillon!

Marina heult auf. Leia will aufstehen und sich ihren Anhänger zurückholen – aber da passieren mehrere Dinge fast gleichzeitig.

Timo. Wild mit den Armen wedelnd und schreiend wie am Spieß, kommt er aus den Kulissen gelaufen, wirft sich mit dem Bauch voran auf den Anhänger und streckt seine Arme und Beine zu einem X aus. Gleich darauf kommt eine Gruppe bis an die Zähne bewaffneter Polizisten aus dem Bühnenbild gerannt, von denen drei, nein, vier oder fünf sich auf Timo werfen und sich wie Football-Spieler zu einem Menschenhaufen mit Helmen und kugelsicheren Westen auftürmen. Genauso viele Bordpolizisten umstellen sie mit gezückten Waffen. Und dann gibt es einen ohrenbetäubenden Knall.

Die Konfettikanone füllt den Saal mit silberfarbenem Glitzern.

SONNTAG
BARCELONA

99.

Die Nacht rauscht, der Dampf lässt die Sterne verschwimmen.

Luxus. Leia lässt sich das Wort auf der Zunge zergehen. Das ist es. Es hat einen italienischen Namen: Jacuzzi. Ihr privater Jacuzzi. Ihr ganz privates warmes Wasser, das ihre nackte Haut berührt. Eine Leichtigkeit, die trägt, Sprudeln, das man einstellen kann, ein leicht scharfer Chlorgeruch.

Der Mann, der mit ihr im Wasser sitzt, sieht aus, als würde er gleich einschlafen. Beide haben seit einer Stunde kein Wort gesprochen. Und das, obwohl es viel zu besprechen gäbe. Die vergangene Woche, das zukünftige Leben.

Die letzten Sünden, die er gerne gebeichtet hätte.

Leia hatte den Kopf geschüttelt. Nicht heute Nacht. Nicht noch mehr. Ich kann nicht, und ich will nicht. Lass uns einfach hier im Wasser sitzen, getragen, schwebend, leicht und schwer zugleich, lass das Wasser die Gedanken einfach wegspülen.

Lass uns die Sterne betrachten. Lass uns endlich losgelöst sein von allem, was passiert ist, und von allem, was noch kommt. Noch einen Augenblick. Lass uns gemeinsam losgelöst sein, zu zweit. Gemeinsam mit diesem ihr fast Unbekannten.

Lass uns die Lüge dieses guten Gefühls noch diese eine Nacht aufrechterhalten. Diese wenigen Stunden.

»Ist das okay?«

Es war okay.

Natürlich hätten sie die letzten Stunden der Reise auch vernünftiger verbringen können, als im körperwarmen Wasser zu treiben wie hirnlose Quallen. Sie hätten den Kampf gegen die

Offiziere der *Siren*, die Leitung der Reederei und die Juristenarmee wiederaufnehmen können, um das Wichtigste zu erfahren: Wer ist Marina wirklich, was geschieht jetzt mit ihr? Was hat sie getan und was nicht, was hatte sie vor und warum? Und vor allem: Was war wirklich im Medaillon verborgen? War es das, was Viivi, Ripsa und Timo vermutet haben?

Sie hätten das tun können. Aber Timo, der zuunterst in dem Menschenhaufen gelegen hatte, hatte keine Kraft mehr, und auch Leia war vollkommen erschöpft. Als man ihnen die Geheimhaltungsformulare wieder unter die Nase hielt, unterschrieben sie, ohne nachzufragen. Vor allem, weil die Unterschrift diesmal mit einer bemerkenswert großzügigen fünfstelligen Entschädigung verbunden war, die, anders als vorher, der richtigen Person zugute kam.

Das Gehalt für ein gutes halbes Jahr, hat Leia ausgerechnet.

Sie ist noch in der Probezeit. Keine Kündigungsfrist. Den Urlaub vom Urlaub kann sie mehr als gut gebrauchen.

Montagmorgen holt sie ihren Kaffeebecher ab.

Vielleicht kommt irgendwann der Moment, in dem sie erfahren möchte, was sie um den Hals getragen hat. Direkt auf der Haut, nahe der Lunge und dem Herzen – zu Lande, zu Wasser, in der Luft, und schließlich zwischen Tausenden von Menschen. Oder auch nicht. Womöglich würde ihre Psyche das nicht aushalten.

Die Nacht rauscht, Barcelona rückt näher, die Sterne verblassen bereits. Timo hat den Kopf auf die Nackenstütze des Whirlpools gelegt, jetzt fällt er nach vorne. Er ist tatsächlich eingeschlafen.

»Muss ich dich etwa retten, damit du nicht ertrinkst?«, fragt Leia.

Timo lächelt.

»Ja. Rette mich.«

DANKSAGUNG

Die Arbeit an diesem Roman wurde ermöglicht durch den Finnischen Kulturfonds (Suomen Kulttuurirahasto), die WSOY-Stiftung sowie die Alfred-Kordelin-Stiftung. Danke für das Vertrauen.

Mein Dank geht außerdem an Ilpo Minkkinen von der Finnischen Seemannsunion für seine kenntnisreiche Hilfe in Sachen Billigflaggen sowie an den IT-Experten Petteri Järvinen. Wertvolle Rückmeldungen in verschiedenen Phasen des Schreibens bekam ich von meiner Atelierkritikerin Arja Maunuksela sowie meinen Töchtern Marianna und Lenita, meiner Mutter Armi Susi und natürlich meiner stets gnadenlosen Autorengruppe Kynäpirkot. Außerdem geht mein Dank an Petra Maisonen, Hannu Harju und Outi Mäkinen von Tammi und an die Elina Ahlbäck Agency.

Und natürlich an Kari.